D0724249

COLLECTION FOLIO

Carlos Fuentes

Les années avec Laura Díaz

Traduit de l'espagnol (Mexique)
par Céline Zins
avec la collaboration de José M. Ruiz-Funes

Gallimard

Titre original :

LOS AÑOS CON LAURA DÍAZ

Carlos Fuentes est né à Mexico en 1928. Fils de diplomate, il a poursuivi ses études au Chili, en Argentine et aux États-Unis. De 1975 à 1977, il a été nommé ambassadeur du Mexique à Paris, où il avait longuement vécu auparavant. Tout en explorant le champ du roman, de la nouvelle, du théâtre et de l'essai littéraire, il a mené un nombre considérable d'activités culturelles dans les deux Amériques et a écrit dans la presse européenne.

Le prix Roger Caillois lui a été décerné en 2003 pour l'ensemble de son œuvre. Citons, parmi ses très nombreux romans, *La mort d'Artemio Cruz*, *Terra Nostra* et *Le vieux gringo*. Il est décédé en mai 2012.

Je dédie ce livre de mon ascendance
à ma descendance
Mes enfants
Cecilia
Carlos
Natasha

I

Detroit : 1999

Je connaissais l'histoire. J'ignorais la vérité. D'une certaine façon, ma présence même était un mensonge. J'étais venu à Detroit pour préparer un documentaire destiné à la télévision sur les muralistes mexicains aux États-Unis. En fait, ce qui m'intéressait vraiment c'était de retracer la décadence d'une grande ville, et pas n'importe laquelle : la capitale mondiale de l'automobile ; là où Henry Ford avait inauguré la fabrication en série de la machine qui régente notre vie bien plus que tout gouvernement.

On raconte, entre autres preuves de la puissance de la ville, que, en 1932, elle invita l'artiste mexicain Diego Rivera à venir décorer les murs du Detroit Institute of Arts. Et moi, en 1999, j'étais là — officiellement, je veux dire — pour réaliser une série télévisuelle sur les peintures murales mexicaines aux USA. J'allais commencer par Rivera à Detroit, puis j'irais voir Orozco à Dartmouth et en Californie, ensuite un mystérieux Siqueiros que l'on m'avait chargé de découvrir à Los Angeles, enfin Rivera de nouveau, avec ses œuvres perdues : la fresque du Rockefeller Center, condamnée parce qu'y apparaissaient Lénine et Marx, ainsi que la série exécutée pour la New School — plusieurs grands panneaux également disparus.

Telle était ma commande. Je tenais à commencer par Detroit pour une raison particulière. Je voulais photographier les ruines d'une grande ville industrielle à titre d'épitaphe digne de notre terrible XXe siècle. Je n'étais mû ni par la morale de l'admonition ni par un certain goût apocalyptique pour la misère et la difformité, ni même par simple humanisme. Je suis photographe, mais je ne suis ni le merveilleux Sebastián Salgado ni la redoutable Diane Arbus. Si j'étais peintre, je préférerais être doué de la clarté sans problèmes d'un Ingres ou en proie à la torture intérieure d'un Bacon. J'ai essayé la peinture ; je n'ai pas réussi ; mais je ne me suis pas avoué vaincu ; je me suis dit que la caméra est le pinceau de notre temps et me voilà ici, engagé pour une certaine tâche, mais présent — élu peut-être — pour une autre, très différente.

Je me levai de bonne heure pour m'occuper de mes affaires avant que l'équipe de tournage n'arrive devant les fresques de Diego Rivera. Il était six heures du matin et l'on était en février. Je m'attendais à l'obscurité. Je m'y attendais, mais sa persistance me désarçonna.

— Si vous voulez faire des courses ou aller au cinéma, m'avait-on dit à la réception, l'hôtel dispose d'une limousine pour vous conduire et vous ramener.

— Le centre commercial n'est qu'à quelques centaines de mètres, avais-je répondu surpris et agacé.

— À vos risques et périls —, déclara le réceptionniste avec un sourire affecté. Ses traits n'étaient pas mémorables.

Si le pauvre avait su que j'allais me rendre beaucoup, beaucoup plus loin que le centre commercial.

J'allais, sans m'en douter, parvenir au centre de l'enfer de la désolation. D'un pas rapide, je laissai derrière moi le groupe des gratte-ciel disposés comme une constellation de miroirs — une nouvelle ville médiévale protégée contre l'assaut des barbares — et il ne fallut pas plus d'une dizaine de pâtés de maisons pour que je me retrouve perdu dans une étendue désertique, sombre et calcinée, de terrains vagues parsemés de croûtes d'ordures.

À chaque pas que je faisais — à l'aveuglette, à cause de l'obscurité persistante, et parce que mon œil unique était mon appareil photo, parce qu'en moderne Polyphème, j'avançais l'œil droit collé au viseur de mon Leica, le gauche fermé, aveugle, la main gauche tendue comme un chien policier, à tâtons, les pieds trébuchant ou s'enfonçant dans quelque chose que l'on pouvait seulement sentir, que l'on ne voyait pas — je pénétrais dans une nuit plus que persistante, renaissante. Car, à Detroit, la nuit donne naissance à la nuit.

Je lâchai un instant l'appareil qui retomba sur ma poitrine ; je sentis un coup sec sur le diaphragme — deux diaphragmes, le mien et celui du Leica — et vérifiai mon sentiment. Ce qui m'entourait n'était pas la nuit prolongée d'une aube d'hiver ; ce n'était pas, comme mon imagination voulait me le faire croire, une obscurité naissante, compagne inquiète du jour.

C'était une obscurité permanente, les ténèbres inséparables de la ville, leur compagne, leur miroir fidèle. Il me suffit de faire un tour sur moi-même pour m'apercevoir que je me trouvais au milieu d'un terrain inculte, uniformément gris, tacheté ici et là de flaques d'eau, de sentiers furtifs tracés par des pieds craintifs, d'arbres nus plus noirs que ce paysage d'après la bataille. Au loin, tels des spectres, on distinguait des maisons en ruine, demeures du siècle dernier aux toitures défoncées, cheminées effondrées, fenêtres condamnées, porches dénudés, portes déglinguées et, parfois, un arbre desséché tendrement, impudiquement, penché sur une lucarne crasseuse. Un fauteuil à bascule se balançait, solitaire, en grinçant, qui me rappelait d'autres temps, sans localisation précise, vaguement pressentis dans la mémoire...

Campos de soledad, mustio collado, Terres de solitude, triste colline, se récita ma mémoire d'écolier tandis que mes mains reprenaient l'appareil photo et que celui que j'avais dans la tête allait de déclic en déclic, prenant des vues de Mexico DF, de Buenos Aires et ses grands airs, de Rio au bord de l'eau, de Caracas la catastrophique, de Lima l'horrible, de Bogota sans foi ni loi, de Santiago à vau-l'eau. Je photographiais l'avenir de nos villes latino-américaines dans le présent de la plus industrielle des métropoles industrielles, la capitale de l'automobile, berceau du travail à la chaîne et du salaire minimum : Detroit, Michigan. Je photographiais tout, les carcasses de voitures abandonnées au milieu d'enclaves encore plus à l'abandon, les rues qui surgissaient subitement, pavées de verre cassé, le clignotement des lumières de magasins de... de quoi ?

Qu'est-ce qu'on vendait dans les seuls coins éclairés de cet immense trou noir ? Presque ébloui, j'entrai dans un petit bar pour boire quelque chose.

Un couple aussi gris que le ciel me dévisagea d'un air à la fois goguenard, résigné et sournoisement accueillant. On me demanda, vous désirez ? tout en me répondant, nous avons de tout ici.

Soit parce que j'étais un peu étourdi, soit par habitude, je demandai *una coca* en espagnol. Ils rirent stupidement.

— Nous les Chaldéens, nous ne vendons que de la bière et du vin, dit l'homme. Pas de drogues.

— Et des billets de loterie, ajouta la femme.

Je rentrai à l'hôtel presque d'instinct, changeai mes chaussures encrassées par tous les déchets de l'oubli, je faillis prendre la deuxième douche de la journée, mais je jetai un coup d'œil à ma montre. L'équipe de tournage m'attendait dans le hall et de ma ponctualité dépendait non seulement mon prestige mais aussi mon autorité. Tout en enfilant mon blouson, je regardai le paysage par la fenêtre. La ville chrétienne et la ville musulmane cohabitaient à Detroit. Le jour éclairait le sommet des gratte-ciel et des mosquées. Le reste du monde restait plongé dans l'obscurité.

Nous arrivâmes à l'Institute of Arts. Mais d'abord nous traversâmes la même interminable friche, terrain vague après terrain vague, çà et là les ruines d'une demeure victorienne et, à la fin du désert urbain (ou plutôt dans son centre même), une bâtisse style pompier du début du siècle, mais propre et bien conservée, vaste et accessible par de larges perrons en pierre, par de grandes portes en verre et en acier. C'était comme un bienheureux memento retrouvé dans le coffre aux malheurs, une vieille dame droite et parée de bijoux ayant survécu à toute sa descendance, une Rachel sans larmes. The Detroit Institute of Arts.

L'immense patio central, protégé par une haute lucarne, accueillait une exposition de fleurs. C'était là que le public se pressait ce matin. D'où venaient ces fleurs ? demandai-je à un Américain de l'équipe qui, pour toute réponse, haussa les épaules sans même regarder le foisonnement de tulipes, de chrysanthèmes, d'iris et de glaïeuls exposés aux quatre coins de la cour que nous traversâmes à la vitesse que l'équipe s'imposait et m'imposait. La télévision et le cinéma sont des activités que l'on souhaite abandonner au plus vite, dès le tournage terminé. Malheureusement, ceux qui en vivent ne conçoivent pas que l'on puisse faire autre chose dans la vie que continuer à filmer jour après jour... Nous étions venus pour travailler.

Et il était là : Rivera, Diego, Diego María de Guanajuato, Diego María Concepción Juan Nepomuceno Estanislao de la Rivera y Barrientos Acosta y Rodríguez, 1886-1957.

Pardonnez-moi l'ironie. C'est une saine ironie, un éclat de rire irrépressible de reconnaissance, de nostalgie aussi, peut-être. Nostalgie de quoi ? De l'innocence perdue, dirai-je, de la foi dans l'industrie ; le progrès, le bonheur et l'histoire qui devaient se donner la main grâce au développement industriel. C'est à tout cela que Diego Rivera avait composé un hymne ici à Detroit, forcément à Detroit. À l'instar des architectes, des peintres et des sculpteurs anonymes du Moyen Âge qui bâtirent et décorèrent les grandes cathédrales à la louange du Dieu unique, immuable et indubitable, Diego Rivera était venu à Detroit comme les pèlerins de jadis allaient à Canterbury ou à Saint-Jacques-de-Compostelle : plein de foi. Je ris également parce que la fresque ressemblait à une carte postale en couleurs tirée du décor mobile, en noir et blanc, du film de Charlie Chaplin, *Les temps modernes*. Les mêmes machines polies comme des miroirs, les rouages parfaits et implacables, ces machines dans lesquelles Rivera le marxiste voyait le symbole même du progrès, de la confiance dans l'avenir. Alors que Chaplin y voyait des gueules voraces, des mécanismes de dévoration, des estomacs de fer qui engloutissent le travailleur pour finir par l'expulser à l'autre bout de la chaîne comme un étron.

Pas là. Là nous étions dans l'idylle industrielle, l'image de la cité extraordinairement prospère que Rivera avait connue dans les années trente, quand Detroit donnait du travail et une vie décente à un demi-million d'ouvriers.

Comment le peintre mexicain avait-il vu ces ouvriers ?

Il y avait quelque chose de bizarre dans cette fresque représentant une activité fébrile, aux espaces remplis de figures humaines servant des machines rutilantes aux boyaux interminables, pareils aux intestins d'un animal préhistorique qui peinerait à ramper pour revenir au temps présent. Moi aussi j'eus du mal à situer l'origine de mon étonnement. J'éprouvais un sentiment étrange et exaltant de découverte créative, si rare quand on fait de la télévision. Je me trouve face à une fresque de Diego Rivera à Detroit parce que je dépends de mon public comme Rivera, sans doute, dépendait de ses commanditaires. Sauf que, lui, il se moquait d'eux ; il plantait des drapeaux rouges et des dirigeants soviétiques en plein bastion capitaliste. Moi, en revanche, je n'aurais droit ni à la censure ni au scandale : le public m'accorde le succès ou l'échec, c'est tout. Clic. On coupe le tube à cons. Il n'y a plus de mécènes et tout le monde s'en fiche. Qui se souvient du premier — ou du dernier, peu importe — feuilleton qu'on a regardé à la télé ?

Mais ce sentiment d'étrangeté devant une peinture murale pourtant si connue ne me laissait pas tranquille et m'empêchait de filmer à mon aise. Je l'examinai en détail. Sous prétexte de rechercher le meilleur angle, la meilleure lumière. Les techniciens sont gens patients. Ils respectèrent ma minutie. Soudain, je trouvai. J'avais regardé sans voir. Tous les ouvriers américains peints par Diego tournaient le dos au spectateur. L'artiste n'avait peint que des dos au travail, sauf lorsque les ouvriers blancs portaient des lunettes de protection pour la soudure. Les visages nord-américains étaient anonymes. Masqués. Rivera les avait vus tels qu'eux-mêmes voient les Mexicains. De dos. Anonymes. Sans visage. Rivera ne riait pas, il n'était pas Charlot, mais le Mexicain qui osait dire aux gringos, vous êtes sans visage. C'était le marxiste qui leur disait votre travail n'a ni le nom ni le visage du travailleur, votre travail ne vous appartient pas.

Qui, en revanche, regardait le spectateur ?

Les Noirs. Eux avaient un visage. Ils l'avaient en 1932, lorsque Rivera commençait à peindre tandis que Frida entrait à l'hôpital Henry Ford ; il y eut alors un grand scandale à cause de la sainte Famille que Diego, par pure provocation, introduisit au beau milieu de la fresque — alors que Frida, représentée enceinte, perdit l'enfant et que, en guise de bébé, elle accoucha d'une poupée de chiffon dont on célébra le baptême en présence de perroquets, de singes, de pigeons, d'un chat et d'un cerf... Était-ce pour se moquer des gringos ou parce qu'il les craignait que Rivera ne les représentait pas face au monde ?

L'artiste ne sait jamais ce que son spectateur, lui, sait. Nous connaissons le futur et cette fresque de Rivera, les visages noirs, qu'il osa regarder et qui osèrent nous regarder, avaient des poings qui n'allaient pas seulement servir à construire des voitures pour Ford. Sans le savoir, par pure intuition, Rivera peignit en 1932 les Noirs qui, le 30 juillet 1967 — la date est gravée dans le cœur de la ville —, mirent le feu à Detroit, la saccagèrent, la criblèrent de balles, la réduisirent en cendres et léguèrent quarante-trois cadavres à la morgue. Étaient-ils ceux qui regardaient de face sur la fresque, ces quarante-trois futurs cadavres peints par Rivera en 1932, disparus en 1967, dix ans après la mort du peintre et trente-cinq ans après avoir été peints ?

Une peinture murale ne se laisse voir d'un seul coup d'œil qu'en apparence. En réalité, ses secrets demandent un regard long et patient, un parcours qui ne s'épuise pas dans l'espace de la fresque mais s'étend à tout ce qui l'entoure. Inévitablement, la peinture murale est dotée d'un contexte qui éternise le regard de ses figures et celui du spectateur. Il m'arriva quelque chose d'étrange. Je dus écarter mon propre regard hors du périmètre de la fresque pour y revenir brusquement, comme une caméra de cinéma qui, telle une flèche, passe du plan général au gros plan le plus brutal, au détail, aux visages des ouvrières, masculinisées par les cheveux courts et la salopette, mais figures féminines, sans aucun doute possible. L'une d'elles était Frida. Mais voyons, sa compagne, l'autre femme de la fresque — ses traits aquilins, en accord avec sa grande taille, son regard mélancolique aux orbites sombres, ses lèvres fines mais sensuelles par leur minceur même, comme si les lignes fuyantes de la bouche proclamaient une supériorité stricte, suffisante, sans fard, sobre et donc inépuisable, pleine de secrets quant au dire, au manger, à la manière d'aimer...

Je contemplai ces yeux presque dorés, métis, mi-européens mi-mexicains, je les contemplai comme je l'avais fait tant de fois sur un passeport oublié dans un tiroir aussi abandonné et périmé que le document de voyage lui-même. Comme j'avais contemplé les photographies exposées, éparpillées ou reléguées dans toute la maison de mon jeune père assassiné en octobre 1968. Ces yeux que mon souvenir mort n'avait pas connus, mais que ma mémoire vive garde dans l'âme à trente ans de distance, alors que je vais en avoir trente-quatre et que le XXe siècle touche à sa fin ; ces yeux je les contemplai en tremblant, avec un étonnement presque sacré, pendant un temps sans doute si long que mes camarades de travail s'en émurent, s'approchèrent, m'arrivait-il quelque chose ?

M'arrivait-il quelque chose ? Un souvenir m'était-il revenu ? À contempler le visage de cette belle et étrange femme en tenue d'ouvrière, toutes les formes du souvenir, de la mémoire ou quelle que soit la façon de nommer ces instants privilégiés de la vie, se rassemblèrent dans ma tête comme un océan déchaîné dont les vagues sont toujours semblables et pourtant toujours différentes : je viens de regarder le visage de Laura Díaz ; ce visage découvert au milieu du fourmillement de la fresque n'appartient qu'à une seule et unique femme, et cette femme s'appelle Laura Díaz.

Le cameraman Terry Hopkins, un vieil — et pourtant jeune — ami, choisit un éclairage final aux tonalités bleues à projeter sur le mur peint, en geste d'adieu, peut-être — car Terry est un poète —, tonalités qui se fondaient à celles du coucher de soleil en ce jour de février 1999.

— Tu es fou ? me dit-il. Tu vas rentrer à l'hôtel à pied ?

Je ne sais ce qu'il lut dans mes yeux, mais il ne prononça pas un mot de plus. Nous nous séparâmes. Les membres de l'équipe chargèrent le lourd (et coûteux) matériel de tournage. Ils montèrent dans la camionnette et quittèrent les lieux.

Je restai en tête à tête avec Detroit, la cité à genoux. Je m'éloignai lentement.

Libre, avec la furie d'une masturbation juvénile, je me mis à décharger mon appareil dans toutes les directions, sur les prostituées noires, sur les jeunes policières noires, sur les enfants noirs en bonnet de laine troué et blouson frileux, sur les vieux collés à une poubelle devenue brasero de rue, sur les maisons à l'abandon — je me sentais les pénétrer toutes — où logeaient les miséreux ne disposant pas d'autre abri, sur les recoins où les junkies s'injectaient du plaisir et de la crasse, je déchargeai mon appareil sur tout et tous d'une manière éhontée, gratuite, provocante, comme si je parcourais une galerie sans fenêtres où l'homme invisible n'était personne d'autre que moi, moi-même subitement rendu à la douceur, la tendresse, la nostalgie d'une femme que je n'avais pas connue, mais qui remplissait ma vie de toutes les formes du souvenir ; sa part volontaire et sa part involontaire, ses privilèges et ses dangers : mémoire qui est simultanément expulsion du foyer et retour à la maison maternelle ; rencontre téméraire avec l'ennemi et nostalgie de la caverne originaire.

Un homme avec une torche allumée traversa en criant les couloirs de la maison abandonnée et mit le feu à tout ce qui était inflammable ; je reçus un coup sur la nuque et m'effondrai en regardant un gratte-ciel solitaire dressé à l'envers sous un ciel enrhumé ; je touchai le sang chaud de l'été encore à venir, je bus les larmes qui n'effacent pas la couleur de la peau, j'entendis le bruit du matin, et non son silence désiré ; je vis les enfants qui jouaient au milieu des ruines, je scrutai la ville gisante qui s'offrait sans pudeur à l'auscultation ; tout mon corps fut oppressé par un désastre de briques et de fumée, l'holocauste urbain, l'annonce de villes inhabitables ; de foyer pour personne dans la cité de personne.

Dans ma chute, je parvins à me demander si l'on peut revivre la vie d'une femme morte exactement comme elle l'a vécue, si l'on peut découvrir le secret de sa mémoire, se remémorer les mêmes choses qu'elle.

Je l'ai vue. Elle est inscrite dans ma mémoire.

C'est Laura Díaz.

II

Catemaco : 1905

Le souvenir, parfois, se laisse toucher. La légende la plus prégnante de la famille concernait le courage dont fit preuve la grand-mère Cósima Kelsen lorsque, vers les années 1870, au retour de Mexico où elle était allée acheter les meubles et la décoration de sa maison de Veracruz, la diligence dans laquelle elle voyageait fut arrêtée par des bandits qui, à l'époque, portaient encore la pittoresque tenue du soldat du XIXe siècle, le *chinaco* — sombrero à large bord, veste courte en daim, pantalon à pattes d'éléphant, botte basse et éperon sonore. Le tout à boutons en vieil argent.

Cósima Kelsen préférait évoquer ces détails plutôt que raconter ce qui lui était arrivé. Tout compte fait, l'histoire semblait mieux racontée, et par conséquent plus incroyable, plus extraordinaire, tout en se faisant plus pérenne, à force d'être répétée par de nombreuses voix ; à force de passer — c'est le cas de le dire — de main en main, puisque c'est de mains (ou plutôt de doigts) qu'il était question.

La diligence fut arrêtée dans cet étrange endroit nommé le Cofre de Perote ; là où le voyageur, au lieu de monter vers la brume, descend des hauteurs diaphanes de la montagne vers un lac de brouillard. Le groupe de *chinacos*, dissimulé par la brume, surgit brusquement au milieu des hennissements des chevaux et du fracas des pistolets. « La bourse ou la vie » était ordinairement la sacro-sainte devise des bandits ; mais ceux-ci, plus originaux, exigèrent « la vie ou la vie » comme s'ils avaient astucieusement deviné la noblesse hautaine, la dignité rigide dont la jeune doña Cósima allait témoigner dès leur apparition.

Elle ne daigna pas les regarder.

Le chef de la bande, un ancien capitaine de l'armée vaincue de Maximilien, avait suffisamment rôdé autour de la cour impériale de Chapultepec pour être capable de faire des distinctions sociales. Bien que célèbre dans la région de Veracruz pour ses appétits sexuels — on l'appelait le Beau de Papantla —, cela ne l'empêchait pas de faire la différence, avec un flair absolu, entre une dame et une traînée. Le respect de l'ancien officier de cavalerie, réduit au banditisme par la défaite impériale qui s'était conclue par l'exécution de Maximilien, de Miramón et de Mejía — les trois « m », merde alors ! s'exclamait parfois le superstitieux condottiere mexicain —, envers les dames de haute lignée était instinctif et, devant la jeune doña Cósima, à la vue de ses yeux brillants comme du sulfate de cuivre, puis de sa main droite ostensiblement posée sur le rebord de la fenêtre de la voiture, il sut immédiatement ce qu'il devait dire :

— Je vous prie, madame, de me remettre vos bagues.

La main provocatrice que Cósima avait laissée dépasser par la fenêtre de la voiture exhibait une alliance en or, un saphir éblouissant et un anneau serti de perles.

— Ce sont mes bagues de fiançailles et de mariage. Il faudra me les couper.

Ce que, sans la moindre hésitation, comme s'ils s'entendaient tous les deux sur le code de l'honneur à appliquer, le redoutable soldat impérial exécuta sur-le-champ : d'un coup de machette, il trancha les quatre doigts de la main droite de la jeune grand-mère doña Cósima Kelsen. Celle-ci n'accusa même pas le choc. Le sauvage officier de l'Empire ôta le foulard rouge qu'il portait à l'ancienne manière des *chicanos*, et le tendit à Cósima pour qu'elle bandât sa main. Il fit glisser les quatre doigts dans son chapeau et s'immobilisa tel un mendiant orgueilleux qui aurait reçu les doigts de la belle Allemande en guise d'aumône. Lorsqu'il remit enfin son chapeau, le sang lui dégoulina sur la figure. Pour lui, être trempé de ce liquide rouge était aussi naturel que pour d'autres sortir trempé des eaux d'un lac.

— Merci, dit la jeune et belle Cósima en fixant les yeux sur lui pour la première et dernière fois. Souhaitez-vous autre chose ?

Pour toute réponse, le Beau de Papantla donna un coup de fouet sur la croupe du cheval le plus proche et la diligence dévala la pente en direction des terres chaudes de Veracruz, sa destination finale après les brumes de la montagne.

— Que plus personne ne s'avise de porter la main sur cette dame —, déclara le chef des bandits, et tous ses acolytes comprirent que leur vie en dépendait, mais aussi que leur chef, pour un instant et peut-être pour toujours, était tombé amoureux.

— Mais s'il était tombé amoureux de la grand-mère, pourquoi ne lui a-t-il pas rendu ses bagues ? demanda Laura Díaz dès qu'elle commença à raisonner.

— Parce qu'il n'avait pas d'autre souvenir d'elle,

répondait la tante Hilda, l'aînée des trois filles de Cósima Kelsen.

— Et alors, qu'est-ce qu'il a fait des doigts ?

— Ne sois pas indiscrète, ma petite —, répliquait d'un ton à la fois agacé et catégorique la deuxième des trois sœurs, la jeune doña Virginia, en posant le livre qu'elle avait à la main, parmi la vingtaine qu'elle s'enorgueillissait de lire chaque mois.

— Méfie-toi des Gitans, disait la cuisinière de l'hacienda avec son accent de la côte. Ils coupent les doigts des enfants pour fai'e des pâtés avec.

Laura Díaz regardait ses mains — ses petites mains —, elle les tendait et s'amusait à bouger les doigts comme si elle jouait du piano. Ensuite, elle les cachait sous son tablier d'écolière à petits carreaux bleus et regardait avec une terreur croissante l'activité des doigts dans la maison paternelle, comme si tout le monde, à toute heure, n'avait rien d'autre à faire qu'à exercer ce que le Beau de Papantla avait enlevé à la jeune et belle grand-mère doña Cósima, récemment immigrée au Mexique. La tante Hilda jouait, avec une sorte de fièvre dissimulée, sur le piano Steinway débarqué au port de Veracruz après un long voyage depuis La Nouvelle-Orléans ; voyage qui parut court aux passagers car, selon ce qu'ils racontèrent à mademoiselle Kelsen, les mouettes avaient accompagné le bateau à vapeur, ou peut-être le piano, depuis la Louisiane jusqu'à Veracruz.

— Il aurait mieux valu que la Mutti aille à La Nouvelle-Orléans pour acheter le trousseau de nozze —, déclarait, péremptoire et critique, la tante Virginia, pour qui mélanger les langues était aussi naturel que mélanger les lectures et défier, sans s'attirer de reproches, la volonté de son père. Car La Nouvelle-Orléans était la référence commerciale civilisée la plus proche de Veracruz ; c'est là-bas que le jeune libéral Benito Juárez, exilé par la dictature de Santa Anna le boiteux, avait travaillé dans une usine à rouler des cigares cubains : y aurait-il une plaque commémorative, du fait que Juárez, après avoir vaincu les Français, avait fait fusiller — lui si moche, si indien — le superbe Habsbourg Maximilien ?

— Les Habsbourg ont régné sur le Mexique plus longtemps que quiconque, ne l'oublie pas. Le Mexique est plus autrichien qu'autre chose —, disait la très cultivée Virginia à sa jeune sœur Leticia, la mère de Laura Díaz. Pour Leticia, les informations sur l'Empire étaient complètement étrangères aux seules choses qui lui importaient : sa maison, sa fille, sa cuisine, son attention active aux tâches de tous les jours...

De leur côté, les doigts agiles de Hilda donnaient aux Préludes de Chopin — ses pièces préférées — des accents mélancoliques qui augmentaient la tristesse actuelle, passée ou pressentie de la vaste mais simple maison sur la colline au-dessus du lac tropical.

— Aurions-nous été différentes si nous avions été élevées en Allemagne ? demandait d'une voix nostalgique la sœur Hilda.

— Oui, répondait Virginia sans hésiter. Et si nous étions nées en Chine, nous serions encore plus différentes. *Assez de chinoiseries, ma chère**[1].

— Tu n'as pas un peu le mal du pays ? demandait alors Hilda à sa sœur cadette, Leticia.

— Comment ça ? Je n'ai jamais été là-bas. Tu es la seule, coupait Virginia d'un ton grondeur, les yeux fixés sur Leticia, la mère de Laura.

1. Les mots ou phrases en italique suivis d'un astérisque sont en français dans le texte.

— Il y a beaucoup à faire dans la maison, déclarait Leticia pour clore la conversation.

Comme toutes les maisons de campagne que les Espagnols avaient laissées dans le Nouveau Monde, celle-ci était de plain-pied, composée de quatre ailes aux murs chaulés encadrant un patio central sur lequel donnaient les portes de la salle à manger, du salon et des chambres. C'était du patio que venait la lumière des pièces d'habitation ; les murs extérieurs étaient tous aveugles pour des raisons de défense, au besoin, et de pudeur, assurément.

— Nous vivons comme si nous allions être attaqués par les Indiens, les pirates anglais ou des Noirs en révolte, commentait la tante Virginia avec un sourire amusé. *Aux armes*!*

La pudeur, en revanche, était la bienvenue. Les travailleurs saisonniers embauchés pour récolter le café étaient curieux, impertinents, allant même parfois jusqu'à répondre avec insolence. Virginia leur répliquait alors avec un mélange d'injures en espagnol et de citations en latin qui les éloignait comme si la jeune fille aux yeux noirs, à la peau blanche et aux lèvres minces était l'une des sorcières qui, disait-on, vivaient de l'autre côté du lac.

Pour aller chez le patron, il fallait y être invité et entrer par la grande porte. La cuisine, tout au fond, était la seule pièce qui donnait sur la basse-cour, les écuries, les caves et la campagne ; elle donnait aussi sur les moulins, les canalisations et la cour où l'on récupérait le produit de la récolte, avec la chaudière et les machines pour dépulper, fermenter, laver et sécher. Il y avait peu d'animaux dans l'hacienda que son fondateur, Felipe Kelsen, avait baptisée « La Voyageuse » en l'honneur de sa femme, la courageuse et infirme Cósima : cinq chevaux de selle, quatorze mulets et cinquante têtes de bétail. Rien de tout cela n'intéressait la petite Laura, qui ne mettait jamais les pieds dans ces lieux de travail que son grand-père dirigeait avec rigueur, sans se plaindre mais en constatant que la main-d'œuvre pour la culture du café était chère, compte tenu de la fragilité du produit et des aléas de sa commercialisation. De ce fait, don Felipe était obligé de prodiguer des soins constants aux caféiers, les tailler, leur assurer l'ombre nécessaire à leur croissance, les couper, les séparer des rejetons, nettoyer le terrain et s'occuper des serres.

— Le café n'est pas comme le sucre, ce n'est pas comme la brave canne qui pousse un peu partout, le café exige de la discipline —, répétait d'un ton sentencieux le patron don Felipe, toujours vigilant autour des moulins, des remises, des étables et des fameuses serres, au cours de ses journées de travail qu'il partageait entre l'attention minutieuse aux cultures et la non moindre attention aux comptes.

La petite Laura ne s'intéressait pas à toutes ces choses. Ce qu'elle aimait, elle, c'était que l'hacienda se prolonge par les coteaux de caféiers et, au-delà, la forêt et le lac dont la rencontre semblait interdite. La petite Laura grimpait sur le toit-terrasse pour apercevoir au loin le miroir étamé du lac, comme disait sa tante Virginia, la grande lectrice, et elle ne se demandait pas pourquoi le plus bel endroit de la région était aussi le moins proche, le plus éloigné de la main que l'enfant tendait comme pour le toucher, accordant tout le pouvoir du monde à son désir. Elle attribuait toutes les victoires de son enfance à l'imaginaire. Le lac. Un vers.

Les notes mélancoliques d'un prélude montaient du salon et Laura se sentait triste, mais contente de partager un tel sentiment avec sa tante aînée, une femme si belle et solitaire mais dotée de dix doigts musiciens.

Sur instruction de don Felipe Kelsen, son grand-père et propriétaire de l'hacienda, des ouvriers enduisaient l'extérieur de la maison avec un mélange de chaux, de sable et de pulpe d'agave, dont leurs mains étaient couvertes, qui donnait aux murs la douceur d'un dos de femme. Et c'est bien ce que disait le grand-père don Felipe à son épouse, toujours aussi droite malgré sa grave maladie, la veille de la mort de celle-ci :

— Chaque fois que je toucherai les murs de la maison, je croirai caresser ton dos nu, ton ravissant et délicat dos nu, tu te souviens ?

Lorsque, le lendemain, la grand-mère décéda dans un soupir, son mari réussit enfin à faire dans la mort ce que doña Cósima avait toujours refusé durant sa vie : lui enfiler des gants noirs remplis de coton à la place des quatre doigts absents de la main droite.

Il la livra à l'éternité, dit-il, aussi entière qu'il l'avait reçue lorsque la fiancée commandée en Allemagne arriva, avec ses vingt-deux ans, exactement pareille à son daguerréotype, la chevelure partagée en deux et disposée en deux grands hémisphères symétriques de part et d'autre d'une raie parfaite et venant couvrir les oreilles comme pour mieux rehausser la perfection des anneaux en nacre qui pendaient des lobes cachés.

— Les oreilles sont ce qu'il y a de plus moche chez une femme, grognait Virginia.

— Tu ne sais que trouver des défauts, répliquait Hilda.

— C'est avec mes horribles petites oreilles que je t'entends réciter et que je t'écoute jouer du piano, se moquait la mère de Laura Díaz. Heureusement que la Mutti Cósima ne portait pas ses boucles d'oreille à Perote !

Elle était arrivée d'Allemagne à l'âge de vingt-deux ans, les cheveux très noirs comme pour mettre en valeur la blancheur de sa peau. Sur le portrait, elle tenait contre sa poitrine un éventail entre les cinq doigts de sa main droite.

C'est pour cela que Hilda jouait du piano avec honte et passion, comme si elle voulait à la fois compenser l'infirmité de sa mère et l'offenser en lui signifiant, moi, je peux, et pas toi ; signe de la rancune masquée de l'aînée des Kelsen, la seule des trois sœurs qui fût en une unique occasion retournée en Allemagne avec sa mère, séjour au cours duquel elle avait assisté à Cologne à un récital du célèbre pianiste et compositeur Franz Liszt. Car c'était la rengaine de beaucoup d'immigrants européens. Le Mexique était un pays d'Indiens et de rustres où la nature était si riche et abondante que l'on pouvait satisfaire ses besoins sans avoir à travailler. L'incitation à l'immigration allemande relevait d'un désir de modifier cet état de choses en introduisant au Mexique une autre nature, celle, industrieuse, des Européens. Mais ces derniers, invités à cultiver la terre, ne supportaient pas la dureté et l'isolement, et finissaient par s'établir dans les villes. C'était la raison pour laquelle Felipe Kelsen restait fidèle à son engagement à travailler la terre, à travailler dur et à écarter deux tentations : le retour en Allemagne et les voyages à Mexico qui avaient coûté si cher à sa femme Cósima. À la sortie du concert, Hilda avait dit à sa mère : « Mutti, pourquoi ne restons-nous pas vivre ici ? Le Mexique est si horrible ! »

Don Felipe interdit alors non seulement tout autre voyage de retour au Vaterland, mais aussi l'emploi de la langue allemande à la maison et, le poing fermé — d'autant plus sévère qu'il resta immobile, sans rien frapper —, il déclara que désormais ils étaient tous des Mexicains, qu'ils allaient s'assimiler, qu'il n'y aurait plus de voyages au bord du Rhin et que personne n'était autorisé à parler autre chose que l'espagnol. Philipp serait Felipe, et Cosima, eh bien, rien à faire, Cósima. Il n'y avait que Virginia qui, câline et espiègle, osait appeler sa mère Mutti et faire des citations en allemand. Don Felipe se contentait de hausser les épaules : bon, il avait hérité d'une fille excentrique...

— Il y a des bigles, il y a des albinos et il y a Virginia, disait Virginia en faisant semblant de loucher. Gesundheit !

Ni parler l'allemand ni s'occuper d'autre chose que de la maison ou, comme l'on disait d'une façon moderne, de l'économie domestique. Les filles ne devinrent peut-être aussi travailleuses que pour pallier le handicap de la mère, laquelle s'installa dans son rocking-chair (une autre nouveauté venue de la Louisiane) pour agiter son éventail de la main gauche et contempler l'horizon, en direction de la Voie Royale et des brumes de Perote où, si jeune, elle avait laissé quatre doigts et, disaient certains, son cœur.

— Lorsqu'une femme rencontre le Beau de Papantla, elle ne l'oublie plus jamais, affirmait la vox populi de Veracruz.

Don Felipe, en revanche, ne se privait pas de reprocher à sa jeune femme le voyage à Mexico. « Tu vois ? Si tu étais allée faire tes achats à La Nouvelle-Orléans, tu te serais épargné ce malheur. »

Cósima avait compris dès le premier jour que la volonté de son mari était de s'intégrer au Mexique. Elle était la dernière concession que Felipe Kelsen faisait à son ancienne patrie. Cósima ne fit que devancer le désir de son époux d'être pour toujours d'ici, plus jamais de là-bas. Cela lui avait coûté quatre doigts. — Je préfère acheter le trousseau dans la capitale mexicaine. Nous sommes mexicains, n'est-ce pas ?

Comme c'est dangereux, les doigts, songeait Laurita au sortir de ses cauchemars où elle voyait une main solitaire avancer sur le sol, grimper le long des murs pour finir par tomber sur l'oreiller, à côté du visage de la petite fille. Elle se réveillait en criant et c'était une araignée qu'elle découvrait sur son oreiller, mais qu'elle n'osait pas tuer car cela aurait été la même chose que de couper à nouveau les doigts de la grand-mère qui se balançait dans son fauteuil, éternellement absorbée dans ses pensées.

— Maman, je voudrais avoir un store blanc au-dessus de mon lit.

— La maison est très propre. Il n'y entre pas un brin de poussière.

— Mais, moi, il m'entre des tas de mauvais rêves.

Leticia riait et se penchait pour embrasser tendrement sa petite fille, qui faisait déjà preuve de la même vivacité charmante que les autres membres de la famille, à l'exception de la belle grand-mère Cósima, malade de mélancolie.

Aux canailles qui imputaient des passions platoniques à sa femme, don Felipe avait répliqué en lui faisant trois jolies filles, intelligentes et laborieuses de surcroît. « Six doigts suffisent à une femme pour aimer un homme », s'était-il vanté un soir dans une taverne ; il avait aussitôt regretté ce propos grossier, en éprouvant un remords comme il n'en avait jamais éprouvé de sa vie. Il travaillait dur, il était fatigué ce soir-là, et un peu ivre. Il était propriétaire d'une plantation de café. Il avait voulu se détendre un peu. Il ne répéta plus jamais pareille vulgarité. Il souhaita même secrètement la mort de ceux qui l'avaient entendu la prononcer, ou qu'ils disparaissent à jamais en partant s'installer ailleurs.

— Partir c'est mourir un peu —, répétait Felipe, se souvenant d'un dicton qu'il avait souvent entendu dans la bouche de sa mère, qui était française, quand Felipe était Philipp, que son père s'appelait Heine Kelsen et sa mère Laetitia Lassalle : une époque où l'Europe que Bonaparte avait laissée derrière lui se construisait en même temps qu'elle se désagrégeait de partout, parce que l'industrie se développait tandis que l'artisanat diminuait, parce que les gens partaient travailler hors de chez eux et de leurs champs, dans les usines, et que ce n'était plus comme avant, lorsque foyer et travail allaient de pair ; parce qu'on parlait de liberté et que les tyrans régnaient ; parce que la nation ouvrait son cœur pour être criblée de balles par le fusil autoritaire ; parce que nul ne savait si son pied foulait un nouveau sillon ou marchait sur d'anciennes cendres, pour parler comme Alfred de Musset, le merveilleux poète romantique dont la lecture unissait fiancés et fiancées, exaltant les premiers, rendant les secondes amoureuses, émouvant tout le monde. Garçons exaltés, jeunes filles pâmées : le jeune Philipp Kelsen, yeux bleus et profil grec, barbe fleurie et grande cape, haut-de-forme et canne à poignée d'ivoire en forme d'aigle, voulait comprendre dans quel monde il vivait ; il crut tout comprendre lors d'une grande manifestation à Düsseldorf, où il se vit, se reconnut, s'admira et alla jusqu'à s'aimer lui-même, comme dans un reflet troublant, dans la merveilleuse figure du jeune tribun socialiste Ferdinand Lassalle.

À l'âge de vingt-quatre ans, Philipp Kelsen se sentit frappé par une sorte de présage en écoutant et en regardant cet homme, presque son contemporain et pourtant son mentor, qui portait le même nom que sa mère, comme celle-ci portait le prénom de la mère de Napoléon, Letizia ; les signes favorables entraînaient le jeune Allemand à l'écoute des paroles de Lassalle qui lui rappelaient celles de Musset : « Depuis les sphères les plus hautes de l'intelligence jusqu'aux mystères les plus impénétrables de la matière et de la forme, cette âme et ce corps sont tes frères. »

— Lassalle, mon frère —, disait-il en silence à son héros, oubliant volontairement et involontairement les faits fondamentaux de sa propre vie : son père, Heine Kelsen, devait sa position à des relations commerciales et bancaires, de subordonné certes, mais empreintes de respect, avec le vieux Johann Buddenbrook, qui avait fait fortune en accaparant du blé pour le vendre à des prix élevés aux troupes prussiennes en guerre contre Napoléon. Heine Kelsen était le représentant à Düsseldorf des intérêts du vieux Johann, citoyen de Lübeck ; cependant ses avoirs — argent et chance — doublèrent lorsqu'il épousa Laetitia Lassalle, filleule du financier français Nucingen, lequel octroya à sa protégée une rente à vie de cent mille livres par an à titre de dot.

Philipp Kelsen avait oublié tout cela lorsque, à vingt-quatre ans, il entendit Ferdinand Lassalle pour la première fois.

Lassalle s'adressait aux travailleurs rhénans avec la passion du romantique et la raison de l'homme politique, leur rappelant que, dans la nouvelle Europe industrielle et dynastique, le grand Napoléon avait été remplacé par Napoléon le petit, un misérable tyranneau malgré son insolence, dont la petitesse était justement d'avoir fait alliance avec la bourgeoisie contre les travailleurs : « Le premier Napoléon — proclama Lassalle lors du meeting auquel assistait Kelsen — était un révolutionnaire, son neveu est un crétin et ne représente que la réaction moribonde. »

Comme il admira cet autre jeune homme le jeune Kelsen ! Ce fougueux Lassalle que la police de Düsseldorf décrivait comme un garçon doué « d'incroyables capacités intellectuelles, d'une énergie inépuisable, d'une grande détermination, d'idées férocement de gauche, d'un vaste cercle d'amitiés, d'un grand sens pratique et de moyens financiers importants » ! Pour toutes ces raisons, il était dangereux, avait conclu la police ; pour toutes ces raisons, il était admirable, estima son jeune partisan Kelsen, car Lassalle était bien habillé (alors que son rival Marx avait des taches de graisse sur son gilet), car Lassalle assistait aux réceptions données par la classe même qu'il combattait (tandis que Marx ne fréquentait que les plus minables cafés londoniens), car Lassalle croyait dans la nation allemande (tandis que Marx était un cosmopolite ennemi du nationalisme), car Lassalle aimait l'aventure (alors que Marx était un terne père de famille petit-bourgeois, incapable d'offrir la moindre bague à son aristocratique épouse von Westphalen).

Philipp Kelsen aurait à lutter toute sa vie contre la ferveur lassallienne de sa jeunesse socialiste ; une jeunesse qu'il gaspilla dans cette illusion resplendissante qui, tel le sillon européen du poète, n'était peut-être qu'une fosse commune remplie de cendres. Le socialiste Lassalle finit par s'allier au féodaliste Bismarck, le junker prussien ultra-nationaliste et ultra-réactionnaire, la raison de cette inconfortable alliance étant qu'elle leur permettrait de s'imposer aux capitalistes cupides et sans patrie. La critique du pouvoir devint le pouvoir sur la critique et Philipp Kelsen quitta l'Allemagne le jour même où Ferdinand Lassalle, son héros souillé, devint son héros ensanglanté, tué en duel, le 28 août 1864, dans un bois près de Genève pour un motif aussi absurde et romantique que l'était le beau socialiste lui-même : il était tombé passionnément amoureux d'Helena (von Doniger, apprit-on par les journaux), il provoqua en duel le fiancé de la belle Helena (Yanko von Racowitz, précisait la chronique) lequel, comme il se doit, troua Lassalle d'une balle dans le ventre sans aucun égard pour l'histoire, le socialisme, le mouvement ouvrier ou le Chancelier de Fer.

Quel autre lieu plus éloigné du panthéon de Breslau, où Lassalle fut enterré à l'âge de trente-neuf ans, aurait pu trouver le socialiste déçu Philipp Kelsen, lui-même âgé de vingt-cinq ans, que les rivages de l'Amérique ? Après une longue traversée depuis le port de Hambourg, il aboutirait finalement à Veracruz — où l'Atlantique vient mourir — et, de là, plus loin encore, vers l'intérieur du continent, jusqu'à Catemaco, une contrée chaude, aux terres fertiles, riches, un pays de Cocagne comme on le vantait dans les discours, où la nature et l'homme pouvaient s'associer et prospérer, loin des désillusions frelatées de l'Europe.

Philipp Kelsen ne garda de Lassalle qu'un souvenir ému, le nationalisme et le goût de l'aventure qui l'amena du Rhin au golfe du Mexique. Sauf que, ici, ces deux derniers traits ne seraient plus allemands mais mexicains. À Düsseldorf, le vieux Heine approuva la décision de son fils rebelle, lui accorda une dotation en marks et l'embarqua à Hambourg pour le Nouveau Monde. Philipp Kelsen fit une escale de trois ans à La Nouvelle-Orléans, travailla à contrecœur dans une usine de tabac, fut dégoûté par le racisme nord-américain, si prévalant parmi les ruines et les cendres de la Confédération sudiste. Il reprit alors son chemin, arriva à Veracruz, explora la côte depuis Tuxpan, dans la verte région de Huasteca, jusqu'aux Tuxtlas survolés par des centaines d'oiseaux.

— À ventre plein, cœur joyeux —, lui dit la première femme avec laquelle il coucha à Tuxpan, une mulâtre aussi sensuelle au lit que dans la cuisine et qui faisait alterner dans la bouche avide du jeune séducteur allemand deux mamelons violets avec une grande quantité de *bocoles, pemoles* et *tamales de zacahuil*... Mal habitué, Philipp Kelsen retomba, à Santiago Tuxtla, sur une autre mulâtre et sa cuisine. Elle s'appelait Santiaga, comme la ville, et les plats qu'elle proposait au repos et à la sensualité du petit nouveau-venu étaient tous caribéens : le manioc, la sauce à l'ail et le *mogo-mogo* de banane géante. Mais plus que par un quelconque plat, sexuel ou gastronomique, Philipp Kelsen fut séduit par la beauté de Catemaco, à deux pas des Tuxtlas : un lac qui aurait pu se trouver en Suisse ou en Allemagne, entouré de montagnes et d'une végétation dense, poli comme un miroir mais animé des rumeurs invisibles de cascades, de vols d'oiseaux et de colonies de macaques à la queue courte.

Debout sur une colline surplombant le mercure du lac, dans un acte conciliant sa jeunesse et son avenir, son esprit romantique et sa généalogie financière, son idéalisme et son pragmatisme, sa sensualité et son ascétisme, Philipp Kelsen déclara : « Je reste ici. Voici ma patrie. »

La petite Laura commençait à connaître, mais seulement de loin et par ouï-dire, l'histoire de son beau grand-père allemand, qui se tenait toujours bien droit et discipliné ; celui-ci ne parlait que l'espagnol, mais qui sait s'il ne continuait pas à penser en allemand et quelle était la langue de ses rêves. Pour la petite fille, toutes les dates étaient proches et le temps qui passe était avant tout rythmé par le jour de son anniversaire ; ce jour-là, afin que personne n'oublie de le lui fêter, elle sortait dans le patio très tôt le matin, encore en chemise de nuit, et, tout en exécutant de petits sauts gracieux, elle se mettait à chanter :

le douze de mai
la Vierge apparut
toute de blanc vêtue
sous son grand mantelet...

Toute la maison connaissait ce rite et, les jours précédant l'anniversaire, on faisait mine d'oublier la célébration. Laura savait que les autres savaient, mais elle n'en laissait rien paraître. Tout le monde jouait à la surprise, c'était beaucoup plus amusant comme ça, surtout en ce douze mai de la cinquième année du siècle, lorsque Laura fêta ses sept ans et que son grand-père lui offrit une chose extraordinaire : une poupée chinoise dont les mains, la tête et les pieds étaient en porcelaine, et dont le petit corps en coton était revêtu d'une tenue de mandarin en soie rouge, liserés noirs et broderies dorées représentant des dragons. L'habit si exotique ne détourna cependant pas la fillette de sa joie, ni sa joie de l'amour instantané que lui inspirèrent les petits pieds en bas de soie blanche et chaussons de velours noir ; le visage souriant, aplati, avec ses yeux bridés et ses hauts sourcils peints près des cheveux en soie. Néanmoins, la chose la plus délicate de la poupée étaient ses mains minuscules ; Laura, qui venait de recevoir le plus beau cadeau de toute son enfance, prit une de ces petites mains pour saluer la main de la tante pianiste, Hilda, de la tante écrivain, Virginia, de la Mutti cuisinière, Leticia, du grand-père agriculteur, Felipe, et de la grand-mère infirme, Cósima, qui, involontairement, cacha son moignon droit sous le châle et tendit maladroitement sa main gauche à sa petite-fille.

— Lui as-tu trouvé un nom ? demanda doña Cósima.

— Li Po, répondit Laura en chantonnant. On l'appellera Li Po.

La grand-mère l'interrogea du regard, et Laura haussa les épaules dans un mouvement qui voulait dire « parce que » ; tous l'embrassèrent et la fillette retourna dans sa chambre pour installer Li Po sur les oreillers, lui promettant que, même si elle, Laura, était punie, Li Po ne serait jamais grondée et que, même si rien n'allait pour Laura, Li Po aurait toujours son trône de coussins pour régner dans sa chambre.

— Repose-toi, Li Po, dors, sois heureuse. Je m'occuperai de toi toujours.

Quand elle laissait Li Po dans sa chambre pour sortir, son instinct d'enfant l'amenait à jouer, comme dans un jardin, l'événement du retour au monde naturel, si abondant, si « prodigue » mais surtout si minutieux, si proche et évident au regard et au toucher de la fillette qui grandissait au milieu d'une jungle aux aguets, d'un lac frémissant et de caféiers renaissants, comme disait, d'une voix haute et sonore, la tante Virginia.

— Une terre *ubérrima*, prononçait-elle pour que tout soit dit. Most fertile.

Mais les doigts de la maison retenaient Laura comme les plantes grimpantes retiennent le monde attentif de la forêt tropicale ; la tante Hilda jouait du piano (je m'étourdis et m'exalte en même temps, j'ai honte, mais j'éprouve un secret plaisir à me servir de mes dix doigts pour m'abandonner, sortir de moi-même, sentir et signifier à tous que la musique qu'ils écoutent n'est pas à moi et n'est pas moi, elle appartient à Chopin, je ne suis que l'interprète, celle qui fait passer ce son merveilleux par mes mains, par mes doigts, et je sais que dehors, sur son rocking-chair, ma mère m'écoute, elle qui n'a pas voulu que je reste en Allemagne pour étudier et devenir une pianiste de renommée, une véritable artiste ; mon père aussi m'écoute, lui qui nous a enfermées dans ce patelin sans avenir ; je leur en veux à tous les deux de m'avoir fait perdre mon propre avenir, moi Hilda Kelsen, celle que j'aurais pu être, celle que je ne serai plus jamais, quoi que je fasse, et même si un hasard exceptionnel, auquel je n'aurais aucune part, dont je ne pourrais dire « je t'ai suscité, tu m'appartiens », venait me porter chance ; ce ne serait pas ma chance mais un accident, un cadeau du hasard : je joue les tristissimes Préludes de Chopin, mais je ne me console pas, je m'arme de patience simplement, et je prends secrètement plaisir à faire de la peine à mes parents...) ; la tante Virginia écrivait un poème (je vis entourée de résignation, moi je ne veux pas me résigner, je veux pouvoir m'échapper un jour, et je crains que mon goût de la lecture et de l'écriture ne soit que cela, un moyen de fuir et non une vocation que je pourrais réaliser aussi bien ici qu'en Allemagne ou, comme je leur avais répondu un jour, en Chine ; mais je risque en fait de finir comme la poupée de ma nièce, charmante et muette, à jamais installée sur un gros oreiller) ; la Mutti Leticia aidait la cuisinière à préparer des *tamales* de la Côte (qu'il est agréable de farcir la pâte tendre avec la viande de porc et le piment *chipotle*, de la cuisiner d'abord, puis de la faire bouillir pour finalement envelopper amoureusement chaque chausson, tel un enfant, dans son drap de feuille de bananier, mélangeant et préservant ainsi les saveurs et les arômes, la viande et le piquant, le fruit et la farine, quelle délectation pour le palais, cela me rappelle les baisers de Fernando mon mari, mais je ne dois pas penser à ces choses, nous nous sommes arrangés comme ça, c'est ce qui convient le mieux à tout le monde, c'est bien que la petite grandisse à la campagne avec moi, à chacun ses obligations, il ne faut pas épuiser les plaisirs dans sa jeunesse, il faut en garder pour plus tard, il faut recevoir le plaisir comme une récompense, non comme un privilège, le don s'épuise aussi vite que le caprice, on croit avoir tous les droits et l'on finit par ne plus en avoir aucun ; je préfère attendre, patiemment, je n'ai que vingt-trois ans et toute la vie devant moi, toute la vie devant moi...) ; le grand-père Felipe chaussait ses lunettes et parcourait les comptes (je ne peux pas me plaindre, tout a bien marché, la ferme prospère, les filles vont bien, Hilda a sa musique, Virginia ses livres, celle qui pourrait le plus se plaindre c'est Leticia, séparée de son mari non par un quelconque diktat ou une tyrannie de ma part, mais par un commun accord entre eux, parce qu'ils veulent attendre le futur, sans se rendre compte qu'ils l'ont peut-être déjà perdu, car il faut saisir les choses quand elles se présentent, comme on attrape les oiseaux au vol avant qu'ils ne disparaissent, comme je me suis lancé dans l'aventure socialiste jusqu'à ce que celle-ci s'épuise, et ensuite dans celle de l'Amérique qui, elle, semble inépuisable, un continent sans fond, tandis que nous, les Européens, avons avalé la totalité de notre histoire et maintenant nous la ruminons, nous l'éructons, nous la déféquons, nous sommes des défécateurs d'histoire alors qu'ici l'histoire est encore à faire, sans les erreurs de l'Europe, sans les rêves et les déceptions de l'Europe, en partant de zéro, quel soulagement, quel pouvoir, partir de rien, être le maître de son propre destin, on peut alors accepter les chutes les malheurs les erreurs car ils font partie du destin de chacun et non pas d'un lointain devenir historique, Napoléon, Bismarck, Lassalle, Karl Marx... tous ceux-ci, du haut de leurs trônes et de leurs chaires, avaient moins de liberté que celle dont je dispose ici, assis à faire les comptes d'une exploitation de café, himmel et sapristi de nom de Dieu) ; enfin Cósima, la grand-mère silencieuse, se balançait doucement dans le rocking-chair venu de Louisiane au lieu de Mexico (je voulais montrer à Felipe que moi aussi j'étais de ce pays, c'est tout ; dès mon arrivée, dès que je l'ai rencontré, j'ai compris que j'étais sa dernière concession au passé allemand ; je ne sais toujours pas pourquoi il m'a choisie ; pourquoi il m'aime autant et j'espère que ce n'est pas pour compenser ma malheureuse aventure sur la route de Perote ; il ne m'a jamais fait sentir qu'il me prenait en pitié, au contraire, il m'a aimée d'une véritable passion d'homme, nos filles ont été conçues dans des transports dévergondés, grossiers même, inimaginables pour les gens qui nous ont connus. Il me traite de pute et j'aime ça, je lui dis que je m'imagine en train de faire l'amour avec le *chicano* qui m'a mutilée et ça lui plaît, nous sommes complices dans un amour intense, sans honte ni réticence, que nous seuls connaissons et qui rend extrêmement douloureuse la mort qui approche et me dit, nous dit : bientôt l'un des deux vivra sans l'autre, comment ferez-vous donc pour continuer à vous aimer ? moi je ne sais pas parce que j'ignore ce qui viendra après, mais lui, s'il reste, il peut se souvenir de moi, m'imaginer, me prolonger, croire que je ne suis pas morte, que je n'ai fait que m'enfuir avec le

Beau que je n'ai jamais revu — car si je l'avais revu, qu'aurais-je fait ? l'aurais-je tué ou serais-je partie avec lui ? non, je penserai toujours ce que je dis aux gens : j'ai fait ça pour sauver les autres voyageurs ; mais comment oublier ce regard de bête sauvage, cette prestance de mâle, cette démarche de tigre, ce désir inassouvi, le mien comme le sien, jamais, jamais, jamais...).

La tante Hilda jouait du piano ; la tante Virginia écrivait encore avec une plume d'oie ; sa mère Leticia faisait la cuisine, non seulement parce que cela lui plaisait, mais parce qu'elle avait du génie dans l'art d'accommoder à la manière de la Côte le riz et le haricot, la banane et le porc, d'émincer et de faire mariner dans le citron les restes de viande servant à préparer le plat appelé *ropa vieja*, de rehausser les poulpes cuits dans leur encre, et de finir par les meringues, les crèmes, le lait fermenté et cette sorte de flan dénommé *tocino del cielo*, la friandise la plus sucrée au monde, arrivée de Barcelone à La Havane et de Cuba à Veracruz comme pour enlever toute amertume à ces terres de révolution, de conquêtes et de tyrannie.

— Pas question, je ne veux rien savoir du passé du Mexique, l'Amérique n'est qu'avenir —, affirmait sentencieusement le grand-père lorsqu'on évoquait ces sujets. C'est la raison pour laquelle il sortait de moins en moins à des dîners ou des soirées ; et dans les tavernes, plus jamais, depuis qu'il s'était laissé aller à des propos inconsidérés ce fameux soir de grande fatigue... Au début, il n'allait pas non plus à la messe, premièrement parce qu'il était socialiste, deuxièmement parce qu'il était protestant ; mais — petite ville, grand enfer — il finit par succomber aux us et coutumes d'une Veracruz qui croyait en Dieu et aux miracles, mais pas en l'Église ni aux curés. Cela arrangeait bien Felipe, non par cynisme mais par commodité. Cependant, la commodité tout le monde en fut privé quand arriva don Elzevir Almonte, un jeune curé à la peau sombre, d'un naturel intolérant, envoyé depuis la très prude et cléricale ville de Puebla de los Ángeles avec la mission, fixée par l'archevêché de Mexico à une bonne douzaine de prêtres du haut plateau, de réintroduire la discipline et les bonnes mœurs parmi les fidèles quelque peu relâchés (voire débauchés) de la côte du Golfe.

Cósima Reiter, la fiancée épistolaire que Philipp Kelsen, le socialiste désenchanté, avait fait venir d'Allemagne jusqu'à sa plantation de café près de Veracruz, était née et avait été élevée dans la foi protestante. Philipp-Felipe, qui était agnostique, se rendit compte qu'il ne trouverait pas d'épouse non croyante au Mexique : ici, même les athées croyaient en Dieu et même les putes étaient catholiques, apostoliques et romaines.

Commander une fiancée athée à l'Allemagne guillermine aurait été pris plutôt comme une blague tropicale qu'une offense. Philipp suivit le conseil des amis et des parents qu'il avait ici et là-bas ; il fut, surtout, séduit par le daguerréotype de la jeune fille à la chevelure noire divisée en deux parties égales par une stricte raie au milieu, et tenant un éventail dans la main droite.

Le jeune lassalliste n'avait pas prévu qu'avec l'arrivée à Veracruz de sa très jeune fiancée protestante, la veine conformiste qui, malgré quelques exceptions notoires, est la règle des communautés religieuses, allait s'imposer à la nouvelle épousée pour plusieurs raisons. La pression sociale ne fut pas la raison majeure. Beaucoup plus importante fut l'inévitable découverte que Philipp, ou Felipe, n'avait pas vécu comme un saint pendant ses années de célibat à Veracruz : le jeune étranger, aux longs cheveux bouclés, barbe blonde et profil grec, n'allait évidemment obéir à aucune règle monacale. Doña Cósima avait à peine défait ses bagages que les bruits qui couraient dans la petite ville des bords du lac arrivèrent à ses oreilles ; aussi, vingt-trois heures après leur mariage civil, la belle et rectiligne Allemande déclara à son mari stupéfait :

— Maintenant je veux un mariage religieux catholique.

— Mais nous avons été élevés dans le protestantisme. Nous devrons abjurer.

— Nous sommes chrétiens. Personne n'a besoin d'en savoir plus.

— Je ne comprends pas les raisons de ta demande.

— C'est pour que ta fille mulâtre soit ma demoiselle d'honneur et porte la traîne de ma robe.

Et c'est ainsi que María de la O intégra presque dès le premier jour la maison des jeunes mariés. Cósima attribua une chambre à la demoiselle et donna l'ordre aux domestiques de l'appeler ainsi : mademoiselle ; elle lui désigna sa place à table, la traita comme sa fille, ne tenant aucun compte de ses origines. Personne, excepté María de la O, alors âgée de huit ans, n'entendit ce que Cósima Reiter déclara à sa vraie mère. Madame, choisissez comment vous voulez que votre fille grandisse. Allez vous installer où bon vous semble, à Tampico ou à Coatzacoalcos, et vous ne manquerez de rien.

— Sauf de l'amour de ma petite fille —, répondit en pleurnichant la négresse qu'on surnommait La Triestina, sans qu'on sache si c'était à cause de ses yeux tristes ou parce qu'elle prétendait qu'elle avait été l'une des femmes de chambre de l'impératrice Charlotte dans le palais de Mirman à Trieste.

— Ça, tu n'y crois pas toi-même —, répliqua la nouvelle madame Kelsen en passant aussitôt au tutoiement (elle avait vite saisi les mœurs du pays), et ce n'est que bien plus tard, déjà âgée, qu'elle rappela la scène à son mari sans savoir que Laurita les écoutait cachée derrière un pot de fougères.

María de la O Kelsen. C'est ainsi que Cósima présenta la jolie petite métisse et c'est sous ce nom que don Felipe l'accepta. La maîtresse de maison n'eut pas non plus à supplier son mari d'être fidèle aux principes humanistes de sa jeunesse. Cósima imposa sa volonté et commença à aller à la messe, d'abord avec la petite mulâtre et tenant un missel entre les deux mains, ensuite avec trois autres filles et tenant le missel dans une seule main, fière de sa quadruple maternité, indifférente aux murmures, étonnements et médisances, même si les mauvaises langues racontaient que le vrai père était le Beau de Papantla, oubliant que le bandit était créole, doña Cósima allemande et que, en ce cas, María de la O serait une quarteronne ou une sang-mêlé.

De sept ans plus âgée que Hilda, l'aînée de ses sœurs, ayant huit ans de plus que Virginia et dix de plus que Leticia, María de la O était une petite fille mulâtre aux traits agréables, au sourire prompt et à la démarche droite : lorsque Cósima l'avait accueillie elle était un peu repliée, recroquevillée sur elle-même, tel un petit animal battu et abandonné dans son coin, avec des yeux noirs remplis de visions encore plus noires ; aussi, sa mère par volonté et raison, Cósima Reiter de Kelsen, entreprit-elle derechef d'apprendre à María de la O à marcher droit ; elle alla même jusqu'à lui intimer l'ordre :

— Pose ce dictionnaire sur ta tête et avance vers moi sans le faire tomber. Fais attention.

Elle lui apprit à se servir de couverts, à se laver, elle l'habilla en robes blanches des plus joliment amidonnées afin de faire ressortir son teint mat. Elle lui imposa un nœud de soie blanche dans les cheveux, qu'elle n'avait pas crépus comme sa mère, mais lisses comme son père Philipp.

— Toi, oui, je te ramènerais bien en Allemagne, déclarait fièrement doña Cósima. Tu attirerais tous les regards.

Elle se rendit à l'église et annonça au père Morales, je vais avoir un enfant et puis au moins encore deux autres.

— Je ne veux pas que l'un quelconque de mes enfants ait honte de sa sœur. Je veux que les Kelsen à venir trouvent une Kelsen différente mais meilleure qu'eux.

Elle posa sa main sur le ruban dans les cheveux de María de la O.

— Baptisez-la, faites-lui faire sa confirmation, accordez-lui toutes les bénédictions et, pour l'amour du bon Dieu, priez pour qu'elle reste honnête.

Elle hésita un instant, puis revint sur ses pas.

— Qu'elle ne nous tourne pas à la putain.

Par chance, le curé de Veracruz, don Jesús Morales, était un brave homme sans être servile; tout dans son attitude — en public par ses prêches, dans le privé des réunions amicales comme dans le secret de la confession — tendait à défendre et à louer la conduite chrétienne de la, par ailleurs, très convertie au catholicisme romain, doña Cósima Reiter von Kelsen.

— Mesdames, ne ruinez pas les victoires de la foi et de la charité. Tenez-vous tranquilles, que diable.

Le curé Jesús Morales aimait ses ouailles. Celui

qui le remplaça, le père Elzevir Almonte, voulut les réformer. Les doigts qui manquaient à la grand-mère Cósima, le nouveau curé les avait en trop et il s'en servait pour admonester, fustiger, condamner... Ses sermons faisaient planer sur le tropique un air des hauts plateaux, raréfié, suffocant, intolérable et intolérant. Les gens commencèrent à parler des interdictions lancées du haut de sa chaire par le sombre et juvénile père Almonte : finies les blouses négligées qui montrent les formes féminines, surtout quand elles sont trempées par la pluie ; en conséquence, sous-vêtements modestes et parapluie obligatoire ; finies les grossièretés et canailleries de Veracruz ; même si je ne suis ni conseiller municipal ni juge, j'annonce que celui qui dira des gros mots ne recevra pas dans sa bouche sacrilège le saint corps du Sauveur, car cela je peux le décider ; finies les sérénades qui ne sont que prétexte à l'excitation nocturne et dérangement pour le repos des chrétiens ; fermeture des bordels et des tavernes, et j'ordonne moralement un couvre-feu à partir de neuf heures du soir, qu'il soit ratifié ou non par les autorités, et elles le ratifieront, je n'en doute pas ; dorénavant on dira celles avec lesquelles je marche et non pas « jambes », on dira celles avec lesquelles je m'assois et non pas...

Le nouveau curé du village proclama tout cela, à l'aide de force jeux de mains, ridicules et insolents, comme s'il cherchait à sculpter dans l'air ses interdits tranchants. Les bordels déménagèrent à Santiago Tuxtla, les tavernes à San Andrés, les harpistes et guitaristes se replièrent sur Boca del Río, et, au milieu de la désolation tombée comme une plaie sur les commerçants du lieu, le père Almonte dépassa la mesure avec ses procédés de confession.

— Dis-moi, mon enfant, te regardes-tu toute nue dans la glace ?

Felipe ne reprocha pas sa nouvelle foi à Cósima. Il la fixait simplement des yeux quand elle rentrait de la messe dominicale et, pour la première fois de sa vie, Cósima baissait sa tête altière.

— Te touches-tu en cachette, mon enfant ?

Laura se regarda nue dans le miroir et ne s'étonna pas de voir ce qu'elle avait toujours vu : elle croyait que le curé avait semé quelque chose d'insolite dans son corps, une fleur dans le nombril ou une araignée noire entre les jambes, comme celle qu'elle avait vue sur ses tantes quand elles se baignaient dans un coin retiré du fleuve, où elles cessèrent d'aller dès que le père Almonte commença à répandre des suspicions partout.

— Aimerais-tu voir le sexe de ton père, ma petite ?

Pour voir s'il arrivait quelque chose, Laura répéta devant le miroir les gestes étranges et les paroles plus extraordinaires encore de monsieur le curé. Elle imita, en l'exagérant, la voix prétentieuse du prêtre :

— Une femme est un temple construit sur un égout.

— As-tu vu ton père nu ?

Son père, Fernando Díaz, Laura ne le voyait presque jamais, ni habillé ni nu. Il était comptable dans une banque, habitait à Veracruz avec un fils de seize ans issu d'un mariage antérieur. Après le décès de sa première femme, Elisa Obregón, morte en couches, Fernando était tombé amoureux de la jeune Leticia Kelsen qu'il avait rencontrée aux fêtes de Tlacotalpan ; la jeune fille s'était elle aussi éprise de ce drôle d'oiseau venu de la ville portuaire, toujours en veste, gilet et cravate ornée d'une épingle, avec, pour seule concession à la chaleur, un canotier, ce que les Anglais appelaient un *straw boater*, comme le fit remarquer la tante Virginia, trouvant là un écho dans le prétendant anglophile de sa sœur. Les grands-parents Kelsen, mariés par correspondance, ne s'opposèrent pas à un *love match*, selon les termes employés avec insistance par le señor Díaz, un homme aux lectures et aux goûts anglais que Felipe Kelsen trouva, somme toute, salutaires et susceptibles de contribuer à effacer l'influence germanique. Leticia accepta l'idée de vivre séparée et, quand Laurita vint au monde, Felipe, désormais grand-père, se félicita vivement que sa fille et sa petite-fille vécussent à la campagne, sous sa protection, et non loin de lui, dans le port bruyant et peut-être enclin au péché — rapporta-t-il à Cósima —, comme le disent les mauvaises langues. Elle lui jeta un regard ironique. Petite ville...

À sa nouvelle famille (Leticia d'abord et ensuite, lorsqu'elle arriva au bout de neuf mois, Laurita), Fernando Díaz avait demandé une chose.

— Je ne peux pas encore vous donner ce que vous méritez. Mieux vaut que vous continuiez à bien vivre chez don Felipe. À Catemaco je ne serais jamais rien d'autre que comptable. À Veracruz, je peux avoir de l'avancement et alors je vous ferai venir. Je ne veux recevoir ni aumônes de ton père ni pitié de tes sœurs. Je ne suis pas un parasite.

Le fait est que la situation initiale du jeune couple chez les Kelsen était gênante et embarrassante, et tout le monde poussa un soupir de soulagement lorsque Fernando Díaz prit sa décision.

— Pourquoi ton fils Santiago ne vient-il jamais nous voir ? demandaient les sœurs célibataires.

— Il fait ses études, répondait sèchement don Fernando.

Laura Díaz brûlait d'en savoir plus, comment ses

parents s'étaient-ils connus, comment s'étaient-ils mariés, qui était ce mystérieux demi-frère aîné qui, lui, avait le droit de vivre avec son père à Veracruz. Quand vivraient-ils tous ensemble ? Pas étonnant que sa mère fût si active, comme si elle s'occupait de deux maisons en même temps, celle de son père présent et celle de son mari absent, comme si elle faisait la cuisine pour ceux qui étaient là et pour ceux qui ne l'étaient pas... Sans aucun doute. La solitude de la mère et de la fille contaminait peu à peu toute la maison, gagnait les trois sœurs célibataires. Hilda qui jouait du piano, Virginia qui lisait et écrivait, María de la O qui tricotait des châles en laine pour lutter contre le froid quand cinglait le vent du nord...

— Leticia, nous ne nous marierons pas tant que tu ne vivras pas avec ton mari, comme il est normal —, disaient presque en chœur Hilda et Virginia.

— Il fait ça pour ton bien et celui de ta fille. Il n'y en a plus pour longtemps, j'en suis sûre, ajoutait María de la O.

— Mais il faudrait qu'il se dépêche, ou nous allons mourir célibataires toutes les trois, disait Virginia en riant toute seule. Il faudrait que le bon monsieur le sache. Mein Herr !

Mais la véritable solitude, c'est la grand-mère Cósima qui l'incarnait.

— J'ai fait tout ce que j'avais à faire dans la vie, Felipe. Maintenant je vais te demander de respecter mon silence.

— Et tes souvenirs ?

— Pas un seul ne m'appartient. Je les partage tous avec toi. Tous.

— Ne t'inquiète pas. Je sais.

— Alors, prends bien soin d'eux et ne me demande pas d'autres mots. Je te les ai déjà tous donnés.

Ainsi parla doña Cósima en 1905, l'année où tout se précipita.

Turbulents, blagueurs, chahuteurs, les villageois savaient aussi se montrer, à leur heure, très dévots ; ce que savait le curé Morales et ignorait le curé Almonte. Plus que les riches et les presque riches, c'étaient les pauvres de la contrée, les semeurs et les moissonneurs, les tisseurs de filets, les pêcheurs et les rameurs, les maçons, et toutes leurs femmes, qui faisaient les meilleurs dons à l'église.

Don Felipe et les autres planteurs de café de la région offraient de l'argent ou des sacs d'aliments ; les plus pauvres apportaient en secret des bijoux, des objets anciens hérités depuis des siècles et offerts pour remercier Dieu Notre Seigneur d'une grâce accordée ou d'un malheur infligé à autrui, l'une et l'autre également considérés comme des miracles. Des colliers d'onyx, de grands peignes en argent, des bracelets en or, des émeraudes non montées : pierreries de luxe sorties de qui sait quelle cachette, grenier, sacoche ou cave ; de qui sait quel sol de terre battue protégé par des nattes, de quelle mine secrète.

Tout cela s'accumulait avec le plus grand soin, car le père Morales tenait à conserver scrupuleusement pour ses ouailles ce qui venait d'elles ; il n'allait vendre à Veracruz un objet de valeur que lorsqu'il savait que la famille qui avait, à l'origine, offert le bijou au Christ noir d'Otatlitán, avait besoin d'argent.

Comme dans tous les villages de la côte du Golfe, les saints étaient fêtés par des danses exécutées sur une estrade en bois pour mieux faire entendre le claquement des talons. L'air s'emplissait des sons de la harpe, de la vielle, du violon et de la guitare. Il arriva alors — et tout le monde se souvient que c'était en 1905 — que, le jour de la fête du Saint Enfant de Zongolica, monsieur le curé Elzevir Almonte ne se présenta pas, et le sacristain, qui était allé le chercher à l'église, ne trouva ni curé ni trésor. Le coffre des offrandes était vide et le curé du village avait disparu.

— Voilà pourquoi on dit : « Puebla, pépinière de saints ; Veracruz, auge à canailles. »

Ce fut le seul commentaire, ironique et suffisant, de monsieur don Felipe Kelsen. Le peuple fut plus dur et traita le curé en fuite pour le moins de salopard et de bandit. Les quatre filles Kelsen ne se troublèrent pas ; sans le prêtre voleur, la vie normale reprendrait son cours, les tavernes et les bordels rouvriraient leurs portes, les sérénades se feraient de nouveau entendre dans les nuits calmes, ceux qui étaient partis reviendraient... En revanche, ce fut à partir de ce jour-là que la rêveuse grand-mère Cósima Reiter commença à décliner, comme si elle avait gaspillé sa vie dans une foi qui n'en valait pas la peine et (persistèrent les mauvaises langues) dans l'amour d'un homme honorable au lieu d'un bandit romantique.

— Laurita, mon enfant —, dit-elle un jour, déjà malade, à sa petite-fille, comme si elle ne voulait pas que le secret se perde à jamais. — Si tu avais vu quel bel homme, quelle fougue, quelle audace...

Elle ne lui dit pas, mon enfant, laisse-toi tenter, toujours, n'aie pas peur, ne recule pas, rien n'arrive deux fois ; elle ne mentionna pas non plus que, à la fougue et la prestance, il fallait ajouter la tentation, parce qu'elle était une dame décente et une grand-mère exemplaire, mais Laura Díaz garda pour toujours dans son cœur ces mots, cette leçon transmise par sa grand-mère. Ne laisse rien passer, mon enfant, ne laisse rien...

— Rien ne se répète...

La fillette se regarda dans le miroir, non pour y rencontrer les tentations de l'odieux curé Almonte (qui elle, curieusement, la faisait rire), mais pour chercher, dans son propre reflet, un rajeunissement, ou au moins un héritage, de sa grand-mère malade. Nez trop grand, se dit-elle découragée, traits mous comme un dessert à la crème, des yeux pétillants sans autre séduction que celle d'une petite fille de sept ans. La poupée chinoise Li Po avait plus de personnalité que sa petite maîtresse joufflue et sautillante, sans passion à embrasser, sans ardeur à serrer dans les bras, sans...

Le jour où l'on enterra leur mère, les quatre filles Kelsen — trois célibataires et une mariée, mais si peu... — se vêtirent de noir ; cependant Leticia, la mère de Laura, vit passer sur la tombe ouverte — on aurait presque dit qu'il s'échappait de ses propres funérailles — un oiseau merveilleux et s'exclama : regardez ! un corbeau blanc !

Tous levèrent les yeux, mais Laura, comme obéissant à un ordre de sa défunte grand-mère, partit en courant, à la poursuite de l'oiseau blanc, avec l'impression qu'elle pouvait voler elle aussi, comme si le corbeau albinos l'appelait, suis-moi, petite fille, vole avec moi, je veux te montrer quelque chose...

Ce fut ce jour-là que Laura prit conscience d'où elle était, d'où elle venait, comme si la grand-mère, en mourant, lui avait donné des ailes pour retourner dans la forêt s'amuser sagement, sans attirer l'attention, sautillant comme d'habitude, ce qui provoqua des soupirs dans le groupe familial qui la regarda s'éloigner, elle est petite encore, les enfants, que signifie la mort pour eux, elle n'a pas connu la grand-mère Cósima dans toute sa splendeur, ce n'est pas par méchanceté...

Elle suivit le corbeau blanc bien au-delà des limites connues, et, dès lors, elle reconnut et aima pour toujours tout ce qu'elle voyait et touchait, comme si ce jour de mort était destiné à lui apprendre une chose unique, une chose à elle seule adressée, à l'âge qu'avait précisément ce jour-là Laura Díaz, née le 12 mai 1898, quand la Vierge apparut toute de blanc vêtue sous son grand mantelet...

Dès lors et pour toujours, elle reconnut et aima les figuiers, la tulipe des Indes, l'iris chinois dont chacune des tiges fleurit trois fois par an ; elle reconnut ce qu'elle connaissait déjà mais qu'elle avait oublié : l'iris rouge, le *palo* rouge, la cime ronde du manguier ; elle reconnut ce qu'elle n'avait jamais connu et dont elle croyait maintenant se souvenir alors qu'elle le découvrait : la parfaite symétrie de l'araucaria dont chaque pousse de chacune des branches engendre aussitôt son double ; le *trueno* à petite fleur jaune, arbre merveilleux capable de résister aussi bien à l'ouragan qu'à la sécheresse.

Elle faillit crier d'épouvante mais elle ravala sa peur et la transforma en étonnement. Elle venait de tomber sur un géant. Laurita trembla, ferma les yeux, toucha le géant, il était en pierre, énorme, il se détachait au milieu de la forêt, plus enraciné que l'arbre à pain ou les racines du laurier envahisseur qui détruit tout — fossés, terrains, cultures.

Couverte de mousse, une gigantesque figure féminine contemplait l'éternité ; elle était ornée de ceintures d'escargots et de serpents, coiffée d'une couronne teinte en vert par la jungle mimétique. Parée de colliers, de bracelets et d'anneaux aux bras, au nez, aux oreilles...

Laurita fit demi-tour en courant à perdre haleine ; elle avait hâte de raconter sa découverte, cette dame de la forêt était celle qui offrait ses bijoux aux pauvres, cette statue perdue était la protectrice des biens du ciel volés par l'antipathique curé Almonte — merde à lui, merde à lui —, et elle, Laura Díaz, connaissait à présent le secret de la forêt ; mais elle comprit aussi qu'elle ne pourrait le raconter à personne, pas maintenant, pas à eux.

Elle arrêta sa course. Elle rentra lentement à la maison par le chemin des collines ondoyantes et des pentes douces plantées de caféiers. Dans le patio de la maison, le grand-père Felipe était en train de dire à ses assistants qu'il n'y avait pas d'autre solution que de couper les branches des lauriers, ils nous envahissent ces arbres, on dirait qu'ils se déplacent, ils sont en train de dévorer les canaux d'évacuation, ils vont bientôt s'attaquer à la maison elle-même, en plus, il y a des nuages d'étourneaux qui se réunissent sur le fromager et salissent l'entrée de la maison, ce n'est plus possible ; sans compter qu'on arrive à la période où les caféiers se remplissent de toiles d'araignée.

— Il va falloir couper un certain nombre d'arbres.

Déclara en poussant un soupir la tante Virginia qui, sans être l'aînée, s'était installée avec le plus grand naturel dans le rocking-chair de sa mère.

— Quand j'entends ça..., dit-elle à ses sœurs. Ils ne se rendent pas compte qu'il n'existe pas un être vivant qui atteigne l'âge d'un arbre.

À elles, Laura n'avait pas envie de raconter quoi que ce soit, seulement au grand-père parce qu'elle le trouva soucieux et voulut le distraire. Elle le tira par sa redingote noire, grand-père, il y a une dame géante dans la forêt, il faut que tu viennes la voir, mais de quoi parles-tu, ma petite ? je t'emmène, grand-père, sinon personne ne va me croire, viens, si tu viens je n'aurai pas peur d'elle, je la serrerai dans mes bras.

Elle pensa : je la serre dans mes bras et je lui rends la vie, comme dans les contes que ma grand-mère me racontait, il suffit d'embrasser une statue pour lui rendre la vie.

Elle s'accusa : que sa décision de garder le secret sur la grande dame de la forêt avait été de courte durée !

Le grand-père la prit par la main et sourit, ce qu'il n'aurait pas dû faire en un jour aussi triste, mais cette jolie petite fille — avec ses longs cheveux lisses et ses traits de plus en plus dessinés, qui étaient en train d'effacer les joues rebondies et dont le grand-père, bien avant que Laura puisse le voir dans un miroir ou même l'imaginer, devinait comment elle serait plus tard : des jambes et des bras très longs, le nez prononcé, les lèvres plus minces que les autres filles de son âge (des lèvres comme celles de sa tante écrivain Virginia) — cette fillette était la vie renaissante, Cósima de retour, une vie qui continuait dans une autre et dont il était le gardien, exécuteur testamentaire d'une âme qui exigeait le souvenir amoureux d'un couple, Cósima et Felipe, pour se prolonger et trouver un nouvel élan dans la vie d'une petite fille, de cette petite fille-là, se dit le vieil homme avec émotion — il avait soixante-six ans ; Cósima cinquante-sept au moment de sa mort ! — tandis qu'ils arrivaient dans la clairière de la forêt.

— Voilà la statue, grand-père.

Don Felipe éclata de rire.

— C'est un fromager, mon enfant. Fais attention. C'est un arbre très joli, mais très dangereux. Tu as remarqué ? Il est parsemé de clous, sauf que ce ne sont pas des clous mais des épines aiguisées comme des poignards que le fromager produit pour se protéger, tu vois ? des épées lui sortent du corps, l'arbre s'arme afin que personne ne l'approche, que personne ne puisse l'embrasser. — Le grand-père sourit : — Qu'il est méchant ce fromager !

Puis vinrent les mauvaises nouvelles, une grève de mineurs à Cananea, une autre à l'usine textile de Río

Blanco et, ici même, dans l'État de Veracruz, les cadavres des grévistes réprimés par l'armée passèrent, depuis Orizaba jusqu'à la mer, dans des fourgons ouverts, pour que tout le monde les voie et en tire les leçons.

— Crois-tu que don Porfirio va tomber ?

— Penses-tu. Ça prouve au contraire qu'il garde toute son énergie, malgré ses bientôt quatre-vingts ans.

— Patron, il va falloir couper les *chalacahuites*.

— Quel dommage de couper un arbre qui fait de l'ombre aux caféiers.

— C'est vrai quand le café a un bon prix. Mais quand les prix sont très bas comme en ce moment, il vaut mieux couper les arbres et vendre le bois.

— Que la volonté de Dieu soit faite. Ils repousseront.

III

Veracruz : 1910

Il rentrait tard. Il rentrait tôt. Toujours trop tard ou trop tôt. Il se présentait inopinément pour dîner. Ou il ne venait pas du tout.

Dès que son mari, Fernando Díaz, la fit venir à Veracruz, Leticia fixa tout naturellement, sans penser qu'elle imposait quoi que ce soit, les mêmes horaires et le même ordre des choses que dans la plantation de café de Catemaco où elle avait vécu jusque-là. La vie dans la cité portuaire était peut-être plus bruyante et plus superficielle, le soleil ne s'en levait pas moins à la même heure sur les rives du lac qu'au bord de la mer. Petit déjeuner à six heures, déjeuner à treize heures, dîner à dix-neuf heures, ou, en des occasions particulières, souper à vingt et une heures.

Veracruz offrait à Leticia Kelsen la variété de ses poissons et de ses fruits de mer, et la mère de Laura Díaz les préparait merveilleusement bien : les poulpes dans leur encre accompagnés de riz blanc, les bananes frites aux haricots, sautés eux aussi, bien sûr ; le *huachinango* du Golfe nageant au milieu des oignons, des poivrons et des olives ; la viande émincée à la coriandre ou prise dans d'épaisses sauces foncées, du genre à tacher les nappes ; la pâtisserie des nonnes et les cafés mondains, calmes, connaisseurs de la chaleur et de l'insomnie, amis des siestes et des lunes.

On pouvait se restaurer à n'importe quelle heure du jour dans le célèbre Café de la Paroisse, où un essaim de garçons en tablier blanc et nœud papillon courait au milieu du bourdonnement des clients, servant des petits pains blancs avec des œufs à la paysanne tout en versant, tels des magiciens mal rémunérés dans un carnaval sans horaires, le café et le lait dans des verres, avec une simultanéité stupéfiante et depuis des hauteurs acrobatiques. Le tout sous la présidence d'une grande cafetière en argent, importée d'Allemagne, qui occupait le centre au fond de la salle telle une reine argentine décorée de manettes, robinets, mousse, vapeur et marques de fabrique. Lebrecht und Justus Krüger, Lübeck, 1887.

D'Europe arrivaient également les revues illustrées et les romans que Fernando Díaz, le père de Laura, attendait impatiemment chaque mois. On aurait dit que le paquebot venant du Havre et de Southampton entrait dans le port rien que pour faire plaisir au comptable, qui le guettait avec son canotier bien planté sur la tête pour se protéger d'un soleil lourd comme un drap mouillé. La canne avec la poignée en ivoire. Le costume trois-pièces qui avait tant attiré les regards à Catemaco quand Fernando faisait sa cour à Leticia. De l'autre main, il tenait celle de Laura, sa fille de douze ans.

— Les revues, papa, les revues d'abord.

— Non. D'abord les livres pour ton frère. Va lui annoncer qu'ils sont arrivés.

— Je préfère les lui apporter dans sa chambre.

— Comme tu veux.

— Est-il convenable qu'une fille de douze ans

aille rendre visite à un garçon de plus de vingt ans dans sa chambre ? demandait Leticia sans élever la voix dès que Laura, toujours sautillante comme une petite fille, était sortie du salon.

— Ce qui importe, c'est qu'ils s'aiment et qu'ils aient confiance l'un dans l'autre, répondait tranquillement son mari Fernando Díaz.

Leticia haussait les épaules, rougissait en se souvenant des injonctions moralisatrices du cynique et fugitif père Elzevir Almonte, mais elle levait bientôt la tête pour contempler avec fierté le salon de sa nouvelle demeure, qui n'était autre que l'étage supérieur de la Banque de la République dont son mari était le directeur depuis à peine un mois.

— Il a tenu parole. Grâce à son travail, et, comme il l'avait promis, il est monté en grade ; il est passé de caissier à comptable, puis il est devenu directeur de la banque —, au prix, disait-il à Leticia, d'onze années de vie conjugale sacrifiée, de séparation d'avec Laurita et du manque d'ordre dans un foyer d'hommes seuls, s'il osait le qualifier ainsi : c'est-à-dire Fernando et son fils Santiago, né de son premier mariage avec feu Elisa Obregón, lesquels, même les mieux servis du monde, oublieraient toujours un cigare allumé ou éteint ici et là, un livre ouvert sur le lit, une chaussette égarée sous ce même lit et, enfin, les draps défaits pendant trop longtemps dans la journée.

Maintenant Santiago était allongé sur le lit de son nouveau, confortable et presque luxueux foyer. Sa longue chemise de nuit ornée d'un plastron de volants ressemblait à un nid de pigeons. Il ferma ses jambes lorsque sa demi-sœur Laurita entra avec une pile de livres posés sur ses mains jointes telle une balançoire instable, une petite tour de Pise que Santiago s'empressa de retenir avant qu'Anatole France,

Paul Bourget et leurs écrits ne piquent du nez par terre.

Dès qu'ils s'étaient rencontrés, Laura et Santiago s'étaient « pris d'amitié », comme on disait alors, et, même si leur rencontre était inévitable, aussi bien Leticia que Fernando avaient eu, chacun de leur côté, des craintes dont ils se gardèrent, au début, de se faire part. La mère redoutait qu'une fille au bord de l'adolescence ne subisse des influences, voire des contacts indus, dus — c'est le cas de le dire — à la proximité d'un garçon de neuf ans son aîné. Il était son frère, certes, mais il n'en était pas moins un inconnu, une nouveauté. N'y avait-il pas assez de nouveauté dans le passage, prévu depuis toujours et si souvent ajourné, de la vie rurale sous le patriarcat de don Felipe Kelsen, de la grand-mère mutilée et des quatre sœurs laborieuses, à cette nouvelle vie où elle dut se séparer de sa maman qui cessa de dormir dans la même chambre qu'elle pour aller coucher dans le lit du père qui avait jusque-là dormi seul, laissant seule la fillette, qui, elle (ce fut le premier souhait qu'elle émit, en toute naïveté), ne pouvait aller dormir avec son demi-frère ? Peut-on élever des grilles contre les vagues du lac ?

— Aux tropiques, les femmes mûrissent très vite, Fernando. J'avais dix-sept ans quand je t'ai épousé.

Je ne disais pas toute la vérité ; sur le visage de mes sœurs et de ma demi-sœur, j'avais lu la solitude ; toutes les trois étaient vouées à un destin de célibataires parce qu'elles avaient le désir d'autre chose, Virginia voulait écrire, Hilda aurait voulu devenir pianiste ; elles savaient qu'elles ne réaliseraient jamais leur désir, mais elles ne voulaient pas y renoncer, et cette aspiration muette et douloureuse allait les pousser à écrire des poèmes et à jouer du piano pour un public invisible à l'exception de deux personnes auxquelles leurs sonnets et sonates étaient adressés comme un reproche : leurs parents, Felipe et Cósima. María de la O, de son côté, ne se marierait jamais non plus, mais par simple gratitude. Cósima l'avait sauvée d'un destin malheureux. María de la O serait à jamais fidèle à la famille qui l'avait accueillie. Leticia, qui avait appris très tôt les règles d'un silence profitable dans un foyer où la fortune du père don Felipe et l'infortune de la mère Cósima et des autres filles n'étaient pas équitablement partagées, décida de se marier le plus vite possible et presque sans conditions, afin d'échapper à un destin de rêves dissipés, effacés, gris, sans contours, qui transformaient les trois femmes de Catemaco en actrices d'une pantomime au milieu du brouillard. Elle épousa Fernando et échappa ainsi au célibat. Elle eut une fille et échappa ainsi à l'infécondité. Elle resta auprès des siens, ce qui lui permit — se racontait-elle — de ne pas faire preuve d'ingratitude. Fernando, son mari, comprit tout cela et, comme lui-même avait besoin de temps pour monter en grade et offrir à Leticia et Laura une vie confortable tout en prodiguant à son fils Santiago les soins nécessaires à un enfant sans mère, l'arrangement singulier sur lequel Fernando et Leticia s'accordèrent leur sembla non seulement raisonnable, mais supportable.

L'accord fut consolidé par le fait que Felipe Kelsen eut besoin de son gendre lorsque l'âge avancé du président Porfirio Díaz, les grèves réprimées dans le sang, les poussées révolutionnaires dans le nord du pays, les menées des syndicats anarchistes ici même à Veracruz, les déclarations inopportunes de don Porfirio au journaliste américain Creelman (« Le Mexique est mûr pour la démocratie ») et la campagne contre la réélection dirigée par Madero et les frères Flores Magón, semèrent l'inquiétude sur les marchés, Veracruz sortit perdante de sa compétition avec l'industrie sucrière cubaine, remise sur pied après la guerre sanglante entre l'Espagne et les États-Unis, enfin l'appel habituel des entrepreneurs allemands du Mexique à la Compagnie allemande de Mines de la ville de Mexico ne fut pas entendu. La guerre européenne se profilait. Les Balkans s'enflammaient. La France et l'Angleterre avaient signé l'Entente Cordiale et l'Allemagne, l'Italie et l'Empire austro-hongrois, la Triple Alliance : il ne restait qu'à creuser les tranchées et attendre l'étincelle qui allait mettre le feu à l'Europe. Le capital se réservait pour financer la guerre et faire monter les prix, non pour accorder des crédits aux entreprises germano-mexicaines...

— J'ai deux cent mille plants de café qui produisent mille cinq cents quintaux, ajouta don Felipe. Ce qui me manque, ce sont des crédits, des capitaux...

Son gendre Fernando lui dit de ne pas s'inquiéter. Il avait été nommé gérant de la Banque de la République à Veracruz, il se chargerait d'accorder les crédits à don Felipe et à la belle propriété nommée « La voyageuse » en souvenir de la ravissante fiancée allemande, doña Cósima. La banque se rembourserait en fournissant les récoltes aux firmes commerciales du port, en encaissant une commission sur les ventes tout en créditant les bénéfices sur le compte de l'exploitation des Kelsen. Et Leticia et Laura pourraient enfin venir vivre avec le père de famille don Fernando Díaz et son fils Santiago, tous finalement réunis sous le toit de la Banque de la République à Veracruz.

Quelle différence pour Laura d'habiter dans une maison, non plus au milieu de la campagne, mais avec des rues tout autour ; de voir passer des inconnus sous les balcons toute la journée ; de vivre au deuxième étage avec le lieu de travail au rez-de-chaussée ; de lécher les barreaux du balcon parce qu'ils avaient un goût de sel en contemplant la mer au large de Veracruz, lourde, lente, luisant d'un gris de plomb après l'orage et dans l'attente du prochain, une mer qui exhalait des vapeurs chaudes au lieu de la fraîcheur du lac... La statue de la géante aux joyaux qui trônait dans la forêt, elle l'avait bien vue ; elle ne l'avait pas rêvée, ce n'était pas un fromager, le grand-père Felipe avait dû prendre Laura pour une idiote...

— Des murs épais, le bruit de l'eau qui coule, des courants d'air et beaucoup de café chaud : voilà la meilleure défense contre la chaleur —, énonçait Leticia de plus en plus sûre d'elle-même, maintenant qu'elle était maîtresse de maison, enfin libérée de la tutelle paternelle et retrouvant chez son mari ce qui lui avait tant plu chez son fiancé le jour où ils s'étaient rencontrés lors des fêtes de la Candelaria à Tlacotalpan.

C'était un homme tendre. Efficace et consciencieux dans son travail. Décidé à se surpasser. Il lisait l'anglais et le français, bien qu'il fût plus anglophile que francophone. Mais il était conscient d'un vide étrange qui l'empêchait de comprendre les mystères de la vie, les secrets qui forment la partie essentielle de toute personnalité, sans préjuger le bon ou le mauvais. Il lisait beaucoup de romans pour suppléer à ce défaut. Néanmoins et au bout du compte, les choses étaient pour Fernando ce qu'elles étaient, le travail ponctuel, le dépassement un commandement, les plaisirs une mesure, et la personnalité, la sienne comme celle des autres, un mystère que l'on devait respecter.

Pour cet homme mûr, de quarante-cinq ans,

fouiller dans l'âme des autres, c'était du cancan, des indiscrétions de vieilles commères. Leticia l'aimait parce que, à l'âge de trente ans, et bien que mariée à dix-sept, elle partageait avec lui toutes ses vertus et restait, comme lui, désemparée devant le mystère des autres. Encore que la seule fois où elle employa cette expression — « les autres » — Fernando laissa tomber le roman de Thomas Hardy qu'il était en train de lire et lui dit, il ne faut jamais dire les autres, parce qu'on pourrait croire qu'ils sont de trop.

— Je te conseille de toujours nommer les personnes.

— Même si je ne les connais pas ?

— Tu peux inventer. Les traits ou les vêtements indiquent à qui on a affaire.

— Le Bigle, le Fantoche, le Balayeur ? — lança Leticia en riant, et son mari se mit à rire lui aussi, de cette façon particulière qu'il avait d'exprimer sa gaieté en silence.

Le Beau. Laura avait entendu depuis toute petite ce surnom appliqué au *chinaco* qui avait coupé les doigts à la grand-mère Cósima, et elle avait maintenant envie de l'appliquer (en secret, se disait-elle) à son superbe demi-frère, habillé tout en blanc dès midi, col haut et empesé, cravate en soie, veste et pantalon en lin et bottines noires avec des aiguillettes aux entrelacements compliqués. Ses traits étaient plus que réguliers, d'une symétrie frappante qui rappelait à Laura celle des feuilles de l'araucaria dans la forêt tropicale. Chez lui, chaque élément était exactement semblable à son double et si, en se levant du lit, il avait eu une ombre, celle-ci l'aurait accompagné comme un jumeau parfait, jamais absent, jamais au repos, toujours au côté de Santiago.

Comme pour démentir la perfection d'un visage

dont chaque moitié était strictement identique à l'autre, il portait des lunettes légères, avec une monture à peine perceptible, qui approfondissaient son regard quand il les chaussait sans pour autant l'égarer quand il les enlevait. C'est pourquoi il pouvait jouer avec, les cacher un instant dans la poche de sa veste, s'en servir comme d'un cerf-volant, les lancer en l'air et les rattraper tranquillement avant de les remettre dans sa poche. Laura Díaz n'avait jamais connu quelqu'un comme lui.

— J'ai terminé l'année préparatoire. Mon père m'accorde une année sabbatique.

— Qu'est-ce que c'est ?

— Une année de liberté pour que je choisisse sérieusement ma vocation. Je lis, comme tu peux voir.

— Mais je ne te vois pas beaucoup, Santiago. Tu es toujours dehors.

Le garçon riait, posait sa canne sur son avant-bras et caressait la tête de sa sœur que ce geste condescendant mettait en fureur.

— J'ai douze ans. Presque.

— J'aimerais que tu en aies quinze, pour t'enlever, répliquait Santiago en éclatant de rire.

Depuis la fenêtre de son bureau, don Fernando voyait passer son fils, svelte et élégant, et il craignait que sa femme ne lui reproche, non pas tant les douze années de séparation et d'attente, non pas tant la vie partagée entre le père et le fils à l'exclusion de la mère et de la fille... Tout compte fait, ces années avaient été plutôt heureuses, la séparation acceptée et comprise comme le fondement de valeurs permanentes, sûres, qui, le moment venu, donneraient de la stabilité à la vie en commun.

Au contraire même, don Fernando était convaincu que l'épreuve à laquelle ils s'étaient soumis non seulement n'avait rien d'exceptionnel pour leur époque, où les interminables fiançailles étaient monnaie courante, mais qu'elle donnerait une sorte d'auréole rétrospective (car, plus qu'épreuve ou sacrifice, on pourrait qualifier l'expérience d'anticipation, de pari, de bonheur simplement ajourné) à leur mariage.

Non, sa crainte était ailleurs. Elle venait de Santiago lui-même.

Son fils était la preuve que toute la volonté formatrice d'un géniteur ne suffit pas pour qu'un fils se soumette au modèle paternel. Fernando se demandait : si je lui avais accordé entière liberté, serait-il devenu plus conforme ? l'ai-je poussé à être différent en lui proposant mes propres valeurs ?

La réponse s'arrêtait au bord de ce mystère que don Fernando ne savait percer : la personnalité d'autrui. Qui était son fils ? que voulait-il ? que faisait-il ? que pensait-il ? Le père n'avait pas de réponses à ces questions. Lorsque, à la fin de l'année préparatoire, Santiago lui demanda une année sabbatique avant de choisir ses études universitaires, Fernando la lui acccorda volontiers. Tout semblait coïncider dans la tête bien ordonnée du comptable et gérant : le diplôme du fils et l'arrivée de la seconde femme avec le deuxième enfant. L'absence « sabbatique » de Santiago (se dit son père non sans une certaine honte) permettrait au nouveau foyer de s'installer sans problèmes.

— Où vas-tu passer ton année sabbatique ?

— Ici même, à Veracruz, papa. Ça peut paraître bizarre, mais c'est ce que je connais le moins, ce port, ma propre ville. Qu'en penses-tu ?

Il avait été si bon élève, si féru de lecture, il écrivait si bien depuis l'adolescence. Il avait publié dans des revues de jeunes : poèmes, critiques littéraires, critiques d'art... Le poète Salvador Díaz Mirón, qui lui avait donné des cours, le voyait comme un jeune espoir. Comment être sûr, se dit Fernando, que cela augurait d'une continuité, voire d'une certaine tranquillité ? La constance n'engendrerait-elle pas plutôt, si ce n'est la révolte, du moins un accroc inévitable ? Son fils lui ayant demandé une année de pause après sa sortie de la Préparatoire, Fernando supposa qu'il avait l'intention de la passer à voyager — son père avait mis de côté l'argent nécessaire — puis de rentrer, une fois sa curiosité de jeune homme purgée, pour reprendre sa carrière littéraire, ses études universitaires et fonder une famille. Comme dans les romans anglais, il aurait fait son grand tour.

— Je reste ici, papa. Si cela ne te dérange pas.

— Pas du tout, mon fils, tu es ici chez toi. C'est évident.

Il n'avait rien à craindre. La vie privée de Fernando Díaz était irréprochable. Pour ce qui était de son passé, tout le monde savait que sa première femme, Elisa Obregón, descendante d'immigrés canariens, était morte en accouchant de Santiago, que ce dernier — aujourd'hui bachelier-poète — avait vécu les sept premières années de sa vie chez un jésuite de la ville d'Orizaba qui l'avait accueilli presque par charité, tandis que son père don Fernando se remariait, puis gardait sa nouvelle famille éloignée à Catemaco pour faire venir vivre son fils avec lui à Veracruz.

Interrogé un soir au cours d'une réunion entre amis, cet homme de chiffres, droit, respectable mais peu imaginatif, expliqua qu'il est parfois nécessaire de différer la satisfaction afin d'accomplir son devoir, ce qui, au bout du compte, la redouble.

Cet argument, qui sembla convaincre l'ensemble des assistants, suscita néanmoins la raillerie du poète Salvador Díaz Mirón qui se trouvait parmi eux :

— Vous ne vous en doutez pas, don Fernando, mais vous êtes plus baroque que Góngora en personne.

Cependant, de même que don Fernando ne pouvait percer le mystère d'autrui, personne ne pouvait percer le sien — peut-être parce qu'il n'en avait pas. Personne sauf la parfaite épouse, sa deuxième femme Leticia, qui était tout simplement comme lui. Il était pourtant vraiment baroque, l'arrangement du nouveau couple. Pendant onze ans, Leticia, accompagnée de sa demi-sœur María de la O, était venue rendre visite à Fernando une fois par mois ; celui-ci prenait une chambre à l'hôtel Diligencias pour que le couple puisse se retrouver en tête à tête, tandis que María de la O s'éclipsait discrètement ; et il n'y avait que la grand-mère aux doigts coupés, doña Cósima Kelsen, qui se doutait où elle était allée. À son tour, une fois tous les trois mois, Fernando se rendait à Catemaco saluer le grand-père allemand et jouer avec sa fille Laura.

Dans la ville portuaire, le père et le fils occupaient deux pièces contiguës dans une pension, Santiago la chambre, afin de pouvoir étudier et écrire, Fernando le salon, comme s'il n'était que de passage entre les heures de bureau. Chacun avait sa cuvette et son miroir pour sa toilette personnelle. Les bains publics se trouvaient à deux pâtés de maisons. Une négresse aux cheveux vaporeux se chargeait des pots de chambre. Le père et le fils prenaient leurs repas à la pension.

À présent tout avait changé. Le logement du gérant de la banque était doté de toutes les commodités, un grand salon avec vue sur les quais, un canapé en rotin pour plus de fraîcheur, des tables en bois verni avec des dessus en marbre, des rocking-chairs, des bibelots, des lampes électriques, mais aussi des chandeliers anciens et des commodes dont les vitrines exhibaient toutes sortes de figurines en porcelaine de Dresde — des courtisans en posture galante, des bergères rêveuses — et deux tableaux pédagogiques. Dans le premier, un galopin dérange un chien endormi en le piquant avec un bâton ; dans le deuxième, le chien mord les mollets du garçonnet qui, n'arrivant pas à grimper sur un mur, se met à pleurer...

— Let sleeping dogs lie..., ne manquait pas d'énoncer le señor Díaz lorsqu'il regardait, ne fût-ce que du coin de l'œil, les deux scènes de genre.

Il y avait une salle à manger avec une table pour douze convives où l'on trouvait, là encore, des meubles vitrés, remplis de vaisselle décorée à la main, représentant des scènes des guerres napoléoniennes, parfois bordées de reliefs dorés en forme de guirlandes.

Il y avait un office ou pantry, comme l'appelait Fernando, situé entre la salle à manger et la cuisine dont se dégageaient des senteurs d'herbes, de plats mijotés et de fruits tropicaux ouverts en deux, dégoulinants de jus rouge sang. Une cuisine munie de plusieurs foyers et de plaques en terre pour cuire les galettes de maïs, où le feu sous les poêles et les marmites exigeait, pour rester allumé, des mains infatigables dans le maniement des éventails de jonc. Rien ne plaisait plus à doña Leticia que de parcourir les fourneaux en brique et en fer pour éventer avec vigueur les braises qui, ainsi avivées, faisaient mieux bouillonner les soupes, les riz et les ragoûts, pendant que les Indiennes des montagnes de Zongolica préparaient les tortillas et que le nègre Zampaya arrosait les plantes des couloirs en chantonnant comme pour lui-même :

> La danse du nègre Zampayita
> est une danse qui vous laisse,
> qui vous laisse baba...

Parfois, Laurita, la tête dans le giron de sa mère, écoutait émerveillée, pour la énième fois, l'histoire de la rencontre de ses parents lors des fêtes de la Candelaria à Tlacotalpan, un village petit comme un jouet où, tous les 2 février, tous, même les vieillards, vont danser au son du *requinto* et de la *jarana* sur l'estrade dressée sur la place près de la rivière Papaloapan, où l'on fait passer la Vierge de bateau en bateau, tandis que les villageois font des paris pour savoir si la Mère de Dieu porte cette année les mêmes cheveux que l'an dernier, c'est-à-dire ceux de Dulce María Estévez, ou ceux, récemment offerts, au prix d'un grand sacrifice de sa part, par María Elena Muñoz ; car la Vierge exigeait des cheveux frais chaque année, et c'était un grand honneur pour les jeunes filles de bonne famille de sacrifier leurs cheveux à la Sainte Vierge.

Il y a des rangées d'hommes à cheval qui ôtent leur chapeau au passage de la Vierge, mais le veuf venu de Veracruz, don Fernando Díaz, n'a d'yeux, avec ses trente-deux ans, que pour la grande, svelte et très fine demoiselle Leticia Kelsen (il a demandé son nom et c'est la réponse qu'on lui a donnée), âgée de dix-sept ans, vêtue d'une robe blanche faite dans une étoffe raide comme un parchemin et les pieds nus, non parce qu'elle n'avait pas de chaussures, mais parce que (comme elle le dit à Fernando lorsque le veuf lui offrit son bras pour qu'elle ne glisse pas sur la boue de la berge) le plus grand plaisir à Tlacotalpan était de parcourir pieds nus les rues recouvertes de gazon ; connaissait-il une autre ville où les rues sont gazonnées ? Non, répondit Fernando en riant et, à la grande surprise des villageois et au milieu des exclamations, il enleva ses bottines à lacets et boutons ainsi que ses chaussettes à rayures rouge et blanc qui firent mourir de rire la demoiselle Kelsen.

— On dirait des chaussettes de clown !

Le veuf rougit et s'en voulut d'avoir fait un geste si étranger à ses habitudes de discrétion. Leticia tomba amoureuse de lui sur-le-champ, justement parce qu'il avait ôté ses chaussures et qu'il était devenu aussi rouge que ses chaussettes.

— Et quoi encore ? Et quoi encore ? demandait Laurita qui connaissait l'anecdote par cœur.

— C'est un village qu'on ne peut pas décrire. Il faut le voir, ajoutait alors son père.

— Il est comment ? Il est comment ?

— On dirait un village de poupée, poursuivait doña Leticia. Toutes les maisons sont de plain-pied, elles sont toutes pareilles, sauf que chacune est peinte d'une couleur différente.

— Bleu, rose, vert, rouge, orange, blanc, jaune, violet..., énumérait la fillette.

— Les plus beaux murs du monde, concluait son père en allumant un cigare.

— Un village de poupée.

Maintenant qu'ils avaient la grande maison près du port, les sœurs Kelsen venaient leur rendre visite et don Fernando les taquinait : ne deviez-vous pas vous marier dès que Leticia, Laurita et moi serions réunis ?

— Et qui s'occuperait de María de la O ?

— Vous trouvez toujours un prétexte, disait don Fernando en riant.

— C'est bien vrai, renchérissait María de la O. Je m'occuperai de notre père. Hilda et Virginia peuvent se marier et quitter la maison quand elles le voudront.

— Je n'ai pas besoin de mari, s'exclamait en riant Virginia l'écrivain... *Je suis la belle ténébreuse**... je n'ai pas besoin d'être admirée.

Les rires étaient alors interrompus par Hilda la pianiste qui coupait court à la discussion par cette phrase que personne ne comprenait :

« Tout est caché et nous guette. »

Fernando regardait Leticia, Leticia regardait Laura et la fillette singeait la tante la plus blanche de toutes en remuant les doigts comme si elle jouait du piano ; la tante Virginia finissait par lui lancer une méchante tape sur la tête et Laurita devait ravaler sa colère et ses larmes.

La visite des tantes était l'occasion d'inviter des gens de la société de Veracruz. Lors d'une de ces réceptions, María de la O arriva un peu en retard et l'une des dames présentes l'apostropha en ces termes :

— Ah, tu tombes bien, ma petite. Évente-moi un peu, s'il te plaît. Allons, remue-toi, la noiraude, tu vois quelle chaleur il fait...

Les rires fusèrent, María de la O ne bougea pas, Laura se leva, prit sa tante au teint sombre par le bras et la conduisit à un fauteuil.

— Assieds-toi là, ma chère tante, je me ferai un plaisir d'éventer la dame et toi après, tata chérie.

Laura Díaz pense que quelque chose dans sa vie changea pour toujours la nuit où elle fut réveillée par un gémissement sourd provenant de la chambre de son frère Santiago, à côté de la sienne. Elle fut saisie d'effroi, mais elle ne courut sur la pointe des pieds vers le couloir jusqu'à la porte du jeune homme qu'après avoir entendu un deuxième gémissement étouffé. Elle entra alors sans frapper et l'expression de douleur sur le visage de Santiago couché dans son lit se doubla, dans les yeux du jeune homme, d'un éclair incroyable, unique, de gratitude à l'arrivée de la fillette, malgré les mots qui cherchaient à la démentir : Laurita, ne fais pas de bruit, retourne dans ta chambre, tu vas réveiller tout le monde...

Il avait la chemise déchirée à partir de l'épaule et sa main droite serrait son avant-bras gauche. Laura pouvait-elle l'aider en quoi que ce soit ?

— Non. Oui. Va te coucher et ne dis rien à personne. Jure-le. Je sais très bien me débrouiller tout seul.

Laura se signa. Pour la première fois de sa vie, quelqu'un avait besoin d'elle, même sans l'avouer, ce n'était pas elle qui demandait quelque chose mais à elle qu'on demandait, avec des paroles qui disaient « non » mais qui signifiaient « oui, Laura, aide-moi... ».

Après cette fameuse nuit, ils sortirent se promener tous les samedis sur la jetée, en se tenant par la main, une main que, tant que dura la cicatrisation de la blessure au bras, Laura sentait rigide, tendue. C'était leur secret ; Santiago savait qu'il pouvait compter sur elle pour le garder, et elle se sentait différente, fière parce que Santiago le savait. Ce fut à cette époque aussi, à travers cette relation avec son frère, que Laura sentit qu'elle appartenait à Veracruz, que la mer et le ciel se rejoignaient, s'unissaient ici dans la rade aux eaux vibrantes, ciel et mer soufflant très fort ensemble afin que, au-delà de Veracruz, la plaine vibrât elle aussi, lumineuse, balayée par le souffle, avant de se perdre dans la jungle. À Santiago, oui, elle pouvait raconter les histoires de Catemaco. Lui la croirait si elle lui disait que la femme en pierre plantée au milieu de la forêt était une statue et non pas un arbre.

— Bien sûr. C'est une figure de la culture de Zapotal. Ton grand-père ne le savait pas ?

Laura fit non de la tête : tout compte fait, le grand-père ne savait pas tout, et les boucles noires fleurant bon le savon s'agitèrent de droite à gauche.

— Papa a raison quand il dit : « Santiago a accaparé toute l'intelligence de la famille, il ne nous a laissé que les miettes. »

Santiago compensa son rire en disant que Laura en savait plus que lui sur les arbres, les oiseaux, les fleurs, la nature en général. Lui n'y connaissait rien ; la seule chose, c'est qu'il avait envie de disparaître un jour comme ça, en se fondant dans la forêt, transformé en un de ces arbres que la fillette connaissait si bien, le palo rouge et l'araucaria, le *trueno* aux fleurs symétriques, le laurier...

— Non, celui-là est mauvais.

— Mais il est beau.

— Il détruit tout, il ronge tout...

— Et le fromager.

— Non, le fromager non plus. Ses branches se remplissent de grives qui font caca partout.

Santiago, pris de fou rire, énonça alors le figuier, l'iris, la tulipe des Indes, et elle répondit oui, ça oui, ça oui, en riant non plus comme une petite fille mais comme une femme, se surprit-elle à penser, comme quelqu'un qui n'était plus la petite Laura aux boucles noires parfumées au savon. Avec Santiago, elle sentit que jusqu'alors elle avait été comme Li Po, la poupée chinoise. Désormais, tout serait différent.

— Non, on ne peut pas toucher le fromager. Il lui pousse des poignards sur le corps.

Elle regarda le bras blessé de son frère, mais elle ne dit rien.

Il commença à l'attendre tous les samedis à la porte de leur maison, comme s'il venait d'ailleurs, et il lui apportait un cadeau, un bouquet de fleurs, un coquillage pour écouter la rumeur de l'océan, une étoile de mer, une carte postale, un bateau en papier, tandis que Leticia regardait d'un œil inquiet du haut de la terrasse où elle étendait elle-même le linge (comme à Catemaco ; elle adorait le contact des draps fraîchement lavés contre son corps) le couple s'éloigner sans savoir que son mari faisait de même du balcon du salon.

À l'occasion de ces promenades, Laura recevait plus que des coquillages, des fleurs et des étoiles de mer. Son demi-frère s'adressait à elle comme si elle avait, non pas ses douze ans indécis, mais plutôt les vingt et un de Santiago et même plus. Avait-il simplement besoin de s'épancher auprès de quelqu'un ou la prenait-il vraiment au sérieux ? Croyait-il, en tout cas, qu'elle pouvait comprendre tout ce qu'il lui racontait ? Pour Laura, c'était déjà merveilleux qu'il l'emmène promener et qu'il lui offre des choses ; non pas les petits cadeaux, mais les choses qu'il avait en lui, ce qu'il lui racontait, ce qu'il lui livrait de son intimité.

Un après-midi il ne se présenta pas au rendez-vous ; elle resta appuyée contre le mur de la maison (en fait, les bureaux de la banque au rez-de-chaussée) et se sentit si désemparée au milieu de la ville à l'heure de la sieste qu'elle faillit retourner en courant dans sa chambre, mais cela lui parut une désertion, une lâcheté (le mot ne lui était pas familier, mais elle en reconnut désormais le sentiment), et elle se dit que mieux valait se perdre dans la forêt tropicale, qu'elle pourrait s'y cacher et y grandir seule, à son propre rythme, loin de ce garçon si beau et intelligent qui la poussait trop vite vers un âge qui n'était pas encore le sien...

Elle se mit à marcher et, au coin de la rue, tomba sur Santiago appuyé lui aussi contre un mur. Ils éclatèrent de rire. Ils s'embrassèrent. Ils s'étaient trompés. Ils se pardonnèrent.

— Je me disais que du côté du lac, ce serait moi qui te montrerais certaines choses.

— Sans toi je me perdrais dans la forêt, Laura. Moi je suis d'ici, de la ville, du port. La nature m'effraie.

Elle posa une question sans rien dire.

— Elle durera plus que toi. Ou moi.

Ils marchèrent le long des docks quand, tout à coup, Santiago s'immobilisa, l'air extrêmement concentré, au point qu'il lui fit peur, comme il lui avait fait peur quand il lui avait dit qu'il avait parfois envie de s'enfoncer dans la forêt qu'elle aimait tant, pour s'y perdre, ne plus jamais en ressortir et ne plus jamais voir de visage humain.

— Qu'est-ce qu'on attend de moi, Laura ?

— Tout le monde dit que tu es très intelligent, que tu écris et que tu parles très bien. Notre père dit toujours que tu promets.

— Le vieux est un brave type. Mais il ne fait qu'exprimer ses désirs. Un jour je te montrerai ce que j'écris.

— Ah, ce serait chouette !

— Ce n'est pas génial. C'est correct. Il y a un certain savoir-faire.

— Et ça ne suffit pas, Santiago ?

— Non, ça ne suffit pas. Tu sais, s'il y a quelque chose que je déteste, c'est de faire partie du troupeau. Excuse-moi de te dire ça, mais notre père n'est rien d'autre : un brave mouton du troupeau des cadres supérieurs. Mais on ne peut pas faire partie du troupeau artistique, n'être qu'un de plus en peinture, en littérature... ça me tuerait, Laura, je préfère n'être rien que d'être un médiocre...

— Tu ne l'es pas, Santiago, ne parle pas comme ça, tu es le meilleur, je t'assure...

— Et toi tu es la plus jolie, c'est moi qui te le dis.

— Ah, Santiago, cesse de vouloir être le meilleur parmi les premiers, pourquoi ne pas être le meilleur parmi les seconds ?

Il lui pinçait la joue et ils riaient tous les deux de nouveau. Cependant, ils rentraient en silence à la maison et les parents n'osaient rien dire parce que, pensait Fernando, ce serait vilain de voir un péché là où il n'y en a pas, comme le curé Elzevir à Catemaco, qui ne faisait qu'accabler les gens avec des fautes imaginaires, parce que, pensait Leticia, je reconnais que je ne connais pas mon fils, ce garçon est un mystère pour moi, mais toi, par contre, tu connais Laura et tu lui fais confiance, n'est-ce pas ?

Le samedi suivant, Santiago s'arrêta au même endroit sur les quais et dit à Laura, tu vois ces rails, c'est ici que sont arrivés les fourgons chargés de cadavres, ceux des ouvriers de Río Blanco abattus sur ordre de don Porfirio parce qu'ils s'étaient mis en grève et qu'ils avaient tenu bon ; c'est ici qu'ils les ont amenés pour les jeter dans la mer ; le dictateur ne tient plus que par le sang : à Sonora, du haut d'un bateau, il a fait également jeter à l'eau les Yaquis rebelles enchaînés, il a fait fusiller les mineurs de Cananea, dans un endroit appelé Valle Nacional il retient des centaines de travailleurs en esclavage, ici même, dans la forteresse d'Ulúa, sont enfermés les libéraux, les partisans de Madero et des frères Flores Magón ; et tu sais, Laura, les anarcho-syndicalistes étaient les parents espagnols de ma mère Elisa Obregón, la Canarienne ; bref, tous les révolutionnaires. Or, les révolutionnaires, Laura, sont des gens qui demandent des choses très simples pour le Mexique, la démocratie, des élections libres, la terre, l'éducation, du travail, et non pas la réélection perpétuelle. Cela fait trente ans que don Porfirio est au pouvoir.

— Excuse-moi. Je n'épargne pas mes discours même à une fille de douze ans.

Les révolutionnaires. Ce mot résonna dans la tête de Laura plusieurs nuits de suite, elle ne l'avait jamais entendu et, lorsqu'elle retourna en visite à la plantation de café avec sa mère, elle posa la question à son grand-père, et le regard âgé de l'ancien socialiste se voila un instant. Qu'est-ce que c'est un révolutionnaire ?

— C'est une illusion que l'on doit perdre à trente ans.

— Aïe, Santiago vient tout juste d'en avoir vingt.

— Voilà la raison. Dis-lui de se dépêcher.

Don Felipe jouait aux échecs dans le patio de la maison avec un Anglais qui portait des gants blancs sales et la question de sa petite-fille lui fit perdre un fou et lui coûta un roque. Le vieil Allemand ne dit plus rien. Par contre, l'Anglais reprit :

— Encore une révolution ? Pour quoi faire ? Ils sont déjà tous morts.

— En ce cas, Sir Richard, vous devez également souhaiter qu'il n'y ait plus de guerre, parce que cela ferait encore plus de morts —, don Felipe cherchait à détourner l'attention de Laura vers l'Anglais aux gants blancs afin de distraire ce dernier du jeu.

— En outre, vous êtes allemand et moi, britannique, qu'est-ce que vous voulez que je vous dise... Des frères ennemis !

Sur quoi don Felipe, protestant qu'il n'était plus allemand mais mexicain, se laissa assiéger son roi, l'Anglais s'exclama *check mate*, mais ce ne fut que quatre ans plus tard que don Felipe et don Ricardo cessèrent leurs relations, si bien que, dépourvus de leur compagnon d'échecs respectif, ils se moururent d'ennui et de tristesse ; les canons de la bataille d'Ypres retentirent, dans les tranchées s'opéra un carnage de jeunes Anglais et de jeunes Allemands, et c'est alors seulement que le grand-père Felipe révéla quelque chose à ses filles et à sa petite-fille.

— C'est extraordinaire. Il portait ces gants blancs parce qu'il s'était lui-même tranché le bout des doigts pour payer sa faute. En Inde, les Anglais coupaient le bout des doigts aux tisseurs de coton pour les empêcher de concurrencer les filatures de Manchester. Il n'y a pas de peuple plus cruel que les Anglais.

— La perfide Albion, disait la tante Virginia pour ne jamais être en reste. *Perfidious Albion*.

— Et les Allemands, grand-père ?

— Eh bien, ma petite. Il n'y a pas de gens plus sauvages que les Européens. Tu verras. Ils se valent tous.

— *Über alles*, chantonnait Virginia malgré l'interdiction.

Elle ne verrait rien. Il n'y aurait que le cadavre de son frère Santiago Díaz, exécuté sommairement en novembre 1910 pour conspiration contre le gouvernement fédéral en liaison avec les comploteurs de Veracruz, libéraux, syndicalistes et sympathisants de Madero comme les frères Carmen et Aquiles Serdán, fusillés ce même mois à Puebla.

Tandis qu'il veillait le cadavre criblé de balles de son fils dans le salon au-dessus de la banque, don Fernando Díaz n'imaginait pas que la sérénité du jeune homme vêtu de blanc, au visage plus pâle que d'habitude, mais aux traits restés intacts malgré la poitrine trouée, allait être de nouveau troublée par l'intervention de la police.

— Nous sommes dans un bâtiment officiel.

— Vous êtes chez moi, monsieur. La maison du défunt. J'exige le respect.

— Les rebelles, on les veille au cimetière. Allez, tout le monde dehors !

— Qui m'aide ?

Fernando, Leticia, le nègre Zampayita, les servantes indiennes, Laura avec une fleur plantée entre les seins naissants, tout le monde souleva le cercueil, mais ce fut Laura qui dit, papa, maman, il aimait les quais, il aimait la mer, il aimait Veracruz, c'est là-bas qu'il doit avoir son tombeau, je vous en prie, la fillette s'agrippa à la jupe de sa mère, regarda son père d'un œil implorant, puis les domestiques, et ils cédèrent, comme s'ils craignaient que, enterré, Santiago ne fût un jour déterré pour être fusillé à nouveau.

Qu'il mit longtemps à disparaître dans son tombeau marin le corps blanc du frère, le cadavre happé par le lit moelleux de la mort, le couvercle du cercueil volontairement ouvert pour que tous le vissent disparaître lentement en cette nuit sans vagues, Santiago devenant de plus en plus beau, de plus en plus triste, de plus en plus aimé à mesure qu'il sombrait dans son cercueil à ciel ouvert, la tête bientôt couronnée d'algues, bientôt dévorée par les requins avec tous les poèmes non écrits qu'elle renfermait, le visage épargné par la dernière requête du supplicié :

— Ne tirez pas au visage, s'il vous plaît.

Sans autre descendance que la mer, Santiago s'enfonça dans l'eau comme dans un miroir qui ne le défigurait pas, qui l'éloignait simplement, peu à peu, mystérieusement, du miroir d'air sur lequel il avait inscrit ses heures sur la terre. Santiago se séparait de l'horizon de la mer, de la promesse de sa jeunesse. Flottant parmi les eaux, il demanda à ceux qui l'avaient aimé, laissez-moi me confondre avec la mer, je n'ai pu me confondre avec la forêt comme je te le disais un jour, Laura, je ne t'ai menti que sur un point, petite sœur, oui, j'avais des choses à raconter, j'avais des choses à dire, je n'avais pas l'intention de me taire de peur d'être un médiocre, parce que je t'ai connue, Laura, et que chaque soir je me couchais en rêvant, à qui pourrais-je raconter tout ça si ce n'est à Laura ? et dans un rêve je décidai que c'était pour toi que j'allais écrire, ma jolie petite fille, même si tu ne le savais pas, même si nous ne devions plus nous revoir, tout serait pour toi, et finalement tu le saurais, tu recevrais mes paroles en sachant qu'elles t'appartiennent, tu serais ma seule lectrice, pour toi aucun de mes mots ne serait perdu, et maintenant que je sombre dans l'éternité de la mer, que j'expulse le peu d'air qui me reste dans les poumons, je t'offre ces quelques bulles, ma chérie, je prends congé de moi-même avec une douleur intolérable parce que je ne sais pas à qui je m'adresserai désormais, je ne sais...

Laura se souvint que son frère voulait se perdre pour toujours dans la forêt, devenir forêt. Elle voulut alors devenir mer avec lui, mais la seule idée qui lui vint à l'esprit fut de lui décrire le lac où elle avait grandi, comme c'est bizarre, Santiago, d'avoir grandi à côté d'un lac et de ne l'avoir jamais vraiment vu, certes il s'agit d'un très grand lac, presque une petite mer, mais je n'en ai gardé qu'un souvenir fragmenté, l'endroit où les tantes se baignaient avant l'arrivée du curé Elzevir, l'endroit où les pêcheurs amarraient leurs barques, l'endroit où ils posaient leurs rames, mais le lac en entier, Santiago, le voir comme tu savais voir la mer, ça, je ne le peux pas, je vais devoir imaginer le lieu où j'ai grandi, petit frère, tu vas m'obliger à l'imaginer, le lac et tout le reste, j'en prends conscience en cet instant, dorénavant je n'attendrai plus que les choses passent, je ne les laisserai pas passer sans leur prêter attention, tu vas m'obliger à imaginer la vie que tu n'as pas vécue, mais je te promets que tu vas la vivre à mes côtés, dans ma tête, dans mes histoires, dans mes fantasmes, je ne te laisserai pas sortir de ma vie, Santiago, tu es la chose la plus importante qui me soit jamais arrivée, je te resterai fidèle en t'imaginant toujours, en vivant en ton nom, en faisant ce que tu n'as pas fait, je ne sais pas comment, mon jeune mort, si beau, je te dis la vérité, sans encore savoir comment, je te jure que je tiendrai parole...

Ce fut sa dernière pensée avant de tourner le dos à la dépouille enfouie sous les vagues et de rentrer à la maison sous les arcades, prête, malgré sa promesse, à redevenir une petite fille, à achever son enfance, à perdre cette maturité prématurée dont Santiago l'avait un moment investie. Elle demanda à conserver les lunettes criblées par les balles et, en les rangeant dans la poche de sa chemise, elle imagina son frère, le visage nu, attendant la décharge.

Le lendemain, le négrillon balayait les couloirs comme si de rien n'était, en chantant comme à son habitude :

> ça se danse en enlaçant
> sa partenaire si elle consent,
> si elle consent,
> bien sûr qu'elle consent...

IV

San Cayetano : 1915

« Tu crois avoir bien connu Santiago ? Tu crois que ton frère t'a tout donné à toi toute seule ? C'est mal connaître un homme aussi complexe. Il ne t'a donné qu'une partie de lui-même. Le surplus de son âme d'enfant. Il a donné une autre partie à sa famille, une autre à sa poésie, une autre à la politique. Et la passion, la passion amoureuse, à qui l'a-t-il donnée ? »

Doña Leticia gardait le silence ; elle voulait terminer à temps l'ourlet de la robe de bal.

— Ne bouge pas, ma fille.

— C'est que je suis très nerveuse, maman.

— Il n'y a pas de quoi. Une soirée en robe longue, ce n'est pas la lune.

— Pour moi, si. C'est la première fois, Mutti.

— Tu t'habitueras.

— C'est bien dommage.

— Silence. Laisse-moi finir. Ah, cette fille !

Quand Laura eut enfilé la robe jaune pâle, elle courut vers le miroir ; mais elle ne vit pas la robe de bal que sa mère, aussi habile en matière de couture que dans toute autre tâche ménagère, avait copiée du dernier numéro de *La Vie parisienne*, la revue qui, malgré les retards provoqués par la guerre en Europe et la distance entre Veracruz et Xalapa, arrivait néanmoins régulièrement. Paris avait renoncé aux habits compliqués et inconfortables du XIXe siècle, avec leurs restes versaillais de crinolines, de baleines et de corsets. Comme le disait l'anglophile don Fernando, la mode était maintenant streamlined, c'est-à-dire fluide comme une rivière, simplifiée et linéaire, suivant les formes réelles du corps féminin, mettant discrètement en valeur les épaules, le buste et la taille pour soudain s'élargir à partir des hanches. Le modèle parisien de Laura rassemblait toute son ampleur entre la hanche et le mollet, avec un luxe de drapé extraordinaire, comme une reine qui aurait ramassé la traîne de sa robe pour danser, et que celle-ci, au lieu de se laisser enrouler autour du bras, s'était d'elle-même et de sa propre initiative, enroulée autour des jambes de la dame.

Dans la glace, Laura contemplait, non la robe de bal, mais elle-même. Ses dix-sept ans avaient accentué, sans encore les modeler, les traits que ses douze ans annonçaient : un visage fort, un front trop large, un nez trop grand et aquilin, les lèvres trop minces ; ses yeux, par contre, lui plaisaient ; ils étaient d'une couleur noisette, presque dorée ; et parfois, à la pointe ou au déclin du jour, vraiment dorés. Elle avait l'air de rêver éveillée.

— Mon nez, maman...

— Tu as de la chance, regarde les actrices du cinéma italien. Elles ont toutes un grand nez... bon, disons un profil bien marqué. Ne me dis pas que tu voudrais avoir un nez comme si on te l'avait aplati d'un coup de taloche, non mais...

— Mon front, maman...

— S'il ne te plaît pas, laisse-toi pousser une frange.

— Les lèvres...

— Tu peux leur donner la forme que tu veux avec du rouge à lèvres. Et puis, rends-toi compte, ma chérie, ces beaux yeux que Dieu t'a donnés...

— Ça oui, maman.

— Petite vaniteuse, sourit Leticia.

Laura n'osa pas demander : Et si le rouge à lèvres s'efface avec les baisers, n'aurai-je pas l'air d'une comédienne, voudront-ils m'embrasser à nouveau, ou devrai-je serrer les lèvres comme une petite vieille, mettre ma main sur mon ventre comme si j'allais vomir et courir vers la salle de bains pour me repeindre la bouche ? Qu'il est compliqué de devenir une demoiselle.

— Ne t'inquiète pas comme ça. Tu es ravissante. Tu vas faire sensation.

Laura ne demanda pas à Leticia pourquoi elle ne l'accompagnait pas. Elle serait la seule fille sans chaperon. N'allait-elle pas faire mauvaise impression ? Leticia avait déjà beaucoup soupiré et, se rappelant l'habitude qu'avait sa propre mère Cósima, éternellement assise dans le rocking-chair de la maison familiale de Catemaco, elle décida de couper court à cette manie. Elle n'avait déjà poussé que trop de soupirs. Comme aurait dit don Fernando, it never rains but it pours.

À Catemaco, les trois tantes célibataires s'occupaient du grand-père Felipe Kelsen dont les ennuis de santé s'accumulaient peu à peu, mais sans trêve, comme il l'avait lui-même prévu la dernière fois qu'on l'avait obligé à consulter un médecin à Veracruz. Comment t'a-t-il trouvé, papa ? demandèrent les trois sœurs à l'unisson, coutume qui devenait de plus en plus fréquente et dont elles ne se rendaient même plus compte.

— J'ai des calculs biliaires, de l'arythmie cardiaque, la prostate de la taille d'un melon, des diverticules dans l'estomac et un début d'emphysème pulmonaire.

Ses filles le regardèrent avec surprise, effroi et émotion ; lui se contenta de rire.

— Ne vous en faites pas. Le docteur Miquis dit que, séparément, aucun de ces maux ne me tuera. Mais le jour où ils se conjugueront tous, je tomberai foudroyé.

Leticia n'était pas auprès de son père parce que son mari avait besoin d'elle. Après l'exécution de Santiago, le directeur national de la Banque convoqua Fernando Díaz à Mexico.

— Il ne s'agit pas d'un coup de poignard dans le dos, don Fernando, mais vous comprenez bien que la Banque vit de ses bons rapports avec le gouvernement. Je sais que personne n'est coupable des actions de ses enfants, mais ils n'en sont pas moins nos enfants — j'en ai huit, je sais de quoi je parle — et nous sommes, sinon coupables, du moins responsables, surtout s'ils vivent sous notre toit...

— Veuillez abréger, monsieur le directeur. Cette conversation m'est pénible.

— C'est simple, votre remplaçant a déjà été nommé.

Fernando Díaz ne daigna pas faire de commentaire. Il fixa le directeur national d'un œil dur.

— Mais ne vous inquiétez pas. Nous allons vous muter à la succursale de Xalapa. Vous voyez, il ne s'agit pas de vous punir, mais d'œuvrer avec prudence sans pour autant nier vos mérites, cher ami. Le même poste, mais dans une autre ville.

— Où personne ne fera le rapport entre moi et mon fils.

— Non, nos enfants nous appartiennent où qu'on...

— Très bien, monsieur le directeur. Cela me semble être une solution discrète. Ma famille et moi-même vous sommes très reconnaissants.

S'arracher de la maison au-dessus des arcades face à la mer leur fut très pénible à tous. Leticia, parce qu'elle s'éloignait de Catemaco, de son père et de ses sœurs. Laura, parce qu'elle aimait la chaleur des tropiques où elle était née et avait grandi. Fernando, parce qu'on le punissait lâchement. Et pour tous les trois, quitter Veracruz signifiait se séparer de Santiago, de son souvenir, de son tombeau marin.

Laura resta un long moment dans la chambre de son frère, à évoquer des souvenirs, et notamment la nuit où elle l'entendit gémir et le trouva blessé ; aurait-elle dû raconter à ses parents ce qui s'était passé ? cela aurait-il sauvé Santiago ? pourquoi avait-elle respecté la demande du jeune homme : ne dis rien ? Maintenant, en faisant ses adieux à la chambre, elle essaya d'imaginer tout ce que Santiago avait pu écrire là, tout ce qu'il avait laissé en blanc, un gros cahier aux feuilles aveugles en attente de la main, la plume, l'encre, la calligraphie irremplaçable d'un homme...

— Écoute, Laura, on écrit seul, tout seul, mais on se sert de quelque chose qui appartient à tout le monde, la langue. La langue, c'est le monde qui te la prête et c'est au monde que tu la rends. La langue est comme le monde : elle nous survivra. Tu comprends ?

Don Fernando s'était discrètement approché de la fillette. Il posa sa main sur son épaule ; Santiago lui manquait à lui aussi, dit-il, et il pensait à tout ce que son fils aurait pu faire dans la vie. Il l'avait toujours dit : mon fils a un bel avenir devant lui, il est plus intelligent que tous les autres réunis ; et maintenant, il fallait abandonner à sa solitude la chambre où le garçon devait passer son année sabbatique, où il allait écrire ses poèmes... Fernando serra Laura dans ses bras, mais celle-ci ne voulut pas regarder son père dans les yeux ; on ne pleure les morts qu'une seule fois, ensuite on doit essayer d'accomplir ce qu'ils n'ont pu mener à terme. On ne peut aimer, écrire, lutter, penser, travailler avec les yeux et la tête brouillés par les larmes ; le deuil prolongé est une trahison envers la vie du mort.

Quelle différence entre Xalapa et Veracruz. Pendant la nuit, la ville côtière conservait et augmentait la chaleur du jour. À Xalapa, sur la montagne, les journées étaient chaudes et les nuits froides. Les orages rapides et fracassants de Veracruz se transformaient ici en une pluie fine, persistante, qui faisait tout reverdir et qui, surtout, remplissait toujours à ras bord l'un des points centraux de la ville, le barrage appelé El Dique dont se dégageait une impression à la fois triste et rassurante. Du barrage montait la brume légère de la ville qui allait rejoindre la brume épaisse de la montagne. Laura Díaz se souvient de son arrivée à Xalapa et de ce qu'elle avait aussitôt enregistré : air froid-pluie et pluie-oiseaux-femmes habillées en noir beaux jardins-bancs de fer-statues blanches verdies par l'humidité toits rouges-rues étroites et escarpées-odeurs de marché et de boulangerie, patios mouillés et arbres fruitiers, parfum d'oranger et puanteur d'abattoir.

Elle pénétra dans sa nouvelle maison. Tout sentait le vernis. C'était une bâtisse de plain-pied, ce dont la famille eut bientôt à se féliciter. Laura se dit tout de suite, dans cette ville de brumes intermittentes, elle se laisserait guider par son odorat, qui serait l'étalon de sa tranquillité ou de son inquiétude : humidité des parcs, abondance de fleurs, nombreux ateliers, odeur de cuir tanné et de brai épais, de selleries et de drogueries, de balles de coton et de corde d'agave, odeur de cordonnerie et de pharmacie, de salon de coiffure et de percale. Senteurs de café chaud et de chocolat mousseux. Elle jouait à l'aveugle. Elle tâtait les murs et sentait leur chaleur, elle ouvrait les yeux et les toits lavés par la pluie brillaient, dangereusement penchés, comme s'ils avaient hâte d'être séchés par le soleil et de voir la pluie s'écouler par les gouttières, les rues, les jardins, du ciel jusqu'au barrage, le tout en mouvement dans une ville triste, riche d'une nature infatigable.

La maison était construite sur le modèle hispanique qu'on voit dans toute l'Amérique latine. Les murs aveugles et impénétrables côté rue, le portail sans ornement, le toit à deux pentes et des avant-toits à la place de corniches. C'était la « casa de patio » typique, avec ses pièces de réception et ses chambres disposées autour d'un quadrilatère rempli de grands bacs et de pots de géraniums. Doña Leticia avait emporté ce qu'elle estimait lui appartenir, notamment les meubles en osier, conçus pour les tropiques mais qui, ici, ne protégeaient pas de l'humidité, ainsi que les deux tableaux représentant le petit polisson et le chien endormi que, bien sûr, elle accrocha aux murs de la salle à manger.

La cuisine plut à Leticia ; c'était son domaine réservé, et il fallut peu de temps à la maîtresse de maison pour adapter ses recettes côtières aux goûts montagnards ; elle se mit à préparer des *tamales* et des *pambazos*, petits pains farcis roulés dans la farine et, au riz blanc de Veracruz, elle ajouta le *chileatole* de Xalapa, délicieux mélange de pâte, de maïs tendre, de poulet et de cassonnade qu'on roule en forme de petites truffes.

— Attention, disait don Fernando. Ici la cuisine fait grossir parce que les gens se défendent du froid en mangeant de la graisse.

— Ne t'inquiète pas. Nous sommes une famille de maigres —, répondait Leticia pendant que, sous les yeux toujours admiratifs de son mari, elle préparait la *molota xalapeña*, sorte de chausson frit farci de haricots et de viande hachée. Le pain était cuit à la maison : l'occupation militaire française avait fait de la baguette le pain à la mode, mais au Mexique, où le diminutif est le signe de l'affection qu'on porte aux gens et aux choses, elle se transforme en *bolillo* et *telera*, portions de baguette de la taille d'une main. On ne sacrifia pas pour autant les spécialités sucrées de la tradition mexicaine : les sablés et les pains de son, les *banderillas* et les *conchas*, sans oublier le délicieux régal transmis par la pâtisserie espagnole, les *churros*, beignets de forme oblongue, saupoudrés de sucre, qu'on trempe dans une sauce au chocolat.

Leticia ne renonçait pas non plus aux poulpes et aux seiches de la côte, qu'elle cessa de regretter parce que, sans trop y réfléchir, elle s'adaptait naturellement à la vie, surtout lorsque celle-ci lui offrait, comme c'était le cas dans sa nouvelle maison, une cuisine de grandes dimensions, munie d'un grand four et d'un foyer.

Bâtie sur un seul niveau, la maison ne disposait que d'une soupente au fond, au-dessus de l'entrée de derrière où se trouvait la porte cochère. Intuitivement, Laura eut envie de la demander pour elle, en sorte d'hommage à Santiago, car quelque part dans un petit coin muet de sa tête, la fillette se disait qu'elle allait mener sa vie, la vie de Laura Díaz, au nom de son demi-frère ; à moins que ce ne fût Santiago qui, dans la mort, continuait de mener une vie que Laura incarnait à sa place. Quoi qu'il en soit, elle associait l'avenir prometteur de son frère à l'idée d'un espace à soi, un lieu surélevé et isolé où lui aurait écrit et où elle, mystérieusement, trouverait sa propre vocation par cet hommage rendu au disparu.

— Qu'est-ce que tu veux être plus tard ? lui demandait Elizabeth García, sa voisine de banc à l'école des demoiselles Ramos.

Elle ne savait que répondre. Comment dire ce qui était secret, incompréhensible pour les autres ? Je voudrais accomplir la vie de mon frère Santiago, enfermée dans la soupente.

— Non, lui répondit sa mère. Je suis désolée, mais là-haut habite Armonía Aznar.

— Qui c'est celle-là ? Pourquoi a-t-elle droit à la soupente ?

— Je ne sais pas. Demande à ton père. Il semble qu'elle a toujours vécu ici, et pour avoir la maison, nous avons dû nous engager à accepter sa présence et à ne pas la déranger ou, disons, à ne pas faire attention à elle.

— Elle est folle ?

— Ne dis pas de bêtises, Laurita.

— Mais non, renchérit don Fernando, madame Aznar reste parce que, d'une certaine façon, elle est la propriétaire de la maison. Elle est espagnole, fille d'anarcho-syndicalistes dont beaucoup, tu sais, sont venus au Mexique après la victoire de Juárez sur Maximilien. Ils croyaient trouver ici un avenir de liberté. Ils ont déchanté avec l'arrivée au pouvoir de don Porfirio. Beaucoup sont rentrés à Barcelone, car il y avait finalement plus de liberté là-bas avec l'alternance pacifique entre Sagasta et Cánovas qu'ici avec don Porfirio. D'autres renoncèrent à leurs idéaux et devinrent commerçants, paysans ou banquiers.

— Et qu'est-ce que cela a à voir avec la dame qui vit dans la soupente ?

— La maison est à elle.

— Notre maison ?

— Nous n'avons pas de maison à nous, ma petite. Nous vivons là où la banque nous loge. Quand l'institution a proposé à doña Armonía de lui acheter sa maison, elle n'a pas voulu la vendre parce qu'elle ne croit pas dans la propriété privée. Comprends-le comme tu voudras ou comme tu pourras. La banque lui a alors proposé de lui laisser sa soupente en échange de l'usufruit de l'immeuble.

— Elle est folle ?

— Non, elle est têtue et prend ses rêves pour des réalités.

Laura prit doña Armonía en grippe, car, sans le savoir, la vieille dame était la rivale de Santiago : elle interdisait au jeune défunt un endroit à lui tout seul dans la nouvelle maison.

Armonía Aznar — que personne ne voyait jamais — disparut des pensées de Laura le jour où celle-ci fut inscrite à l'école des demoiselles Ramos, deux jeunes filles cultivées mais ayant subi des revers de fortune, qui avaient ouvert la meilleure école privée de Xalapa, la première mixte de surcroît. Elles n'étaient pas jumelles, mais elles s'habillaient, se coiffaient, parlaient et bougeaient de la même façon, de sorte que tout le monde les prenait pour telles.

— Pourquoi est-ce qu'on les croit jumelles alors qu'il suffit de bien les regarder pour voir qu'elles sont complètement différentes ? demanda Laura à Elizabeth García.

— Parce qu'elles veulent qu'on les voie comme ça —, répondit la jeune fille blonde et rayonnante, toujours habillée en blanc, qui aux yeux de Laura apparaissait tantôt très sotte tantôt très discrète, sans qu'on puisse savoir vraiment si elle faisait l'idiote pour tromper son monde ou si elle feignait l'intelligence pour cacher sa bêtise. — Tu sais, à deux, elles en savent plus que chacune prise séparément ; mais si tu les mets ensemble, celle qui s'y connaît en musique se trouve être aussi mathématicienne, et celle qui récite de la poésie est capable de décrire le fonctionnement du cœur ; et à ce propos, Laurita, tu vois, les poètes qui parlent du cœur par-ci et du cœur par-là, eh bien, finalement, il ne s'agit que d'un muscle pas très fiable.

Laura se proposa de distinguer les demoiselles Ramos l'une de l'autre et elle s'aperçut qu'en effet l'une était couci et l'autre couça, mais mise en demeure de définir ces différences, elle était prise de perplexité, réduite au silence, se demandant : Et si en réalité, elles ne faisaient qu'un, et si en réalité elles savaient tout, comme l'*Encyclopaedia britannica* que mon père a dans sa bibliothèque ?

Et si en réalité l'école des demoiselles Ramos n'était l'école que d'une seule ? insista Elizabeth un autre jour avec un sourire pervers. Laura répondit que c'était un mystère comme celui de la Sainte Trinité. On y croyait, tout simplement, sans chercher de preuves. C'était pareil : les demoiselles Ramos étaient une seule personne tout en étant deux qui ne font qu'une et point à la ligne.

Laura eut du mal à se résigner à ce credo, et elle se demanda si Santiago aurait accepté la fiction du professeur unique et dédoublé, ou s'il n'aurait pas plutôt eu l'audace de se rendre nuitamment chez les demoiselles afin de les surprendre en chemise de nuit et de s'assurer : elles sont bien deux. Car, à l'école, elles prenaient bien soin de ne jamais se montrer ensemble. C'est de là que venait — délibérément ou non — l'origine du mystère. De même, Santiago serait sûrement monté par l'escalier craquant qui menait à la soupente au-dessus de la remise ou, comme on commençait à le dire, du garage. Encore que, à Xalapa, on n'eût pas encore vu, malgré le temps passé, de voiture sans chevaux, une « automobile » ; d'ailleurs, les chemins coloniaux n'auraient pas permis la circulation de véhicules à moteur. De l'avis de la tante écrivain Virginia, le train et le cheval suffisaient largement pour se déplacer sur la terre, et sur la mer, un navire de guerre, comme disait la chanson des rebelles...

— Ou en diligence, comme la grand-mère qui s'est fait couper les doigts.

Les trains et les chevaux de la révolution étaient passés par Xalapa, mais sans guère s'occuper de la ville. L'objectif de toutes les factions était le port et la douane de Veracruz ; c'est là qu'on contrôlait les entrées d'argent, c'est là qu'on habillait et nourrissait les troupes, en plus de la valeur symbolique de se rendre maître de la deuxième capitale du pays, l'endroit où les différents pouvoirs — rebelles ou constitutionnels — s'installaient pour défier le gouvernement de Mexico : c'est moi et pas toi. En avril 1914, l'infanterie de marine nord-américaine occupa Veracruz afin de faire pression sur le minable dictateur Victoriano Huerta, l'assassin de Madero, le démocrate pour qui le jeune Santiago avait donné sa vie.

— Qu'ils sont bêtes, ces yankees, disait le très anglophile don Fernando. Au lieu d'affaiblir Huerta, ils en font le champion de l'indépendance nationale face aux gringos. Qui oserait se battre contre un dictateur, fût-il le plus sinistre des dictateurs latino-américains, au moment où il se fait attaquer par les États-Unis ? Huerta s'est servi de l'occupation de Veracruz pour intensifier le recrutement en prétendant que les jeunes tondus allaient être envoyés à Veracruz se battre contre les yankees, alors qu'il les envoie dans le nord contre Villa et au sud contre Zapata.

Les étudiants de l'école préparatoire de Xalapa se rassemblèrent pour former les rangs avec leurs képis français et leurs uniformes bleu marine à boutons dorés, et défilèrent d'un pas martial, le fusil levé, en route pour Veracruz, pour se battre contre les gringos. Ils arrivèrent trop tard ; Huerta tomba et les gringos s'en allèrent, Villa et Zapata se fâchèrent avec Carranza, le premier chef de la Révolution, et occupèrent la ville de Mexico, Carranza chercha alors refuge à Veracruz jusqu'à ce qu'Obregón, en avril 1915, battît Villa à Celaya et reprît Mexico.

Tout cela arrivait à Xalapa soit sous forme de rumeur, soit sous forme de nouvelles, soit encore de paroles chantées dans les *corridos* et les ballades, d'embargos sur le papier journal ; une seule fois, ils eurent droit à la cavalcade d'un groupe quelconque de rebelles au milieu des cris et du fracas des fusils. Leticia ferma les fenêtres, obligea Laura à se coucher par terre et la recouvrit d'un matelas. C'était l'année 1915 et il semblait que la paix allait revenir au Mexique, mais les habitudes de la petite ville de province n'avaient à aucun moment été très perturbées.

À Xalapa arrivaient par ailleurs les bruits concernant la grande famine qui sévissait cette année-là dans la ville de Mexico, lorsque le reste du pays, en proie à ses convulsions, entièrement occupé de lui-même, oublia la luxueuse et égoïste capitale et cessa de lui envoyer viandes et poissons, maïs et haricots, fruits tropicaux et céréales des terres tempérées, la réduisant aux maigres produits des vaches laitières de Milpa Alta et aux quelques cultures maraîchères dispersées entre Xochimilco et Ixtapalapa. Il y avait, comme toujours, beaucoup de fleurs sur le haut plateau, mais qui se nourrit d'œillets et d'arums ?

Un bruit courut : les commerçants stockaient les quelques rares denrées disponibles. Le terrible général Álvaro Obregón fit son entrée dans Mexico et son premier acte consista à envoyer les épiciers balayer les rues de la ville à titre de punition. Il vida leurs magasins et rétablit les communications afin de faire venir les marchandises dans la ville affamée.

C'étaient des bruits qui couraient. Quoi qu'il en soit, doña Leticia dormait avec un poignard sous son oreiller.

De la Révolution, il restait des images photographiques publiées dans les journaux et revues dont don Fernando était grand consommateur : Porfirio Díaz était un vieillard au visage carré et aux pommettes d'Indien, avec une moustache blanche et la poitrine couverte de médailles, qui faisait ses adieux au « pay-ïs », comme prononçait le dictateur, quittant le port de Veracruz dans le vapeur allemand *Ipiranga;* Madero, un petit homme chauve, avec une moustache et une barbe noires, des yeux songeurs et comme étonnés de sa victoire sur le tyran; des yeux qui annonçaient son propre sacrifice par le général Huerta, un bourreau à tête de mort, avec des lunettes noires et une bouche sans lèvres, comme un serpent; Carranza était un vieil homme à barbe blanche et lunettes bleues, à vocation de père de la nation; Obregón, un jeune général brillant, aux yeux bleus et à la moustache hautaine, à qui on fit sauter un bras dans la bataille de Celaya; Zapata, un homme silencieux et mystérieux, comme un fantôme auquel on aurait accordé la grâce de s'incarner pendant un court moment : Laura était fascinée par les yeux énormes au regard ardent de ce monsieur que les journaux surnommaient l'« Attila du Sud », comme ils appelaient Pancho Villa le « Centaure du Nord », dont Laura ne connaissait pas une seule photo où il ne parût souriant de toutes ses dents blanches alignées comme des grains de maïs et de ses petits yeux de Chinois rusé.

Mais Laura se souvenait surtout d'elle par terre sous le matelas et de la fusillade dans les rues, maintenant qu'elle se tenait toute droite devant le miroir, « si jolie fille » comme disait sa mère, se préparant à aller à son premier bal en robe du soir.

— Tu es sûre que je dois y aller, maman ?

— Laura, je t'en prie, à quoi penses-tu ?

— À papa.

— Ne t'inquiète pas pour lui. Tu sais bien que je m'en occupe.

Don Fernando avait commencé par ressentir une petite douleur au genou à laquelle il n'avait guère prêté attention. Leticia lui avait appliqué de la crème Sloane lorsque la douleur s'était étendue de la taille à la jambe, mais son mari se plaignit bientôt d'avoir du mal à marcher et d'une impression de bras engourdis. Et puis un matin, il tomba par terre en se levant du lit et les médecins ne tardèrent pas à diagnostiquer une diplégie affectant d'abord les jambes, ensuite les bras.

— Ça se guérit ?

Les médecins hochèrent la tête négativement.

— Combien de temps ?

— Cela peut durer toute la vie, don Fernando.

— Et le cerveau ?

— Aucun problème. Vous aurez besoin d'aide pour vous déplacer, c'est tout.

C'est la raison pour laquelle toute la famille se félicita que la maison fût de plain-pied et María de la O se proposa de venir à Xalapa pour servir d'infirmière à son beau-frère, s'occuper de lui, le conduire en chaise roulante à la banque.

— Ton grand-père est très bien entouré par tes tantes Hilda et Virginia à Catemaco. Nous en avons discuté et nous sommes tombées d'accord pour que je vienne aider ta maman.

— C'est quoi cette phrase en anglais que papa répète souvent ? La pluie ne vient jamais sans le tonnerre ou quelque chose comme ça. Autrement dit, c'est la poisse, ma chère tata.

— Laura, une petite chose. Ne cherche pas à me défendre si quelqu'un me maltraite. Tu aurais des ennuis. Ce qui compte c'est que moi je m'occupe de ton père pour que ma sœur Leticia puisse continuer à s'occuper de la maison.

— Pourquoi le fais-tu ?

— Je dois autant à ton père qu'à ta grand-mère qui m'a fait venir vivre avec vous. Un jour, je te raconterai.

Le nouveau souci qui s'abattit sur la maison, ajouté au deuil de Santiago, ne diminua pas le courage de doña Leticia. Elle devint simplement encore plus maigre et plus active ; mais ses cheveux commencèrent à grisonner tandis que les traits de son beau profil rhénan se couvraient petit à petit de très fines rides, telles les toiles d'araignées qui envahissaient les caféiers malades.

— Tu dois aller à ce bal. Pas question d'autre chose. Il ne va rien nous arriver ni à ton père ni à moi.

— Promets-moi que, s'il va mal, tu enverras quelqu'un me chercher.

— Je t'en prie, ma fille, San Cayetano n'est qu'à quarante minutes d'ici. En plus, on dirait que tu y vas toute seule. Rappelle-toi qu'Elizabeth et sa maman t'accompagnent ; personne n'aura rien à redire... S'il arrive quoi que ce soit, j'enverrai Zampayita avec le landau.

Elizabeth était ravissante, toute blonde et déjà si bien formée pour ses seize ans ; elle était plus petite et plus ronde que Laura, un peu plus décolletée aussi dans une robe qu'elle avait eu du mal à enfiler, en taffetas rose, avec une ribambelle de volants et de tulles superposés, un peu démodée déjà, mais peut-être non moins éternelle pour cela.

— Pas question de montrer vos seins, les filles —, leur déclara la mère d'Elizabeth, Lucía Dupont, qui passait sa vie à se demander si son nom était aussi courant en France qu'aristocratique aux États-Unis, encore que seuls les charmes masculins de son époux pouvaient expliquer pourquoi elle avait épousé un García, mais cela n'expliquait pas l'entêtement de sa fille à se faire appeler García au lieu de García-Dupont, qui sonnerait pourtant si distingué avec son trait d'union à l'anglo-américaine.

— Maman, Laura n'a pas de problème parce qu'elle est plate, mais moi...

— Elizabeth, ma chérie, tu me gênes.

— Il n'y a pas de raison, c'est le bon Dieu qui m'a faite comme ça, avec ton aide.

— Bon, ne parlons plus des nichons, laissa tomber la mère d'Elizabeth en abandonnant toute pudeur. Il y a des choses plus importantes. Recherchez les relations les plus distinguées. Demandez d'un ton familier des nouvelles des Olivier, des Trigos, des Sartorious, des Fernández Landero, des Esteva, des Pasquel, des Bouchez, des Luengas.

— Et des Caraza, l'interrompit la jeune Elizabeth.

— Il ne faut pas pour autant avoir l'air de s'offrir, répliqua sèchement sa mère. Retenez les noms de la bonne société. Si vous les oubliez, ils vous oublieront. Elle regarda les deux jeunes filles d'un œil compatissant.

— Mes pauvres petites ! Observez bien ce que font les autres. Imitez, imitez !

— Arrête, maman ! Tu me donnes le vertige, je vais tomber dans les pommes ! se moqua Elizabeth.

San Cayetano était une exploitation de café, mais c'était la bâtisse centrale de l'hacienda que tout le monde appelait « San Cayetano ». Ici on avait oublié les traditions espagnoles et l'on avait édifié, dans les années soixante-dix, un petit château à la française au milieu d'une forêt de hêtres, près d'une cascade aux eaux écumeuses et d'un ruisseau au clapotis bruissant. La façade néo-classique s'appuyait sur des colonnades aux chapiteaux ornés de feuilles de vigne.

C'était une grande maison à deux niveaux avec, à l'entrée, un énorme figuier et une fontaine silencieuse. Une volée de quinze marches permettait d'accéder à la porte ouvragée du premier niveau où — Leticia en avait informé sa fille — se trouvaient les chambres. Un large et élégant escalier de pierre menait à l'étage, qui était le niveau de réception : des salons, des salles à manger mais surtout — c'était la particularité des lieux — une grande terrasse d'une surface équivalente à la moitié de celle de la maison, couverte par un toit plat, mais ouverte à la fraîcheur sur trois côtés — en façade, à droite et à gauche de la construction —, entourée d'une balustrade qui la transformait en un grand balcon traversé par les brises nocturnes ou, dans l'après-midi, en auvent propice aux siestes ensoleillées.

Les couples pouvaient s'y reposer ou bavarder appuyés contre la balustrade de cette superbe galerie, ou déposer leur verre pour danser ici même, sur les trois terrasses de l'étage. Tout au long de sa vie, Laura Díaz se souviendrait de ce lieu comme celui de l'émerveillement juvénile, de la pure joie de se sentir jeune.

C'est là que doña Genoveva Deschamps de la Trinidad, la légendaire propriétaire de l'hacienda et figure tutélaire de la bonne société provinciale, accueillait ses hôtes. Laura s'attendait à voir une grande femme d'allure altière, voire hautaine, or elle se retrouva devant une dame de petite taille, au port bien droit cependant, au sourire lumineux, avec des fossettes dans les joues roses et des yeux gris comme sa robe d'une élégance classique, au regard empreint de cordialité. Selon toute évidence, la señora Deschamps de la Trinidad avait elle aussi feuilleté *La Vie parisienne*, car sa tenue était encore plus moderne que celle de Laura : totalement dépourvue de toute ampleur artificielle, elle suivait dans des éclats de soie grise les formes naturelles de la dame. Les épaules nues de doña Genoveva étaient drapées dans une subtile étole de tulle du même gris, le tout parfaitement assorti à son regard couleur acier et destiné à mettre en valeur ses bijoux, transparents comme de l'eau.

Cependant, une fois passé l'heureuse surprise que son hôtesse fût si aimable, Laura s'aperçut que la señora Deschamps, juste avant et juste après avoir si chaleureusement salué chacun de ses invités, le scrutait avec une étrange froideur, proche du calcul, quasi inquisitoriale. Le regard de cette dame riche et enviée était un sceau d'approbation ou de désapprobation. On saurait, lors du prochain bal annuel à l'hacienda, qui avait été reçu à l'examen et qui avait été recalé. Ce regard froid — censure ou agrément — ne durait que les quelques secondes séparant l'arrivée d'un invité de l'accueil du suivant, moment où l'œil pétillant et le sourire affable brillaient de nouveau.

— Dis à tes parents que je regrette énormément de ne pas les voir ici ce soir, prononça doña Genoveva en effleurant les cheveux de Laura un peu comme si elle lui arrangeait une boucle déplacée.

Donne-moi des nouvelles de la santé de don Fernando.

Laura fit une petite révérence — leçon apprise auprès des demoiselles Ramos — et se disposa à découvrir les lieux dont toute la société de Xalapa parlait avec admiration. Elle se laissa charmer, en effet, par les plafonds peints en vert pâle, les fleurons sur les murs, les lucarnes multicolores, et dehors, centre de la fête, la terrasse ceinte de balustrades ornées d'urnes, l'orchestre de musiciens en smoking et l'assistance, des jeunes gens, pour la plupart, les garçons en habit, les filles dans toute une variété de modes, d'où Laura tira la certitude qu'un homme vêtu de n'importe quel costume noir, d'une cravate blanche et d'un plastron en piqué serait toujours élégant sans avoir à s'exposer — alors que chaque femme était obligée de révéler, à ses risques et périls, sa conception personnelle, qu'elle soit conformiste ou excentrique mais de toute façon toujours arbitraire, de l'élégance.

Le bal n'avait pas encore commencé. Toutes les jeunes filles reçurent des mains d'un majordome un carnet marqué aux initiales de la maîtresse de maison — DLT — et s'apprêtèrent à noter les invitations à danser des jeunes gens présents. Laura et Elizabeth en avaient déjà vu quelques-uns dans les bals beaucoup moins brillants du Casino municipal de Xalapa, mais les garçons, eux, ne les avaient pas remarquées parce qu'elles étaient encore, à l'époque, des gamines sans grâce, à la poitrine ou plate ou trop vaste. Aujourd'hui, le corps plus proche de la pleine féminité, en habits de gala, affichant plus d'assurance qu'elles n'en avaient réellement, Elizabeth et Laura commencèrent par saluer d'autres filles de l'école, des amis de leur famille, puis elles se laissèrent approcher par les garçons tout raides dans leur frac.

Un jeune homme aux yeux couleur caramel se présenta devant Elizabeth et lui demanda le premier morceau.

— Merci, mais je suis déjà prise.

Le garçon s'inclina très courtoisement et Laura donna un coup de pied à son amie.

— Menteuse. Nous venons à peine d'arriver.

— Moi ce sera Eduardo Caraza le premier, ou je ne danse avec personne.

— Qu'est-ce qu'il a de si particulier ton Eduardo Caraza ?

— Tout. De l'argent. Good looks. Regarde-le. Il arrive. Je te l'avais dit.

Laura ne trouva ledit Caraza ni mieux ni moins bien qu'un autre. Il fallait le reconnaître et même l'admirer : la bonne société de Xalapa était plus blanche que métisse, des gens de couleur comme la tante María de la O, il n'y en avait pas, mais de temps à autre on apercevait un type indigène, parce qu'il était présentable. Laura se sentit attirée par un garçon très mince au teint basané qui ressemblait à un de ces pirates malais qu'on trouve dans les romans d'Emilio Salgari dont elle avait hérité parmi les autres livres de la bibliothèque de Santiago. Sa peau sombre était parfaite, sans une seule tache ; il était rasé de près, et ses mouvements étaient lents, légers et élégants. On aurait dit Sandokan, un prince hindou sorti d'un roman. Il fut le premier qui l'invita à danser. Doña Genoveva programmait les valses d'abord, puis les danses modernes, pour revenir finalement à une époque antérieure à la valse, avec les polkas, les *lanceros* et le *chotis* madrilène.

Le prince hindou ne desserra pas les dents, au point que Laura se demanda si son accent ou sa stupidité ne seraient pas susceptibles de détruire son apparente élégance de Malais égaré. Son deuxième partenaire de valse, en revanche, membre d'une riche famille de Córdoba, était un moulin à paroles qui lui donna le tournis avec ses insanités sur l'élevage des poules et le croisement des coqs, sans la moindre intention allusive ou coquine mais par pure bêtise. Le troisième, un grand rouquin qu'elle avait déjà vu sur les courts de tennis à exhiber ses jambes minces, musclées et poilues, n'hésita pas à prendre des libertés avec Laura, la serrant contre sa poitrine, se pressant contre son entrejambe, lui mordillant le lobe de l'oreille.

— Qui a eu l'idée d'inviter cet imbécile ? demanda Laura à Elizabeth.

— D'habitude il se tient un peu mieux que ce soir. Je crois que tu l'as excité. Ou peut-être que le *tepache* lui est monté à la tête. Tu peux aller te plaindre à doña Genoveva, si tu veux.

— Et toi, Elizabeth ? s'enquit Laura en secouant la tête vigoureusement.

— Regarde-le. Tu ne le trouves pas merveilleux ?

Eduardo Caraza passa en valsant, le regard perdu au plafond.

— Tu vois. Il ne regarde même pas sa partenaire.

— C'est qu'il veut se faire admirer.

— Qu'importe.

— Il danse très bien.

— Qu'est-ce que je vais faire, Laura, qu'est-ce que je vais faire ? bégaya Elizabeth au bord des larmes. Il ne va jamais s'intéresser à moi.

La valse à peine terminée, doña Genoveva s'approcha d'Elizabeth et l'invita à se lever et à la suivre ; elle la conduisit vers Eduardo Caraza, qui était en train de se moucher.

— Ma fille, glissa l'hôtesse à la blonde créature

aux yeux mouillés, il ne faut pas se montrer en public quand on est amoureuse. Tu fais sentir à tout le monde que tu te crois supérieure et tu te fais détester. Eduardo, ça va être le tour des danses modernes et Elizabeth voudrait que tu lui apprennes à danser le cake-walk mieux qu'Irene Castle.

Elle les laissa bras dessus, bras dessous, et revint à son poste tel un général tenu de passer ses troupes en revue ; elle inspectait chaque invité des pieds à la tête, ongles, cravate, souliers compris. Que n'aurait donné cette société provinciale pour pouvoir jeter un coup d'œil dans le carnet de doña Genoveva, où chaque jeune personne était notée comme à l'école, admise ou non admise pour l'année suivante. Mais malgré cela, soupirait l'hôtesse parfaite, il y aura toujours des gens que l'on ne peut pas ne pas inviter, même s'ils ne sont pas à la hauteur, même si leurs ongles ne sont pas bien coupés, même s'ils ne savent pas assortir leurs souliers à leur habit ni nouer correctement leur cravate, et même s'ils sont franchement grossiers, comme ce joueur de tennis.

« On a beau être arbitre de la vie mondaine, le pouvoir et l'argent auront toujours le dessus sur l'élégance et les bonnes manières. »

Les dîners de doña Genoveva étaient réputés et jamais décevants. Un majordome en perruque blanche et tenue XVIIIe annonça en français : — *Madame est servie*.

Laura eut envie de rire à la vue de ce domestique à la peau sombre, manifestement originaire de Veracruz, prononçant à la perfection la seule phrase en français que doña Genoveva lui avait apprise ; mais la mère d'Elizabeth, qui conduisait ses deux protégées vers la salle à manger, donna une autre tournure à l'affaire :

— L'an dernier c'était un négrillon qui portait la

perruque blanche. Tout le monde a pensé qu'il était haïtien. Mais quelle idée de déguiser un Indien en Louis XV...

La suite de visages européens qui commença à s'acheminer vers les salles à manger donnait raison à l'hôtesse. C'étaient là les enfants, petits-enfants et arrière-petits-enfants des immigrés espagnols, français, italiens, écossais ou allemands, comme Laura Kelsen Díaz ou son frère Santiago, descendants de Rhénans et de Canariens, arrivés à Veracuz et qui étaient restés dans la ville portuaire ou s'étaient installés à Xalapa, Córdoba, Orizaba, pour faire fortune dans le café, l'élevage et le sucre, la banque et l'import-export, les professions libérales et même la politique.

— Regarde cette photo du cabinet de don Porfirio. Il est le seul Indien. Tous les autres sont des Blancs aux yeux clairs, en costume à l'anglaise. Regarde les yeux de Limantour, le ministre des Finances, on dirait de l'eau ; regarde le crâne chauve de sénateur romain de Landa y Escandón, le gouverneur de Mexico ; regarde la barbe de patricien castillan du ministre de la Justice, Justino Fernández ; ou le regard de bandit catalan du favori Casasús. Et le dictateur, on raconte qu'il se mettait de la poudre de riz pour s'éclaircir la peau. Quand on pense qu'il avait été un guérillero libéral, un héros de la Réforme — pérorait un grand homme d'une soixantaine d'années, importateur de vins et exportateur de sucre.

— Qu'est-ce que vous voulez ? Que l'on revienne au temps des Aztèques ? lui rétorqua une des dames auxquelles le négociant adressait en vain ses paroles.

— Vous ne devriez pas raconter de blagues sur le seul homme sérieux de l'histoire du Mexique, Porfirio Díaz, intervint un monsieur aux yeux chavirés de nostalgie. Nous allons le regretter, vous allez voir.

— Pas pour l'instant, répliqua le commerçant. Grâce à la guerre nous exportons plus que jamais, nous gagnons plus que jamais.

— Mais grâce à la Révolution, nous allons perdre jusqu'à notre caleçon, avec tout le respect que je dois aux dames, rétorqua l'autre.

— Ah, il faut quand même reconnaître que les Zouaves étaient beaux garçons —, entendit Laura, proféré par la dame fâchée avec les Aztèques, puis elle perdit la suite de la conversation au milieu des invités qui se dirigeaient lentement vers les tables chargées de galantines, de pâtés, de jambons, de canards, de tranches de rosbeef...

Une main très pâle, presque jaune, tendit à Laura une assiette déjà servie. Elle remarqua la bague avec les initiales OX et le poignet empesé de la chemise, les boutons de manchette en onyx noir, la qualité du tissu. Quelque chose empêchait Laura de lever les yeux pour rencontrer le regard de cette personne.

— Tu crois avoir bien connu Santiago ? — proféra une voix naturellement grave mais qui forçait sur l'aigu ; il était évident que ces paroles évanescentes sortaient des cordes vocales d'un baryton. Pourquoi Laura refusait-elle de lui faire face... ? Ce fut lui qui lui releva le menton et lui dit, la terrasse a trois côtés, nous pourrons être seuls sur le côté droit.

Il la prit par le bras et Laura, tenant son assiette des deux mains, sentit à ses côtés une figure masculine svelte, élégante, légèrement parfumée à l'eau de lavande anglaise, qui la guidait fermement et d'un pas régulier vers la terrasse la plus éloignée, à gauche de l'estrade des musiciens, à l'endroit où ces derniers avaient déposé les étuis de leurs instruments. Il voulut l'aider à éviter les obstacles, mais elle laissa maladroitement tomber son assiette qui vint s'écraser sur le sol de marbre, éparpillant galantines et rosbeef...

— Je vais t'en chercher une autre, dit d'une voix soudain grave le galant inattendu.

— Non, ce n'est pas la peine. Je n'ai plus faim.

— Comme tu veux.

C'était un coin peu éclairé. Laura vit tout d'abord un profil à contre-jour, parfaitement découpé, un nez droit, sans courbure, qui s'arrêtait au bord de la lèvre supérieure, légèrement en retrait par rapport à la lèvre inférieure, et une mâchoire proéminente comme celle de ces Habsbourg que l'on voyait dans le livre d'histoire universelle.

Le jeune homme ne lâchait pas le bras de Laura, qui fut surprise et presque effrayée par ce qu'il lui déclara d'entrée de jeu : « Je suis Orlando Ximénez. Tu ne me connais pas mais, moi, je te connais. Très bien même. Santiago parlait de toi avec beaucoup d'affection. Je crois que tu étais sa vierge préférée. »

Rejetant la tête en arrière, Orlando éclata d'un rire silencieux et Laura découvrit, à la lumière de la lune, une tête aux boucles blondes et un visage étrange, jaunâtre, doté de traits occidentaux mais avec des yeux tout à fait asiatiques, comme la peau, dont la couleur rappelait celle des dockers chinois sur les quais de Veracruz.

— Vous parlez comme si nous nous connaissions.

— Tutoie-moi, je t'en prie, tutoie-moi ou je vais me vexer. À moins que tu préfères que je te laisse dîner tranquillement ?

— Je ne comprends pas, monsieur... Orlando... je ne sais pas de quoi tu parles...

Orlando prit la main de Laura et baisa ses doigts parfumés au savon.

— Je parle de Santiago.

— Tu l'as connu ? Je n'ai jamais rencontré un seul de ses amis.

— *Et pour cause**, fit Orlando avec ce rire insonore qui énervait Laura. Tu crois que ton frère t'a tout donné à toi et à personne d'autre ?

— Non. Comment croirais-je une chose pareille ? balbutia la jeune fille.

— Mais si, c'est ce que tu crois. Tous ceux qui ont connu Santiago ont le même sentiment. Il savait parfaitement donner à chacun l'impression qu'il était pour lui unique, irremplaçable. *C'était son charme**. Il avait ce don de faire croire à chacun : je ne suis qu'à toi.

— Oui, il était très bon...

— Laura, Laura, « bon » *ce n'est pas le mot** ! Si quelqu'un l'avait qualifié de « bon », Santiago ne l'aurait certes pas giflé, mais il lui aurait manifesté le plus grand mépris ; c'était son arme la plus cruelle...

— Il n'était pas cruel. Tu te trompes. Tu cherches simplement à m'embêter...

Laura eut un geste de recul. Orlando l'arrêta d'une main forte et délicate qui, étonnamment, contenait aussi une caresse.

— Ne t'en va pas.

— Tu m'embêtes.

— Tu veux aller te plaindre ? Cela ne te ressemble pas.

— Non, je veux juste m'en aller.

— Bon, j'espère que j'ai au moins réussi à te faire douter.

— J'ai aimé mon frère. Pas toi.

— Laura, j'ai aimé ton frère beaucoup plus que toi. Mais je dois reconnaître que je t'envie. Toi tu as connu le côté angélique de Santiago. Moi... bon, je dois reconnaître que je t'envie. Combien de fois ne m'a-t-il pas dit... « Quel dommage que Laura ne soit qu'une enfant ! Je voudrais qu'elle grandisse très vite. Je t'avoue que je la désire follement. » Follement. Il n'a jamais parlé de moi dans ces termes. Avec moi il était beaucoup plus sévère. Ça te va si je dis « sévère » au lieu de « cruel » ? Santiago le Sévère au lieu de Santiago le Cruel, ou encore mieux, *pourquoi pas**, Santiago le Libidineux, l'homme qui voulait être aimé de tout le monde, hommes et femmes, garçons et filles, pauvres et riches. Et sais-tu pourquoi il voulait être aimé ? Pour ne pas aimer en retour. Quelle passion, Laura, quelle envie de vivre ! Santiago, l'Apôtre insatiable. Comme s'il savait qu'il allait mourir jeune. Il le savait. C'est pour cela qu'il profitait de tout ce que la vie lui offrait. Pas de manière indistincte, cependant. Il ne faut pas croire qu'il était, comme on dit ici, accommodable à toutes les sauces. *Il savait choisir**. C'est pour cela que toi et moi nous avons été élus, Laura.

Laura ne sut que répondre à ce beau jeune homme impudique et insolent ; mais à mesure qu'elle l'entendait parler, le sentiment de Laura pour Santiago s'enrichissait.

Elle commença par rejeter l'importun (gandin, petit-maître, dandy, Orlando sourit à nouveau comme s'il devinait les pensées de Laura, sa recherche des qualificatifs qu'on lui accolait couramment...) mais elle finit par se sentir attirée malgré elle, à l'entendre parler, car il lui offrait plus que ce qu'elle savait sur Santiago : le rejet initial allait être vaincu par un désir, celui d'en savoir plus sur Santiago. Laura était prise entre ces deux mouvements, et Orlando, le percevant, se tut et l'invita à danser.

— Tu entends ? Ils sont revenus à Strauss. Je ne supporte pas les danses modernes.

Il la prit par la taille et par la main et plongea le

regard de ses yeux asiatiques jusqu'au fond des prunelles aux reflets changeants de la jeune fille. Personne, jamais, n'avait regardé Laura de cette façon et, en valsant avec Orlando, celle-ci eut l'effarante impression que, sous leurs habits de bal, tous deux étaient nus, aussi nus que le père Elzevir pouvait l'imaginer, et que la distance entre leurs corps imposée par le rythme de la valse était illusoire : ils étaient nus et ils s'étreignaient.

Laura sortit de sa transe dès qu'elle eut quitté le regard d'Orlando, et elle s'aperçut alors que tout le monde avait les yeux fixés sur eux, que les gens s'écartaient et cessaient de danser pour regarder danser Laura Díaz et Orlando Ximénez.

Le charme fut rompu lorsqu'une flopée d'enfants en chemise de nuit, portant dans les mains de grands chapeaux remplis d'oranges volées dans le verger, fit irruption au milieu d'un grand vacarme.

— Dis donc. Tu as été l'attraction du bal, dit Elizabeth García à sa compagne d'école pendant le chemin du retour vers Xalapa.

— Ce garçon a très mauvaise réputation, se pressa d'ajouter la mère d'Elizabeth.

— J'aurais bien aimé qu'il m'invite à danser moi aussi, murmura Elizabeth. Il ne m'a même pas regardée.

— Mais tu voulais danser avec Eduardo Caraza. C'était ton rêve, dit Laura, interloquée.

— Il ne m'a même pas adressé la parole. C'est un malotru. Il danse sans dire un mot.

— Ce sera pour la prochaine fois, ma petite.

— Non, maman. Je suis déçue pour le restant de mes jours —, sanglota la jeune fille vêtue de rose en se jetant dans les bras de sa mère, laquelle, au lieu de la consoler, préféra détourner la conversation par cet avertissement qu'elle adressa à Laura.

— Je me sens dans l'obligation de tout raconter à ta mère.

— Ne vous inquiétez pas, madame. Je ne reverrai plus jamais ce garçon.

— Il vaut mieux. Les mauvaises compagnies...

Le Noir Zampayita ouvrit le portail et les deux García-Dupont, la mère et la fille, sortirent leurs mouchoirs — sec celui de la dame, trempé de larmes celui d'Elizabeth — pour dire au revoir à Laura.

— Ce qu'il fait froid ici, mademoiselle, se plaignit le Noir. Quand est-ce que nous retournons au port ?

Il esquissa un pas de danse, mais Laura ne le regarda pas. Elle n'avait d'yeux que pour la soupente occupée par la dame catalane, Armonía Aznar.

Ils durent partir très tôt le lendemain matin, en landau, pour Catemaco : le grand-père était sur la fin, avait prévenu la tante métisse. Laura contempla avec tristesse le paysage tropical qu'elle aimait tant et qui renaissait sous ses yeux pleins de tendresse, car elle était triste à l'idée de devoir dire adieu pour toujours au grand-père Felipe.

Il était dans sa chambre, celle qu'il avait occupée pendant tant d'années, d'abord célibataire, puis avec son épouse bien-aimée, Cósima Reiter, et finalement seul de nouveau, sans autre compagnie que celle de ses trois filles qui, il le savait bien, prenaient prétexte de sa maladie pour ne pas se marier, soi-disant obligées par le veuvage de leur père...

— On va voir si après moi vous vous mariez, les filles, disait Felipe Kelsen d'un ton narquois, cloué sur son lit de malade.

Laura eut l'impression que l'entrée de la maison de Catemaco avait changé, comme si en son absence tout était devenu plus petit mais également plus long et plus étroit. Retourner au passé c'était entrer dans un interminable couloir vide où l'on ne retrouvait plus ni les choses ni les personnes connues que l'on souhaitait revoir. Comme si elles jouaient tant avec notre mémoire qu'avec notre imagination, les personnes et les choses du passé nous mettent au défi de les situer dans le présent sans oublier qu'elles ont un passé et un futur, même si ce futur n'est qu'un souvenir du présent. Mais lorsqu'il s'agit d'accompagner la mort de quelqu'un, quel est le temps adéquat à la vie ? C'est pourquoi Laura mit si longtemps à arriver à la chambre du grand-père, comme si pour ce faire elle avait eu à traverser toute la vie du vieillard, depuis une enfance allemande dont elle ne savait rien, en passant par une jeunesse passionnée de la poésie de Musset et des idées de Lassalle, puis la déception politique et l'émigration au Mexique, le travail et la création de la plantation de Catemaco, puis l'enrichissement, l'amour pour Cósima, la fiancée par correspondance, la terrible histoire sur la route avec le bandit de Papantla, la naissance des trois filles, l'accueil de la fille illégitime, le mariage de Leticia et Fernando, la naissance de Laura, le passage du temps que la jeunesse, dans son impatience, trouve lent et que notre vieillesse, malgré sa patience, ne peut arrêter dans sa vitesse à la fois moqueuse et tragique. C'est pourquoi, donc, Laura mit si longtemps à arriver à la chambre du grand-père. Avant d'arriver au chevet d'un mourant, il faut toucher chacun des jours de son existence, se souvenir, imaginer, suppléer, au besoin, à ce qui n'a jamais eu lieu, voire à l'inimaginable, et cela par la pure présence d'un être aimé amené à représenter tout ce qui n'a pas été, ce qui a été, ce qui aurait pu être et ce qui n'aurait jamais pu être.

En ce jour, à cet instant précis, auprès du grand-père dont elle prit la main parcourue d'épaisses veines et de taches de vieillesse, tandis qu'elle caressait la peau usée par le temps jusqu'à la transparence, Laura Díaz eut à nouveau l'impression de vivre à la place des autres ; son existence n'avait d'autre sens que celui de compléter les destins inachevés. Comment pouvait-elle éprouver un tel sentiment en caressant la main d'un mourant de soixante-dix-sept ans, un homme achevé, avec toute une vie derrière lui ?

Santiago avait été une promesse brisée. En irait-il de même pour son grand-père malgré son grand âge ? Existait-il une seule vie véritablement achevée, une seule vie qui ne fût promesse inaccomplie, possibilité latente, plus encore... ? Ce n'est pas le passé qui meurt avec chacun de nous. C'est l'avenir.

Laura plongea au plus profond qu'elle put dans les yeux clairs et rêveurs de son grand-père, encore vifs malgré les battements de paupières de l'agonie. Elle lui posa la question qu'elle se posait à elle-même. Felipe Kelsen sourit avec peine.

— Ne te l'avais-je pas dit, mon enfant ? Un jour, tous mes maux se sont conjugués et voilà... mais avant de m'en aller, je veux te rendre justice. C'est vrai, il y a une statue de femme toute parée de bijoux au milieu de la forêt. Je l'ai nié volontairement. Je ne voulais pas que tu tombes dans la superstition et la sorcellerie. Je t'ai amenée à voir un fromager pour que tu apprennes à vivre avec la raison et non les fantasmes et les exaltations qui m'ont coûté si cher dans ma jeunesse. Méfie-toi de tout. Le fromager est plein d'épines aiguisées comme des poignards. Tu te rappelles ?

— Bien sûr, grand-père.

Soudain, comme s'il sentait qu'il n'avait plus le temps de prononcer d'autres paroles, sans se soucier de la personne à qui il s'adressait ni s'il était entendu, le vieil homme murmura :

— Je suis un jeune socialiste. Je vis à Darmstadt et c'est là que je vais mourir. J'ai besoin d'être près de mon fleuve, de mes rues, de mes places. J'ai besoin de l'odeur jaune des usines chimiques. J'ai besoin de croire en quelque chose. C'est ma vie et je ne l'échangerais pas contre une autre.

« Une autre... —, la bouche s'emplit d'écume couleur moutarde et resta ouverte à jamais.

À la fin de la valse, Orlando approcha ses lèvres — charnues comme celles d'une petite fille — de l'oreille de Laura.

— Nous allons nous séparer. Nous attirons l'attention. Je t'attends dans la soupente de ta maison.

Laura resta bouche bée, au milieu des bruits de la fête, des regards curieux des invités, sous l'effet de la proposition d'Orlando.

— Mais la soupente est occupée par la demoiselle Aznar.

— Plus maintenant. Elle voulait aller mourir à Barcelone. Je lui ai payé le voyage. Maintenant la soupente m'appartient.

— Mais mes parents...

— Personne n'est au courant. Sauf toi. Je t'y attends. Viens quand tu veux.

Et il écarta ses lèvres de l'oreille de Laura.

— Je veux te donner ce que j'ai donné à Santiago. Ne me déçois pas. Lui ça lui plaisait bien.

Lorsqu'elle rentra de l'enterrement du grand-père, Laura passa plusieurs jours avec les paroles d'Orlando qui lui hululaient dans la tête, tu crois avoir bien connu Santiago ? Tu crois que ton frère t'a tout donné à toi toute seule ? c'est mal connaître un homme aussi complexe, il ne t'a donné qu'une partie de sa vie, et la passion, la passion amoureuse, à qui l'a-t-il donnée ?

Elle regardait sans cesse du côté de la soupente.

Rien n'avait changé. Elle seule avait changé. Mais elle ne comprenait pas bien en quoi. Peut-être s'agissait-il d'un changement qui ne s'effectuerait que si elle se décidait à grimper l'escalier menant à la soupente, en faisant très attention, en s'assurant que personne ne la voyait — ni son père, ni sa mère, ni la tante María de la O, ni le nègre Zampayita, ni les servantes indiennes. Elle n'aurait pas à frapper à la porte, car Orlando l'aurait entrouverte. Orlando l'attendrait. Orlando était beau, étrange, ambigu, à la lumière de la lune. Mais peut-être Orlando était-il laid, banal, menteur, à la lumière du jour. Tout le corps de Laura exigeait l'approche du corps d'Orlando, à cause de lui, à cause d'elle, à cause de leur rencontre romantique au bal de l'hacienda, si inattendue, mais aussi à cause de Santiago, parce que aimer Orlando c'était une façon indirecte mais autorisée d'aimer son frère. Les insinuations d'Orlando étaient-elles vraies ? Si elles étaient fausses, pourrait-elle aimer Orlando pour lui-même, sans la présence du fantôme de Santiago ? En viendrait-elle à haïr tant Orlando que Santiago ? À haïr Santiago à cause d'Orlando ? Un soupçon glacial la traversa : que tout ne fût qu'une immense farce, un énorme mensonge fabriqué par le jeune séducteur. Laura n'avait pas besoin des admonitions diaboliques du curé Elzevir Almonte pour se tenir à l'écart de toute complaisance ou facilité sexuelle. Il lui avait suffi de se regarder nue dans la glace, quand elle avait sept ans, pour constater qu'il n'y avait là aucune des horreurs énoncées par le curé et ne pas tomber dans des tentations qui lui parurent, par une sorte d'intuition immédiate et décisive, inutiles à moins de les partager avec un être aimé.

L'amour qu'elle éprouvait pour tous les membres de sa famille, y compris Santiago, était gai, chaleureux et chaste. Maintenant, pour la première fois, un homme la sollicitait autrement. Cet homme était-il réel ou un simple mensonge ? Allait-il la satisfaire ou Laura courait-elle le risque d'être initiée sexuellement par un homme qui n'en valait pas la peine, qui n'était pas fait pour elle, qui n'était qu'un fantôme, une prolongation de son frère, un comédien, beau, attirant, tentateur, à l'affût, diabolique, à portée de main, d'accès facile, qui l'attendait dans sa propre maison, sous le toit familial... ?

Ce fut peut-être le Noir Zampayita qui lui apporta, à son insu, un début de réponse lorsque, la nuit du bal, il les ramena toutes les trois, Laura, Elizabeth et la señora Dupont-García à Xalapa.

— Avez-vous vu, Mesdames, le figuier à l'entrée de la baraque ? demanda le Noir.

— Quelle baraque ? protesta la señora Dupont-García. Il s'agit de l'hacienda la plus élégante de la région, pauvre ignorant. Le bal de l'année.

— Sauf vot' 'espet, Madame, les bons bals ont toujours lieu dans la rue.

— Comme tu voudras, soupira la dame.

— Tu n'as pas pris froid dehors, Zampayita ? demanda Laura pleine d'attention.

— Non, ma petite. Je suis resté à regarder le figuier. Je me suis rappelé l'histoire de saint Philippe de Jésus. C'était un enfant hautain et mal élevé, comme certains de ceux que j'ai vus sortir ce soir. Il vivait dans une maison où il y avait un figuier sec. Sa nourrice lui disait : Le jour où mon Philippon sera un saint, le figuier fleurira.

— Pourquoi parles-tu ainsi des saints, noiraud ? reprit la dame, indignée. Saint Philippe de Jésus est parti pour l'Orient afin de convertir les Japonais, qui l'ont crucifié méchamment. C'est pourquoi il a été sanctifié, tu comprends ?

— C'est bien ce que sa nourrice lui disait, Madame, avec tout le respect que je vous dois. Le jour où on a tué Philippe, le figuier a fleuri.

— Celui de l'hacienda est sec, intervint Elizabeth avec un rire coquin.

— La force de Santiago résidait dans le fait qu'il n'a jamais eu besoin de personne, lui avait expliqué Orlando sur la terrasse de San Cayetano. C'est pour cela qu'il nous avait tous à ses pieds.

On raconte qu'un mois plus tard, on retrouva le cadavre de la señora Aznar dans la soupente. On dit que son corps fut découvert lorsqu'un employé de la banque se présenta pour lui remettre son chèque mensuel, juste avant que Zampayita ne lui dépose son plateau quotidien devant la porte. Cela faisait à peine deux jours qu'elle était morte. Elle ne puait pas encore.

« Tout est caché et nous guette. » Laura répéta la phrase mystérieuse que sa tante Virginia avait l'habitude de prononcer. Elle l'adressa à sa poupée chinoise Li Po, confortablement installée sur les coussins du lit, et Laura Díaz décida de conserver le souvenir de son premier bal, dans lequel elle se voyait fine et transparente, si transparente que sa robe de bal était son propre corps, il n'y avait rien sous sa robe, et Laura tournait, flottait dans une valse d'une élégance liquide, jusqu'à ce qu'elle se trouve douillettement enveloppée dans les voiles du sommeil.

V

Xalapa : 1920

« Tu as commis une erreur, Orlando. Pas ici. Cherche un autre moyen pour qu'on se voie. Fais preuve d'imagination. Ne te moque pas de ma famille et ne m'oblige pas à me mépriser moi-même. »

Laura, affligée par la mort de son grand-père et par la santé fragile de son père, reprit sa vie familiale. Elle expulsa, non de sa mémoire, mais de ses souvenirs, l'aventure avec Orlando et la mort de la señorita Aznar ; plus jamais elle ne s'y référa de manière explicite, elle n'en parla jamais à personne, elle ne s'en parla même pas en son for intérieur. Elle les oublia — mais sa mémoire les conserva, cadenassées dans le coffre du passé d'où l'on ne doit jamais rien sortir. Ajouter « Orlando Ximénez » et « Armonía Aznar » aux peines et difficultés de la maison lui était insupportable, aussi insupportable que le doute malsain qu'Orlando avait introduit dans le souvenir qu'elle gardait de Santiago ; car, ce dernier, Laura tenait à le conserver pur et sans tache. Ce qu'elle avait le plus de mal à pardonner au « petit maître » était qu'il eût porté atteinte à cette partie de la vie de Santiago qui survivait dans l'âme de Laura.

Santiago survit-il également dans l'âme de mon père ? se demandait la jeune fille de vingt-deux ans en contemplant le visage défait de Fernando Díaz.

Il était impossible de le savoir. La diplégie du comptable et banquier progressait à un rythme maudit : rapide et soutenu. La perte de la mobilité des jambes fut suivie par celle du reste du corps, et finalement par la perte de la parole. Il n'y avait place dans le cœur de Laura que pour l'immense pitié que lui inspirait son père, cloué dans une chaise roulante, contraint à être nourri comme un enfant, avec un bavoir, par la pieuse tante María de la O, et à regarder le monde avec des yeux indéchiffrables dans lesquels il était impossible de détecter s'il entendait, pensait ou communiquait au-delà du cillement désespéré et des tentatives, tout aussi désespérées, de lui échapper en maintenant les yeux ouverts, en alerte, tendus, au-delà de la résistance d'une personne normale, comme s'il craignait qu'en fermant les yeux, un jour, il ne pourrait plus jamais les rouvrir. Le regard devint aqueux, vitreux. En revanche, don Fernando développa un remarquable mouvement de sourcils ; de leur position habituelle, il les amena progressivement à une expressivité qui faisait peur à Laura. Tels deux arcs soutenant tout ce qui restait de sa personne, les sourcils du père ne s'élevaient pas seulement pour exprimer l'étonnement ; ils s'arquaient encore plus haut, comme pour devenir à la fois interrogation et communication.

La tante à la peau sombre se dévouait auprès du malade pendant que Leticia s'occupait de la maison. Mais ce fut Leticia qui apprit, peu à peu, à lire dans le regard de son mari, à lui prendre la main et à communiquer avec lui.

— María de la O, il veut que tu lui fixes son épingle de cravate.

— Il veut qu'on aille le promener du côté des Berros.

— Il a envie de manger du riz aux haricots.

La mère de Laura devinait-elle juste ou créait-elle un simulacre de communication et, par conséquent, de vie ? María de la O était disposée à effectuer n'importe quelle tâche pénible pour Leticia ; c'était elle qui se chargeait de faire la toilette de l'invalide avec des serviettes chaudes et du savon d'avoine, de l'habiller tous les matins comme si le maître de maison allait au bureau, avec son costume trois-pièces, col dur, cravate, chaussettes et bottines ; de le déshabiller le soir pour, avec l'aide de Zampayita, le mettre au lit à neuf heures.

Laura ne savait rien faire d'autre que de prendre la main de son père et lui lire les romans qu'il aimait tant, en français et en anglais, langues qu'elle apprenait ainsi en même temps, comme en hommage au père terrassé par la maladie. L'effondrement physique de Fernando Díaz se marqua rapidement sur son visage. Ses traits vieillirent, mais il conserva la maîtrise de ses sentiments ; Laura ne le vit pleurer qu'une seule fois, lorsqu'elle lui lut la mort émouvante de l'enfant Little Father Time qui, dans *Jude l'obscur* de Thomas Hardy, se suicide quand il entend ses parents dire qu'ils ne peuvent pas nourrir autant de bouches. Ces larmes, cependant, firent plaisir à Laura. Son père l'entendait. Son père écoutait et éprouvait des sentiments derrière le voile opaque de sa maladie.

— Sors, ma fille, mène la vie qui convient à ton âge. Rien n'attristerait plus ton père que de savoir que tu te sacrifies pour lui.

Pourquoi sa mère utilisait-elle cette forme verbale, ce conditionnel qui, selon les demoiselles Ramos, était un mode qui avait besoin d'un autre verbe pour prendre sens, un indicatif d'hypothèse, comme disait la première demoiselle Ramos ; ou de souhait, ajoutait la seconde : un peu comme si l'on disait « si j'étais à ta place... », expliquaient les deux en même temps quoique dans des lieux différents. Vivre au jour le jour avec l'invalide, sans rien prévoir, était le seul salut que père et fille pouvaient partager. Si Fernando l'entendait, Laura lui raconterait ce qu'elle faisait dans la journée, ce qui se passait à Xalapa, ce qu'il y avait de nouveau... Et alors Laura se rendit compte qu'il n'y avait rien de nouveau. Ses anciennes camarades d'école avaient obtenu leur diplôme, elles s'étaient mariées, elles étaient parties s'installer à Mexico, loin de la province, parce qu'elles avaient suivi leur mari, parce que la Révolution centralisait le pouvoir encore plus que la dictature, parce que la réforme agraire et la législation du travail menaçaient les riches de la province, parce que beaucoup d'entre eux s'étaient résignés à perdre ce qu'ils avaient, à abandonner les terres et les industries de l'intérieur du pays, dévasté par les combats, pour refaire leur vie dans la capitale, à l'abri de l'insécurité des campagnes ; tout cela avait emporté au loin les amies de Laura.

Laissées loin derrière également, les excitations provoquées par le dandy Orlando et l'anarchiste catalane ; même le culte passionné voué à Santiago s'apaisa pour faire place à la simple succession des heures qui deviennent des jours qui deviennent des années. Les habitudes de Xalapa ne changeaient pas, comme si le monde extérieur ne pouvait pénétrer la sphère de tradition, de placidité, d'autosatisfaction et peut-être de sagesse, d'une ville qui, par miracle autant que par volonté, n'avait pas été physiquement touchée par les turbulences de l'époque. À Veracruz, la Révolution était avant tout la crainte des riches de perdre leurs biens et le désir des pauvres de conquérir le nécessaire. À Veracruz, don Fernando parlait vaguement de l'influence des idées anarcho-syndicalistes qui arrivaient au Mexique par le port, et la présence dans la maison de l'invisible Armonía Aznar donnait une réalité à ces concepts que Laura ne comprenait pas bien. La fin des années scolaires, la disparition de ses amies parce qu'elles s'étaient mariées et que Laura était restée célibataire, parce qu'elles étaient parties pour la capitale et que Laura était restée, l'obligèrent, pour assumer la normalité que sa mère Leticia attendait d'elle afin de ne pas ajouter aux soucis familiaux, à fréquenter des filles beaucoup plus jeunes qu'elle, dont l'infantilisme contrastait non seulement avec l'âge de Laura, mais aussi avec son expérience — celle d'avoir été la sœur de Santiago, l'objet de la séduction d'Orlando, la fille du père frappé par la maladie et de la mère inébranlable dans son sens du devoir...

Laura, peut-être pour endormir sa sensibilité blessée, se laissait porter sans trop y réfléchir par cette vie qui était et n'était pas la sienne. Celle-ci était là, commode, cela n'avait pas trop d'importance, elle n'allait pas demander l'impossible, ni même quelque chose de simplement différent de l'ordinaire de Xalapa. Rien ne venait perturber sa promenade quotidienne dans son jardin préféré, Los Berros, avec ses grands peupliers aux feuilles argentées et ses bancs en fer, ses fontaines aux eaux verdâtres et ses balustrades recouvertes de mousse, les fillettes qui sautaient à la corde, les jeunes filles qui marchaient dans un sens et les galants dans le sens contraire, les unes et les autres échangeant des coquetteries, les regards se cherchant ouvertement ou s'évitant soigneusement, tous attachés à l'occasion de se voir pendant quelques secondes, mais autant de fois que l'excitation ou l'impatience le demanderaient.

— Méfiez-vous des messieurs qui portent la canne à l'épaule dans le parc Juárez, disaient sentencieusement les mères à leurs filles. Ils ont de mauvaises intentions.

Le parc Juárez était l'autre lieu préféré de réunion à l'extérieur. Les allées de hêtres, de lauriers d'Inde, d'araucarias et de jacarandas formaient une voûte fraîche et parfumée idéale pour les menus loisirs tels qu'aller faire du patin à roulettes, assister à la kermesse et, les jours dégagés, contempler la merveille qu'est le pic d'Orizaba, Citlaltépetl, la montagne de l'étoile, le volcan le plus haut du Mexique. Le Citlaltépetl était doté d'une magie particulière, liée au mouvement qui animait la montagne selon la lumière du jour ou la période de l'année : proche dans la limpidité du petit matin, la brume de chaleur de midi l'éloignait, la bruine de la fin d'après-midi le voilait, le crépuscule, deuxième naissance de la journée, lui donnait sa gloire la plus visible, tandis que pendant la nuit tout le monde savait que le grand rocher était l'étoile invisible mais immobile dans le firmament de Veracruz, sa marraine.

Il pleuvait constamment ; Laura et ses nouvelles amies si hétérogènes (elle ne se souvenait même plus de leurs noms) couraient chercher refuge hors du parc, zigzaguant sous les avant-toits des maisons et évitant les torrents qui se formaient au milieu de la rue. Mais c'était charmant d'écouter le bruit de l'averse tiède sur les toits et le murmure des plantes. Les petites choses décident d'exister. Ensuite, dans le calme nocturne, les chaussées délavées s'emplissaient d'odeur de tulipe et de *junicuil*. Les jeunes gens sortaient flâner dans les rues. Entre sept et huit heures du soir, c'était « l'heure de la fenêtre », quand les fiancés rendaient visite à leur promise sous les balcons ouverts à cet effet — chose normale à Xalapa, mais considérée comme bizarre partout ailleurs dans le monde —, les maris faisaient de nouveau la cour à leur femme, comme pour renouveler leurs vœux et raviver les sentiments.

En ces années où la Révolution mexicaine et la guerre en Europe connaissaient presque en même temps leur apogée et leur fin, la grande nouveauté fut l'apparition du cinéma. La Révolution armée s'apaisait : après la grande victoire d'Alvaro Obregón sur Pancho Villa à Celaya, les combats n'étaient plus que des escarmouches ; la puissante Division du Nord de Villa se décomposait en petites bandes de hors-la-loi, et toutes les factions cherchaient des appuis, des arrangements, des avantages et des idéaux — dans cet ordre — après le triomphe de Venustiano Carranza et de l'Armée constitutionnelle et l'entrée en vigueur, en 1917, de la nouvelle Carta Magna — ainsi nommée dans les journaux —, devenue objet d'examen, de débats et de craintes constantes pour les messieurs qui se réunissaient tous les après-midi au Casino de Xalapa.

— Si la réforme agraire est appliquée au pied de la lettre, ils vont nous ruiner, disait le père du jeune danseur de Córdoba qui ne parlait que de coqs et de poules.

— Ils ne le feront pas. Le pays doit manger. La production n'est assurée que par les grandes propriétés, renchérissait le père du jeune rouquin déluré joueur de tennis.

— Et les droits ouvriers ? intervenait le vieux mari de la dame qui regrettait le départ des beaux zouaves français. Qu'est-ce que vous dites des droits ouvriers plantés dans la Constitution comme des banderilles dans le flanc d'un taureau ?

— Aussi incongrus qu'un Christ flanqué d'une paire de pistolets, cher monsieur.

— Bataillons Rouges, Foyer de l'Ouvrier mondial. Je vous assure que Carranza et Obregón sont des communistes et qu'ils vont faire ici ce que Lénine et Trotsky sont en train de faire en Russie.

— Tout ça est inapplicable, vous verrez, messieurs.

— Un million de morts, messieurs, et tout ça pour quoi ?

— Je vous assure que la plupart ne sont pas morts sur les champs de bataille, mais dans des bagarres de tavernes.

Ces derniers propos déchaînaient l'hilarité générale, mais le jour où l'on projeta dans le Salón Victoria des films sur les combats révolutionnaires, réalisés par les frères Abitia, le public de choix protesta. Personne n'allait au cinéma pour voir des va-nu-pieds armés de fusils. Le cinéma était le cinéma italien, et seulement italien. L'émotion et la beauté étaient le privilège exclusif des divas et des vamps italiennes de l'écran argenté ; la bonne société y allait pour souffrir et se réjouir avec les drames de Pina Menichelli, Italia Almirante Manzini et Giovanna Terribili González, des femmes extraordinaires, aux yeux brillants, aux grandes orbites sombres, sourcils inquiétants, chevelures électriques, bouches dévoratrices et gestes tragiques. Lorsque les premiers films américains arrivèrent toute la salle protesta. Pourquoi les sœurs Gish cachaient-elles leur visage dans leurs mains quand elles pleuraient, pourquoi Mary Pickford était-elle habillée comme une mendiante ? Si l'on voulait voir la pauvreté, il suffisait de sortir dans la rue ; si l'on voulait éviter les émotions, il n'y avait qu'à rester chez soi.

Le chez-soi continuait à être, dans la vie de Laura, comme pour toute la société provinciale, le lieu irremplaçable de la vie collective. On y « recevait » régulièrement, si ce n'est fréquemment, presque à tour de rôle. Dans les maisons privées, on jouait au loto et au jeu de cartes appelé le sept et demi, en formant de grands cercles autour des tables. C'était là que l'on transmettait les coutumes culinaires. C'était là qu'on apprenait à danser aux adolescentes, en esquissant de petits pas dans le salon, « on fait comme ça, en soulevant la jupe » ; on les préparait aux grandes fêtes du Casino, aux réceptions de baptême, à la Nativité de l'enfant Jésus à Noël, avec ses déploiements de crèches et de Rois mages tandis qu'au milieu du salon, on disposait le « bateau français » que l'on ouvrait, rempli de gâteaux et de confiseries, après la messe de minuit. Arrivaient ensuite le carnaval avec ses bals déguisés, puis les tableaux vivants de fin d'année scolaire à l'école des demoiselles Ramos, avec ses représentations du père Hidalgo proclamant l'Indépendance ou de l'Indien Juan Diego aux pieds de la Vierge de Guadalupe. Mais la fête la plus importante était, chaque 19 août, le bal du Casino. C'était là que toute la bonne société locale se donnait rendez-vous.

Laura aurait préféré rester à la maison, non seulement pour être auprès de ses parents, mais parce que, condamnée à la soupente après la mort de l'anarchiste catalane, la jeune fille s'était mise à accorder une valeur particulière à chaque recoin de la maison, comme si elle savait que le plaisir d'y vivre et d'y grandir ne durerait pas toujours. La maison du grand-père à Catemaco, l'appartement audessus de la banque à Veracruz, face à la mer, et maintenant la maison de plain-pied dans la rue Lerdo à Xalapa... Combien d'autres lieux aurait-elle à habiter au cours de sa vie ? Elle ne pouvait le prévoir. Elle ne pouvait que se remémorer les maisons d'hier et mémoriser celle d'aujourd'hui, c'est-à-dire créer les refuges dont sa vie incertaine, plus jamais prévisible et sûre comme l'avait été son enfance près du lac, aurait besoin pour trouver un appui dans le temps à venir. Un temps que Laura, avec ses vingt-deux ans, ne pouvait imaginer, même si elle se disait souvent : « Quoi qu'il arrive, le futur sera différent de ce présent. » Elle ne voulait pas imaginer les plus mauvaises raisons qui feraient changer sa vie. La pire de toutes serait la mort de son père. Elle faillit se dire que la plus triste serait de rester perdue et oubliée au fin fond d'un village, comme les tantes Hilda et Virginia dans la maison paternelle, maintenant privées de la justification de leur exil et de leur célibat, à savoir la nécessité de s'occuper de don Felipe Kelsen. Le grand-père était mort. Hilda jouait du piano pour rien, pour personne ; Virginia entassait les feuillets, les poèmes que jamais personne ne lisait ; la vie active, liée à une autre vie, était préférable, comme c'était le cas de la tante María de la O, vouée aux soins de Fernando Díaz.

— Que ferais-je sans toi, María de la O ? disait gravement, sans soupirer, l'infatigable Mutti Leticia.

Comme elle s'était remémoré la chambre de Santiago à Veracruz, Laura parcourait maintenant les yeux fermés les patios, les couloirs, les sols recouverts de tomettes, les palmiers, les fougères, les armoires en acajou, les miroirs, les lits à baldaquin, la cuvette de faïence, les grandes cruches contenant l'eau filtrée, la coiffeuse, la penderie et, dans le territoire de sa mère, la cuisine aux senteurs de menthe et de persil.

— Ne te renferme pas comme ta grand-mère Kelsen, lui disait Leticia qui ne parvenait pas à cacher la tristesse de son propre regard. Sors avec tes amies. Amuse-toi. Tu n'as que vingt-deux ans.

— J'ai déjà vingt-deux ans, Mutti, c'est ça que tu veux dire. Quand tu avais mon âge, tu étais mariée depuis cinq ans et j'étais déjà née. Et ce n'est pas la peine de me poser la question : aucun garçon ne me plaît.

— Dis-moi, est-ce qu'on ne te fait plus la cour ? À cause de tout ce qui s'est passé, peut-être ?

— Non, Mutti, c'est moi qui les évite.

Comme si elles répondaient à un avis de changement incompréhensible, vibrant comme les feuilles d'un été tardif, les filles plus jeunes que Laura fréquentait maintenant avaient décidé de prolonger leur enfance, tout en faisant des concessions de coquetterie à un âge adulte dans lequel aucune ne désirait réellement entrer tant il les plongeait dans le désarroi. Elles s'étaient surnommées « les polissonnes » et continuaient de faire des gamineries inadaptées à leurs dix-huit ans. Elles sautaient à la corde dans le parc afin de faire rougir leurs joues avant la promenade de séduction ; elles faisaient de longues siestes avant d'aller jouer au tennis à Los Berros ; elles se moquaient innocemment de leurs petits amis déguisés pendant le carnaval.

— Tu es un clown ?

— Ne m'insulte pas. Je suis un prince, tu ne vois pas ?

Elles allaient patiner dans le parc Juárez pour perdre les kilos qu'elles prenaient en mangeant des « diables », gâteaux fourrés au chocolat et enrobés de nougat qui faisaient les délices des gourmands dans cette ville au parfum de boulangerie. Elles se prêtaient à composer des tableaux vivants aux fêtes de fin d'année, seule occasion où elles auraient pu vérifier que les demoiselles Ramos étaient deux personnes différentes, sauf que tandis que l'une présidait aux représentations, l'autre restait dans les coulisses.

— Laura, il m'est arrivé une chose épouvantable. J'étais en train de jouer le rôle de la Vierge quand j'ai été prise d'une envie terrible. J'ai dû faire de grands gestes pour que la señorita Ramos baisse le rideau. Je suis allée faire pipi et je suis revenue pour faire la Vierge de nouveau.

— Laura, chez moi ils en ont marre de me voir jouer la comédie. Mes parents ont embauché quelqu'un pour jouer au spectateur admiratif, qu'est-ce que t'en penses ?

— Tu devrais te sentir fière, Margarita.

— C'est que j'ai décidé d'être actrice.

Et puis, elles sortaient toutes très agitées sur le balcon pour voir passer les cadets de la Préparatoire avec leurs képis français, leurs fusils, leurs uniformes aux boutons dorés et leurs braguettes très serrées.

La banque les avisa qu'ils devraient quitter la maison au mois de septembre, après le bal du Casino. Don Fernando recevrait sa pension, mais le nouveau gérant viendrait habiter la maison, comme il était normal. Il y aurait également une cérémonie dans la soupente pour dédier une plaque commémorative à doña Armonía Aznar. Les syndicats mexicains avaient décidé de rendre hommage à la vaillante camarade qui avait donné de l'argent, servi de courrier aux Bataillons Rouges et au Foyer de l'Ouvrier mondial pendant la Révolution, et qui avait même caché des syndicalistes persécutés ici, dans la maison du gérant de la banque.

— Tu étais au courant, Mutti ?

— Pas du tout, Laura. Et toi, María de la O ?

— Bien sûr que non !

— Il vaut mieux ne pas tout savoir, n'est-ce pas ?

Aucune des trois n'osa imaginer qu'un homme aussi honorable que don Fernando aurait, en connaissance de cause, toléré une conspiration sous son propre toit, surtout après l'exécution de Santiago le 21 novembre 1910. En y repensant, Laura se dit qu'Orlando Ximénez était sans doute au fait, qu'il servait d'intermédiaire entre la soupente et les anarcho-syndicalistes de doña Armonía. Et puis elle rejeta l'idée : Orlando, le dandy, le frivole... À moins que, justement, cette réputation en fît la personne la plus indiquée ? Laura rit de bon cœur ; elle venait de faire la lecture à son père de *The Scarlet Pimpernel* de la baronne d'Orczy et elle s'imagina le pauvre Orlando en Pimprenelle mexicain, dandy la nuit, anarchiste le jour... sauvant les syndicalistes du poteau d'exécution.

Aucun roman ne prépara Laura à l'épisode suivant de sa vie. Leticia et María de la O se mirent en quête d'un logement confortable, mais au loyer compatible avec la pension de Fernando. La demi-sœur déclara que, vu la situation, Hilda et Virginia devraient vendre la plantation de Catemaco et, avec l'argent, acheter une maison à Xalapa où elles pourraient vivre toutes ensemble et limiter ainsi les dépenses.

— Et pourquoi pas nous retrouver tous à Catemaco ? Après tout, nous avons vécu là-bas... et nous y avons été heureux, dit Leticia sans soupirer, pour ne pas faire comme sa mélancolique maman.

La question perdit toute pertinence lorsque débarquèrent dans la maison de Xalapa, chargées de paquets, de caisses remplies de livres, de malles, de mannequins, de cages avec des perroquets et même avec le piano Steinway, les sœurs célibataires, Hilda et Virginia.

Les gens s'attroupèrent dans la rue Lerdo pour regarder l'arrivée d'un si curieux équipage : les biens des deux sœurs étaient entassés dans une charrette tirée par des mules et les demoiselles, couvertes de poussière, avaient l'air de deux réfugiées d'un combat perdu des années auparavant, avec leurs grands chapeaux de paille attachés sous le menton à l'aide des pans de mousseline qui servaient à protéger des mouches, du soleil et de la poussière du chemin.

L'histoire qu'elles racontèrent fut brève. Les agraristes de Veracruz avaient pris les armes et s'étaient derechef emparés de la ferme des Kelsen ainsi que de toutes les autres propriétés de la région ; ils les avaient déclarées coopératives agricoles et en avaient expulsé les propriétaires.

— Nous n'avons même pas pu vous prévenir, dit la tante Virginia. Donc, nous voilà.

Elles ignoraient que la maison de Xalapa devait être rendue au mois de septembre, après le bal du Casino. Avec les deux sœurs en plus, le mari invalide et Laura sans perspective de mariage, Leticia finit par craquer et fondit en larmes. Les sœurs expropriées échangèrent un regard perplexe. Leticia présenta ses excuses, sécha ses larmes avec son tablier et les invita à s'installer. Ce soir-là, la tante María de la O vint dans la chambre de Laura, s'assit près du lit et caressa la tête de la jeune fille.

— Ne te décourage pas, mon enfant. Regarde-moi. Parfois tu dois penser que ma vie a été difficile, surtout lorsque je vivais seule avec ma mère. Mais, tu sais, venir au monde est une joie, même si tu as été conçue au milieu de la tristesse et de la misère, et je parle plus de la misère et de la tristesse intérieures que celles de l'extérieur ; tu arrives dans ce monde et ton origine s'efface, naître est toujours une fête et je n'ai rien fait d'autre que de fêter mon passage dans la vie en me moquant royalement de mes origines, de ce qui a été au début, de comment et où ma mère a accouché de moi, du comportement de mon père...

Tu sais, ta grand-mère Cósima a racheté tout cela, mais même sans elle, même sans tout ce que je lui dois et tout l'amour que je lui porte, je célèbre le monde, je sais que je suis venue ici-bas pour célébrer la vie, pour le meilleur et pour le pire, et je continuerai, ma petite, bordel de Dieu ! Et excuse-moi de jurer comme quelqu'un d'Alvarado, mais c'est là-bas que j'ai été élevée...

María de la O s'écarta un instant de Laura pour regarder sa nièce avec un sourire radieux, comme si la tante apportait pour toujours la chaleur et la joie dans ses lèvres et dans ses yeux.

— Et encore une chose, Laurita, pour compléter le tableau. Ton grand-père est venu me chercher, il m'a emmenée chez vous et cela m'a sauvée, je ne me lasse pas de le répéter. Mais ta grand-mère ne s'est pas souciée de ma mère, comme s'il suffisait de me sauver moi et que, elle, elle pouvait aller au diable. La personne qui s'est occupée de ma mère, c'est ton père. Je ne sais pas ce que maman serait devenue si Fernando n'était pas parti à sa recherche, ne l'avait aidée, ne lui avait donné de l'argent pour lui permettre de vieillir dignement : pardonne-moi la brutalité de mes propos, mais il n'y a rien de plus triste qu'une vieille pute. Enfin voilà où je veux en venir. L'important c'est d'abord d'être en vie, puis où l'on vit. Nous allons donc sauver cette maison et ses habitants, Laura, c'est María de la O qui te le jure, à toi qui as su, plus que quiconque, respecter ta tante. Je ne l'oublie pas !

Elle prenait du poids et elle avait un peu de mal à se mouvoir. Quand elle sortait promener l'invalide dans sa chaise roulante, les gens détournaient les yeux de peur de s'apitoyer sur ce couple, un homme perclus et une mulâtre couleur de cendre avec les chevilles gonflées, qui s'entêtait à se promener et à troubler la fête des personnes jeunes et saines. La volonté de María de la O était plus forte que tout obstacle, et le lendemain de l'arrivée de Hilda et Virginia, l'on décida non seulement de trouver une maison pour toute la famille, mais aussi d'en faire une pension de famille où chacune des sœurs y mettrait du sien, contribuant ainsi à l'entretien de la maisonnée tout en s'occupant de Fernando.

— Quant à toi, Laura, je te demande de ne pas t'inquiéter, proféra la tante Hilda.

— Tu ne manqueras de rien, ajouta la tante Virginia.

(... je ne m'inquiète pas, mes chères tantes, Mutti, je ne m'inquiète pas, je sais que je ne manquerai de rien, je suis l'enfant de la maison, je n'ai pas vingt-deux ans, j'en ai toujours sept, petite fille sans défense mais protégée, comme avant la première mort, avant la première douleur, avant la première passion, avant la première rage, tout ce que j'ai déjà vécu, que j'ai déjà éprouvé, déjà maîtrisé, et maintenant je me laisse dominer par tout ce qui est déjà arrivé, je sais vivre avec la douleur, la passion, la rage et la mort, je crois que je sais vivre avec tout ça, mais ce avec quoi je ne peux pas vivre c'est avec mon amoindrissement, suscité non par les autres mais par moi-même, infantilisée non par les copines stupides ou les tantes protectrices ou la Mutti qui ne veut connaître aucune passion afin de rester lucide pour s'occuper de la maison, parce qu'elle sait que sans elle celle-ci s'effondrerait comme les châteaux de sable que les enfants construisent sur la plage de Mocambo, et si ce n'est pas elle qui accomplit les tâches nécessaires, qui le fera ? tandis que, moi, je réfléchis sur moi-même, Laura Díaz, je m'observe si distante de ma propre vie, comme si j'étais une autre, une deuxième Laura qui regarde la première, si séparée du monde alentour, si indifférente aux gens de l'extérieur, est-il sain d'être ainsi ? Et d'éprouver, en revanche, tant d'inquiétude pour ceux qui vivent ici avec moi, tout en me sentant, même avec eux, à une telle distance, coupable, de surcroît, d'être une charge, comme l'enfant du roman anglais de Thomas Hardy, je suis aimée de tous, mais maintenant je leur pèse, même s'ils ne le disent pas, je suis la grande fille qui va sur ses vingt-trois ans et qui n'apporte pas une bouchée de pain à la maison où elle est nourrie, la grande fille qui se croit quitte parce qu'elle fait la lecture à son père paralytique, parce qu'elle les aime tous et parce qu'elle est aimée de tous, je vais vivre de l'amour que je donne et de l'amour que je reçois, cela ne suffit pas, cela ne suffit pas d'aimer ma mère, de pleurer mon frère, d'avoir de la compassion pour mon père, cela ne suffit pas que je considère ma propre douleur et ma propre affection comme des droits qui me libèrent de toute autre responsabilité, je veux désormais libérer mon trop-plein d'amour pour eux, aller au-delà de ma douleur pour eux, les délivrer de ma présence, les soulager de mon poids sur leurs épaules, en leur permettant de ne plus avoir à s'occuper de moi sans que je cesse moi de m'occuper d'eux, papa Fernando, Mutti Leticia, tantes Hilda, Virginia et María de la O, Santiago mon amour, je ne vous demande ni compréhension ni aide, je vais faire ce que je dois faire pour rester avec vous sans plus faire partie de vous tout en vivant pour vous...)

Juan Francisco López Green était un homme très grand, de plus de deux mètres de haut, au teint très basané, d'une physionomie mêlant des traits indigènes et des traits négroïdes, car si les lèvres étaient épaisses, le profil était droit, et si les cheveux étaient crépus, la peau était lisse et douce comme celle du *piloncillo,* et nocturne comme celle des Gitans. Ses yeux étaient des îles vertes dans une mer jaune. Ses épaules larges et carrées déparaient un cou fort mais plus long qu'il n'en avait l'air, ses bras étaient également longs, ses mains grandes, pieusement ouvrières. Le torse court, les jambes longues et les pieds plus grands que les chaussures que portaient les mineurs.

Il était puissant, il était maladroit, il était délicat, il était différent.

Il arriva au bal du Casino accompagné de Xavier Icaza, le jeune avocat spécialiste du droit du travail, fils d'une famille aristocratique, qui s'était mis au service de la classe ouvrière ; c'est lui qui avait amené au bal un être si étranger au profil de la bonne société de Xalapa.

Icaza, homme brillant mais peu conventionnel, écrivait de la poésie d'avant-garde et des récits picaresques ; ses livres comportaient des vignettes cubistes avec des gratte-ciel et des avions, et sa poésie communiquait cette sensation de vitesse moderne recherchée par son auteur, tandis que ses romans adaptaient la tradition de Quevedo et du Lazarillo à la ville moderne de Mexico, ville qui — expliquait Icaza à quelques groupes d'invités du bal du Casino — se remplissait d'immigrants des campagnes et qui ne ferait plus que grossir de plus en plus. Il lança un clin d'œil aux entrepreneurs locaux : c'est le moment d'acheter à bas prix, la Colonia Hipódromo, la Colonia Nápoles, Chapultepec Heights, le parc de la Lama, et même le désert de los Leones, vous allez voir comment les biens immobiliers vont grimper, ne soyez pas idiots — il riait de toutes ses dents —, investissez maintenant.

On le qualifiait d'excentrique, de futuriste, de dadaïste, des mots que personne n'avait jamais entendu prononcer à Veracruz et qu'Icaza introduisait, avec un souffle presque insolent, dans les villes de province où il arrivait, par des routes primitives, au volant d'une Issota-Fraschini décapotable de couleur jaune, comme s'il cherchait à asseoir immédiatement son statut, exigeant la main de la señorita Ana Guido et, comme les parents de celle-ci se montraient dubitatifs, lançant sa puissante voiture italienne à l'assaut des marches de la cathédrale un dimanche matin pendant la messe : le rugissement du moteur, la démence même de la voiture escaladant le perron très raide avec le jeune et fougueux avocat donnant pleins gaz pour y parvenir et, dès que l'auto fut périlleusement juchée en haut des marches, à la limite du parvis, proclamant haut et fort qu'il était venu épouser Anita et que rien ni personne ne l'en empêcherait.

— Je ne vends pas d'illusions, déclarait le jeune avocat Icaza à ses vieilles connaissances du bal du Casino. Il s'agit d'avantages mutuels. La révolution a libéré toutes les forces assoupies du pays, les commerçants et les industriels nationaux étranglés par la vente du pays aux étrangers, les fonctionnaires gênés dans leur promotion par l'ancienne bureaucratie porfiriste, sans parler des paysans sans terre et des ouvriers désireux de s'organiser et de faire respecter leurs droits. Dites-moi, ces rebelles des usines de Río Blanco et des mines de Cananea, les premiers à se soulever contre la dictature, qu'étaient-ils sinon des ouvriers ?

— Madero ne leur a rien cédé, dit le père du jeune éleveur de coqs de Córdoba.

— Parce que Madero ne comprenait rien, rétorqua Icaza. En revanche, le sinistre Victoriano Huerta, l'assassin de Madero, lui, a cherché l'appui de la classe ouvrière et autorisé les plus grandes manifestations du Premier Mai jamais vues. Il a accordé la journée de travail de huit heures et la semaine de six jours, mais quand les syndicats lui ont demandé la démocratie, ça il n'en était pas question. Il a fait arrêter et déporter leurs dirigeants. L'un d'eux est mon ami Juan Francisco López Greene que je vous présente avec un grand plaisir. Son deuxième nom ne veut pas dire qu'il soit anglais : dans le Tabasco, ils s'appellent tous Graham ou Greene parce qu'ils descendent de pirates anglais, mais de mères indiennes ou noires, n'est-ce pas, Juan Francisco ?

Juan Francisco sourit et acquiesça.

— Laura, toi qui es quelqu'un de cultivé, je te le confie, dit Icaza d'un ton aimable et ferme avant de s'éloigner.

Laura se dit que le nouveau venu, si étranger aux habitudes des lieux et qui, aux fêtes de l'hacienda de San Cayetano, aurait ressemblé à ce « Christ aux pistolets » auquel le propriétaire terrien de Córdoba avait fait allusion une fois, devait avoir un esprit d'une lourdeur à l'image de ses grosses chaussures de mineur, carrées, épaisses, munies de semelles cloutées. Elle s'attendait à ce que son discours soit comme une pluie de pierres ponctuée par le silence. Elle fut donc surprise d'entendre une voix aussi unie, sereine et même douce, où chaque mot était doté du poids de la conviction, raison pour laquelle Juan Francisco López Greene pouvait se permettre d'être si doux et de parler si « bas ».

— C'est vrai ce que dit Xavier Icaza ? se hasarda à lancer Laura, cherchant une prise pour démarrer la conversation.

Juan Francisco confirma :

— Oui, je sais que tout le monde tente de nous utiliser.

— D'utiliser qui ? demanda Laura sans affectation.
— Les travailleurs.
— Tu en fais partie ? — se lança Laura à nouveau en le tutoyant, convaincue qu'elle ne l'offensait pas, le mettant un peu au défi de la traiter sur un pied d'égalité, et non pas en demoiselle ou en la vouvoyant, cherchant à tâtons un terrain commun avec l'inconnu, le flairant, se sentant un peu animale, un peu sauvage, comme elle ne s'était jamais sentie avec Orlando, qui l'obligeait à penser des choses perverses, raffinées et tellement subtiles qu'elles s'évaporaient comme un parfum empoisonné, fort, fugace et délétère.

Il ne put répondre à son invite. — C'est le risque, mademoiselle. Il faut l'accepter.

(Qu'il me tutoie, pria Laura, j'ai envie qu'il me tutoie, qu'il ne me donne pas du mademoiselle, j'ai envie de me sentir différente pour une fois, j'ai envie qu'un homme me dise ou me fasse des choses que je ne sais pas ou que je n'attends pas ou que je ne peux pas demander, je ne peux pas le lui demander, cela doit venir de lui, toute la suite en dépend, dépend d'un simple tu ou vous...)

— De quel risque parlez-vous, señor Greene ? — Laura revint au vouvoiement formel.
— Celui de nous faire manipuler, Laura.

Il ajouta, sans s'apercevoir (ou feignant de ne pas se rendre compte) du changement de couleur sur le visage de la jeune fille, que « nous » pouvaient également tirer profit d'« eux ». Laura s'habitua, dès cette première rencontre, à cet étrange pluriel qui englobait, sans prétention ni fausse modestie, une communauté de gens, travailleurs, combattants, camarades, en rapport avec l'homme qui lui parlait.

— Icaza est sans illusions. Moi, j'en ai —, il sourit pour la première fois avec un brin de malice, mais

surtout, pensa Laura, avec une ironie bien à lui.
— Moi, j'en ai.

S'il nourrissait des espoirs, reprit-il, c'est parce que la Constitution avait fait aux paysans et aux ouvriers mexicains des concessions qu'elle n'était pas obligée de leur faire. Carranza était un ancien propriétaire terrien dont les poils de la barbe se hérissaient dès qu'il avait affaire à des ouvriers ou à des Indiens, Obregón était un créole intelligent mais opportuniste qui pouvait aussi bien s'attabler avec Dieu qu'avec le Diable et faire croire au Diable qu'il était Dieu, comme déclarer à Dieu que Lui aussi pouvait être le Diable et qu'Il n'avait pas lieu de tant jalouser Lucifer ; en tout état de cause, le général Álvaro Obregón serait le juge, ce serait lui qui déciderait : tu es le Diable... La Constitution avait consacré les droits des travailleurs et des paysans parce que sans « nous » — tiens, tiens, se dit Laura Díaz — « ils » ne pouvaient gagner la Révolution ni rester au pouvoir...

Il l'invita à danser ; elle finit par éclater de rire avec une grimace de douleur, les pieds écrasés, et elle demanda au dirigeant ouvrier de bien vouloir l'entretenir plutôt sur le balcon ; il rit à son tour en disant, en effet, ni Dieu ni le Diable ne m'ont fait pour les salles de danse... Mais si elle s'intéressait à « nous », il lui raconterait sur le balcon comment la lutte ouvrière s'était organisée pendant la Révolution, car les gens croyaient que la Révolution ne représentait qu'une élite créole qui avait entraîné derrière elle des guérilleros paysans, oubliant que tout avait commencé dans les usines et dans les mines ; à Río Blanco et à Cananea ; les ouvriers avaient mis sur pied les Bataillons Rouges qui étaient allés se battre contre la dictature de Huerta et ils avaient fondé le Foyer de l'Ouvrier mondial dans l'enceinte du palais des Azulejos à Mexico, l'ancien Jockey Club de l'aristocratie; comment la police de Huerta « nous » avait attaqués, arrêtés, avait tenté de mettre le feu au palais, « nous » avait contraints à fuir et à « nous » retrouver dans les bras grands ouverts du général Obregón...

— Attention, dit Icaza en rejoignant Laura et Francisco. Obregón est un vieux renard. Il cherche le soutien des ouvriers pour avoir la peau des paysans révoltés, Zapata et Villa. Il parle d'un « Mexique prolétaire » pour le dresser contre le Mexique paysan et indigène qui, ne pas confondre, selon les chefs créoles de la Révolution, continue à représenter le Mexique réactionnaire, arriéré, religieux, pendu à ses scapulaires et enfumé par l'encens de trop d'églises, il faut faire attention à cette ruse, Juan Francisco, très attention...

— Mais c'est que c'est la vérité, dit Juan Francisco avec une certaine véhémence. Les paysans portent l'image de la Vierge sur leur chapeau, ils vont à la messe à genoux, ils retardent, ils sont catholiques et ruraux, *licenciado*.

— Écoute, Juan Francisco, cesse de me donner du *licenciado* ou ça va mal finir. Et ne sois pas aussi balourd. Quand tu rencontres une demoiselle de bonne famille qui te plaît, tutoie-la, abruti. Ne te comporte pas comme un paysan réactionnaire, arriéré et pré-moderne, lança avec un grand rire Xavier Icaza.

Mais Juan Francisco, sans manifester la moindre mauvaise humeur, insista en disant que les paysans étaient réactionnaires alors que les ouvriers des villes étaient les véritables révolutionnaires, et notamment les quinze mille travailleurs qui avaient combattu dans les Bataillons Rouges, les cent cinquante mille adhérents au Foyer de l'Ouvrier mondial, quand avait-on vu une chose pareille au Mexique ?

— Tu veux des arguments contraires, Juan Francisco ? coupa Icaza. Eh bien, pense aux bataillons d'Indiens yaquis qui se sont joints à Obregón pour battre le très rural Pancho Villa à Celaya. Il va falloir que tu te fasses à cette idée, mon ami. Les révolutions sont pétries de contradictions, et quand elles ont lieu dans un pays aussi contradictoire que le Mexique, il y a de quoi devenir fou — gémit Icaza — comme lorsqu'on regarde les yeux de Laurita Díaz. En bref, López Greene. Quand la Révolution est arrivée au pouvoir avec Carranza et Obregón, les chefs ont-ils accepté l'autogestion dans les usines et l'expulsion des capitalistes étrangers qu'ils avaient promises aux Bataillons Rouges ?

Non, protesta Juan Francisco, il savait que « nous » allions vivre dans un marchandage permanent avec le gouvernement, mais « nous » n'allons pas céder sur l'essentiel, « nous » avons organisé les plus grandes grèves de l'histoire du Mexique, « nous » avons résisté aux pressions du gouvernement révolutionnaire qui voulait « nous » transformer en marionnettes de l'ouvriérisme officiel, « nous » avons obtenu des augmentations de salaires, « nous » avons toujours négocié, « nous » avons fait perdre la tête à Carranza qui ne savait plus par quel bout « nous » prendre, il « nous » a jetés en prison, il « nous » a qualifiés de traîtres, « nous » avons coupé l'électricité de la ville de Mexico, ils ont arrêté Ernesto Velasco, le dirigeant des électriciens, et, un revolver sur la tempe, ils l'ont obligé à dire comment rétablir l'énergie électrique, ils « nous » ont maintes fois brisés, mais « nous » ne nous sommes jamais avoués vaincus, « nous » reprenons toujours la lutte et « nous » revenons toujours à la table de négociations, « nous » avons gagné, « nous » avons perdu, « nous » gagnerons peu et perdrons beaucoup, peu importe, peu importe, il ne faut pas baisser les bras, « nous » savons brancher et débrancher l'électricité, eux non, ils ont besoin de « nous »...

— Armonía Aznar fut une combattante exemplaire, déclara Juan Francisco lorsqu'il dévoila la plaque commémorative en honneur de la Catalane sur la maison qu'occupaient Laura et sa famille. Comme tous les anarcho-syndicalistes, elle débarqua à Veracruz ; elle arriva en même temps que l'anarchiste espagnol Amedeo Ferrés, et, sous la présidence de don Porfirio, organisa clandestinement les imprimeurs et typographes. Ensuite, pendant la Révolution, Armonía Aznar milita au Foyer de l'Ouvrier mondial avec héroïsme et, ce qui est plus difficile, sans gloire, faisant office de courrier secret ici même à Xalapa, transportant des documents de Veracruz à Mexico et de la capitale à Veracruz...

Juan Francisco fit une pause dans son discours et chercha, au milieu de la centaine d'invités à la cérémonie, les yeux de Laura Díaz.

— Cela fut rendu possible grâce à la générosité révolutionnaire de don Fernando Díaz, gérant de la Banque, qui permit à Armonía Aznar de se réfugier dans cette maison et d'accomplir sa tâche en secret. Don Fernando est malade et je me permets de le saluer et de le remercier lui, sa femme et sa fille, au nom de la classe ouvrière. Cet homme courageux et discret a agi ainsi, nous a-t-il fait savoir, en mémoire de son fils, fusillé par les sbires de la dictature. Honneur à eux tous.

Ce soir-là, Laura regarda intensément les yeux muets de son père invalide. Puis elle rapporta lentement les paroles que Juan Francisco López Greene avait prononcées lors de la cérémonie, et Fernando

Díaz battit des paupières. Lorsque Laura écrivit quelques mots sur la petite ardoise par laquelle la famille faisait le pari d'une possible communication avec le père, elle inscrivit simplement : MERCI D'AVOIR HONORÉ SANTIAGO. Alors, comme il en avait l'habitude, Fernando Díaz ouvrit démesurément les yeux et fit un énorme effort pour ne pas ciller. Toutes les femmes de la maison connaissaient ces deux efforts déployés par le malade : battre des paupières plusieurs fois de suite ou maintenir les yeux ouverts sans ciller jusqu'à ce que les globes oculaires lui sortent des orbites, mais elles ignoraient la signification de l'un comme de l'autre de ces agissements. Cette fois-ci, Fernando s'efforça en outre de soulever les mains et de fermer les poings, mais il dut les laisser retomber sur ses genoux, impuissant. Il se contenta de lever les sourcils comme deux accents circonflexes.

— Nous avons trouvé une maison où nous installer et recevoir des hôtes ; c'est juste à côté, dans la rue Bocanegra, annonça quelques jours plus tard Mutti Leticia.

— Je me chargerai de faire la lecture à Fernando tous les soirs, déclara Virginia, la tante écrivain, les lèvres serrées et le regard fébrile. Ne te fais pas de soucis, Laura.

Laura vint dire au revoir à son père muet, elle lui lut pendant une demi-heure des passages de *Jude l'obscur* et, grâce au roman de Hardy, elle put l'imaginer sans vie, le visage embelli par la mort, la mort allait le rajeunir, il fallait l'attendre avec confiance et même avec joie, la mort effacerait les traces du temps sur le corps de don Fernando, et Laura emporterait pour toujours l'image d'un homme affectueux, mais fort quand il le fallait.

— Ne laisse pas passer l'occasion, dit ce même

soir à Laura Hilda Kelsen, la tante pianiste. Regarde mes mains. Tu sais ce que j'aurais pu être, n'est-ce pas, Laura ? Je ne veux pas que tu aies jamais à dire la même chose.

Laura Díaz et Juan Francisco López Greene se marièrent au tribunal de Xalapa le 12 mai 1920, jour de l'anniversaire de Laura qui chantait le douze de mai la Vierge apparut toute de blanc vêtue sous son grand mantelet, tandis que le nègre Zampayita balayait en chantant lacachimbá-bimbá-bimbá v'là ma négresse qui danse par-ci v'là ma négresse qui danse par-là, puis Laura Díaz partit avec son mari pour Mexico dans le train Interocéanique et, au milieu du voyage, elle éclata en sanglots parce qu'elle avait oublié à Xalapa sa poupée chinoise Li Po parmi ses coussins, et à l'arrêt de Tehuacán on annonça à Juan Francisco que le président Venustiano Carranza avait été assassiné à Tlaxcalantongo.

VI

Mexico D.F. : 1922

Mexico ne connaît pas les saisons. Il y a la période sèche, de novembre à mars, et la période humide, d'avril à octobre. Rien d'autre à quoi repérer le temps hormis la pluie et le soleil, véritables alpha et oméga de la ville. Nécessaires et suffisants. Pour Laura Díaz, l'image de son mari Juan Francisco López Greene se fixa pour toujours dans son esprit par une nuit de pluie. Tête nue, s'adressant à la foule au milieu de la place du Zócalo, Juan Francisco n'avait pas besoin de crier. Sa voix était grave et forte, le contraire de la voix douce et basse qu'il avait dans le privé, sa silhouette était l'image même du combat, les cheveux trempés collés à la nuque, au front et aux oreilles, l'eau qui lui dégoulinait sur les yeux, des sourcils jusqu'à la bouche, son grand corps recouvert d'une toile cirée, ce corps que Laura, dans ses premières nuits de femme mariée, avait approché avec crainte, respect, méfiance et gratitude. À vingt-deux ans, Laura Díaz avait choisi.

En repensant aux garçons qu'elle avait rencontrés dans les bals de province, elle n'arrivait pas à les distinguer les uns des autres, à faire la différence entre celui-ci et celui-là, Untel et Untel. Ils étaient interchangeables, sympathiques, élégants...

— Mais il est très laid, Laura.

— Peut-être, mais il ne ressemble à personne d'autre, Elizabeth.

— Il est tout noir.

— Pas plus que ma tante María de la O.

— Oui, mais ce n'est pas elle que tu vas épouser. Quand on pense au nombre de garçons blancs qu'il y a à Veracruz...

— Celui-ci est plus étrange ou plus dangereux, je ne sais pas.

— C'est pour ça que tu l'as choisi ? Tu es complètement folle ! Toi aussi, tu es dangereuse, Laura ! Je t'envie et je te plains.

Les nouveaux mariés quittèrent Xalapa mais dès qu'ils arrivèrent sur le haut plateau, Laura regretta la beauté et l'équilibre de sa capitale de province, les nuits si parfaites que chaque crépuscule donnait une nouvelle vie à toutes choses. Elle se remémorait sa maison et tous les malheurs semblaient se dissoudre dans le halo d'harmonie qui enveloppait cette vie d'autrefois, devenue objet de son souvenir, avec ses parents, avec Santiago et les tantes célibataires, avec les grands-parents défunts. Le mot « harmonie » lui rappela, et elle en fut troublée, le souvenir de l'héroïque anarchiste catalane à laquelle, en cette soirée pluvieuse, Juan Francisco fit allusion dans son discours ; il plaidait pour la journée de huit heures, le salaire minimum, les congés maternité, les congés payés, tout ce que la Révolution avait promis, disait-il d'une voix grave et sonore, s'adressant à la foule réunie sur la place pour défendre et faire appliquer l'article 123 de la Constitution en ce 1er mai 1922, sous la pluie nocturne, la première fois dans l'histoire de l'humanité que le droit au travail et la protection du travailleur prenaient valeur constitutionnelle, c'est pour cela que la Révolution mexicaine était une vraie révolution, et non un coup d'État, ni une simple rébellion, ni une mutinerie comme il en arrivait tant ailleurs en Amérique latine ; ce qui se passait au Mexique était différent, unique, tout dans ce pays se refondait sur de nouvelles bases, au nom du peuple, pour le peuple, affirmait Juan Francisco devant les deux mille personnes réunies sous la pluie, il le proclamait à la pluie même, à la nuit qui tombait, au nouveau gouvernement, aux successeurs de Venustiano Carranza, le président assassiné dont tout le monde pensait que le meurtre avait été commandité par Calles, Obregón et De la Huerta, le triumvirat de la rébellion d'Agua Prieta. C'est à tous ceux-là que s'adressait López Greene au nom de la Révolution, mais il s'adressait aussi à Laura Díaz, la jeune épouse qu'il venait de ramener de province, une belle fille, grande, aux traits aquilins très prononcés, étranges, dont la beauté venait de cette étrangeté même ; il s'adresse aussi à moi, je fais partie de son discours, je dois m'intégrer à ses paroles...

Il pleuvait sur la vallée centrale et Laura se souvenait de la grimpée du train de Xalapa vers la gare de Buenavista, à Mexico. Je passe du sable à la pierre, de la jungle au désert, de l'araucaria au cactus. L'ascension vers le haut plateau se faisait à travers un paysage de brume et de terres calcinées, puis à travers une plaine aride de carrières de roc et de travailleurs de la pierre, eux-mêmes pareils à la pierre ; de temps à autre un peuplier aux feuilles argentées. Le paysage coupa le souffle de Laura et lui donna soif.

— Tu t'es endormie, petite.

— J'ai été saisie par le paysage, Juan Francisco.

— Tu as raté les pinèdes de la partie haute.

— Ah, c'est pour ça que ça sent si bon.

— Ne crois pas que tout soit ras et plat par ici. Tu vois, moi qui suis du Tabasco, j'ai la nostalgie du tropique tout comme toi, mais je ne pourrais plus vivre sans le haut plateau, sans la ville...

Quand elle lui demanda pourquoi, Juan Francisco changea de ton, il prit une voix plus affirmée, peut-être même un peu guindée pour parler de Mexico : c'était le centre du pays, son cœur même comme on dit, la ville aztèque, la ville coloniale, la ville moderne, les unes au-dessus des autres...

— Comme un gâteau, dit Laura en riant.

Juan Francisco ne rit pas. Laura continua avec ses comparaisons.

— Comme l'un de ces porte-plats que l'on faisait monter chez ton héroïne Armonía Aznar, mon chéri.

Juan Francisco se fit encore plus sérieux.

— Pardon, je plaisantais.

— Laura, tu n'as jamais eu la curiosité d'aller voir Armonía Aznar ?

— J'étais très petite.

— Tu avais déjà vingt ans.

— Je suis peut-être restée avec mes impressions d'enfant. Parfois, on a beau grandir, on continue à avoir peur des histoires de fantômes qu'on nous racontait quand on était petit...

— Laisse tomber tout ça, Laura. Tu n'es plus une enfant de bonne famille. Tu vis au côté d'un homme qui mène un combat sérieux.

— Je sais, Juan Francisco. Je le respecte.

— J'ai besoin de ton soutien. De ta raison, et non de ton imagination.

— Je tâcherai de ne pas te décevoir, mon chéri. Je te respecte énormément et tu le sais.

— Commence donc par te demander pourquoi tu ne t'es jamais révoltée contre ta famille et pourquoi tu n'es jamais montée rendre visite à Armonía Aznar.

— C'est que j'avais peur, Juan Francisco, je te répète que j'étais une gamine.

— Tu as raté l'occasion de connaître un grand personnage.

— Excuse-moi, mon amour.

— C'est moi qui te demande de m'excuser. — Juan Francisco la prit dans ses bras et embrassa une main nerveusement fermée. — Je t'apprendrai peu à peu la réalité. Tu as vécu trop longtemps dans un monde imaginaire infantile.

Orlando n'était pas imaginaire, avait-elle envie de rétorquer tout en sachant qu'elle n'oserait jamais parler de l'inquiétant jeune homme blond, Orlando, qui était un séducteur, qui m'avait donné rendez-vous dans la soupente, c'est la raison pour laquelle je n'y suis jamais montée après sa proposition, en plus, la señorita Aznar voulait qu'on la laisse tranquille, elle l'avait demandé, elle...

— Elle avait elle-même donné l'ordre de ne pas être dérangée. De quel droit aurais-je désobéi ?

— Autrement dit, tu n'as pas osé.

— Il y a beaucoup de choses que je n'ose pas faire, répondit Laura avec un sourire de faux repentir. Avec toi j'oserai. Tu m'apprendras, n'est-ce pas ?

Il sourit et l'embrassa avec la passion qu'il lui témoignait depuis leur nuit de noces passée dans le train Interocéanique ; c'était un homme grand, vigoureux et aimant, dépourvu du mystère qui entourait son premier amour en puissance, Orlando Ximénez, mais aussi sans l'aura de méchanceté qui entourait le jeune homme aux boucles blondes du bal de San Cayetano. À côté d'Orlando, Juan Francisco était la simplicité même, un être ouvert, presque primitif dans son appétit sensuel direct.

C'était aussi pour cela que Laura l'aimait de plus en plus, comme si son époux confirmait la première impression qu'il avait produite sur la jeune femme lors de leur rencontre au Casino de Xalapa. Juan Francisco l'amant était aussi superbe que Juan Francisco l'orateur, le politique, le dirigeant ouvrier.

(— Je ne connais rien d'autre, je n'ai jamais connu personne d'autre, je ne peux pas comparer, mais je peux prendre du plaisir et j'en prends, en vérité je prends mon plaisir au lit avec ce grand mâle baraqué, ce macho sans finesse ni parfums comme Orlando, mon Juan Francisco...)

— Tu devrais perdre l'habitude de m'appeler « mon chéri » en public.

— Oui, mon chéri. Excuse-moi. Pourquoi ?

— Nous sommes entre camarades. Il s'agit de la lutte. Ce n'est pas bien.

— Il n'y a pas d'amour entre tes camarades ?

— Ce n'est pas sérieux, Laura. Arrête.

— Excuse-moi. Avec toi à mes côtés tout est amour, même le syndicalisme. — Elle rit comme elle riait toujours, en caressant la grande oreille poilue de son homme, elle eut envie de lui dire, tu es mon homme et je suis ta petite femme, mon amour est mon homme, mais je ne dois pas l'appeler mon chéri...

— Tu m'appelles toujours « petite », tu ne m'as jamais dit « ma chérie » et je l'accepte, je sais que c'est ce qui te vient à la bouche spontanément, comme moi il me vient spontanément...

— « Mon chéri ».

Il l'embrassa, mais Laura n'en resta pas moins avec un sentiment de malaise, de culpabilité, comme s'ils s'étaient dit une chose très secrète, essentielle, dont ils auraient peut-être un jour à se réjouir ou à se repentir énormément. Mais tout cela fut emporté par la certitude qu'ils ne se connaissaient pas tous les deux. Tout était une surprise. Pour l'un comme pour l'autre. Chacun attendait que l'autre se dévoile peu à peu. Était-ce une façon de se rassurer ? Quoi qu'il en soit, la raison immédiate du malaise de Laura, celle que sa tête enregistra à ce moment-là, était que son mari lui reprochait de ne pas avoir eu le courage de monter l'escalier et de frapper à la porte d'Armonía Aznar. La personnalité et l'histoire de Juan Francisco détruisaient les raisons qu'elle avançait et les transformaient en prétexte. Pourtant, c'était la señorita Aznar elle-même qui avait demandé qu'on respecte son retrait ; Laura avait une excuse ; l'excuse cachait un secret ; le secret était Orlando, il n'était pas question d'en parler. Laura restait donc avec un sentiment de culpabilité, une culpabilité vague et diffuse contre laquelle elle ne savait pas se défendre et qu'elle transformait, elle en prit soudain conscience, en motif d'identification avec son mari, de solidarité dans la lutte, afin que celle-ci ne se constitue pas en obstacle entre eux, en distance, elle ne savait trop comment nommer la chose, et elle attribua finalement tout ça à son inexpérience.

— Ne m'appelle pas « mon chéri » en public.

— Rassure-toi..., mon chéri —, la jeune mariée éclata d'un grand rire et jeta un oreiller à la tête hirsute, embroussaillée, de son mari ensommeillé, nu, brun, puissant, qui souriait à présent, montrant sa dentition forte et large comme une frise indigène ; comme un épi de maïs, se dit Laura pour ne pas diviniser son époux, « oh là là, tu as des dents comme un épi de maïs ». Juan Francisco était la nouveauté de sa vie, le début d'une autre histoire, loin de la famille, de Veracruz, des souvenirs.

— Ne le choisis pas simplement parce qu'il est

différent, l'avait mise en garde la tante María de la O.

— Y a-t-il quelqu'un de plus différent que toi, tantine, et qui est-ce que j'aime plus que toi ?

La tante et la nièce s'embrassaient alors allègrement, et maintenant, le visage de Juan Francisco tout près du sien tandis qu'ils faisaient l'amour, Laura ressentait l'attraction de cette peau sombre, ce qu'il y avait d'irrésistible dans la différence. L'amour était comme se gaver de petits pains de sucre ou s'enivrer de ce parfum de cannelle dont sont imprégnées les créatures des tropiques, comme s'ils avaient tous été conçus dans un jardin sauvage, au milieu des mangues, des papayes et de la vanille. C'était à cela, à des mangues, à des papayes et à de la vanille, que Laura pensait, de façon récurrente et sans pouvoir l'éviter, lorsqu'elle était au lit avec son mari, et elle comprenait que ces pensées la distrayaient de ce qu'elle faisait, mais que c'en était en même temps la prolongation, craignant toutefois que Juan Francisco ne perçût sa distraction, ne la prît pour de l'indifférence, et ne crût que la passion des corps jouât, par comparaison, en sa défaveur — bien qu'il eût constaté que Laura était vierge, qu'il était le premier. Et si ce qui l'inquiétait n'était pas le fait d'être le premier au lit, mais de n'être qu'un de plus, le deuxième, le troisième, voire le quatrième, dans le cœur de Laura ?

— Tu ne me parles jamais de tes petits amis.

— Tu ne me parles jamais de tes petites amies.

Le regard, le geste, le mouvement des épaules de Juan Francisco signifiaient « nous, les hommes, c'est différent ». Pourquoi ne le disait-il pas clairement, ouvertement ?

— Nous, les hommes, c'est différent.

Parce qu'il n'était pas nécessaire de l'expliquer ?

Parce que la société était ainsi faite et que personne n'allait la changer... ? En l'entendant parler sur la gigantesque place au cœur de la ville, sous la pluie, avec sa grosse voix profonde, Laura s'emplissait grâce à lui, avec lui, pour lui, de mots et de pensées auxquels elle souhaitait donner un sens afin de le comprendre, lui, Juan Francisco, pénétrer son esprit comme il pénétrait le corps de Laura, afin d'être sa compagne, son alliée. Cette révolution n'impliquait-elle pas un changement du comportement des hommes mexicains envers leur femme, n'ouvrait-elle pas des temps nouveaux pour les femmes, aussi importants que les temps nouveaux pour les ouvriers que Juan Francisco défendait ?

Elle n'avait appartenu à aucun autre homme. Elle avait choisi celui-là. C'était à celui-là qu'elle voulait appartenir tout entière. Juan Francisco se laisserait-il tenter, allait-il la prendre aussi totalement qu'elle le souhaitait ? Ne craignait-il pas, lui qui ne parlait jamais de ses amours antérieures, lui qui ne l'appelait jamais « ma chérie » ni en public ni en privé, ne craignait-il pas qu'elle le pénètre elle aussi, qu'elle envahisse sa personne, qu'elle lui ôte son mystère ? Existait-il une autre personne derrière ce personnage qu'elle suivait de meeting en meeting, avec son plein accord, qui ne lui avait jamais dit reste à la maison, ce sont des affaires d'hommes, tu vas t'ennuyer ? Tout au contraire, il saluait la présence de Laura, le dévouement de Laura à la cause, l'attention qu'elle prêtait aux paroles de son leader de mari, au discours de Juan Francisco. Le discours, au singulier, parce qu'il n'en avait qu'un, pour la défense des travailleurs, du droit de grève, de la journée de huit heures. C'était un seul discours parce que c'était une seule mémoire, celle de la grève des travailleurs du textile de Río Blanco, des mineurs de

Cananea, celle de la lutte libérale et anarcho-syndicaliste ; une évocation sans césures, un fleuve de causes et d'effets qui s'enchaînaient parfaitement, seulement interrompus par des flambées de révolte qui pouvaient mettre le feu jusqu'à l'eau, le cuivre et l'argent des mines.

Laura ne s'interrogea pas plus avant. Neuf mois après le mariage, la naissance du premier enfant mettait fin à tout cela. C'était un garçon, Santiago López Díaz, et le père s'en félicita tant et si bien que Laura se demanda : et si ça avait été une fille ? Le seul fait d'accoucher d'un petit garçon et de voir la satisfaction de Juan Francisco permit à Laura de décider du nom de l'enfant.

— Nous l'appellerons Santiago, comme mon frère.

— Ton frère est mort pour la Révolution. Ce sera de bon augure pour l'enfant.

— Juan Francisco, je veux qu'il vive, et non qu'il meure, ni pour la Révolution ni pour rien d'autre.

Ce fut un de ces moments où chacun garda pour soi ce qu'il aurait pu dire. Le destin des gens dépasse l'individu, Laura, nous sommes bien plus que nous-mêmes, nous sommes le peuple, nous sommes la classe ouvrière. Tu ne peux pas être aussi mesquine avec ton frère et l'enfermer dans ton petit cœur comme on presse une fleur sèche entre les pages d'un livre. Il s'agit d'un nouvel être sur terre, Juan Francisco, ne peux-tu l'accepter simplement en tant que tel, quelque chose qui n'a jamais existé auparavant et qui n'existera jamais plus après ? c'est à ce titre que j'accueille notre fils, à ce titre que je l'embrasse et le berce et l'allaite, en lui chantant bienvenue mon fils, tu es unique, tu es irremplaçable, je te donnerai tout mon amour parce que tu es toi, je vais chasser la tentation de te rêver comme un Santiago ressuscité, un deuxième Santiago qui accomplira le destin brisé de mon frère bien-aimé...

— Quand je m'adresse à mon fils en lui disant Santiago, je pense à l'héroïsme de ton frère.

— Pas moi, Juan Francisco. J'espère que notre Santiago ne deviendra pas ce que tu souhaites. C'est douloureux d'être un héros.

— D'accord. Je te comprends. Je pensais que tu aimerais voir dans le nouveau Santiago une sorte de réincarnation du premier.

— Je suis désolée de te contrarier, mais je ne suis pas d'accord avec toi.

Il ne répondit rien. Il se leva et alla à la fenêtre regarder tomber la pluie du mois de juillet.

Comment aurait-elle refusé à son mari le droit d'appeler Dantón le deuxième fils de leur mariage, venu au monde onze mois après l'aîné ? Cela faisait deux ans que le général Alvaro Obregón occupait la présidence et que le pays revenait progressivement à la paix. Laura appréciait ce président brillant, intelligent en tout cas, qui avait réponse à tout, qui avait perdu un bras à la bataille de Celaya qui sonna le glas de Pancho Villa et ses Dorados, et qui était capable de se moquer de lui-même.

— C'était une vraie boucherie. Parmi tous ces cadavres, comment vouliez-vous que je retrouve le bras qu'on venait de me faire sauter ? Alors, messieurs, il m'est venu une idée géniale. J'ai lancé en l'air une pièce d'or et mon bras a bondi pour l'attraper. Il n'y a pas un général de la Révolution capable de résister à un coup de canon de cinquante mille pesos !

— Il n'a qu'une seule main, mais elle est de fer, entendit Laura, proféré par l'un des dirigeants ouvriers qui se réunissaient avec Juan Francisco chez eux pour discuter de politique.

De son côté, elle préférait parcourir une ville qu'elle ne connaissait pas et découvrir des lieux tranquilles, loin du bruit des camions qui portaient inscrits sur la carrosserie le nom de leur destination — ROMA MÉRIDA CHAPULTEPEC ET ENVIRONS, PENSIL BUENOS AIRES PENITENCIARÍA SALTO DEL AGUA, COYOACÁN, CALZADA DE LA PIEDAD, NIÑO PERDIDO — et des tramways jaunes qui allaient encore plus loin — CHURUBUSCO, XOCHIMILCO, MILPA ALTA — et des voitures, surtout celles marquées « libres », ces taxis qui annonçaient leur « liberté » avec des panneaux accrochés aux pare-brise, et les *fotingos*, les voitures Ford de location qui prenaient le Paseo de la Reforma pour une piste de course.

Laura était « l'amoureuse des parcs » : c'était le surnom qu'elle s'était amusée à se donner. D'abord avec un enfant, puis avec deux, Laura poussait le landau depuis le domicile conjugal, dans l'Avenida Sonora, jusqu'au Bois de Chapultepec où elle respirait les senteurs d'eucalyptus, de pin, de foin et celles qui montaient du lac vert.

Après la naissance de Dantón, la tante María de la O se proposa de venir aider Laura; Juan Francisco ne s'opposa pas à la présence de la tante métisse, de plus en plus obèse, les chevilles aussi épaisses que les bras, chancelante sur ses grosses jambes. La maison à deux niveaux avait une façade de briques disposées en grecques au rez-de-chaussée et enduite d'un stuc jaunâtre au premier étage. On y accédait par un garage que, le lendemain de la naissance de son deuxième fils, Juan Francisco avait inauguré avec une Ford décapotable offerte par la Confédération régionale ouvrière mexicaine, la CROM, le groupement de syndicats le plus puissant du nouveau régime. Le chef de la centrale ouvrière, Luis

Napoleón Morones, remit la voiture à Juan Francisco en reconnaissance, déclara-t-il, de ses activités syndicales pendant la Révolution.

— Sans la classe ouvrière —, dit Morones, un homme plus que gros, épais, avec de grosses lèvres, un gros nez, un gros cou et un gros double menton, les paupières tombant comme deux rideaux de chair —, sans le Foyer de l'Ouvrier mondial et les Bataillons Rouges nous n'aurions jamais triomphé. Les ouvriers ont fait la Révolution. Les paysans, Villa et Zapata, ont constitué le lest nécessaire, un poids réactionnaire et clérical venu du noir passé colonial du Mexique.

— Il a dit ce que tu voulais entendre, — dit Laura à Juan Francisco sans aucune interrogation dans la voix. Ce fut lui qui transforma sa phrase en question.

— Il n'a fait que dire la vérité. La classe ouvrière est l'avant-garde de la Révolution.

Il était assis dans sa Ford modèle T, moins impressionnante que la fastueuse Issota-Fraschini dans laquelle Xavier Icaza avait fait son entrée à Xalapa, mais très confortable pour une famille de cinq personnes partant en excursion aux pyramides de Tenayuca ou aux jardins flottants de Xochimilco. Au fond du garage la place d'honneur était occupée par les chaudières, deux grands réservoirs qu'on alimentait avec du bois et du papier journal pour avoir de l'eau chaude. Par le garage on accédait à la petite entrée au sol dallé et au salon qui donnait sur la rue, meublé simplement et confortablement, car Laura avait ouvert un compte au Palacio de Hierro et Juan Francisco l'avait autorisée à acheter un canapé et des fauteuils en velours bleu, ainsi que des lampes dans le style art-déco dont on parlait tant dans les revues illustrées.

— Ne t'en fais pas, mon chéri. Il existe un nouveau

système de paiement qu'on appelle le crédit ; on n'a pas besoin de sortir toute la somme d'un seul coup.

Par une double porte vitrée, on passait dans la salle à manger, avec sa table carrée montée sur un socle en bois creux, huit lourdes chaises en acajou à dos droit, un miroir qui emmagasinait la lumière de l'après-midi ; puis de là à la cuisine, avec ses poêles à charbon et ses glacières qui exigeaient la visite quotidienne du vendeur de bois et du charbonnier, du laitier et du livreur de glace.

C'était un joli salon. Il surplombait la rue de plusieurs mètres et disposait d'un petit balcon d'où l'on pouvait contempler le Bois de Chapultepec.

À l'étage, auquel on accédait par un escalier plutôt prétentieux par rapport aux dimensions de la maison, il y avait quatre chambres et une seule salle de bains avec baignoire, W.-C. et — ce que la tante María de la O n'avait jamais vu — un bidet à la française que Juan Francisco voulut faire enlever mais que Laura lui demanda de garder parce qu'elle trouvait ça original et amusant.

— Tu imagines mes amis du syndicat assis là-dessus.

— Non, j'imagine le gros Morones. Ne leur dis rien. Qu'ils se creusent le citron pour savoir à quoi ça sert.

Parfois, les amis de Juan Francisco revenaient des toilettes avec l'air un peu gêné, voire avec le pantalon mouillé. Juan Francisco n'en avait cure, avec son sérieux et sa dignité naturels qui n'admettaient pas les blagues, ou il y mettait fin d'un éclair de regard à la fois ardent et froid.

Ils se réunissaient dans la salle à manger tandis que Laura s'installait à lire dans le salon. La lecture à haute voix au chevet de l'invalide don Fernando Díaz à Xalapa, pratiquée comme on jette une bouteille à la mer, dans l'espoir que son père en saisisse quelque chose, devint pour la femme mariée une habitude silencieuse et agréable. Une littérature vivante sur le passé récent était en train de naître, et Laura lut *Los de abajo,* écrit par un médecin nommé Mariano Azuela, qui donnait raison à ceux qui parlaient des troupes paysannes comme d'une horde de sauvages, mais qui leur reconnaissait au moins de la vitalité, alors que les politiciens des villes, les avocats et les intellectuels du roman étaient présentés comme tout aussi sauvages, mais dans la perfidie, l'opportunisme et la trahison. Surtout, Laura se rendait compte à quel point la Révolution était passée par Veracruz presque comme un soupir, alors qu'elle rugissait dans le centre et le nord du pays. En contrepartie, Laura fit la découverte d'un jeune poète du Tabasco à peine âgé de vingt-trois ans. Il s'appelait Carlos Pellicer, et quand Laura lut son premier livre, *Colores en el mar,* elle hésita entre se mettre à genoux pour le remercier, s'abîmer en prières ou pleurer d'émotion, parce que les tropiques de son enfance étaient désormais présents, à portée de main entre les pages d'un livre et, Pellicer étant originaire du Tabasco, comme Juan Francisco, sa lecture la rapprochait encore plus de son mari.

> Tropiques, pourquoi m'avoir donné des mains
> pleines de couleur ?

En outre, Laura savait que Juan Francisco aimait bien l'avoir près de lui, pour qu'elle offre quelque chose aux amis si la réunion se prolongeait, mais surtout pour qu'elle entende ce qu'il disait à ses camarades pendant que la tante s'occupait des enfants. Elle avait du mal à mettre un visage sur les voix qui arrivaient de la salle à manger, parce qu'une fois sortis, ces hommes étaient silencieux, distants, comme s'ils avaient récemment émergé de lieux obscurs, voire invisibles. Quelques-uns portaient la veste et la cravate, mais il y en avait en chemise sans col et casquette, et même parfois en salopette bleue et chemise rayée aux manches retroussées.

Ce soir-là, il pleuvait et les hommes arrivèrent trempés, certains en imperméable, mais la plupart sans rien. À Mexico presque personne ne prenait de parapluie. Et pourtant la pluie était ponctuelle et puissante, tombant à verse jusque vers deux heures de l'après-midi, puis par ondées jusqu'à l'aube du lendemain. Ensuite c'était le retour du soleil matinal. Les hommes sentaient fort le vêtement mouillé, la chaussure boueuse, la chaussette humide.

Laura les voyait défiler en silence à leur arrivée et à leur départ. Ceux qui portaient une casquette l'ôtaient en passant devant elle, mais ils la remettaient aussitôt. Ceux qui portaient le chapeau le posaient à l'entrée. D'autres ne savaient que faire de leurs mains lorsqu'ils la voyaient. Une fois dans la salle à manger, en revanche, ils se montraient loquaces et Laura, invisible à leurs yeux, mais attentive à ce qu'ils disaient, croyait entendre des voix restées longtemps enfouies, mais en réalité douées d'une éloquence étouffée pendant des siècles. Ils avaient lutté contre la dictature de don Porfirio — cela ressortait de ce que Laura entendait —, les plus âgés avaient milité dans le groupe anarcho-syndicaliste Lumière, puis au Foyer de l'Ouvrier mondial fondé par le professeur anarchiste Moncaleano et finalement au Parti travailliste quand le Foyer fut dissous par Carranza après la victoire de la Révolution et que le vieil ingrat oublia tout ce qu'il devait aux Bataillons Rouges et au Foyer de l'Ouvrier. Cependant, Obregón (avait-il fait assassiner Carranza ?) offrit aux travailleurs un nouveau parti, le Parti travailliste, et une nouvelle centrale ouvrière, la CROM, pour qu'ils poursuivent la lutte en faveur de la justice sociale.

— Encore un attrape-nigaud ? Vous vous rendez bien compte, camarades, que tous les gouvernements n'ont fait que nous tromper. Madero, qu'on disait l'apôtre de la Révolution, nous a lancé ses « cosaques » sur le dos.

— À quoi tu t'attendais, Dionisio ? Le rondouillard n'était pas un révolutionnaire. Seulement un démocrate. Mais on lui doit une fière chandelle, à y regarder de près. Madero croyait qu'au Mexique on allait avoir la démocratie sans révolution, sans véritables changements. Sa naïveté lui a coûté la vie. Il s'est fait éliminer par les militaires, les grands propriétaires fonciers, tous ceux auxquels il n'a pas osé toucher parce qu'il pensait qu'il suffisait d'avoir des lois démocratiques. Enfin, on verra bien.

— Huerta, l'assassin de Madero, lui, il a tenu compte de nous. A-t-on jamais vu une manifestation plus grande que celle du 1er mai 1913 ? La journée de huit heures, la semaine de six jours, il a tout accordé, le général Huerta.

— Des attrape-nigauds tout ça. Dès qu'on a commencé à parler de démocratie, Huerta a fait incendier notre siège, on nous a arrêtés et déportés, il ne faut pas l'oublier. C'est une leçon. Une dictature peut nous concéder des garanties quant au travail mais pas de liberté politique. Comment voulez-vous que nous n'ayons pas accueilli le général Obregón comme un sauveur quand il s'est emparé de Mexico en 1915 et qu'il a commencé à parler de révolution prolétarienne, de soumettre les capitalistes, de...

— Tu y étais, Palomo, tu te rappelles comment Obregón est arrivé à notre meeting, comment il a serré chacun d'entre nous dans ses bras, à l'époque il en avait encore deux, en nous disant, tu as raison, *compadre*, il nous disait ce qu'on avait envie d'entendre.

— Rien que des attrape-nigauds tout ça, José Miguel. Le but d'Obregón, c'était de se servir de nous, de nous utiliser comme alliés contre les paysans, contre Villa et Zapata. Et il a réussi, il nous a convaincus que les paysans étaient des réactionnaires, des cléricaux, qu'ils portaient la Vierge sur leur chapeau, bref, qu'ils représentaient le passé...

— Rien que des attrape-nigauds tout ça, Pánfilo. Carranza était un grand propriétaire terrien qui détestait les paysans. Zapata et Villa avaient leurs raisons de distribuer les terres sans demander la permission au vieux barbon.

— Mais c'est Obregón qui a gagné, et il nous a toujours défendus, même si ce n'était que pour gagner des soutiens contre Zapata et Villa. Il faut en tenir compte, camarades. Obregón a gagné la bataille contre tous les autres...

— Tu veux dire qu'il les a tous descendus.

— Et alors ? C'est comme ça la politique.

— Faut-il vraiment qu'elle soit comme ça ? Nous allons la changer, Dionisio.

— Obregón a gagné, c'est la seule réalité. Il a gagné et il va rester. Le Mexique est en paix.

— Va le dire aux généraux qui s'agitent. Ils veulent tous leur place dans le gouvernement, on n'a pas encore fini de se partager le pouvoir, Palomo, on va encore en voir des belles et des pas mûres, et on ne sait pas ce qui nous attend.

— Rien que des attrape-nigauds, voilà ce qui nous attend. De la poudre de perlimpinpin.

— Camarades, dit Juan Francisco pour clore la discussion. Nous, ce qui nous intéresse, ce sont des choses beaucoup plus concrètes, la grève, les salaires, la journée de travail et les conquêtes encore à faire, les congés payés, les congés maternité, la Sécurité sociale. Voilà ce que nous voulons obtenir. Ne le perdez pas de vue, camarades. Ne vous égarez pas dans les chemins scabreux de la politique.

Laura laissa son ouvrage, ferma les yeux et tenta d'imaginer son mari dans la salle à manger, debout, mettant fin au débat, énonçant la vérité, mais la vérité intelligente, la vérité possible : il fallait collaborer avec Obregón, avec la CROM et son dirigeant national, Luis Napoleón Morones. La pluie redoubla d'intensité et Laura tendit l'oreille. Les compagnons de Juan Francisco faisaient usage des crachoirs en cuivre qui étaient un élément indispensable dans tout foyer bien tenu, dans les lieux publics et, surtout, dans les salons où les hommes se réunissaient.

— Pourquoi les femmes ne crachent-elles pas ?

Puis ils sortaient de la salle à manger et saluaient Laura sans dire un mot, tandis qu'elle essayait en vain d'attribuer les arguments qu'elle avait entendus aux visages qu'elle voyait défiler, les yeux enfoncés de celui-ci (Pánfilo ?), le nez étroit comme les portes d'entrée au paradis de celui-là (José Miguel ?), le regard solaire de l'un (Dionisio ?), la démarche d'aveugle de l'autre (Palomo ?), l'ensemble et ses détails, la claudication dissimulée, l'envie de pleurer un être aimé, la salive salée, le dernier rhume, le défilé des heures dont on se souvient parce qu'elles n'ont jamais eu lieu, la jeunesse qu'on voudrait ne pas avoir été qu'une seule fois, les regards hypothéqués par le sang, les amours remises à plus tard, la poignée des chers défunts, les générations désirées, le désespoir impuissant, la vie exaltée sans joie, la liste des promesses, les miettes sur les chemises, le fil blanc d'un cheveu sur le revers de la veste, la corniche des œufs à la paysanne du petit déjeuner sur la lèvre, la hâte de retourner à ce qu'on a quitté, la morosité à la perspective du retour, Laura vit tout cela au passage des camarades de son mari.

Pas un sourire sur ces visages, et cela l'inquiéta. Juan Francisco aurait-il raison ? Était-ce elle qui ne comprenait rien ? Elle voulait attribuer des paroles à ces figures qui quittaient sa maison, prenant congé sans rien dire, elle trouvait cela angoissant, elle se sentit même coupable de chercher des raisons là où peut-être il n'y avait que rêves et désirs.

Elle aimait bien le président Obregón. Il était malin, intelligent, quoique moins beau que sur les photos prises lors des batailles, moins blond, jeune et svelte que lorsqu'il se battait avec ses deux bras ; maintenant qu'il était manchot et que ses cheveux avaient blanchi, il avait pris du poids, comme s'il ne prenait pas assez d'exercice ou comme si l'écharpe présidentielle ne pouvait tout à fait remplacer la main perdue. Pourtant le matin, quand elle se promenait dans les parcs avant l'averse avec les enfants dans la poussette, Laura sentait qu'il soufflait un vent nouveau, un philosophe exalté et brillant avait été choisi comme premier ministre de l'Éducation du gouvernement révolutionnaire, lequel avait proposé les murs des bâtiments publics aux peintres pour qu'ils y représentent ce qu'ils voulaient, attaques contre le clergé, contre la bourgeoisie, contre la Sainte Trinité ou, pis encore, contre le gouvernement même qui payait leur travail. Il y a de la liberté ! s'exclamait Laura qui profitait de ce que sa tante s'occupait des enfants pour faire un tour à l'École préparatoire, offerte au pinceau d'Orozco, ou au Palais national, confié à Rivera.

Orozco était manchot comme Obregón, myope comme une taupe et triste. Laura l'admirait parce qu'il peignait les murs de la Prépa comme si de rien n'était, d'une main vigoureuse, les yeux sans ciller au soleil : il peignait avec ce qui lui manquait. Un autre Orozco habitait le corps de l'Orozco présent ; le regard limpide, il guidait, éclairait le second, défiant Laura Díaz : imagine ce que doit être le génie ardent et fugace qui commande le corps du peintre, communique un feu invisible à l'artiste mutilé, myope, à la bouche sévère, aux sourcils froncés.

En revanche, dès que Laura se fut assise sur l'escalier du Palais national, dans son nouvel ensemble à jupe courte et blouse décolletée incrustée de pierres de couleur, pour regarder peindre Diego Rivera, l'artiste tourna la tête et la dévisagea avec une telle intensité qu'il la fit rougir.

— Tu as un visage de garçon ou de madone. Je ne sais pas. Choisis. Qui es-tu ? lui demanda Rivera lors d'une pause.

— Je suis une femme, répondit Laura avec un sourire. Et j'ai deux petits garçons.

— Moi, j'ai deux filles. Marions-les tous les quatre ensemble pour que, libérés de la marmaille, je puisse faire ton portrait ni en homme ni en femme, mais en hermaphrodite. Tu sais quel est l'avantage ? Tu peux t'aimer toi-même.

Il était le contraire d'Orozco. C'était un gigantesque crapaud, grand et gros, avec des yeux globuleux, l'air endormi, et lorsqu'elle se présenta un jour, tout habillée de noir, avec un bandeau noir dans les cheveux après la mort de son père Fernando Díaz à Xalapa, l'un des assistants du peintre lui demanda de se retirer : le maître craignait la *jettatura* et il ne pouvait pas peindre s'il avait les mains occupées à faire des cornes pour exorciser le mauvais œil...

— Oh, je suis simplement en deuil. Vous devez être bien superstitieux, maître rouge, pour avoir ainsi peur d'une femme en noir.

Elle n'eut pas le temps de se rendre à Xalapa pour l'enterrement de son père. Sa mère Leticia, la Mutti, lui envoya un télégramme. Tu as tes obligations, Laura, un mari et des enfants. Ne fais pas le voyage. Pourquoi n'ajouta-t-elle pas autre chose ? Ton père a pensé à toi avant de mourir, il a prononcé ton nom, il a réussi à reparler pour la dernière fois rien que pour dire « Laura », Dieu lui a accordé cette ultime grâce.

— C'était un honnête homme, Laura, lui dit Juan Francisco. Tu sais combien il nous a aidés.

— Il l'a fait pour Santiago —, lui répondit Laura, le télégramme dans une main tandis que de l'autre elle écartait le rideau pour regarder à travers la pluie presque noire de 6 heures du soir, comme si son regard pouvait aller jusqu'au cimetière de Xalapa. Les deux volcans de la vallée surnageaient au-dessus de l'orage, avec leurs cimes couronnées de blanc.

À son retour, la tante María de la O dit à Laura que Dieu savait ce qu'il faisait, Fernando Díaz voulait mourir pour ne plus déranger personne, elle l'avait compris parce que entre eux le regard était direct et intelligent, comme il était naturel pour María de la O avec l'homme qui avait sauvé sa mère, lui avait apporté assistance et permis de connaître une vieillesse dans la dignité.

— Ta mère vit-elle encore ?

La tante se troublait, hochait la tête, disait je ne sais pas, je ne sais pas, mais un matin où Laura était restée à la maison pour faire les lits pendant que la tante allait promener les petits, elle trouva sous l'oreiller de María de la O un vieux daguerréotype montrant une svelte et élégante femme noire, en robe décolletée, les lèvres rouge feu, le regard provocant, une taille de guêpe et des seins comme deux melons durs. Elle la cacha précipitamment lorsqu'elle entendit rentrer María de la O, fatiguée au bout de trois cents mètres, bringuebalant sur ses chevilles gonflées.

— Pouh ! L'altitude de cette ville, Laurita.

L'altitude et l'air suffocant. La pluie et son air rafraîchissant. C'était comme le battement du cœur de Mexico, soleil et pluie, pluie et soleil, systole et diastole, tous les jours. Heureusement que les nuits étaient pluvieuses et les matins clairs. En fin de semaine, Xavier Icaza leur rendait visite et leur apprenait à conduire la Ford que la CROM avait offerte à Juan Francisco.

Laura se montra plus adroite que son mari, dégingandé et gauche, qui avait du mal à se caser dans son siège, ne sachant où mettre ses genoux. Laura, en revanche, se découvrit un don pour conduire, et maintenant elle pouvait emmener les enfants à Xochimilco voir les canaux, à Tenayuca voir la pyramide ou se promener au milieu des étables de Milpa Alta pour sentir ce parfum unique de pis, de paille et de flanc de bête mouillé, et boire du lait tiède tout juste après la traite.

Un jour qu'elle cherchait à se protéger de l'averse en sortant du Palais national où Rivera l'avait réadmise une fois qu'elle eut fini son deuil, Laura prit la voiture garée dans la rue de la Moneda et remonta la récemment baptisée avenue Madero, anciennement rue Plateros, admirant les vieilles bâtisses coloniales avec leurs murs de *tezontle*, cette roche volcanique ardente, et leurs marbres mats, pour prendre ensuite par l'Alameda jusqu'au Paseo de la Reforma où l'architecture devenait d'inspiration française, avec de belles résidences aux jardins bien ordonnés et de hautes mansardes.

Elle fut saisie par un sentiment de confort, sa vie de femme mariée était confortable, satisfaisante, elle avait deux beaux enfants et un mari hors du commun, parfois difficile parce que c'était un homme droit et avec du caractère, un homme qui ne transigeait pas, mais toujours aimant, préoccupé, absorbé par son travail, sans que Laura en fût gênée. En tournant à gauche au rond-point de la rue Niza pour prendre l'avenue des Insurgentes en direction de sa maison dans l'avenue Sonora, son sentiment de confort lui suscita de l'inconfort. Tout allait trop bien, trop tranquillement, quelque chose allait arriver...

— Tantine, est-ce que tu crois aux pressentiments ?

— Allons bon. Je crois aux sentiments, et tes tantes me font connaître les leurs lettre après lettre, Hilda, Virginia et ta mère, toutes les trois ensemble là-bas à s'occuper de leurs hôtes, elles se mettent à écrire des lettres et elles deviennent différentes. Je crois qu'elles ne se rendent pas compte de ce qu'elles me racontent, j'en suis même vexée, elles m'écrivent comme si elles ne s'adressaient pas à moi, mais comme si, en m'écrivant, elles se parlaient à elles-mêmes, tu comprends, ma chérie, je ne suis qu'un prétexte, Hilda ne peut plus jouer du piano à cause de son arthrite, alors elle me raconte comment la musique se déroule dans sa tête, tiens, lis, que Dieu est bon, ou méchant, je ne sais plus, Il me permet d'entendre mentalement, note à note, les *Nocturnes* de Chopin, avec une parfaite exactitude, mais Il ne me permet pas d'écouter la musique en dehors de ma tête, à propos, as-tu entendu parler de ce nouvel appareil, le gramophone ? Sur les disques — je crois que c'est comme ça que ça s'appelle — Chopin grince, alors que, dans ma tête, sa musique est cristalline et triste, comme si la pureté du son dépendait de la mélancolie de l'âme, ne l'entends-tu pas, ma sœur, ne m'entends-tu pas ? Si je savais que quelqu'un entend Chopin dans sa tête avec la même netteté que dans la mienne, je serais heureuse, María de la O, je pourrais partager ce que j'aime le plus, parce que toute seule je n'y prends pas le même plaisir, je voudrais partager ma joie musicale avec quelqu'un d'autre, avec d'autres, et je ne peux plus, mon destin n'a pas été celui que j'aurais voulu, à moins qu'il ne soit celui que, sans le vouloir, j'ai imaginé, tu me comprends ? rien qu'une humble prière, une supplication impuissante comme celle de Chopin qui, paraît-il, a composé son dernier nocturne après qu'un orage l'eut obligé à se réfugier dans une église, tu comprends, sœurette ? et Virginia ne me le dit pas, mais elle ne se résigne pas à mourir sans avoir rien publié, Laura, ton mari ne pourrait-il demander au ministre Vasconcelos de publier les poèmes de ta tante Virginia ? Tu as vu comme ils sont jolis ces livres à couverture verte qu'il fait paraître aux presses de l'Université ? Tu crois que ce serait possible ? parce que même si Virginia, par pur orgueil, ne m'en parle jamais, je sais que ce que Hilda m'écrit est aussi ce que Virginia ressent, mais la poétesse n'a pas de mots alors que la pianiste en a parce que, comme le dit Hilda, ma musique ce sont mes paroles tout comme Virginia lui répond mes paroles c'est mon silence... Il n'y a que ta mère Leticia qui ne se plaint jamais de rien, mais elle ne se réjouit jamais de rien non plus.

Laura se sentit insuffisante. Elle allait demander à Juan Francisco de la laisser travailler avec lui, à ses côtés, elle l'aiderait, au moins à mi-temps, tous les deux ensemble, à organiser les travailleurs, et il lui répondit d'accord mais commence par m'accompagner pendant quelques jours pour voir si cela te plaît.

Ils ne passèrent que quarante-huit heures

ensemble. La vieille ville était un tohu-bohu de métiers en tous genres, cordonniers, forgerons, épiciers, menuisiers, potiers, invalides de la guerre révolutionnaire, vieilles compagnes de soldats restées sans homme, vendant des *tamales* et des liqueurs douteuses au coin des rues, fredonnant des chansons révolutionnaires et des noms de batailles perdues, l'ancien cœur du vice-royaume battait maintenant au rythme prolétarien, les palais transformés en maisons de rapport, les grands porches qui abritaient à présent des pâtisseries et des guichets de loterie, des bazars et des bourrelleries, les anciennes auberges converties en foyers d'assistance où couchaient les vagabonds et les malfrats, les mendiants sans domicile fixe, les vieillards désorientés, au milieu d'une odeur collective répugnante, précédant le parfum des rues à putains, qui attendaient, appuyées contre l'entrée des vestibules à moitié ouverts à titre d'invite et d'incitation, parfum de pute semblable à celui des pompes funèbres, gardénia et gland, l'un et l'autre putréfiés, les débits de pulque puant le vomi et la pisse de chien errant, les bataillons d'animaux livrés à eux-mêmes, galeux, fouinant dans les décharges de plus en plus étendues, de plus en plus grises et purulentes, comme un poumon cancéreux menaçant à tout moment de couper le souffle de la grande ville. Les ordures avaient fini par envahir les quelques canaux qui restaient de la ville indienne, la ville assassinée. On avait dit qu'ils allaient être drainés et recouverts d'asphalte.

— Par où veux-tu commencer, Laura ?

— C'est à toi de me dire, Juan Francisco.

— Tu veux que je te dise ? Commence par chez toi. Occupe-toi bien de ta maison, petite, et tu feras plus que si tu viens dans ces quartiers pour organiser et sauver des gens qui ne t'en seront même pas reconnaissants. Laisse-moi cette tâche. Ce n'est pas pour toi.

Il avait raison. Mais ce soir-là, après être rentrée chez elle, Laura Díaz se sentit prise de passion, sans trop savoir pourquoi, comme si sa descente dans une ville à la fois proche et étrangère avait ravivé la passion avec laquelle, dans son enfance, elle avait découvert et aimé la forêt avec ses géantes en pierre recouvertes de lianes et de bijoux, les arbres et leurs dieux cachés parmi les lauriers, puis à Veracruz la passion partagée avec Santiago, et qui, au-delà de la mort, était allée croissant avec les années, puis à Xalapa la passion refoulée pour le corps langoureux d'Orlando, enfin la passion tenacement agrippée au corps épuisé du père malade. Et maintenant Juan Francisco, la ville de Mexico, la maison, les enfants, une requête chassée d'un revers de main par son mari comme on chasse une mouche : laisse-moi me passionner avec toi et avec ce que tu fais, Juan Francisco.

— Il a peut-être raison. Mais il ne m'a pas comprise. En ce cas, il doit donner quelque chose de plus à ce qui agite mon âme. Je veux tout ce que j'ai et je ne l'échangerais contre rien au monde. Mais je veux aussi autre chose. Quoi ?

Son mari demandait une obéissance muette à une âme passionnée.

— Juan Francisco, où est la voiture ?

— Je l'ai rendue. Ne fais pas cette tête. Les camarades me l'ont demandé. Ils ne veulent pas que j'accepte quoi que ce soit du syndicat officiel. Ils disent que c'est de la corruption.

VII

Avenida Sonora : 1928

À quoi pensait-il ? À quoi pensait-elle ?

Il était impénétrable, comme une sphère de couteaux. Elle ne pouvait savoir à quoi il pensait qu'en sachant à quoi elle pensait. À quoi elle pensait lorsque, avec une fréquence de plus en plus agaçante pour elle et préjudiciable pour lui, il l'accusait de ne pas être montée dans la soupente de Xalapa voir l'anarchiste catalane, au point qu'elle finit par s'en lasser, s'avoua vaincue, cessa de se justifier et commença à noter dans le carnet aux feuilles quadrillées dont elle se servait pour tenir les comptes de la maison toutes les occasions où, sans la moindre provocation de sa part, il lui reprochait son manquement. Ce n'était même plus un reproche, c'était une habitude nerveuse, comme des yeux fixes sans lumière animés d'un cillement involontaire. À quoi pensait-elle quand elle entendait une fois de plus le même discours qu'elle connaissait depuis neuf ans, si frais, si puissant au début, puis de plus en plus difficile à comprendre parce que de plus en plus difficile à écouter, trop rationaliste, elle attendait en vain le rêve du discours, non pas le discours lui-même mais le rêve qui le portait, surtout lorsque les enfants,

Santiago et Dantón, commencèrent à parler et qu'elle s'aperçut qu'en tant que mère elle ne pouvait leur parler qu'en leur offrant du rêve, des contes. Le discours du père avait perdu le rêve. C'était un discours insomniaque. Les mots de Juan Francisco ne dormaient pas. Ils veillaient.

— Maman, j'ai peur, regarde par la fenêtre. Le soleil n'est plus là. Où est-il parti ? Est-ce que le soleil est mort ? — demandait, avec les yeux du premier homme, son fils Santiago à la tombée du jour et à l'heure du petit déjeuner. Laura interrompait son mari :

— Juan Francisco, ne me parle pas comme si j'étais un public de mille personnes. Je ne suis qu'une seule personne. Laura. Ta femme.

— Tu ne m'admires plus comme avant. Avant tu m'admirais.

Elle voulait l'aimer. Elle le voulait. Que lui arrivait-il ? Elle ne savait ni ne comprenait ce qui se passait en elle.

— Qui peut comprendre les femmes ? Cheveux longs et idées courtes.

Inutile de lui expliquer ce que les enfants comprenaient tout seuls chaque fois qu'ils racontaient une histoire ou posaient une question : les mots naissent de l'imagination et du plaisir, ils ne sont pas destinés à un auditoire de mille personnes ou une place remplie de drapeaux, ils existent pour toi et pour moi, à qui parles-tu, Juan Francisco ? Elle le voyait toujours comme sur une tribune et la tribune était le piédestal sur lequel elle l'avait elle-même placé depuis leur mariage ; nul autre ne l'avait mis à cette place, ni la Révolution, ni la classe ouvrière, ni les syndicats, ni le gouvernement, c'était elle la vestale du temple appelé Juan Franciso López Greene et elle avait demandé à l'époux d'être digne de la dévotion de l'épouse. Mais un temple est un lieu de cérémonies qui se répètent. Et sans le soutien de la foi, ce qui se répète finit par lasser.

Laura ne perdait pas la foi en Juan Francisco. Elle était simplement honnête avec elle-même, elle enregistrait les irritations de la vie en commun, quel couple n'éprouve de ces irritations à la longue ? c'était normal au bout de huit ans de mariage. Au début ils ne se connaissaient pas et tout était surprise. Maintenant elle voulait retrouver l'étonnement et la découverte de jadis ; et elle s'apercevait que l'étonnement n'était plus qu'habitude et la découverte, nostalgie. Était-ce sa faute ? Elle avait commencé par admirer la figure publique. Puis elle avait essayé de pénétrer derrière la façade, pour constater que derrière la figure publique il n'y avait qu'une autre figure publique, et derrière celle-ci une autre encore, jusqu'à ce qu'elle comprenne que cette figure, cet orateur éblouissant, ce meneur de foules, était la seule figure réelle, il n'y avait pas de tromperie, il n'y avait pas à chercher d'autre personnalité, il n'y avait qu'à se résigner à vivre avec un homme qui traitait sa femme et ses enfants comme un auditoire reconnaissant. Sauf que cette figure sur la tribune couchait aussi dans le lit conjugal et qu'un jour le contact de ses pieds fit que Laura retira involontairement les siens, que les coudes de son mari commencèrent à lui provoquer de la répulsion, elle regardait cette articulation à la peau plissée entre le bras et l'avant-bras et elle voyait tout le corps de son mari comme un énorme coude, une peau relâchée des pieds à la tête.

— Excuse-moi. Je suis fatiguée. Pas ce soir.

— Pourquoi ne me l'as-tu pas dit plus tôt ? Veux-tu que nous prenions une femme de ménage ? J'avais l'impression qu'entre toi et la tante, la maison se trouvait très bien tenue.

— C'est vrai, Juan Francisco. On n'a pas besoin de femme de ménage. María de la O et moi nous te suffisons. Toi, tu ne dois pas avoir de domestiques. Tu sers la classe ouvrière.

— Ça me fait plaisir de voir que tu le comprends, Laura.

— Tu sais, tantine, s'aventura un jour Laura en s'adressant à María de la O. Il m'arrive de regretter la vie à Veracruz ; elle était plus amusante.

La tante n'acquiesça pas, elle se contenta de scruter Laura d'un œil attentif, et celle-ci se mit à rire pour ne pas donner trop d'importance à son commentaire.

— Reste ici avec les enfants. C'est moi qui irai au marché.

Cela ne la dérangeait pas ; au contraire, ça l'amusait d'aller au Parián dans la Colonia Roma, cela rompait la routine de la maison qui, au fond, n'était pas une routine, elle aimait sa tante, elle adorait ses enfants, elle était enchantée de les voir grandir... Le marché était une jungle en miniature, on y trouvait toutes les choses qu'elle aimait, les fleurs et les fruits, la variété et l'abondance des unes et des autres au Mexique, les lis, les glaïeuls, les pensées, la mangue, la papaye et la vanille auxquelles elle pensait quand elle faisait l'amour, l'abricot de Saint-Domingue, le coing, l'églantine, l'ananas, le citron et le citron vert, le corossol, l'orange, les différentes variétés de sapotille : le goût, la forme, l'odeur et la saveur des marchés la remplissaient de joie et de la nostalgie de son enfance et de sa jeunesse.

— Mais je n'ai que trente ans.

Elle rentrait pensive du marché d'El Parián à l'Avenida Sonora et se demandait, y a-t-il autre chose à attendre ? serait-ce tout ? qui t'a dit qu'il y avait quelque chose de plus, qui t'a dit qu'il y avait autre chose après le mariage et les enfants ? Elle se répondait par un léger haussement d'épaules et accélérait le pas en oubliant le poids des paniers. S'il n'y avait plus d'auto, c'était parce que Juan Francisco était honnête et qu'il avait rendu le cadeau de la CROM. Il ne l'avait pas rendue de son propre chef, elle s'en souvenait. C'étaient les camarades qui le lui avaient demandé. N'accepte pas de cadeaux du syndicat officiel. Ne te prête pas à la corruption. Cela n'avait pas été un acte volontaire de sa part. On le lui avait demandé.

— Juan Francisco, aurais-tu rendu la voiture si tes camarades ne te l'avaient pas demandé ?

— Je sers la classe ouvrière. C'est tout.

— Pourquoi es-tu si dépendant de l'injustice, mon chéri ?

— Tu sais bien que je n'aime pas...

— Mon pauvre Juan Francisco, qu'est-ce que tu deviendrais dans un monde juste ?

— Ne me donne pas du pauvre. Parfois je ne te comprends pas. Dépêche-toi de préparer le petit déjeuner, j'ai une réunion importante aujourd'hui.

— Il ne se passe pas un jour sans réunion importante. Pas un mois. Pas une année. À chaque minute il y a une réunion importante.

Comment la voyait-il ? Laura n'était-elle que son habitude, son rite sexuel, son obéissance muette, la gratitude attendue ?

— Je veux dire qu'il est bon que tu aies des gens à défendre. C'est ta force. Tu la vides à l'extérieur. J'adore te voir rentrer fatigué...

— Tu es incompréhensible.

— Pas du tout, j'aime bien te voir t'endormir sur

ma poitrine, je te redonne des forces. Ton travail t'en enlève, tu ne t'en rends peut-être pas compte...

— Tu es bien capricieuse, parfois tu m'amuses mais à d'autres moments...

— Je t'agace... J'adore ça !

Il partait sans rien ajouter. Comment la voyait-il ? Se souvenait-il de la jeune fille qu'il avait rencontrée au bal du Casino de Xalapa ? Il lui avait promis de faire son éducation, de lui apprendre à être une femme dans la ville et dans le monde. Se souvenait-il de la jeune mère qui avait voulu l'accompagner dans son travail, se rapprocher de lui, vérifier que la vie de couple se partageait aussi dans la vie extérieure, la vie du travail ?

Laura Díaz fut de plus en plus habitée par cette idée : son mari l'avait rejetée, il n'avait pas tenu la promesse qu'ils feraient tout ensemble, unis dans le lit, dans la parentalité, mais aussi dans le travail, dans cette partie du cadran qui avale la vie de tous les jours comme les enfants avalent les quartiers d'une orange, transformant tout le reste, le lit, la parentalité, le mariage et les rêves, en minutes comptées et finalement en pelures jetables.

— L'obéissance muette des âmes passionnées.

Laura s'accusait elle-même. Elle se remémorait la petite fille de Catemaco, l'adolescente de Veracruz, la jeune fille de Xalapa, et dans chacune elle découvrait une promesse croissante qui avait culminé dans son mariage huit ans auparavant. À partir de ce moment-là, j'ai commencé à rapetisser, au lieu de grandir je suis devenue une sorte de naine, comme si je ne le méritais pas, comme si je lui étais redevable, il ne me l'a pourtant pas demandé, il ne me l'a pas imposé, c'est moi qui me le suis imposé, afin d'être digne de lui ; maintenant je sais que je voulais être digne d'un mystère, je ne le connaissais pas, c'est son personnage qui m'impressionnait, sa façon de parler, de s'imposer à ce monstre qu'est une foule, c'est le discours qu'il a prononcé chez nous à Xalapa pour rendre hommage à la Catalane invisible, c'est de tout cela que je suis tombée amoureuse, dans l'espoir de passer ensuite de l'amour à la connaissance de l'être aimé, l'amour comme tremplin du savoir, comme son labyrinthe, mon Dieu, cela fait huit ans que j'essaie de percer un mystère qui n'a rien de mystérieux, mon mari n'est que ce qu'il semble être, il n'est rien d'autre que son apparence, il paraît ce qu'il est, il n'y a rien à découvrir, je pose la question à l'auditoire auquel s'adresse le dirigeant López Greene, l'homme est sincère, ce qu'il dit est vrai, il n'y a rien de caché derrière ses paroles, ses paroles sont toute sa vérité, sa vérité tout entière, croyez-le, il n'y a pas d'homme plus authentique, ce que vous voyez c'est ce qu'il est, il n'est *rien d'autre* que ce qu'il dit.

Il lui demandait par habitude ce qui auparavant la satisfaisait. Peu à peu Laura cessa d'être satisfaite avec ce qui auparavant les satisfaisait tous les deux.

— Quand je t'ai connu, je pensais que je ne te méritais pas. Qu'est-ce que tu en penses ? Pourquoi ne réponds-tu pas ?

— Je croyais que je pourrais te faire changer.

— Donc tu trouves de peu de valeur ce que tu as acheté à Xalapa.

— Tu ne comprends pas. Tout le monde change, tout le monde peut s'améliorer ou se gâter.

— Tu es en train de dire que tu voulais me changer ?

— En bien.

— Attends, réponds-moi clairement. Ne suis-je pas une bonne épouse et une bonne mère ? Quand j'ai voulu travailler avec toi, ne m'en as-tu pas empêchée après cette petite promenade en enfer que tu avais organisée pour moi ? Qu'est-ce que tu voulais d'autre ?

— Quelqu'un en qui avoir confiance —, dit Juan Francisco ; il se leva du lit pour fixer Laura avec des yeux brillants, puis, avec une grimace de douleur, il se jeta dans les bras de sa femme.

— Mon amour, mon amour...

Cette année-là, le président était Plutarco Elías Calles, un autre membre du triumvirat d'Agua Prieta originaire du Sonora. Le cri de ralliement de la Révolution avait été SUFFRAGE EFFECTIF, NON À LA RÉÉLECTION, parce que Porfirio Díaz s'était maintenu à la présidence pendant trois décennies grâce à des réélections frauduleuses. Maintenant, l'ex-président Obregón voulait faire comme si de rien n'était et revenir occuper le fauteuil de l'aigle et du serpent. Beaucoup de voix s'élevèrent pour dire que c'était trahir l'un des principes de la Révolution. La raison du pouvoir finit par s'imposer. On modifia la Constitution pour permettre la réélection. Tout le monde était convaincu que le clan de Sonora allait se relayer au pouvoir jusqu'à ce que tous ses membres soient morts de vieillesse, sauf si un autre Madero, une autre Révolution...

— Morones veut que les syndicats soutiennent la réélection du général Obregón. Je veux discuter de la question avec vous —, déclara Juan Francisco aux dirigeants réunis chez lui une fois de plus, comme chaque mois depuis des années, tandis que Laura interrompait sa lecture dans la pièce d'à côté.

— Morones est un opportuniste. Il ne pense pas comme nous. Il déteste les anarcho-syndicalistes. Il adore les corporatistes qui font le jeu du gouvernement. Si nous le soutenons, c'en sera fini de notre indépendance. Il nous transformera en moutons ou il nous mènera à l'abattoir, l'un ou l'autre.

— Palomo a raison. Que voulons-nous être, Juan Francisco, des syndicats indépendants et combatifs ou des sections corporatistes de l'ouvriérisme officiel ? À vous de décider —, ajouta une autre de ces voix que Laura s'efforçait d'attribuer aux visages qui, à l'arrivée et à la sortie, défilaient dans le petit salon, sans jamais réussir à associer visage et voix.

— Bordel de merde, Juan Francisco, et avec toutes mes excuses pour Madame à côté, nous sommes les héritiers du groupe anarchiste Lumière, de la Tribune Rouge, du Foyer de l'Ouvrier mondial, des Bataillons Rouges de la Révolution. Allons-nous devenir les laquais d'un gouvernement qui se sert de nous pour se donner des airs révolutionnaires ? Révolutionnaire, mon cul ! voilà ce que je pense.

— Qu'est-ce qui nous intéresse le plus ? — Laura reconnut la voix de son mari. — Obtenir ce que nous voulons, une meilleure vie pour les travailleurs, ou user nos forces à lutter contre le gouvernement en allumant ici et là des feux de paille en laissant à d'autres le soin de réaliser les promesses que la Révolution a faites aux travailleurs ? Allons-nous perdre l'occasion qui se présente ?

— Nous allons perdre jusqu'à notre caleçon.

— Quelqu'un ici croit-il à l'âme ?

— Une révolution trouve sa légitimité en elle-même et génère des droits, reprit Juan Francisco. Obregón a le soutien de ceux qui ont fait la Révolution. Maintenant, même les gens de Villa et de Zapata le soutiennent. Il a su rallier toutes les volontés. Allons-nous faire exception ?

— Moi je dis que oui, Juan Francisco. Le mouvement ouvrier est né pour être l'exception. Ne nous enlève pas le plaisir d'être les trouble-fête du gouvernement, ça me plaît...

Toute sa vie de jeune mariée à entendre la même

discussion : c'était comme aller à l'église tous les dimanches pour écouter le même sermon. L'habitude, se dit Laura, doit avoir un sens, doit devenir un rite. Elle se remémora les rituels de sa propre vie, la naissance, l'enfance, la puberté, le mariage, la mort. Elle avait trente ans et elle les avait déjà tous connus. Il s'agissait d'une connaissance personnelle, un savoir qui concernait sa famille. Cela devint une connaissance collective, comme si tout le pays était incapable de divorcer de sa fiancée la mort, un jour du mois de juillet où Juan Francisco rentra inopinément à la maison vers six heures du soir, le visage décomposé, pour annoncer :

— On a assassiné le président Obregón au cours d'un banquet.

— Qui ?

— Un catholique.

— On l'a tué ?

— Obregón ? Je viens de te le dire.

— Non, celui qui l'a tué.

— Non, il a été arrêté. Il s'appelle Toral. C'est un fanatique.

De toutes les coïncidences qu'elle avait connues dans sa vie, aucune n'avait autant inquiété Laura que le bruit d'une main frappant doucement à la porte de la maison un après-midi. María de la O était allée au parc avec les enfants ; Juan Francisco rentrait de plus en plus tard du travail. Les discussions habituelles dans la salle à manger avaient cédé la place au besoin d'agir, Obregón était mort, lui et Calles s'étaient partagé le pouvoir, il ne restait plus qu'un seul homme fort : Calles avait-il fait assassiner Obregón ? Le Mexique était-il une chaîne sans fin de sacrifices où l'un engendrait le suivant selon un destin inexorable : revenir toujours à l'origine, la mort pour arriver au pouvoir, la mort pour le quitter ?

— Tu vois, Juan Francisco, Morones et la CROM sont ravis de la mort d'Obregón. Morones voulait se porter candidat à la présidence...

— Ce tas de graisse a besoin d'un siège deux fois plus large...

— Ne plaisante pas, Palomo. La non-réélection était le principe sacré...

— Tais-toi, Pánfilo. N'emploie pas de termes religieux, ça me fait...

— Sois sérieux, te dis-je. Le principe intouchable, si tu préfères, de la Révolution. Calles a trahi les visées présidentielles de Morones au bénéfice de son compère Obregón. À qui profite le crime ? Il faut toujours se poser cette question. À qui ça profite ?

— À Calles et à Morones. Et qui sont les boucs émissaires ? Les catholiques.

— Tu as toujours été anticlérical, Palomo. Tu reproches aux paysans d'être catholiques.

— C'est pour cela que je te dis que la meilleure façon de renforcer l'Église, c'est de la persécuter. C'est ce que je crains maintenant.

— Pourquoi Calles la persécuterait-il alors ? Le Turc n'est pas un con.

— Pour donner le change, José Miguel. Il doit prouver d'une manière ou d'une autre qu'il est « révolutionnaire ».

— Je n'y comprends plus rien.

— Comprends au moins une chose. Au Mexique même les infirmes sont des funambules.

— Et n'oublie pas encore ceci : la politique est l'art d'avaler des couleuvres sans broncher.

Elle était blanche comme la lune, ce qui faisait ressortir ses sourcils noirs, épais et sans césure, qui barraient son front et assombrissaient encore plus les orbites qui étaient comme l'ombre de ses yeux immenses, aussi noirs qu'on le dit du péché, noyés toutefois chez cette femme dans un lac de pressentiments. Elle était toute vêtue de noir, avec une jupe longue et des chaussures à talons plats, la blouse boutonnée jusqu'au cou et un châle également noir qu'elle portait nerveusement sur son dos, tenu serré mais mal placé, qui lui glissait jusqu'à la taille, ce qui la faisait rougir comme si cela lui donnait l'air d'une chanteuse de cabaret, car elle devait sans cesse le faire remonter sur ses épaules, mais pas sur la tête aux cheveux rigoureusement séparés en deux parties égales par la raie médiane et ramassés en chignon sur la nuque, d'où quelques longues mèches s'échappaient comme si une part secrète de la femme se rebellait contre la discipline de sa tenue. Ces cheveux épars étaient un peu moins noirs que la stricte coiffure de cette personne pâle et nerveuse, tels des signes précurseurs d'une nouvelle non désirée.

— Excusez-moi, on m'a dit que vous cherchiez une bonne.

— Non, mademoiselle, ici nous n'exploitons personne —, répondit Laura avec un sourire d'une ironie qu'elle pouvait de moins en moins réprimer : l'ironie était-elle sa seule défense possible contre l'habitude, une habitude qui n'était ni dégradante ni exaltante, tout simplement plate et sans relief, sans plus, mais longue comme l'horizon des années ?

— Je sais que vous avez besoin d'aide, madame...

— Écoutez, je viens de vous dire...

Elle n'eut pas le temps de finir sa phrase, car la femme à la face blanche aux orbites sombres, toute de noir vêtue, força l'entrée du garage, implorant Laura du regard et s'accrochant à elle des deux mains d'une façon inquiétante, fermant les yeux comme devant l'imminence d'une catastrophe, tandis que passaient en courant sur le trottoir, martelant les pavés de leurs bottes puissantes, des soldats métalliques qui faisaient un bruit de fer dans les rues en fer d'une ville sans âmes. La femme trembla dans les bras de Laura.

— Je vous en prie, madame...

Laura la regarda dans les yeux.

— Comment tu t'appelles ?

— Carmela.

— Je ne vois pas pour quelle raison toute une bande de soldats pourchasserait dans la rue une domestique nommée Carmela...

— Madame, je...

— Ne dis rien, Carmela. Viens. Au fond de la cour il y a une chambre de bonne inoccupée. Nous allons l'arranger. Elle est pleine de vieux journaux. Dépose-les à côté du chauffe-eau. Sais-tu faire la cuisine ?

— Je sais faire des hosties, madame.

— Je t'apprendrai. D'où es-tu ?

— De Guadalajara.

— Tu diras que tes parents sont de Veracruz.

— Ils sont morts.

— Bon, alors tu diras qu'ils étaient de Veracruz. J'ai besoin d'arguments pour te protéger, Carmela. Des choses dont je puisse parler. Colle à ce que je dis.

— Que Dieu vous bénisse, madame.

Juan Francisco se montra extrêmement tolérant à la présence de Carmela. Laura n'eut pas à lui donner d'explications. Lui-même se reprocha sa négligence, son manque d'attention aux besoins de la maison, à la fatigue de Laura, à son intérêt pour les livres et la peinture. Les enfants grandissaient et avaient besoin d'être éduqués par leur mère. María de la O vieillissait ; elle accusait la fatigue.

— Pourquoi n'iriez-vous pas vous reposer un peu à Xalapa ? Carmela peut s'occuper de la maison.

Laura Díaz contemplait la soupente de son ancienne maison à Xalapa, visible depuis la terrasse de la pension où sa mère et ses tantes habitaient et travaillaient. Le grand âge ne courait plus après les sœurs Kelsen ; il les avait rattrapées, c'étaient elles qui laissaient le temps derrière elles.

Elle les aimait. Laura s'en rendit compte dans le petit salon où Leticia avait rassemblé, en une disposition moins élégante qu'autrefois, ses meubles personnels, les fauteuils en osier, la table en marbre, les tableaux représentant le petit polisson et le chien. Hilda arborait maintenant un vaste double menton de chair rose ornée de poils blancs, mais elle avait toujours les yeux aussi bleus malgré les grosses lunettes qui glissaient parfois sur son nez rectiligne.

— Je suis en train de perdre la vue, Laurita. Tant mieux, comme ça je ne verrai plus mes mains, regarde-les, on dirait des nœuds comme ceux que les marins faisaient sur le quai, on dirait les racines d'un arbre desséché. Comment veux-tu que je joue du piano ? Heureusement que ta tante Virginia me fait la lecture.

Virginia maintenait ses yeux noirs grands ouverts, on aurait presque dit un regard d'effroi, les mains posées sur une reliure en maroquin comme on pose la main sur un être aimé. Ses doigts tambourinaient au rythme du battement de paupières sur les yeux aux aguets. Attendait-elle la survenue de quelque événement imminent ou l'arrivée d'un être inattendu mais providentiel ? Dieu, un facteur, un amant, un éditeur ? Toutes ces possibilités défilaient en même temps dans le regard trop vif de la tante Virginia.

— As-tu parlé au ministre Vasconcelos de la publication de mon livre de poèmes ?

— Tante Virginia, Vasconcelos n'est plus ministre. Il est dans l'opposition au gouvernement de Calles. En plus, je ne le connais pas personnellement.

— J'ignore tout de la politique. Pourquoi ce ne sont pas les poètes qui nous gouvernent ?

— Parce qu'ils ne savent pas avaler des couleuvres sans broncher, répondit Laura en riant.

— Comment ? Qu'est-ce que tu racontes ? Tu as perdu la tête ou quoi ? Nett affe !

Bien que les trois sœurs eussent pris ensemble la décision d'ouvrir la pension, en réalité seule Leticia travaillait. Mince, nerveuse, grande, le dos très droit et les cheveux grisonnants, femme peu loquace mais d'une fidélité à toute épreuve, c'est elle qui préparait les repas, nettoyait les chambres, arrosait les plantes, avec l'aide active du nègre Zampayita qui continuait d'égayer la maison avec ses chansons sorties de Dieu sait où,

> v'là cachimbá-bimbá-bimbá
> v'là la cachimbanbá,
> v'là ma négresse qui danse par-ci
> v'là ma négresse qui danse par-là

Laura fut étonnée de voir des cheveux blancs, raides comme du fil de fer, sur la tête du Noir. Elle était sûre que Zampayita était en relation avec une secte de sorcières dansantes et un chœur interminable de voix invisibles. Voilà les personnes avec lesquelles je suis allée jeter le corps de mon frère Santiago dans la mer, nous sommes les témoins... Laura regardait alors en direction de la soupente, pensait à Armonía Aznar ici à Xalapa et, sans savoir pourquoi, pensait à Carmela sans nom de famille dans la chambre de bonne à Mexico.

Leticia accueillait surtout de vieilles connaissances de Veracruz de passage à Xalapa mais maintenant, avec la visite de Laura, les enfants et María de la O, en plus de la présence des deux pensionnaires à vie et sans le sou qu'étaient les tantes Hilda et Virginia, il ne restait plus de place que pour deux hôtes, et Laura fut surprise de retrouver, brusquement vieilli, le grand roux joueur de tennis aux jambes vigoureuses et poilues qui prenait des libertés avec les jeunes filles dans les bals de San Cayetano.

Il la salua avec un geste d'excuse et de soumission aussi inattendu que sa présence. Il était représentant de commerce, dit-il, il vendait des jantes d'automobile dans le secteur Córdoba-Orizaba-Xalapa-Veracruz. Heureusement qu'on ne l'avait pas envoyé dans cet enfer qu'était le port de Coatzacoalcos. Il disposait d'une voiture — son visage s'illumina comme lorsqu'il dansait frénétiquement le cake-walk en 1915 —, qui n'était pas à lui mais à l'entreprise.

Et le visage s'éteignit.

L'autre hôte était un vieillard, apprit Leticia à Laura, il ne sort pas de sa chambre, je lui apporte ses repas.

Un après-midi, Leticia fut retenue à la porte et laissa le plateau avec le repas de l'hôte en train de refroidir dans la cuisine. Laura le prit et le porta tranquillement dans la chambre du client invisible. Il était assis au bord du lit et tenait dans les mains quelque chose qu'il cacha dès qu'il entendit les pas de Laura ; celle-ci reconnut un son caractéristique : les grains d'un chapelet. Au moment où elle déposait le plateau devant le vieillard, Laura fut prise d'un tremblement de tout le corps, un frisson de soudaine reconnaissance à travers des voiles et des voiles d'oubli, de temps et, en l'occurrence, de mépris.

— Vous, monsieur le curé.

— Tu es Laura, n'est-ce pas ? Je t'en prie, ne dis rien. Ne compromets pas ta mère.

La mémoire de Laura dut faire un gigantesque saut en arrière pour resituer le jeune curé originaire de Puebla, à la peau sombre, intolérant, qui avait un jour disparu avec le coffre des offrandes.

— Père Elzevir.

Le curé prit les mains de Laura.

— Tu te souviens de moi ? Tu n'étais qu'une enfant.

Il n'était pas nécessaire de lui demander pourquoi il était caché là. « Je t'en prie, ne dis rien. Ne compromets pas ta mère. » Elle n'avait pas besoin de lui poser de questions, dit-il. Il allait lui raconter. Il n'était pas allé bien loin avec son larcin. Il était lâche. Il le reconnaissait. Quand la police fut sur le point de l'arrêter, il se dit qu'il valait mieux se fier à la pitié de l'Église, car la gendarmerie du régime de don Porfirio n'en avait aucune.

— J'ai demandé pardon et on me l'a accordé. Je me suis confessé et j'ai été absous. Je me suis repenti et j'ai réintégré l'Église. Mais j'ai senti que tout cela était trop facile. Je devais payer le mal que j'avais fait, ma tentation. Ma tromperie. Dieu Notre Seigneur a eu la bonté de m'envoyer ce châtiment, la persécution religieuse de Calles.

Il regarda Laura avec ses yeux d'Indien vaincu.

— Maintenant je me sens plus coupable que jamais. Je fais des cauchemars. Je suis convaincu que Dieu m'a puni pour mon sacrilège en faisant tomber cette persécution sur son Église. Je crois que je suis responsable, par mon acte individuel, d'un mal collectif. Je le crois profondément.

— Père, vous n'avez pas à vous confesser avec moi.

— Si, je dois le faire. — Elzevir serra les mains de Laura qu'il n'avait pas lâchées. — Je dois. Tu étais une petite fille, à qui mieux qu'à une enfant puis-je demander pardon pour l'horreur de mon âme ? Me pardonnes-tu ?

— Oui, mon père, je ne vous ai jamais accusé, mais ma mère...

— Ta mère et tes tantes ont compris. Elles m'ont pardonné. C'est pour ça que je suis ici. Sans elles, j'aurais déjà été fusillé...

— Moi, vous ne m'avez fait aucun mal, je vous assure. Excusez-moi, mais je vous avais oublié...

— Là est le mal, justement, tu vois. L'oubli est le mal. J'ai provoqué le scandale dans ma paroisse et, si ma paroisse l'a oublié, cela veut dire que le scandale a pénétré si profondément qu'il a même sombré dans l'oubli, dans le pardon...

— Ma mère a pardonné, intervint Laura que l'argumentation du prêtre rendait un peu confuse.

— Non, elle me garde ici, elle m'offre le gîte et le couvert afin que je connaisse la miséricorde que je n'ai pas su moi-même avoir envers mes ouailles. Ta mère est un reproche vivant dont je suis reconnaissant. Je ne veux pas qu'on me pardonne.

— Père, mes enfants n'ont pas fait leur première communion. Vous comprenez, mon mari... serait scandalisé... si je le lui demandais. Ne voudriez-vous pas... ?

— Pourquoi me demandes-tu cela, réellement ?

— Je voudrais faire quelque chose d'exceptionnel, mon père, l'habitude me tue.

Laura s'éloigna en laissant échapper un gémissement à mi-chemin entre la rage et les larmes.

En accomplissant cette cérémonie qui manquait à sa vie de femme mariée, elle éprouva une satisfaction empreinte de gravité, tout en étant consciente d'enfreindre la volonté implicite de son mari. Juan Francisco n'allait pas à la messe et ne parlait jamais de religion. Laura et les enfants non plus. Seule María de la O gardait quelques vieilles images fixées sur son miroir, ce que Juan Francisco, sans le dire, tenait pour relique de vieille bigote.

— Je n'ai rien contre, mais je voudrais bien connaître tes raisons, déclara Leticia.

— Le monde devient trop plat sans cérémonies pour marquer le temps.

— As-tu si peur de perdre les années ?

— Oui, Mutti. Je redoute le temps uniforme. C'est comme ça que j'imagine la mort.

Leticia, ses trois sœurs et Laura se réunirent dans la chambre du curé avec les enfants, Santiago et Dantón.

— Ceci est mon corps, ceci est mon sang —, entonna Elzevir avec deux morceaux de pain qu'il mit dans la bouche des deux enfants de huit et sept ans, amusés qu'on les conduise dans une chambre obscure pour manger des morceaux de petit pain et entendre des paroles en latin. Ils préféraient courir dans les jardins de Xalapa, Los Berros et le parc Juárez, sous la surveillance familière de la tante métisse, ayant fait leur cette ville tranquille, qu'ils considéraient comme un espace sans danger, un territoire à eux qui leur donnait droit à une liberté interdite dans la capitale, avec ses rues pleines de voitures et son école publique pleine de fanfarons dont Santiago devait protéger son petit frère.

— Pourquoi regardes-tu tant le toit de cette maison, maman ?

— Pour rien, Santiago. J'ai habité cette maison avec tes grands-parents quand j'étais petite.

— J'aimerais bien avoir un grenier comme ça chez nous. Je serais le propriétaire du château et je te défendrais contre les méchants, maman.

— Tu sais, Santiago, j'ai engagé une bonne à Mexico avant de partir. Vous étiez déjà ici avec la tante. À votre retour je voudrais que vous soyez très polis avec Carmela.

— Carmela. Bien sûr, maman.

Laura eut un pressentiment. Elle demanda à María de la O de rester encore quelques jours à Xalapa avec les enfants pendant qu'elle rentrait à Mexico pour préparer la maison. Ça doit être un vrai capharnaüm avec Juan Francisco tout seul là-bas et si occupé avec sa politique. Dès qu'elle sera en ordre, je vous fais revenir.

— Laura.

— Oui, Mutti.

— Regarde ce que tu as oublié quand tu t'es mariée.

C'était la poupée chinoise Li Po. En effet. Elle n'avait plus pensé à elle.

— Ah ! maman, cela me fait de la peine de l'avoir oubliée.

Elle cacha sa vraie tristesse derrière un rire factice.

— C'est peut-être parce que je suis devenue la Li Po de mon mari...

— Veux-tu l'emporter avec toi ?

— Non, Mutti. Il vaut mieux qu'elle attende mon retour ici.

— Parce que tu crois que tu vas revenir, ma fille ?

Ni Carmela ni Juan Francisco ne se trouvaient dans la petite maison de l'Avenida Sonora quand Laura arriva de la gare de Buenavista, à cause du retard habituel des trains, vers midi.

Elle perçut quelque chose de différent dans la maison. Un silence. Une absence. Certes, les enfants, la tante étaient la rumeur, la joie de la maison. Elle ramassa le journal glissé sous la porte du garage. Elle programma sa journée solitaire. Irait-elle au Cinéma Royal ? Voyons ce qu'on y donnait.

Elle déplia *El Universal* et tomba sur la photo, en première page, de « Carmela ». Gloria Soriano, nonne carmélite, avait été arrêtée pour complicité dans l'assassinat du président élu Álvaro Obregón. On l'avait découverte dans une maison proche du bois de Chapultepec. Comme elle tentait de s'enfuir, la police avait tiré et l'avait atteinte dans le dos. La religieuse était morte sur le coup.

Laura passa toute la journée assise dans la salle à manger où avaient lieu les réunions politiques, le journal ouvert sur la table, à regarder fixement la photo de cette femme à la peau très blanche, aux orbites profondes et aux yeux très noirs. Le crépuscule arriva et, bien qu'elle ne distinguât plus le portrait, elle n'alluma pas la lumière. Elle connaissait par cœur ce visage. C'était le visage d'un rachat moral. Si Juan Francisco, tout au long de ces années, lui avait reproché de ne pas être montée dans la soupente pour rendre visite à l'anarchiste catalane, comment pourrait-il lui reprocher d'avoir offert asile à la nonne persécutée ? Bien sûr qu'il ne lui ferait pas ce reproche, ils allaient finalement se sentir semblables dans leur humanité combattante, se dit Laura en répétant le mot, combattante.

Juan Francisco rentra à onze heures du soir. La maison était plongée dans l'obscurité. L'homme au teint basané jeta son chapeau sur le canapé, poussa un soupir et alluma. Il sursauta en voyant Laura assise là avec le journal déplié.

— Ah, te voilà de retour.

Laura acquiesça de la tête.

— Tu es au courant pour la nonne Soriano ? demanda López Greene.

— Non. Je suis au courant pour l'anarchiste Aznar.

— Je ne comprends pas.

— Quand tu es allé à Xalapa pour dévoiler la plaque dans la soupente, tu as fait l'éloge de mon père parce qu'il avait protégé Armonía Aznar. C'est à ce moment-là que je suis tombée amoureuse de toi.

— Évidemment. C'était une héroïne de la classe ouvrière.

— Et tu ne vas pas faire mon éloge parce que j'ai donné asile à une héroïne de la persécution religieuse ?

— Une nonne qui assassine des présidents.

— Une anarchiste qui assassine des tsars et des princes ?

— Non, Armonía luttait pour les ouvriers, ta « Carmela », pour les curés.

— Ah, ma Carmela, pas la tienne.

— Non, pas la mienne.

— Il ne s'agit pas d'un être humain, c'était quelqu'un d'une autre planète.

— D'une époque révolue, tout simplement.

— Indigne de ta protection...

— Une criminelle. En plus, si elle était restée tranquillement ici comme je le lui avais conseillé, on ne lui aurait pas appliqué le délit de fuite.

— Je ne savais pas que les policiers de la Révolution tuent de la même façon que ceux de la dictature : dans le dos.

— Elle aurait eu un procès, je le lui ai dit, comme le meurtrier Toral et sa complice, la mère Conchita, une autre femme, tiens.

— Avec qui as-tu voulu rester en bons termes, Juan Francisco ? Parce que, avec moi, ça n'ira plus jamais.

Elle ne voulut pas écouter d'explications, et Juan Francisco n'osa pas en donner. Laura remplit une valise, sortit dans l'avenue, arrêta un taxi et donna l'adresse d'Elizabeth García-Dupont, son amie de jeunesse.

Juan Francisco la suivit, ouvrit violemment la porte du taxi, tira Laura par le bras, tenta de l'extraire de la voiture, la gifla, le chauffeur sortit de la voiture, repoussa Juan Francisco, le fit tomber par terre et démarra le plus vite possible.

Laura s'installa chez Elizabeth, dans un appartement moderne de la Colonia Hipódromo. L'amie d'adolescence l'accueillit avec joie, embrassades, affection, tout ce que Laura attendait. Ensuite, toutes les deux en chemise de nuit, elles se racontèrent leurs histoires respectives. Elizabeth venait de divorcer du célèbre Eduardo Caraza qui lui tournait la tête dans les bals de l'hacienda San Cayetano, et qui continua à lui faire tourner la tête après leur mariage et qu'ils se furent installés à Mexico parce que Caraza était un ami du ministre des Finances, Alberto Pani, lequel était en train de remettre miraculeusement en ordre les finances de l'État après l'inflation de la période révolutionnaire, quand chaque faction imprimait ses propres billets, les fameux *bilimbiques*. Eduardo Caraza se tenait pour irrésistible, il s'était surnommé lui-même « le cadeau de Dieu aux femmes », et fit comprendre à Elizabeth qu'il lui avait fait un grand honneur en l'épousant.

— Ça m'apprendra à jouer les séductrices, Eduardo.

— Estime-toi bien servie, ma chérie. Je suis ton mari, mais j'ai besoin de beaucoup d'autres femmes. Il vaut mieux que nous nous entendions sur la question.

— Eh bien, tu es mon mari, mais moi aussi j'ai besoin d'autres hommes.

— Elizabeth, tu parles comme une putain.

— En ce cas, mon cher Lalo, tu parles comme un putain.

— Pardon, je ne voulais pas t'offenser. Je plaisantais.

— Je ne t'ai jamais entendu parler avec autant de sérieux. Tu m'as offensée et je serais stupide, après avoir entendu ta philosophie de la vie, mon cher, de rester pour subir d'autres humiliations. Parce que toi tu as droit à tout, et moi à rien. Je suis une pute, mais toi tu es un macho. Je suis une traînée, mais toi tu es ce qu'on appelle un gentleman, quoi qu'il arrive, n'est-ce pas ? Ciao, ciao.

Heureusement, ils n'avaient pas eu d'enfants ; comment auraient-ils fait, du reste, si le dénommé Lalo s'épuisait en débauches et rentrait à six heures du matin plus ramolli qu'un chewing-gum qui aurait fondu au soleil ?

— Je dois dire que Juan Francisco n'a jamais fait ça. Il m'a toujours traitée avec respect. Jusqu'à ce soir où il a voulu me frapper.

— Il a voulu seulement ? Regarde ta joue !

— D'accord, il m'a frappée. Mais il n'est pas comme ça.

— Ma chère Laura, à ce rythme-là tu vas tout lui pardonner et dans une semaine tu seras de retour dans ta cage. On ferait mieux d'aller s'amuser. Je t'invite au Teatro Lírico voir le gros Roberto Soto dans *El desmoronamiento*. Il s'agit d'une satire qui met en scène le dirigeant ouvrier Morones et tout le monde dit que c'est très drôle. La pièce n'épargne personne. Allons-y avant qu'on ne l'interdise.

Elles prirent une loge pour être plus à l'abri. Roberto Soto ressemblait à Luis Napoleón Morones, avec tout en double, le menton, la bedaine, les lèvres, les joues, les paupières. La scène se déroulait dans la maison de campagne du dirigeant syndical à Tlalpam. Il apparaissait habillé en enfant de chœur et chantait « Quand j'étais enfant de chœur ». Il était ensuite entouré par une dizaine de filles à moitié nues affublées de feuilles de bananier en guise de cache-sexe, comme Joséphine Baker en avait lancé la mode aux *Folies-Bergère** à Paris, et de petites étoiles collées au bout des seins. Elles ôtaient sa chasuble au ventripotent en chantant « Vive le prolétariat » tandis qu'un homme de haute stature, à la peau sombre, vêtu d'une salopette, servait du champagne à Soto-Morones.

— Merci, frère López Greene, tu me sers mieux que personne. Tu devrais quand même changer ton nom contre celui de López Red pour ne pas détonner, tu ne crois pas ? Ici nous sommes tous des vieux rouges et non pas des vieux verts, n'est-ce pas, les filles ? Ah, la la... !

« Mutti, occupe-toi des enfants jusqu'à ce que je te fasse signe. Que la tante reste aussi avec toi. Je vous enverrai de l'argent. Il faut que je réorganise ma vie, ma Mutti adorée. Je te raconterai. Je te laisse Li Po. Tu avais raison. »

VIII

Paseo de la Reforma : 1930

« Certains Mexicains ne se trouvent bien qu'à l'intérieur de leur cercueil. »

La plaisanterie d'Orlando Ximénez fut applaudie par tous les assistants au cocktail offert par Carmen Cortina à l'occasion de la présentation du portrait de sa cousine, l'actrice Andrea Negrete, réalisé par un jeune peintre de Guadalajara, Tizoc Ambriz, qui en moins de deux était devenu le portraitiste mondain le plus sollicité par tous ceux qui ne voulaient pas offrir leur image à la postérité exécutée — communiste et monstrueuse — par Rivera, Orozco ou Siqueiros, dédaigneusement surnommés les « barbouilleurs ».

En tout état de cause, Carmen Cortina se moquait des conventions et invitait à ses cocktails ce qu'elle appelait « la faune de la capitale ». La première fois qu'Elizabeth emmena Laura à une de ces fêtes, elle dut lui décliner l'identité des invités, bien que ces derniers fussent difficiles à distinguer des « resquilleurs », tolérés par l'hôtesse comme un hommage à sa puissance d'attraction, car qui ne voulait être vu dans les soirées de Carmen Cortina ? Elle-même, aveuglée par sa vanité autant que par sa myopie, n'arrivait pas à distinguer les uns des autres, et l'on disait qu'elle avait élevé l'odorat et le toucher au rang d'un grand art, puisqu'il lui suffisait d'approcher ses yeux myopes de la joue la plus proche pour s'écrier : « Ma chérie, comme tu es ravissante ! » ou de poser la main sur un cachemire particulièrement moelleux pour s'exclamer : « Rudy, quelle merveille à regarder ! »

Si Rudy était Rudy, Orlando, lui, était rude, « watch out ! » lança Carmen à Andrea, son invitée d'honneur, une femme au teint de nacre, au regard toujours alangui, les sourcils invisibles et un visage dont la parfaite symétrie était accentuée par la chevelure divisée en deux parties égales et, malgré la sensuelle jeunesse de sa silhouette sans âge, audacieusement ornée de deux mèches blanches sur les tempes. Raison pour laquelle on la surnommait irrévérencieusement « La Berrenda », par allusion à la race de taureaux à mèche blanche, surtout, comme disait l'incorrigible Orlando, si l'on considère son habileté dans l'art de donner de la corne. Un de ces jours, Andrea deviendrait ce qu'on appelle une femme opulente, ajouta Orlando, but not yet ; pour le moment, elle était comme un fruit mûr, tout juste cueilli de l'arbre, défiant le monde.

— Mange-moi, dit Andrea avec un sourire.

— Épluche-moi, dit Orlando d'un air très sérieux.

— Espèce de goujat ! s'esclaffa Carmen.

Le tableau de Tizoc Ambriz était caché derrière une espèce de petit rideau dans l'attente d'être dévoilé à l'apogée de la soirée, quand Carmen, et elle seule, déciderait que le point culminant était atteint, juste avant l'ébullition, lorsque toute la « faune » serait réunie. Carmen dressait des listes dans sa tête, qui est là, qui manque ?

— Tu es une statisticienne de la high life, lui glissa Orlando à l'oreille, mais d'une voix forte.

— Aïe ! Je ne suis pas sourde, gémit Carmen.

— Tu es plutôt pas mal. — Orlando lui pinça les fesses.

— Goujat ! C'est quoi « statisticienne » ?

— Une science nouvelle mais mineure. Une nouvelle façon de raconter des mensonges.

— C'est quoi, c'est quoi ? Je meurs de curiosité.

— Demande à Vargas.

— Pedro Vargas ? Il fait un malheur à la radio. Tu l'as entendu ? Il chante sur « W ».

— Ma chère Carmen, on vient d'inaugurer le Palais des beaux-arts. Ne me parle pas de « W ».

— Quoi ? Cette espèce de mausolée que don Porfirio a laissé inachevé ?

— Nous avons un orchestre symphonique. Il est dirigé par Carlos Chávez.

— D'où il sort ce Chávez ?

— Vous ne chavez pas ?

— Va au diable ! Tu es impossible.

— Je te connais, tu es en train de dresser des listes dans ta petite tête.

— I'm the hostess. It's my duty.

— Je parie que je lis tes pensées.

— Orlando, tu n'as qu'à regarder.

— Que vois-tu, divine bigleuse ?

— The mixture, darling, the mixture. Finies les classes sociales, ce n'est pas rien quand même, non ? Dis-moi si, il y a vingt ans, quand j'étais petite...

— Carmen, je t'ai vue faire la coquette — sans succès — au Bal du Centenaire en 1910...

— C'était ma tante. Anyway, jette un coup d'œil autour de toi. Qu'est-ce que tu vois ?

— Je vois un saule. Je vois une nymphe. Je vois une auréole. Je vois la mélancolie. Je vois la maladie.

Je vois l'égoïsme. Je vois la vanité. Je vois la désorganisation personnelle et collective. Je vois de belles poses. Je vois des choses laides.

— Morveux. Tu es un poète frustré. Donne-moi des noms. Names, names, names.

— What's in a name ?

— Quoi, quoi ?

— Roméo et Juliette, des trucs comme ça.

— Comment ? Qui les a invités ?

Laura avait résisté aux sollicitations de son amie Elizabeth, tu te comportes comme une veuve sans l'être, Laura, tu t'es fort heureusement débarrassée de López Greene comme moi de Caraza, lui disait-elle tandis qu'elles marchaient dans l'Avenida Madero en quête de bonnes affaires, expéditions organisées par Elizabeth, à l'affût de vêtements et d'accessoires en promotion, marchandises qui, après la Révolution, commençaient à refaire leur apparition à Mexico dans les magasins des rues Gante, Bolívar et 16 de Septiembre, des journées qui commençaient par un petit déjeuner chez Sanborn's, continuaient par un déjeuner chez Prendes et se terminaient par un film au cinéma Iris de la rue Donceles — où Laura préférait aller parce qu'on y donnait des films américains de la Metro avec les meilleurs acteurs, Clark Gable, Greta Garbo, William Powell —, alors qu'Elizabeth avait une préférence pour le cinéma Palacio de l'Avenida del Cinco de Mayo, où l'on ne passait que des films mexicains pur jus, et elle adorait rire avec Chato Ortín, pleurer avec Sara García ou admirer le cabotinage de Fernando Soler.

— Tu te souviens quand nous sommes allées au *Follies* voir le gros Soto ? C'est là que ta vie a changé.

— La fin d'un couple, c'est la fin de tout, Elizabeth.

— Tu sais ce qui t'est arrivé ? Tu étais plus intelligente que ton mari. Comme moi.

— Non, je pense qu'il m'aimait.

— Mais il ne te comprenait pas. Tu l'as quitté le jour où tu as compris que tu étais plus intelligente que lui. Ne me dis pas le contraire.

— Non, je me suis simplement rendu compte que Juan Francisco n'était pas à la hauteur de ses idéaux. J'avais peut-être plus de sens moral que lui ; mais cette idée m'embête maintenant.

— Tu te souviens de la farce de Soto ? Au Mexique, pour qu'on te considère comme quelqu'un d'intelligent il faut que tu sois un coquin. Ma chérie, je te conseille de devenir une femme libérée, sensuelle, une « coquine » si tu veux. Allez, termine ton ice-cream soda, racle tout, après nous irons faire des courses et puis au cinéma.

Laura trouvait affligeant qu'Elizabeth la « bombarde » de tant de choses, comme on commençait à dire dans un jargon propre à la capitale où proliféraient les néologismes déguisés en archaïsmes et les archaïsmes déguisés en néologismes. Quoi qu'il en soit, il régnait une sorte de sublimation linguistique de la récente lutte armée dans laquelle « bombarder » signifiait offrir, « faire le Carranza » voulait dire escroquer, « assiéger » c'était faire la cour, tout effort était « livrer bataille », « je m'en tape comme de Wilson » signifiait afficher son mépris envers le président américain qui avait ordonné le débarquement des marines à Veracruz et l'expédition punitive du général Pershing contre Pancho Villa. La fatalité était celle de *La Valentina :* si je dois mourir demain, autant mourir tout de suite ; la détermination amoureuse était celle de *La Adelita :* si elle me quittait pour un autre je la poursuivrais sur terre et sur mer. Le contraste entre la campagne et la ville c'était comme dans la chanson, quatre champs de maïs, c'est tout ce qui me reste, ou celle qui disait, finies les garçonnes, finies les prétentions, ou encore comparer à Beristáin l'abominable scélérat qui se prétendait général sans avoir livré d'autre bataille que contre sa belle-mère, avec la nostalgie d'un raffinement et d'un charme à jamais disparus, ceux de María Conesa, la Petite Chatte Blanche, dont on disait néanmoins qu'en chantant, Aïe, aïe, aïe, aïe, mon cher Capitaine, elle pensait à un redoutable militaire, son amant, qui dirigeait la bande de voleurs connue sous le nom de « gang à la voiture grise ». « Fusiller » signifiait copier. Quant à « madérer », c'était ce qu'elles étaient en train de faire, c'est-à-dire se promener au long de l'avenue Madero, la principale artère commerciale du centre ville, l'ancienne rue Plateros, ainsi rebaptisée pour rendre hommage à l'Apôtre de la Révolution et de la Démocratie.

— J'ai lu un livre très drôle de Julio Torri. Il s'intitule *Des exécutions,* dans lequel il est dit que le principal inconvénient quand on doit être fusillé, c'est qu'il faut se lever à l'aube.

— Tu parles. Mon mari, le pauvre Caraza, disait que la Révolution avait fait un million de morts, mais pas sur les champs de bataille, dans des bagarres de bistrot. Laura — Elizabeth s'arrêta devant la Chambre des députés dans la rue Donceles —, tu aimes bien venir au cinéma Iris parce que ton mari est député, n'est-ce pas ?

Elles achetèrent des billets pour voir *A Free Soul,* avec Clark Gable et Norma Shearer, et Elizabeth dit qu'elle adorait l'odeur de tortillas au sirop et de jus de pomme qu'on vendait à l'entrée des cinémas.

— Pomme fraîche et miel onctueux, soupira la jeune femme de plus en plus blonde et rondelette, en sortant de la séance. Tu vois, Norma Shearer laisse tout tomber, position sociale, fiancé aristocratique

— qu'il est distingué cet Anglais, Leslie Howard ! — pour un gangster plus sexy que... Clark Gable. Il est divin avec ses grandes oreilles ! Je l'adore !

— Moi, je préfère le blond, Leslie Howard, qui en plus n'est pas anglais mais hongrois.

— Impossible, les Hongrois sont tous des Gitans et portent des anneaux aux oreilles. Où l'as-tu lu ?

— Dans *Photoplay*.

— Tu préfères peut-être le blondinet, qu'il soit anglais ou romanichel, peu importe, mais tu as épousé le très basané Juan Francisco. Moi, tu ne me tromperas pas, ma vieille. Tu aimes bien aller au cinéma Iris parce qu'il se trouve à côté de la Chambre des députés. Avec un peu de chance tu pourrais tomber sur Juan Francisco. Je veux dire tu pourrais le voir. À mon avis, c'est la vraie raison, à mon avis.

Laura nia d'un mouvement de tête pas trop assuré, mais elle ne donna aucune explication à Elizabeth. Elle avait parfois l'impression que sa vie ressemblait aux solstices, sauf que son mariage était passé du printemps à l'hiver, sans les saisons intermédiaires de la floraison et de la récolte. Elle avait aimé Juan Francisco, mais un homme ne peut être admiré que s'il admire la femme qui l'aime. C'est cela, finalement, qui avait fait défaut à Laura. Elizabeth avait peut-être raison : il lui fallait essayer d'autres eaux, se baigner dans d'autres fleuves. Même si elle ne trouvait pas l'amour parfait, elle pourrait au moins se forger une passion romantique, fût-elle « platonique », un mot qu'Elizabeth ne comprenait pas mais qu'elle mettait en pratique dans toutes les fêtes auxquelles elle participait :

— Regarde sans toucher. Si tu touches, tu es contaminé.

Elle ne se donnait à personne : son amie Laura

croyait qu'une passion pouvait se susciter volontairement. C'était la raison pour laquelle elles vivaient ensemble, sans hommes et sans problèmes, écartant les nombreux don Juan libérés de leur ménage par le grand chambardement de la Révolution, en quête de maîtresses, alors que c'était plutôt des mères qu'ils cherchaient.

Le vernissage du portrait d'Andrea Negrete par Tizoc Ambriz fut finalement l'occasion pour Laura de sortir de son veuvage sans cadavre, comme disait Elizabeth avec quelque ironie macabre, et d'assister à une activité « artistique » ; cela suffisait de ressasser le passé, d'imaginer des amours impossibles, de raconter des histoires de Veracruz, de se languir de ses enfants, d'avoir honte d'aller à Xalapa parce qu'elle se sentait coupable, parce que c'était elle qui avait déserté le foyer, comme elle avait abandonné ses enfants sans savoir comment justifier ses abandons, elle ne voulait pas ternir l'image de Juan Francisco auprès de ses enfants, elle ne voulait pas reconnaître devant la Mutti et ses tantes qu'elle s'était trompée, qu'elle aurait mieux fait de se chercher un garçon de son milieu dans les bals de San Cayetano et du Casino de Xalapa, mais surtout elle ne voulait pas dire du mal de Juan Francisco, elle voulait que tout le monde continue à croire qu'elle avait placé sa confiance dans un homme courageux et combatif, un leader qui incarnait tout ce qui était arrivé au Mexique au cours du siècle, elle ne voulait pas avouer à sa famille je me suis trompée, mon mari est un corrompu et un médiocre, mon mari est un ambitieux indigne de son ambition, ton père, Santiago, ne peut pas vivre sans qu'on lui reconnaisse ses mérites, ton père, Dantón, est malheureux parce qu'il est convaincu que les autres ne l'estiment pas à sa juste valeur — Elizabeth, mon mari est incapable de reconnaître qu'il a perdu tous ses mérites. Ses médailles sont usées jusqu'à la corde.

— Ton père n'a rien fait d'autre que dénoncer une femme persécutée.

Comment dire cela à Santiago et à Dantón, qui allaient l'un sur ses dix ans, l'autre sur ses neuf ans ? Comment s'expliquer devant la Mutti et les tantes ? Comment expliquer que le prestige acquis après des années de lutte pouvait s'évaporer en un instant, à cause d'une seule mauvaise action ? Il valait mieux, se disait Laura dans sa solitude volontaire, que Juan Francisco pense qu'elle seule le jugeait et le condamnait. Cela lui était égal qu'il croie qu'elle était la seule à le blâmer, que personne d'autre, ni le monde, ni ses enfants, ni quatre pauvres vieilles réfugiées dans une pension de famille à Xalapa, n'était au courant. La fierté du mari resterait intacte. Le chagrin de la femme ne serait que le sien.

Elle ne voyait pas comment dire tout cela à l'insistante Elizabeth, de même qu'elle ne se voyait pas l'exposer à la famille de Veracruz avec laquelle elle correspondait comme si de rien n'était : les lettres arrivaient Avenida Sonora. La nouvelle domestique de Juan Francisco les remettait à Laura chaque semaine. Laura passait à son ancien domicile conjugal vers midi, quand Juan Francisco n'était pas là. Laura avait confiance : si María de la O soupçonnait quelque chose, elle se tairait. Sa tante était la discrétion même.

L'invitation à la présentation du portrait d'Andrea Negrete se révéla irrésistible parce que, la veille, Elizabeth avait parlé de dépenses avec son invitée.

— Ne t'en fais pas, Laura. Tu me rembourseras le chapeau et les robes quand tu pourras.

— La mensualité de Juan Francisco a pris du retard.

— Elle ne suffirait pas de toute façon ! se moqua gentiment la blonde au teint rose. Tu as une garde-robe digne de Marlene Dietrich.

— J'aime bien les belles choses. Peut-être aussi parce que, pour l'instant, je n'ai rien d'autre pour compenser toute cette... absence, je dirai.

— Ne t'en fais pas, ça viendra.

À vrai dire, elle ne dépensait pas beaucoup. Elle lisait. Elle allait au concert et au musée toute seule, au cinéma et au restaurant avec Elizabeth. Les circonstances qui l'avaient poussée à se séparer de son mari étaient pour elle comme un deuil. Il y avait eu délation, mort d'homme — d'une femme, en l'occurrence. Mais le parfum Chanel, le chapeau Schiaparelli, le tailleur Balenciaga... La mode avait tellement changé en si peu de temps. Comment pouvait-elle se montrer en public avec une jupe courte genre danseuse de charleston et coiffée à la Clara Bow, alors qu'il fallait s'habiller comme les nouvelles stars d'Hollywood. On avait allongé les jupes, ondulé les cheveux, orné les bustes de grands revers en piqué ; les plus osées portaient des robes du soir en soie qui leur moulaient le corps, comme Jean Harlow, la blonde platinée, et un chapeau à la mode était indispensable. Une femme n'enlevait son chapeau que pour dormir ou jouer au tennis. Même à la piscine le bonnet en caoutchouc s'imposait, car il fallait protéger la coiffure de chez Marcel.

— Allez ! Secoue-toi un peu !

Avant qu'elle n'ait eu le temps de saluer Carmen Cortina, l'hôtesse des lieux, avant d'avoir pu apprécier le penthouse aux lignes sévères, dans le style Bauhaus, décoré par Pani, avant d'avoir pu admirer Andrea Negrete, l'invitée d'honneur, deux mains couvrirent les yeux de Laura Díaz, accompagnées d'un coquet guess who ? à l'oreille et, par son œil entrouvert, Laura aperçut la bague en or massif frappée des initiales OX.

Tout d'abord, elle ne voulut pas le voir. Derrière les mains d'Orlando Ximénez, il y avait ce jeune homme qu'elle n'avait pas voulu regarder non plus le soir où ils s'étaient rencontrés, dans la salle à manger de l'hacienda de San Cayetano. Elle reconnut le parfum de lavande anglaise, la voix de baryton volontairement flûtée, à la manière, paraît-il, des Anglais, elle revit la lumière tamisée du balcon tropical, elle devina le profil bien découpé, le nez droit, la chevelure aux boucles blondes...

Elle ouvrit les yeux et reconnut la lèvre supérieure légèrement en retrait par rapport à la lèvre inférieure et la mâchoire proéminente, un peu comme celle des Habsbourg. Cependant, il n'y avait plus de boucles, mais une calvitie tenace, un visage mûr, et cette peau indubitablement de nuance jaune, comme celle des dockers chinois sur les quais de Veracruz.

Orlando perçut l'étonnement triste dans le regard de Laura et il dit :

— Orlando Ximénez. Tu ne me connais pas mais, moi, je te connais. Santiago parlait de toi avec beaucoup d'affection. Je crois que tu étais... comment avais-je dit ?

— Sa vierge préférée.

— Tu ne l'es plus ?

— Deux enfants.

— Un mari ?

— Il n'existe plus.

— Il est mort ?

— Comme s'il l'était.

— Et toi et moi toujours vivants. Ouf. Bizarres, les choses, tu vois.

Orlando promena un regard circulaire comme s'il

cherchait de nouveau le balcon de San Cayetano, un coin où ils pourraient être seuls, bavarder tous les deux. La marée aigre-douce de l'occasion perdue envahit la poitrine de Laura. Mais Carmen Cortina ne tolérait dans ses fêtes ni intimités frivoles ni apartés impudiques ; comme si elle avait pressenti qu'une situation particulière — et donc excluante — était en train de s'établir, elle rompit l'instant privilégié des deux convives, leur présenta Untel et Untel : Fessier du Rosier, un vieil aristocrate portant monocle et dont la plaisanterie consistait à ôter son verre — regardez, messieurs et mesdames — pour l'avaler telle une hostie, c'était pour rire, elle était en gélatine, suivi d'Onomastique Galant, un gros Espagnol aux joues rouges qui avait pour habitude de se rendre aux fêtes en chemise de nuit, bonnet de nuit rayé à pompon rouge, et une bougie à la main, pour le cas où il y aurait une coupure de courant dans ce pays révolutionnaire et chaotique, qui avait tant besoin d'une bonne « dictadouce » comme celle de Primo de Rivera en Espagne, suivi d'un couple, lui déguisé en marin, culotte courte et bonnet bleu sur lequel était inscrit EMBRASSE-MOI, elle en Mary Pickford, avec une perruque aux abondantes boucles blondes, guêtres blanches, souliers vernis, culotte à volants et jupe rose bouffante, en plus du sacro-saint gigantesque nœud de ruban sur le sommet de la tête, suivis d'un critique d'art en costume blanc impeccable, un leitmotiv méprisant à la bouche qu'il répétait sans cesse :

— Ce sont tous des po-li-chi-nelles !

Il tenait par la main sa sœur, une belle et haute statue en sucre qui répétait en écho fraternel, des polichinelles, nous sommes tous des polichinelles, tandis qu'un vieux peintre à l'haleine fétide, invisible, piquante et omnivore, déclarait être le maître du nouveau peintre Tizoc, titre qui lui était disputé par un autre peintre à l'allure mélancolique et désenchantée, célèbre par ses tableaux funéraires en noir et blanc et par son amant et disciple entièrement noir, surnommé, par le peintre, la ville et la terre entière, « Xangó », bien que, pour mieux tromper son monde — c'est une façon de parler, disait Carmen Cortina —, le robuste Noir eût une épouse italienne qu'il présentait comme le modèle de la Joconde.

Tout ce cirque était contemplé de loin et avec une sorte de froideur clinique par un couple d'Anglais que Carmen présenta comme étant Felicity Smith, une femme d'une taille exceptionnelle qui, ne pouvant regarder quiconque sans avoir à baisser les yeux d'un air qui pouvait être pris pour du mépris, préférait — par pure courtoisie — fixer son regard au loin, d'autant que son compagnon était petit, barbu et élégant, lequel fut présenté par Carmen sous le nom de James Saxon et, à voix basse, comme étant le fils illégitime de George V d'Angleterre, réfugié dans une hacienda tropicale de l'État de San Luis Potosí que ledit *bâtard* avait transformée en *folie* digne de William Beckford, roi des excentriques littéraires, selon les dires de sa compagne Felicity.

— Habiter chez James revient à se frayer perpétuellement un passage à travers les orchidées, les cacatoès et les rideaux de bambou.

Le problème — chuchota Carmen à Orlando et Laura —, c'est que tous ces gens sont amoureux les uns des autres, Felicity est amoureuse de James, qui est homosexuel et guigne du côté du critique qui traite tout le monde de « polichinelle », lequel est fou du Noir Xangó qui est un faux pédé qui couche avec le peintre mélancolique pour des raisons d'État, mais qui en réalité prend son pied avec sa Napolitaine, ce qui n'a pas empêché celle-ci — la soi-disant Mona Lisa — de se proposer de convertir le peintre mélancolique à l'hétérosexualité pour former un *ménage à trois** non seulement agréable, mais économiquement avantageux en temps de crise, mon cher, alors que personne, mais vraiment personne, n'achète de tableau de chevalet et que l'État ne passe commande qu'aux barbouilleurs, *quelle horreur*!*, seulement, Mary Pickford est amoureuse de l'Italienne et celle-ci couche en cachette avec le marin qui est aussi de l'autre bord, mais l'Italienne veut lui prouver qu'il est en réalité très macho, ce qui est indubitable, sauf que notre Popeye sait que, en se faisant passer pour un prostitué, il attire l'instinct maternel des dames qui ont envie de le protéger, ce qui lui permet de profiter d'elles par surprise, mais la Joconde, sachant que son mari est en réalité Lotario et non pas le Magicien Merveilleux, voudrait jouer le rôle de Narda — vous me suivez, mes chéris ? Vous ne lisez pas les bandes dessinées du dimanche dans *El Universal* ? — et tenter de convertir, avec l'aide de Xangó, le peintre mélancolique à la normalité pour que, comme je viens de le dire, il intègre le trio qui, vu la tournure que prennent les choses, risque de devenir un quatuor et même un quintette si nous incluons Mary Pickford, quelle pagaille et quel problème pour une hostess après tout issue d'une famille aussi convenable que la mienne !

— Carmen, déclara Orlando d'un ton résigné. Laisse les gens tranquilles. Dis-toi que si Dostoïevski s'était fait psychanalyser, il n'aurait peut-être jamais écrit *L'Idiot*.

— Monsieur Orlando, ronchonna dignement Carmen, je n'invite que des gens au Q.I. élevé, jamais d'idiots. Non mais alors !

Sa tirade laissa Carmen Cortina hors d'haleine, mais elle eut encore le temps de présenter Pimpinela de Ovando, une aristocrate déchue, et Gloria Iturbe, soupçonnée d'être une espionne au service du chancelier allemand Franz von Papen, c'était incroyable ce qu'on pouvait raconter ! mais tout était devenu si international, les gars, que plus personne ne se souvenait des fautes de la Malinche !

Les cascades verbales de Carmen Cortina se multipliaient pour devenir des cataractes dans la bouche de tous ses invités, à l'exception du peintre cadavérique adepte du noir et blanc (« j'ai supprimé de mes tableaux tout élément superflu »), qui avait inspiré la célèbre phrase d'Orlando, « certains Mexicains ne se trouvent bien qu'à l'intérieur de leur cercueil », paroles prononcées une seconde avant l'arrivée du secrétaire d'État à l'Éducation publique du gouvernement en exercice, ce qui donna l'occasion à l'amphitryonne et au peintre de Guadalajara de dévoiler le tableau d'un geste coordonné, marquant ainsi le point culminant de la soirée et le comble du scandale, lorsqu'on vit apparaître la figure de l'actrice d'*Amapola, ne reste pas aussi seule,* dans toute sa superbe nudité, allongée sur un canapé bleu qui rehaussait la blancheur de ses chairs et l'absence de pilosités, ces dernières dissimulées, les premières glorifiées, les unes et les autres unies par le peintre dans une sublime expression de totalité spirituelle, comme si la nudité était l'habit de cette nonne disposée à la flagellation comme forme supérieure de la fornication, prête au sacrifice du plaisir sur l'autel de ce qui serait au-delà de la pudeur, ou, comme Orlando l'exprima, regarde, Laura, on dirait le titre d'un roman du siècle dernier, *Nonne, mariée, vierge et martyre*.

— C'est le portrait de mon âme, déclara Andrea Negrete au ministre de l'Éducation.

— Votre âme a donc quand même quelques poils —, rétorqua celui-ci, dont l'œil perspicace avait remarqué que le peintre n'avait pas épilé le pubis d'Andrea, mais qu'il avait peint la toison en blanc, grisonnante comme les tempes de la star.

Sur quoi la fête, ayant culminé sur la crête de la vague, comme on dit, les eaux rentrèrent dans leur lit. Les voix baissèrent jusqu'au chuchotement étonné, médisant ou admiratif, de sorte qu'on ne pouvait savoir ce qu'on pensait de l'art de Tizoc ou de l'audace d'Andrea ; le ministre prit congé, le visage impassible, non sans avoir ajouté à voix basse à l'intention de Carmen :

— Vous m'aviez dit que ce serait un événement culturel.

— Comme la Maja de Goya, monsieur le ministre. Un jour je vous la présenterai, il s'agit de la duchesse d'Albe, une très bonne amie à moi...

— Une pétasse, votre princesse, énonça sèchement le membre du cabinet d'Ortiz Rubio.

— Ah ! Quelle envie de voir les membres de tous les membres de tous les cabinets, dit le marin au béret portant l'inscription EMBRASSE-MOI.

— Au revoir —, dit le ministre en baissant la tête quand le marin aux culottes courtes gonfla un ballon sur lequel était marqué BLOW JOB et le lança vers le plafond.

— C'est fini ? demanda joyeusement le petit Popeye. Où va-t-on maintenant ?

— Au Leda, s'écria Mary Pickford.

— Au Las Veladoras, suggéra le peintre à l'haleine fétide.

— Au Los Agachados, soupira le critique habillé en blanc.

— Quel polichinelle, entonna sa sœur.

— Au Río Rosa, souffla l'Italienne.

— Au Salón México, décréta l'Anglais *de la main gauche**.

— Joli Mexique bien-aimé, bâilla la géante anglaise.

— À l'Afriquita, grogna un chroniqueur mondain.

— Je vais me chercher un high-ball, dit Orlando à Laura.

— Nous avons le même prénom —, dit en souriant à Laura une très belle femme assise sur un canapé qui tentait de régler la lumière d'une lampe placée sur un guéridon à côté d'elle. Elle rit : — Après un certain âge, une femme dépend de la lumière.

— Vous êtes très jeune, dit Laura avec une courtoisie toute provinciale.

— Nous devons avoir à peu près le même âge, la trentaine passée, non ?

Laura Díaz acquiesça et accepta l'invitation muette de la femme aux cheveux blond cendré, qui arrangea un coussin sur le canapé et reprit son verre de whisky.

— Laura Rivière.

— Laura Díaz.

— Oui, Orlando me l'a dit.

— Vous vous connaissez ?

— C'est un homme intéressant. Mais il a perdu ses cheveux. Je lui conseille de se raser la tête complètement. Il serait alors non seulement intéressant, mais dangereux.

— Puis-je vous avouer quelque chose ? Il m'a toujours fait peur.

— Tutoie-moi, je t'en prie. À moi aussi. Tu sais pourquoi ? Je vais te le dire. Il n'y a jamais eu de première fois.

— Non.

— Ce n'était pas une question, ma chérie. C'était une affirmation. Je n'ai jamais osé avec lui.

— Moi non plus.

— Tu devrais. Je ne l'ai jamais vu regarder quelqu'un comme il te regarde. Et puis, je t'assure qu'il est plus dangereux de fermer les portes que de les ouvrir. — Laura Rivière caressa son cou orné de pierres précieuses. — Tu sais, depuis que je me suis séparée de mon mari je tiens un magasin d'antiquités. Passe me voir un de ces jours.

— Je vis avec Elizabeth.

— Pas pour toujours, j'espère ?

— Non.

— Qu'est-ce que tu comptes faire ?

— Je ne sais pas. C'est mon problème.

— Je te conseille de ne pas laisser durer l'impossible, ma petite homonyme. Essaie plutôt de transformer les choses dans le sens qui te convient, et pas trop tard. Tiens, voilà ton amie Elizabeth.

Laura regarda autour d'elle, il ne restait plus personne, même Carmen Cortina s'était envolée avec toute sa cour, où ? écouter des mariachis au Tenampa ? engager un show de putes à La Bandida ? boire du rhum aux chandelles sous le plafond bas de Las Veladoras ? danser avec l'orchestre de Luis Arcaraz au nouvel hôtel Reforma ? écouter Juan Arvizu, le ténor à la Voix de Soie, au vieil hôtel Regis ?

Laura Rivière arrangea ses cheveux de façon à ce qu'ils lui cachent la moitié de la figure et Elizabeth García-Dupont ex-épouse Caraza dit à Laura Díaz ex-épouse López Greene, je suis désolée, ma belle, mais j'ai des projets à la maison cette nuit, tu sais de quoi je parle, chaque pied finit par trouver sa chaussure, ha, ha, ha ! mais j'ai pensé à toi et je t'ai réservé une chambre à l'hôtel Regis, tiens, voilà la clé, vas-y tranquillement et appelle-moi demain...

Elle ne fut pas surprise de trouver Orlando Ximénez, nu, avec une serviette de toilette autour des reins, lorsqu'elle ouvrit la porte de sa chambre d'hôtel. Elle fut surprise de découvrir immédiatement qu'un autre pouvait lui plaire, non pas tant qu'elle puisse plaire à un autre, cela elle pouvait le supposer, son miroir ne se bornait pas à lui renvoyer une image, il la prolongeait d'une ombre de beauté, un spectre parlant qui la poussait — comme en cet instant — à aller au-delà d'elle-même, à pénétrer dans le miroir comme Alice, pour découvrir que chaque miroir cache un autre miroir et chaque reflet de Laura Díaz une autre image qui attend patiemment qu'elle tende la main, la touche et la sente fuir vers le prochain destin...

Elle regarda Orlando nu sur le lit, et elle aurait voulu lui demander, de combien de destins disposons-nous ?

Il l'attendait et elle imagina une variété d'hommes infinie, à l'instar de celle que les hommes imaginent chez les femmes, mais que celles-ci ne peuvent exprimer publiquement, seulement dans l'intimité la plus secrète : il n'y a pas qu'un seul homme qui m'attire, je suis attirée par d'autres, parce que je suis femme, ce qui ne fait pas de moi une putain.

Elle commença par enlever ses bagues, elle voulait arriver les mains libres, agiles, avides, au corps d'Orlando qui tentait de déchiffrer Laura de loin, le poing fermé, la défiant de sa bague en or aux initiales OX, oui, lui reprochant toutes ces années perdues pour l'amour, le rendez-vous ajourné, mais cette fois-ci oui, maintenant oui, et elle, de son côté, lui signifiait également oui en ôtant ses bagues, surtout l'anneau du mariage avec Juan Francisco et le diamant hérité de la grand-mère Cósima Kelsen qui avait perdu ses doigts à cause du coup de machette amoureux du Beau de Papantla, Laura qui laissait tomber ses bagues sur le tapis en allant vers le lit d'Orlando tel le Petit Chaperon rouge perdu dans la forêt sème des miettes de pain que les oiseaux, tous des oiseaux de proie, tous de superbes prédateurs, dévoreront une à une, effaçant les traces, signifiant à l'enfant perdue : « Il n'y a pas de retour possible, tu es dans la gueule du loup. »

IX

Train Interocéanique : 1932

Laura se trouvait dans le même train que celui qui l'avait amenée, jeune mariée, de Xalapa à Mexico, mais cette fois, elle voyageait en sens inverse. De jour et non plus de nuit. Et elle était seule. Sa dernière compagnie avant d'arriver à la gare Colonia avait été, courant devant et derrière elle, une meute de chiens, menaçante surtout parce que inattendue. Elle ne s'était pas aperçue de deux choses. La ville s'était asséchée. Les uns après les autres, les lacs et les canaux — Texcoco, La Viga, La Verónica, témoins moribonds de la lagune aztèque — s'étaient d'abord remplis d'ordures, puis de terre, puis on les avait finalement recouverts d'asphalte ; la ville lacustre était définitivement morte, inexplicablement aux yeux de Laura, qui rêvait parfois d'une pyramide entourée d'eau.

En revanche, elle avait été envahie par les chiens, chiens croisés sans croisade, perdus, désorientés, objet à la fois de peur et de compassion, parfois de fins colleys, des danois galopants ou des bergers allemands dégénérés, tous en fin de compte confondus en une vaste meute sans collier, sans but, sans maître, sans race. Avec la Révolution, toutes les familles qui avaient des chiens de race quittèrent Mexico en abandonnant leurs animaux, voués à l'errance ou à mourir de faim, par fidélité. Dans plusieurs maisons de la Colonia Roma et du Paseo de la Reforma, on retrouva des cadavres de chiens attachés à leur poteau, enfermés dans leur chenil, sans nourriture ni possibilité de s'enfuir. Les chiens comme leurs maîtres avaient parié sur la déloyauté pour survivre.

« Ils ont grandi entre eux, sans aucun dressage, car aucun chien ne sait qu'il a un pedigree, Laura, et si leurs maîtres reviennent — et ils commencent à rentrer, presque tous de Paris, quelques-uns de New York, un grand nombre de La Havane — ils ne pourront plus les récupérer... »

C'est ce que lui avait dit Orlando. Dans le train, elle essaya d'oublier l'image des chiens errants, mais c'était une vision qui se superposait à toutes les autres de sa vie avec Orlando pendant les derniers dix-huit mois, depuis qu'ils avaient fait l'amour pour la première fois à l'hôtel Regis, lieu qu'ils ne quittèrent plus ; Orlando payait la chambre et le service, et ils se lancèrent ensemble dans la vie sociale qu'Orlando appelait « observation pour mon roman » ; mais Laura se demandait parfois si son amant s'amusait réellement dans cette atmosphère de frivolité facile qui s'était emparée d'une ville revenue à la paix après vingt ans de convulsions révolutionnaires, ou si l'évolution d'Orlando au milieu de toutes les couches de la société urbaine ne faisait pas partie d'un plan secret, comme son rôle d'intermédiaire auprès de l'anarchiste catalane Armonía Aznar.

Elle ne lui posa jamais la question. Elle n'osait pas. C'était là la différence avec Juan Francisco, qui racontait tout ce qui lui arrivait jusqu'à en faire une rhétorique, alors qu'Orlando ne parlait jamais de ce qu'il faisait. Laura ne prenait connaissance que de ce qui venait au fur et à mesure, jamais de ce qui appartenait au passé. Ni la relation avec la vieille anarchiste de la soupente à Xalapa, ni celle avec son frère fusillé à Veracruz. Il aurait pourtant été facile pour Orlando de se vanter de la première et de profiter de la seconde. Une sorte d'auréole d'héroïsme couronnait tous ceux qui avaient touché tant Armonía Aznar que Santiago Díaz. Pourquoi Orlando ne tirait-il pas profit de cette aura ?

En le regardant dormir, exténué, sans défense sous les yeux de la femme éveillée, Laura imaginait beaucoup de choses. La pudeur, tout d'abord, en public : Orlando appellerait cela réserve, distinction, ce qui ne l'empêchait pas de l'émailler de nombreuses pointes satiriques dirigées contre lui-même et d'épigrammes venimeuses adressées à la société. Laura n'hésitait pas à qualifier de pudeur le sentiment de cet homme extrêmement impudique sur le plan sexuel ; peut-être s'agissait-il du secret nécessaire à son engagement pour une cause politique — laquelle ? l'anarchisme ? le syndicalisme ? la nonréélection ? la révolution ou plutôt la Révolution, avec « R » majuscule ? et le fait que celle-ci avait mis le Mexique sens dessus dessous, cette immense fresque dans laquelle ils avaient tous vécu, une peinture comme celles que Diego Rivera était en train de faire : chevauchées et assassinats, bagarres et batailles, héroïsme infini et turpitudes tout aussi infinies, haines et rapprochements, embrassades et coups de poignard...

— Il m'a virée du site, tu sais, Orlando, parce que j'étais habillée en noir à cause de la mort de mon père.

— Tu n'as pas la nostalgie de Xalapa ?

— Je suis avec toi, de quoi aurais-je la nostalgie ?
— De tes fils. De ta mère.
— Et des vieilles tantes. — Laura sourit parce qu'Orlando s'exprimait avec une solennité inhabituelle. — Dire que Diego Rivera est superstitieux...
— Oui, les vieilles tantes, Laura...

Était-il un héros mystérieux ? Un ami discret ? Serait-il en plus un enfant sentimental ? Tout ce que Laura pouvait imaginer chaque matin sur le « vrai » Orlando était détruit chaque soir par le « vrai » Orlando. Tel un vampire, l'ange de l'aube, candide et aimant, se transformait, dès le coucher du soleil, en un diable offensif, à la langue venimeuse et au regard cynique. Il est vrai que, elle, il ne l'avait jamais maltraitée, alors que Laura sentait encore sur son visage la gifle que lui avait donnée son mari Juan Francisco quand il avait voulu la tirer hors du taxi ce fameux soir. Jamais elle n'oublierait ce geste. Jamais elle ne le pardonnerait. Un homme ne sait pas ce que signifie une gifle pour une femme, l'offense sans risque, l'insulte du plus fort, la lâcheté, l'injure à la beauté que toute femme, sans exception, porte et expose sur son visage... Orlando ne la prenait jamais comme cible de son ironie ou de ses plaisanteries cruelles ; même s'il l'obligeait le soir à assister à la négation de l'Orlando diurne, discret, sentimental, érotique, sobre dans son rapport au corps féminin comme si c'était le sien propre, Orlando qui pouvait en même temps être passionné et respectueux envers le corps féminin uni au sien...

— Prépare-toi, lui dit-il sans la regarder en la prenant par le bras avec la détermination de deux chrétiens qui s'apprêtent à pénétrer dans la fosse aux lions. Brace yourself, my dear. Nous allons au Grand Cirque, mais au lieu du rugissement des lions, écoute le mugissement des vaches, écoute le bêlement des agneaux. Tiens, tends l'oreille et tu percevras le hurlement des loups. Avanti, popolo romano... Voilà notre hôtesse. Regarde-la bien. Regarde. C'est Carmen Cortina. Il suffit de trois mots pour la définir. Elle boit. Elle fume. Elle vieillit.

— Darlings ! Quelle joie de vous revoir... et de vous revoir encore ensemble ! Miracle, miracle...

— Carmen. Arrête de boire. Arrête de fumer. Tu vieillis.

— Orlando ! pouffa la maîtresse de maison. Que ferais-je sans toi ? Tu me dis les mêmes vérités que ma mère, Dieu ait son âme.

Dehors la nuit était à l'orage, dedans à la morosité.

— Tu peux penser ce que tu veux, mais n'attends pas de moi que je dise du bien de mes amis, déclara le peintre sinistre au critique vêtu de blanc, lequel entonna son inévitable « nous sommes tous des polichinelles ».

— Ce n'est pas ce que je veux dire. Le problème c'est que je n'ai que des amis indéfendables. S'ils sont dignes de mon amitié, ils ne peuvent pas l'être en même temps de ma défense. Personne ne mérite autant.

— Que des polichinelles.

— Là n'est pas le problème, intervint un jeune professeur de philosophie doté d'une réputation, justifiée, de séducteur tous azimuts. Le plus important est d'avoir mauvaise réputation. C'est la première vertu publique dans le Mexique d'aujourd'hui. Que tu t'appelles Plutarco Elías Calles ou Andrea Negrete —, ajouta Ambrosio O'Higgins, car tel était le nom du grand blond à la mine chagrine, spécialiste de Husserl dont la phénoménologie personnelle consistait en une grimace permanente de dégoût et deux yeux endormis, mais qui révélaient clairement leur intention.

— Sur ce terrain, tu es imbattable —, lui rétorqua ladite Andrea Negrete ressuscitée après l'échec de son dernier film *La vie est une vallée de larmes*, sous-titré « Mais la femme souffre davantage que l'homme » ; échec à la suite duquel elle s'était enfermée dans un couvent du Durango, sa province natale, dirigé par une de ses grand-tantes et dont la communauté se résumait à douze de ses cousines.

— Ni ma tante l'abbesse ni mes cousines les nonnes ne se sont rendu compte que, avec moi, elles étaient treize à table dans le réfectoire. Ce sont des saintes sans un soupçon de mauvaise pensée. C'était moi qui étais morte de peur. Je craignais de m'étouffer avec le *mole*. Parce qu'il y a au moins une chose de sûr, c'est que le couvent de ma tante, sœur María Auxiliadora, est le meilleur restaurant du Mexique, je vous jure...

Elle croisa les doigts et les porta à ses lèvres ; Laura ferma les yeux pour, une fois de plus, imaginer le coup de machette amoureux du Beau de Papantla, les doigts tranchés de la grand-mère Cósima, les ongles dégoulinant de sang sous le chapeau du *chinaco*...

— Pour ça, personne ne t'arrive à la cheville, disait l'actrice au philosophe.

— Si, toi, répliqua le jeune homme au nom irlandais et au sourcil éternellement levé en arc paralytique.

— Alors, voyons si nous pouvons faire la paire, lui dit Andrea avec un sourire.

— Pour ça, il faudrait d'abord que je prenne quelques cheveux blancs. — O'Higgins sortit sa pipe. — Aussi bien en haut qu'en bas. Je parle bien de blanchir, pas de languir.

— Ah, mon petit ! Tu es d'un naturel si généreux que tu n'as pas besoin de morale.

Andrea leur tourna le dos, mais pour se retrouver face au marin en culottes courtes et à la star enfantine aux anglaises. Ils échangèrent des menaces subtiles.

— Un de ces jours, je vais sortir mon petit couteau et je vais te trouer comme une passoire...

— Tu sais quel est ton problème, ma chérie ? Tu n'as qu'un seul cul et tu voudrais chier dans vingt pots de chambre à la fois...

— Tu as vu, Orlando, ce superbe garçon ?

Orlando fut d'accord avec Laura, et tous deux dévisagèrent le jeune homme le plus séduisant de la soirée.

— Tu sais, depuis que nous sommes arrivés il n'a pas cessé de se regarder dans la glace d'un air très concentré.

— Nous nous regardons tous dans la glace, Laura. L'ennui, c'est que parfois on ne s'y voit pas. Regarde Andrea Negrete. Cela fait vingt minutes qu'elle fait la pose toute seule, comme si tout le monde l'admirait alors que personne ne lui prête attention.

— Sauf toi, qui remarques tout. — Laura caressa le menton de son amant.

— Et le beau garçon qui se regarde tout le temps dans la glace sans parler à personne... Andrea — Orlando fit un geste brusque —, mets-toi derrière ce garçon.

— L'Adonis ?

— Tu le connais ?

— Il ne parle à personne. Il ne fait que se contempler dans la glace.

— Mets-toi derrière lui. S'il te plaît !

— Qu'est-ce que tu racontes ?

— Montre-toi. Deviens son image. C'est ce qu'il cherche. Deviens son fantôme. Je parie que ce soir tu couches avec lui.

— Chéri, tu me tentes...

Laura Rivière fit son entrée, accompagnée d'un homme à l'allure hautaine, le teint basané, dans « la force de l'âge », dit Orlando à Laura Díaz, c'est Artemio Cruz, un milliardaire et homme politique très puissant, il est l'amant de Laura, vint cancaner Carmen Cortina, et personne ne comprend pourquoi il ne quitte pas son épouse, une femme de Puebla au parfait mauvais goût, très provinciale — excuse-moi Laurita, tu n'as pas à te sentir visée —, alors qu'il possède, et j'insiste, possède l'une des femmes les plus distinguées de notre société, *c'est fou la vie* * ! parvint à s'exclamer d'un ton exaspéré Carmen l'Aveugle, comme Orlando la surnommait quand l'ennui s'emparait de son humeur maussade.

— Laura, ma chérie. — Elizabeth s'approcha de sa compagne des bals de Xalapa. — Tu as vu qui vient d'arriver ? Tu vois comment ils se parlent à l'oreille ? Qu'est-ce qu'Artemio Cruz aurait envie, mais n'ose pas, dire à Laura Rivière ? Ah, et un conseil pour toi, ma chérie, si tu veux séduire un homme, ne parle pas : respire, contente-toi de respirer, juste un petit halètement, comme ça... Je te le dis parce que des fois je t'entends parler un peu trop fort.

— Mais, Elizabeth, j'ai déjà un homme...

— On ne sait jamais, you never know... Mais je ne suis pas venue pour te donner des cours de respiration ; je voulais simplement te dire que tu pouvais continuer de m'envoyer toutes tes factures, le coiffeur, les vêtements, ne te limite pas, ma belle, Caraza le lippu ne m'a pas laissée dans la misère, dépenser est un plaisir pour moi et je ne veux pas qu'on dise que mon amie Laura Díaz se fait entretenir par Orlando Ximénez...

Laura, l'esquisse d'un sourire amer sur les lèvres, demanda à Elizabeth :

— Pourquoi me dis-tu des choses blessantes ?

— Moi, te dire des choses blessantes ? Mon amie de toujours ? Grands dieux !

Elizabeth tamponna la sueur qui perlait à la jonction de ses vastes seins.

— Bon, disons que tu me mets mal à l'aise.

— Il ne faut pas le prendre comme ça.

— Je t'ai promis de te rembourser. Tu connais ma situation.

— On va attendre la prochaine révolution, ma chérie. Peut-être que celle-là réussira mieux à ton mari. Député du Tabasco ? Allons donc. C'est un État où il n'y a que des bouffeurs de curés et des buveurs de *tepache*, mais pas de messieurs qui paient l'impôt.

Laura tourna le dos à Elizabeth et saisit la main d'Orlando comme prise d'une envie de fuir. Orlando caressa la main de Laura en lui offrant un sourire.

— Tu ne veux pas te retrouver avec le terrible Artemio Cruz dans l'ascenseur ? On dit que c'est un requin, et toi, ma chérie, je suis le seul à avoir le droit de te croquer.

— Regarde comme il est arrogant. Il a laissé Laura en plan.

— Je te dis que c'est un requin. Et les requins sont toujours en mouvement. S'ils s'arrêtent, ils coulent et meurent au fond de la mer.

Les deux Laura allèrent spontanément l'une vers l'autre.

— Les deux Laura ont l'air triste, qu'a donc la tristesse pour avoir un tel air de princesse ? murmura Orlando, puis il s'en fut chercher à boire pour tout le monde.

— Pourquoi supportons-nous la vie mondaine ? demanda tout de go la Laura blonde.

— Par peur, je crois, répondit Laura Díaz.

— Peur de parler, peur de dire la vérité, peur qu'on se moque de nous ? Tu te rends compte ? Pas un seul parmi tous ces gens qui ne soit venu armé de plaisanteries, de bons mots, de *wit*. Ce sont leurs épées pour se défendre dans un tournoi où le prix à gagner est la célébrité, l'argent, le sexe et surtout le fait de se sentir plus malin que son voisin. C'est ce que tu cherches, Laura Díaz ?

Laura nia vigoureusement : non.

— Alors, sauve-toi vite.

— .... ?

— Pour moi il est trop tard. Je suis prisonnière. Mon corps est prisonnier de cette routine. Mais je t'assure que si je pouvais m'échapper de mon propre corps... je le déteste, exhala Laura Rivière avec un gémissement inaudible. Tu sais où tout cela mène ? Tu t'installes dans une morale si grossière que tu finis par te haïr toi-même.

— Regarde. — Orlando arrivait avec trois Manhattan dans le creux de ses deux mains réunies. — La Grande Actrice et le Grand Narcisse ont fait clic. J'avais raison. Les femmes célèbres ont été inventées par des hommes innocents.

— Non, par des hommes méchants qui nous condamnent à la théâtralité, répliqua Laura Rivière.

— Mes chers, les interrompit Carmen Cortina, vous ai-je déjà présenté Chérubine de Lande ?

— Personne ne s'appelle Chérubine de Lande —, déclara Orlando à Carmen, à la cantonade, à la nuit, à la soi-disant demoiselle Chérubine de Lande, accrochée au bras du philosophe galant à qui Orlando lança au passage : — Je comprends pourquoi on t'appelle le Grand Éboueur.

— Pour ce qui est des noms, mon cher mais inculte Orlando, nul n'a mieux dit que Platon : il y a des noms conventionnels, des noms intrinsèques aux choses et des noms qui harmonisent la nature et le besoin, comme par exemple Laura Rivière et Laura Díaz. Bonsoir.

O'Higgins s'inclina devant la compagnie et donna une tape sur les fesses de la conventionnellement, naturellement et harmonieusement nommée Chérubine de Lande : — Let's fuck.

— Je parie qu'en réalité elle s'appelle Petra Pérez —, dit l'aimable hôtesse qui se dépêcha d'aller saluer un étrange couple qui faisait son entrée dans le salon du penthouse donnant sur le Paseo de la Reforma, un monsieur très âgé prêtant le bras à une dame secouée de tremblements.

Les hauts talons de Laura Díaz résonnaient comme des marteaux sur le trottoir de l'avenue. Elle sourit, un bras passé à celui d'Orlando. Ils s'étaient connus, dit-elle, dans une hacienda de Veracruz pour finir dans un penthouse du Paseo de la Reforma, l'une et l'autre obéissant aux mêmes règles et mêmes aspirations : être admis ou rejeté par la société et ses impératrices, doña Genoveva Deschamps à San Cayetano, Carmen Cortina à Mexico.

— On ne pourrait pas en sortir ? Cela fait dix-huit mois que nous nageons là-dedans, mon chéri.

— Pour moi, si je suis avec toi le temps ne compte pas, répondit le déjà plus si jeune et désormais alopécique Orlando Ximénez.

— Pourquoi ne mets-tu jamais de chapeau ? Tu es le seul.

— Pour ça justement, pour être le seul.

Ils marchaient du côté de l'avenue planté d'arbres, dans la nuit froide de décembre. Le sentier de terre battue était destiné aux promeneurs à cheval du petit matin.

— Je ne sais toujours pas grand-chose de toi,

osa dire Laura en serrant encore plus fort la main d'Orlando.

— Je ne te cache rien. Tu n'ignores que ce que tu ne veux pas savoir.

— Orlando, soir après soir, comme tout à l'heure, nous n'entendons que des phrases toutes faites, toutes prêtes, tellement convenues...

— Vas-y, continue. Désespérantes.

— Tu sais, j'ai fini par m'apercevoir que, dans le monde où tu m'as introduite, les gens se moquent du résultat de ce qu'ils entreprennent. Aujourd'hui, la soirée a été intéressante pour moi. Ceux qui tenaient le plus l'un à l'autre étaient Laura Rivière et Artemio Cruz. Et voilà. Il est parti, la soirée s'est mal terminée. C'est la chose la plus importante qui se soit passée.

— Laisse-moi te consoler. Tu as raison. Peu importe comment finissent les choses. Le mieux, c'est quand on ne se rend même pas compte que tout est fini.

— Ah, mon amour ! J'ai l'impression de tomber dans un escalier branlant...

Orlando arrêta un taxi et donna une adresse que Laura ne connaissait pas. Le chauffeur regarda le couple avec étonnement.

— C'est pas une erreur, chef ? Vous êtes sûr ?

En 1932, la ville de Mexico se vidait tôt, les goûters à la maison avaient des horaires ponctuels, ils réunissaient toute la famille et celle-ci était très soudée, comme si la longue guerre civile — vingt ans sans répit — avait habitué les clans à vivre dans la peur, serrés les uns contre les autres, s'attendant au pire, le chômage, l'expropriation, l'exécution, le rapt, le viol, l'épargne volatilisée, le papier-monnaie inutilisable, l'arrogante confusion des factions rebelles. Une société avait disparu. La nouvelle n'avait pas encore de contours clairement définis. Les citadins avaient un pied dans le sillon, un autre dans la cendre, comme l'avait dit Musset de la France post-napoléonienne. Le problème était que le sang en venait parfois à couvrir aussi bien le sillon que la cendre, effaçant les limites entre la terre à jamais stérile et la graine qui, pour donner des fruits, doit d'abord mourir.

Des fêtes comme celles de la célèbre myope Carmen Cortina étaient un ballon d'oxygène pour une élite mondaine qui comptait parmi ses membres autant de Graines que de Cendres, ceux qui avaient survécu à la catastrophe révolutionnaire, ceux qui avaient vécu grâce à elle et ceux qui en étaient morts mais ne s'en étaient pas encore aperçus. Les fêtes de Carmen étaient une exception, une rareté. Les bonnes familles se rendaient visite tôt, se mariaient entre elles encore plus tôt, utilisaient la loupe et la passoire pour filtrer la nouvelle société révolutionnaire... Si un barbare de général du Sonora prenait pour épouse une jolie demoiselle du Sinaloa, les parents et alliés de cette dernière arrivaient de Culiacán pour approuver ou désapprouver la chose. La famille du général Obregón n'avait pas de prétentions sociales et le Manchot de Celaya aurait mieux fait de rester dans sa ferme de Huatabampo à garder les dindes au lieu de s'entêter à se faire réélire jusqu'à ce que mort s'ensuive. La famille Calles, par contre, avait envie d'avoir des relations, de paraître, de présenter ses filles au Country Club de Churubusco, puis de les marier à l'église, ça va de soi ! dans l'intimité quand même. Le cas le plus notable et le plus respecté, cependant, fut celui du général Joaquín Amaro, l'image même du chef révolutionnaire, cavalier hors pair aux airs de centaure, un indigène yaqui portant foulard et boucle d'oreille, la peau d'ébène, de grosses lèvres sensuelles à l'expression de défi, et un regard perdu dans l'origine des tribus, qui épousa une demoiselle de la meilleure société du nord du pays, dont le cadeau de noces consista à obliger le général à apprendre le français et les bonnes manières.

Des garçons fêtards, il ne cessa pas d'y en avoir ; par contre, il n'y avait plus d'argent pour faire ses études à l'étranger, et tout le monde allait à la faculté de Droit de San Ildefonso, à l'École de médecine de Santo Domingo, les plus modestes dans les écoles professionnelles, les plus chichiteux à l'École d'architecture : tout cela se passait dans le vieux centre ville, au milieu des tavernes, des cabarets et des maisons closes. La vie populaire fourmillait, invisible, de jour comme de nuit, et Mexico était encore une ville pleine de gens en sandales et sombrero, bleu de travail et rebozo : c'est ce que mon mari Juan Francisco m'a montré quand il m'a emmenée voir les quartiers populaires pour me convaincre que les problèmes étaient tellement gigantesques qu'il valait mieux que je reste à la maison m'occuper de mes enfants...

— Ton mari ne t'a rien montré —, répliqua Orlando Ximénez avec une férocité peu habituelle chez lui en saisissant Laura Díaz par le poignet et en la faisant descendre au milieu d'un terrain vague construit, tel était le paradoxe, et le choc fut brutal, il y avait des rues, il y avait des maisons, et pourtant il s'agissait d'un désert au milieu de la ville, des ruines de poussière, une pyramide de sable conçue comme une ruine, autour de laquelle se profilaient, invisibles au premier coup d'œil, des silhouettes imprécises, des formes difficiles à nommer, un monde inachevé ; ils marchaient dans la grisaille de ce mystère urbain, Orlando guidant Laura par la main, comme Virgile guidait Béatrice et non Dante ; une autre Laura et non Pétrarque ; l'obligeant à regarder, regarde, tu les vois ? ils sortent de leurs trous, ils émergent des ordures, dis-moi Laura, qu'est-ce que tu peux faire pour cette femme qu'on appelle la Grenouille et qui saute en s'écrasant le tronc contre les cuisses, regarde comme elle est obligée de sauter comme un batracien à la recherche d'ordures comestibles, que peux-tu faire, Laura ? regarde celui-ci, que peux-tu faire pour cet homme qui rampe par terre sans nez ni bras, comme un serpent humain ? Tu peux les voir en ce moment parce qu'il fait nuit, parce qu'ils ne sortent que quand il n'y a plus de lumière, parce qu'ils craignent le soleil, parce que dans la journée ils restent enfermés de peur, pour ne pas être vus, ils sont quoi, Laura ? des nains ? des enfants ? des enfants qui ne grandiront plus ? des enfants morts pétrifiés sur pied, à demi enterrés dans la poussière ? dis-moi Laura, est-ce cela que ton mari t'a montré, ou ne t'a-t-il montré que le côté charmant de la pauvreté, les ouvriers en chemise de flanelle, les putes bien poudrées, les joueurs d'orgue de Barbarie et les serruriers, les vendeuses de *tamales* et les bourreliers ? c'est ça sa classe ouvrière, hein ? tu veux te révolter contre ton mari ? Tu le détestes, il t'a empêchée de faire quelque chose pour les autres, il t'a sous-estimée ? Eh bien, moi, je vais te proposer ce qu'il t'a refusé, je te prends par les épaules, Laura, je t'oblige à ouvrir les yeux et à te demander, qu'est-ce que je peux faire contre tout cela ? pourquoi ne passons-nous pas nos soirées ici, avec la Grenouille et le Serpent, avec les enfants qui ne grandiront pas et qui ont peur de voir le soleil, au lieu de les passer avec Carmen Cortina et Chérubine de Lande, Fessier du Rosier et l'actrice qui peint son pubis en blanc, pourquoi pas ?

Laura se serra très fort contre Orlando et lâcha un sanglot, un sanglot qu'elle avait en elle, dit-elle, depuis sa naissance, depuis qu'elle avait perdu son premier être cher et s'était demandé, pourquoi les gens que j'aime meurent-ils ? pourquoi sont-ils nés, alors... ?

— Que peut-on faire ? Ils sont des milliers, des millions, Juan Francisco a peut-être raison, par où commencer ? Que peut-on faire pour tous ces gens ?

— C'est à toi de me le dire.

— Choisis le plus humble d'entre eux. Un seul, Laura. Choisis-en un et tu les sauveras tous.

Laura Díaz regardait défiler le plateau calciné depuis la fenêtre du train qui la ramenait à Veracruz, loin de la pyramide de sable à travers laquelle se frayaient un passage, tels des chenilles, des cafards ou des crabes, par d'invisibles chemins tortueux, surgissant de leurs trous la nuit comme des chancres, les femmes-grenouille, les hommes-serpent et les enfants rachitiques.

Jusqu'à ce soir je ne croyais pas vraiment à la misère. Nous vivons protégés, conditionnés pour ne voir que ce que nous voulons voir. C'est ce que Laura avait dit à Orlando. Maintenant, en route pour Xalapa, elle éprouvait un angoissant besoin de compassion : immense besoin qu'on la prenne en pitié, tout en sachant que ce qu'elle demandait pour elle-même, la part de compassion à son égard, était précisément ce qu'on attendait d'elle dans la maison de la rue Bocanegra, un peu d'attention envers tout ce qu'elle avait négligé — la mère, la tante, les deux enfants —, qu'elle ait la charité de ne pas leur dire la vérité, afin de préserver la fiction originaire, il valait mieux que Dantón et Santiago grandissent dans une ville de province, bien entourés, en attendant que Laura et Juan Francisco règlent les problèmes de leur vie, de leurs carrières, dans la ville si difficile qu'était Mexico, capitale d'un très difficile pays qui émergeait du sillon, de la cendre, du sang de la Révolution... La tante María de la O était la seule à connaître la vérité, mais elle savait surtout que la discrétion est la vérité qui ne fait pas de mal.

Elles étaient toutes les quatre assises dans les vieux fauteuils en rotin que la famille traînait depuis le port de Veracruz. Le nègre Zampayita vint lui ouvrir la porte et Laura eut sa première surprise : le joyeux luron sautillant avait la tête blanche et le balai ne lui servait plus à danser « en prenant sa partenaire par la taille, si elle veut bien » ; c'est sur une canne que le vieux domestique de la famille appuya son exclamation — « la petite Laura ! » — vite étouffée par le geste que fit Laura, un doigt sur les lèvres, tandis que le Noir prenait la valise de la « petite » et que celle-ci le laissait faire, par souci de préserver sa dignité, bien qu'il eût visiblement du mal à la porter.

En fait, Laura voulait d'abord les voir de la porte d'entrée du salon sans être vue d'elles, les quatre sœurs assises, silencieuses, derrière les rideaux élimés, la tante Hilda remuant nerveusement ses doigts arthritiques comme si elle était en train de jouer sur un piano muet, la tante Virginia murmurant en silence un poème qu'elle n'avait plus la force de transcrire sur du papier, la tante María de la O absorbée dans la contemplation de ses chevilles gonflées et Leticia, la Mutti, seule à tricoter un épais gilet qui s'étalait sur ses genoux, la protégeant par la même occasion du froid de décembre à Xalapa, quand les brouillards du Cerro de Perote se joignent à ceux des barrages, des fontaines et des ruisseaux qui se donnent rendez-vous dans la zone subtropicale fertile, entre les montagnes et la côte.

En levant les yeux pour examiner son travail,

Leticia rencontra ceux de Laura, elle s'exclama, ma fille, ma fille, elle se redressa avec peine, mais Laura accourait pour l'embrasser, non, ne bouge pas, Mutti, ne te fatigue pas, que personne ne se lève, je vous en prie ; et, si elles avaient voulu se lever, la tante Hilda se serait-elle étranglée avec le collier de chien qui enserrait son double menton et rétrécissait encore plus ses yeux myopes protégés derrière des verres épais comme les parois d'un aquarium ? La tante Virginia, dont le visage recouvert de poudre de riz n'était plus de la ride poudrée mais de la poudre ridée, ne se serait-elle pas écaillée ? La tante María de la O, perdant l'appui de ses chevilles gonflées, se serait-elle effondrée sur le carrelage fraîchement lavé, mais dépourvu de tapis ?

Cependant, Leticia se mit debout, droite comme un piquet, parallèle aux murs de la maison, sa maison, sa maison à elle, c'était cela que l'attitude de sa mère signifiait aux yeux de Laura, la maison est à moi, je la garde propre, rangée, active, modeste mais suffisante. On ne manque de rien, ici.

— Tu nous manques, ma fille. Tu manques à tes enfants.

Laura la serra dans ses bras, l'embrassa, mais elle se tut. Elle n'allait pas lui rappeler qu'elles, la mère et la fille, avaient vécu pendant douze ans à Catemaco, séparées du père, Fernando, et du frère, Santiago, et que les raisons qui avaient servi dans le passé pouvaient être invoquées dans le présent. Néanmoins, le présent d'hier n'était pas le passé d'aujourd'hui. Les fêtes de Carmen Cortina passèrent rapidement devant les yeux de Laura, à toute allure, comme les chiens errants autour de la gare ; peut-être les chiens admiraient-ils secrètement la vitesse des locomotives ; peut-être les invités de Carmen Cortina étaient-ils eux aussi une meute d'animaux sans maître.

— Les enfants sont à l'école. Ils ne vont pas tarder à rentrer.

— Comment vont leurs études ?

— Ils sont chez les demoiselles Ramos, évidemment.

Laura faillit s'écrier : mon Dieu, elles ne sont pas mortes ! mais cela aurait été une autre gaffe, *un faux pas**, comme disait Carmen Cortina, dont le monde semblait maintenant sombrer dans l'irréalité la plus lointaine. Laura sourit en son for intérieur : dire que pendant l'année et demie qu'avaient duré ses amours avec Orlando Ximénez, cela avait été son monde, leur monde, leur univers quotidien, ou plus exactement nocturne, à elle et à Orlando.

Laura et Orlando. Comme ces deux noms accouplés sonnaient de manière différente, ici, dans la maison de Xalapa, à Veracruz, en présence de la mémoire ressuscitée du premier Santiago. Laura se surprit dans ces pensées parce que son frère avait été fusillé à l'âge de vingt et un ans, et que l'autre Santiago qui faisait son entrée dans le salon avec son cartable à l'épaule était un grand garçon de douze ans, sérieux comme un pape et direct dans son annonce préliminaire.

— Dantón s'est fait coller. Il a dû rester à l'école pour remplir vingt pages de cahier sans faire une seule tache d'encre.

Les demoiselles Ramos ne changeraient jamais, mais Santiago n'avait pas vu sa mère depuis quatre ans. Il sut pourtant immédiatement qui était cette dame. Il ne courut pas se jeter dans ses bras pour l'embrasser. Il la laissa venir vers lui, s'accroupir pour l'embrasser. Le visage de l'enfant ne bougea pas. Laura implora des yeux l'aide des femmes de la maison.

— Santiago est comme ça, dit la Mutti Leticia. Je n'ai jamais vu un enfant aussi sérieux.

— Je peux m'en aller ? J'ai beaucoup de devoirs à faire.

Il baisa la main de Laura — qui le lui avait appris ? les demoiselles Ramos, ou cette courtoisie, cette distance, était-elle innée chez lui ? — et sortit en sautillant. Laura apprécia cette attitude enfantine : son fils entrait et sortait en sautillant, malgré son air de juge.

Le dîner fut lent et pénible. Dantón fit savoir par une domestique qu'il passait la nuit chez un petit camarade, et Laura ne voulait pas jouer la femme de la capitale, active et émancipée, ni troubler la sieste ambulante qui faisait office d'état de veille chez ses tantes, ni offenser, au contraire, l'admirable activité fébrile de sa mère, car c'était Leticia qui faisait la cuisine, courait, servait à table, tandis que le Noir Zampayita chantonnait dans la cour, et, à défaut de conversation, une odeur particulière, l'odeur de la pension de famille, s'emparait de toute la maison ; c'était le parfum mortifère de nombreuses nuits solitaires, de beaucoup de visites hâtives, de beaucoup de recoins où, malgré les efforts de la Mutti et du balai du petit nègre, s'accumulaient la poussière, le temps, l'oubli.

Car en ce moment il n'y avait pas d'hôtes, bien que, normalement, il en passât un ou deux par semaine qui permettaient d'entretenir, modestement, la pension, en plus de l'argent que Laura envoyait pour ses enfants, racontait la mère à la fille qui l'écoutait avec une inquiétude croissante, animée d'un désir anxieux de se retrouver en tête à tête avec elle, mais également avec chacune des femmes de ce foyer sans hommes — les sortir de l'apathie d'une sieste éternelle. Mais cette pensée n'était pas seulement offensante à leur égard, mais hypocrite de la part de Laura qui avait vécu pendant deux ans de la charité d'Elizabeth, partageant la pension mensuelle que Juan Francisco, député de la CROM, lui faisait parvenir entre les remboursements à Elizabeth, ses frais personnels et un peu d'argent pour les enfants accueillis à Xalapa, pendant qu'elle, Laura, dormait jusqu'à midi après s'être couchée à trois heures du matin, car elle n'entendait jamais Orlando se lever plus tôt pour aller vaquer à ses mystérieuses occupations, elle restait lire au lit et se justifiait en se racontant qu'elle ne perdait pas son temps, qu'elle se cultivait, qu'elle lisait ce qu'elle n'avait pas lu quand elle était adolescente, qu'après avoir découvert Carlos Pellicer, elle lisait Neruda, Lorca, et les classiques, Quevedo, Garcilaso de la Vega... avec Orlando elle allait aux Beaux-Arts écouter Carlos Chávez diriger des œuvres toutes nouvelles à ses oreilles, car dans sa mémoire ne flottait, comme un parfum, que le Chopin joué par sa tante Hilda à Catemaco, alors que maintenant Bach, Beethoven et Berlioz se rejoignaient en une vaste messe musicale, ainsi que Ponce, Revueltas et Villalobos ; non, elle n'avait pas perdu son temps aux réceptions de Carmen Cortina, car, pendant qu'elle lisait un livre ou assistait à un concert, elle laissait aussi filer ses pensées les plus personnelles et les plus profondes afin — se disait-elle — de se situer dans le monde, de comprendre les changements dans sa vie, de se donner des objectifs plus fermes et plus sûrs que la solution de facilité — c'est ainsi qu'elle la voyait maintenant, revenue dans son lit d'adolescente, serrant à nouveau Li Po dans ses bras — que représentait la vie conjugale avec Juan Francisco et même l'agréable vie de bohème avec Orlando — quelque chose de mieux pour ses fils Santiago et Dantón, une mère plus mature, plus sûre d'elle-même...

Maintenant elle était de retour à la maison et c'était ce qu'elle avait de mieux à faire, revenir à ses racines, s'installer tranquillement pour boire des limonades à La Jalapeña, chez don Antonio C. Báez qui assurait à ses clients : « Cette fabrique ne sucre pas ses boissons à la saccharine », regarder les vitrines de la maison Ollivier Hermanos qui proposait encore des corsets de la marque « La Ópera », feuilleter dans la librairie de don Raúl Basáñez les revues européennes illustrées que son père Fernando Díaz attendait avec tant d'impatience chaque mois sur le quai du port de Veracruz. Elle entra chez Wagner et Lieven, en face du parc Juárez, pour acheter à la tante Hilda les partitions d'un compositeur qu'elle ne connaissait peut-être pas, Maurice Ravel, que Laura avait entendu en compagnie d'Orlando à un concert de Carlos Chávez aux Beaux-Arts.

Les tantes se comportaient comme si rien ne s'était passé. C'était leur force. Elles étaient pour toujours dans la plantation de café de don Felipe Kelsen, né à Darmstadt en Rhénanie. Elles se tenaient à table comme si les couverts étaient en argent et non en étain ; les assiettes en porcelaine et non en terre cuite ; la nappe en lin et non une vague couverture ; il y avait pourtant un objet précis auquel elles n'avaient pas renoncé. Chaque femme avait sa propre serviette en lin amidonnée, soigneusement enroulée et enserrée dans un anneau en argent portant leur initiale à chacune : un V, un H, un MO, un L, artistiquement gravés avec des reliefs ciselés. C'était la première chose qu'elles prenaient en main lorsqu'elles se mettaient à table. C'était leur orgueil, leur bouée de sauvetage, leur blason. L'emblème de la caste des Kelsen, la lignée d'avant les maris, avant les célibats confirmés, avant la mort des uns et des autres. L'anneau en argent des serviettes était la personnalité, la tradition, la mémoire, l'affirmation de toutes et de chacune d'entre elles en particulier.

Un anneau d'argent contenant une serviette roulée, propre, craquante d'amidon ; à table, elles faisaient comme si rien n'avait changé.

Laura se mit à les rechercher une à une, séparément, mais elle avait l'impression de les poursuivre, tels des oiseaux nerveux et fuyants issus de deux saisons déjà passées, celle de Laura et celle de chacune d'elles... Virginia et Hilda se ressemblaient beaucoup plus qu'elles ne l'imaginaient. Après qu'elle eut entendu pour la énième fois le grief de la tante pianiste contre son père Felipe Kelsen qui avait refusé de la laisser étudier la musique en Allemagne, Laura parvint à lui extraire sa plainte la plus profonde : je suis une vieille fille, Laurita, irrémédiablement, et sais-tu pourquoi ? parce que toute ma vie j'ai été convaincue que j'étais d'autant plus séduisante aux yeux des hommes que je leur refusais tout espoir. Aux fêtes de la Chandeleur à Tlacotalpan j'étais littéralement assiégée, c'est là que tes parents se sont connus, tu te souviens ? et moi, par pur orgueil, je m'acharnais à faire savoir à mes prétendants que j'étais inaccessible.

— Je suis désolée, Ricardo. Samedi prochain je pars en Allemagne pour faire des études de piano.

— Tu es adorable, Heriberto, mais j'ai déjà un fiancé en Allemagne. Nous nous écrivons tous les jours. Il ne va pas tarder à arriver ou c'est moi qui irai le rejoindre...

— Ce n'est pas que tu ne me plais pas, Alberto, mais tu n'es pas à mon niveau. Tu peux m'embrasser si tu veux, mais c'est un baiser d'adieu.

Et comme à la Chandeleur suivante elle réapparaissait sans fiancé, Ricardo se moquait d'elle, Heriberto se présentait avec une fiancée du cru et Alberto s'était déjà marié... Les yeux d'aigue-marine de la tante Hilda s'emplissaient de larmes qui roulaient sous les gros verres de ses lunettes, embués comme la route brumeuse de Perote, et la tante terminait par le traditionnel conseil : Laurita, n'oublie pas les vieux, la jeunesse n'est pas la compassion, c'est l'oubli des autres...

La tante Virginia s'obligeait à faire des promenades dans le patio — elle ne pouvait plus sortir dans la rue, elle avait cette crainte inexplicable des vieilles personnes de tomber, de se casser une jambe et de ne plus pouvoir se relever avant le jour de la Sainte Résurrection des Âmes. Elle passait des heures à se poudrer et ce n'est que lorsqu'elle se sentait parfaitement arrangée qu'elle sortait faire ses petits tours dans le patio en récitant des poèmes d'une voix inaudible : il était impossible de savoir s'ils étaient d'elle ou d'autres poètes.

— Je peux t'accompagner dans ta promenade, tante Virginia ?

— Non, ne m'accompagne pas.

— Pourquoi ?

— Parce que ce serait par charité. Je te l'interdis.

— Mais non, c'est par affection.

— Ne m'habitue pas à la compassion. Je suis terrorisée à l'idée de rester la dernière dans cette maison et de mourir toute seule ici. Si je t'appelle alors à Mexico, viendras-tu me voir pour que je ne meure pas sans personne à côté de moi ?

— Oui, je te le promets.

— Menteuse. Ce jour-là tu auras un engagement impossible à remettre, tu seras loin, en train de danser le fox-trot et tu te moqueras comme d'une guigne de savoir si je suis vivante ou morte.

— Tante Virginia, je te le jure.

— Ne jure pas en vain, sacrilège. Pourquoi as-tu fait des enfants si tu ne t'en occupes pas ? N'avais-tu pas promis d'en prendre soin ?

— La vie est difficile, tante ; parfois...

— Sornettes. Ce qui est difficile, c'est d'aimer les gens, les proches, tu comprends ? ne pas les abandonner, ne pas les obliger à quémander un peu de charité avant de mourir, *sacrebleu**!

Elle s'arrêta et fixa sur Laura ses yeux de diamant noir qui ressortaient d'autant plus qu'ils se détachaient sur fond d'épaisse couche de poudre.

— Tu n'as jamais réussi à faire publier mes poèmes par le ministre Vasconcelos. C'est comme ça que tu tiens tes promesses, ingrate. Je mourrai sans que personne d'autre à part moi ait jamais récité mes poèmes.

Et d'un mouvement craintif, elle tourna le dos à sa nièce.

Laura raconta sa conversation avec la tante Virginia à María de la O, laquelle lui dit simplement : pitié, ma fille, un peu de pitié envers les vieillards sans amour et sans respect...

— Tu es la seule à connaître la vérité, tantine. Que dois-je faire, dis-moi ?

— Laisse-moi réfléchir. Je ne veux pas faire de gaffe.

Elle regarda ses chevilles gonflées et elle éclata de rire.

La nuit, Laura souffrait et elle avait peur, elle avait du mal à s'endormir et elle se promenait toute seule dans le patio, comme le faisait la tante Virginia dans la journée, pieds nus pour ne pas faire de bruit et ne pas troubler les sanglots et les cris venus du fond de la mémoire qui montaient de chacune des chambres où dormaient les quatre sœurs...

Qui serait la première à partir? Qui serait la dernière? Laura se jura que, où qu'elle se trouvât à ce moment-là, elle se chargerait de la dernière sœur, elle ferait venir auprès d'elle l'ultime survivante, ou elle viendrait s'installer ici, elle démentirait les craintes de la tante Virginia, « je suis terrorisée à l'idée de rester la dernière et de mourir toute seule ».

Un patio plongé dans la nuit, où se donnaient rendez-vous les cauchemars de quatre vieilles femmes.

Laura répugnait cependant à inclure sa mère Leticia dans ce chœur de la peur. Elle devait reconnaître, et elle s'en faisait le reproche, que si l'une des quatre femmes se retrouvait seule un jour, elle préférerait que ce soit la Mutti ou la tantine. Les tantes Hilda et Virginia étaient devenues maniaques et insupportables, et toutes les deux, leur nièce en était convaincue, étaient vierges. María de la O, non.

— Ma mère m'a obligée à coucher avec ses clients dès l'âge de onze ans...

Laura n'éprouva ni horreur ni pitié lorsque sa tante lui avoua la chose : elle savait que la généreuse et chaleureuse mulâtresse le lui racontait pour qu'elle comprît combien la fille illégitime du grand-père Felipe Kelsen devait à l'humanité — égale à la sienne malgré les différences d'âge, de classe sociale et de race — de la grand-mère Cósima Kelsen ainsi qu'à la générosité du père de Laura, Fernando Díaz.

La nièce s'était avancée pour étreindre et embrasser sa tante quand celle-ci lui avait parlé des années auparavant dans la maison de l'Avenida Sonora, mais María de la O l'avait arrêtée en levant le bras, elle ne voulait pas de pitié, et Laura s'était contentée d'embrasser la paume de la main, tendue en signe d'avertissement.

Restait Leticia. Et Laura, de retour au foyer, souhaitait de toute son âme que la Mutti fût la dernière à mourir, car elle était celle qui n'exprimait jamais la moindre plainte, qui ne se laissait pas abattre, elle qui entretenait et faisait marcher la pension de famille ; sans elle, se disait Laura, les trois autres sœurs erreraient dans les couloirs comme des âmes en peine, désemparées, tandis que les assiettes sales s'entasseraient dans la cuisine, que les herbes folles envahiraient le patio, que les chats investiraient la maison et que les mouches vertes formeraient un masque vrombissant sur le visage endormi de Virginia, Hilda et María de la O.

— Oui, chacun a devant lui un avenir sans affection —, émit inopinément Leticia un jour où Laura l'aidait à faire la vaisselle du déjeuner, pour ajouter, après un bref silence, qu'elle était contente de la voir de retour à la maison.

— Je ressentais une grande nostalgie de mon enfance, Mutti, surtout des intérieurs. Voir comment les choses ne bougent pas en même temps qu'elles disparaissent, une chambre, une armoire, une cuvette, ces horribles tableaux du gamin et du chien que je ne sais pas pourquoi tu gardes...

— Rien ne me rappelle autant ton père, je ne sais pas pourquoi, ça ne lui ressemble en rien...

— Tu veux dire du point de vue pittoresque ou du point de vue pictural ? dit Laura avec un sourire.

— Peu importe. Ce sont des objets qui, pour moi, lui sont associés. Je ne peux pas me mettre à table sans le voir au bout, avec ces deux tableaux derrière lui...

— Vous vous êtes beaucoup aimés ?

— Nous nous aimons beaucoup, Laura.

Elle prit les mains de sa fille et lui demanda si elle croyait que le passé nous vouait à la mort.

— Tu verras un jour combien le passé compte pour pouvoir continuer à vivre et pour que les personnes qui se sont aimées puissent continuer à s'aimer.

Laura avait réussi à retrouver l'intimité avec son passé, elle ne put, en revanche, rétablir de véritable relation avec ses enfants. Santiago était déjà un petit monsieur, poli et précocement sérieux. Dantón était un petit diable qui ne prit sa mère ni au sérieux ni pour rire, comme si elle n'était qu'une tante de plus dans ce gynécée sans sultan. Laura ne trouva pas comment leur parler, ni les séduire, et elle eut le sentiment que la faille venait d'elle, d'une insuffisance affective qu'il lui revenait, à elle et non à ses enfants, de combler.

À vrai dire, le plus jeune des garçons, avec ses onze ans, se comportait comme si c'était lui le sultan, le prince du foyer qui n'avait rien à prouver pour faire valoir son caprice, exiger, et obtenir, l'assentiment des quatre femmes qui le regardaient avec une certaine crainte, comme elles regardaient son frère avec une véritable affection. Dantón semblait s'enorgueillir de la réserve quasi craintive que ses tantes lui témoignaient ; une fois, cependant, María de la O murmura ce dont il a besoin ce morveux c'est d'une bonne fessée, et une autre fois, où il n'avait même pas prévenu qu'il ne rentrerait pas dormir à la maison, la grand-mère Leticia se chargea de la lui infliger, ce à quoi le gamin répliqua que jamais il n'oublierait cette insulte.

— Je ne t'insulte pas, vilain garnement, je ne fais que te donner une fessée. Je garde les insultes pour les gens importants, galopin.

C'est la seule occasion où Laura vit sa mère se fâcher, et l'incident mit en lumière tous les vides d'autorité, toutes les absences qui commençaient à marquer sa propre existence, comme si c'était Laura qui méritait la fessée de sa mère pour ne pas être capable de maîtriser son fils indiscipliné.

Santiago observait tout cela avec sérieux et l'on avait parfois l'impression que l'enfant retenait un soupir résigné, mais réprobateur, à l'adresse du frère cadet.

Laura essaya de les réunir pour les emmener promener ou jouer avec eux. Elle se heurta à une résistance têtue de la part des deux enfants. Elle ne se vexa pas, ce n'était pas elle qu'ils rejetaient, ils se rejetaient l'un l'autre, comme s'ils étaient les chefs de deux bandes rivales. Laura songea à la vieille querelle familiale entre pro-Alliés et pro-Allemands pendant la guerre, mais cela n'avait rien à voir, il s'agissait là d'une guerre entre deux caractères, deux personnalités. À qui ressemblerait Santiago l'aîné ? à qui ressemblerait Dantón le cadet ? (Les qualificatifs devraient être inversés : Dantón l'aîné, Santiago le cadet ; Santiago numéro deux suivrait-il les traces de son jeune oncle fusillé à l'âge de vingt ans ? Dantón hériterait-il de Juan Francisco ? Ambitieux comme son père, mais fort, lui, car Juan Francisco était un ambitieux faible, se contentant de peu.)

Elle ne trouva pas les mots pour leur parler ; elle ne sut pas les séduire et elle eut le sentiment que la faille venait d'elle, d'une insuffisance affective qu'il lui revenait à elle, et non à ses enfants, de combler.

— Je te promets, Mutti, dit Laura à Leticia au moment de lui faire ses adieux, je vais arranger ma vie pour que mes enfants puissent revenir vivre avec nous.

Elle souligna le pluriel et Leticia arqua un sourcil faussement étonné, reprochant en silence à sa fille le « nous » mensonger, lui signifiant : « Voilà la différence avec ton père et moi, nous, nous avons supporté la séparation parce que nous nous aimions beaucoup... » Mais Laura eut un pressentiment aigu, importun, quand elle insista : « Nous. Juan Francisco et moi. »

Dans le train de retour à Mexico, elle savait qu'elle avait menti, qu'elle allait chercher un destin pour elle et ses enfants sans Juan Francisco, que se réconcilier avec son mari était une solution de facilité et la pire pour l'avenir de ses fils.

Elle baissa la vitre du wagon et les vit assis dans l'Isotta Fraschini que Xavier Icaza avait offerte, aussi inutilement qu'élégamment, en cadeau de mariage à Juan Francisco et à Laura, et que ces derniers avaient, non moins inutilement, abandonnée aux sœurs Kelsen, qui ne sortaient plus de la maison, laissant le nègre Zampayita se pavaner seul au volant de temps à autre, ou emmener les enfants en excursion. Elle vit les quatre sœurs Kelsen assises dans la voiture, après avoir fait le suprême effort de l'accompagner à la gare avec les enfants. Dantón ne la regardait pas ; il faisait semblant de conduire en émettant force bruits extravagants avec son nez et sa bouche. Elle n'oublierait jamais le regard de l'enfant Santiago. Il était le fantôme de lui-même.

Le train démarra et Laura fut prise d'une angoisse soudaine. Il n'y avait pas que les quatre femmes dans la maison de Xalapa. Li Po ! Elle avait oublié Li Po ! Où était la poupée chinoise ? Pourquoi Laura n'avait-elle pas pensé à elle ? Elle eut envie de crier, demander, le train s'éloigna, on agita les mouchoirs.

— Peux-tu imaginer un dirigeant ouvrier avec une voiture européenne de luxe dans son garage ? C'est hors de question, Laura. Fais-en cadeau à ta mère et à tes tantes.

X

Detroit : 1932

La note qu'Orlando avait laissée à la réception de l'hôtel Regis attendait Laura à son retour de Xalapa. Elle l'attendait.

LAURA MON AMOUR, JE NE SUIS NI CELUI QUE JE DIS ÊTRE NI CELUI QUE JE SEMBLE ÊTRE ET JE PRÉFÈRE GARDER MON SECRET. TU ES EN TRAIN D'APPROCHER DE TROP PRÈS LE MYSTÈRE DE TON

ORLANDO

ET SANS MYSTÈRE, NOTRE AMOUR N'AURAIT AUCUN INTÉRÊT. JE T'AIME TOUJOURS...

La direction l'informa qu'il n'y avait aucune urgence à libérer la chambre, la señora Cortina avait payé sa réservation jusqu'à la fin de la semaine.

— Oui, madame Carmen Cortina. C'est elle qui paie la chambre que vous occupez avec votre ami monsieur Ximénez. Enfin, depuis trois ans c'est elle qui paie monsieur Ximénez.

Ami de qui ? allait-elle demander stupidement, ami dans quel sens ? ami de Laura, ami de Carmen, l'amant de qui, des deux ?

Maintenant, à Detroit, elle se souvenait du terrible sentiment d'abandon qui l'avait envahie à ce moment-là, le besoin pressant d'être prise en pitié, « ma faim de compassion », et sa réaction immédiate, aussi brusque que la détresse qui la poussa à se présenter chez Diego Rivera à Coyoacán pour lui dire, me voilà, tu te souviens de moi ? j'ai besoin de travail, j'ai besoin d'un toit, je t'en prie, maître, aide-moi.

— Ah, la fille en noir.

— Oui, c'est pour ça que je me suis remise en noir. Tu te souviens de moi ?

— Ça me fait toujours un effet aussi abominable, ça m'emmerde, quoi. Dis à Frida de te prêter quelque chose de plus coloré, on parlera après. Je te vois autrement, quand même, et je te vois très jolie.

— Moi aussi —, dit une voix mélodieuse derrière Laura, et Frida Kahlo fit son entrée dans un fracas de colliers, de médailles et de bagues, de bagues, surtout, une à chaque doigt, parfois deux : Laura Díaz pensa à l'histoire de la grand-mère Cósima Kelsen et, en voyant entrer dans l'atelier cette femme insolite aux sourcils noirs sans séparation, ses cheveux noirs tressés de rubans de laine et une large jupe paysanne, elle se demanda si le Beau de Papantla n'aurait pas volé les bagues de la grand-mère Cósima pour les donner à son amante Frida, car, dans l'apparition de la femme de Rivera, Laura vit la déesse des métamorphoses qu'elle avait découverte dans la forêt de Veracruz, figure de la culture du Zapotal que le grand-père Felipe Kelsen avait voulu démythifier en la faisant passer pour un simple fromager afin que la petite fille ne commence pas à croire à des fantaisies... une merveilleuse figure féminine au regard fixé sur l'éternité, parée de ceintures de coquillages et de serpents, auréolée d'une couronne verdie par la forêt, ornée de colliers, de bagues et de bracelets, d'anneaux au nez, aux oreilles... Le fromager, malgré les dires du grand-père, était plus dangereux que la femme. Le fromager était un arbre couvert d'épines. On ne pouvait pas le toucher. On ne pouvait pas l'embrasser.

Frida Kahlo était-il le nom transitoire d'une divinité indigène qui se réincarnait de temps à autre, réapparaissait ici et là pour faire l'amour avec les guérilleros, les bandits et les artistes ?

— Elle travaillera avec moi —, déclara Frida d'un ton impérieux en descendant les marches qui menaient à l'atelier, sans lâcher des yeux les yeux globuleux de Rivera, les grandes orbites sombres de Laura, laquelle en regardant Frida, se regarda elle-même, elle vit Laura Díaz en train de regarder Laura Díaz, elle perçut de nouveaux traits prêts à éclore dans ce visage connu, sur le point de se transformer jusqu'à en être oublié, peut-être, par Laura elle-même, nouveau visage sculpté, gracile et puissant, au nez haut, fort, long, à l'arête saillante, flanquée de chaque côté par des yeux de plus en plus mélancoliques, des orbites pareilles à des lacs d'incertitude, suspendues au bord des joues pâles, heureuses de rencontrer le carmin des lèvres minces, devenues plus sévères, comme si la personne entière de Laura, par simple contraste avec celle de Frida, était devenue plus gothique, plus statuaire face à la vie végétative, de fleur exténuée mais en épanouissement, de la femme de Diego Rivera.

— Elle travaillera avec moi... je vais avoir besoin d'aide à Detroit pendant que tu seras occupé et que moi, tu sais bien...

Elle fit un faux pas et perdit l'équilibre ; Laura se précipita pour l'aider, elle la prit par les bras mais, sans le vouloir, elle lui toucha la cuisse, vous ne vous êtes pas fait mal ? et sa main rencontra une jambe sèche, décharnée, incident compensé ou confirmé par un signe à la fois de défi et de vulnérabilité, le regard songeur qu'échangèrent, curieusement, les deux femmes. Rivera eut un éclat de rire.

— Ne t'inquiète pas. Je n'y toucherai pas, Friducha. Je te la laisse pour toi toute seule. Figure-toi qu'elle est allemande comme toi. Une seule Walkyrie me suffit, je t'assure.

Laura plut immédiatement à Frida ; celle-ci l'invita dans sa chambre et commença par sortir un miroir avec un cadre en émail bleu indigo, tu t'es regardée, ma fille ? Sais-tu à quel point tu es belle ? Et d'une beauté rare, tu sais, on ne voit pas souvent de ces visages tout en hauteur, au profil comme taillé à coups de machette, au nez en lame de couteau, des yeux aussi enfoncés, profonds, aux grandes orbites sombres. Ton Orlando croit-il pouvoir supprimer le deuil dans ton regard ? Garde-le. Il me plaît.

— Comment êtes-vous au courant ?

— Qu'est-ce que ça peut faire ? Cette ville n'est qu'un village. Tout se sait.

Elle arrangea les oreillers de son lit aux montants colorés, puis, tandis que Laura l'aidait à faire ses valises, elle annonça : demain nous partons pour Gringoland. Diego va peindre une fresque à l'Institut des beaux-arts de Detroit. Une commande de Henry Ford, figure-toi. Tu vois à quoi il prête le flanc. Les communistes d'ici l'attaquent parce qu'il accepte de l'argent capitaliste. Les capitalistes de là-bas l'attaquent comme communiste. Moi, je lui dis qu'un artiste est au-dessus de toutes ces conneries. Ce qui compte, c'est l'œuvre. Ça, ça reste, personne ne peut l'effacer et ça parle au peuple quand les politiciens et les critiques d'art s'en sont allés bouffer les pissenlits par la racine.

— As-tu des vêtements ? Je ne veux pas que tu m'imites. Tu sais que je me déguise en poupée folklorique par fantaisie personnelle, mais aussi pour dissimuler ma jambe malade et ma démarche boiteuse. Je boite peut-être, mais on n'a pas intérêt à me mettre en boîte, bordel ! conclut Frida en caressant le duvet sombre de sa lèvre supérieure.

Laura revint avec un bagage minimal — les petits ensembles de Balenciaga et de Schiaparelli, achetés avec Elizabeth et grâce à sa générosité, plairaient-ils à Frida ou ne valait-il pas mieux opter pour des tenues plus simples ? Son intuition lui dit tout de suite que cette femme si sophistiquée et décorative devait, justement parce qu'elle était comme ça, apprécier le naturel chez les autres. C'était sa façon de faire en sorte que les autres acceptent son excentricité comme étant son naturel à elle, Frida Kahlo.

Frida fit ses adieux à ses chiens chauves, ses *ixcuintles*, et tous trois prirent le train pour Detroit.

Le long voyage à travers les déserts du Nord mexicain, parsemés de rangées d'agaves, rappela à Rivera un vers du jeune poète Salvador Novo, « les agaves font de la gymnastique suédoise en carrés de cinq cents », mais Frida déclara que ce type était une sale bête, qu'il fallait se méfier de lui, de sa langue de vipère, c'était une sale tapette, rien à voir avec les gentils pédés qu'elle connaissait et qui faisaient partie de sa bande ; Rivera éclata de rire : — S'il est mauvais, qu'il soit donc le plus mauvais possible.

— Méfie-toi de lui. C'est le genre de Mexicain prêt à vendre sa mère pour faire un bon mot, même cruel. Tu sais ce qu'il m'a dit l'autre jour à l'exposition de ce Tizoc ? « Au revoir, Pavlova. » « Au revoir, Grosses Fesses », lui ai-je répondu. Ça lui a coupé le sifflet.

— Ce que tu peux être rancunière, Friducha. Si

tu commences à dire du mal de Novo, tu l'autorises à dire du mal de nous.

— Comme s'il avait besoin de ça pour le faire. Le mieux qu'il dit de toi, c'est que tu es un cocu et, moi, il m'appelle « Frida Kulo ».

— Aucune importance. Ce n'est que de l'envie, du commérage, de l'anecdote. Il reste l'écrivain, Novo. Il reste le peintre, Rivera. L'anecdote s'envole. La vie reste.

— D'accord, Diego. Passe-moi l'ukulélé. Nous allons chanter la *Chanson mixtèque*. C'est celle que je préfère pour voir défiler le Mexique.

> Que je suis loin de la terre où je suis né,
> Une immense nostalgie envahit mes pensées...

Ils changèrent de train à la frontière, puis une deuxième fois à Saint Louis, Missouri, et de là ils prirent un train direct pour Detroit, Frida chantait en s'accompagnant à l'ukulélé, racontait des histoires grivoises et, lorsque la nuit tomba et que Rivera s'endormit, elle resta à contempler le défilé des plaines infinies de l'Amérique du Nord en parlant des pulsations de la locomotive, ce cœur de fer qui l'excitait par son rythme à la fois stimulant et destructeur, comme toutes les machines.

— Quand j'étais jeune, je m'habillais en homme et je semais la pagaille avec mes copains dans les cours de philosophie à la fac. Nous avions nommé notre groupe Les Casquettes. Je me sentais à l'aise, libérée des conventions de ma classe sociale, avec ce groupe de garçons qui aimaient la ville autant que moi ; nous la parcourions dans tous les sens à travers les parcs, les quartiers, nous apprenions Mexico comme si c'était un livre, de taverne en taverne, de buvette en buvette, une petite ville, jolie, bleu et rose, une ville aux parcs doux et sauvages, avec des amants silencieux, de larges avenues et des ruelles obscures, pleines de surprises...

Frida racontait toute sa vie à Laura tandis que se déroulaient les plaines du Kansas et la vastitude du Mississippi : elle avait cherché le côté obscur de la ville, découvert ses odeurs et ses saveurs, elle avait surtout recherché la compagnie, l'amitié, façon d'envoyer la solitude au diable, de faire partie d'une bande, de se protéger des salauds, car à Mexico, Laura, il suffit que ta tête dépasse un peu pour qu'un régiment de nains te la coupe.

— Le ressentiment et la solitude —, reprit la femme aux yeux doux sous des sourcils agressifs, en plantant quatre roses dans ses cheveux en guise de couronne et en cherchant, dans le miroir du compartiment, l'agrément de sa coiffure de fleurs et le coucher du soleil sur le grand fleuve des prairies, le « père des eaux ». Il y avait une odeur de charbon, de limon, de fumier, de terre fertile.

— Avec le groupe des Casquettes nous faisions des folies telles que voler des tramways et lancer la police à nos trousses comme dans les films de Buster Keaton, que j'adore. Comment aurais-je pu deviner qu'un tramway se vengerait un jour de moi pour m'être envolée naguère avec ses poussins, parce qu'avec Les Casquettes on piquait des tramways solitaires, abandonnés pour la nuit à Indianilla. On ne prenait rien à personne, on prenait juste la liberté de parcourir la moitié de Mexico de nuit, à notre rythme, Laurita, selon notre fantaisie, tout en étant complètement enfoncés dans les rails, on ne sort jamais des rails, c'est ça le secret, admettre qu'on est sur des rails, mais les utiliser pour s'échapper, pour se libérer...

Le fleuve large comme la mer, origine de toutes

les eaux de la terre perdue par les Indiens, les eaux où l'on peut se baigner, la matière qui accueille joyeusement, étreint, caresse, rafraîchit, distribue l'espace tel que Dieu l'avait rêvé : l'eau est la matière divine qui accueille, à l'opposé de la matière dure qui rejette, blesse, pénètre.

— C'était en septembre 1925, il y a sept ans. Je me trouvais dans un car que j'avais pris de chez mes parents à Coyoacán, quand un tramway nous a percutés et m'a brisé la colonne vertébrale, le cou, les côtes, le pelvis, toute l'organisation de mon territoire. J'ai eu l'épaule gauche disloquée — elle est bien cachée sous ma blouse aux manches ballon, n'est-ce pas ? Et puis je suis restée avec une jambe abîmée pour toujours. Une rambarde m'est entrée dans le dos pour ressortir par le vagin. Le choc fut si terrible que j'ai perdu tous mes vêtements, tu te rends compte ? je me suis retrouvée à poil, en sang et en morceaux. C'est alors, Laura, qu'il s'est passé une chose extraordinaire. J'ai reçu une pluie d'or. Mon corps nu, brisé, gisant, s'est couvert d'une poudre dorée.

Elle alluma une cigarette Alas et poussa un éclat de rire et de fumée.

— Un artisan en transportait quelques paquets dans le car où j'ai eu ce foutu putain d'accident. J'étais en miettes, mais couverte d'or. Qu'est-ce que ça te fait ?

Laura, ça lui faisait que le voyage à Detroit avec Frida et Diego remplissait tellement son existence qu'elle n'avait le temps de rien d'autre, ni de penser à Xalapa, à sa mère, à ses enfants, à ses tantes, ni à Juan Francisco son mari, à Orlando son amant, à Carmen la maîtresse de son amant, à Elizabeth son « amie », tout s'éloignait, restait loin derrière, comme la frontière triste et pauvre de Laredo, comme le désert qu'ils venaient de traverser et le haut plateau où, selon Frida, la blague consistait à « se protéger des ruffians ».

En la regardant dormir, Laura se demandait si Frida se protégeait toute seule ou si elle avait besoin de la compagnie de Diego, l'homme imperturbable, maître de sa propre vérité mais aussi de son propre mensonge. Elle se demanda ce que diraient d'un tel homme tous les hommes qu'elle avait connus dans sa vie, les partisans de l'ordre et de la morale comme le grand-père Felipe et le père Fernando, les petits ambitieux comme son mari Juan Francisco, ceux des promesses brisées comme son frère Santiago, des promesses futures comme ses enfants Dantón et le deuxième Santiago, la perpétuelle énigme qu'était Orlando et, pour clore et recommencer le cercle, l'homme immoral qu'était aussi le grand-père, prêt à abandonner une fille métisse illégitime : que serait devenue la douce et adorable tante María de la O si elle n'avait pas été sauvée par la ferme volonté de la grand-mère Cósima et par la compassion tout aussi tenace de Fernando, le père de Laura ?

Chez Rivera (assis près de la fenêtre du wagon-restaurant, en train de raconter des fables extravagantes sur ses origines — tantôt il était le fils d'une nonne et d'un crapaud, tantôt d'un capitaine de l'armée conservatrice et de Charlotte, l'impératrice folle —, évoquant sa fabuleuse vie parisienne aux côtés de Picasso, Modigliani et du russe Ilia Ehrenbourg, lequel publia un roman inspiré de la vie du peintre mexicain à Paris, intitulé *Les aventures du Mexicain Julio Jurenito,* détaillant ses goûts culinaires aztèques pour la chair humaine, tlaxcaltèque de préférence — ces traîtres méritaient d'être frits dans du saindoux —, des mensonges tout le temps, tout en traçant, sur de grands papiers étalés sur la table du wagon-restaurant, le dessin gigantesque et détaillé de la fresque de Detroit, l'hymne à l'industrie moderne), Laura trouvait la nouveauté excitante d'un homme créatif, à la fois fantaisiste et discipliné, aussi laborieux qu'un maçon et aussi rêveur qu'un poète, aussi amusant qu'un comique de foire et aussi cruel, enfin, qu'un artiste qui a besoin d'être le maître tyrannique de son temps, sans aucun égard pour les besoins des autres, leurs angoisses, leurs appels de détresse... Diego Rivera se mettait à peindre et la porte donnant sur le monde et sur les hommes se refermait pour que, dans la cage de l'art, puissent voler librement les formes, les couleurs, les souvenirs, les hommages d'un art qui, pour social ou politique qu'il se veuille, fait avant tout partie de l'histoire de l'art, non de l'histoire politique, et en tant que tel ajoute ou enlève de la réalité à une tradition et, à travers celle-ci, à la réalité que le commun des mortels estime autonome et courante. L'artiste le sait mieux que quiconque : son art ne reflète pas la réalité. Il la fonde. Et pour ce faire, peu importe la générosité, le souci, la relation avec les autres, si cela doit interrompre ou affaiblir l'œuvre. En revanche, la mesquinerie, le mépris, l'égoïsme les plus flagrants sont des vertus si, grâce à eux, l'artiste accomplit son travail.

Que cherchait dans un tel homme une femme aussi fragile que Frida Kahlo ? Quelle était sa force à elle ? Rivera lui apportait-il la puissance dont sa fragilité avait besoin, ou s'agissait-il de l'addition de deux forces destinée à circonscrire dans une place à part la douleur de la fragilité physique ? Et Diego lui-même, était-il aussi fort que le laissait croire son apparence de robuste géant, ou aussi faible que ce même corps, nu, imberbe, tout rose, grassouillet, avec un pénis d'enfant, que Laura découvrit un matin en ouvrant par mégarde la porte du compartiment ? Ne serait-ce Frida, la victime, qui donnait des forces à l'homme vigoureux et conquérant ?

Frida fut la première à remarquer la qualité de la lumière, avant Diego, mais elle lui en parla comme si c'était lui qui l'avait découverte, sachant que, dans un premier temps, il lui saurait gré de la ruse mensongère pour en faire ensuite une vérité originale, propre à Diego Rivera.

— Il manque de la lumière, il manque de l'ombre dans Gringoland. Comme tu m'avais justement deviné, mon mignon... —, elle irradiait tandis qu'il reprenait, feignant d'avoir oublié : — en effet, pour ton petit mignon, pour ton miroir nocturne, il n'existe que deux lumières au monde, celle du coucher de soleil sur Paris où je suis devenu peintre, et celle des hautes terres du Mexique où je suis devenu un homme, je ne comprends ni la lumière de l'hiver nord-américain ni celle du tropique mexicain, et c'est pourquoi mes yeux sont deux épées vertes plantées dans ta chair qui se transforment en ondes de lumière entre tes mains, ma Frida...

Et c'est pourquoi aussi ils débarquèrent tous les deux à l'hôtel décidés à se faire remarquer, à livrer bataille, à ne rien laisser passer inaperçu ou sans heurt. Detroit leur donna entière satisfaction, les alimenta dès le début, leur offrit l'occasion à lui de faire du scandale, à elle de s'amuser. Ils faisaient la queue à la réception de l'hôtel. Un couple de personnes âgées, devant eux, se vit refuser une chambre par l'employé qui leur déclara sur un ton tranchant :

— Nous sommes désolés. Nous n'admettons pas les Juifs.

Le couple s'éloigna décontenancé, en chuchotant, sans trouver personne pour les aider à porter leurs valises. Frida demanda leur fiche à remplir et elle inscrivit, en lettres majuscules, MR. AND MRS DIEGO RIVERA et dessous, leur adresse à Coyoacán, leur nationalité mexicaine et, en lettres encore plus grandes, la religion : JUIVE. Le réceptionniste les regarda, effaré. Il ne savait pas quoi dire. Frida parla à sa place.

— Qu'est-ce que vous avez, monsieur ?

— C'est que nous n'étions pas au courant.

— Vous n'étiez pas au courant de quoi ?

— Excusez-moi, madame, votre religion...

— Bien plus que la religion. La race.

— C'est que...

— Vous n'admettez pas les Juifs ?

Elle fit demi-tour sans attendre la réponse du réceptionniste. Laura retint son rire et écouta les commentaires de la clientèle blanche, les dames en chapeau de paille à large bord pour l'été, les hommes dans ces étranges costumes américains en « seersucker », une sorte de popeline blanche à rayures bleues, et portant des canotiers : est-ce que ce sont des Gitans, en quoi la femme s'est-elle déguisée ?

— Allons-nous-en, Diego, Laura, quittons cet endroit.

— Madame Rivera —, l'interpella en tremblant d'une voix pressante le manager qu'on était allé chercher dans son bureau qui sentait la gomme à crayon, avec son journal ouvert à la page des bandes dessinées. — Excusez-nous, nous ne savions pas, cela n'a pas d'importance, vous êtes les hôtes de monsieur Ford, veuillez accepter nos excuses...

— Allez dire au couple de petits vieux que vous les acceptez dans l'hôtel, bien qu'ils soient juifs. Ceux qui se dirigent vers la sortie. Step on in it, shit ! — ordonna Frida, laquelle, une fois arrivée dans leur suite, se plia en deux de rire en jouant sur l'ukulélé yes we have no bananas today. Non seulement ils nous ont acceptés, mais ils ont accepté les petits vieux et ils nous ont fait un prix, en plus !

Diego ne perdit pas une minute. Le lendemain il était déjà au Detroit Institute en train d'étudier les espaces, préparant les sous-couches, donnant ses instructions à ses assistants, déballant les croquis et recevant les journalistes.

— Je peindrai une nouvelle race, celle de l'âge d'acier.

— Un peuple sans mémoire est comme une sirène bien intentionnée. Il ne sait pas quand parce qu'il n'a pas de comment.

— Je vais donner une auréole d'humanité à une industrie déshumanisée.

— Je vais apprendre aux États-Unis d'Amnésie à se souvenir.

— Le Christ expulsa les marchands du temple. Moi, je vais offrir aux marchands le temple qui leur manque. On verra si ça les améliore un peu.

— Mister Rivera, vous êtes dans la capitale de l'automobile, est-ce vrai que vous ne savez pas conduire ?

— En effet, mais je sais casser des œufs. Je fais de très bonnes omelettes.

Il n'arrêtait pas de parler, de blaguer, de donner des ordres, de peindre pendant qu'il parlait, de parler pendant qu'il peignait, comme si un univers de formes et de couleurs avait besoin, à titre de défense et de distraction, de l'agitation extérieure, du mouvement et des mots pour éclore lentement derrière ses yeux endormis et globuleux. Mais il rentrait à l'hôtel épuisé.

— Je ne comprends pas les visages des gringos. Je les observe attentivement. Je voudrais les aimer. Je vous jure que je les regarde avec sympathie, je les supplie de me dire quelque chose. Mais j'ai l'impression de regarder des petits pains dans une boulangerie. Ils sont tous pareils. Ils n'ont pas de couleurs. Je ne sais pas quoi faire. Les machines me sortent superbes, les hommes affreux. Que faire ?

Comment un visage s'imprime-t-il en nous ? comment un corps se forme-t-il ? reprenait Frida à l'adresse de Laura après le départ de Diego très tôt le matin afin d'éviter la chaleur croissante de l'été continental.

— Que je suis loin de la terre où..., chantonnait Frida. Sais-tu pourquoi il fait aussi chaud ?

— Nous sommes très loin des deux océans. Les brises marines n'arrivent pas jusqu'ici. Le seul rafraîchissement nous vient des vents du pôle Nord. Drôle de rafraîchissement !

— Comment sais-tu tout cela ?

— Mon père était banquier mais il lisait beaucoup. Il recevait des revues tous les mois. À Veracruz, nous allions sur les quais pour réceptionner des revues et des livres venus d'Europe.

— Et tu sais aussi pourquoi j'ai toujours aussi chaud, quelle que soit la température au thermomètre ?

— Parce que tu vas avoir un enfant.

— Et ça comment tu le sais ?

À ta façon de marcher, répondit Laura. Mais je boite. Sauf que maintenant tes plantes de pieds touchent le sol. Avant tu marchais sur la pointe des pieds, mal assurée, comme si tu étais sur le point de t'envoler. Maintenant, c'est comme si tu t'enracinais à chaque pas.

Frida la serra dans ses bras et la remercia de lui tenir compagnie. Laura lui avait plu dès le premier instant ; rien qu'à la voir, à parler avec elle, lui dit Frida, elle avait senti qu'elle se sentait inutile ou inutilisée.

— Jamais je n'ai vu passer chez moi une femme avec une envie aussi désespérée de travailler. Je crois que, même toi, tu ne t'en rendais pas compte.

— Non, je ne m'en rendais pas compte. J'étais seulement obsédée par le besoin d'inventer un monde à moi, et je suppose que cela veut dire s'inventer un travail.

— Ou un enfant, ce qui est aussi une création. — Frida jeta un regard interrogateur à Laura.

— J'en ai deux.

— Où sont-ils ?

Pourquoi Laura avait-elle l'impression que ses conversations avec Frida Kahlo, si intimement féminines, sans arrière-pensées tortueuses ni embrouilles, sans une once de malveillance, comportaient néanmoins une part de reproche que Frida adressait à sa maternité irresponsable, non parce que Laura n'obéirait pas aux conventions, mais parce qu'elle ne se montrait pas suffisamment rebelle face aux hommes — le mari, l'amant — qui avaient éloigné la mère de ses enfants ? Elle avoua à Laura en toute franchise qu'elle n'était pas fidèle à Rivera parce que Rivera lui avait été infidèle en premier ; simplement ils avaient un accord : Rivera couchait avec d'autres femmes, Frida aussi, parce que coucher avec des hommes aurait rendu Diego furieux, mais pas la symétrie du goût partagé pour le sexe féminin. Mais ce n'est pas un problème, confia un soir l'infirme à Laura. L'infidélité n'a parfois rien à voir avec le sexe. Ce dont il s'agit c'est d'établir une intimité avec quelqu'un d'autre, or l'intimité peut être secrète et le secret exige à son tour des mensonges pour protéger l'intimité, et parfois le secret s'appelle « sexe ».

— Peu importe avec qui tu couches, ce qui compte c'est à qui tu fais confiance et à qui tu mens.

J'ai comme l'impression que toi, Laura, tu ne fais confiance à personne, et tu mens à tout le monde...

— As-tu envie de moi ?

— Je t'ai déjà dit que tu me plaisais. Mais dans les circonstances actuelles, j'ai surtout besoin de toi comme compagne et comme infirmière. Si nous compliquons les choses sur le plan sentimental, je pourrais me retrouver, pour une raison ou pour une autre, toute seule et sans personne pour me conduire à l'hôpital au moment des premières douleurs. Et il n'en est pas question !

Puis elle éclata de rire comme à son habitude, mais Laura insista : quelle raison ? tu as dit « pour une raison ou pour une autre »...

— Je ne te le dirai pas. Je peux avoir besoin demain de ce que je te reproche aujourd'hui. Parlons de choses pratiques.

On était au mois de juillet. Le bébé était attendu pour décembre. Si Diego terminait en octobre, ils auraient le temps de rentrer ensemble et sans danger pour que Frida accouche au Mexique. Mais si Diego prend du retard, comment ferai-je pour accoucher ici, dans le froid, sans amis, sans personne d'autre que toi pour m'aider ? et si je rentre avant lui au Mexique, est-ce que je ne risquerais pas de perdre l'enfant en route, avec les cahots du train et tout ça, comme m'en ont avertie mes petits docteurs ?

Laura voyait alors une femme terriblement vulnérable, presque recroquevillée, noyée dans ses amples costumes folkloriques qui dissimulaient non seulement sa difformité physique mais aussi sa peur, son tremblement imperceptible, son angoisse seconde, venue du dedans, qui non seulement accroissait ou dupliquait la peur physique de l'infirme, mais la remplaçait par une autre, inédite et partagée avec l'être en gestation. Entre la mère et l'enfant il y avait une complicité qui se créait à l'intérieur du ventre. Personne n'avait accès à ce cercle secret.

Frida éclatait de son grand rire, demandait à Laura de l'aider à tresser ses nattes, à lui arranger ses jupes et sa blouse, à lui croiser correctement son châle, à lui peigner la moustache. Laura la prenait par la main et elles sortaient dans Gringoland, elles allaient aux dîners et aux réceptions offerts en l'honneur du « peintre le plus célèbre du monde and Mrs Rivera », danser avec les milliardaires de l'industrie qu'elles mettaient au défi de comprendre les faux pas d'infirme dont Frida prétendait qu'il s'agissait d'une danse folklorique du Oaxaca, des danses indiennes étonnantes, aussi étonnantes que l'expression de l'antisémite Henry Ford lorsque, au milieu d'un dîner, elle lui demanda d'une voix forte, mister Ford, est-il exact que vous êtes juif ? Frida scandalisa aussi la bonne société du Michigan en feignant d'ignorer la grossièreté de certaines expressions anglaises, disant avec son sourire le plus courtois shit on you au moment de quitter la table après un banquet, ou I enjoy fucking, don't you ? au milieu d'une partie de cartes avec des dames de la société ; ou se rendant avec Laura dans les cinémas surchauffés mais climatisés à cent degrés Farenheit, Chaplin dans *Les lumières de la ville*, Laurel et Hardy, les tartes à la crème dans la figure, les maisons saccagées, les courses avec la police, une assiette de spaghetti renversée dans le décolleté d'une dame, tout cela la faisait hurler de rire, elle prenait la main de Laura, pleurait de rire, pleurait, riait, pleurait, se tordait de rire, hurlait...

Le brancard glissa sous les lumières qui étaient comme des yeux sans paupières et les médecins demandèrent à Laura, comment se sentait-elle ces derniers temps ? elle a très chaud, elle a des taches sur la peau, elle est nauséeuse, elle a mal à l'utérus, un rail lui a transpercé le vagin, une collision avec un tramway, qu'a-t-elle mangé aujourd'hui ? deux verres de crème, des légumes, elle les a vomis, c'est la femme qui s'est fait dépuceler par un tramway, vous savez ? son mari peint des machines propres, reluisantes, acérées, mais elle, elle a été violée par une vieille machine rouillée, indécente, tut tut en marche, elle a poussé un cri dans la salle de cinéma, elle est devenue toute bleue, elle a commencé à perdre son sang, on l'a ramassée dans une mare de sang, au milieu des caillots crachés par le rire, vous vous rendez compte, à cause du Gros et du Maigre.

La fillette de douze ans couchée dans un lit, les cheveux trempés par les larmes, rapetissée, rétractée, silencieuse.

— Je veux voir mon enfant.

— Ce n'est qu'un fœtus, Frida.

— Je m'en fous.

— Les médecins ne veulent pas.

— Dis-leur que c'est pour des raisons artistiques.

— Frida, il était désintégré. Il s'est défait dans ton ventre. Il n'a pas de forme.

— Eh bien, je lui en donnerai une.

Elle dormait. Elle se réveillait. Elle ne supportait pas la chaleur. Elle se levait. Elle voulait partir. On la recouchait. Elle demandait à voir l'enfant. Diego passait la voir, affectueux, compréhensif, lointain, pressé de retourner à son travail ; le regard sur le mur absent, non sur la femme présente.

Une nuit, Laura entendit un bruit oublié qui la ramena à son enfance dans la forêt tropicale de Catemaco. Elle dormait sur un lit pliant dans la même chambre que Frida et elle fut réveillée par le bruit. Elle vit Frida sur son lit, le corps mutilé complètement nu, une jambe plus maigre que l'autre, le vagin d'où coulait éternellement un ruisseau d'œillets rouges, le dos vissé comme une fenêtre aveugle et les cheveux qui poussaient à vue d'œil, seconde après seconde, de plus en plus longs, sortant du crâne comme des méduses, rampant sur l'oreiller comme des araignées, descendant du matelas comme des serpents, jetant des racines autour des pieds du lit, tandis que Frida lui tendait les mains et lui montrait son vagin blessé, lui demandait de le lui toucher, de ne pas avoir peur, nous les femmes nous sommes toutes roses à l'intérieur, sors-moi les couleurs du sexe, enduis-les sur mes doigts, apporte-moi des pinceaux et un carnet à dessin, Laura, ne me regarde pas comme ça, comment une femme nue voit-elle une autre femme nue ? parce que toi aussi, tu es nue, Laura, même si tu ne le sais pas, moi je le sais, je vois ta tête pleine de rubans et une multitude de cordons ombilicaux entremêlés entre tes cuisses : je rêve tes rêves, Laura Díaz, je vois que tu rêves d'escargots, des escargots extrêmement lents qui parcourent tes années avec une lenteur fragile et baveuse sans se rendre compte qu'ils sont dans un jardin qui est aussi un cimetière et que les plantes de ce jardin pleurent et crient et demandent du lait, demandent à téter, les bébés-plantes ont faim, les bébés-escargots sont sourds et n'écoutent pas leur mère, il n'y a que moi qui les entends et les comprends, il n'y a que moi qui vois les couleurs réelles du monde, des bébés-escargots, des bébés-plantes, de la mère forêt, ils sont bleus, ils sont verts, ils sont jaunes, ils sont violines, ils sont amarante... la terre est jardin et tombe, et ce que tu vois est vrai, la chambre d'hôpital est la seule jungle fertile dans ce désert de béton appelé Detroit, la chambre d'hôpital se remplit de perroquets jaunes, de chats gris, d'aigles blancs et de singes noirs, tout le monde m'apporte des cadeaux sauf toi, Laura, qu'est-ce que tu vas m'offrir ?

Diego regarda Frida et demanda à Laura de lui apporter des carnets, des crayons, des aquarelles. Il lui suffit d'un regard et de quelques paroles échangées.

— Mon mignon, tu n'es pas laid comme on prétend, à bien te regarder...

— Friduchita, je t'aime de plus en plus.

— Qui t'a dit que tu étais laid, mon amour ?

— Regarde cette coupure de presse mexicaine. Ils m'appellent le Huichilobos obèse.

— Et moi ?

— Une Coatlicue décatie.

Elle rit, prit la main de Laura, tous les trois rirent énormément, et Laura ?

— Je te baptise papillon d'obsidienne, déclara Diego. C'est comme ça que je te vois.

Avec Laura à ses côtés lui passant les crayons, les pinceaux, les couleurs, les papiers, Frida se mit à peindre tout en parlant, comme son mari, comme si ni l'un ni l'autre ne pouvait créer sans l'ombre protectrice du verbe, à la fois étranger à l'artiste et son refuge indispensable. Frida parlait à Laura comme si elle se parlait à elle-même tout en s'adressant à Laura ; elle lui demanda un miroir pour se regarder et Laura, à la vue de cette femme diminuée, recroquevillée dans son lit, les cheveux barbouillés de peinture, les sourcils en désordre, la moustache négligée, n'en eut pas le courage ; Frida lui dit de bien penser la chose : il y avait d'un côté être un corps, de l'autre côté être belle ; elle, il lui suffisait pour l'instant de savoir qu'elle était un corps, qu'elle avait survécu, la beauté viendrait après, il fallait d'abord donner forme à ce corps qui menaçait à chaque instant de se désintégrer à l'instar du fœtus qu'elle n'avait su expulser que par le rire : elle dessinait avec des gestes de plus en plus rapides, fébriles, comme ses paroles que Laura n'oublierait jamais, ce qui est laid c'est le corps sans forme, aide-moi à rassembler les fragments épars, Laura, pour que je leur donne une forme, aide-moi à saisir au vol le nuage, le soleil, la silhouette au crayon de ma robe, le ruban rouge qui m'unit à mon fœtus, le drap ensanglanté qui me sert de toge, les larmes de verre qui me coulent sur les joues, tout cela, aide-moi, je t'en prie, à rassembler tous ces fragments pour leur donner une forme, tu veux bien ? peu importe le sujet, douleur, amour, mort, naissance, révolution, pouvoir, orgueil, vanité, rêve, mémoire, volonté, peu importe ce qui anime le corps du moment que cela lui donne une forme, car alors il cesse d'être laid, la beauté n'appartient qu'à celui qui la comprend, non à celui qui la possède, la beauté n'est rien d'autre que la vérité de chacun d'entre nous, celle de Diego lorsqu'il peint, la mienne que je suis en train d'inventer sur ce lit d'hôpital, quant à toi, Laura, tu n'as pas encore découvert la tienne, et après tout ce que je viens de te dire, tu comprends bien que ce n'est pas à moi de te la révéler, c'est à toi de la comprendre et de la trouver, ta vérité, tu peux me regarder sans gêne, Laura Díaz, dire que je suis horrible, que tu n'oses pas me donner un miroir, qu'à tes yeux je ne suis pas belle, qu'aujourd'hui et en ce lieu je ne suis pas jolie à voir, et, moi, je ne te réponds pas par des mots, je te demande des couleurs et du papier afin de transformer l'horreur de mon corps blessé et de mon sang répandu en ma vérité et ma beauté, parce que, amie de mon cœur — tu es vraiment ma copine du tonnerre de Dieu, tu sais —, la connaissance de soi-même rend beau parce qu'elle nous permet d'identifier nos désirs ; quand elle désire, une femme est toujours belle...

La chambre d'hôpital se remplit d'abord de carnets, puis de feuilles de papier à dessin et finalement, de planches lorsque Diego apporta des retables d'église du Guanajuato et rappela à Frida comment peignaient les gens des villages et des campagnes, sur des plaques de laiton ou des planches de bois abandonnées qui, entre les mains des villageois, devenaient des ex-voto en remerciement au Divin Enfant d'Atocha, à la Vierge de Los Remedios, au Seigneur de Chalma, pour le miracle accompli, le miracle quotidien qui a sauvé l'enfant de la maladie, le père de l'éboulement dans la mine, la mère de la noyade dans la rivière où elle se baignait, empêché Frida de mourir transpercée par un rail, la grand-mère Cósima de périr sous les coups de machette sur la route de Perote, la tante María de la O de se retrouver dans un bordel pour nègres, le grand-père Felipe de mourir dans une tranchée de la Marne, Frida, encore une fois, de se vider de son sang en accouchant, et Laura alors, de quoi avait-elle été sauvée dont elle aurait à rendre grâce ?

— Lis ce poème à Frida. — Rivera remit à Laura une mince plaquette. C'est le meilleur poème mexicain depuis Sor Juana Inés de la Cruz. Lis ce qui est écrit sur cette page.

> Empli de moi, assiégé dans mon épiderme
> par un dieu insaisissable qui m'étouffe,
> et au-delà,
> ô intelligence, solitude en flammes
> qui conçoit tout sans rien créer !
> et finalement
> avec Lui, avec moi, avec nous trois...

— Vous voyez comment Gorostiza a tout compris ? Nous ne sommes que trois, toujours trois. Père, mère et enfant. Femme, homme et amant. On peut tout combiner comme on veut, on se retrouve toujours trois, parce que quatre c'est déjà immoral, cinq est ingérable, deux est insupportable et un n'est que le seuil de la solitude et de la mort.

— Pourquoi le quatuor serait-il immoral ? s'étonna Frida. Laura s'est mariée et elle a eu deux enfants.

— Mon mari est parti —, Laura eut un sourire timide. — Ou plutôt je l'ai quitté.

— Et il y a toujours un enfant préféré, même si tu en as une douzaine, ajouta Frida.

— Trois, toujours trois, marmonna le peintre en sortant.

— Le salaud trame quelque chose. — Frida joignit ses grands sourcils. — Passe-moi les planches, Laura.

Lorsque l'hôpital se plaignit du désordre croissant dans la chambre, des papiers éparpillés partout et de l'odeur de peinture, Diego se transforma en dieu de tragédie classique, Jupiter tonnant, et déclara en anglais que cette femme était une artiste, ces imbéciles ne s'en étaient pas encore aperçus ? et ses paroles s'adressaient moins à ces derniers qu'à Frida, paroles pleines d'amour et de fierté : cette femme qui est ma femme met toute la vérité, la douleur et la cruauté du monde dans la peinture que la souffrance l'a poussée à faire ; vous, au milieu de la souffrance routinière de l'hôpital, vous n'avez jamais vu émaner autant de poésie et donc vous ne la comprenez pas...

— Mon joli mignon, lui dit Frida.

Lorsqu'elle put se lever, elle rentra à l'hôtel et Laura classa les papiers qu'elle avait peints. Un jour, enfin, elles se rendirent à l'Institut pour voir Diego travailler. La fresque était très avancée, mais Frida comprit le problème qui s'était présenté et la façon dont le peintre l'avait résolu. Les machines rutilantes et dévoratrices s'entrelaçaient comme de grands serpents d'acier qui proclamaient leur suprématie sur le monde gris des travailleurs qui les utilisaient. Frida chercha en vain les visages des ouvriers nord-américains, et elle comprit. Diego les avait tous peints de dos parce qu'il ne les sentait pas, parce qu'ils avaient des visages de pâte à pain, sans personnalité, des visages de farine. Par contre, il avait introduit des figures basanées, des Noirs et des Mexicains, qui eux faisaient face au spectateur. Au monde.

Tous les jours, les deux femmes lui apportaient un panier avec un bon repas et s'asseyaient en silence pour le regarder travailler cependant qu'il laissait s'écouler son flot de paroles. Frida savourait des cuillerées de *cajeta* de Celaya qu'elle avait apportée pour se gaver à volonté de cette crème brûlée, d'autant plus qu'elle recouvrait ses forces. Laura était habillée très simplement en costume tailleur, tandis que Frida arrivait de plus en plus accoutrée de grands châles verts, violets, jaunes, de tresses de couleur et de colliers de jade.

Rivera avait laissé trois espaces en blanc sur sa fresque à la gloire de l'industrie. Il se mit à regarder de plus en plus souvent les deux femmes assises à côté des échafaudages, Frida en train de suçoter sa *cajeta* et Laura croisant soigneusement les jambes sous le regard des assistants du peintre. Un jour, elles arrivèrent et se virent représentées en hommes, deux ouvriers aux cheveux courts, en vaste salopette, chemise de flanelle et les mains gantées maniant des outils en fer; Frida et Laura accaparant toute la lumière de la fresque dans l'un des coins inférieurs du mur, Laura avec ses traits anguleux bien marqués, le profil coupé à la hache, les orbites sombres, les cheveux plus courts que la permanente refusée par la fille de Veracruz qui portait la coupe à la Jeanne d'Arc, Frida avec les cheveux courts également et des favoris d'homme, les sourcils épais, mais son trait le plus masculin, le duvet de la lèvre supérieure, supprimé par le peintre à la stupeur amusée du modèle : « Moi, je me peins avec de la moustache, que diable ! »

Il restait une autre surface en blanc au milieu et sur toute la partie supérieure du mur ; Frida regardait ces trous avec inquiétude jusqu'au jour où, un après-midi, elle prit Laura par la main et lui dit, viens on s'en va, elles montèrent dans un taxi, rentrèrent à l'hôtel et Frida prit une grande feuille de papier à dessin, l'étala sur la table et se mit à dessiner le soleil et la lune, la lune et le soleil, séparés, juxtaposés, encore et encore.

Laura cherchait du regard par la grande fenêtre de l'hôtel l'astre et le satellite, élevés par Frida au rang égal d'étoiles diurne et nocturne, le soleil et la lune mis au monde par Vénus, la première étoile du jour et la dernière de la nuit, le soleil et la lune égaux en rang mais opposés en heure aux yeux du monde, quoique pas aux yeux de l'univers, Laura, avec quoi Diego va-t-il remplir les espaces encore vides de sa fresque ?

— Il me fait peur. Il n'a jamais gardé un secret de cette façon.

Elles ne connurent la réponse que le jour de l'inauguration. Une sainte famille ouvrière présidait au travail des machines, des hommes blancs tournant le dos au monde et des hommes basanés faisant face au monde ; à l'extrémité de la fresque, les deux femmes habillées en hommes regardant les hommes et, planant au-dessus des machines et des travailleurs, une vierge en humble robe de percale à petites boules blanches comme une quelconque employée de magasin de Detroit, soulevant un enfant nu, ceint lui aussi d'une auréole, et cherchant vainement un appui dans le regard d'un charpentier qui tourne le dos à la mère et à l'enfant. Le charpentier tient dans une main les outils de son métier, le marteau et les clous, et deux morceaux de bois disposés en croix dans l'autre. Son aura semblait décolorée et contrastait avec le rouge vif de la mer de drapeaux qui séparait la sainte Famille des machines et des ouvriers.

Le murmure augmenta de volume lorsqu'on dévoila la peinture.

Moquerie, parodie, moquerie des capitalistes qui l'avaient sollicité, parodie de l'esprit de Detroit, sacrilège, communisme. Un autre mur, de voix celui-ci, commença à s'élever devant Diego Rivera, l'assistance se divisa, le tumulte augmentait. Edsel Ford, le fils du magnat, demanda du calme, Rivera monta sur un escabeau et proclama la naissance d'un art nouveau pour la société du futur, il en redescendit couvert de peinture jaune et rouge lancée à grands seaux par un groupe de provocateurs dont Rivera lui-même avait loué les services tandis qu'une autre brigade d'ouvriers, également engagée au préalable par Rivera, se plantait devant la fresque et décrétait une garde permanente pour la protéger.

Le lendemain matin, Diego, Frida et Laura prirent le train pour New York où les attendait le projet de fresques pour le Rockefeller Center. Rivera était euphorique, il se nettoyait le visage à l'essence, heureux comme un enfant espiègle qui prépare sa prochaine facétie en sachant qu'il la mènera à terme : attaqué par les capitalistes en tant que communiste et par les communistes en tant que capitaliste, Rivera se sentait pur mexicain, un Mexicain farceur, polisson, muni de plus de piquants qu'un porc-épic pour se défendre des salauds d'ici et de là-bas, indemne des rancœurs qui condamnaient d'avance les salauds des deux côtés, ravi d'être la cible du sport national mexicain qui consistait à attaquer Diego Rivera, lequel serait maintenant considéré comme une tradition nationale face au nouveau sport national yankee qui consistait à attaquer Diego Rivera, Diego le gros Puck qui, au lieu de railler le monde du haut des arbres par une nuit d'été, le raillait du haut de la forêt de planches de son échafaudage de peintre, juste avant de tomber par terre pour découvrir qu'il avait une tête d'âne, mais aussi un giron amoureux pour être accueilli et caressé par la reine de la nuit qui ne voyait pas un âne vilain mais un prince charmant, une grenouille changée en prince envoyé par la lune pour aimer et protéger sa Friducha, ma petite, ma petite fille adorée, brisée, douloureuse, je fais tout cela pour toi, tu le sais, n'est-ce pas ? et lorsque je te dis « Frida, ma pauvre, laisse-moi t'aider », que te dis-je si ce n'est aide-moi, pauvre de moi, aide ton Diego ?

Ils demandèrent à Laura de rentrer au Mexique avec les bagages d'été, les boîtes en carton remplies de papiers, de tout remettre en ordre dans la maison de Coyoacán, de s'y installer si elle le souhaitait, il n'était pas nécessaire de s'expliquer davantage, qu'elle avait bien vu que, après la fausse couche, ils avaient plus que jamais besoin l'un de l'autre, que Frida n'allait pas travailler pendant un bon moment encore et que, à New York, elle n'aurait pas besoin de Laura, elle avait beaucoup d'amis là-bas, elle aimait sortir avec eux pour faire des courses ou aller au cinéma, il y avait un festival de films de Tarzan qu'elle ne voulait pas rater, elle adorait les films avec des gorilles, elle avait vu *King Kong* neuf fois, elle trouvait ça à mourir de rire. Ça lui remontait le moral.

— Tu sais que Diego a du mal à s'endormir en hiver. Il va falloir que je passe toutes les nuits avec lui pour qu'il prenne du repos et récupère de l'énergie pour la nouvelle fresque. Laura, n'oublie pas de déposer une poupée sur mon lit à Coyoacán.

XI

Avenida Sonora : 1934

Un beau jour, la tante Hilda et la tante Virginia disparurent.

Leur sœur Leticia se leva comme d'habitude à six heures du matin, heure à laquelle elle préparait le petit déjeuner afin que tout — mangues et coings, abricots de Saint-Domingue, pêches, œufs à la paysanne, pain noir, café au lait — soit prêt et disposé pour sept heures à chaque place marquée par la serviette roulée dans l'anneau d'argent.

Elle contempla d'un œil triste, qu'elle considéra par la suite comme prémonitoire, les emplacements réservés à ses trois sœurs et les initiales en argent, H, V, MO. Comme à sept heures et quart aucune des trois n'avait encore paru, Leticia se rendit dans la chambre de María de la O et la réveilla.

— Excuse-moi. J'ai fait de mauvais rêves.

— Qu'est-ce que tu as rêvé ?

— Il y avait une de ces vagues. Je ne sais plus, répondit la tante presque honteuse. Maudits rêves. Pourquoi disparaissent-ils aussi vite ?

Leticia alla ensuite frapper à la porte d'Hilda et il n'y eut pas de réponse. Elle entrouvrit et vit que le lit n'avait pas été défait. Elle regarda à l'intérieur de l'armoire et s'aperçut qu'il n'y avait qu'un seul cintre vide, celui auquel était normalement suspendue la longue chemise de nuit blanche au plastron volanté que Leticia avait mille fois lavée et repassée. Mais les rangées de chaussons et de bottines parfaitement alignés étaient au complet, telle une armée au repos.

Angoissée, elle pressa le pas en direction de la chambre de Virginia avec la certitude que là-bas non plus elle ne trouverait pas le lit défait. En revanche, il y avait une lettre dans une enveloppe adressée à Leticia, posée contre le miroir :

Petite sœur,

Hilda n'a pas pu être ce qu'elle voulait être et moi non plus. Hier nous nous sommes regardées dans la glace et nous avons pensé la même chose. Mieux vaut la mort que la maladie et la déchéance. Pourquoi attendre l'heure fatale avec une patience toute « chrétienne » ? Pourquoi ne pas avoir le courage d'aller au-devant de la mort au lieu de lui laisser le plaisir de venir frapper une nuit à notre porte ? Assises ici, à Xalapa, dépendantes de tes bontés et de ton labeur, nous étions en train de nous éteindre comme deux chandelles fatiguées. Nous avons voulu toutes les deux faire quelque chose d'équivalent à ce que nous n'avons pu réaliser durant notre vie. Notre sœur a contemplé ses doigts arthritiques et fredonné un Nocturne de Chopin. Moi, j'ai regardé mes cernes et j'ai compté dans chacune de mes rides un poème jamais publié. Nous nous sommes regardées et chacune a compris ce que l'autre pensait — imagine, tant d'années de vie ensemble, nous ne nous sommes jamais séparées depuis que nous sommes nées, nous devinons toutes nos pensées ! L'autre soir, tu te souviens, nous nous sommes assises toutes les quatre dans le salon pour jouer au mariage. C'était à moi de battre les cartes (Hilda en est dispensée à cause de ses doigts) et j'ai commencé à me sentir mal, comme quelqu'un qui entre en agonie et qui le sait, mais, j'avais beau me sentir terriblement mal, je ne pouvais pas m'arrêter de battre les cartes, j'ai continué à battre d'une manière insensée, jusqu'à ce que, toi et María de la O, vous me regardiez d'un air bizarre, alors mes gestes sont devenus frénétiques, je mélangeais ces cartes comme si ma vie en dépendait ; et alors, Leticia, tu as prononcé la phrase fatale, cette vieille blague terrible : « Il y a une petite vieille un jour qui est morte en battant des cartes. »

J'ai regardé Hilda, qui m'a regardée à son tour, et nous nous sommes comprises. Toi et notre autre sœur, vous étiez ailleurs, dans un autre monde.

Nous avons pris les cartes. Tu as sorti le roi de trèfle.

Hilda et moi nous sommes regardées jusqu'au fond de l'âme... Ne nous cherche pas. Hier soir nous avons enfilé nos chemises de nuit blanches, nous nous sommes mises pieds nus, nous avons réveillé Zampayita et lui avons commandé de nous conduire dans l'Isotta jusqu'à la mer, au bord du lac où nous sommes nées. Il n'a pas offert de résistance. Il nous a regardées comme si nous étions folles parce que nous voulions sortir en chemise de nuit. Mais il obéira toujours aux ordres venant d'une d'entre nous. C'est ainsi que, quand tu liras cette lettre à ton réveil, tu ne nous trouveras ni moi ni Hilda, ni le négrillon ni la voiture. Zampayita nous laissera là où nous le lui indiquerons et, ta sœur et moi, nous nous enfoncerons pieds nus dans la forêt, sans but, sans argent, sans un morceau de pain, pieds nus mais en chemise de nuit par pudeur. Si tu nous aimes, ne pars pas à notre recherche. Respecte notre dernière volonté. Nous avons voulu faire de notre mort un art. Le dernier. Le seul. Ne nous prive pas de ce plaisir. Tes sœurs qui t'aiment,

VIRGINIA et HILDA

— On n'a plus revu tes tantes, dit Leticia à Laura. On a retrouvé la voiture abandonnée dans un virage de la route d'Acayucan. Le négrillon, on l'a retrouvé lardé de coups de couteau, dans la même maison close, excuse-moi ma fille, où a grandi María de la O. Ne me regarde pas comme ça. Ce sont de purs mystères et ce n'est pas moi qui vais les éclaircir. J'ai assez de casse-tête avec ce que je sais déjà pour en ajouter avec ce que j'ignore.

Laura prit le train pour Xalapa dès qu'elle apprit la disparition des deux tantes célibataires, mais elle ne connaissait pas le terrible sort qui avait frappé le fidèle serviteur de toujours. C'était comme si l'esprit malin de « la Triestina », la mère de María de la O, aussi noir que sa peau, était revenu se venger de tous ceux qui lui avaient valu un destin que, selon les dires mêmes de María de la O, sa mère vilipendait à la cantonade :

— J'étais si heureuse quand j'étais pute. Que le diable emporte ceux qui ont voulu faire de moi une femme honorable !

Leticia déclarait à Laura ce que cette dernière savait depuis toujours. La Mutti n'allait pas farfouiller dans les on-dit et les vérifications. Elle prenait les choses telles qu'elles se présentaient. Elle n'avait pas besoin d'aller chercher parce qu'elle comprenait tout, et que, ce qu'elle ne comprenait pas, elle l'imaginait.

De retour au foyer familial, et à la suite du destin de ses tantes et de l'attitude de sa mère, Laura comprit rétrospectivement, comme si elle regardait un cadran solaire détraqué, que Leticia savait tout sur elle, sur l'échec de son mariage avec Juan Francisco, sa révolte contre son mari vite résorbée dans l'acceptation commode du refuge sous les ailes protectrices d'Elizabeth, puis dans la longue, vide, et finalement inutile relation avec Orlando. Et pourtant, ces étapes, si vaines en soi, n'avaient-elles pas été indispensables pour permettre à Laura d'accumuler des moments de perception isolés, mais dont l'addition semblait la mener, d'une manière encore vague et incertaine, vers une nouvelle conscience des choses ? L'heure solaire était inséparable de l'heure d'ombre.

Leticia profita de la disparition des deux vieilles filles pour regarder au fond des yeux de Laura et lui demander ce que Laura finit par dire, c'est une lourde tâche pour toi et pour la tante de vous occuper de deux garçons qui vont sur leurs huit et neuf ans. Je vais les ramener avec moi à Mexico, toi et la tante aussi...

— Nous restons ici, ma fille. Nous nous tenons compagnie. Tu dois rétablir ton ménage toute seule.

— Oui, Mutti. Juan Francisco nous attend tous dans la maison de l'Avenida Sonora. Mais je te l'ai dit, si toi et ta sœur vous voulez venir vivre avec nous, nous chercherons une maison plus grande, ça va de soi.

— Il faudra que tu te résignes à vivre sans nous, répondit Leticia avec un sourire. Je ne veux pas quitter l'État de Veracruz, jamais de la vie. La capitale m'épouvante.

Fallait-il lui expliquer comment, abandonnée par Orlando, elle avait décidé de revenir à la vie conjugale avec Juan Francisco, non par faiblesse, mais par un acte de volonté fort et nécessaire qui résumait tous les enseignements qu'elle avait tirés de sa vie avec Orlando? Elle avait reproché à son mari un manque essentiel de sincérité, pour ne pas dire une lâcheté, voire une trahison, qui allait le rendre pour toujours odieux aux yeux de sa femme et sa femme odieuse à ses propres yeux, car les raisons qu'elle s'était données quand elle s'était mariée avec le dirigeant ouvrier lui semblaient maintenant insuffisantes, même en tenant compte de la jeunesse et de l'inexpérience.

Cet après-midi-là, dans l'intimité où elle se trouvait avec sa mère dans la vieille ville de son adolescence, Laura aurait voulu dire tout cela à la Mutti, mais Leticia l'arrêta par une conclusion sans réplique.

— Si tu le souhaites, tu peux laisser les enfants ici jusqu'à ce que tu aies arrangé tes affaires avec ton mari et que vous ayez repris la vie conjugale. Mais ça tu le sais très bien.

Elles faillirent prononcer à l'unisson « raconte », mais elles se rendirent compte qu'elles n'avaient pas besoin d'échanger un seul mot pour tout savoir, Leticia sur l'échec matrimonial de Laura, Laura sur sa décision de retourner malgré tout auprès de Juan Francisco et de donner une seconde chance à son ménage et à ses enfants. Par la suite, Laura se souvint qu'elle avait eu envie d'avouer à sa mère qu'elle avait gâché les dernières années de sa vie, qu'elle s'était lourdement trompée, que la désillusion patente l'avait conduite au mensonge : elle s'était sentie justifiée de rompre avec Juan Francisco et de s'adonner à ce que les deux mondes — le monde intérieur de sa propre rancune et le monde extérieur de la société de la capitale — tenaient pour une vendetta acceptable de la part d'une femme humiliée : le plaisir, l'indépendance.

Laura ne savait plus maintenant si elle avait réellement connu l'un ou l'autre — le plaisir, la liberté. Collée à Elizabeth jusqu'à ce que la générosité se convertisse en patronage, puis ce dernier en irritation pour finir en mépris. Prise dans l'amour avec Orlando jusqu'au jour où la passion se révéla n'être que jeu et duperie. Partie à la découverte d'une nouvelle société d'artistes, gens de vieille souche ou de fortune récente, des arrivistes en tout cas, elle n'en avait, en revanche, jamais été dupe, car aux fêtes de Carmen Cortina l'apparence était l'essence dont la réalité était le masque.

Utile, se sentir utile, penser qu'elle servait à quelque chose, cela l'avait amenée sous le toit du clan Kahlo-Rivera, mais, malgré toute la gratitude qu'elle éprouvait envers ce couple extraordinaire qui l'avait accueillie dans un mauvais moment et l'avait traitée comme une amie et une compagne, Laura ne pouvait se cacher qu'elle occupait une place ancillaire dans le monde des deux artistes ; elle n'était qu'une pièce remplaçable à l'intérieur d'une géométrie parfaitement huilée, à l'instar de ces machines en acier brillant que Rivera avait célébrées à Detroit, mais un rouage à l'assise fragile, comme les jambes blessées de Frida Kahlo. Eux se suffisaient à eux-mêmes. Laura ne cesserait de les aimer, mais elle ne se faisait pas d'illusions : eux aussi l'aimaient, mais ils n'avaient pas besoin d'elle.

— De quoi ai-je besoin, maman ? qui a besoin de moi ? — reprit Laura après avoir raconté à Leticia tout ce qu'elle s'était promis de ne pas dire, et maintenant, après avoir déballé son fardeau dans une hâte vertigineuse, Laura, agrippée aux mains fortes et usées de sa mère, ne savait plus si elle avait vraiment prononcé toutes ces paroles ou si Leticia, une fois de plus, avait deviné les sentiments et les pensées de sa fille, sans que Laura eût à prononcer un seul mot.

« Raconte », avait dit Leticia, et Laura avait compris qu'elle savait.

— Alors tu penses que les enfants devraient rester ici ?

— Juste le temps que tu te retrouves avec ton mari.

— Et si ça ne marche pas, comme c'est probable ?

— Eh bien, cela voudra dire que ça ne marchera plus jamais. C'est comme ça. Le plus important, c'est que tu assumes quelque chose de vrai et que tu décides d'en faire ton salut au lieu d'attendre ton salut des autres. Comme tu l'as fait jusqu'à ce jour, excuse-moi de te dire ça.

— Même si je sais que cela tournera mal une fois de plus ?

Leticia acquiesça de la tête.

— Il y a des choses qu'il faut faire tout en sachant qu'elles sont vouées à l'échec.

— Qu'est-ce que j'y gagnerai, Mutti ?

— La chance, je dirai, de devenir toi-même en laissant derrière toi tes tentatives ratées. Tu n'auras plus à repasser par là.

— Aller au désastre les yeux grands ouverts, maman, c'est ça que tu me demandes ?

— Il faut aller jusqu'au bout des choses. Tu en laisses trop pendantes, trop de choses en suspens. Sois toi-même et non le jouet des autres, même si être un peu plus authentique te coûte plus cher.

— Ce n'est pas « authentique » ce qui m'est arrivé depuis que j'ai quitté Orlando ?

Cette fois, Leticia se contenta de tendre à sa fille la poupée chinoise.

— Tiens. Tu l'as oubliée la dernière fois que tu es venue. Madame Frida va en avoir besoin.

Laura prit Li Po, embrassa Dantón et Santiago dans leur sommeil et retourna à ce qui était déjà décidé dès avant son départ pour Xalapa, alarmée par la disparition des tantes.

Ils passèrent leur première nuit ensemble allongés côte à côte, comme dans une tombe, sans chaleur, sans reproches et sans se toucher, d'accord pour se dire certaines choses, pour faire quelques compromis. Ils ne refuseraient pas ses chances à l'amour charnel, mais ils ne le mettraient pas en avant comme une obligation. Couchés de nouveau côte à côte, ils partiraient maintenant de quelques questions et de quelques affirmations probatoires, tu comprends, Juan Francisco, avant de te rencontrer je te connaissais déjà par ce qu'on disait de toi, tu ne t'es jamais vanté de quoi que ce soit, je ne peux pas te faire ce reproche, au contraire, tu t'es présenté au Casino de Xalapa avec une simplicité qui m'a paru très séduisante, tu ne t'es pas fait valoir et tu n'as pas cherché à m'impressionner, j'étais impressionnée d'avance par l'homme courageux et exaltant que j'avais imaginé, tu venais remplacer l'héroïsme sacrifié de mon frère Santiago, tu avais survécu pour continuer la lutte au nom des miens, ce n'est pas ta faute si tu n'as pas été à la hauteur de mes illusions, j'en suis entièrement responsable, j'espère que cette fois-ci nous pourrons vivre ensemble sans tomber dans les mirages, moi je n'ai jamais senti d'amour venant de toi, Laura, seulement du respect, de l'admiration, de la fantaisie, mais pas de passion, cependant si la passion ne dure pas, le respect et l'admiration oui, et, si l'on perd cela, que nous reste-t-il ? Vivre sans passion et sans admiration, Juan Francisco, mais dans le respect, le respect envers ce que nous sommes, sans vaines illusions, et envers nos enfants qui ne sont coupables de rien et que nous mettons au monde sans leur demander leur avis, tu veux bien que tel soit le pacte entre toi et moi ? non, il y a autre chose, il faudra que tu me libères de la peur, j'ai peur de toi parce que tu m'as frappée, jure-moi que tu ne me frapperas plus jamais, quoi qu'il arrive entre nous, tu ne peux pas imaginer la terreur d'une femme quand un homme lui tape dessus. Voilà ma condition principale, ne t'inquiète pas, j'ai cru avoir plus de forces que je n'en ai réellement, pardonne-moi.

Et ensuite du temps pour qu'il tente quelques caresses tristes, pour qu'elle consente quelques tendresses de gratitude avant de réagir avec honte et de se dresser dans le lit, je ne veux pas te tromper, Juan Francisco, c'est par cela que je dois commencer, je veux te raconter tout ce qui m'est arrivé depuis que tu as dénoncé la nonne Gloria Soriano et que tu m'as giflée en pleine rue quand je suis partie, je veux que tu saches avec qui j'ai couché, qui j'ai désiré, avec qui j'ai pris du plaisir; je veux que tout ce que j'ai fait loin de toi rentre bien dans ta tête pour que tu puisses répondre à une question pour laquelle tu n'as pas encore de réponse : pourquoi m'as-tu jugée sur ma volonté de t'aimer au lieu de me condamner parce que je t'ai trompé? Je te le demande maintenant, Juan Francisco, avant de tout te raconter, avant de revivre tout ce qui s'est déjà passé, vas-tu de nouveau me juger en fonction de ma volonté de t'aimer, de revenir à toi? ou es-tu prêt dès maintenant à me condamner si je te trompe une nouvelle fois? As-tu le courage de répondre? je suis une parfaite salope, j'en conviens, mais réfléchis bien à ce que je te demande, auras-tu le courage de ne pas me juger si je te trompe — pour la première ou la énième fois, ça tu l'ignores, n'est-ce pas? Tu ne sauras jamais si ce que je te raconte est la vérité ou si je viens de l'inventer pour me venger de toi, encore que je puisse te donner des noms et des adresses, tu pourrais vérifier si je mens ou si je dis la vérité sur mes amours depuis que je t'ai quitté, mais cela ne change rien à ce que je viens de te demander, seras-tu capable de ne plus jamais me juger? C'est le prix à payer en mémoire de la nonne que tu as dénoncée et de la cause que tu as trahie; à cette condition je te pardonnerai et toi me pardonneras-tu? En es-tu capable? ....

....

Le long silence qui suivit les paroles de Laura ne fut interrompu que lorsque son mari se leva en boutonnant son pyjama à rayures bleues et blanches, se dirigea vers la coiffeuse, se servit un peu d'eau de la carafe, but et revint s'asseoir au bord du lit. La chambre, à la saison des pluies, était froide et l'averse tambourinait sur le toit, une grêle inattendue, de plus en plus dense. Par la fenêtre ouverte entrait un parfum renaissant de jacaranda dont la sensualité venait imprégner l'agitation des rideaux et la petite flaque d'eau en train de se former au pied de la fenêtre. Alors les paroles de Juan Francisco sortirent très lentement, comme celles d'un homme sans passé — d'où venait-il ? qui étaient ses parents ? pourquoi ne parlait-il jamais de ses origines ?

— J'ai toujours su que j'étais fort à l'extérieur et faible à l'intérieur. Je sais cela depuis mon plus jeune âge. C'est pour ça que je me suis donné tant de mal pour paraître fort devant le monde. Devant toi, surtout. Parce que, depuis tout petit, je connais mes craintes et mes faiblesses intérieures. Tu connais l'histoire de Démosthène ? comment il a surmonté son bégaiement et sa timidité en se promenant au bord de la mer jusqu'à ce qu'il réussisse à couvrir de sa voix la rumeur des vagues, et il a fini par devenir l'orateur le plus célèbre de la Grèce ancienne. Eh bien, j'ai fait de même. Je suis devenu fort parce que j'étais faible. Ce qu'on ne sait pas, Laura, c'est pendant combien de temps on l'emportera sur la peur. Parce que la peur est faible, et quand le monde t'offre des cadeaux pour la calmer — pouvoir, argent ou sensualité, les trois ensemble ou séparément, peu importe — il n'y a rien à faire, tu es si content que le monde se montre charitable à ton égard que tu commences à céder les forces réelles que tu t'es forgées quand tu n'avais rien, contre les forces trompeuses du monde qui s'adresse à toi. Alors, la faiblesse s'empare de toi, presque à ton insu. Si tu m'aides, il est possible que je trouve un certain équilibre, c'est-à-dire que je ne sois ni aussi fort que tu le croyais quand tu m'as rencontré, ni aussi faible que tu le pensais quand tu m'as quitté.

Elle n'allait pas discuter le fait de savoir lequel des deux avait quitté l'autre. S'il tenait à ce que ce soit lui l'abandonné, elle lui laisserait le rôle, par compassion, tout en s'interdisant de lui retirer encore un peu plus de respect. Lui, en échange, allait devoir supporter toutes ses vérités à elle, y compris les plus cruelles, et cela non par cruauté délibérée, mais afin qu'ils puissent vivre désormais dans la vérité, fût-elle désagréable, et surtout pour permettre à Dantón et Santiago de vivre dans une famille sans mensonges. Laura pensa à sa mère Leticia et se dit qu'elle voudrait bien être comme elle, disposer du don de tout comprendre sans avoir à prononcer de paroles inutiles.

À son retour de Xalapa, elle apporta la poupée chinoise à Frida Kahlo. La maison de Coyoacán était vide. Laura entra dans le jardin et cria : « Il y a quelqu'un ? » et la petite voix d'une domestique lui répondit : « Non, Madame, il n'y a personne. » Le couple était toujours à New York, Rivera travaillait sur les fresques du Rockefeller Center ; Laura posa Li Po sur le lit de Frida, sans rien d'autre, pas un mot, rien ; Frida comprendrait, c'était le cadeau de Laura à l'enfant perdu. Elle essaya d'imaginer la pureté d'ivoire de la poupée asiatique au milieu du fouillis tropical qui n'allait pas tarder à envahir la chambre : des singes, avait dit Frida, des perroquets, des papillons, des chiens à poil ras, des ocelots et la forêt de lianes et d'orchidées.

Laura fit venir les enfants de Xalapa. Très sérieux, Santiago et Dantón suivirent les instructions précises et pratiques données par la grand-mère Leticia et prirent le train Interocéanique jusqu'à la gare de Buenavista où Laura et Juan Francisco les attendaient. Le caractère des enfants, que Laura connaissait déjà, fut une surprise pour Juan Francisco, et même pour leur mère, qui constata que chacun d'entre eux accentuait rapidement ses traits personnels. Dantón, plaisantin et audacieux, plaqua deux baisers pressés sur les joues de ses parents et courut s'acheter des bonbons en lançant au passage — à quoi bon l'argent que nous a donné grand-mère, puisque dans le train il n'y avait ni barres de chocolat Larín ni sucettes Mimí, et, de toute façon, ça faisait très peu de sous, la radine — puis il se précipita vers le kiosque à journaux où il demanda les derniers numéros de *Pepín* et de *Chamaco Chico*, mais, se rendant compte qu'il n'aurait pas assez d'argent, il se contenta d'acheter le dernier cahier de *Los Supersabios;* et, quand Juan Francisco mit la main dans sa poche pour payer les illustrés, Laura l'arrêta tandis que Dantón tournait les talons pour courir vers la rue devant eux.

Santiago, lui, salua ses parents en leur tendant la main, établissant d'emblée une barrière infranchissable contre toute tentative d'embrassades. Il permit tout juste à Laura de poser sa main sur son épaule pour le guider vers la sortie et ne s'opposa pas à ce que Juan Francisco portât les deux petites valises jusqu'à la Buick noire garée dans la rue. Les deux garçons se sentaient mal à l'aise mais, ne voulant pas attribuer leur malaise à leurs retrouvailles avec leurs parents, ils se passaient l'index derrière le col amidonné et cravaté de la tenue très classique que doña Leticia leur avait préparée : veste à trois boutons, knickers au genou, hautes chaussettes à losanges et chaussures marron à lacets et bout carré.

Ils gardèrent tous le silence durant le trajet de la gare à l'Avenida Sonora, Dantón absorbé par ses illustrés et Santiago regardant d'un œil impavide défiler la ville majestueuse, le Monument à la Révolution récemment inauguré et que les gens comparaient à un poste à essence géant, le Paseo de la Reforma et la succession de ronds-points de verdure qui semblaient respirer au nom de tous, depuis celui du Caballito au croisement avec les avenues Juárez, Bucareli et Ejido, Christophe Colomb et son cercle de moines et de scribes impassibles, jusqu'à l'altier Cuauhtémoc, lance haut levée, au croisement avec Insurgentes ; tout au long de cette grande avenue bordée d'arbres, d'allées de terre battue pour les promeneurs et les cavaliers qui, à cette heure matinale, la parcouraient déjà au pas, et de somptueux hôtels particuliers aux façades et aux toits à la parisienne. Sur le Paseo donnaient les rues élégantes de la Colonia Juárez, avec leurs maisons en pierre à deux niveaux, des garages au rez-de-chaussée et des pièces de réception entr'aperçues par les balcons à piliers blancs, ouvertes pour que les domestiques en uniforme bleu et natte compliquée puissent aérer l'intérieur et secouer les tapis.

Santiago lisait les noms des rues — Niza, Génova, Amberes, Praga — jusqu'au bois de Chapultepec — même là, Dantón ne leva pas le nez de sa bande dessinée — pour continuer vers la maison de l'Avenida Sonora. Santiago garda comme un souvenir enchanteur de l'entrée au grand parc planté d'eucalyptus et de pins, flanqué de statues de lions couchés, et couronné par le fameux château où Moctezuma prenait ses bains, du haut duquel, en 1848, les Enfants Héros de l'École militaire s'étaient jetés dans le vide plutôt que de livrer l'Alcázar aux gringos, résidence de tous les chefs d'État, de Maximilien de Habsbourg à Abelardo de los Casinos, jusqu'au jour où le président, Lázaro Cárdenas, décida qu'il n'était pas fait pour tant de faste et, dans un élan de républicanisme, déménagea dans une modeste villa située au pied du château et qui portait le nom de Los Pinos.

Installés pour un deuxième petit déjeuner, les enfants écoutèrent sans broncher ce qui allait être la nouvelle organisation de leur vie ; ce qui n'empêchait pas l'étincelle dans les yeux de Dantón d'annoncer en silence qu'il répondrait à chaque obligation par une espièglerie inattendue. Le regard de Santiago se refusait à exprimer étonnement ou admiration ; ce vide, Laura en était certaine, était occupé par la nostalgie de Xalapa, de la grand-mère Leticia, de la tante María de la O : le jeune Santiago avait-il besoin que les choses soient derrière lui pour les regretter ? Laura se surprit dans cette pensée pendant qu'elle observait le visage sérieux, aux traits fins, aux cheveux châtains de son fils aîné, si ressemblant à son oncle mort, si dissemblable du type basané, de la peau couleur cannelle, des sourcils sombres et épais, des cheveux noirs plaqués à la gomina de Dantón. Sauf que Santiago le blond avait les yeux noirs tandis que Dantón le brun avait les yeux vert pâle, presque jaunes, comme la cornée des chats.

Laura poussa un soupir : l'objet de la nostalgie était toujours le passé, jamais l'avenir. Pourtant, dans le regard de Santiago, c'était bien cela qui clignotait, comme l'une de ces nouvelles enseignes lumineuses de l'Avenida Juárez : j'ai la nostalgie de ce qui est à venir...

Ils iraient à l'école Gordon de l'Avenida Mazatlán, non loin de la maison. Juan Francisco les conduirait le matin dans la Buick et ils rentreraient à cinq heures de l'après-midi par le car orange de l'école. Le matériel scolaire avait été acheté, les crayons suisses Ebehard, les plumes sans marque ni origine précises destinées à être trempées dans l'encrier du pupitre, les cahiers quadrillés pour l'arithmétique, à lignes pour les rédactions, le manuel d'histoire nationale du très anticalotin Teja Zabre, comme pour compenser celui de mathématiques du frère mariste Anfossi, les cours d'anglais, la grammaire espagnole et les livres à couverture verte d'histoire universelle des Français Malet et Isaac. Les cartables. Les tartes aux haricots, sardines et piments à l'intérieur d'un torchon plié, l'inévitable orange, l'interdiction d'acheter des bonbons parce qu'ils abîment les dents...

Laura avait l'intention de remplir ses journées avec ses nouvelles tâches. La nuit la guettait, l'aube sonnait à sa porte et entre les deux elle ne pouvait dire : la nuit est à nous.

Elle se faisait des reproches : « Je ne peux pas condamner le meilleur de moi-même au tombeau de la mémoire. » Mais la silencieuse sollicitude nocturne de son mari — « Je te demande si peu. Permets-moi au moins de me sentir nécessaire » — ne parvenait pas à calmer l'énervement permanent de Laura pendant ses heures de solitude, lorsque les enfants étaient à l'école et Juan Francisco au syndicat : « Comme la vie serait facile sans mari ni enfants. » Elle retourna à Coyoacán lorsque les Rivera rentrèrent des États-Unis, précédés des vagues provoquées par un nouveau scandale à New York ; Diego avait introduit les visages de Marx et de Lénine dans sa fresque du Rockefeller Center, ce qui avait eu pour conséquence la demande, émise par Nelson du même nom, auprès de Diego pour qu'il efface l'effigie du dirigeant soviétique, ce que Diego refusa, proposant, en revanche, et en contrepartie de la tête de Lénine, d'introduire la tête de Lincoln, si bien que finalement douze gardes armés vinrent intimer l'ordre au peintre de cesser son travail et lui remirent en échange un chèque de quatorze mille dollars (« Un peintre communiste s'enrichit avec des dollars capitalistes »). Les syndicats tentèrent de sauver la fresque mais les Rockefeller la firent détruire à coups de burin et la jetèrent à la poubelle. Tant mieux, déclara le Parti communiste des États-Unis, la fresque de Rivera était « contre-révolutionnaire », et Diego et Frida rentrèrent au Mexique, lui d'humeur sombre, elle pestant contre « Gringoland ». Ils étaient revenus, mais il n'y avait plus de place pour Laura : Diego voulait se venger des Américains au moyen d'une nouvelle fresque, commandée par la New School, Frida avait peint un tableau douloureux la représentant en robe folklorique vide suspendue au milieu de gratte-ciel sans âme, à la frontière séparant le Mexique des États-Unis, bonjour Laurita, comment vas-tu, passe nous voir quand tu veux, à bientôt...

La vie sans le mari ni les enfants. Une simple irritation, telle une mouche qui s'entête à se poser sur votre nez, cent fois chassée et cent fois revenue, car Laura savait déjà ce qu'était la vie sans Juan Francisco, sans Dantón et sans le jeune Santiago, et, mise devant le choix, elle n'avait rien trouvé de plus grand ni de meilleur que de reprendre sa vie d'épouse et de mère — si seulement Juan Francisco ne mêlait pas d'une façon aussi manifeste sa conviction que sa femme le jugeait à l'obligation qu'il se faisait de l'aimer. Son mari était ancré dans une rade immobile. L'excessive adoration qu'il avait décidé de montrer à Laura, comme pour compenser les erreurs du passé, irritait celle-ci, car c'était une façon de demander pardon dont le résultat n'était pas celui escompté. « Je ne le déteste pas, il me fatigue, il m'aime trop, un homme ne doit pas trop aimer une femme, il y a un équilibre intelligent à trouver qui manque à Juan Francisco, il doit apprendre qu'il y a une limite entre le besoin, pour une femme, d'être aimée et le soupçon qu'elle ne l'est pas autant qu'on veut lui faire croire. »

Juan Francisco, ses petits soins, ses politesses, son attention paternelle appliquée avec les enfants qu'il n'avait pas vus pendant six ans, le nouveau devoir qu'il s'était imposé de raconter ce qu'il avait fait pendant la journée à Laura sans jamais lui demander ce qu'elle avait fait, elle, sa façon insinuante et doucereuse de solliciter l'amour, approchant son pied de celui de Laura sous les draps, surgissant tout nu de la salle de bains en faisant stupidement semblant de chercher son pyjama, sans se rendre compte du bourrelet qui s'était formé autour de sa taille, de la perte de sa minceur brune de métis, au point d'obliger Laura à prendre l'initiative, à précipiter l'acte, à accomplir mécaniquement son devoir conjugal...

Elle se résigna à tout, jusqu'au jour où une ombre commença à se faire de plus en plus visible, d'abord immatérielle au milieu de la circulation de l'avenue, puis prenant corps sur le trottoir d'en face, et s'exhibant finalement quelques pas derrière elle lorsque Laura allait au marché du Parián pour faire ses courses. Elle ne voulait pas prendre de domestique. Le souvenir de la nonne Gloria Soriano était trop douloureux. Les tâches ménagères remplissaient ses heures solitaires.

Le plus surprenant de cette découverte, ce fut que Laura, se sachant surveillée par un sbire de son mari, ne prit pas la chose au sérieux. Et cela l'attrista beaucoup plus que si elle en avait été affectée. Cela engagea Juan Francisco sur une voie aussi étroite qu'était large l'avenue où ils habitaient. À titre de réciproque, elle décida de le surveiller non pas physiquement — comme il le faisait stupidement — mais par une arme plus puissante. La surveillance morale.

Lázaro Cárdenas, un général originaire du Michoacán, ex-gouverneur de cet État et dirigeant du parti officiel, avait été élu président et tout le monde pensait qu'il ne serait qu'un nouveau pantin entre les mains du Chef Suprême de la Révolu-tion, le général Plutarco Elías Calles. La farce du pouvoir était telle que, pendant la présidence de Pascual Ortiz Rubio, un esprit moqueur avait accroché un écriteau à la porte de la résidence officielle de Chapultepec : ICI HABITE LE PRÉSIDENT ; CELUI QUI COMMANDE HABITE EN FACE. Le président suivant, Abelardo Rodríguez, considéré comme un fantoche de plus aux ordres du Chef Suprême, réprima une grève après l'autre, celle des télégraphistes d'abord, puis celle des travailleurs journaliers de Nueva Lombardía et de Nueva Italia à Michoacán, des paysans d'origine italienne habitués au combat du Parti communiste d'Antonio Gramsci, et finalement le mouvement national des travailleurs agricoles dans les États du Chiapas, Veracruz, Puebla et Nuevo León : le président Rodríguez ordonna le licenciement des grévistes et leur remplacement par des militaires ; les tribunaux contrôlés par le pouvoir exécutif déclarèrent « injustifiée » une grève après l'autre ; l'armée et les « gardes blanches » assassinèrent plusieurs travailleurs des communautés italo-mexicaines ; quant aux meneurs des grèves nationales qui luttaient pour le salaire minimum, Abelardo les envoya au sinistre pénitencier des îles Tres Marías, dont parmi eux le jeune écrivain José Revueltas.

La vieille CROM de Luis Napoleón Morones, incapable de défendre les travailleurs, s'affaiblissait de jour en jour, tandis que l'on assistait à la montée en puissance d'un nouveau dirigeant, Vicente Lombardo Toledano, un philosophe thomiste converti au marxisme, homme maigre à l'aspect ascétique, au regard triste, aux cheveux ébouriffés et avec une pipe à la bouche : à la tête de la Confédération générale des Ouvriers et Paysans du Mexique, Lombardo créa une alternative pour une véritable lutte ouvrière; les travailleurs qui se battaient pour la terre, les salaires, les conventions collectives, commencèrent à se regrouper au sein de la CGOCM et, comme dans le Michoacán, le nouveau président Cárdenas avait soutenu la lutte syndicale, tout, normalement, devait changer désormais : il n'était plus question de Calles et de Morones mais de Cárdenas et de Lombardo...

— Et l'indépendance syndicale, Juan Francisco, qu'est-ce que tu en fais? — telle fut la question que Laura entendit un soir énoncée par le seul vieux camarade qui venait encore rendre visite à son mari, le bien fatigué Pánfilo qui ne trouvait plus où cracher car Laura avait fait enlever les horribles récipients en cuivre.

Juan Francisco répéta ce qui était devenu son credo :

— Au Mexique les choses changent de l'intérieur, pas de l'extérieur...

— Apprendras-tu un jour quelque chose? répondit Pánfilo en soupirant.

Cárdenas commençait à donner des signes d'indépendance et Calles, d'impatience. Dans ce contexte, Juan Francisco semblait incertain quant à la tournure qu'allait prendre le mouvement ouvrier et sa propre position à l'intérieur de ce dernier. Laura perçut ce malaise et demanda à plusieurs reprises à son mari, avec une inquiétude légitime, s'il intervient une rupture entre Calles et Cárdenas, de quel côté vas-tu te ranger? et Juan Francisco ne pouvait s'empêcher de retomber dans son vieux travers d'avant sa réconciliation avec Laura, la rhétorique politique, la Révolution est unie, il n'y aura jamais de rupture entre ses dirigeants, mais la Révolution a déjà rompu avec beaucoup de tes anciens idéaux, Juan Francisco, quand tu étais anarcho-syndicaliste (et les images de la soupente de Xalapa, de la vie cachée d'Armonía Aznar, de ses mystérieuses relations avec Orlando et de l'éloge funèbre de Juan Francisco revenaient en cascade), et il répétait tel un bigot ânonnant le credo, il faut agir de l'intérieur, du dehors tu te fais écraser comme une mouche, les batailles se mènent de l'intérieur du système...

— Il faut savoir s'adapter, n'est-ce pas ?

— Tout le temps. Évidemment. La politique est l'art du compromis.

— Du compromis, répétait Laura avec le plus grand sérieux.

— Oui.

Il fallait s'obscurcir le cœur pour ne pas reconnaître ce qui arrivait ; Juan Francisco pouvait toujours expliquer que les impératifs politiques l'obligeaient au compromis avec le gouvernement...

— Tous les gouvernements ? N'importe quel gouvernement ?

... elle ne pouvait pas lui demander si sa conscience le laissait tranquille ; il aurait voulu admettre que, s'il ne craignait pas l'opinion des autres, il avait peur de Laura Díaz, qu'elle se remette à le juger. Jusqu'à ce qu'un soir, une nouvelle crise éclate entre eux.

— J'en ai assez que tu me juges.

— Et moi que tu m'espionnes.

— Je ne vois pas de quoi tu parles.

— Tu as enfermé mon âme dans une cave.

— Cesse de t'apitoyer sur ton sort, tu me fais de la peine.

— Ne me parle pas comme le saint à la pécheresse. Adresse-toi à moi !

— Cela m'indigne que tu me demandes des résultats qui n'ont rien à voir avec la réalité.

— Arrête de penser que je te juge.

— S'il n'y a que toi qui me juges, ma pauvre petite, ça m'est complètement égal —, et elle, elle avait envie de répliquer, tu crois que je suis revenue simplement pour me faire pardonner mes erreurs ? elle se mordit la langue, la nuit me guette, l'aube me libère, pour se calmer, elle se rendit dans la chambre des enfants pour les regarder dormir.

Les regarder dormir.

Il lui suffisait de contempler les deux petites têtes enfoncées dans les oreillers, Santiago les couvertures remontées jusqu'au menton, Dantón découvert et couché tout de travers, comme si l'opposition des deux personnalités se manifestait jusque dans leur sommeil, et elle se demanda si, arrivée à ce point précis de son existence, elle avait quelque chose à apprendre à ses enfants, si elle aurait au moins le courage de leur demander, que voulez-vous savoir, que puis-je vous dire ?

Assise là, en face des lits jumeaux, elle aurait seulement pu leur dire qu'ils étaient venus au monde sans qu'on leur demande leur avis et que cette liberté des parents n'était pas un gage de salut pour eux, les sujets d'un héritage de rancunes, de nécessités et d'ignorances que, s'y efforceraient-ils, les parents ne pourraient pas effacer sans porter atteinte à la liberté même des enfants. Ce serait à eux de se battre contre les maux dus à l'hérédité ; elle, la mère, ne pouvait pour autant se retirer, disparaître, devenir le fantôme de sa propre descendance. Elle était bien obligée de résister pour eux sans jamais le montrer, rester invisible au côté de ses enfants, afin de ne pas porter atteinte à l'honneur de la créature, la responsabilité du fils qui a besoin de croire à sa propre liberté, de se savoir le créateur de son propre destin. Que lui restait-il à faire d'autre si ce n'est surveiller discrètement, endurer beaucoup et demander à la fois beaucoup de temps pour vivre et peu pour souffrir, comme les tantes Hilda et Virginia ?

Il lui arrivait de passer toute la nuit à les regarder dormir, décidée à accompagner ses fils où qu'ils aillent, comme le long d'un grand littoral où la mer et la plage sont distinctes mais indissociables ; même si le voyage ne durait qu'une nuit, mais dans l'espoir qu'il ne se termine jamais, laissant planer la question au-dessus de la tête de ses enfants : combien de temps, combien de temps sur terre Dieu et les hommes leur accorderont-ils ?

Les regardant dormir jusqu'à l'apparition du soleil, puis la lumière se poser sur leurs têtes, car elle peut elle-même toucher le soleil de ses mains, tout en se demandant combien de soleils ils supporteraient, elle et ses enfants. Pour chaque parcelle de lumière, il y avait une silhouette d'ombre.

Puis Laura Díaz s'éloignait des lits où ses fils dormaient, elle se relevait agitée par une trouble nausée et se disait (elle leur disait presque) pour qu'ils comprennent leur mère sans la condamner à la pitié, puis à l'oubli, afin d'être une mère détestée et libérée par la haine de ses fils, détestée mais forcément inoubliable, elle leur disait, j'ai besoin d'être active, fervente et active, mais je ne sais pas encore comment, je ne peux pas revenir à ce que j'ai déjà fait, je veux une révélation authentique, une révélation qui soit une élévation et non un renoncement. Comme la vie serait facile sans mari et sans enfants ! Une fois de plus ? Ce serait la bonne ? Pourquoi pas ? Serait-ce que, la première fois, on épuise les chances de liberté ? Un échec antérieur ferme-t-il les portes d'un bonheur possible en dehors du cercle familial ? Ai-je épuisé mon destin ? Santiago, Dantón, ne m'abandonnez pas. Laissez-moi vous suivre où que vous alliez, quoi que vous fassiez. Je ne veux pas être adorée. Je veux être attendue. Aidez-moi.

XII

Parc de la Lama : 1938

En 1938, les démocraties européennes s'inclinèrent devant Hitler à Munich et les nazis occupèrent l'Autriche et la Tchécoslovaquie, la république espagnole continua de se battre tout en se repliant sur tous les fronts, Walt Disney présenta *Blanche Neige et les septs nains*, Sergueï Eisenstein, *Alexandre Nevski*, et Leni Riefenstahl, *Les Jeux olympiques de Berlin*. Pendant la « Nuit de cristal », les synagogues, les magasins, les maisons et les écoles juives furent incendiés par les troupes S.S. en Allemagne, le Congrès des États-Unis instaura la Commission des activités anti-américaines, Antonin Artaud proposa son « théâtre de la cruauté », Orson Welles fit croire à tout le monde que les Martiens avaient envahi le New Jersey, Lázaro Cárdenas nationalisa le pétrole mexicain et, toujours au Mexique, deux compagnies de téléphone rivales — la suédoise Ericsson et la nationale Mexicana — fournissaient leurs services chacune de leur côté, si bien (quel bien !) que l'abonné d'Ericsson ne pouvait pas communiquer avec l'abonné de Mexicana et réciproquement. L'imbroglio faisait que la personne possédant un poste Ericsson devait avoir recours à un voisin, un ami, un bureau ou un tabac si elle voulait parler avec une personne dont la ligne relevait de la Mexicana et, là encore, vice versa.

— Au Mexique, même les téléphones sont baroques, disait Orlando Ximénez.

L'extension des grandes villes modernes rend difficiles les relations amoureuses ; personne n'a envie de faire une heure d'autobus ou de voiture pour avoir une minute et demie de plaisir sexuel. Le téléphone permet les moments intermédiaires. À Paris, le pneumatique ou « *petit bleu** » servait de lien entre les couples ; ces petites enveloppes bleues pouvaient contenir toutes les promesses ; les amoureux les recevaient avec plus d'anxiété qu'un télégramme. Mais au Mexique, l'année de l'expropriation du pétrole et de la défense de Madrid, si les amants n'habitaient pas dans le même quartier, et si l'un avait un Ericsson et l'autre un Mexicana, ils étaient condamnés à inventer des réseaux de communication étranges, compliqués ou, comme le disait Orlando, baroques.

Cependant, la première communication entre eux, le premier message personnel n'aurait pu être plus direct. Ce fut, tout simplement, la rencontre de leurs regards. Plus tard, elle se dirait qu'elle était prête à ce qui allait se passer, mais, quand elle le vit pour la première fois, ce fut comme si elle n'avait jamais pensé à lui. Leurs regards ne se croisèrent pas, ils se plantèrent l'un dans l'autre. Elle se demanda : en quoi cet homme est-il différent de tous les autres hommes ? Et il lui répondit en silence, par-delà la centaine d'invités au dîner : je ne regarde que toi.

— Il ne regarde que moi.

Elle eut envie de partir ; cette attirance aussi soudaine que puissante lui fit peur, la nouveauté de la rencontre l'angoissa, les conséquences d'une liaison suscitèrent ses craintes, elle pensa à tout ce qui pouvait s'ensuivre, la passion, l'attachement, la culpabilité, le remord, le mari, les enfants ; non, tout cela n'allait pas se produire après les événements ; la vision les précéda, involontairement, instantanément ; tout se présenta comme dans un salon où tous les membres de la famille se seraient réunis pour discuter et juger Laura tranquillement.

Elle songea à s'en aller. Elle allait prendre la fuite. Il s'approcha, comme s'il avait deviné son intention et lui dit :

— Reste encore un peu.

Ils se regardèrent dans les yeux ; il était aussi grand qu'elle, un peu moins que son mari, mais, avant même qu'il lui eût adressé la parole, elle sentit qu'il la traitait avec respect et que le tutoiement n'était que l'habitude espagnole. L'accent était castillan, l'allure aussi ; il ne pouvait avoir plus de quarante ans, mais les cheveux étaient complètement blancs, ce qui contrastait avec la fraîcheur d'une peau dont les seules rides étaient celles d'entre les sourcils. Le regard, le sourire éclatant, le profil droit, les yeux courtois mais passionnés. Le teint très pâle, les yeux très noirs. Elle aurait aimé se voir telle qu'il la voyait.

— Reste encore un peu.

— C'est toi qui commandes, répondit-elle sans réfléchir.

— Non, corrigea-t-il en riant. Je propose.

Elle lui reconnut d'emblée trois vertus. Réserve, discrétion et indépendance, jointes à un comportement social irréprochable. Ce n'était pas un Mexicain de classe aisée comme ceux qu'elle avait fréquentés à l'hacienda de San Cayetano et dans les cocktails de Carmen Cortina. Il était espagnol, et de bonne famille, mais il y avait dans son regard une mélancolie et dans son corps une anxiété qui firent plus que la fasciner : elle en éprouva de l'appréhension, quelque chose qui la poussait à percer un mystère, et elle se demanda s'il ne s'agissait pas là du piège le plus subtil de l'« hidalgo » — ce terme lui était immédiatement venu à l'esprit pour le définir : se présenter au monde comme une énigme.

Elle tenta de pénétrer le regard de l'homme, les yeux enfoncés dans le crâne, près de l'ossature, près du cerveau. Les cheveux blancs éclairaient les prunelles noires, comme ils éclairent, chez nous, les visages métis du Mexique ; un jeune homme basané peut se transformer, grâce aux cheveux blancs, en un vieillard au teint de papier, comme si le temps décolorait la peau.

L'« hidalgo » lui offrit un regard d'admiration et de destin. Cette nuit-là, couchés dans la chambre de l'hôtel l'Escargot, près du parc de la Lama, parmi les caresses lentes et répétées, sur les joues, les cheveux, les tempes, il lui dit qu'elle devrait l'envier parce qu'il pouvait voir son visage sous des angles divers, et surtout illuminé par les moments passés ensemble, que fait la lumière au visage d'une femme ? Comment ce visage réagit-il aux différentes heures du jour, à la lumière de l'aube, du matin, de midi, de l'après-midi, du crépuscule, de la nuit ? Que vient dire au visage d'une femme, quelle que soit l'heure, la lumière qui la touche de face ou de profil, la surprend d'en bas ou la couronne d'en haut, l'attaque brutalement sans la prévenir en plein jour, ou la caresse tendrement dans la pénombre ? lui demanda-t-il, et elle n'avait ni ne voulait avoir de réponses, elle se sentait admirée et enviée parce qu'il lui posait, au lit, toutes les questions qu'elle avait toujours voulu entendre d'un homme en sachant qu'il s'agissait de questions que toute femme souhaite entendre au moins une fois dans sa vie de la bouche d'un homme.

Elle ne pensait plus en termes de minutes ou d'heures car, à partir de cette nuit-là, elle se mit à vivre avec lui le temps intemporel de la passion amoureuse, un tourbillon de temps qui jetait hors de la conscience tous les autres soucis de la vie. Toutes les scènes oubliées. Bien que, à l'aube de ce jour, elle craignît que le temps qui venait de dévorer tous les moments antérieurs de sa vie ne vînt également engloutir celui-ci. Elle s'agrippa au corps de l'homme, se serra contre lui avec la ténacité du lierre, s'imaginant sans lui, absent mais inoubliable, dans cette situation possible bien que totalement indésirée : le moment où il ne serait plus là, où il ne resterait que dans sa mémoire, l'homme ne serait plus auprès d'elle, mais son souvenir l'accompagnerait pour toujours. Ce fut le prix qu'elle eut à payer depuis lors et elle n'en fut pas mécontente, elle le trouva même d'un montant très modéré par rapport à la plénitude de l'instant. Malgré elle, elle se demandait sans cesse avec angoisse : que signifient ce geste, ce regard, cette voix sans début ni fin ? Dès qu'elle le rencontra, elle ne voulut plus le perdre.

— Pourquoi es-tu si différent des autres ?

— Parce que je ne regarde que toi.

Elle aimait le silence qui suivait le coït. Elle aima ce silence dès la première fois. C'était la promesse attendue d'une solitude partagée. Elle aimait le lieu choisi parce que c'était, aussi, un lieu prédestiné. Le lieu des amants. Un hôtel à côté d'un parc ombragé, frais et secret au milieu de la ville. C'était ce qu'elle souhaitait. Un lieu qui resterait inconnu, une sensualité mystérieuse dans un endroit que tout le monde, sauf les amants, tient pour banal. Elle tomba définitivement amoureuse des formes du corps de cet homme, mince mais fort, bien proportionné, passionné, discret et sauvage, comme si ce corps était un miroir de transformations, le reflet d'un duel imaginaire entre le dieu créateur et sa bête inévitable. Ou l'animal plus la divinité qui l'habite. Elle n'avait jamais connu de métamorphoses aussi soudaines, de la passion au repos, de la tranquillité à l'embrasement, de la sérénité à la démesure. Un couple humide, fertile l'un pour l'autre, se devinant toujours. Elle lui dit qu'elle l'aurait reconnu n'importe où.

— À tâtons, dans l'obscurité ?

Elle acquiesça. Les corps s'unirent de nouveau, avec la libre obéissance de la passion. Dehors le jour pointait ; le parc entourait l'hôtel de sa garde de saules pleureurs et l'on pouvait s'égarer dans le labyrinthe des hautes haies et des arbres encore plus hauts, dont la voix chuchotante et le froissement des ramures désorientaient et faisaient perdre leur chemin aux amants, si éloignés du proche, si proches de l'absence.

— Depuis combien de temps n'as-tu pas passé une nuit hors de chez toi ?

— Pas une seule fois depuis que je suis rentrée.

— Tu vas inventer une excuse ?

— Je crois bien.

— Tu es mariée ?

— Oui.

— Qu'est-ce que tu vas dire ?

— Que j'ai passé la nuit chez Frida.

— Tu es obligée de t'expliquer ?

— J'ai deux petits enfants.

— Tu connais le dicton anglais : never complain, never explain ?

— Je crois que c'est mon problème.

— Le fait de t'expliquer ou pas ?

— Si je ne dis pas la vérité, je vais me sentir mal. Mais si je la dis, je vais blesser tout le monde.

— N'as-tu pas pensé que ce qui arrive entre toi et moi fait partie de notre vie intime et que personne n'a à en savoir quoi que ce soit ?

— Tu dis cela pour nous deux ? Toi aussi, tu as à choisir entre te taire ou raconter ?

— Non, je te demande seulement si tu ignores qu'une femme mariée peut séduire un homme.

— Ce qui est bien, c'est que Frida est abonnée à Mexicana et nous à Ericsson. Mon mari aura du mal à contrôler mes mouvements.

Il rit de cet imbroglio téléphonique, mais elle ne voulut pas lui demander s'il était marié, s'il y avait une autre femme. Elle l'entendit énoncer ces paroles — une femme mariée peut séduire un autre homme que son mari, une femme mariée peut continuer à séduire des hommes — et ces mots suffirent pour qu'une excitation, presque une tentation inconnue, la rejette avec ardeur dans les bras forts et minces, la toison noire, la bouche avide de son hidalgo espagnol, son amant, son homme partagé, comme elle l'avait tout de suite deviné, il savait qu'elle était mariée, elle s'imagina qu'il avait une autre femme, sauf qu'elle ne parvenait pas à lui donner corps, à la visualiser, quel genre de rapport Jorge Maura pouvait-il avoir avec cette femme à la fois présente et absente ?

Laura Díaz choisit la lâcheté. Il ne lui disait pas qui ni comment était l'autre. Elle, par contre, lui dirait qui et comment était son mari, mais elle ne raconterait rien à Juan Francisco tant que Jorge ne lui aurait rien dit de l'autre femme. Son nouvel amant (Orlando traversa sa mémoire) était comme une maison à deux niveaux. À l'entrée, il était réservé, discret, aux manières très strictes. À l'étage, il était ouvert, passionné, comme si seule l'exclusion le maintenait à mi-chemin des intempéries et qu'il était sans réserve pour le temps de l'amour. Elle trouva irrésistible cette combinaison, cette façon complète d'être un homme, serein et passionné, ouvert et secret, discret lorsque habillé, indiscret dans la nudité. Elle s'avoua qu'elle avait toujours rêvé d'un homme comme ça. Et il était enfin là, désiré depuis toujours, ou inventé à l'instant, mais révélateur d'un souhait éternel.

Tout en contemplant le parc de la fenêtre de l'hôtel, Laura Díaz eut la conviction que, pour la première fois de sa vie, elle et un homme allaient se voir et se connaître sans avoir besoin de se dire quoi que ce soit, sans explications ni calculs superflus. Chacun comprendrait tout. Chaque instant partagé les rapprocherait davantage.

Jorge l'embrassait de nouveau, comme s'il devinait tout d'elle, l'esprit et le corps. Elle ne pouvait pas s'arracher de lui, de sa chair, de sa figure accouplée à la sienne, elle avait envie de mesurer et de retenir l'orgasme, elle revendiquait les regards partagés du plaisir, elle souhaitait que tous les couples du monde jouissent comme Maura et elle étaient en train de le faire, c'était son vœu le plus universel, le plus fervent. Nul, jamais, au lieu de fermer les yeux ou de tourner la tête, ne l'avait regardée au moment du plaisir; pour eux, c'était comme si en se regardant ils faisaient le pari de jouir ensemble, et, en effet, cela arrivait à chaque fois, par l'échange des regards ardents mais lucides, ils se nommaient femme et homme, homme et femme, qui font l'amour face à face, les seuls animaux qui s'accouplent de face, en se regardant, vois comme mes yeux sont ouverts, rien ne m'excite plus que de te voir me regardant, l'orgasme est devenu un élément du regard, le regard l'âme de l'orgasme, toute autre position, toute autre réponse resta à l'état de tentation, et la tentation vaincue devenait promesse de la véritable, la meilleure, la prochaine excitation des amants.

Se faire face et ouvrir les yeux à l'instant de la jouissance.

— Nous allons souhaiter cela à tous les amants du monde, Jorge.

— À tous, Laura, mon amour.

Il se promenait maintenant comme un chat au milieu du désordre de sa chambre d'hôtel. Elle n'avait jamais vu autant de papiers éparpillés, autant de dossiers ouverts, autant de désordre chez un homme aussi soigneux et rangé par ailleurs. On aurait dit que Jorge Maura n'aimait pas toute cette paperasserie, qu'il transportait dans ses valises une chose méprisable, désagréable, voire empoisonnée. Il ne fermait pas les porte-documents, comme s'il cherchait à les aérer, ou s'il espérait que les papiers s'envoleraient ailleurs, ou qu'une femme de chambre indiscrète viendrait les lire.

— Elle n'y comprendrait rien, dit-il avec un sourire amer.

— Comment ?

— Rien. J'espère que tout ira bien.

Avec lui, Laura redevint comme elle avait été ou comme elle n'avait jamais été avec lui : langoureuse, timide, insouciante, câline, forte. Elle retrouva toutes ces qualités parce qu'elle savait que de toute façon cela serait mis en déroute par la pression du désir, que le désir était capable de détruire jusqu'au plaisir même, de devenir exigeant, indifférent aux limites de la femme et de l'homme, obligeant ainsi les couples à devenir trop conscients de leur bonheur. C'est pourquoi elle décida d'introduire la vie quotidienne dans leur relation, afin d'apaiser cette bourrasque destructrice qui, depuis la première nuit, accompagnait immanquablement leur plaisir et suscitait leur effroi. Mais elle n'eut pas à le faire, il la devança. La devança-t-il réellement ou était-il prévisible que l'un des deux finisse par descendre de la passion à l'action ?

Jorge Maura se trouvait au Mexique en tant que représentant de la République espagnole, déjà réduite, en mars 1938, aux enclaves de Madrid et de Barcelone, et, au sud, aux zones méditerranéennes de Valence. Le gouvernement mexicain de Lázaro Cárdenas avait fourni une aide diplomatique aux républicains, mais l'éthique ne pouvait compenser l'aide matérielle massive apportée par les régimes nazi et fasciste au rebelle Franco, ni le lâchage pusillanime des républicains par les démocraties européennes, notamment l'Angleterre et la France. Berlin et Rome intervenaient de toute leur puissance en faveur de Franco, Paris et Londres abandonnaient à leur sort la « républiquette », comme l'avait appelée María Zambrano. La petite fleur de la démocratie espagnole était piétinée par tout le monde, ses amis, ses ennemis et parfois même par ses partisans...

Laura Díaz lui dit qu'elle voulait tout faire à ses côtés, tout partager, tout savoir, elle était amoureuse de lui, follement amoureuse.

Jorge Maura ne broncha pas en entendant cette déclaration, et Laura ne put déterminer si cela faisait partie de son sérieux de l'écouter sans rien dire, ou si l'« hidalgo » marquait simplement une pause avant de commencer son récit. Cela tenait peut-être un peu des deux. Il voulait qu'elle l'écoute avant de prendre une décision quelconque.

— Je te jure que je meurs si je ne sais pas tout de toi, le devança-t-elle à son tour.

Penser à l'Espagne le rendait songeur. L'Espagne, dit-il, est pour les Espagnols ce que le Mexique est pour les Mexicains : une obsession douloureuse. Ce n'est ni un hymne à l'optimisme comme l'est leur patrie pour les Américains, ni une plaisanterie flegmatique comme pour les Anglais, ni une folie sentimentale — les Russes —, ni une ironie raisonnable — les Français —, ni un impératif agressif comme le perçoivent les Allemands, mais un conflit entre deux moitiés, deux parties opposées, qui tirent l'âme chacune de leur côté, Espagne et Mexique, deux pays d'ombre et de soleil.

Il commença par lui raconter quelques histoires, sans aucun commentaire, tandis qu'ils se promenaient entre les haies et les pins du parc de la Lama. La première chose qu'il lui dit au cours de ces promenades, c'est qu'il avait été frappé de la ressemblance entre le Mexique et la Castille. Pourquoi les Espagnols avaient-ils choisi un haut plateau qui rappelait celui de la Castille pour établir leur première et principale vice-royauté américaine ?

Il regardait les terres sèches, les montagnes brunes, les sommets enneigés, l'air froid et limpide, la désolation des chemins, les ânes et les pieds nus, les femmes habillées de noir et enveloppées dans des châles, la dignité des mendiants, la beauté des enfants, l'abondance de fleurs et la richesse culinaire de deux pays affamés. Il allait dans des oasis de végétation et de fraîcheur comme celle-ci, et il avait l'impression qu'il n'avait pas bougé, ou qu'il avait le don d'ubiquité, non seulement au sens physique, mais au sens historique, parce que naître espagnol ou mexicain transforme l'expérience en destin.

Il l'aimait et il voulait qu'elle sache tout sur lui. Tout sur la guerre telle qu'il l'avait vécue. Il était soldat. Il obéissait. Mais il avait commencé par se révolter avant d'obéir. En raison de ses origines sociales, on avait voulu l'utiliser pour des missions diplomatiques. Il descendait d'Antonio Maura y Montaner, qui avait été premier ministre réformiste au tournant du siècle, il avait par ailleurs été l'élève d'Ortega y Gasset et il était diplômé de l'université allemande de Fribourg : il avait donc exigé de commencer par participer à la guerre pour connaître la vérité, la défendre ensuite, enfin négocier en son nom si cela était nécessaire. La vérité de l'expérience d'abord. La vérité des conclusions après. Expérience et conclusions, dit-il à Laura, ainsi se présente sans doute la vérité dans sa totalité, jusqu'à ce que les conclusions soient remises en cause par de nouvelles expériences.

— Je ne sais pas. Je suis à la fois habité par une foi immense et un doute immense. Je crois que la certitude, c'est la fin de la pensée. Et je crains toujours qu'un système que nous contribuons à bâtir finisse par nous détruire. Ce n'est pas facile.

Il avait participé aux batailles de la Jarama, au cours de l'hiver 1937. Quels souvenirs en avait-il gardé ? Des sensations physiques avant tout. La brume sortait de la bouche. Le vent glacé vidait les yeux. Où sommes-nous ? C'est la chose la plus déconcertante dans une guerre. Tu ne sais jamais exactement où tu te trouves. Un soldat n'a pas une carte dans la tête. Je ne savais pas où j'étais. On nous ordonnait des mouvements vers le flanc, des avancées vers nulle part, on nous disait de nous éparpiller afin de ne pas être touchés par les bombes. C'était la grande confusion de la bataille. La seule chose constante était le froid et la faim. Les gens n'étaient jamais les mêmes. Il était difficile de retenir les visages ou les mots au-delà du jour où on les avait croisés ou entendus. J'ai décidé de me concentrer sur une personne, n'importe laquelle, pour donner un visage à la guerre. Mais surtout pour avoir un peu de compagnie. Pour ne pas être seul dans la guerre. Tellement seul.

Je me souviens, un jour, j'ai vu une jolie fille en bleu de travail. Elle avait une tête de bonne sœur, mais elle lançait les pires jurons que j'aie jamais entendus. Je m'en souviendrai toujours parce que je ne la reverrai plus jamais. Elle avait les cheveux si noirs qu'ils avaient l'air bleu comme la nuit. Ses sourcils très épais se rejoignaient en un froncement perpétuel. Elle avait un pansement sur le nez qui ne parvenait pas à dissimuler son profil d'aigle vaillant. Mais sa bouche, d'où sortaient des bordées d'injures, cachait une prière muette. Je m'en aperçus tout de suite et le lui signifiai du regard ; elle comprit et se troubla. Elle me lança quelques coquetteries bravaches et je répondis : « Amen. » Elle était blanche comme une nonne qui n'a jamais vu le soleil et elle avait une petite moustache de Galicienne. Et elle était belle avec tout ça. Sa façon de parler était un défi, non seulement à la face des fascistes, mais à la face de la mort. Franco et la Mort formaient un couple de parfaits fils de pute. Il m'arrive d'avoir envie d'effacer l'image de la jolie jeune femme en salopette bleu clair et aux cheveux bleu nuit. Jorge rit : il me fallait quelqu'un d'aussi différent d'elle que toi pour qu'elle me revienne en mémoire aujourd'hui. Quand même, vous êtes, ou étiez, grandes toutes les deux.

Mais elle partait pour les monts de Guadarrama pendant que moi je restais dans les tranchées au bord de la Jarama. Je me souviens des enfants au poing levé le long des routes, l'air sérieux et clignant des yeux au soleil, ils avaient tous un visage qu'on n'oublie pas (sais-tu que les orphelins de Guernica recueillis par des familles françaises ou anglaises crient et pleurent chaque fois qu'ils entendent passer un avion ?). Après, je ne me rappelle que de quelques endroits solitaires et tristes où les gens passaient sans s'arrêter.

À côté d'un fleuve jaune au courant rapide.

À l'intérieur d'une grotte humide pleine de rochers pointus et de labyrinthes.

Étreint par le froid et la faim.

Les bombardements de la Luftwaffe commencèrent.

Nous savions que les Allemands ne bombardaient jamais les objectifs militaires.

Ils voulaient les conserver intacts pour Franco.

Les stukas piquaient sur les villes et les populations civiles, cela provoquait plus de destruction et de démoralisation que de faire sauter un pont.

Aussi les ponts étaient-ils les endroits les plus sûrs.

L'objectif était Guernica.

Le châtiment.

La guerre contre la population.

Où sommes-nous ?

Qui a gagné ?

Peu importe : qui a survécu ?

Jorge Maura prit Laura Díaz dans ses bras : « Laura, nous nous sommes trompés d'histoire. Je ne veux rien admettre qui puisse détruire notre foi... »

Les Brigades internationales commencèrent à arriver. Le général franquiste Mola assiégeait Madrid avec quatre colonnes à l'extérieur de la ville et une « cinquième colonne » d'espions et de traîtres à l'intérieur. Ce qui renforça la résistance, ce fut le flot des réfugiés fuyant l'avancée des troupes franquistes. La capitale en était remplie. C'était à ce moment-là qu'on chantait « Madrid, comme tu résistes bien » et « avec les bombes de ces gros cochons les femmes de Madrid se font des tire-bouchons ». Ce n'était pas tout à fait exact. Il y avait beaucoup de franquistes dans la ville. La moitié de la population avait voté contre le Front populaire en 1936. Et les « promenades » des voyous républicains, qui parcouraient la ville dans des voitures volées en assassinant des fascistes, des curés et des bonnes sœurs, avaient entamé la sympathie dont jouissait la République. Je crois que ce flux de réfugiés constitua la meilleure défense de Madrid. Et, à défaut de boucles en tire-bouchons, une sorte d'élégance frisant le défi suicidaire donnait le ton à la ville. Les écrivains avaient trouvé abri dans un théâtre où Rafael Alberti et María Teresa León organisaient des bals dans le noir tous les soirs pour dissiper la peur semée par la Luftwaffe. J'y suis allé une fois et, en plus des Espagnols, il y avait beaucoup de Latino-Américains, Pablo Neruda, César Vallejo, Octavio Paz et Siqueiros, le peintre mexicain qui s'était attribué le grade de « Grand Colonel » et se faisait suivre d'un cireur de chaussures afin que ses bottes fussent toujours brillantes. Neruda était lent et endormi comme un océan, Vallejo portait la mort aux grandes orbites enfouie entre ses paupières, Paz avait les yeux plus bleus que le ciel et Siqueiros était un défilé militaire à lui tout seul. Ils étaient déguisés avec des costumes de théâtre, tirés de toutes sortes de pièces : les habits de Don Juan, de *Las Leandras*, de *La Vengeance de don Mendo* et de *L'Alcalde de Zalamea*. Ils dansaient sur un toit de Madrid sous les bombes, à la lumière involontairement fournie par les stukas, et ils buvaient du champagne. C'était quoi cette folie, cette gaieté, cette fête, Laura ? Était-il dérisoire ou blâmable ou magnifique qu'un groupe de poètes et de peintres célèbre ainsi la vie au milieu de la mort, fasse un pied de nez à l'ennemi solennel et borné qui fonçait sur nous avec son infinie tristesse fasciste et réactionnaire, et son éternelle liste d'interdictions : pureté du sang, pureté religieuse, pureté sexuelle ? Nous savions déjà à qui nous avions affaire. Depuis la proclamation de la République en 1931, ils s'étaient opposés à l'école mixte, et, quand on instaura l'enseignement laïc, ils envoyèrent leurs enfants à l'école avec des croix sur la poitrine ; ils représentaient la pruderie en jupe longue et puant de l'aisselle, ils étaient les Goths ennemis de la propreté arabe et de l'épargne juive, se baigner était un vice mauresque, l'usure, un péché hébraïque. Ils corrompaient le langage, Laura, il fallait les entendre pour y croire, ils parlaient sans rougir des valeurs qu'ils défendaient, le souffle ardent de Dieu, la noble demeure de la Patrie, la femme chaste et digne, sillon fécond de l'épi ; opposés aux eunuques républicains et aux francs-maçons juifs, la sirène marxiste qui introduit en Espagne des idées étrangères, semant la zizanie dans le camp de la foi robuste des catholiques espagnols : des cosmopolites apatrides, des renégats, des foules assoiffées de sang espagnol et chrétien, de la canaille rouge ! Et c'est pour cela que les bals costumés d'Alberti sur le toit d'un théâtre illuminé par les bombes étaient comme le défi lancé par l'autre Espagne, celle qui, grâce à son imagination, échappe toujours à l'oppression. C'est là-bas que j'ai connu deux jeunes Américains des Brigades internationales. Le communiste italien Palmiro Togliatti et le communiste français André Marty étaient chargés de les former. Depuis juillet 1936, quelque dix mille volontaires étrangers avaient franchi les Pyrénées, et, début novembre, il y en avait trois mille à Madrid. Le slogan du moment était *No pasáran*. Les fascistes ne passeront pas, seuls les brigadistes passeront pour être accueillis les bras ouverts. Les gens leur criaient

« Vive les Russes ». Il y avait parmi eux un aristocrate allemand communiste dont je n'ai pas oublié le nom fabuleux, Arnold Friedrich Wieth von Golsenau. Il s'approcha de moi comme s'il me connaissait, il dit « Maura » et le reste de mes noms, comme pour me signifier notre ressemblance, lui et moi, pour m'appeler à ses côtés, à cette place d'indubitable supériorité qu'est le fait d'être aristocrate et communiste. Il perçut ma réticence et sourit : « On peut nous faire confiance, Maura. Nous n'avons rien à gagner. Notre honnêteté est au-dessus de tout soupçon. Les révolutions ne devraient être faites que par de riches aristocrates, des gens sans complexe d'infériorité et sans soucis économiques. Elles ne se corrompraient pas. C'est la corruption qui vient mettre un terme aux révolutions et qui donne à penser aux gens que si l'ancien régime était détestable, le nouveau l'est encore plus, car, si les conservateurs ne suscitent plus d'espoir, la gauche, elle, finit par le trahir. — S'il en est ainsi, lui répondis-je d'un ton conciliant. C'est parce que les révolutions sont toujours perdues par les aristocrates et les travailleurs, et gagnées par les bourgeois. — En effet, concéda-t-il, les bourgeois ont toujours quelque chose à gagner. — Alors que, nous, lui rappelai-je, nous avons toujours quelque chose à perdre. » Il éclata de rire. Le cynisme de von Golsenau, lequel était connu dans les Brigades sous son nom de guerre, « Renn », n'était pas le mien. Il y avait deux niveaux dans cette guerre, celui de ses porte-parole, théoriciens, penseurs et stratèges, et celui de la plupart des gens du commun, qui étaient tout sauf communs, un peuple extraordinaire qui donnait des preuves quotidiennes d'un courage sans limites, Laura, la première ligne de front de toutes les grandes batailles, celle de Madrid et de la Jarama, de Brunete et de Teruel, la défaite de Mussolini à Guadalajara. La première ligne n'était jamais vacante. Les républicains du peuple se battaient pour être les premiers à mourir. Des enfants au poing levé, des hommes sans chaussures, des femmes avec la dernière miche de pain serrée contre la poitrine, des miliciens arborant des fusils rouillés, tous se battaient dans les tranchées, dans la rue, dans les champs, personne ne lâchait prise, personne ne se laissait impressionner. On n'a jamais vu une chose pareille. J'étais à la Jarama quand la bataille s'est intensifiée avec l'arrivée des troupes africaines commandées par le général Orgaz et protégées par les tanks et les avions de la Légion Condor. Du côté républicain, les tanks russes contenaient la poussée fasciste et, entre les deux forces opposées, la ligne du front avançait et reculait, acharnée, remplissant les hôpitaux de blessés, mais aussi de personnes atteintes de la malaria que les Africains avaient apportée avec eux. D'un certain point de vue, c'était un mélange amusant. Des Maures expulsés d'Espagne par les Rois Catholiques au nom de la pureté du sang, qui luttaient maintenant aux côtés de racistes allemands contre un peuple républicain et démocrate soutenu par les tanks d'un autre despote totalitaire, Staline. Presque intuitivement, par sympathie libérale, par antipathie envers les Renn et autres Togliatti, je me suis lié d'amitié avec les brigadistes nord-américains. Ils s'appelaient Jim et Harry. Harry était un jeune Juif new-yorkais, animé par deux choses simples : sa haine de l'antisémitisme et sa foi dans le communisme. Jim était plus complexe. C'était le fils d'un journaliste et écrivain de renom à New York et il était arrivé en Espagne très jeune — il devait avoir alors vingt-cinq ans —, muni d'une carte de presse et épaulé par deux célèbres correspondants, Vincent

Sheean et Ernest Hemingway. Sheean et Hemingway se disputaient l'honneur de mourir sur le front espagnol. Je ne sais pas pourquoi tu es venu en Espagne, disait Hemingway à Sheean, le seul reportage que tu vas en tirer, c'est un article sur ta propre mort et ça ne te servira à rien parce que c'est moi qui l'écrirai. Sheean, un bel homme brillant, répondait à Hemingway du tac au tac : l'histoire de ta mort sera encore plus impressionnante, et c'est moi qui l'écrirai. Derrière eux venait le jeune Jim, grand, dégingandé et myope, et, derrière lui, Harry, le petit Juif en veste et cravate. Sheean et Hemingway s'en allèrent pour faire leurs reportages sur la guerre ; Jim et Harry restèrent pour y participer. Le petit Juif compensait sa faiblesse physique par une énergie de coq de combat. Le grand New-Yorkais dégingandé commença par perdre ses lunettes et s'en moqua en disant qu'il valait mieux se battre sans voir les ennemis qu'on allait tuer. Tous deux partageaient cet humour new-yorkais mi-sentimental, mi-cynique, et surtout d'autodérision. « Je veux impressionner mes amis », disait Jim. « J'ai besoin de me faire un curriculum vitae capable de compenser mes complexes sociaux », disait Harry. « Je veux connaître la peur », disait Jim. « Je veux sauver mon âme », disait Harry. Et tous les deux : « Adieu à la cravate. » Avec leur barbe, leurs espadrilles, leur uniforme de plus en plus râpé, chantant à tue-tête des chansons tirées du *Mikado* de Gilbert et Sullivan, (!), les deux Américains étaient le sel de notre compagnie. Non seulement ils perdirent leurs cravates et leurs lunettes ; ils y laissèrent jusqu'à leurs chaussettes. Mais ils gagnèrent la sympathie de tous, Espagnols et brigadistes. Qu'un type myope comme Jim demande à partir la nuit à la tête d'un peloton d'éclaireurs prouve la folie héroïque de notre guerre. Harry était plus prudent.

« Il faut survivre aujourd'hui pour continuer à se battre demain. » Sur le front de la Jarama, malgré les avions allemands, les tanks russes et les Brigades internationales, c'était nous, les Espagnols, qui avions mené le combat. Harry l'admettait mais il me faisait remarquer : ce sont des Espagnols communistes. Il avait raison. Au début de l'année 1937, le Parti communiste était passé de vingt mille à deux cent mille membres et, d'ici l'été, ils étaient déjà un million. C'est la défense de Madrid qui leur valut ces chiffres, ce prestige. La politique de Staline allait bientôt les leur faire perdre. Le socialisme n'a pas eu de pire ennemi que Staline. Mais, en 37, Harry ne voyait que la victoire du prolétariat et de son avant-garde communiste. Il en discutait des journées entières, il avait lu toute la littérature marxiste. Il la répétait comme une Bible et il terminait ses prières toujours par la même phrase : « We'll see tomorrow » ; c'était son *Dominus vobiscum*. Pour lui, le procès et l'exécution d'un communiste aussi droit que Boukharine n'était qu'un accident de parcours sur la route des lendemains qui chantent. Harry, Harry Jaffe, était un petit homme inquiet, intellectuellement fort, physiquement faible et moralement indécis parce qu'il ne connaissait pas la faiblesse d'une conviction politique sans critique. Tout chez lui faisait contraste avec Jim, la grande perche pour qui la théorie n'avait aucune importance. « Un homme sait quand il a raison, disait-il. Il faut se battre pour ce qui est bien. C'est très simple. Ici et maintenant, la République a raison et les fascistes ont tort. Il faut être au côté de la République. C'est tout. » C'était don Quichotte et Sancho Panza, sauf que leur campagne de Montiel s'appelait Brooklyn et Queens. Quoique, à la réflexion, ils ressemblaient plus à Mutt et Jeff en plus jeune et en plus sérieux.

Je me souviens que, Harry et moi, nous fumions et bavardions appuyés contre les rambardes au milieu des ponts, conformément à la théorie selon laquelle les fascistes n'attaquaient pas les voies de communication. Jim, lui, cherchait toujours l'action, il se portait volontaire pour les missions les plus dangereuses, il montait toujours en première ligne, « je vais chercher mes lunettes », plaisantait-il. C'était un géant souriant, incroyablement poli, très délicat quand il parlait (« je laisse les gros mots à mon père, je lui en ai tellement entendu prononcer qu'ils ont perdu leur effet pour moi ; à New York il y a un langage public du journalisme, du crime, des turfistes, et un autre langage, secret, de la sensibilité, du jugement raffiné et de la solitude heureuse ; quand je serai rentré chez moi, j'ai l'intention d'écrire dans ce deuxième langage, George old boy ; mais, en réalité, mon père et moi, nous nous complétons, il est content de mon langage et moi du sien, what the fuck ! » concluait en riant le grand escogriffe courageux). Avec lui, je grimpais aux arbres pour voir la campagne de Castille. Au milieu des blessures que la guerre inflige au corps de la terre, nous parvenions à distinguer le troupeau, les moulins, les crépuscules couleur d'œillet, les aubes couleur de rose, les jambes bien plantées des jeunes filles, les sillons qui attendaient que les tranchées se ferment comme des cicatrices ; voici la terre de Cervantès et de Goya, lui disais-je, personne ne peut la tuer. Mais c'est aussi la nouvelle terre d'Homère, me répondait-il, une terre qui naît avec l'aurore aux doigts de rose et l'ire funeste des hommes... Un jour, Jim n'est pas rentré. Harry et moi l'avons attendu toute la nuit, en silence d'abord, puis en plaisantant : ce gringo, il n'y a que le whisky qui puisse le tuer, pas la poudre. Il ne revint jamais. Nous savions tous qu'il était mort parce que, sur un front comme celui de la Jarama, le type qui n'était pas revenu au bout de deux jours était considéré comme mort. Les hôpitaux ne mettaient pas plus de quarante-huit heures à faire connaître la liste des blessés. Rendre compte des morts était plus long, car sur le front les pertes quotidiennes se chiffraient par centaines. Cependant, dans le cas de Jim, tout le monde continua de demander de ses nouvelles comme s'il n'était que perdu ou absent. Harry et moi réalisâmes alors combien Jim était apprécié des autres brigadistes et des combattants républicains. Il s'était fait aimer pour mille raisons, cela nous le constations par ce geste rétrospectif qui nous permet de voir et de dire, dans la mort, ce que nous n'avons jamais pu dire ou voir dans la vie. Tu sais, Laura, nous sommes toujours mauvais dans le contemporain et bons dans l'extemporain. Bref, je finis par penser que j'étais le seul à savoir que Jim était mort et que je le gardais en vie pour ne pas décourager Harry et les autres camarades qui aimaient tant le grand échalas américain qui parlait si bien. Mais je compris plus tard que tout le monde savait qu'il était mort et que tout le monde s'était accordé pour mentir et faire comme si notre camarade était toujours vivant.

« — Tu n'as pas vu Jim ?

« — Oui, il m'a dit au revoir ce matin tôt.

« — Il avait des ordres. Une mission.

« — Ce serait bien de pouvoir lui dire que nous l'attendons.

« — Il m'a dit qu'il le savait.

« — Qu'est-ce qu'il t'a dit ?

« — Je sais que vous m'attendez tous.

« — Il faut qu'il en soit persuadé. Nous l'attendons. Que personne ne dise qu'il est mort.

« — Tu sais, au courrier d'aujourd'hui, les lunettes qu'il attendait sont arrivées. »

Jorge Maura serra Laura dans ses bras : « Nous nous sommes trompés d'histoire, je ne veux rien reconnaître qui puisse détruire notre foi, comme je voudrais que nous ayons tous été des héros, j'ai tellement envie de garder la foi... »

Ce matin-là, Laura Díaz remonta à pied toute l'avenue Insurgentes jusqu'à sa maison dans la Colonia Roma. Le tremblement d'émotion de Maura continuait de parcourir son corps comme une pluie interne. Peu importe que l'Espagnol ne lui ait rien raconté de sa vie privée. Il lui avait tout dit de sa vie publique : comme je voudrais que nous ayons tous été des héros. Comme elle aurait voulu être elle aussi héroïque. Cependant, après avoir entendu Jorge Maura, elle avait compris que l'héroïsme n'est pas un projet volontaire, mais la réponse à des circonstances imprévues quoique imaginables. Dans sa vie à elle, il n'y avait rien d'héroïque ; peut-être un jour, grâce à son amant espagnol, elle saurait répondre au défi de l'héroïcité.

Juan Francisco... assis sur le lit conjugal, l'attendant ou peut-être ne l'attendant plus, animé d'un reproche évident... Santiago et Dantón, j'ai dû m'en occuper tout seul, je ne te demande pas où tu étais — mais tenu au dernier bastion de son honneur, par la promesse qu'il avait faite de ne plus l'espionner, que dire après quatre jours d'une absence inexpliquée, inexplicable si ce n'est par ce que personne, hormis Laura Díaz et Jorge Maura, ne pouvait expliquer : le temps ne compte pas pour les amants, la passion ne se chronomètre pas... ?

— J'ai dit aux garçons que ta mère était tombée malade et que tu avais dû partir pour Xalapa.

— Merci.

— C'est tout ?

— Qu'est-ce que tu préfères ?

— Le mensonge est plus difficile à supporter, Laura.

— Tu crois que je me sens tous les droits ?

— Pourquoi ? Parce qu'un jour j'ai dénoncé une femme, qu'un autre jour je t'ai giflée et que je t'ai fait suivre par un détective ?

— Rien de cela ne me donne le droit de te tromper.

— Alors quoi ?

— Aujourd'hui tu as l'air d'avoir toutes les réponses. Eh bien, réponds à ta question.

Juan Francisco tournerait le dos à sa femme pour lui dire d'une voix douloureuse qu'il n'y avait qu'une seule chose qui donnait à Laura tous les droits du monde, le droit de faire sa propre vie, de le tromper et de l'humilier, qu'il ne s'agissait pas d'une sorte de match dans lequel chacun d'entre eux devrait marquer des points jusqu'à ce qu'ils arrivent à égalité, non, ce n'était pas si simple, dirait sur un ton difficile à supporter l'homme basané, corpulent, vieilli, la question était celle d'une promesse brisée, d'une déception, je ne suis pas celui que tu avais cru que j'étais quand tu m'as rencontré au bal du Casino de Xalapa et que j'arrivais avec cette renommée de révolutionnaire courageux.

Je ne suis pas un héros.

Mais tu l'as été un jour, aurait voulu à la fois affirmer et demander Laura, n'est-ce pas que tu l'as été un jour ? Il comprendrait et répondrait comme si elle avait demandé : comment rester héroïque quand l'âge et les circonstances ne le permettent plus ?

— Je ne suis pas très différent des autres. Nous luttons tous pour la Révolution et contre l'injustice, mais aussi contre la fatalité, Laura, nous ne voulions plus être pauvres, humiliés, sans droits. Je ne suis pas une exception. Regarde les autres. Calles était un modeste instituteur de campagne. Morones standardiste, Fidel Velázquez laitier et les autres dirigeants étaient des paysans, des menuisiers, des électriciens, des cheminots, comment veux-tu qu'ils ne profitent pas et ne saisissent pas leur chance au vol ? Sais-tu ce que c'est de grandir avec la faim, de dormir à six dans une hutte, de voir mourir la moitié de ses petits frères et sœurs, d'avoir une mère vieille à trente ans ? Tu ne comprends vraiment pas qu'un homme né avec un toit à un mètre au-dessus de sa natte à Pénjamo ait envie d'un plafond à dix mètres au-dessus de sa tête à Polanco ? Dis-moi si Morones n'avait pas raison d'offrir à sa mère une demeure californienne, même si elle jouxtait la maison où le chef entretenait son harem de putes. *Caramba*, pour être un révolutionnaire honnête, comme ce Roosevelt aux États-Unis, il faut d'abord être riche... mais si tu viens de la hutte et du *comal* en terre pour cuire les galettes, ma vieille, ça ne colle pas, tu ne veux plus jamais retourner dans la bouse, tu en arrives même à oublier ce que tu as laissé derrière toi, tu t'installes dans le purgatoire afin de ne plus jamais revenir en enfer et tu laisses les autres penser ce qu'ils veulent dans le ciel que tu as trahi ; que penses-tu de moi ? dis-moi la vérité, Laura, rien que la vérité...

Qu'elle n'avait pas de réponses, mais seulement des questions. Qu'as-tu fait, Juan Francisco ? As-tu été un héros et tu t'es lassé de l'être ? Ton héroïsme n'a-t-il été qu'un mensonge ? Pourquoi ne m'as-tu jamais parlé de ton passé ? Voulais-tu repartir de zéro avec moi ? Pensais-tu que j'allais me vexer que tu fasses ton propre éloge ? Attendais-tu que les autres le fassent à ta place, comme cela n'a pas manqué ? Que les autres me rebattent les oreilles de ta légende sans que tu aies à la faire valoir, à la rectifier ou à la nier ? Te suffisait-il que j'entende ce que les autres racontaient de toi, c'était cela mon épreuve ? accorder crédit aux autres et croire en toi, non en connaissance de cause, mais par pur amour aveugle ? Parce c'est comme ça que tu m'as traitée au début, comme ta petite femme fidèle et silencieuse, toute à son tricot dans la pièce d'à côté pendant que tu bâtissais l'avenir du Mexique avec les autres dirigeants dans la salle à manger, tu te souviens ? Dis-moi, lequel de tes mythes dois-je transmettre à nos enfants ? la vérité en entier, la vérité à moitié, la partie de ta vie que j'imagine bonne, celle que j'estime mauvaise ? quelle partie de son père reviendra à Dantón et laquelle à Santiago ?

— Quelle est la partie de ta vie qui peut être la plus utile à tes enfants ?

— Tu sais, Laura, au catéchisme on te parle du péché originel et on te dit que c'est pour ça que nous sommes comme nous sommes.

— Moi, je ne crois qu'au mystère originel. Quel est le tien ?

— Ne me fais pas rire, petite sotte. Si c'est un mystère, il n'y a pas moyen de le savoir.

Seul le temps qui se dissipe comme de la fumée révélerait la vérité de Juan Francisco López Greene, le dirigeant ouvrier originaire du Tabasco, se dirait Laura en quittant le parc de la Lama en cette matinée de mars, encore tout enveloppée dans l'amour d'un homme complètement différent, ardemment désiré, Jorge Maura est mon véritable mari, Jorge Maura aurait dû être le père de mes enfants, Laura décidée à déclarer à son mari en arrivant à la maison, j'ai un amant, c'est un homme merveilleux, je donne tout pour lui, je quitte tout pour lui, je te quitte, toi et les enfants...

Elle le lui dirait avant que les enfants ne rentrent de l'école, on leur avait accordé un jour de congé, tout le monde se rendait sur le Zócalo pour fêter la nationalisation du pétrole décrétée par le président Cárdenas, un révolutionnaire courageux qui avait osé affronter les compagnies étrangères, les avait fichu à la porte et récupéré les richesses du pays

le sous-sol

les gisements du diable

les compagnies anglaises qui avaient volé les terres communales de Tamaulipas

les compagnies hollandaises qui employaient des gros bras pour servir de garde blanche contre les syndicats

les directeurs américains qui recevaient les travailleurs mexicains assis, en leur tournant le dos

les gringos, les Hollandais, les Anglais s'en allèrent avec leurs ingénieurs blancs et leurs cartes bleues, après avoir jeté du sel dans les puits

le premier ingénieur mexicain qui arriva à Poza Rica ne sut que répondre à l'ouvrier qui lui demandait : « Chef, est-ce que je dois envoyer le seau d'eau dans le tuyau ? »

et c'est pourquoi ils étaient là tous les quatre cet après-midi, Juan Francisco, Laura, Dantón et Santiago, pressés au milieu de la foule du Zócalo, entre la cathédrale et la mairie, les yeux fixés sur le grand balcon du Palais et le président révolutionnaire, Lázaro Cárdenas, qui avait eu raison des exploiteurs étrangers, les éternelles sangsues du travail et des richesses du Mexique, « le pétrole nous appartient ! », la mer de gens sur la place acclama Cárdenas et le Mexique, les dames riches firent don de leurs bijoux et les pauvres de leurs poules pour payer la dette de l'expropriation, Londres et La Haye rompirent leurs relations diplomatiques avec

Mexico, le pétrole mexicain appartient aux Mexicains, eh bien, qu'ils se l'avalent, on va voir qui le leur achète, soumis au boycott, Cárdenas se vit contraint de vendre son pétrole à Hitler et à Mussolini tout en envoyant des fusils à la République espagnole et, parmi la foule, Jorge Maura regarda de loin Laura Díaz avec sa famille, Laura l'aperçut, Jorge ôta son chapeau et les salua tous, Juan Francisco regarda l'homme avec curiosité et Laura lui fit comprendre muettement, je n'ai pas pu, mon amour, je n'ai pas pu, excuse-moi, nous nous reverrons, je t'appelle, tu es sur Mexicana, moi sur Ericsson...

XIII

Café de Paris : 1939

— Il faut que je te parle de Raquel Alemán.

Il lui parla également de ses camarades de la cause républicaine qui séjournaient au Mexique pour des missions différentes de la sienne. Ils avaient l'habitude de se réunir dans un endroit du centre-ville, le Café de Paris sur l'avenue Cinco de Mayo, où se retrouvait l'intelligentsia mexicaine de l'époque, sous la houlette d'un homme doué de beaucoup d'esprit et capable d'un sarcasme sans bornes, le poète Octavio Barreda, marié à une sœur de Lupe Marín, laquelle avait été la femme de Diego Rivera avant Frida. Carmen Berreda s'asseyait au café de Paris et écoutait les ironies caustiques de son mari sans broncher. Elle ne riait jamais et il semblait lui en être reconnaissant ; c'était la meilleure réponse à l'humour pince-sans-rire, la dead-pan humour de son mari, devenu à terme le traducteur en espagnol de *Waste Land* de T. S. Eliot.

Tout le monde attendait de lui une œuvre majeure qui n'arrivait pas ; il était un critique mordant, un animateur de revues littéraires et un homme physiquement très distingué, grand, mince, avec des traits dignes d'un héros de l'Indépendance, le teint brun clair, des yeux verts étincelants. Il était attablé avec Xavier Villaurrutia et José Gorostiza, deux merveilleux poètes. Villaurrutia, prolifique dans sa discipline, donnait l'impression que sa poésie, de par sa nudité même, était peu abondante. En réalité, son œuvre formait un gros volume dans lequel la ville de Mexico acquérait une sensibilité nocturne et amoureuse que personne avant lui n'avait jamais rendue :

> Rêver, rêver la nuit, la rue, l'escalier
> et le cri de la statue dédoublant l'espace.
> Courir vers la statue et ne trouver que le cri,
> vouloir toucher le cri et n'en trouver que l'écho,
> vouloir saisir l'écho et ne trouver que le mur,
> et courir vers le mur pour toucher un miroir.

Villaurrutia était petit, frêle, toujours sur le point d'être blessé par des forces mystérieuses et innommables. Il mettait toute sa vie dans la poésie. Gorostiza, lui, était solide, narquois et silencieux ; il avait publié un unique grand poème, *Mort sans fin*, que beaucoup tenaient pour le meilleur poème mexicain depuis ceux écrits par Sor Juana Inés de la Cruz au XVIIe siècle. C'était un texte sur la mort et la forme, la forme — le récipient — repoussant la mort — l'eau qui s'impose, frémissante, comme la condition même de la vie, son flux. Au milieu, entre la forme et le flux, se situe l'homme, contenu dans le profil de sa mortalité vitale, « empli de moi-même, assiégé dans mon épiderme par un dieu insaisissable qui m'étouffe ».

Il y avait des attractions et des répulsions importantes entre ces écrivains, et le principal point d'accrochage semblait être Jaime Torres Bodet, un poète et romancier qui hésitait entre la littérature et la bureaucratie, et qui finit par choisir cette dernière sans jamais renoncer définitivement à sa vocation littéraire. Barreda prenait parfois la pose d'un blanchisseur et espion chinois de son invention, le docteur Fu Chan Li, et disait à Gorostiza :

— Méfie-toi des tollés.

— Quels tollés ?

— Toles Bodet.

C'est-à-dire que Jorge Maura et ses amis se sentaient comme chez eux dans cette réplique mexicaine de la *tertulia* madrilène — la réunion entre amis — terme, rappela Villaurrutia, dérivé de Tertullien, le Père de l'Église, qui, au deuxième siècle de l'ère chrétienne, aimait réunir ses amis pour se livrer à des discussions à la manière socratique — quoiqu'il fût difficile de concevoir une discussion avec quelqu'un d'aussi dogmatique que Tertullien, pour qui, l'Église étant détentrice de la vérité, toute argumentation était superflue. Barreda improvisait ou se rappelait à ce titre d'un vers comique,

> Habillée comme pour aller à une tertulia
> Judith prit le chemin de Bethulia...

Nos discussions se voudraient socratiques, mais elles prennent parfois une tournure tertullienne, prévint Jorge Maura avant d'entrer au Café en compagnie de Laura Díaz. Socratiques ou tertulliens, les autres habitués du cercle étaient Basilio Baltazar, un homme d'une trentaine d'années, brun, à la chevelure abondante, les sourcils noirs, les yeux brillants, et doté d'un sourire comme un soleil, et Domingo Vidal, dont le visage semblait avoir été taillé à coups de hache, tout comme son âge. Il avait l'air sorti d'un calendrier de pierre. Il portait la tête rasée et laissait ses traits se mouvoir avec une mobilité agressive, comme pour compenser la douceur rêveuse de son regard aux épaisses paupières.

— Cela ne dérange pas tes camarades que je vienne avec toi, mon hidalgo ?

— Je veux que tu viennes avec moi, Laura.

— Préviens-les, au moins.

— Ils savent déjà que tu m'accompagnes parce que tu es moi, et voilà. Si ça ne leur plaît pas, qu'ils aillent se faire voir.

Cet après-midi-là, ils allaient discuter d'un sujet précis : le rôle du Parti communiste dans la guerre. Au moment où ils allaient entrer au Café, Jorge prévint Laura que Vidal jouait le rôle du communiste et, Baltazar, celui de l'anarchiste. C'était une convention entre eux.

— Et toi ?

— Écoute-moi parler et devine.

Les deux comparses accueillirent Laura sans aucune réticence. Elle fut surprise de voir que Vidal et Baltazar parlaient de la guerre comme s'ils étaient encore deux ans en arrière, avant les événements qui étaient en train de se dérouler. La République ne se trouvait plus confrontée à une éventuelle défaite. Elle était la défaite même. Vu de loin, en revanche, le visage d'Octavio Barreda laissait transparaître de la simple curiosité : avec qui était maintenant cette jeune femme qui avait accompagné les Rivera à Detroit quand Frida avait perdu son enfant ? Villaurrutia et Gorostiza eurent un haussement d'épaules.

Commença alors un dialogue que Laura trouva tout de suite, en effet, programmé ou convenu, comme s'il s'agissait d'une pièce de théâtre dans laquelle chacun des protagonistes avait un rôle bien défini à jouer. Elle se dit que cela venait d'elle, qu'elle était influencée par ce que Maura lui avait dit. Vidal démarra sec, comme sur le signe d'un souffleur invisible ; eux, les communistes, avança-t-il, avaient sauvé la République en 36 et en 37. Sans eux,

Madrid serait tombé durant l'hiver 37. Ni les milices ni l'armée populaire n'auraient pu résister au désordre qui régnait dans les rues de la capitale, avec le manque de nourriture, l'arrêt des transports et des usines, si le Parti n'avait pas instauré un certain ordre.

— Tu oublies tous les autres, lui rappela Baltazar. Ceux qui étaient d'accord pour sauver la République sans être pour autant d'accord avec vous.

Vidal fronça les sourcils, puis il éclata de rire, il ne s'agissait pas d'être d'accord, mais de faire ce qui était le plus efficace pour sauver la République, nous, les communistes, nous avons imposé l'union contre ceux qui voulaient un pluralisme anarchique en pleine guerre, comme toi, Baltazar.

— Tu trouves qu'il valait mieux une série de sous-guerres civiles, les anarchistes d'un côté, les miliciens de l'autre, les communistes contre tous et tous contre nous, permettant ainsi la victoire de l'ennemi qui, lui, je te le rappelle, agit uni ? Vidal se gratta le menton pas rasé.

Basilio Baltazar resta un moment silencieux, et Laura se dit, cet homme essaie de se rappeler son texte, mais son trouble est réel ; c'est peut-être moi qui ai tort, et il a peut-être affaire à une douleur que je ne connais pas.

— Quoi qu'il en soit, nous avons perdu, dit Basilio au bout d'un moment sur un ton mélancolique.

— Nous aurions perdu plus tôt sans la discipline communiste —, répondit Vidal sur un ton plutôt neutre, comme pour respecter cette douleur absente de Basilio, devançant la probable question de l'anarchiste, vous vous demandez si nous avons perdu parce que le Parti communiste a placé ses intérêts et ceux de l'URSS au-dessus de l'intérêt collectif du peuple espagnol ? Eh bien, moi je te dis que les intérêts du PC et ceux du peuple espagnol coïncidaient, que les armes et l'argent des Soviétiques ont aidé tout le monde, pas seulement le PC. Tout le monde.

— Le Parti communiste a aidé l'Espagne —, conclut Vidal, puis son regard se fixa sur Jorge Maura, comme s'il était entendu que c'était à lui de poursuivre le dialogue, sauf que Basilio Baltazar intervint à ce moment-là, comme poussé par une subite impulsion. Imprévisible, plus frappante qu'un cri parce qu'il posa sa question à voix basse. — Mais, c'était quoi l'Espagne ? Moi, je dis que ce n'était pas seulement les communistes, c'était nous les anarchistes, c'était aussi les libéraux, les démocrates parlementaires, le PC n'a cessé d'isoler et d'anéantir tous ceux qui n'étaient pas communistes, il s'est renforcé et il a imposé sa volonté en affaiblissant tous les autres républicains, en se moquant des aspirations autres que celles du PC, il prêchait l'unité, mais il pratiquait la division.

— C'est pour ça que nous avons perdu —, ajouta Baltazar après une pause, les yeux baissés, tellement baissés que Laura devina puis ressentit quelque chose de plus personnel qu'un argument politique.

— Tu es bien silencieux, Maura, dit Vidal en se tournant vers ce dernier, laissant Baltazar à son silence.

— Bon, dit Jorge avec un sourire, je vois que moi je prends un crème, Vidal une bière et que Basilio s'est déjà mis à la tequila.

— Je ne veux pas cacher les désaccords.

— En effet, répondit Vidal.

— Aucun, ajouta Baltazar avec une certaine précipitation.

Maura pensait que l'Espagne était plus que l'Espagne. Cela il l'avait toujours dit. L'Espagne n'était que la répétition de la guerre générale des fascistes contre le monde entier, la perte de l'Espagne était la perte de l'Europe et du monde...

(— Il faut que je te parle de Raquel Alemán...)

— Excuse-moi si je me fais l'avocat du diable —, déclara avec un sourire particulier Vidal, le premier homme à entrer dans un café de la très formelle ville de Mexico vêtu d'un chandail — un sweater, comme disaient les Mexicains — de laine poilue, comme s'il sortait tout droit de l'usine. — Imagine que la révolution triomphe en Espagne. Qu'est-ce qui se passerait ? Nous serions envahis par l'Allemagne, dit le Diable.

— Mais l'Allemagne nous a déjà envahis, répliqua Basilio Baltazar de son air de désespoir tranquille. L'Espagne est déjà occupée par Hitler. Qu'est-ce que tu défends ou qu'est-ce que tu crains, camarade ?

— Je crains une victoire républicaine désorganisée qui ne ferait qu'ajourner la vraie victoire, définitive celle-là, des fascistes.

Vidal prit son verre de bière comme un chameau qui vient de découvrir de l'eau dans le désert.

— Tu veux dire qu'il vaudrait mieux que Franco gagne pour qu'on puisse ensuite le combattre dans une guerre générale contre les Italiens, les Allemands et les fascistes espagnols, explicita Basilio en franchissant un degré de plus dans le désespoir.

— C'est ce que me souffle le diable, Basilio. Les nazis sont en train de tromper tout le monde. Ils s'emparent peu à peu de toute l'Europe et personne ne leur résiste. Les Français et les Anglais croient naïvement ou lâchement qu'il est possible de pactiser avec Hitler. Il n'y a qu'ici que les nazis ne trompent personne...

— Ici ? Au Mexique ? intervint Laura en souriant pour soulager un peu la tension.

— Pardon, mille fois pardon, dit Vidal en riant. Non, je veux dire en Espagne.

— C'est moi qui vous demande de m'excuser. — Laura sourit de nouveau. — Je comprends votre « ici », monsieur Vidal. Si j'étais en Espagne, je dirais « ici au Mexique », je vous demande pardon.

— Qu'est-ce que vous buvez ? lui demanda Basilio.

— Du chocolat. C'est une coutume à nous. Du chocolat moulu avec de l'eau. Ma Mutti, c'est-à-dire ma mère...

— Bon, reprit Vidal, à propos de chocolat, revenons à nos moutons et soyons clairs, avec votre permission. Si les nazis gagnent en Espagne, ça réveillera peut-être l'Europe. Elle comprendra l'étendue de l'horreur. Nous, nous la connaissons déjà. Il n'est pas exclu que pour gagner la grande guerre il faille perdre la bataille d'Espagne afin d'alerter le monde contre le mal. Espagne, *la petite guerre d'Espagne** — et le sourire sur les lèvres de Vidal se changea en grimace.

Jorge eut un sommeil agité, il parla en dormant, se leva d'abord pour boire de l'eau, puis pour uriner, il resta ensuite assis dans un fauteuil, le regard perdu, tandis que Laura l'observait, nue, inquiète elle aussi, sexuellement satisfaite mais sentant que Jorge n'avait pas tant cherché à la contenter qu'à se soulager lui-même...

— Raconte-moi. Je veux savoir. J'ai le droit de savoir, Jorge. Je t'aime. Que se passe-t-il ? Que s'est-il passé ?

C'est un joli bourg inhospitalier, comme s'il était en train de mourir doucement et ne voulait pas qu'on assiste à son agonie tout en souhaitant un témoin de sa beauté moribonde. Les siècles ont laissé leurs sceaux successifs sur sa face, depuis sa épouse, et la femme cria à nouveau depuis le balcon, tu n'as que des devoirs de maire et de communiste ? Le vieil homme l'ignora une fois de plus, ne s'adressant qu'à Vidal, Baltazar et Maura, je n'obéis pas à mes sentiments, j'obéis à l'Espagne et au Parti.

— Aie pitié ! cria la femme.

— C'est de ta faute, Clemencia, c'est toi qui l'as élevée dans le catholicisme contre ma volonté, finit par lui répondre le maire en lui tournant le dos.

— Ne m'empoisonne pas ce qui me reste de vie, Álvaro.

— Bah ! La discorde d'une famille ne peut pas supplanter la loi.

— Il arrive que la discorde ne vienne pas de la haine mais d'un excès d'amour, cria Clemencia en ôtant le châle qui lui couvrait la tête, révélant la chevelure blanche en désordre et les oreilles débordant de prophéties.

— Notre fille dort à la belle étoile aux portes de la ville, qu'est-ce que tu comptes en faire ?

— Elle n'est plus votre fille. Elle est ma femme, dit Basilio Baltazar.

Cette nuit-là, quelqu'un laissa entrer les bœufs sur la place de Santa Fe. Les feux commencèrent à s'éteindre sur la montagne.

— Le ciel est plein de mensonges, dit Clemencia d'une voix opaque avant de tirer les rideaux du balcon.

(— Il faut que je te parle de Pilar Méndez...)

La réunion suivante au Café de Paris sembla tourner autour d'un seul sujet : la violence, ses semences, ses gestations, ses accouchements, ses liens avec le bien et le mal. Maura aborda la question la plus difficile : on ne peut pas mettre tout le mal au compte des fascistes, n'oublions pas la violence républicaine, l'assassinat par les anarchistes du cardinal

fondation ibère manifeste dans un casque d'or barbare à la valeur équivalente à celle d'un pot de terre. La porte romaine qui perdure rongée par le temps et les orages, comme une marque du pouvoir, un insigne de légitimité. La grande muraille médiévale, ceinture du bourg castillan et sa protection contre l'Islam, lequel néanmoins se faufile partout, dans des mots comme *almohada* et *azotea*, dans le bassin pour la toilette et les plaisirs obscènes, dans l'*alcachofa*, l'artichaut que l'on effeuille comme un œillet comestible, dans l'arc en plein cintre de l'église chrétienne et dans la décoration mauresque des portes et des fenêtres près de la synagogue vide, en ruine, persécutée de l'intérieur par l'abandon et l'oubli.

Enclose dans sa muraille du XIIe siècle, la bourgade de Santa Fe de Palencia est dotée d'un centre unique, sorte de nombril urbain dans lequel se concentre toute l'histoire de la communauté. Sa place centrale est une arène, un cercle de sable très jaune qui semble attendre d'être envahi par l'autre couleur du drapeau espagnol, une arène qui, au lieu de gradins au soleil et à l'ombre, se trouve entourée de maisons aux gigantesques baies vitrées protégées par des jalousies que l'on ouvre le dimanche pour assister aux courses de taureaux qui sont le cœur et le nerf de la communauté. Il n'y a qu'un seul accès à la grande place centrale.

Les trois soldats de la République ont pénétré dans ce centre singulier où les attend le maire communiste, don Álvaro Méndez. Ce dernier ne porte pas d'uniforme, mais un court gilet sur une grande panse, une chemise sans col et des bottes sans éperons. Son véritable habillement est son visage aux épais sourcils arqués comme l'entrée d'une mosquée ; il y a longtemps que ses paupières se sont affaissées sous le poids de l'âge, voilant les yeux, et il faut deviner un éclat dur et secret au fond de ce regard invisible. Les yeux des trois soldats, en revanche, sont bien ouverts, leur regard franc et interrogatif. Le vieil homme devine leur question et leur dit je ne fais qu'accomplir mon devoir, vous avez vu la porte romaine ? ce n'est pas une question de parti politique mais de droit, cette ville reste dans la légalité parce qu'elle est républicaine, ce n'est pas une ville qui a participé au soulèvement fasciste, c'est une ville légitimement gouvernée par un maire communiste élu, à savoir moi, Álvaro Méndez, et ce maire doit faire son devoir, pour terrible et douloureux qu'il soit.

— C'est injuste, dit Basilio Baltazar, les dents serrées.

— Je vais te dire une chose, Basilio, et je ne la répéterai plus —, déclara le maire au milieu du cercle de sable jaune et de fenêtres closes derrière les rideaux desquelles les femmes habillées en noir regardaient avec curiosité. — Il y a de la fidélité à obéir aux ordres justes, mais il y a encore plus de fidélité à obéir aux ordres injustes.

— Non. — Basilio retint le cri qui lui brûlait la gorge. — La plus grande fidélité consiste à désobéir aux ordres injustes.

Elle nous a trahis, dit le maire. Elle a informé l'ennemi des positions républicaines dans la sierra. Vous voyez ces lumières dans la montagne, ces feux qui se relaient de sommet en sommet entretenus par tous au nom de tous, regardez ces feux surgis comme des lunes, ces torches de bois et de paille, ces lumières qui s'engendrent les unes les autres, cette chevelure de feu : ce sont les poils incendiés de la République, l'enceinte de feu dans laquelle nous sommes enfermés pour nous protéger des fascistes.

— Elle leur a dit —, la voix du maire trembla d'une colère plus ardente que les sommets de la montagne. — Elle leur a dit que, s'ils réussissaient à éteindre ces lumières, nous serions abusés et nous baisserions la garde. Elle leur a dit, éteignez les feux de la montagne, tuez l'un après l'autre les républicains qui les entretiennent, et vous pourrez vous emparer du bourg sans défense, au nom de Franco, notre sauveur.

Ses paupières d'ophidien interrogèrent chacun des trois soldats. Il voulait être juste. Il était prêt à écouter les arguments. Ils furent interrompus par le bruit d'une fenêtre qui s'ouvre et un cri déchirant ; on vit apparaître sur un balcon une femme au visage couleur de lune et aux yeux couleur de mûre, toute vêtue de noir, y compris la tête, la peau amincie par le temps jusqu'à la transparence, comme un papier qu'on aurait gommé plus qu'on y avait écrit. Méndez, le maire de Santa Fe de Palencia, l'ignora. Il répéta : parlez.

— Épargnez-la au nom de l'honneur, dit Jorge Maura.

— J'aime Pilar, lança Basilio dans un cri plus perçant que celui de la femme au balcon. Épargnez-la au nom de l'amour.

— Elle doit mourir au nom de la justice —, le maire planta sa botte sur le sable immaculé et, cherchant un appui, il regarda le communiste Vidal.

— Épargnez-la malgré la raison politique, dit celui-ci.

— Les vents sont contraires —, le vieil homme tenta un sourire, mais il reprit finalement sa pose hiératique. — Contraires.

La femme au balcon se mit alors à crier : Aie pitié ! et le maire déclara à la cantonade, qu'on ne confonde pas mon devoir de justice avec la colère de mon

Soldevilla à Saragosse, les socialistes lynchant à mort les phalangistes qui en 1934 faisaient des exercices dans la Casa de Campo, leur vidant les yeux et urinant dans leurs orbites, c'étaient bien les nôtres, camarades.

— C'étaient les nôtres.

— Et les fascistes n'ont-ils pas tué ensuite la fille qui avait uriné sur leurs morts ?

— Justement, c'est là que je voulais en venir, camarades, dit Maura en prenant la main de sa maîtresse mexicaine. En Espagne, l'escalade de la violence nous mène toujours à la guerre de tous contre tous.

— Ils avaient donc raison les « escamots » catalans quand ils ont coupé les voies de chemin de fer, en 34, pour séparer à jamais la Catalogne de l'Espagne. — Basilio regarda les mains unies de Jorge et de Laura. — Mes félicitations ! — mais il ressentit de la douleur et de l'envie.

Vidal éclata d'un rire aussi échevelé que son chandail :

— Alors comme ça nous nous entre-tuons à huis clos, allégrement et régionalement, merde, et le reste du monde peut bien aller se faire foutre !

Jorge dégagea sa main de celle de Laura et la posa sur l'épaule de Vidal, je n'oublie pas les tueries en masse ordonnées par les franquistes à Badajoz, ni l'assassinat de Federico García Lorca, ni Guernica. Ceci est mon avant-propos, camarades.

— Chers amis, oubliez les violences du passé, oubliez les prétendues fatalités politiques espagnoles, nous sommes bien en guerre, mais cette guerre n'est même pas la nôtre, on nous l'a volée, nous ne sommes qu'un théâtre où se déroule une répétition, nos ennemis viennent de l'extérieur, Franco n'est qu'une marionnette et, si nous ne le battons pas, Hitler battra le monde entier. N'oubliez pas que j'ai fait mes études en Allemagne et que j'ai vu comment les nazis se sont organisés. Laissez tomber nos misérables violences espagnoles. Vous allez bientôt voir ce qu'est la vraie violence, la violence du Mal. Le Mal avec un M. majuscule, organisé comme une usine de la Ruhr. À côté de ça, notre violence aura l'air d'une scène de flamenco ou d'une course de taureaux..., déclara Jorge Maura.

(— Il faut que je te parle de Raquel Alemán...)

— Et toi, Laura Díaz ? tu n'as pas ouvert le bec.

Laura baissa la tête un instant, puis elle regarda avec tendresse chacun des trois hommes et finalement elle dit :

— Cela me fait grand plaisir de voir que la discussion la plus acharnée entre les hommes finit toujours par révéler quelque chose qui leur est commun.

Les trois hommes rougirent en même temps. Basilio Baltazar vint les sortir d'un embarras qu'elle n'arrivait pas à comprendre. — Vous avez l'air très amoureux tous les deux. Comment mesurez-vous l'amour au milieu de tout ce qui se passe ?

— Tu peux le formuler autrement, intervint Vidal. N'y a-t-il que le bonheur personnel qui compte, non le malheur de millions d'êtres humains ?

— Moi, je vais vous poser une autre question, señor Vidal, reprit Laura Díaz.

— Vidal tout court, allons. Ce qu'ils sont formalistes, ces Mexicains !

— D'accord. Vidal tout court. L'amour d'un couple peut-il compenser tous les malheurs du monde ?

Les trois hommes échangèrent des regards où se mêlaient la pudeur, la passion et la compassion.

— Oui, je suppose qu'il y a des manières de racheter le monde, que nous soyons des solitaires comme notre ami Basilio ou membres d'une organisation comme moi, concéda Vidal avec un mélange d'humilité et d'arrogance.

(— Il faut que je te parle de Pilar Méndez...)

Ce que le communiste a dit à la fin, Laura, commenta Jorge à sa maîtresse lorsqu'ils se retrouvèrent seuls à marcher dans l'avenue du Cinco de Mayo, est vrai mais conflictuel.

Laura lui fit remarquer qu'elle l'avait trouvé réticent, éloquent certes, mais témoignant presque toujours d'une certaine réticence. Elle avait vu là un autre Jorge Maura, un de plus, et cela lui plaisait, oui vraiment, mais elle voulait s'arrêter un peu sur le Maura du café, comprendre ses silences, partager les raisons de son silence.

— Tu sais qu'aucun de nous n'a osé exprimer ses véritables doutes, répondit Maura tandis qu'ils s'acheminaient vers le bâtiment de style vénitien de la Poste centrale de Mexico. Les plus forts sont les communistes parce que ce sont ceux qui ont le moins de doutes. Mais, doutant moins, ce sont ceux qui commettent le plus de crimes historiques. Comprends-moi bien. Je ne dis pas que les nazis et les communistes c'est la même chose. La différence entre eux c'est que Hitler croit au Mal, le Mal est son Évangile, la conquête, le génocide, le racisme. Staline, en revanche, est obligé de dire qu'il croit au Bien, à la liberté du travail, à la disparition de l'État et à la rétribution de chacun selon ses besoins. Il récite l'Évangile du Dieu Civil.

— C'est pour ça qu'il trompe tant de gens ?

— Hitler récite l'Évangile du Diable. Il commet ses crimes au nom du Mal : telle est l'horreur qu'il représente. Cela ne s'est jamais vu jusque-là. Ceux qui le suivent doivent partager sa volonté perverse, tous, Goering, Goebbels, Himmler, Ribbentrop, les aristocrates comme Papen, les gens issus du sous-prolétariat comme Ersnt Röhm, les junkers prussiens comme Keitel. Staline commet ses crimes au nom du Bien et je ne saurais dire si l'horreur n'est pas encore plus grande, parce que ceux qui le suivent agissent de bonne foi, ce ne sont pas des fascistes, ce sont des gens de bonne volonté qui, lorsqu'ils prennent conscience de l'horreur stalinienne, se font éliminer par Staline. Trotski, Boukharine, Kamenev, tous les camarades de l'époque héroïque. Tous ceux qui ont refusé de suivre Staline parce qu'ils ont préféré rester fidèles au vrai communisme, jusqu'à la mort. Boukharine, Trotski, Kamenev, ce ne sont pas des héros ? Cite-moi un seul nazi qui ait quitté Hitler par fidélité envers le national-socialisme.

— Et toi, Jorge, mon amour espagnol ?

— Moi, Laura, mon amour mexicain, je suis un intellectuel espagnol et même, si tu veux, un fils à papa, un aristo comme ceux que Robespierre envoyait à la guillotine.

— Tu as l'âme divisée, mon charmant hidalgo...

— Non. Je suis simplement conscient du mal nazi et de la trahison stalinienne. Mais je suis également conscient de la noblesse de la République espagnole, du fait qu'elle essaie de faire de nous un pays normal, moderne, capable de respect et de convivialité, et de résoudre des problèmes qui remontent, merde, au temps des Goths ! C'est à cette noblesse fondamentale de la République que je suis prêt à sacrifier mes doutes, Laura, ma chérie. Entre le mal nazi et la trahison communiste, je choisis l'héroïsme républicain du jeune « gringo », comme vous dites, ce Jim qui est venu mourir pour nous sur la Jarama.

— Jorge, je ne suis pas une imbécile. Il y a quelqu'un d'autre qui a souffert pour vous. Il y a quelque chose d'autre qui vous lie Baltazar, Vidal et toi.

(— Il faut que je te parle de Pilar Méndez...)

Debout face à la muraille de Santa Fe de Palencia, enveloppée dans une couverture de peaux assemblées, noires, sauvages, les cheveux blonds agités par les rafales de vent descendu de la sierra, Pilar Méndez regardait s'éteindre un à un les feux de la montagne, mais aucun sourire sur son visage ne venait attester son sentiment de victoire — trahison aux yeux de son père, victoire aux siens ; elle fortifiait sa conviction d'aider ceux de son camp et que cela revenait à aider Dieu, même si elle se sentait fléchir en entendant les pas des trois soldats républicains qui avançaient depuis la porte romaine en direction de cet espace de terre tourbillonnante et de mugissements bovins qu'elle, Pilar Méndez, occupait au nom de son Dieu, au-delà de toute foi politique, parce que les Nationaux et la Phalange étaient du côté de Dieu, tandis qu'eux, les autres, son père don Álvaro et les trois soldats, étaient les victimes du Diable, à leur insu, tout en se croyant du bon côté alors que c'étaient eux, eux tous, les rouges, qui incendiaient les églises, fusillaient les curés et violaient les bonnes sœurs : Domingo Vidal, Jorge Maura y Basilio Baltazar, son amour, sa tendre brûlure, l'homme de sa vie, son époux sans sacrement ; ils avançaient au milieu de la poussière, des bœufs, du vent et des feux éteints, vers elle, la femme plantée devant le mur de la ville moribonde, enveloppée dans une grande cape de peaux noires d'animaux morts, une Espagnole blonde, une déesse wisigothe aux yeux bleus et cheveux jaunes comme le sable de l'arène.

Qu'allaient lui dire les trois hommes ?

Que pouvaient-ils lui dire ?

Pas un mot. Rien que l'image de Basilio Baltazar comme une double flèche de plaisir et de douleur de vivre, inséparables. Son amant ressenti comme un prix, le prix à payer pour avoir bouleversé l'ordre de la vie, c'est cela l'amour, pensa Pilar Méndez en regardant approcher les trois hommes.

Basilio tomba à genoux et entoura de ses bras ceux de Pilar, répétant sans cesse mon amour mon amour mon amour mon vagin mes seins ne m'enlève rien mon trésor, Pilar, je t'adore...

— Toi ici, Domingo Vidal, un communiste, mon ennemi ? dit Pilar pour se donner du courage face à la douleur amoureuse de Basilio Baltazar.

Vidal acquiesça de sa tête rasée, le bonnet de milicien à la main, comme s'il se tenait devant la Vierge, la Vierge des Sept Douleurs.

— Toi ici, Jorge Maura, le fils de famille, traître passé du côté des rouges ?

Jorge l'entoura de ses bras, elle poussa un cri d'animal saisi de répulsion, mais Maura lui dit je ne te lâche pas, il faut que tu comprennes, tu es condamnée à mort, tu entends ? ils vont te fusiller à l'aube, ton propre père a donné l'ordre de te faire fusiller, ton père le maire ton père nommé Álvaro Méndez, il va te tuer malgré nos supplications, malgré ta mère...

Le rire de folle de Pilar Méndez fit lever Baltazar, horrifié, ma mère ? lança Pilar dans un éclat de rire de bête sauvage, une hyène superbe, une Méduse sans regard, ma mère ? y a-t-il quelqu'un qui désire ma mort plus que ma mère, la mal nommée Clemencia, cette salope qui a fait de moi une dévote à mort, elle qui m'a inoculé l'idée du péché et de l'enfer ? cette femme ne souhaite pas que je vive, elle veut pour moi une mort de martyr, une mort de vierge, croit-elle l'imbécile, de vierge, Basilio, tu entends ça ? comme j'aurais aimé que Clemencia ma mère nous voie le jour où tu m'as dépucelée, où tu m'as grignoté l'hymen à coups de dents, puis tu as craché la membrane sanguinolente comme si c'était une morve ou une hostie pourrie, Basilio, tu te rappelles ? et puis tu m'as pénétrée comme un loup sa louve, par-derrière, sans voir mon visage, tu te souviens ? dans la vieille maison sans meubles où je t'avais conduit moi-même, amour de ma vie, mon seul homme, tu crois avoir le droit de me sauver alors que ma propre mère me veut morte, martyr du Mouvement, sainte qui lui sauverait son âme, à elle ? Clemencia la bien nommée, ma mère qui me hait parce que je ne me suis pas mariée comme elle voulait, parce que je me suis donnée à un garçon pauvre aux idées suspectes, mon beau Basilio Baltazar, mon bien-aimé, qu'est-ce que tu viens faire ici, qu'est-ce que vous voulez, toi et tes amis, vous avez perdu la tête, vous ne savez donc pas que vous êtes tous mes ennemis, vous ne savez pas que je suis contre vous, que je vous ferais tous fusiller au nom de l'Espagne et de Franco, que je ne veux pas que les ronces poussent sur les vieux sentiers de la mort espagnole, que je veux les laver de mon sang...

Vidal lui ferma la bouche brutalement, comme s'il bouchait un cloaque, Maura l'obligea à croiser les bras, Basilio se remit à ses pieds. Chacun employa ses propres mots, mais ils lui dirent tous la même chose, nous voulons te sauver, viens avec nous, regarde les feux qui ne sont pas encore éteints dans la montagne, nous y trouverons refuge, ton père aura obéi à son devoir, il a donné l'ordre de te faire fusiller à l'aube, nous, nous allons manquer au nôtre, viens avec nous, laisse-nous te sauver, Pilar, même si nous devons le payer de notre propre mort.

— Pourquoi, Jorge ? lui demanda Laura Díaz.

Malgré la guerre. Malgré la République. Malgré la volonté du père. Ma fille doit mourir au nom de la justice, c'est ce qu'avait dit le maire de Santa Fe de Palencia. Elle doit être sauvée au nom de l'amour, avait dit Basilio Baltazar. Elle doit être sauvée malgré la raison politique, avait dit Domingo Vidal. Elle doit être sauvée au nom de l'honneur, avait dit Jorge Maura.

— Mes deux amis m'ont regardé et ils ont compris. Je n'ai pas eu à leur expliquer. Il ne suffit pas de se réclamer de l'amour ou de la justice. C'est l'honneur qui nous donnait raison. L'honneur de la justice ? Tel est le dilemme que je lisais sur le visage de Domingo Vidal. La trahison ou la beauté ? c'est ce que me disaient les yeux amoureux de Basilio Baltazar. Je les ai regardés tous les trois, tels qu'ils étaient, sans autre possession que la peau nue de la vérité, au crépuscule de cette journée fatale, devant les murs médiévaux et la porte latine, entourés de ces monts qui s'éteignaient les uns après les autres, ces trois êtres, Pilar, Basilio, Domingo, je les ai vus comme un groupe emblématique, Laura, la raison d'une vérité que j'étais seul à pouvoir comprendre sur le moment et que je vais te faire partager maintenant. Le besoin de beauté dépasse le besoin de justice. Le trio enlacé de la femme, l'amant et l'adversaire ne se résumait pas à une question de justice ou d'amour ; c'était un acte de beauté nécessaire, fondé sur l'honneur.

Quelle peut être la durée d'une sculpture quand elle s'incarne non dans la pierre mais dans des êtres vivants menacés de mort ?

La perfection sculpturale — honneur et beauté triomphant sur trahison et justice — se défit lorsque Jorge murmura à l'oreille de la femme, fuis avec nous dans la montagne, sauve-toi, sans ça nous allons mourir tous les quatre ici, et elle répondit les dents serrées, je suis humaine, je n'ai rien appris, même si Basilio me suppliait, on ne peut rien gagner sans pitié, viens avec nous, sauve-toi, il est encore temps, et elle, à son tour, je suis comme une chienne, je sens la mort, je la flaire, je la poursuis jusqu'à ce qu'elle me saisisse, je ne vous écouterai pas, je sens l'odeur de la mort, toutes les tombes de ce pays sont ouvertes, il ne reste pas d'autre refuge que le sépulcre.

— Ton père et ta mère, sauve ta vie pour eux au moins.

Pilar les dévisagea tous les trois, le regard incendié de stupeur, puis elle éclata d'un rire dément.

— Mais vous ne comprenez rien à rien. Vous croyez que je meurs par fidélité envers le Mouvement ?

Le rire la maintint en suspens pendant plusieurs secondes.

— Je meurs pour que mon père et ma mère se haïssent jusqu'à la fin de leurs jours. Pour que jamais ils ne se pardonnent.

(Il faut que je te parle de Pilar Méndez)

— Je crois que tu fais partie de ces hommes qui ne sont fidèles à eux-mêmes qu'en étant fidèles à leurs amis, dit Laura en appuyant la tête sur l'épaule de Jorge.

— Non, soupira-t-il d'une voix lasse, je ne suis qu'un homme en colère contre lui-même parce que je ne sais pas t'expliquer la vérité et pas toujours éviter le mensonge.

— C'est peut-être du doute que tu tires ta force, mon chéri. Je crois que c'est devenu évident pour moi ce soir.

Ils traversèrent Aquiles Cerdán pour passer sous le portique en marbre du Palais des beaux-arts.

— Je viens de le dire au café, ma chérie, nous sommes tous condamnés. J'avoue que je hais tous les systèmes, le mien autant que ceux des autres.

Vidal : Tu vois ? La victoire ne s'obtient pas sans

ordre. Que nous soyons gagnants ou perdants, victorieux aujourd'hui, ou vaincus demain, nous aurons besoin d'ordre et d'unité, de hiérarchie du commandement et de discipline. Sinon, les autres seront toujours vainqueurs, parce que, eux, ils ont l'ordre, l'unité, le sens du commandement et la discipline.

BALTAZAR : Dans ce cas, quelle est la différence entre la discipline implacable de Hitler et celle de Staline ?

VIDAL : Les fins, Basilio. Hitler veut un monde d'esclaves. Staline, un monde d'hommes libres. Même si les moyens sont également violents, les fins sont radicalement différentes.

— Vidal a raison, dit Laura en riant, tu es plus proche de l'anarchiste que du communiste.

Jorge s'arrêta brusquement devant l'une des affiches des Beaux-Arts.

Personne ne jouait de rôle cet après-midi, Laura. Vidal est réellement communiste, Basilio est vraiment anarchiste. Je ne t'ai pas dit la vérité. Je pensais que cela nous aiderait à prendre un peu de distance, toi et moi, dans le débat.

Ils restèrent un moment à contempler en silence la réclame en lettres noires sur papier jaune, mal collée sur un panneau en bois indigne des marbres et des bronzes du Palais. Jorge se tourna vers Laura.

— Excuse-moi. Tu es très jolie ce soir.

Carlos Chávez devait jouer avec l'Orchestre symphonique national sa propre *Symphonie indienne* et *L'amour des trois oranges* de Prokofiev, tandis que le pianiste Nikita Magaloff interpréterait le Concerto numéro un de Chopin, celui que la tante Hilda répétait en vain à Catemaco.

— Comme j'aurais aimé que les nôtres n'aient commis aucun crime.

— J'imagine qu'Armonía Aznar devait être

comme ça. C'est une femme que j'ai connue. Ou plutôt méconnue. J'ai dû la deviner. Je te remercie de me raconter les choses sans mystères, sans cachotteries. Merci, mon hidalgo. Grâce à toi, je me sens mieux, plus propre, plus claire dans ma tête.

— Pardon. On dirait presque une saynète. Nous nous réunissons et nous répétons les mêmes phrases rebattues, comme dans une de ces comédies madrilènes de Muñoz Seca. Tu t'en es bien rendu compte. Chacun connaissait exactement ce qu'il avait à dire. C'est peut-être comme ça que nous exorcisons notre malaise. Je ne sais plus.

Il étreignit Laura sous le portique des Beaux-Arts, dans la nuit mexicaine soudain tombée, grise, maligne. — Je suis fatigué de ce combat interminable. Je voudrais vivre sans autre patrie que l'esprit, sans autre patrie...

Ils firent demi-tour et revinrent vers Cinco de Mayo en se tenant par la taille. Leurs paroles s'éteignaient peu à peu, comme s'éteignaient les devantures des pâtisseries, des librairies, des maroquineries. S'allumaient, en revanche, les réverbères de l'avenue, ouvrant un sentier de lumière jusqu'au flanc de la grande cathédrale où, le 18 mars de l'année précédente, ils avaient fêté la nationalisation du pétrole, Laura, Juan Francisco, Santiago et Dantón, et aussi Jorge, qui l'avait saluée de loin, avec son chapeau au bout de son bras levé, un salut personnel, mais aussi un coup de chapeau politique, pardessus la foule, disant bonjour et au revoir en même temps, je t'aime et adieu, je suis revenu et je t'aime toujours...

Au Café de Paris, Barreda, qui les avait observés, demanda à Gorostiza et à Villaurrutia de deviner de quoi parlaient les Espagnols. De politique ? D'art ? Non, de jambons crus de Jabugo. Il leur récita deux autres lignes de la Bible mises en vers par un cinglé d'Espagnol, la description du festin de Balthazar,

Valdelamasa, Rhin, Bourgogne :
À boire et à manger sans vergogne.

Villaurrutia déclara qu'il ne trouvait pas du tout drôles les blagues mexicaines sur les Espagnols, et Gorostiza se demanda le pourquoi de cet état d'esprit des Mexicains contre un pays qui nous a donné sa culture, sa langue et même le métissage...

— Demande plutôt à Cuauhtémoc comment ça s'est passé pour lui avec les Espagnols, lança Barreda dans un éclat de rire. En guise de déjeuner, ils lui ont grillé les pattes !

— Non, dit Gorostiza avec un sourire, c'est plutôt que nous n'aimons pas donner raison aux vainqueurs. Nous, les Mexicains, nous avons été trop souvent vaincus. Nous réservons notre amitié aux vaincus. Ils sont des nôtres. Ils sont comme nous.

— Y a-t-il réellement des vainqueurs dans l'Histoire ? — demanda Villaurrutia lui-même vaincu par le sommeil, la langueur ou la mort, impossible de savoir, pensa la belle, intelligente et silencieuse Carmen Barreda.

XIV

Tous les lieux, le lieu : 1940

1

Il partait en voyage, à La Havane, à Washington, à New York, à Saint-Domingue, il lui envoyait des télégrammes à l'hôtel L'Escargot, parfois il téléphonait chez elle et ne parlait que s'il entendait sa voix qui lui disait : « Non, ce n'est pas Ericsson, c'est Mexicana »; c'était le mot de passe convenu, « pas de Maures à l'horizon », ni mari, ni enfants, mais il arrivait aussi que Jorge Maura n'en tînt pas compte, il lui parlait quand même et elle l'écoutait en silence ou elle disait n'importe quoi parce que le mari ou les enfants étaient là, non, j'ai besoin du plombier aujourd'hui même, ou, quand est-ce que la robe sera prête? ou, ce que tout est devenu cher! c'est la guerre qui approche, tandis que Jorge lui disait : ce sont les meilleurs moments de notre vie, n'est-ce pas? pourquoi ne réponds-tu pas? elle riait nerveusement et il reprenait, heureusement que nous avons été impatients, mon amour, imagine que nous soyons restés sur la réserve le premier soir, au nom de quoi aurions-nous fait preuve de patience? la vie nous échappe, mon adorée, ma délicieuse, et Laura restait silencieuse, les yeux sur son mari en train de lire *El Nacional* ou les enfants en train de faire leurs devoirs, alors qu'elle avait envie de dire à Maura, qu'elle lui disait en silence, rien n'apaisait mon angoisse devant la vie avant que je te rencontre, maintenant je me sens satisfaite. Je ne demande rien d'autre, mon hidalgo, seulement que tu rentres sain et sauf, que nous nous retrouvions dans notre chambrette et que tu me demandes de tout abandonner, ce que je ferai sans hésiter, ni enfants ni mari ni mère ne sauront m'en empêcher, rien que pour toi parce que, avec toi, j'ai le sentiment de ne pas avoir épuisé toute ma jeunesse, tu permets que je te parle franchement ? hier j'ai eu quarante-deux ans et j'ai regretté que tu ne sois pas là pour que nous les fêtions ensemble, Juan Francisco et Dantón ont complètement oublié, seul Santiago s'en est souvenu et je lui ai dit : « C'est notre secret, ne leur dis rien », et mon fils m'a signifié par une étreinte et un baiser que nous étions complices, voilà ce qui serait le parfait bonheur, toi, moi et mon fils préféré, pourquoi le nier ? quelle sottise de prétendre que nous aimons pareillement tous nos enfants, ce n'est pas vrai, ce n'est pas vrai, il y a des enfants chez qui l'on devine ce qui nous manque, des enfants qui sont quelque chose de plus qu'eux-mêmes, des enfants qui sont comme des miroirs du temps passé et à venir, tel est mon fils Santiago, qui n'a pas oublié mon anniversaire et qui m'a fait comprendre que tu m'as accordé la grâce dont une femme de mon âge a besoin, que si je ne saisis pas la vie que tu m'offres, mon hidalgo, je n'aurai pas moi-même à l'avenir de vie à donner à mes enfants, à mon pauvre mari, à ma mère...

2

La mort de Leticia, la Mutti magnifique et vénérée, l'image féminine centrale dans la vie de Laura Díaz, le pilier autour duquel s'enlaçaient tous les lierres masculins, le grand-père don Felipe, le père don Fernando, le frère Santiago vénéré lui aussi, et le douloureux et dolent Orlando Ximénez, le mari Juan Francisco, les enfants élevés par la grand-mère pendant que la vie du pays s'apaisait après une révolution si longue, si sanglante (si lointaine déjà), tandis que Laura et Juan Francisco se cherchaient en vain, tandis que Laura et Orlando se masquaient pour ne pas se voir ni être vus, ils étaient tous des plantes qui grimpaient vers le balcon de la mère Leticia, tous sauf Jorge Maura, le premier homme indépendant du tronc veracruzien nourri par la mère qui tirait sa puissance de son intégrité, de son attention, de son application minutieuse aux tâches quotidiennes, de son immense capacité à inspirer la confiance, à être présente sans jamais émettre de commentaires ; sa discrétion...

Leticia disparue, tous les souvenirs d'enfance affluèrent. La mort d'aujourd'hui rend présente la vie d'hier. Et pourtant, Laura ne pouvait se souvenir d'aucune parole prononcée par sa mère. C'était comme si la vie entière de Leticia n'avait été qu'un long soupir camouflé derrière les multiples activités nécessaires au bon fonctionnement des maisons de la ville portuaire, puis de Xalapa. Sa parole passait par sa cuisine, son ménage, son linge amidonné, ses placards bien rangés et parfumés à la lavande, ses baignoires sur quatre pieds, ses brocs d'eau bouillante et ses aiguières d'eau froide. Son dialogue était dans son regard, son sage silence destiné à comprendre et faire comprendre sans offense ni mensonge, sans remontrance inutile. Sa pudeur était profonde parce qu'elle laissait deviner un amour venu des tréfonds qui n'avait jamais besoin de s'exhiber. Elle avait été à dure école : la séparation des premières années, quand Fernando vivait à Veracruz et elle à Catemaco. Mais cette distance imposée par les circonstances n'avait-elle pas permis à Laura, encore petite fille, de faire la connaissance de son frère Santiago l'Aîné juste au moment où cette rencontre devait avoir lieu, quand l'un et l'autre pouvaient encore être ensemble, mi-enfants mi-adultes, pour jouer, puis pour pleurer, sans autre contact susceptible de ternir la pureté de ce souvenir, le plus beau et le plus profond de la vie de Laura Díaz ? Il ne se passe pas une seule nuit sans que Laura ne rêve du visage de son jeune frère fusillé, enseveli dans la mer, disparaissant dans les vagues du golfe du Mexique.

Le jour de l'enterrement de sa mère Leticia, Laura vécut deux vies en même temps. Elle s'acquitta mécaniquement de tous les rites, entreprit toutes les démarches de la veillée funèbre et des obsèques, tout cela dans une grande solitude. Des vieilles familles de Xalapa, il ne restait plus personne. La perte des fortunes, la crainte des nouveaux gouvernants expropriateurs, anticléricaux et socialistes, l'attraction exercée par la capitale, l'espoir de trouver de nouvelles chances en dehors de l'espace provincial, les illusions et désillusions, avaient éloigné de Xalapa tous les vieux amis et connaissances. Laura se rendit à l'Hacienda de San Cayetano. Elle était en ruine et il n'y avait que dans la mémoire de Laura que l'on entendait encore les valses, les rires, le va-et-vient des serveurs, le tintement des coupes, la silhouette rectiligne de doña Genoveva Deschamps...

La Mutti fut mise en terre, mais, dans la deuxième

vie de sa fille durant cette journée, le passé se faisait présent comme une histoire sans reliques, la ville de la montagne se dressait subitement au bord de la mer, les vieux arbres montraient leurs racines, les oiseaux passaient comme des éclairs, les fleuves se jetaient dans la mer remplis de cendres, les étoiles elles-mêmes n'étaient que poussière, et la jungle un hurlement d'orage.

La nuit et le jour cessèrent d'exister.

Le monde sans Leticia apparut dévasté.

Seul le parfum de pluie éternelle qui régnait sur Xalapa réussit à éveiller Laura Díaz de sa rêverie, ce qui lui permit de dire à María de la O :

— Maintenant, ma chère tante, c'est sûr, il faut que tu viennes t'installer chez nous à Mexico.

Mais María de la O ne répondit pas. Elle ne dirait plus jamais rien. Elle acquiescerait. Elle refuserait. De la tête. La mort de Leticia l'avait laissée sans paroles et, lorsque Laura prit la valise de sa tante pour sortir de la maison de Xalapa, la vieille métisse s'arrêta et fit un tour complet sur elle-même, lentement, comme si une fois de plus elle, et elle seule, était capable de convoquer tous les fantômes du foyer, leur attribuer une place, les reconnaître comme membres de la famille... Laura fut très émue en voyant la dernière des sœurs Kelsen faire ses adieux à la maison de Veracruz, elle qui était arrivée sans rien et marquée par ses origines pour être sauvée par un homme généreux, Fernando Díaz, pour lequel faire le bien était aussi naturel que respirer.

La maison de la rue Bocanegra à Xalapa allait bientôt être livrée au pic des démolisseurs, avec sa grande porte cochère devenue inutile car destinée à d'inutiles voitures à chevaux ou de vieilles Issotta-Fraschini dévoratrices d'essence. Tout allait disparaître : les avant-toits protecteurs contre le crachin persistant de la montagne, la cour intérieure avec ses grands pots à fleurs en faïence incrustés de petits morceaux de verre, la cuisine avec ses charbons ardents comme des diamants, ses humbles pierres à broyer et ses éventails de palme, la salle à manger avec ses tableaux du petit polisson mordu par un chien... María de la O ne sauva que les anneaux à serviette en argent de ses sœurs. Le marteau-piqueur n'allait pas tarder à arriver...

María de la O, dernier témoin du passé provincial de la lignée, se laissa tranquillement conduire par Laura jusqu'à la gare du train Interocéanique, aussi tranquillement que le cadavre de Leticia s'était laissé conduire au cimetière de Xalapa et enterrer au côté de son mari. Que pouvait faire la tantine si ce n'est imiter sa sœur disparue et faire mine de continuer à donner corps à la famille de la seule façon qui lui était encore possible, à elle María de la O : aussi immobile et silencieuse qu'une morte, mais aussi discrète et respectueuse que l'avait été son inoubliable sœur la Mutti qui, lorsqu'elle était petite, s'habillait tout en blanc le jour de son anniversaire et sortait danser dans le patio de l'hacienda de Catemaco :

> Le douze de mai
> la Vierge apparut
> toute de blanc vêtue
> sous son grand mantelet...

Car à l'heure de la mort, dans la mémoire de María de la O, les souvenirs de la sœur Leticia et ceux de la nièce Laura se confondirent.

3

Un jour, il y avait un an de cela, Jorge était rentré précipitamment de Washington et Laura avait attribué le tout — l'empressement, la tristesse — à l'inévitable : le 26 janvier, les troupes franquistes avaient pris Barcelone et elles marchaient sur Gérone ; la population civile entamait son exode à travers les Pyrénées.

— Barcelone, dit Laura. C'est de là que venait Armonía Aznar.

— La femme qui habitait dans ta maison et que tu n'as jamais vue ?

— Oui. Mon propre frère, Santiago, était du côté des anarcho-syndicalistes.

— Tu m'as très peu parlé de lui.

— C'est parce je n'ai pas assez de mots pour deux amours aussi grands, répondit-elle avec un sourire. C'était un garçon très brillant, très beau et très courageux. Il était comme le Mouron Rouge — son rire devint nerveux —, il se donnait des airs de gommeux pour cacher ses activités politiques. C'est mon saint à moi, il a donné sa vie pour ses idées, il a été fusillé à l'âge de vingt ans.

Jorge Maura garda un silence inquiétant. Pour la première fois Laura le vit baisser la tête et elle se rendit compte alors qu'elle avait toujours connu cette tête ibéro-romaine dressée droite et fière, voire un peu arrogante. Elle attribua cette attitude au fait qu'ils entraient dans la basilique de Guadalupe, où Maura avait insisté pour l'emmener en hommage à doña Leticia, la mère de Laura qu'il n'avait pas eu le loisir de rencontrer.

— Tu es catholique ?

— Je crois qu'en Espagne et en Amérique latine même les athées sont catholiques. En plus, je ne veux pas quitter le Mexique sans avoir compris pourquoi la Vierge est le symbole de l'unité nationale mexicaine. Sais-tu que les troupes royalistes espagnoles tiraient sur l'image de la Vierge de Guadalupe pendant la guerre d'Indépendance ?

— Tu vas quitter le Mexique ? demanda Laura d'un ton neutre. La Vierge ne me protège donc pas.

Il eut un haussement d'épaules qui voulait dire : « comme d'habitude je vais, je viens, pourquoi t'étonnes-tu ? » Ils étaient agenouillés l'un à côté de l'autre dans la première rangée de bancs de la basilique, en face de l'autel de la Vierge, dont l'image, encadrée et protégée par un verre, expliqua Laura à Jorge, était restée gravée, disait la légende populaire, sur la blouse d'un pauvre Indien, Juan Diego, un *tameme*, c'est-à-dire porteur, à qui la Mère de Dieu était apparue un jour de décembre 1531, peu après la fin de la Conquête espagnole, sur la colline de Tepeyac, lieu où l'on rendait avant un culte à une déesse aztèque.

— Ils étaient malins ces Espagnols du XVIe siècle, fit remarquer Maura avec un sourire. Ils ont à peine terminé la conquête militaire qu'ils se consacrent à la conquête spirituelle. Ils détruisent — soit, nous détruisons — une culture et sa religion, mais nous offrons en retour aux vaincus notre propre culture mêlée de symboles indiens — à moins qu'on puisse dire que nous leur rendons leur propre culture mêlée de symboles européens.

— Oui, ici nous l'appelons la Vierge brune. Voilà la différence. Elle n'est pas blanche. C'est la mère dont les Indiens orphelins avaient besoin.

— Elle est tout à la fois, tu te rends compte, c'est extraordinaire ! C'est une vierge chrétienne et indigène, mais elle est aussi la Vierge d'Israël, la mère juive du Messie attendu, et elle a un nom arabe, Guadalupe, la rivière aux loups. Combien de cultures pour le prix d'une gravure !

Leur dialogue fut interrompu par l'hymne assourdi qui venait de derrière eux et avançait depuis la porte de la Basilique comme un écho très ancien qui ne sortait pas de la gorge des pèlerins, mais les accompagnait ou peut-être les accueillait depuis des siècles. Jorge regarda en direction du chœur, mais devant l'orgue il n'y avait personne, ni organiste ni enfants chanteurs. La procession venait accompagnée de sa propre cantate, sourde et monotone comme toute la musique indienne du Mexique. Celle-ci ne parvenait pas, cependant, à étouffer le bruit des genoux péniblement traînés sur le sol. Ils avançaient tous sur leurs genoux, certains avec des cierges allumés dans les mains, d'autres les bras ouverts en croix, d'autres encore les poings serrés contre leur visage. Les femmes portaient des scapulaires. Les hommes, des raquettes de figuier de Barbarie sur leur poitrine nue et ensanglantée. Quelques visages étaient voilés par des masques en gaze attachés sur la nuque, qui transformaient les traits en simples esquisses s'efforçant de prendre forme. Les prières à voix basse étaient comme des chants d'oiseaux, des trilles modulés, totalement étrangers, se dit Maura, au ton égal de la langue castillane, une langue qui s'exprime de manière monocorde pour mieux faire résonner ses colères, ses ordres, ses discours : ici on ne pouvait concevoir une seule voix susceptible de se fâcher, de donner des ordres ou de parler aux autres sur un ton autre que, tout juste, celui du conseil, du destin peut-être, mais ils ont la foi, Maura éleva la voix, en effet, avança Laura, ils ont la foi, qu'est-ce qui t'arrive, Jorge, pourquoi parles-tu comme ça ? mais elle ne pouvait pas comprendre, tu ne peux pas comprendre, Laura, alors explique-moi, raconte-moi, répliqua Laura, décidée à ne pas se laisser intimider par le tremblement de doute, la colère à peine contenue, l'humour ironique de Jorge Maura dans la basilique de Guadalupe à la vue d'une procession d'Indiens dévots, porteurs d'une foi sans faille, une foi pure soutenue par une imagination ouverte à toutes les suggestions de la crédulité : c'est vrai parce que c'est incroyable, répétait Jorge Maura soudainement emporté loin du lieu où il se trouvait et de la personne avec laquelle il se trouvait, la basilique de Guadalupe, Laura Díaz, celle-ci le ressentit avec une force irrépressible, elle ne pouvait rien faire, seulement écouter, elle n'allait pas arrêter le torrent passionnel que l'entrée d'une procession d'indigènes mexicains aux pieds nus avait déchaîné chez Maura, faisant voler en éclats son discours habituellement serein, sa réflexion rationnelle, pour le submerger dans un tourbillon de souvenirs, de pressentiments, de défaites qui tournaient autour d'un seul mot, foi, la foi, qu'est-ce que la foi ? pourquoi ces Indiens ont-ils la foi ? pourquoi mon maître Edmund Husserl avait-il foi en la philosophie ? pourquoi ma maîtresse Raquel avait-elle eu foi dans le Christ ? pourquoi avons-nous eu foi en l'Espagne Basilio, Vidal et moi ? pourquoi Pilar Méndez a-t-elle eu foi en Franco ? pourquoi son père, le maire de Santa Fe de Palencia avait-il foi dans le communisme ? pourquoi les Allemands avaient-ils foi dans le nazisme ? pourquoi ont-ils la foi ces hommes et ces femmes déshérités, qui crèvent de faim, qui n'ont jamais reçu la moindre récompense du Dieu qu'ils adorent ? pourquoi croyons-nous et agissons-nous au nom d'une foi tout en sachant que nous ne serons jamais récompensés des sacrifices que la foi nous impose à titre d'épreuve ? vers quoi vont-ils ces petits pauvres du Seigneur ? qui était, que représentait cette figure crucifiée sur laquelle se fixait le regard de Jorge Maura, car la procession ne venait pas pour voir le Christ mais sa Mère, car ces gens croyaient dur comme fer les yeux fermés qu'Elle l'avait conçu sans péché, qu'Elle avait été fécondée par le Saint-Esprit, non par un charpentier en rut, le véritable père de Jésus ? Y en avait-il un seul parmi ces pénitents qui se traînaient à genoux vers l'autel de Guadalupe qui savait que la conception de Marie n'avait pas été immaculée ? pourquoi, moi, Jorge Maura, et toi, Laura Díaz, ne croyons-nous pas en l'immaculée conception ? en quoi croyons-nous, toi et moi ? pouvons-nous croire ensemble en Dieu parce qu'il s'est débarrassé de l'impunité sacrée de Jéhova en se faisant homme dans le Christ ? pouvons-nous croire en Dieu parce que le Christ a rendu Dieu si fragile que les êtres humains ont pu se reconnaître en lui ? le Christ s'est-il incarné pour que nous nous reconnaissions en lui ? mais, pour être dignes du Christ, n'avons-nous pas dû nous rabaisser encore plus afin de ne pas être plus que Lui ? est-ce là notre tragédie, est-ce là notre malheur, à savoir que, pour avoir foi dans le Christ et être dignes de sa rédemption, il nous faut être indignes de lui, moins que lui, des pécheurs, des assassins, des concupiscents, des orgueilleux, que la véritable preuve de la foi consiste à accepter que Dieu nous demande de faire ce qu'il nous interdit ? y a-t-il un seul Indien dans ce temple qui pense cela ? non, Jorge, aucun, je ne peux pas l'imaginer, devons-nous être aussi bons, aussi simples et aussi étrangers à la tentation que ces humbles créatures, pour être dignes de Dieu, ou devons-nous être aussi rationnels et vaniteux que toi et moi, Raquel Mendes-Alemán, Pilar Méndez et son père le maire de Santa Fe de Palencia pour être dignes de ce à quoi nous ne croyons pas ? la foi de l'Indien mexicain ou la foi du philosophe allemand ou la foi de la juive convertie ou la foi du militant fasciste ou celle du militant communiste ? laquelle est la meilleure, la plus vraie de toutes les fois aux yeux de Dieu ? dis, Laura, raconte, Jorge...

— Parle moins fort. Qu'est-ce que tu as aujourd'hui ?

— Tu sais, répondit Maura d'une voix intense. Je suis en train de regarder ce pauvre Indien aux pieds nus vêtu d'une couverture et je le vois en même temps en uniforme rayé avec un triangle vert sur la poitrine parce que c'est un criminel de droit commun, un triangle rouge parce que c'est un agitateur politique, un triangle rose parce que c'est un pédéraste, un triangle noir parce que c'est un antisocial, une étoile de David parce qu'il est juif...

Elle s'appelle Raquel Mendes-Alemán. Ils étaient étudiants tous les deux à Fribourg. Ils avaient le privilège d'assister aux cours d'Edmund Husserl, non seulement un grand maître, mais un compagnon en philosophie, une présence qui guidait la pensée indépendante de ses élèves. La sympathie entre Raquel et Jorge s'établit tout de suite parce qu'elle était descendante de Juifs séfarades expulsés d'Espagne en 1492 par les Rois Catholiques. Elle parlait l'espagnol du XVe siècle et ses parents lisaient des journaux séfarades écrits dans le castillan de l'archiprêtre de Hita et de Fernando de Rojas, et ils chantaient des chansons hébraïques en honneur de la terre espagnole. Ils conservaient, comme tous les séfarades, les clés de leurs anciennes maisons de Castille accrochées à un clou dans leurs nouvelles maisons allemandes, et cela dans l'attente du jour ardemment désiré — depuis plus de quatre siècles — de leur retour dans la péninsule ibérique.

— Espagne, priaient le soir en chœur les parents et autres membres de la famille de Raquel, Espagne, mère ingrate, tu as expulsé tes enfants juifs qui t'aimaient tant, mais nous ne t'en gardons pas rancune, tu es notre mère bien-aimée et nous ne voulons pas mourir sans être revenus un jour à toi, Espagne chère à notre cœur...

Raquel ne participait pas aux prières parce qu'elle avait pris une décision cruciale l'année de son inscription à l'université de Fribourg. Elle s'était convertie au catholicisme. Elle expliqua ainsi la chose à Jorge Maura :

— On m'a beaucoup critiquée. Même chez moi. Ils pensaient que j'étais devenue catholique pour échapper au stigmate juif. Les nazis s'organisaient pour partir à l'assaut du pouvoir. Il n'y avait aucun doute, dans une Allemagne de Weimar appauvrie et humiliée, sur l'issue de la bataille. Les Allemands voulaient un homme fort à la tête d'un pays faible. Je leur ai expliqué que je ne cherchais à échapper à aucun stigmate. Tout au contraire. C'était un défi. Une façon de déclarer au monde, à ma famille, aux nazis : regardez, nous sommes tous des sémites. Je me suis convertie au catholicisme à cause d'une différence fondamentale avec mes parents. Je crois que le Messie est déjà arrivé. Il s'appelle Jésus-Christ. Eux continuent de l'attendre et cette attente les aveugle et les condamne à la persécution, parce que celui qui attend l'arrivée du Rédempteur est toujours un révolutionnaire, un facteur de désordre et de violence. Sur les barricades comme Trotski, au tableau noir comme Einstein, derrière la caméra comme Eisenstein, du haut de sa chaire comme notre maître Husserl, le Juif dérange et transforme, il inquiète et révolutionne... Il ne peut pas s'en empêcher. Il est dans l'attente du Rédempteur. En revanche, si tu reconnais, comme moi, Jorge, que le Rédempteur est déjà venu au monde, tu peux alors changer le monde en son nom sans être paralysé par l'attente millénariste, l'espoir de ce millénium dont l'arrivée changera tout.

— Tu parles comme si les héritiers du messianisme juif étaient les progressistes actuels, marxistes compris ! s'exclama Jorge.

— Mais ils le sont, tu ne vois pas ? répliqua vivement Raquel. Et c'est très bien comme ça. Ce sont eux qui attendent le changement millénariste et, entre-temps, leur impatience les pousse, d'un côté, à découvrir la relativité, le cinéma ou la phénoménologie, mais, d'un autre côté, elle les expose à commettre toutes sortes de crimes au nom de cette promesse. Sans s'en rendre compte, ils sont les bourreaux de ce futur auquel ils aspirent.

— Mais les pires ennemis des Juifs, ce sont ces nazis qui se promènent dans les rues avec leurs tenues brunes et leurs croix gammées...

— C'est qu'il ne peut pas y avoir deux peuples élus. Soit ce sont les Juifs, soit ce sont les Allemands.

— Mais les Juifs ne tuent pas d'Allemands, Raquel.

— Voilà qui fait la différence. Le messianisme hébreu se sublime dans la création, l'art, la science, la philosophie. Il devient un messianisme créatif parce que autrement il est désarmé. Les nazis n'ont aucun talent créatif. Leur génie ne se manifeste que dans un seul domaine : la mort, ils sont les génies de la mort. Mais il faut craindre le jour où Israël décidera de s'armer et de perdre ainsi son génie créatif au profit du succès militaire.

— Il se peut que les nazis ne leur laissent, en tant que peuple, aucune autre issue. Il se peut que les Juifs en aient assez un jour d'être les éternelles victimes de l'histoire. Des moutons.

— Je prie pour qu'ils ne deviennent jamais à leur tour les bourreaux de quiconque. Que les Juifs ne se retrouvent pas avec leurs propres Juifs.

— L'Église catholique n'est pas en reste quant aux crimes commis, ma petite Raquel. Rappelle-toi que je suis espagnol et, d'une certaine façon, toi aussi.

— Je préfère le cynisme de l'Église catholique au pharisaïsme de l'Église communiste. Nous, les catholiques, nous jugeons...

— Bravo pour ce pluriel tenace. Je t'embrasse, mon amour...

— Ne fais pas le clown, Jorge. Je veux dire que nous condamnons les crimes de l'Église parce qu'ils trahissent une promesse déjà accomplie et qui crée donc une obligation : imiter le Christ. Les communistes, eux, ne peuvent pas juger les crimes de leur Église parce qu'ils sentent qu'ils trahissent une promesse placée dans le futur. Qui ne s'est pas encore incarnée.

— Tu serais prête, alors, à entrer dans les ordres ? Vais-je devoir me transformer en Don Juan pour aller te séduire dans ton couvent ?

— Oh, ne plaisante pas. Et bas les pattes, Don Juan.

— Mais je ne plaisante pas. Si je te comprends bien, cette pureté chrétienne implique une obéissance à la leçon de Jésus qui ne peut se faire qu'en s'enfermant dans un couvent. Get thee to a nunnery, Rachel !

— Non. Elle doit se réaliser dans le monde. En plus, comment veux-tu que je me fasse bonne sœur après t'avoir rencontré ?

Ils avaient suivi ensemble les cours de Husserl avec une dévotion presque sacrée. Ils étudiaient avec le maître mais sans s'en rendre compte, parce que l'enseignement de Husserl consistait à guider discrètement, à rendre indépendants de lui des étudiants motivés par lui, et pourtant libres grâce aux ailes qu'il leur donnait.

— Dis-moi, George, que veut dire le maître quand il parle de « psychologie régionale ».

— Je crois qu'il se réfère à la façon concrète d'être des émotions, des actes, de la connaissance. Ce qu'il nous demande, c'est de suspendre notre jugement tant que nous ne verrons pas ces évidences comme des phénomènes originaux, « en chair et en os », comme il le dit... D'abord les yeux grands ouverts pour regarder ce qui nous entoure dans notre « région », là où nous sommes réellement. Ensuite la philosophie.

Ils se promenaient beaucoup le soir dans la vieille ville universitaire située à l'orée de la Forêt-Noire, explorant les flancs de la cathédrale gothique, s'égarant dans les ruelles médiévales, traversant les ponts sur la Dreisam, pressée de se jeter dans le Rhin.

Fribourg était comme une antique reine de pierre avec les pieds dans l'eau et une couronne de pins, et les deux étudiants la parcouraient — en se tenant par le bras au début, puis main dans la main —, discutant et rediscutant des cours de la journée, s'émerveillant de voir le maître élaborer devant eux, nerveux et noble, avec son très haut front qui venait éclaircir son air préoccupé et ses sourcils menaçants, son nez droit flairant les idées, sa barbe et sa moustache imposantes qui cachaient des lèvres longues, aussi longues que celles d'un animal philosophique, un mutant qui sortirait des eaux nourricières de la première création pour émerger sur une terre inconnue, s'évertuant à énoncer plus d'idées que n'en peut contenir un discours. Les mots de Husserl ne pouvaient suivre la vitesse de sa pensée.

Tous l'appelaient « le maître ». Nu sous les yeux

de ses élèves, il leur proposait une philosophie sans dogmes, sans conclusions, ouverte à tout moment à la rectification et à la critique du professeur et de ses disciples. Tout le monde savait que le Husserl de Fribourg n'était pas celui de Halle, où il avait inventé la phénoménologie à partir d'une simple proposition : on accepte d'abord l'expérience, puis on en tire une réflexion. Ce n'était plus le Husserl de Göttingen, centré sur l'attention à accorder à ce qui n'a pas encore reçu d'interprétation, car c'est là que peut résider le mystère des choses. C'était le Husserl de Fribourg, le maître de Jorge et de Raquel, pour qui la liberté morale de l'être humain ne dépendait que d'une seule chose : revendiquer la vie contre tout ce qui la menace. C'était le Husserl qui avait vu s'effondrer la culture européenne lors de la Première Guerre mondiale.

— Je ne comprends pas, George, il nous demande de réduire les phénomènes à la conscience pure, à une sorte de sous-sol au-dessous duquel il n'y a plus rien qui puisse être réduit. Ne peut-on creuser encore, descendre plus profond ?

— Bon, je crois que dans ce sous-sol, comme tu l'appelles, on trouve la nature, le corps et l'esprit. C'est déjà beaucoup. E doppo ? Où veut-il encore nous entraîner, le vieux ?

Comme s'il lisait dans les pensées de ses élèves grâce à ses yeux d'aigle, qui contrastaient si brutalement avec la raideur de son col cassé, son plastron, son gilet croisé avec sa chaîne de montre, sa redingote noire à l'ancienne, son pantalon qui avait tendance à pendre sur ses bottines noires, Husserl leur avait dit qu'après la Grande Guerre le monde spirituel européen s'était effondré et que, s'il prêchait un retour de la pensée aux fondements mêmes de l'esprit et de la nature, ce n'était que pour mieux renouveler la vie de l'Europe, son histoire, sa société et son langage.

— Je ne conçois pas le monde sans l'Europe ni l'Europe sans l'Allemagne. Une Allemagne européenne qui fasse partie de ce que l'Europe a promis de meilleur au monde. Je ne fais pas une philosophie abstraite, mesdemoiselles et messieurs. Je m'enracine dans ce que nous avons fait de meilleur. Ce qui peut nous survivre. Notre culture. Ce qui pourra inspirer vos enfants et petits-enfants. Moi, je ne le verrai pas. C'est pour cela que j'enseigne. Je devance ma mort.

Ce soir-là, les deux jeunes gens se joignirent à un « keller » d'étudiants dont ils évitaient généralement la bruyante camaraderie ; aussi tout le monde s'étonna-t-il ou s'amusa des toasts que Raquel et Jorge portèrent en levant leurs chopes de bière à l'intersubjectivité ! à la société, au langage, à l'histoire qui mettent tout en rapport ! nous ne sommes pas séparés ! nous sommes un, nous, lié par la langue, la communauté, le passé !

Ils provoquèrent les rires, la sympathie, le chahut et des interpellations, du genre c'est pour quand le mariage ? deux philosophes peuvent-ils s'entendre au lit ? votre premier enfant va s'appeler Socrate, non ? ô intersubjectivité, viens à moi, laisse-moi t'interpénétrer !

Ils entrèrent dans la cathédrale après en avoir longé les flancs, le regard intelligent et sensuel, émerveillé de découvrir là, dans cette Münster terminée à l'aube du XVIe siècle, la parfaite illustration de ce qui les préoccupait, comme si les leçons du maître venaient non compléter, mais renaître dans le tympan du péché originel qui, ici, dans l'un des bas-côtés de la cathédrale, précédait la Création représentée dans l'archivolte, signifiant ainsi que c'est la

Création qui rachète le péché, le laisse derrière soi. La Chute n'est pas la conséquence de la Création, il n'y a pas de Chute, se dirent les amants de Fribourg, il y a l'Origine et ensuite la Création.

Dans le bas-côté occidental de l'édifice, en revanche, Satan, se posant en « Prince du Monde », prend la tête d'une procession qui s'éloigne non seulement du péché originel, mais de la Création divine. Face au cortège satanique, cependant, s'ouvre la porte principale de la cathédrale, et c'est là, dedans et non dehors, ou plutôt dans l'entrée même de l'enceinte, que se déclare et se décrit la Rédemption.

Ils entrèrent par cette porte et presque en communion, agenouillés l'un à côté de l'autre, sans craindre le ridicule, ils récitèrent à haute voix :

> nous allons revenir à nous-mêmes
> nous allons penser comme si nous fondions le monde
> nous allons être des sujets vivants de l'histoire
> nous allons vivre le monde de la vie

Les nazis expulsèrent Husserl de Fribourg et d'Allemagne. Le vieil exilé continua à donner ses cours à Vienne et à Prague, avec la Wehrmacht toujours à ses trousses. On le laissa rentrer pour mourir dans son Fribourg bien-aimé mais le philosophe avait déjà dit qu'« au fond de tout Juif on trouve un absolutisme et un amour du martyr ». Alors que sa disciple Edith Stein, qui, elle, était entrée au Carmel après avoir renoncé à Israël et s'être convertie au christianisme, dirait, elle, cette même année : « Les malheurs s'abattront sur l'Allemagne quand Dieu vengera les atrocités commises contre les Juifs. »

Ce fut l'année de la Nuit de Cristal, organisée par Goebbels pour détruire les synagogues, les commerces juifs et les Juifs eux-mêmes. Hitler annonça son objectif d'éliminer pour toujours la race juive d'Europe. Ce fut l'année où Jorge Maura rencontra Laura Díaz à Mexico et l'année où Raquel Mendes-Alemán, l'étoile de David collée sur la poitrine, saluait les SS dans la rue au cri de « Loué soit le Christ ! » et le répétait en sang, par terre, battue, rouée de coups de pied : « Loué soit le Christ ! »

Le 3 mars 1939, le vapeur *Prinz Eugen* de la compagnie Lloyd Triestino quitta le port de Hambourg avec deux cent vingt-quatre passagers juifs à bord convaincus d'être les derniers à quitter l'Allemagne après la terreur de la Kristalnacht du 9 novembre 1938, grâce à un concours de circonstances dont les unes étaient imputables à la démence arithmétique des nazis (qui est juif ? le fils d'un père et d'une mère juifs, ou aussi celui dont l'un des parents était juif, ou les descendants de moins de trois grands-parents aryens et ainsi de suite jusqu'à la génération d'Abraham ?) ; d'autres à leur fortune qui leur permit d'acheter leur liberté en livrant aux nazis de l'argent, des tableaux, des maisons, des meubles (comme la famille de Ludwig Wittgenstein dans l'Autriche annexée par le Reich) ; d'autres encore grâce à d'anciennes amitiés qui s'étaient rangées du côté des nazis mais avaient gardé le souvenir de leurs amis hébreux d'autrefois ; quelques femmes parce qu'elles avaient accordé leurs caresses à un quelconque haut dignitaire du régime pour sauver, telle Judith, leurs parents et leurs frères : sauf que cet Holopherne était immortel ; 卐 quelques-uns, enfin, grâce à l'intervention de fonctionnaires consulaires qui, avec ou sans l'autorisation de leurs gouvernements respectifs, avaient intercédé en faveur de certains Juifs à titre individuel.

Le jour même où elle fut battue dans la rue,

Raquel commenca à arborer la croix du Christ à côté de l'étoile de David ✝ ✡, puis elle finit par s'enfermer dans son petit studio de Hambourg, car cette double provocation signifiait qu'on allait l'attendre à la porte de sa maison, avec des chiens policiers sans muselière, des matraques, qu'on allait lui lancer, allez sors, ose donc sortir, putain de Juive, semence pourrie d'Abraham, peste slave, poux levantin, chancre gitan, sors, ose donc sortir, hétaïre andalouse, essaie de trouver à manger, fouille dans ta porcherie, marrane, bouffe de la poussière et des cafards, si un Juif peut manger de l'or, il peut aussi manger des rats.

On prévint les voisins que, s'ils me donnaient à manger, ils seraient privés de tickets de rationnement et que, en cas de récidive, ils seraient envoyés en camp de concentration : alors moi, Raquel Mendes-Alemán, j'ai décidé de mourir de faim au nom de ma race juive et de ma religion catholique; j'ai décidé, George, d'être le témoin absolu de mon temps et, quand le parti nazi déclara « nos pires ennemis, ce sont les Juifs catholiques », j'ai compris qu'il n'y avait plus d'espoir pour moi. Alors j'ai ouvert ma fenêtre et me suis mise à crier dans la rue : « Saint Paul a dit : Je suis un Hébreu ! Je suis un Hébreu ! Je suis un Hébreu ! » et mes propres voisins m'ont lancé des pierres, deux minutes plus tard une rafale de mitraillette a brisé mes vitres et j'ai dû me recroqueviller dans un coin de la pièce, jusqu'au jour où le consul mexicain, le señor Salvador Elizondo, est arrivé avec un sauf-conduit pour me dire que tu avais intercédé en ma faveur afin que je puisse embarquer sur le *Prinz Eugen* et gagner l'Amérique et la liberté. Je m'étais juré de rester en Allemagne et de mourir en Allemagne pour témoigner de ma foi dans le Christ et dans Moïse. Mais j'ai cédé alors, mon amour si loin de moi, et je savais pourquoi, ce n'était pas parce que j'avais peur d'eux, ou par crainte d'être déportée vers ces lieux dont nous connaissions déjà les noms — Dachau, Oranienburg, Buchenwald —, mais parce que j'avais honte du fait que ma propre Église et mon propre Père, le Pape, n'avaient pas dit un mot ni pour défendre l'ensemble des Juifs, ni même les Juifs catholiques comme moi. Rome a fait de moi une orpheline, Pie XII n'a jamais pris la défense du genre humain, George, pas seulement des Juifs ; le Saint-Père n'a jamais tendu la main au genre humain. C'est toi qui m'as tendu la main, le Mexique aussi. Je n'avais pas d'autre issue que d'embarquer sur le *Prinz Eugen* qui devait nous emmener en Amérique. Le président mexicain, Lázaro Cárdenas, devait parler avec Franklin Roosevelt pour qu'on nous laisse débarquer en Floride.

Pendant les neuf jours de traversée, je me suis liée d'amitié avec les autres exilés juifs, quelques-uns se sont étonnés de ma foi catholique, d'autres l'ont comprise, mais tous ont pensé qu'il s'agissait de ma part d'une ruse ratée pour échapper aux camps de concentration. Il n'y a pas de communautés homogènes, mais Husserl avait raison de poser la question : n'est-il pas possible de revenir tous ensemble à un monde où l'on puisse refonder la vie, et nous retrouver en tant que semblables ?

J'ai voulu communier, mais le pasteur luthérien qui se trouvait à bord a refusé. Je lui ai rappelé que sa fonction légale sur un bateau ne consistait pas à ne représenter qu'une seule confession, mais qu'il devait s'occuper également de toutes les religions. Il a osé me répondre, ma sœur nous ne vivons pas des temps de légalité.

Je suis une provocatrice, George, je le reconnais.

Mais ne m'accuse pas d'orgueil, de l'hybris grecque dont on nous parlait à Fribourg. Je suis une provocatrice pleine d'humilité. Tous les matins, au petit déjeuner que nous prenions collectivement dans la salle à manger, la première chose que je fais est de prendre un morceau de pain dans une main, faire le signe de croix avec l'autre main et dire d'une voix égale : « Ceci est mon corps », avant de porter le pain à ma bouche. Je scandalise, j'agace, je mets en colère. Le capitaine m'a dit, vous mettez en danger vos compagnons de race. Je lui ai ri au nez. « C'est la première fois qu'on nous persécute pour des raisons raciales, Herr Kapitän, vous comprenez? Jusque-là, on nous avait toujours persécutés pour des raisons religieuses. » Faux. Isabel et Fernando nous ont expulsés pour protéger leur « pureté du sang ». Mais le capitaine avait sa réponse. « Madame Mendes, il y a des agents du gouvernement allemand à bord. Ils nous surveillent tous. Ils sont prêts à faire capoter ce voyage au moindre prétexte. S'ils l'ont permis, c'est pour faire une concession à Roosevelt en échange d'un maintien des quotas restreints d'admission de Juifs allemands aux États-Unis. Chaque partie met l'autre à l'épreuve. Vous devez le comprendre. C'est comme ça que le Führer a toujours agi. Nous avons une petite chance. Maîtrisez-vous. Ne gâchez pas cette chance de vous sauver et de sauver les vôtres. Maîtrisez-vous. »

George, mon amour, tout cela a été inutile. Les autorités américaines ne nous ont pas autorisés à débarquer à Miami. Ils ont demandé au capitaine de se retirer à La Havane et d'y attendre l'autorisation américaine. Elle ne viendra pas. Roosevelt est ligoté par une opinion publique hostile à l'entrée aux États-Unis de nouveaux étrangers. Les quotas, disent-ils, sont plus que remplis. Personne ne prend notre défense. Personne. On m'a dit que le pape précédent, Pie XI, préparait une encyclique sur l'« unité du genre humain menacée par des racistes et des antisémites ». Il est mort avant de pouvoir la promulguer. Mon Église ne nous défend pas. La démocratie non plus. George, je dépends de toi. George, je t'en prie, sauve-moi. Viens à La Havane avant que ta Raquel ne puisse même plus pleurer. Jésus n'a-t-il pas dit : « Si tu es persécuté dans une ville, fuis vers une autre » ? Loué soit le Christ.

4

MAURA : Je te pose une question, Vidal : l'idéal que tu défends ne devient-il pas impossible chaque fois qu'on élimine un individu parce qu'il a le tort de penser la même chose que nous mais d'une manière différente ? Car, parmi les républicains, nous sommes tous pour la République et contre le fascisme, mais nous sommes différents les uns des autres, Azaña n'est pas Prieto, Companys n'est pas Durruti, ni José Díaz la même chose que Largo Caballero, ni Enrique Lister que Juan Negrín, mais aucun de nous, ensemble ou isolément, n'est Franco, Mola, Serrano Suñer ou le bourreau asturien Doval.

VIDAL : Nous n'avons rejeté personne. Tout le monde a sa place dans le large front de gauche.

MAURA : Quand la gauche aspire au pouvoir. Mais, quand elle arrive au pouvoir, le PC se charge d'éliminer tous ceux qui ne pensent pas comme vous.

VIDAL : Par exemple ?

MAURA : Boukharine.

VIDAL : Un autre qui ne soit pas un traître.

MAURA : Victor Serge. Et une question : est-ce révolutionnaire de ne pas s'intéresser au destin d'un camarade destitué de sa position publique, déporté sans jugement, séparé pour toujours des siens, simplement parce qu'« il n'est qu'un individu », et qu'un individu singulier et solitaire ne compte pas dans la grande épopée collective de l'histoire ? Je ne vois pas en quoi consiste la trahison d'un Boukharine qui, avec son projet d'un socialisme pluriel, humain, libre, et d'autant plus fort pour cela même, aurait peut-être sauvé la Russie de la terreur stalinienne.

VIDAL : Tirons les conclusions et *revenons à nos moutons**. Qu'aurait dû faire la République, d'après vous deux, pour concilier la victoire et l'éthique ?

MAURA : Il faut changer la vie, a dit Rimbaud. Il faut changer le monde, a dit Marx. Ils se trompent tous les deux. Il faut diversifier la vie. Il faut pluraliser le monde. Il faut abandonner l'illusion romantique qui veut que l'humanité ne sera heureuse que le jour où elle aura retrouvé son unité perdue. Il faut se débarrasser de l'illusion de la totalité. Le mot est révélateur : il n'y a qu'un pas entre le désir de totalité et la réalité totalitaire.

VIDAL : C'est ton droit de mépriser l'unité. Mais sans unité on ne gagne pas une guerre.

MAURA : On y gagne en revanche une société meilleure. N'est-ce pas ce que nous souhaitons tous ?

VIDAL : Comment ça, Maura ?

MAURA : En valorisant la différence.

VIDAL : Et l'identité ?

MAURA : L'identité est renforcée par une culture de la différence. Ou est-ce que tu penses qu'une humanité libérée serait une humanité parfaitement unie, identique, uniforme ?

VIDAL : Il n'y a aucune logique dans ce que tu dis.

MAURA : C'est parce que la logique est unilatérale,

qu'elle est une façon de dire : seul ceci a un sens. Toi qui es marxiste, tu devrais penser à la dialectique, qui représente au moins une possibilité de choix, un « ceci ou cela ».

VIDAL : Qui se résout dans l'unité de la synthèse.

MAURA : Qui se divise aussitôt en thèse et antithèse.

VIDAL : Alors, tu crois à quoi ?

MAURA : À un deux, et même plus. Ça te paraît fou ?

VIDAL : Non. Ça me paraît politiquement inutile.

BALTAZAR : Je peux vous dire quelque chose, mes socratiques amis ? Moi je ne crois pas au bonheur de mille ans. Je crois aux chances de la liberté. À tout moment. Chaque jour. Laisse-les passer, ces chances, et elles ne reviendront plus, comme les hirondelles du poème de Bécquer. Et, si je dois choisir le moindre mal, je préfère rester sans rien. Je crois que la politique passe après l'intégrité personnelle parce que, sans cette dernière, ce n'est pas la peine de vivre en société. Et je crains que si nous, la République que nous représentons, nous n'apportons pas la preuve que nous plaçons la morale au-dessus des moyens, alors le peuple nous tournera le dos et se rangera du côté du fascisme, parce que le fascisme ne se pose pas de question sur ce qui est immoral ou non ; nous, oui.

MAURA : Tu en conclus quoi, Basilio ?

BALTAZAR : Que le révolutionnaire véritable ne peut parler de révolution parce que rien ne mérite ce nom dans le monde d'aujourd'hui. Vous reconnaîtrez les vrais révolutionnaires à ce qu'ils ne parlent jamais de révolution. Et ta conclusion à toi, Jorge ?

MAURA : Je suis partagé entre deux vérités. L'une, que le monde sera sauvé. L'autre, qu'il est condamné. Les deux énoncés sont doublement des vérités. La société corrompue est condamnée. Mais la société révolutionnaire l'est également.

VIDAL : Et toi, Laura Díaz ? tu n'as pas ouvert le bec. Que penses-tu de tout cela, camarade ?

Laura baissa la tête un instant, puis elle regarda avec tendresse chacun des trois hommes et finalement elle dit :

— Cela me fait grand plaisir de voir que la discussion la plus acharnée entre les hommes finit toujours par révéler quelque chose qui leur est commun.

— Vous avez l'air très amoureux tous les deux. Comment mesurez-vous l'amour au milieu de tout ce qui se passe ?

— Tu peux le formuler autrement, intervint Vidal. N'y a-t-il que le bonheur personnel qui compte, non le malheur de millions d'êtres humains ?

— Moi, je vais vous poser une autre question, señor Vidal, reprit Laura Díaz. L'amour d'un couple peut-il compenser tous les malheurs du monde ?

— Oui, je suppose qu'il y a des manières de racheter le monde, que nous soyons des solitaires comme notre ami Basilio ou membres d'une organisation comme moi, concéda Vidal avec un mélange d'humilité et d'arrogance.

Ce regard ne passa pas inaperçu aux yeux de Jorge ni de Basilio. Ni à ceux de Laura, mais elle ne sut pas l'interpréter. Son intuition, en tout cas, lui disait qu'elle assistait, ce soir-là, à une réunion d'adieux. Qu'il y avait une tension, une tristesse, une résignation, une pudeur et, surtout, un amour dans le regard des trois hommes qui préludaient à une séparation inéluctable, et que c'était pour cela que l'argumentation avait été aussi massive qu'une pierre tombale. Il s'agissait d'adieux : des images perdues à jamais, ces mensonges du ciel que sur terre on nomme « politique ». De ces deux mensonges, nous faisons une vérité douloureuse nommée « histoire ». Et, pourtant, qu'y avait-il dans le regard brillant et triste de Basilio Baltazar si ce n'est un lit creusé d'empreintes d'amour ; qu'y avait-il dans le regard sombre de Domingo Vidal si ce n'est un défilé de visions à jamais perdues ? qu'y avait-il dans le regard mélancolique et sensuel de Jorge, son Jorge Maura à elle... ? Et qu'y avait-il, pour revenir dans le temps, dans le regard du maire de Santa fe de Palencia si ce n'est le secret connu de tous d'avoir donné l'ordre de faire fusiller sa fille pour prouver qu'il aimait un pays, l'Espagne, et une idéologie, le communisme ? Et dans le regard de Clemencia devant le miroir, y avait-il seulement la vision répugnante d'une vieille bigote satisfaite de supprimer la beauté et la jeunesse d'une éventuelle rivale, sa propre fille ?

Basilio serra Jorge dans ses bras et lui dit, nous avons tellement pleuré que nous saurons reconnaître le futur quand il arrivera.

— La vie continue. — Vidal prit congé en étreignant ses deux camarades en même temps.

— La roue tourne, vieux frère, dit Maura.

— Saisissons la chance par la queue —, Vidal s'écarta en riant. — Ne nous moquons pas de la roue de la fortune et laissons de côté les plaisirs intempestifs. Nous nous retrouverons au Mexique.

Mais ils étaient au Mexique. Ils se disaient adieu au lieu même où ils se trouvaient. Parlaient-ils tous les trois au nom de la défaite ? Non, se dit Laura Díaz, ils parlaient au nom de ce qui commençait, l'exil, et l'exil n'a pas de patrie, il ne s'appelle pas le Mexique, l'Argentine ou l'Angleterre. L'exil est un autre pays.

5

On lui banda la bouche et on ordonna de fermer toutes les fenêtres qui donnaient sur la place centrale de Santa Fe. Néanmoins, comme si rien ne pouvait imposer silence au scandale de sa mort, de grands cris la suivirent de la porte romaine jusqu'aux arènes, des cris sauvages que seule peut-être la condamnée à mort pouvait entendre, et pourtant, à moins que tous les voisins ne mentent, tous jurent qu'ils entendirent ce jour-là, au petit matin, des cris ou des chants venus de la nuit moribonde.

Les fenêtres fermées. La victime bâillonnée. Seuls les yeux de Pilar Méndez criaient, car sa bouche était réduite au silence, comme si l'exécution avait déjà eu lieu. « Ferme-lui la bouche, demanda Clemencia la mère à son mari le maire justicier, la seule chose que je ne veux pas, c'est l'entendre crier, je ne veux pas savoir ce qu'elle a crié. » « Ce sera une exécution propre. Ne t'inquiète pas. »

Je sens l'odeur de la mort, se disait Pilar Méndez dépouillée maintenant de sa couverture de peaux, vêtue seulement d'un surplis de carmélite qui ne parvenait pas à cacher la pointe de ses seins, les pieds nus, flairant des pieds et du nez, je sens l'odeur de la mort, toutes les tombes d'Espagne sont ouvertes, que restera-t-il de l'Espagne hormis le sang dont les loups vont s'abreuver ? Les Espagnols sont des mâtins de la mort, nous la flairons et nous la traquons jusqu'à ce qu'on nous tue.

C'est peut-être ce qu'elle se dit. Ou peut-être fut-ce la pensée des trois amis, les trois soldats de la République qui étaient restés hors de l'enceinte de la ville, l'oreille tendue, guettant le claquement des fusils qui annoncerait la mort de la femme pour la vie de laquelle ils étaient prêts à donner quelque chose de plus que leur propre vie, leur honneur de militaires républicains, mais aussi leur honneur d'hommes unis pour toujours dans la défense de la femme aimée par l'un d'entre eux.

On raconte que, à la fin, elle fut traînée dans le sable de la place, que ses pieds soulevaient la poussière de l'arène, que son corps se revêtit de terre et disparut dans un nuage granuleux. Ce qui est sûr, c'est que, en l'aube de ce jour, le feu et l'orage, ennemis d'ordinaire mortels, scellèrent un pacte et s'abattirent ensemble sur la ville de Santa Fe de Palencia, étouffant le tonnerre des fusils, cependant que Basilio, Domingo et Jorge s'enracinaient dans le monde comme en dernier hommage à la vie d'une femme sacrifiée, échangeaient un regard, puis filaient dans la montagne afin de prévenir les hérauts de ne pas éteindre les feux, que la Citadelle de la République n'était pas vaincue.

Quelle preuve apportez-vous ?

Une poignée de cendres dans les mains.

Ils ne virent pas le fleuve automnal saturé de feuilles, s'efforçant déjà de renaître après la sécheresse estivale.

Ils n'imaginaient pas que les glaces du prochain hiver entraveraient les ailes des aigles en plein vol.

Ils étaient déjà très loin lorsque les cris de la foule claquèrent comme des coups de fouet sur la place où Pilar Méndez avait été fusillée et où son père le maire déclara au peuple, j'ai agi pour le bien du Parti et de la République, sans oser lever les yeux vers la jalousie à travers laquelle sa femme Clemencia le regardait avec une haine satisfaite, lui soufflant en secret, dis-leur, dis-leur la vérité, tu as donné l'ordre de la tuer, mais c'est sa mère qui la haïssait, je l'ai tuée malgré l'amour que je lui portais, sa mère a voulu la sauver malgré la haine qu'elle lui vouait, bien que nous fussions toutes les deux franquistes, du même parti, catholiques toutes les deux, mais d'âge et de beauté fort dissemblables : Clemencia courut vers le miroir de sa chambre, tenta de retrouver sur son visage vieilli les traits de sa fille morte car, Pilar disparue, elle serait moins qu'une vieille femme, insatisfaite, assaillie de bouffées de chaleur et de bruits qui lui restaient enfouis entre les jambes. Elle superposa les traits de sa fille sur son visage de vieille femme.

— N'éteignez pas les feux. La ville ne s'est pas rendue.

Laura et Jorge remontèrent l'avenue du Cinco de Mayo en direction de l'Alameda. Basilio partit en sens contraire, en direction de la cathédrale. Vidal siffla pour arrêter un autobus de la ligne Roma-Mérida et sauta en marche. Mais chacun tourna la tête pour regarder les autres une dernière fois, comme pour leur envoyer un ultime message. « On ne quitte pas l'ami qui nous a accompagné dans le malheur. Les amis se sauvent ou meurent ensemble. »

XV

Colonia Roma 1941

Une fois Jorge Maura parti, Laura Díaz rentra chez elle ; elle ne sortit plus jamais le soir et cessa de disparaître pendant des journées entières. Elle était déconcertée. Elle n'avait pas dit la vérité à Juan Francisco et elle commença par se faire des reproches : « J'ai bien fait de ne rien dire, ça finit mal. J'ai eu raison d'être prudente. Ai-je été lâche ? Ai-je été très avisée ? Aurais-je dû tout dire à Juan Francisco en misant sur sa compréhension, mais en m'exposant à une rupture qui m'aurait laissée seule de nouveau, sans aucun des deux, ni Jorge, ni Juan Francisco ? Maura n'avait-il pas dit qu'il s'agissait de notre vie intime, que cela était sacré, qu'aucune raison, aucune morale ne nous oblige à raconter notre intimité à quiconque ? »

Elle se regardait souvent dans la glace depuis son retour à la maison de l'Avenida Sonora. Son visage n'avait pas changé malgré les turbulences qui l'agitaient à l'intérieur. Du moins jusque-là. Cependant, il lui arrivait à présent d'être, certes, celle d'avant, mais parfois aussi une femme inconnue — changée. Comment ses enfants, son mari, la voyaient-ils ? Santiago et Dantón évitaient de croiser son regard, ils passaient rapidement, en courant à la façon qu'ont les adolescents de sauter comme s'ils étaient encore des enfants, mais pas joyeusement, cherchant plutôt à s'éloigner d'elle, pour ne pas avoir à reconnaître sa présence ni son absence.

— Pour ne pas avoir à reconnaître que je n'étais pas fidèle. Que leur mère était infidèle.

Ils ne la regardaient pas, mais elle les écoutait. La maison n'était pas grande et le silence augmentait les échos ; la maison s'était transformée en coquillage.

— Pourquoi, diable, papa et maman se sont-ils mariés ?

Les miroirs étaient sa seule compagnie. Elle se regardait et elle ne voyait pas que deux âges de sa vie. Elle voyait deux personnalités. Elle voyait une Laura raisonnable et une Laura impulsive, une Laura pleine de vie et une autre diminuée. Elle voyait sa conscience et son désir s'affronter sur une surface de verre, lisse comme ces lacs transformés en champs de bataille qu'on peut voir dans certains films russes. Elle serait partie avec Maura ; s'il le lui demande, elle partira avec lui, elle quittera tout pour le suivre...

Un après-midi, elle s'installa devant le balconnet ouvert sur l'Avenida Sonora. Elle disposa quatre autres chaises et prit place sur la cinquième, au milieu. Peu de temps après, la tante María de la O arriva en traînant les pieds et s'assit à côté d'elle en poussant un soupir. Puis López Greene rentra de son travail au syndicat, les regarda et vint s'asseoir à côté de Laura. Enfin les garçons arrivèrent, tombèrent en arrêt à la vue de cette scène inhabituelle, puis ils prirent place sur les deux chaises qui restaient à chaque bout de la rangée.

Ce n'est pas votre mère qui vous convoque. C'est plutôt le lieu et l'heure. La ville de Mexico en une fin de journée de l'an 1941, lorsque les ombres s'allongent et que les volcans semblent flotter, très blancs, sur un lit de nuages enflammés, que l'orgue de Barbarie joue *Las Golondrinas* et que les affiches du dernier duel électoral, Avila Camacho/Almazán, commencent à s'écailler; en ce premier soir, la réunion silencieuse de la famille contient tous les soirs à venir, les soirs de tourbillons de poussière et les soirs où la pluie calme l'agitation de la poussière et remplit de parfums la vallée où s'étend la ville indécise entre son passé et son avenir, l'orgue de Barbarie joue *amor chiquito acabado de nacer*, les bonnes qui accrochent le linge sur les toits-terrasses chantent *voy por la vereda tropical*, les adolescents dans la rue dansent au rythme de *tambora y más tambora, pero qué será*, on voit passer les *fotingos* et les taxis, les glaciers et les vendeurs de *jícamas* arrosées de citron et de piment en poudre, on installe l'éventaire de bonbons, de chewing-gums Adams et de sucettes Mimí, de crème renversée et de patates douces, on ferme le kiosque à journaux avec ses nouvelles inquiétantes sur la guerre que les Alliés sont en train de perdre, ses bandes dessinées de *Chamaco* et de *Pepín*, ses exotiques magazines argentins pour dames, *Leoplán* et *El Hogar*, et, pour les enfants, *Billiken*, les cinémas de quartier annoncent des films mexicains avec Sara García, les frères Soler, Sofía Álvarez, Gloria Marín et Arturo de Córdoba, les garçons achètent en cachette des cigarettes Alas, Faros et Delicados au bureau de tabac du coin, les enfants jouent à la marelle, visent avec des noyaux de pêche des trous improvisés, échangent des capsules d'Orange Crush ou de jus de raisin Chaparritas, organisent des courses entre les autobus verts de la ligne Roma-Piedad et les autobus marron et crème de la ligne Roma-Mérida; le bois de Chapultepec s'élève derrière les résidences mexicaines de style

Bauhaus dans les senteurs de mousse et d'eucalyptus, jusqu'au miracle symbolique de l'Alcázar où les deux garçons, Dantón et Santiago, montent tous les soirs avant de rentrer à la maison comme s'ils partaient à la conquête d'un château perché, mystérieux, auquel on accède par des sentiers escarpés, des chemins goudronnés et des routes fermées par des chaînes qui réservent la surprise de la grande esplanade qui surplombe la ville, avec son envol de pigeons et ses salles mystérieuses au mobilier XIXe.

Les garçons sont assis au côté de Laura, de Juan Francisco et de la vieille tante, contents que la ville leur offre toute cette gamme de mouvements, de couleurs, d'odeurs, de chansons et, en guise de couronne, ce château qui vient rappeler à tous qu'il y a toujours plus que ce que l'on imagine dans le monde, il y a plus...

Jorge Maura parti, une chose que Laura convenait d'appeler « la réalité », entre de gros guillemets, refit son apparition derrière la brume romantique. Son mari était la première de ces réalités. C'est lui qui réapparaît le premier, il dit aux garçons (Santiago a vingt et un ans, et Dantón un an de moins) :

— Je l'aime.

Il m'accepte, rectifia-t-elle avec cruauté et un manque de générosité patent, il m'accepte malgré mes mensonges, il m'accepte parce qu'il sait que c'est sa maladresse et sa propre cruauté qui m'ont permis de prendre ma liberté, « j'aurais dû épouser un boulanger qui se moque des pains qu'il fabrique ». Puis elle se rendit compte que, pour Juan Francisco, déclarer devant ses enfants qu'il l'aimait était un aveu d'échec, mais aussi la preuve de la noblesse de sa position. Laura Díaz s'accrocha à l'idée d'une régénération pour tous, parents et enfants, grâce à l'amour vécu par elle avec une telle intensité qu'elle pouvait en donner le surplus aux siens.

Elle se réveillait à côté de son mari — ils dormaient ensemble de nouveau — et elle entendait les premiers mots qu'il prononçait chaque matin.

— Il y a quelque chose qui ne va pas.

Ces paroles étaient pour lui salvatrices, pour elle réconciliatrices. Par une noblesse d'âme retrouvée ou qui lui était peut-être inhérente, et afin d'épargner Laura, Juan Francisco se chargeait de parler à Dantón et à Santiago de leur mère ; il leur racontait comment ils s'étaient rencontrés, comment elle était, si inquiète, si indépendante, ils devaient essayer de la comprendre... Laura se sentit offensée de ces propos ; elle aurait dû être reconnaissante à son mari d'intercéder ainsi en sa faveur, mais en réalité elle en fut blessée. Cependant, cela ne dura pas longtemps car, lors de la cérémonie vespérale face au château de Chapultepec et aux volcans de la vallée de Mexico, qui était une façon de dire en dépit de tout nous sommes ensemble, elle annonça :

— Je suis tombée amoureuse d'un homme. C'est pour cela que je ne rentrais pas à la maison. J'aurais donné ma vie pour lui. Je vous aurais abandonnés pour lui. Mais c'est lui qui m'a quittée. Voilà pourquoi je suis de retour parmi vous. J'aurais pu rester seule mais j'ai eu peur. Je suis revenue pour être protégée. Je me sentais désemparée. Je ne vous demande pas pardon. Je vous demande, les garçons, de commencer à comprendre, à votre âge, que la vie n'est pas facile, que nous commettons tous des fautes et blessons ceux que nous aimons parce nous nous aimons nous-mêmes avant quiconque, même avant la personne à laquelle nous vouons un amour passionné. Chacun de vous, Dantón, Santiago, choisira en son temps son propre chemin et non pas celui que votre père ou moi aurions aimé vous voir prendre. Pensez à moi à ce moment-là. Pardonnez-moi.

Il n'y eut ni parole prononcée ni émotion apparente. Seule María de la O laissa passer dans ses yeux voilés par la cataracte de vieux souvenirs d'une petite fille dans un bordel de Veracruz et d'un monsieur qui la sortit de sa détresse pour la faire entrer dans cette famille, faisant fi de tous les préjugés de race, de classe et d'une morale immorale, car, au nom de ce qui est convenable, elle ôte la vie au lieu de la donner.

Laura et Juan Francisco s'invitèrent mutuellement à faire la paix et les garçons cessèrent de courir, de chahuter, de tournoyer pour éviter de regarder leur mère. Santiago dormait et vivait avec la porte de sa chambre grande ouverte, ce que sa mère, à défaut d'explication, interpréta comme un geste de liberté et de transparence, quoique peut-être aussi comme une manifestation de révolte coupable : je n'ai rien à cacher. Dantón se moquait de lui, c'est quoi ta prochaine impertinence, vieux ? tu vas faire des bras d'honneur aux passants ? non, lui répondit son aîné, je veux simplement signifier que nous nous suffisons à nous-mêmes, qui ça, toi et moi ? ça me plairait, Dantón ; eh bien, moi, je me suffis à moi-même, mais avec la porte fermée, on ne sait jamais ; viens voir ma collection de revues *Vea* quand tu veux, de sacrées vieilles salopes, vachement érotiques...

De même que, depuis son retour, elle se regardait dans la glace pour vérifier que son visage ne changeait pas malgré les vicissitudes de la vie, Laura découvrit que Santiago se mirait lui aussi, surtout dans les vitres des fenêtres, et qu'il avait l'air de se surprendre, comme s'il découvrait constamment un autre qui l'accompagnait. Ce n'était peut-être qu'une interprétation de la part de la mère. Santiago n'était plus un enfant. Il était quelque chose de nouveau. Laura elle-même, devant son miroir, constatait qu'elle était tantôt la femme d'avant, tantôt une inconnue — une femme changée. Son fils se voyait-il de la même façon ? Elle allait avoir quarante-quatre ans.

Elle n'osa pas entrer. La porte ouverte était une invitation et, paradoxalement, une jalouse interdiction. Regarde-moi mais n'entre pas. Il dessinait. Avec un miroir rond pour se regarder du coin de l'œil et créer — non pas copier ou reproduire — le visage de Santiago que sa mère reconnut et mémorisa rien qu'en voyant l'autoportrait que son fils dessinait : le trait devint le véritable visage de Santiago, il le révéla, obligeant Laura à prendre conscience qu'elle s'était absentée, qu'elle était revenue, et qu'elle n'avait pas pris la peine de réellement regarder ses enfants, ils avaient effectivement leurs raisons de ne pas vouloir la regarder, ils couraient, se faufilaient, puisqu'elle ne les regardait pas non plus, ils lui reprochaient, plus grave que l'abandon du foyer familial, de les avoir privés de son regard : ils voulaient être vus par elle et, comme elle ne les voyait pas, Santiago s'était d'abord découvert dans le miroir qui semblait remplacer les regards qu'il aurait voulu recevoir de ses parents, de son frère, de la société toujours hostile au jeune qui fait irruption en son sein, avec l'insolente promesse qu'il représente et son ignorante outrecuidance. Un portrait et ensuite un autoportrait.

Quant à Dantón, il s'était sans doute découvert lui-même dans la vitrine vivement éclairée que lui offrait la ville.

Elle était revenue comme s'ils n'existaient pas,

comme s'ils ne s'étaient pas sentis oubliés ni blessés ni anxieux de lui communiquer ce que Santiago était en train de faire : un portrait qu'elle aurait pu reconnaître dans son absence, un portrait que le fils aurait pu envoyer à sa mère si Laura, comme elle l'avait souhaité, était partie vivre avec son Espagnol, son « hidalgo ».

Regarde, maman. C'est moi. Ne reviens plus.

Laura se dit qu'elle n'aurait plus jamais d'autre visage à donner à son fils que celui qu'il lui offrait en cet instant : le front large, les yeux d'ambre très écartés, moins noirs que dans la réalité, le nez droit et les lèvres minces et provocantes, les cheveux raides, ébouriffés, d'un châtain d'écorce luisante, le menton frémissant ; même sur l'autoportrait son menton tremblait comme s'il voulait sauter hors du visage, vaillant mais exposé à tous les coups du monde. C'était Santiago le Mineur.

Il avait plusieurs livres ouverts étalés autour de lui. Van Gogh et Egon Schiele.

Où les as-tu trouvés ? Qui te les a donnés ?

À la Librairie allemande de la Colonia Hipódromo.

Laura allait dire, chassez le naturel il revient au galop, voilà le côté allemand qui ressort, mais il la devança, ne t'inquiète pas, ce sont des Juifs allemands qui se sont exilés au Mexique.

Juste à temps.

Oui, maman, juste à temps.

Elle avait analysé les traits de Santiago que l'autoportrait lui proposait, mais cela ne rendait pas compte de la facture du dessin, de cette lumière sombre qui permettait au spectateur de se pencher sur ce visage tragique, prédestiné, comme si le jeune artiste avait découvert qu'un visage révèle la nécessité tragique de chaque vie, mais aussi la liberté dont elle dispose pour surmonter les échecs. Laura contempla ce portrait de son fils fait par lui-même et songea à la tragédie de Raquel Mendes-Alemán et au drame que Jorge Maura avait vécu avec elle. Y avait-il une différence entre la sombre fatalité du destin de Raquel, partagé par tout le peuple juif, et la réponse dramatique, honorable mais tout compte fait inutile de l'hidalgo espagnol, Jorge Maura, parti à La Havane pour sauver Raquel, comme il avait voulu sauver Pilar en Espagne ? Avec son autoportrait, Santiago fournissait à Laura une lueur, une réponse, qu'elle voulut s'appliquer à elle-même. Il faut laisser le temps faire son œuvre. Il faut permettre à la douleur de se transformer de quelque façon en connaissance. Pourquoi ces idées surgissaient-elles de l'autoportrait de son fils ?

Ils se ressemblaient donc tous les deux. Santiago la regarda et il accepta le regard qu'elle lui adressait depuis le seuil de la chambre.

Ce n'était pas elle qui les distinguait. Ils étaient différents. Santiago assimilait tout, Dantón rejetait, éliminait tout ce qui se mettait en travers de son chemin ou lui faisait obstacle, il était capable de ridiculiser un professeur pompeux en plein milieu du cours et à la récréation se payer la tête d'un condisciple qui lui cassait les pieds. Et pourtant, c'était Santiago qui résistait le mieux aux contraintes de la vie, tandis que Dantón finissait par les accepter après les avoir violemment et hardiment rejetées. C'était Dantón qui faisait des scènes pour affirmer son indépendance, le Cri de Dolores de la puberté, je suis grand, c'est ma vie, pas la vôtre, je rentre à l'heure que je veux, je suis maître de mon temps, et c'était lui qui rentrait ivre, c'était lui qui se prenait des coups, attrapait la gonorrhée ou demandait honteusement de l'argent ; il était le plus libre mais aussi le plus dépendant. Il se révoltait pour mieux succomber.

Pendant ses études, Santiago trouva du travail à la restauration des fresques de José Clemente Orozco ; puis Laura l'adressa à Frida et Diego pour qu'il assiste le peintre dans les peintures murales que celui-ci commençait au Palais national. Santiago remettait ponctuellement l'argent à sa mère, comme un enfant d'un roman de Dickens exploité dans une tannerie. Elle riait et lui promettait de le mettre de côté pour lui.

— Ce sera notre secret.

— Pourvu que ce ne soit pas le seul, dit Santiago en embrassant sa mère dans un mouvement impulsif.

— Tu l'aimes plus parce qu'il t'a pardonné —, lança Dantón avec insolence, et Laura ne put retenir une gifle.

— D'accord, je me tais, dit Dantón.

Laura Díaz avait caché sa passion pour et avec Jorge Maura, elle décida cette fois de ne pas cacher sa passion pour et avec son fils Santiago, comme en compensation inconsciente, quasiment, du silence qui avait entouré ses amours avec Jorge. Elle n'allait pas nier qu'elle aimait Santiago plus que Dantón. Elle savait que ce n'était pas un sentiment acceptable selon les conventions ordinaires. « Ou tous fils, ou tous beaux-fils », dit un vieil adage. Cela lui était égal. Près de lui, le regardant travailler à la maison, sortir, rentrer à l'heure, lui remettre son salaire, lui raconter ses projets, elle sentit qu'il se tissait entre mère et fils une complicité qui portait aussi le nom de préférence, qui signifie mettre devant, à cette place que commença à occuper Santiago dans la vie de Laura, la première place. C'était comme si, une fois évanoui l'amour de Jorge Maura, cet amour qui l'avait révélée à ses propres yeux en tant que Laura Díaz, une femme unique, inconfondable, irremplaçable, mais passagère, et finalement mortelle, une femme aimée, une femme passionnée, une femme prête à tout abandonner pour son amant, comme si, donc, toute sa passion s'était reportée sur Santiago, non seulement la passion de la mère pour le fils, car cela n'était que de l'amour, voire de la préférence, mais la passion du garçon pour la vie et la création : c'était cela que Laura commençait à s'approprier, car Santiago le lui offrait indépendamment de sa personne, sans aucune vanité.

Santiago, son fils, le deuxième Santiago, était ce qu'il faisait, aimait ce qu'il faisait, offrait ce qu'il faisait, il progressait à grands pas, assimilait tout ce qu'il voyait à travers des reproductions, des livres et des revues, ou en étudiant les fresques mexicaines. Il révèle l'autre qui est en lui. Sa mère le découvre en même temps. Le garçon tremblait d'anticipation créative dès qu'il approchait d'une feuille de papier blanc, et plus tard d'un chevalet que sa mère lui offrit pour ses dix-neuf ans.

Il transmet son tremblement. Il contamine la toile dont il s'empare comme il contamine qui le regarde travailler. C'est un être qui se donne pleinement.

Laura se mit à vivre au rythme du tremblement artistique de son fils — trop. En le regardant travailler et progresser, elle se laissa gagner par l'anticipation qui habitait le garçon comme une fièvre. Mais c'était par ailleurs un jeune homme gai. Il aimait bien manger, il réclamait toutes sortes d'amuse-gueule mexicains, il invitait Laura aux banquets de la cuisine du Yucatán organisés par le Cercle du Sud-Est, dans la rue de Lucerna, où l'on servait la sauce à l'œuf et aux amandes du *papadzul* ou du fromage napolitain au goût un peu écœurant ; il l'invitait dans le patio du Bellinghausen, dans la rue de Londres, à l'époque de l'année où l'on y servait des vers de l'agave trempés dans du guacamole et des flans au *rompope;* il l'invitait au Danubio, dans le quartier d'Uruguay, pour y déguster des brouailles d'un poisson nommé *hacha* arrosées d'un jus de citron et un autre servi dans une sauce épaisse faite de piments séchés, aromatique et piquante de tous les tonnerres de Dieu.

C'est moi qui paie, maman. De ma poche.

Ils étaient suivis par le regard rancunier de Dantón, par le pas traînant des pantoufles de Juan Francisco, elle n'en avait cure, la vie avec Santiago était pour Laura Díaz la vie tout court en cette année 1941, après qu'elle eut regagné son foyer mais prolongé, non sans un certain sentiment de culpabilité, son amour pour Maura en amour pour Santiago, consciente que ce dernier, le deuxième Santiago, représentait en outre la continuation de son amour pour le premier Santiago, comme s'il n'existait aucune puissance sur terre ou dans le ciel en mesure de la contraindre à faire une pause, à accepter la solitude, coupable ou rédemptrice, peu importe. L'hiatus entre le frère, l'amant et le fils fut imperceptible. Il dura le temps de deux soirées sur un balcon donnant sur le bois vibrant et les volcans éteints.

— Je pars à La Havane pour essayer de sauver Raquel Mendes-Alemán. Le *Prinz Eugen* n'a pas été autorisé à accoster aux États-Unis et les Cubains font ce que leur disent les Américains. Ou ce qu'ils imaginent être le désir des Américains. Le bateau va être obligé de retourner en Allemagne. Personne n'en sortira vivant. Hitler a tendu un piège, une fois de plus, aux démocraties. Il leur a dit, mais bien sûr, je vous envoie un bateau chargé de Juifs, accordez-leur donc l'asile. Maintenant il pourra dire, vous voyez ? vous non plus vous n'en voulez pas, moi encore moins, allez, tous dans la chambre à gaz et la question est réglée. Laura, si j'arrive à temps, je pourrai sauver Raquel.

Nous ne ferons jamais la paix, Juan Francisco ?

Que veux-tu d'autre de moi ? Je t'ai reprise à la maison. J'ai demandé à nos enfants de te respecter.

Tu ne te rends pas compte qu'il y a quelqu'un d'autre à la maison avec nous ?

Non. Qui est ce fantôme ?

Deux fantômes. Toi et moi. Avant.

Je ne comprends plus rien. Calme-toi, que diable. Comment va ton travail ?

Bien. Les Rivera ne savent pas s'occuper de leurs papiers, ils ont besoin de quelqu'un pour répondre à leur courrier, classer leurs documents, relire leurs contrats.

Parfait. Mes félicitations. Cela ne te prend pas trop de ton temps ?

Trois fois par semaine. Je veux m'occuper de la maison avant tout.

Le « parfait » de son mari voulait dire « il était temps », mais Laura fit comme si elle n'avait pas entendu. Il lui arrivait de penser qu'épouser Juan Francisco avait été comme de tendre l'autre joue au destin. Cela avait transformé en réalité quotidienne ce qui était et aurait peut-être dû rester une énigme lointaine : la vraie vie de Juan Francisco López Greene. Elle n'avait pas l'intention de poser à haute voix la question qu'elle s'était tant de fois posée à elle-même. Qu'avait donc fait son mari ? En quoi avait-il failli ? Avait-il été héroïque et s'en était-il lassé ?

— Un jour, tu comprendras, disait-il.

— Un jour, je comprendrai —, répétait-elle, au point de finir par croire que la phrase était d'elle.

Laura. Je suis fatigué, je reçois un bon salaire de la CTM et du Congrès de l'Union. Nous ne manquons de rien. Si tu veux t'occuper de Diego et Frida, c'est ton affaire. Mais tu voudrais en plus que je redevienne le héros de 1908, de 1917, du Foyer de l'Ouvrier mondial et des Bataillons Rouges ? Je peux te faire une liste des héros de la Révolution. Chacun, hormis les morts, a été récompensé.

Non, c'est la vérité que je veux. As-tu vraiment été un héros ?

Juan Francisco éclata d'un grand rire glaireux mêlé à une quinte de toux.

Il n'y a pas eu de héros, et, s'il y en a eu, ils se sont rapidement fait tuer et on leur a dressé des statues. Très laides de surcroît, pour qu'ils ne s'en vantent pas trop. Dans ce pays, même la gloire est moche. Les statues sont toutes en cuivre, il n'y a qu'à gratter un peu la dorure pour s'en apercevoir. Qu'est-ce que tu veux de moi ? Pourquoi ne respectes-tu pas une fois pour toutes ce que j'ai été, bordel ?

Je fais un effort pour te comprendre, Juan Francisco. Puisque tu ne me dis pas d'où tu viens, dis-moi au moins ce que tu es aujourd'hui.

Un vigile. Un gardien de l'ordre. Un administrateur de la stabilité. Nous avons gagné la Révolution. Nous nous sommes donné du mal pour instaurer la paix et un système de succession au pouvoir sans soulèvements militaires, nous avons redistribué les terres, offert l'éducation, construit des routes... Cela te semble peu ? Tu veux que je sois contre ? Tu veux que je finisse comme tous les insatisfaits, Serrano et Arnulfo Gómez, Escobar et Saturnino Cedillo, le philosophe Vasconcelos ? Ils n'ont même pas été des héros. Ils n'ont été qu'un feu de paille. Que veux-tu de moi, Laura ?

Je ne cherche qu'une fissure par laquelle je puisse t'aimer, Juan Francisco. Ça peut paraître idiot.

Eh bien, tu ne sais pas dans quel bourbier tu mets les pieds. Et comment !

En regardant peindre Santiago, elle eut envie de lui dire qu'elle était ravie de l'ardeur qu'il mettait à exercer son art. Elle le lui exprima avec les paroles du père toutes fraîches dans sa tête.

— Diego emploie le mot *élan**. Il a vécu longtemps en France.

Santiago était en train de peindre un couple, un homme et une femme nus, mais séparés, debout, l'un en face de l'autre, se scrutant du regard. Ils se tenaient les bras croisés. Laura lui dit que s'aimer toujours est très difficile, car l'état d'esprit de deux personnes ne va presque jamais de concert, on vit une période d'identification totale qui relève de la passion, puis un équilibre s'instaure dans le couple qui n'est hélas que l'annonce d'une rupture de la part de l'un des deux partenaires.

— J'aimerais que tu comprennes que c'est cela qui s'est passé entre ton père et moi.

— Tu as simplement pris les devants, maman. Tu lui as signifié que tu ne voulais pas avoir le rôle de celle qui souffre, que tu le lui laissais.

Santiago nettoya ses pinceaux et regarda sa mère.

— Et le jour où il mourra, qui aura devancé qui ?

Comment ai-je pu abandonner un homme aussi faible, se dit Laura avant de réagir avec force et pudeur, non, ce qu'il faut changer ce sont les règles du jeu, les règles édictées par les hommes pour les hommes et pour les femmes, parce qu'ils sont les seuls à légiférer pour les deux sexes, parce que les règles de l'homme s'appliquent aussi bien à la vie de la femme fidèle restée au foyer qu'à celle qui a choisi une vie infidèle et errante ; la femme est toujours coupable, soit de soumission, soit de révolte ; coupable de cette fidélité qui fait qu'elle laisse passer la vie, couchée dans un tombeau glacé auprès d'un homme qui ne la désire pas, ou coupable d'aller chercher son plaisir avec un autre homme comme le mari va chercher le sien auprès d'une autre femme, péché pour elle, caprice pour lui, lui Don Juan, elle Madame Putain, nom de Dieu, Juan Francisco, pourquoi ne m'as-tu pas trompée pour de vrai, avec un grand amour, au lieu de fréquenter les putes de ton patron, le gros Morones ? Pourquoi n'as-tu pas connu l'amour avec une femme aussi grande, aussi forte, aussi courageuse que Jorge Maura, mon amour à moi ?

Juan Francisco entretenait avec Dantón une relation parallèle à celle de Laura avec Santiago : deux partis face à face. Le vieux — il avait cinquante-neuf ans mais il en paraissait soixante-dix — passait toutes ses tricheries à son fils cadet, lui donnait de l'argent et le faisait asseoir en face de lui, n'échangeant avec lui que des regards, car aucun des deux n'ouvrait la bouche, du moins devant leurs rivaux, Laura et Santiago. Cependant, la mère avait la certitude que Juan Francisco et Dantón se racontaient des choses. Elle en eut confirmation par la tante volontairement muette, un après-midi où se répétait la cérémonie salutaire du balcon, le rite unificateur de la famille. María de la O prit place d'autorité entre Juan Francisco et Dantón, séparant le père et le fils cadet, sans quitter Laura du regard. Ayant ainsi attiré l'attention de Laura, la vieille métisse toujours habillée de noir effectua un rapide mouvement des yeux, tel un aigle au regard scindé capable de voir simultanément dans deux directions opposées, allant de Juan Francisco à Dantón, puis du fils au père, plusieurs fois de suite, comme pour signifier à Laura « ils se comprennent », ce que Laura savait déjà, ou « ils sont pareils », ce qui était difficile à concevoir, tant Dantón, agile, dissipé et insouciant, semblait être l'opposé du parcimonieux, réservé et angoissé Juan Francisco. Sur quoi reposait donc cette relation ? Les intuitions de María de la O la trompaient rarement.

Un soir, alors que Santiago s'était endormi à côté de son nouveau chevalet — un cadeau de Diego Rivera —, Laura, qui avait la permission de le regarder peindre, lui posa une couverture sur le corps et arrangea sa tête du mieux qu'elle put en caressant doucement son front dégagé. En ressortant, elle entendit des rires et des chuchotements dans la chambre conjugale, elle entra sans frapper et trouva Juan Francisco et Dantón assis par terre, les jambes croisées en train de contempler une carte de l'État de Tabasco.

— Excusez-moi, intervint Laura. Il est tard et tu as cours demain, Dantón.

Le garçon rit. — Ma meilleure école, c'est ici avec papa.

Ils avaient bu. La bouteille de rhum Potrero était à moitié vide et la pesanteur alcoolique de Juan Francisco l'empêchait de lever la main posée sur la carte de l'État dont il était originaire.

— Au lit, jeune homme.

— Ah, quelle barbe ! On était si bien.

— Mais demain tu vas te sentir pâteux si tu ne dors pas.

— Pâteux, gâteux, tête-à-queue, chantonna Dantón en sortant.

Laura regarda fixement son mari et la carte.

— Où as-tu posé le doigt ? demanda Laura en souriant. Laisse-moi voir. Macuspana. C'est par hasard ou ce nom t'évoque quelque chose ?

— C'est un coin perdu dans la forêt.

— Je m'en doute. Et ça te dit quoi ?

— Elzevir Almonte.

Laura resta sans voix. Lui sauta dans la tête, comme un coup de tonnerre, la figure du prêtre originaire de Puebla arrivé un jour à Catemaco pour semer l'intolérance, imposer de ridicules prescriptions morales, perturber l'innocence dans le confessionnal pour finalement s'enfuir un beau jour avec les offrandes du Saint Enfant de Zongolica.

— Elzevir Almonte, répéta Laura abasourdie, se remémorant la question du curé lors de la confession : « aimerais-tu voir le sexe de ton père, petite ? »

— Il était venu se réfugier dans le Tabasco. Bien sûr, il se faisait passer pour un laïc et personne ne savait d'où il sortait son argent. Il se rendait à Villahermosa une fois par mois et le lendemain il payait toutes ses dettes d'un seul coup. Le jour où ma mère est morte, il n'y avait pas un seul curé dans toute la région de Macuspana. J'ai parcouru les rues en criant, ma mère veut se confesser, elle veut aller au paradis, y aurait-il un prêtre pour lui donner la bénédiction ? Alors Almonte a révélé qu'il était prêtre et il a administré les derniers sacrements à ma mère. Je n'oublierai jamais le visage apaisé de ma pauvre mère. Elle est morte en me remerciant de l'envoyer au paradis. J'ai demandé au père Elzevir pourquoi il se cachait. Il m'a raconté son histoire et je lui ai dit, il est temps que vous vous rachetiez. Je l'ai emmené avec moi à la grève de Río Blanco. Il s'est occupé des grévistes blessés. Il y a eu deux cents morts, tués par l'armée, Almonte les a tous bénis, un par un. Les soldats ne pouvaient pas l'en empêcher, même s'ils étaient pressés de charger les cadavres dans des trains découverts pour les jeter dans la mer, à Veracruz. Mais le père Elzevir était incorrigible. Il a eu une liaison avec Margarita Ramírez, une ouvrière courageuse qui mit le feu au magasin de l'usine. Il est alors devenu doublement criminel. L'Église le recherchait pour le vol à Catemaco. Le gouvernement pour rébellion à Río Blanco, et moi j'ai fini par me demander, à quoi sert le clergé ? Tout ce que le père Elzevir avait fait, il aurait pu le faire sans être prêtre. Ma mère serait morte avec ou sans sa bénédiction. L'armée de Porfirio Díaz aurait tué les travailleurs de Río Blanco et les aurait jetés à la mer avec ou sans l'accord de monsieur le curé, tout comme Margarita Ramírez n'avait pas besoin d'un curé pour mettre le feu au magasin. Je me demandais sincèrement à quoi diable servait l'Église. Comme s'il avait voulu confirmer mes doutes, Elzevir montra par la suite son vrai visage. Il s'en est allé à Veracruz déclarer que les événements de Río Blanco étaient une « conspiration anarchiste », et il est apparu dans les journaux au côté du consul des États-Unis félicitant le gouvernement pour son « action décisive ». Tout ça pour se faire pardonner sa filouterie et sa fuite de Catemaco. Il portait la trahison dans le sang. Il s'est servi de moi tant qu'il a pensé que nous allions gagner, il nous a trahis dès que nous avons perdu. Il ne savait pas que nous allions gagner à long terme. J'en ai gardé un grand mépris et une grande haine à l'égard de l'Église. C'est pour ça que j'ai approuvé les persécutions de Calles contre le clergé et denoncé la sœur Soriano. Ils sont une plaie et on doit se montrer implacables avec eux.

— Alors, tu ne leur dois rien ?

— À Elzevir Almonte, si. Il m'a parlé de ta famille. Il t'a décrite comme la plus jolie fille de Veracruz. Je crois qu'il te désirait. Il m'a raconté comment tu te confessais. Il a réussi à m'enflammer. J'ai décidé de te connaître, Laura. Je suis venu à Xalapa pour te rencontrer.

Juan Francisco replia soigneusement la carte. Il était déjà en pyjama et se coucha sans ajouter un mot.

Laura n'arrivait pas à dormir ; elle médita sur l'immense sentiment d'impunité dont peut jouir un caractère fondé sur de vieilles rancunes, comme si, une fois avalée la ciguë de la vie, il ne restait plus qu'à s'asseoir et attendre la mort. Faut-il avoir connu la souffrance pour devenir quelqu'un ? Faut-il l'attendre, voire la rechercher ? L'histoire du père Almonte, qu'elle avait vu caché, une ombre plus qu'un homme, dans la pension de Mutti Leticia à Xalapa, était peut-être inconsciemment vécue par Juan Francisco comme un péché, une douleur. Qui sait à quelle profondeur les racines religieuses sont ancrées dans chaque individu et chaque famille de ce pays pour que se révolter contre la religion ne soit qu'une autre façon d'être religieux. La Révolution elle-même, avec ses cérémonies patriotiques, ses saints civils et ses martyrs guerriers, n'était-elle pas une Église parallèle, laïque, tout aussi convaincue d'être dépositaire et dispensatrice de salut que l'Apostolique et Romaine qui avait élevé, protégé et exploité — le tout en même temps — les Mexicains depuis la Conquête espagnole ? Rien de tout cela, cependant, n'expliquait ni ne justifiait la délation d'une femme qui avait trouvé asile dans une maison, la sienne, celle de Laura Díaz.

Juan Francisco était impardonnable. Il mourrait — Laura ferma les yeux pour s'endormir — sans avoir obtenu le pardon de sa femme. Cette nuit-là, elle se sentit plus sœur de Gloria Soriano qu'épouse de Juan Francisco López Greene. Plus sœur qu'épouse, plus sœur qu'...

C'est qu'elle se refusait — reprit-elle au cours de ses réflexions le lendemain matin — à expliquer le changement dans la vie de son mari — autrefois énergique et généreux tribun ouvrier de la Révolution, devenu un politicien et exécutant de second rang — en termes de simple survie. Peut-être le jeu du père et du fils avec la carte cachait-il la clé de Juan Francisco, au-delà de la triste histoire du père Almonte, et Dantón, qui savait garder un secret, pouvait aussi être bavard, et même indiscret, si cela convenait à l'idée qu'il se faisait de lui-même, de sa renommée ou de l'opportunité offerte. Non, elle n'avait pas l'intention de camoufler les sympathies et les différences qui existaient dans cette maison, dorénavant tout le monde devrait parler un langage de vérité, comme elle en avait donné l'exemple le jour où elle s'était confessée devant toute la famille réunie et où, au lieu de perdre le respect de soi, elle l'avait gagné.

C'est ce qu'elle dit à Dantón à la fin de cette semaine. — J'ai été très franche, mon fils.

— Tu fais tes aveux devant un mari impuissant, un fils pédé, un autre alcoolique et une tante née dans un bordel. Quel courage !

Elle l'avait déjà giflé une fois. Elle s'était promis de ne plus jamais recommencer.

— Qu'est-ce que tu veux que je te raconte de mon père ? Si tu couchais avec lui, tu pourrais lui soutirer tous ses secrets. Aie un peu plus de courage, maman. Je te le dis gentiment.

— Tu es un petit misérable.

— Non, je compte bien gagner mes galons de grand misérable. Tu verras, mon petit, comme disait Kiko Mendive, guachachacharachá !

Il fit un petit pas de danse, rajusta sa cravate aux rayures bleues et jaunes ; puis il lui dit ne t'en fais pas, maman, face au monde, chacun a sa façon, mon frère et moi, nous nous suffisons. Ça ne fait pas un pli. Nous ne serons pas une charge pour toi.

Laura garda ses doutes pour elle. Dantón allait avoir besoin de toute l'aide du monde, et, comme le monde n'aide personne gratuitement, il allait devoir payer. Elle fut envahie par un sentiment de profond dégoût envers son fils cadet, elle se posa des questions inutiles, d'où vient cette façon d'être ? qu'est-ce qu'il y a dans le sang de Juan Francisco ? parce que du mien...

Santiago entra dans une période fébrile. Il commença à négliger le travail avec Rivera au Palais, transforma sa chambre de l'Avenida Sonora en atelier rempli d'odeurs agressives d'huile et d'essence de térébenthine ; entrer dans cet espace était comme s'enfoncer dans une forêt sauvage de sapins, de pins, de mélèzes et de térébinthes. Les murs étaient barbouillés comme une prolongation concave de la toile, le lit était couvert par un drap qui devait cacher le corps gisant de l'autre Santiago, celui qui dormait tandis que son jumeau l'artiste peignait. La fenêtre était obscurcie par un vol d'oiseaux attirés par un appel aussi irrésistible que l'appel du Sud lors de l'équinoxe d'automne, et Santiago déclamait à haute voix pendant qu'il peignait, attiré lui-même par une sorte de gravité australe,

> une branche surgit comme une île,
> une feuille prit la forme de l'épée,
> une grappe arrondit son abrégé,
> une racine descendit dans les ténèbres...
> C'était le crépuscule de l'iguane...

Puis il égrenait des phrases sans lien, toujours en peignant, « tout artiste est une bête dressée, moi je suis une bête sauvage » ; en effet, c'était un homme aux cheveux longs, avec une barbe juvénile mais étendue, un front haut, clair, fiévreux, et des yeux emplis d'un amour si intense qu'ils faisaient peur à Laura, car elle voyait dans son fils un être totalement nouveau, sur lequel « les initiales de la terre étaient inscrites », car son fils Santiago était « le jeune guerrier fait de ténèbre et de cuivre » du *Chant général* que Pablo Neruda, le plus grand poète d'Amérique, venait de publier au Mexique; la mère et le fils le lisaient ensemble, et Laura se souvenait des nuits de feu à Madrid que lui racontait Jorge Maura, Neruda sur un toit en flammes sous les bombes de l'aviation fasciste, dans un monde européen revenu à l'ode élémentaire de notre Amérique en perpétuelle destruction et recréation, « mille ans d'air, des mois, des semaines d'air », « le haut lieu de l'aube humaine : la plus haute jarre qui enfermait le silence d'une vie de pierre après tant de vies ». Ces mots nourrissaient la vie et l'œuvre de son fils.

Elle voulait être juste. Ses deux fils l'avaient débordée, aussi bien Santiago que Dantón étaient en train de se former en des lieux d'aurore et ils étaient tous deux de « hautes jarres » prêtes à recueillir le silence prometteur de deux vies naissantes. Elle avait cru jusqu'alors que les gens, qu'ils fussent plus âgés qu'elle ou ses contemporains, étaient des êtres intelligibles. Ses enfants étaient pour elle — et c'était là un prodige et une bénédiction — un mystère. Elle se demanda si elle-même avait été, à un moment quelconque des années de Laura Díaz, aussi indéchiffrable pour sa famille que ses fils l'étaient maintenant pour elle. Elle cherchait vainement une explication auprès de ceux qui pouvaient la comprendre, en l'occurence María de la O qui avait vécu un extrême de la vie, à la frontière sans nuit ni jour de l'abandon, ou même son mari Juan Francisco dont elle ne connaissait qu'une légende, puis un mythe flétri et finalement une vieille rancœur alliée à une résignation raisonnée.

Néanmoins, les alliances entre parents et enfants se renforcèrent d'une manière naturelle; dans chaque foyer il y a des gravitations aussi irrésistibles, lui expliqua Jorge Maura un jour, que celles des astres qui ne tombent pas précisément parce qu'ils sont attirés les uns par les autres, en vertu de cette gravitation, ils s'appuient les uns aux autres; ils se préservent en dépit de la force tenace, irrésistible, d'un univers en constante expansion depuis son origine (à supposer qu'il y en ait une) jusqu'à sa fin (à supposer qu'il y en aura une).

— Gravité ne veut pas dire chute, comme on le croit communément, Laura. Elle est avant tout attraction. L'attraction qui non seulement nous unit, mais qui nous agrandit.

Laura et Santiago s'appuyaient mutuellement : le projet artistique du fils trouvait sa résonance dans la franchise morale de la mère, et le retour de Laura à son mariage raté se justifiait entièrement par l'union créatrice avec son fils; Santiago voyait dans sa mère un choix de liberté qui correspondait à son propre élan vers la peinture. Le rapprochement entre Juan Francisco et Dantón, en revanche, se fondait d'abord sur un certain orgueil masculin de la part du père : Dantón était le fils noceur, libre, fanfaron, amouraché, tel qu'il apparaît dans les films très populaires de Jorge Negrete qu'ils allaient voir tous les deux dans les cinémas du centre-ville, comme le Palacio Chino récemment inauguré dans la rue Iturbide, un mausolée de pagodes en *papier mâché**, de Bouddhas souriants et de cieux étoilés comme il se devait à l'époque, pour une « cathédrale du film », ou les salles de l'Alameda et du Colonial avec leurs réminiscences churrigueresques du temps de la vice-royauté, ou le Lindavista et le Lido avec leurs prétentions hollywoodiennes, « streamlined » comme disaient les dames de la bonne société en parlant de leur mobilier, leurs voitures ou leurs cuisines. Le père aimait inviter le fils à se gaver de défis à l'honneur, de prouesses à cheval, de rixes de taverne et de sérénades données à la sainte fiancée — père et fils fondaient sous le regard de nuit liquide de Gloria Marín — laquelle avait préalablement adressé des prières à la Vierge pour faire « tomber » son macho. Parce qu'un *charro* de Jalisco, même s'il croyait que c'était lui qui avait conquis la femme, était toujours celui qui, grâce aux ruses de la femme, devait s'avouer vaincu et passer sous les fourches caudines d'une légion de demoiselles à la virginité dévoratrice, originaires de l'État de Guadalajara, appelées Esther Fernández, María Luisa Zea ou Consuelito Frank.

Dantón savait que son père adorait ces histoires de tavernes, de défis et de sérénades qui répétaient, transposées dans un cadre suburbain, les exploits du Charro Cantor. À l'École préparatoire, Santiago était puni pour ces escapades. Juan Francisco, en revanche, les vantait, et le fils se demandait, éberlué, si son père exprimait ainsi sa nostalgie des aventures de sa jeunesse ou si, grâce à son fils, il vivait pour la première fois la jeunesse qui lui avait manqué. De son passé le plus intime, Juan Francisco ne parlait jamais. Si Laura comptait que son mari révélerait le secret de ses origines à son fils cadet, elle se trompait, il n'en fit rien ; il y avait une zone réservée dans le parcours vital de López Greene qui correspondait à l'éveil même de sa personnalité : avait-il toujours été le séduisant syndicaliste, éloquent et vaillant qu'elle avait connu au Casino de Xalapa quand elle avait dix-sept ans, ou y avait-il autre chose avant ou après la gloire, une censure qui expliquerait l'homme parcimonieux, apathique et craintif avec qui elle vivait ?

Juan Francisco apprenait à son fils préféré l'histoire glorieuse de la lutte du mouvement ouvrier contre la dictature de Porfirio Díaz. Depuis 1867, année de la chute de l'empire de Maximilien — tu te rends compte, ça fait à peine plus d'un demi-siècle —, Juárez s'est retrouvé dans la capitale face à des groupes bien organisés d'anarchistes qui étaient entrés dans le pays en se glissant parmi les troupes hongroises, autrichiennes, tchèques et françaises venues soutenir l'archiduc de Habsbourg. Ils sont restés ici après le départ des Français et l'exécution de Maximilien ordonnée par Juárez. Ils s'étaient regroupés dans des « Sociétés de Résistance » composées d'artisans. En 1870, fut créé le Grand Cercle d'Ouvriers du Mexique, puis, en 1876, le groupe bakouniste La Sociale célébra le premier congrès général ouvrier de la République du Mexique.

— Tu vois, mon fils, que le mouvement ouvrier mexicain n'est pas né d'hier, bien qu'il ait dû lutter contre des préjugés coloniaux bien enracinés. Il y avait une déléguée anarchiste, appelée Soledad Soria. On a voulu s'opposer à son élection parce qu'on disait que la présence d'une femme allait à l'encontre des habitudes. Le Congrès a compté jusqu'à quatre-vingt mille membres, tu te rends compte. De quoi être fier. C'est pour ça que Díaz s'est mis à employer la manière forte dont le point culminant a été la terrible répression contre les ouvriers de Cananea. Don Porfirio est intervenu là-bas parce que les groupes américains qui contrôlaient la compagnie de cuivre avaient envoyé depuis l'Arizona une centaine d'hommes armés, les rangers, afin de protéger la vie et les biens des Américains. C'est l'éternelle rengaine des gringos. Ils envahissent un pays pour protéger la vie et les biens. De leur côté les ouvriers revendiquaient toujours la même chose : la journée de huit heures, des salaires décents, des logements, des écoles. Eux aussi, ils voulaient la vie et la propriété. On les a massacrés. Mais la dictature montra là une première faiblesse. Et ils ne comprirent pas qu'une première fissure peut faire s'effondrer tout un édifice.

Juan Francisco adorait avoir une oreille attentive, celle de son fils, pour évoquer les histoires héroïques du mouvement ouvrier mexicain, dont l'un des hauts faits fut par ailleurs la grève des travailleurs du textile de Río Blanco en 1907, quand le ministre des Finances de Díaz, Yves Limantour, soutint les patrons français qui voulaient interdire l'achat de livres non censurés et exiger un passeport pour entrer et sortir de l'usine, comme s'il s'agissait d'un autre pays, dans lequel serait consignée l'histoire du comportement rebelle de chaque ouvrier.

— Une autre fois, c'est une femme nommée Margarita Romero qui a pris la tête d'une marche sur un entrepôt et y a mis le feu. L'armée a débarqué et assassiné deux cents travailleurs. La troupe s'est ensuite regroupée à Veracruz et c'est à ce moment-là que je suis arrivé pour organiser la résistance...

— Et avant ça, papa ?

— Pour moi, mon histoire commence avec la Révolution. Avant, je n'ai pas de biographie, mon fils.

Juan Francisco amena Dantón dans les bureaux de la CTM, où il avait un réduit dans lequel il recevait des appels téléphoniques qui s'achevaient toujours par un « oui, monsieur », « il sera fait comme vous le souhaitez », « je suis à vos ordres, monsieur », avant de se rendre au Congrès pour faire passer les mots d'ordre de la Présidence et des Secrétaires d'État aux députés ouvriers.

C'est à cela qu'il passait sa journée. Mais, dans ce trajet aller-retour entre les bureaux de la centrale syndicale et la Chambre des députés, Dantón découvrit un monde qui ne lui plaisait pas. Tout cela ressemblait à une grande foire de complicités, une succession d'accords édictés d'en haut par le vrai pouvoir et répercutés vers le bas, au Congrès et dans les syndicats, d'une façon mécanique, sans discussion ni doute, en un cercle interminable d'embrassades, de tapes dans le dos, de secrets murmurés à l'oreille, d'enveloppes scellées, de gros rires, de blagues grossières manifestement destinées à rétablir la virilité malmenée des dirigeants et des députés, d'incessants rendez-vous pour des gueuletons jusqu'à minuit chez La Bandida, de clins d'œil dans le genre tu-vois-ce-que-je-veux-dire concernant les questions de sexe et de fric, et Juan Francisco qui circulait au milieu de tout cela.

— Ce sont les instructions...

— C'est ce qui convient le mieux...

— Bien sûr, il s'agit de terres communales, mais les hôtels de la plage vont donner du boulot à toute la communauté...

— L'hôpital, l'école, la route, c'est bon pour votre région, monsieur le Député, surtout la route qui va passer à côté de votre propriété...

— Oui, je sais qu'il s'agit d'un caprice de Madame, mais nous allons l'exaucer, cela ne nous coûte rien et monsieur le Ministre nous en sera éternellement reconnaissant...

— Non, l'intérêt supérieur du pays exige d'arrêter cette grève. C'est fini tout ça, vous m'avez compris ? On peut obtenir ce qu'on veut en ayant recours à la loi et à la conciliation, sans conflits. Vous savez bien, monsieur le Député, que l'objectif principal du gouvernement est d'assurer la stabilité et la paix sociale au Mexique. Voilà ce qui est vraiment révolutionnaire aujourd'hui.

— Je sais que le président Cárdenas vous avait promis une coopérative, camarades. Et nous l'aurons. Mais les conditions de production exigent une gestion forte et coordonnée au niveau national avec la CTM et le Parti de la Révolution mexicaine. Sinon, camarades, vous vous ferez bouffer par les curés et les grands propriétaires terriens, comme d'habitude.

— Soyez confiants.

N'allait-il donc pas demander un bureau un peu plus grand ?

Non, répondit Juan Francisco à Dantón, un endroit modeste comme celui-là me convient très bien, je peux mieux y travailler. Comme ça je n'offense personne.

Moi je penserais plutôt que l'argent est fait pour être montré.

Eh bien, deviens entrepreneur ou chef d'entreprise. On leur pardonne tout à ceux-là.

Pourquoi ?

Parce qu'ils créent des sources de travail. C'est la formule.

Et toi ?

Nous avons tous un rôle à jouer. C'est la loi du monde. Lequel préfères-tu, fils ? Homme politique, entrepreneur, journaliste, militaire...

Aucun, père.

Qu'est-ce que tu comptes faire alors ?

Ce qui m'arrangera le plus.

XVI

Chapultepec-Polanco : 1947

L'élection du président Miguel Alemán en décembre 1946 coïncida avec un fait ahurissant dans la maison de l'Avenida Sonora. La tante María de la O se remit à parler. « C'est un *jarocho*. Il est de Veracruz », dit-elle du jeune et séduisant nouveau président, le premier civil à exercer le pouvoir après la série des militaires.

Tous — Laura Díaz, Juan Francisco, Santiago et Dantón — s'émerveillèrent, mais la surprise ne s'arrêta pas là car, malgré ses chevilles gonflées, la tante prit l'habitude de se mettre à danser *La Bamba* à tout bout de champ et hors de propos.

— À la vieillesse, mal de jeunesse, railla Dantón.

Et puis, au début de l'année, María de la O leur annonça la formidable nouvelle.

— Adieu tristesse. Je vais aller vivre à Veracruz. Un ancien amoureux à moi m'a proposé de l'épouser. C'est un homme de mon âge, bien que je ne connaisse pas mon âge parce que ma mère ne m'a pas déclarée à la mairie. Elle voulait que je grandisse vite pour la rejoindre dans sa vie de fille de joie. Vieille salope, j'espère qu'elle brûle en enfer. Ce que je sais, en tout cas, c'est que Matías Matadamas — c'est le nom de mon soupirant — danse le *danzón* comme un ange et qu'il a promis de m'emmener danser deux fois par semaine sur la Plaza de Armas.

— Personne ne s'appelle Matías Matadamas, dit ce trouble fête de Dantón.

— Petit morveux, répliqua la tante. Matías vient de saint Matthieu, le dernier des apôtres, celui qui a remplacé le traître Judas après la crucifixion pour reconstituer la douzaine. Faudrait qu't'apprennes un peu.

— Apôtre et rallié de la dernière heure, ricana Dantón. Comme si le Christ était un soldeur qui ferait un prix pour les saints achetés à la douzaine.

— Tu verras peut-être un jour que la dernière heure est parfois la première, mécréant —, lui rétorqua María de la O d'un ton grondeur, quoique, en réalité, elle eût plus la tête à la noce qu'à la gronderie. — Je me vois déjà collée contre lui, poursuivit-elle de son air le plus songeur, joue contre joue, à danser sur un petit carré comme il est de rigueur pour le *danzón*, presque sans bouger le corps, seulement les pieds, les pieds marquant le rythme lent, délicieux, sensuel. Hé, la famille, je vais commencer à vivre !

Personne ne put expliquer le miracle de la tante María de la O, personne ne put s'opposer à sa volonté ni même l'accompagner à la gare et encore moins à Veracruz.

— C'est mon fiancé. C'est ma vie. Mon heure est arrivée. J'en ai eu assez d'être la pièce rapportée. Dorénavant et jusqu'à la tombe, je ne veux que réjouissance caribéenne et nuits de fête. Une petite vieille est morte en battant ses cartes. Eh bien, pas moi ! Bordel !

Sur ces mots, preuve en rien insolite de la façon dont les vieux libèrent leur langage quand ils n'ont plus rien à perdre, María de la O monta dans le train Interocéanique presque soulagée, comme neuve, un vrai miracle.

Malgré la chaise vide laissée par la tante, Laura Díaz tint à perpétuer le rituel vespéral qui consistait à s'asseoir sur le balcon pour contempler la ville, qui avait physiquement peu changé depuis l'accession au pouvoir du général Camacho jusqu'à celle du *licenciado* Alemán. Pourtant, pendant la guerre, le Mexique était devenu une sorte de Lisbonne latino-américaine (une Casablanca avec des figuiers de Barbarie, dirait l'incorrigible Orlando), lieu de refuge pour nombre d'hommes et de femmes fuyant le conflit européen. Deux cent mille républicains espagnols avaient débarqué, et Laura se dit que Jorge Maura n'avait pas travaillé en vain. Il s'agissait de la fine fleur de l'intelligentsia espagnole, une terrible saignée pour l'ignominieuse dictature franquiste, mais une superbe transfusion pour la vie universitaire, littéraire, artistique et scientifique du Mexique. En échange d'un abri hospitalier, les républicains espagnols apportèrent au Mexique la rénovation culturelle, cet universalisme qui nous protège des virus nationalistes dans la culture.

C'était là que vivait, modestement, dans un petit appartement de la rue Lerma, le grand poète Emilio Prados, avec ses lunettes d'aveugle et sa chevelure poivre et sel ébouriffée. Prados avait prévu « la fuite » et « l'arrivée » dans ses beaux poèmes du « corps persécuté », que Laura, avait appris par cœur et qu'elle lisait à Santiago. Le poète voulait prendre la fuite, disait-il, « las de me cacher entre les branches... las de cette blessure. Il y a des limites », lisait Laura, et elle entendait la voix de Jorge Maura, venue de loin, comme si la poésie était la seule forme de véritable présence permise par le Dieu de l'éternité à ses pauvres créatures mortelles. Emilio Prados, Jorge Maura, Laura Díaz et peut-être Santiago López Díaz, qui écoutait sa mère prononcer les paroles du poète, voulaient tous arriver « le corps raide... avançant tel un fleuve sans eau, traversant debout un rêve avec cinq flammes pointues clouées sur la poitrine ».

Ici on voyait passer, élégant comme un promeneur anglais, Luis Cernuda avec ses vestes « hound's tooth », ses cravates duc de Windsor, ses cheveux gominés et sa petite moustache de séducteur du cinéma français, semant dans les rues de Mexico les plus beaux poèmes érotiques de la langue espagnole. C'était Santiago qui les lisait maintenant à sa mère, sautant fébrilement d'un poème à l'autre, choisissant le vers parfait, les mots inoubliables,

> Qu'il est triste le bruit de deux corps qui s'aiment.
> Je pourrais détruire son corps, ne garder que la vérité de son amour...
> Liberté, je ne connais que la liberté d'être prisonnier de quelqu'un...
> Je baisai sa trace...

C'est ici qu'est arrivé Luis Buñuel avec quarante dollars en poche, expulsé de New York à cause des ragots et calomnies distillés par son ancien ami Salvador Dalí devenu Avida Dollars. Laura Díaz avait entendu parler de lui par Jorge Maura, qui lui avait fait voir un film empreint d'une douleur et d'un sentiment d'abandon insupportables sur la région des Hurdes en Espagne, film que la République elle-même avait censuré. Ici, dans la rue Amazonas, vivait don Manuel Pedroso, ancien recteur de l'université de Séville, entouré d'éditions princeps de Hobbes, de Machiavel, de Rousseau, les élèves à ses pieds, avec Dantón, emmené à l'une des réunions du professeur par un camarade de la Faculté de droit, disant à ce dernier lorsqu'ils remontaient le Paseo de la Reforma pour aller dîner au Bellinghausen de la rue de Londres :

— C'est un vieil homme charmant. Mais ses idées sont utopiques. Je ne marche pas là-dedans.

Chez Bellinghausen, à la table d'à côté, Max Aub dînait en compagnie d'autres écrivains exilés. C'était un homme de petite taille, l'air concentré, avec des cheveux bouclés, un front immense, des yeux perdus au fond d'une piscine de verre et une façon d'être qui, telles les deux faces d'une pièce de monnaie, exprimait inséparablement la colère côté pile et le sourire côté face. Aub avait été compagnon d'aventures d'André Malraux pendant la guerre et il prédisait à Franco une « mort véritable » qui ne coïnciderait avec aucune date du calendrier car elle serait, non une surprise, mais l'ignorance par le dictateur de sa propre mort.

— Ma mère le connaît, dit Dantón à son camarade. Elle fréquente beaucoup d'intellectuels parce qu'elle travaille pour Diego Rivera et Frida Kahlo.

— Et parce qu'elle était la petite amie d'un communiste espagnol —, ajouta l'ami de Dantón. Il ne put dire rien d'autre car le fils de Laura Díaz lui cassa le nez d'un coup de poing, les chaises volèrent, les nappes se tachèrent de sang et Dantón quitta le restaurant après s'être furieusement dégagé des serveurs.

Mais c'est aussi au Mexique que Manolete remplissait les arènes, franquiste lui, mais en réalité invention posthume du Greco, mince, triste, stylisé, Manuel Rodríguez, dit « Manolete », était le matador du hiératisme. Impassible, il toréait droit, vertical comme un mât. Son seul rival était Pepe Luis Vázquez, racontait Juan Francisco à Dantón lorsque le père et le fils se retrouvaient dans la nouvelle Plaza Monumental de Mexico, au milieu de soixante mille aficionados, rien que pour voir toréer Manolete. Pepe Luis était le Sévillan orthodoxe, Manolete le Cordouan hétérodoxe, celui qui violait les lois classiques de la tauromachie, qui n'avançait pas la muleta pour tempérer et diriger le taureau, qui ne mettait pas les chances de son côté en amenant le taureau sur le terrain choisi, qui ralentissait, contrait et commandait sans bouger de sa place, s'exposant à ce que ce soit lui qui se fasse toréer par le taureau. Et, quand la bête chargeait le matador immobile, toute l'arène hurlait d'angoisse, retenait son souffle, puis éclatait en un *olé* de victoire après que le merveilleux Manolete eut mis fin à la tension en exécutant un *volapié* d'une lenteur infinie, et porté l'estocade dans le corps du taureau, tu as vu ça ? disait Juan Francisco à son fils tandis qu'ils sortaient des arènes, pressés par la foule, par les longs couloirs qui les quadrillaient comme les rayons d'une ruche. Tu as vu ? il a tout le temps toréé de face, sans une esquive, dominant le taureau par le bas, toute l'arène a cessé de respirer en le regardant faire ! Mais Dantón ne retenait qu'une leçon : le taureau et le torero se sont regardés en face. Les deux faces étaient celle de la mort. Ce n'est qu'en apparence que le taureau mourait et que le torero survivait. En vérité, le torero était mortel et le taureau immortel, le taureau ne cessait de sortir et ressortir, encore et encore, aveuglé par le soleil, dans l'arène maculée du sang d'un seul et unique taureau immortel qui voyait passer des générations et des générations de toreros mortels ; à quel moment, dans quelle arène Manolete rencontrerait-il la mort qu'il ne donnait qu'en apparence à chaque taureau, comment s'appellerait la bête qui lui donnerait sa mort à Manolo Rodríguez « Manolete », où l'attendait-elle ?

— Manolete ensorcelle le taureau, dit Juan Francisco d'un ton mélancolique pendant qu'il dînait avec son fils au Parador après la corrida.

Le fils avait envie de garder pour lui la leçon de cet après-midi où il avait vu Manolete toréer : le triomphe, la gloire sont passagers, il faut tuer taureau après taureau afin d'ajourner notre propre et ultime défaite, le jour où notre taureau nous tuera, il faudra couper les oreilles et la queue et sortir victorieux tous les jours qu'il nous sera donné de vivre...

— On dit que les gens vont jusqu'à vendre leur voiture et leur matelas pour aller voir Manolete, c'est vrai ? demanda Dantón.

— En tout cas, c'est la première fois qu'il y a trois courses de taureaux dans la même semaine, répondit Juan Francisco d'un ton sentencieux. Il doit bien y avoir une raison.

Le torero promenait sa superbe par les nouveaux centres de la vie nocturne de la ville devenue cosmopolite — Casanova, Minuit, Sans Souci — en compagnie de Fernanda Montel, une femme taille Walkyrie qui compensait la profondeur de ses décolletés par la hauteur de ses coiffures, véritables tours aux couleurs bleu, vert, rose. À Coyoacán, le roi sans trône, Carol de Roumanie, moustache en éventail, yeux d'huître et menton fuyant, promenait ses chiens de race au bras de sa maîtresse Magda Lupescu, plus attentive à ses renards argentés qu'à son roi déchu, tandis qu'assise à une table du Ciro's de l'hôtel Reforma Carmen Cortina élaborait des plans de bataille avec ses vieux complices, l'actrice Andrea Negrete, Fessier du Rosier et la femme peintre anglaise Felicity Smith, en vue de faire main basse sur la faune internationale arrivée au Mexique avec la marée de la guerre. Dieu te bénisse, Adolf Hitler! lança dans un soupir l'hôtesse Cortina à l'adresse de son petit clan installé non loin du patron du Ciro's, un nain portant épingle de cravate nommé A. C. Blumenthal, homme de paille du gangster d'Hollywood « Bugsy » Siegel, dont la maîtresse abandonnée, Virginia Hill, en proie à cette tristesse soudaine qui afflige certaines femmes de Los Angeles et que l'on reconnaît au menton tremblant et aux cheveux déteints, buvait martini sur martini que le romancier John Steinbeck, avec ses yeux de Gordon's gin remplis de batailles perdues, et qui était venu au Mexique pour assister au tournage de son roman *La perle,* donnait à boire au biberon à son crocodile apprivoisé, surpassant les fanfaronnades du réalisateur du film, Emilio « El Indio » Fernández, lequel avait la manie de menacer avec une arme tous ceux qui ne partageaient pas ses idées sur le scénario et qui était amoureux de l'actrice Olivia de Havilland, en honneur de laquelle il baptisa « Douce Olivia » la rue où se trouvait le château qu'il s'était fait construire avec le salaire de ses succès, *Flor Silvestre*, *María Candelaria*, *Enamorada*...

Laura Díaz dut se rendre au Ciro's parce que Diego Rivera était en train de décorer l'intérieur avec une série de nus féminins, inspirés par son propre amour stellaire, l'actrice Paulette Godard, une femme intelligente et ambitieuse qui n'adressa la parole à Laura que pour provoquer Diego en feignant de l'ignorer, cependant que Laura, de son côté, contemplait d'un regard empreint d'une ironie aussi douce que la rue baptisée par El Indio tous ces gens qu'elle n'avait pas revus depuis quinze ans, le clan de Carmen Cortina et les satellites qui gravitaient autour de sa table, le peintre originaire de Guadalajara, Tizoc Ambriz, qui s'obstinait à s'habiller en cheminot à cinquante ans passés, l'empreinte ineffaçable du temps inscrite sur chaque visage qui se voudrait invulnérable, mais en réalité corrodé telle une figure dans un musée de cire : Andrea la « Berrenda », très grosse ; l'Espagnol Onomastique Galant, jadis gras et rougeaud, à présent tout dégonflé et froissé comme un préservatif usagé ; le peintre britannique James Saxon ressemblant de plus en plus à un Windsor, et l'ancienne camarade de Laura Díaz à Xalapa, Elizabeth Dupont ex-Caraza, maigre comme une momie, une main tremblotante, l'autre agrippée à celle d'un jeune homme au teint basané, avec de grandes moustaches, l'air d'un étalon imperturbable.

Une main se posa sur l'épaule de Laura Díaz. Elle reconnut Laura Rivière, la maîtresse d'Artemio Cruz, sortie victorieuse des quinze années passées grâce à une beauté élégante, perlée, concentrée dans la tendresse mélancolique d'un regard qui ne vieillissait pas.

— Viens me voir quand tu veux. Pourquoi n'as-tu pas fait signe ?

C'est alors qu'un chapeau Homburg à la main, Orlando fit son entrée, Orlando Ximénez, et Laura, ne trouvant plus la mesure du temps, ne put lui offrir que son visage juvénile des bals à l'hacienda de San Cayetano, trente ans auparavant. Elle se sentit prise de vertige à l'évocation du jeune homme qui l'avait séduite sur les terrasses fleurant l'oranger nocturne et le caféier assoupi ; elle présenta ses excuses et se sauva.

Graviter n'est pas tomber, c'est approcher, s'approcher, dit Laura à son fils Dantón, lequel, après la journée passée avec son père au siège de la CTM et à la Chambre des députés, s'était dit, ça ce n'est pas pour moi, mais mon père a raison, qu'est-ce qui me convient ? Lui aussi regardait du balcon avec vue sur le bois de Chapultepec, et il savait qu'au-delà du parc s'étendaient les Lomas de Chapultepec, le quartier où habitaient les riches, nouveaux ou anciens, il s'en moquait, en tout cas c'est là-bas que se bâtissaient les nouvelles demeures avec piscines et pelouses destinées aux garden-parties et aux mariages de prestige, des garages pour trois voitures, des décorations signées Pani et Paco el de La Granja, des vêtements signés Valdés Peza et des chapeaux Henri de Chatillon, les fleurs commandées chez Matsumoto et les buffets chez Mayita.

Comment un simple pauvre comme lui, ni ancien ni nouveau, allait-il s'y prendre pour accéder à ces lieux ? Car c'est cela que Dantón López Díaz se donnait comme but en réponse aux modestes choix que lui proposait son père : devenir politicien, entrepreneur, journaliste, militaire ? Dantón décida de se forger son propre destin, c'est-à-dire sa fortune et, comme au Mexique il était difficile d'acquérir une position sans fric, le jeune étudiant en droit en conclut qu'il n'avait pas d'autre solution que de se faire du fric pour acquérir une position. Il lui suffisait de feuilleter la presse mondaine pour se rendre compte de la différence. Il y avait la nouvelle société issue de la Révolution, riche, habitant Las Lomas, mal assurée mais audacieuse, la peau basanée mais poudrée, faisant insolemment étalage de sa fortune bien ou mal acquise : des hommes à la peau sombre — militaires, politiciens, hommes d'affaires — mariés à des femmes à la peau claire — créoles, venues de la misère, de la souffrance. Au cours de leur descente depuis le nord du pays, les révolutionnaires en armes avaient cueilli les plus belles pousses virginales d'Hermosillo et de Culiacán, de Torreón et de San Luis, de Zacatecas y El Bajío. Les mères de leurs enfants. Les vestales de leurs foyers.

Les soumises au concubinage de leurs puissants sultans.

Et il y avait la vieille société aristocratique, pauvre, celle qui vivait dans les rues aux noms de villes européennes entre les avenues Insurgentes et Reforma. Ils habitaient des maisons petites mais élégantes, construites entre 1918 et 1920, à un étage et façade en pierre, balcon et porte cochère, l'étage noble donnant sur la rue, par lequel on apercevait des restes du passé, tableaux et portraits, médailles encadrées sur fond de velours, bibelots et miroirs patinés et, derrière les pièces de réception, le secret des chambres, l'inconnu sur la vie quotidienne des anciens propriétaires d'haciendas grandes comme la Belgique, expropriés par Zapata, Villa et Cárdenas ; où se lavaient-ils, comment faisaient-ils la cuisine, comment survivaient-ils à l'effondrement de leur univers... ?

Comment priaient-ils ? Cela, c'était visible. Tous les dimanches, peu avant treize heures, les garçons et les filles de la bonne société se retrouvaient pour la messe à l'église de La Votiva, à l'angle de la rue Génova et du Paseo de la Reforma. Après l'office, les jeunes gens s'attardaient dans la partie ombragée du Paseo, à bavarder, flirter, projeter d'aller déjeuner, où ? au Parador de José Luis, tout près, au coin de la rue Niza ? au 1-2-3 de Luisito Muñoz dans la rue de Liverpool ? ou au Jockey Club de l'hippodrome des Amériques ? Chez l'un de ces personnages aux surnoms pittoresques et intimes, Le Cadeau, le Bébé, la Boule, la Gamine, la Grenouille, le Cure-Dents, le Joufflu, le Plongeur, le Chat ? Au Mexique, seuls les aristocrates et les truands étaient connus par leur surnom, comment s'appelait le bandit qui avait tranché d'un coup de machette les doigts de la grand-mère de Dantón ? Le Beau d'où, déjà ?

Dantón se renseigna, calcula et décida de commencer par là : la messe de treize heures à l'église de La Votiva, blanche et bleue, mauresque comme une mosquée repentie.

La première fois, personne ne se retourna sur lui. La deuxième fois, on le dévisagea avec étonnement. La troisième, un jeune homme blond, grand et mince comme une asperge, s'approcha et lui demanda qui il était.

— Je m'appelle López.

— López ?

— Oui, López, le nom le plus fréquent dans l'annuaire du téléphone.

Cela provoqua le rire de la grande perche, qui renversa sa tête bouclée montrant un long cou où le rire faisait sautiller sa pomme d'Adam.

— López ! López ! López quoi ?

— Díaz.

— Et ? et ?

— Et Greene. Et Kelsen.

— Hé, les gars ! Il y a un type ici qui a plus de noms que nous tous réunis. Viens donc déjeuner avec nous au Jockey. Je te trouve pittoresque.

— Non merci, j'ai déjà un rendez-vous. Dimanche prochain, peut-être.

— Peut-être, peut-être, peut-être ? Tu parles comme dans un boléro. Ha, ha. Tu connais, comme dans les chansons d'Agustín Lara, ha, ha, ha !

— Et toi, comment tu t'appelles, blondinet ?

— Blondinet ! Il m'appelle blondinet ! Mais non, mon vieux, tout le monde m'appelle le Curé.

— Pourquoi ?

— Je n'en sais rien. Peut-être parce que mon père est médecin. Landa est mon deuxième nom, je descends du dernier gouverneur de cette ville sous *l'ancien régime* *. C'est le nom de famille de m'man.

— Et celui de ton p'pa ?

— Ha, ha, ha ! Ne te moque pas.

— Mais c'est toi qui te marres, tête de lard.

— Tête de lard ! Il m'a appelé tête de lard ! Ha, ha, ha ! Mais non, je te dis qu'on m'appelle le Curé, mon père s'appelle López aussi, comme le tien. Ça c'est vraiment marrant, vachement marrant ! On est des faux frères ! Ha ha ha, je t'assure, c'est pas une blague ! Anastasio López Landa. Ne manque pas dimanche prochain. Tu m'es sympathique. Achète-toi une cravate un peu plus élégante. Celle que tu portes ressemble à un drapeau.

C'était quoi une cravate plus élégante ? À qui allait-il le demander ? Le dimanche suivant, il se présenta à l'église en tenue de cavalier, veste marron, chemise ouverte. Et une cravache à la main.

— Où vas-tu faire du cheval, hum... comment tu t'appelles déjà ?

— López comme toi. Dantón.

— La guillotine, ha, ha ha ! Ça doit vraiment être des originaux tes parents !

— Ouais, l'essence même du comique. Le Cirque Atayde fait appel à eux quand le chiffre des entrées diminue.

— Ha, ha, ha, Dantón ! You're a real scream, you know.

— Yeah, I'm the cat's pijamas, répondit Dantón, citant une réplique entendue dans une comédie américaine.

— Hé, les gars ! Il a réponse à tout celui-là. He's the bee's knees ! La maman de Tarzan !

— Mais bien sûr, et moi je suis Colomb.

— Et moi tous mes enfants s'appellent Christophe. J'habite à côté, rue d'Ambérès. Viens chez moi, je te prête une cravate, old sport.

Il fit de La Votiva et du Jockey ses devoirs dominicaux, plus sacrés que celui de recevoir, pour plaire à ses nouvelles connaissances, la communion sans être passé par le confessional.

Au début, on le trouva bizarre. Il étudiait très attentivement la façon de s'habiller des garçons. Il ne se laissait pas impressionner par les manières distantes des filles bien qu'il n'eût jamais vu, lui qui venait du noir des deuils éternels et des robes de soie à grandes fleurs de la province, tant de jeunes filles en costume tailleur, ou en jupe écossaise et chandail avec un cardigan sur le chandail et un collier de perles par-dessus le tout. Une fille espagnole, María Luisa Elío, attirait particulièrement l'attention par sa beauté et son élégance ; elle avait des cheveux blond cendré, le corps élancé comme un petit torero, elle portait un béret noir comme Michèle Morgan dans les films français qu'ils allaient tous voir au Trans Lux Prado, une veste à petits carreaux, une jupe plissée, et elle s'appuyait sur un parapluie.

Dantón comptait sur sa force, sa virilité, sur l'étonnement même qu'il suscitait. Il avait la peau brune comme un Gitan et les cils d'enfant qu'il n'avait pas perdus venaient plus que jamais ombrer ses yeux verts, ses joues olivâtres, son nez court et ses lèvres pleines, féminines. Il mesurait un mètre soixante-dix et il avait tendance à être un peu carré, sportif, mais avec des mains — lui avait-on dit — de pianiste, comme la tante Virginia qui jouait du Chopin à Catemaco. Il se disait, avec vulgarité, « ces juments de race, ce qu'il leur faut c'est quelqu'un qui leur arrime le fer à la croupe », et il demandait de l'argent à Juan Francisco, il ne pouvait pas faire le pique-assiette tous les dimanches, lui aussi il fallait qu'il mette la main à la poche de temps en temps, j'ai de nouveaux amis, papa, des gens très distingués, tu ne veux pas que je vous ridiculise, toi et la famille, n'est-ce pas ? tu vois bien que je travaille sérieusement toute la semaine, je ne manque jamais le cours de huit heures, je passe mes examens et je tire toujours des dix-huit et des vingt, j'ai la bosse du Droit, je te le promets, papa, tout ce que tu me prêtes je te le rendrai avec intérêt composé, je te le jure sur la tête de... Est-ce que je t'ai jamais manqué ?

Les premières loges de l'hippodrome étaient occupées par des généraux nostalgiques de leurs maintenant lointaines chevauchées ; venaient ensuite quelques entrepreneurs dont la position sociale était encore plus récente que celle des militaires et qui, paradoxalement, s'étaient enrichis grâce aux réformes radicales mises en œuvre par le président Lázaro Cárdenas, qui avaient permis à l'ouvrier agricole attaché à l'hacienda de quitter celle-ci pour aller travailler, moyennant un salaire très bas, dans les fabriques nouvellement installées à Monterrey, Guadalajara et Mexico. Moins paradoxalement, les nouvelles fortunes se bâtirent sur la demande suscitée par la guerre, la monopolisation, les exportations de matériels stratégiques, la grimpée des prix alimentaires...

Parmi tous ces groupes déambulait un Italien tout petit, souriant et bien mis, Bruno Pagliai, gérant de l'hippodrome, doté d'une fourberie irrésistible qui lui permetttait de contrôler, détourner et même faire honte à la fruste malignité du général ou du millionnaire mexicain le plus retors. Quoi qu'il en soit, l'ostracisme entre les deux mondes était patent. Le monde de l'église de La Votiva, du « Curé » López Landa et ses amis, monopolisait le bar, les fauteuils et la piste de danse du Jockey Club, laissant les riches exposés aux saines intempéries de l'hippodrome. Les enfants des généraux et des entrepreneurs se tenaient eux aussi en marge, ils n'étaient pas bien vus, ils étaient considérés — selon l'expression de la jeune Chatis Larrazábal — comme du « pipi de chat ». C'est pourtant parmi le « pipi de chat » que Dantón découvrit un jour la fille la plus jolie que ses yeux aient jamais vue, un rêve.

Le « rêve » était une beauté venue d'ailleurs, levantine ou orientale, de cette partie du monde que les livres d'histoire universelle de Malet et Isaac dénommaient « l'Asie antérieure ». L'« Asie antérieure » de Magdalena Ayub Longoria transformait ce que l'on aurait pu prendre pour des défauts — les deux sourcils d'un seul tenant, le nez proéminent, la mâchoire carrée — en contrepoint ou en cadre de ses yeux de princesse arabe, veloutés et rêveurs, éloquents sous leurs paupières luisantes et invitantes comme un sexe caché. Son sourire était si chaleureux, si doux et si innocent qu'il aurait justifié le port du voile dans l'enceinte d'un sérail qui l'eût cachée aux yeux de tous à l'exception de son maître. Sa taille était haute, svelte, mais annonçant des rondeurs à peine imaginables : c'est ainsi, avec ces mots, que Dantón se la décrivait.

Son imagination ne se trompait pas.

La première fois qu'il la vit, elle était en train de boire un « Shirley Temple », et il l'a dénomma immédiatement et pour toujours « mon rêve » : ce « rêve » avait un nom, elle s'appelait Magdalena Ayub, elle était la fille d'un homme d'affaires syro-libanais — un « Turc » comme on les appelait au Mexique —, Simón Ayub, arrivé dans le pays il y avait moins d'une vingtaine d'années et déjà à la tête d'une fortune colossale et de la maison au style néo-baroque la plus kitsch de la Colonia Polanco. Comment avait-il fait pour gagner tout cet argent ? D'abord en s'assurant le monopole sur certains produits et denrées, commencé à l'époque d'Obregón et de Calles, multiplié pendant la guerre grâce à des prix artificiellement élevés, puis grâce aux exportations de pite, matière essentielle à l'effort de guerre des Alliés, qu'il achetait à bas prix aux producteurs du Yucatán pour le revendre très cher aux compagnies américaines; exportant aussi des légumes, en hiver, pour les troupes yankees, créant des laboratoires pharmaceutiques lorsque les médicaments américains cessèrent d'arriver au Mexique et qu'on commença à les produire dans le pays à un moindre coût, ce qui permit d'introduire les sulfamides et la pénicilline. Il était l'inventeur du fil noir, voire de l'aspirine, pourquoi pas ! C'est pour ça qu'on l'appelait Aspirine Ayub, en souvenir, peut-être, du général révolutionnaire qui guérissait les maux de tête de ses soldats en leur tirant une balle dans la tempe. Et, bien qu'il fût plus laid que les sept péchés capitaux, il avait épousé une jolie femme originaire d'un village de la frontière nord, une de ces femelles capables de tenter le Pape ou de rendre saint Joseph bigame. Doña Magdalena Longoria de Ayub. Dantón l'examina parce qu'on disait que, avec le temps, la fiancée allait ressembler à la belle-mère : telle belle-mère, telle fiancée. Magdalena mère passait l'épreuve. Comme Dantón le dit au « Curé » López Landa, elle était « valable ». Elle ne faisait pas son âge.

— T'as raison, Dan, ma parole, regarde du côté de la loge où se trouvent la mère et la fille, et dis-moi sur laquelle des deux tu jettes ton dévolu.

— Avec un peu de chance, sur les deux à la fois, répondit Dantón, un Manhattan dans la main droite, une Pall Mall dans la main gauche.

Il tenta sa chance avec la fille et il réussit. Il l'invita à danser. Il la sortit de l'isolement des nouveaux riches pour la faire entrer dans la communauté des anciens. Il s'étonna que ce fût lui, Dantón López Díaz (et Greene et Kelsen), qui permit à la petite princesse fortunée de s'introduire dans le cercle exclusif des rois de la ruine.

— Je vous présente Magdalena Ayub. Nous allons nous marier.

Elle ouvrit la bouche de surprise, comme il seyait à ses dix-neuf ans. Le garçon plaisantait. Ils venaient de faire connaissance.

— Écoute-moi, ma belle. Tu veux retourner dans la loge de tes parents pour regarder courir des juments ? Ou tu préfères devenir toi-même une jument de race, comme on dit ici des filles du gratin ? Quelqu'un d'autre que moi a-t-il osé aller dans ta loge saluer tes parents et t'inviter à danser ? Et maintenant ? Je t'ai présentée à la bonne société, moi qui n'en fais pas partie, pour que tu voies qui tu vas épouser, mon rêve, j'obtiens ce que je veux, tu vois ? et, avec tout ça, je ne t'ai même pas mis la main au cul — excuse-moi l'expression, mais je suis comme ça et il vaut mieux que tu commences à t'habituer — pour que tu te sentes seule et abandonnée dans ce monde sans moi. Alors ? Tu as besoin de moi ou tu n'as pas besoin de moi, ma belle ?

Ils allaient danser, joue contre joue, peu à peu elle lui accorda des « libertés », de lui caresser le dos, le cou, l'aisselle bien rasée, de lui mordiller le lobe de l'oreille, vint le premier baiser, le deuxième, des milliers de baisers, la demande, du dehors seulement, mon rêve, non Dan, j'ai mes règles, entre tes cuisses, mon rêve, je mets mon mouchoir, n'aie pas peur, oui, mon amour, ô mon rêve, tu me plais tellement, je ne savais rien de toutes ces choses, je n'avais jamais rencontré quelqu'un comme toi, comme tu es fort, sûr de toi, ambitieux...

— J'ai un point faible, Magdalena...

— Lequel, mon amour ?

— Je suis prêt à faire n'importe quoi pour me

sentir admiré. Tu te rends compte de ce que je te dis ?

— Tu te sentiras admiré. Je te le promets. Cela ne te manquera pas.

Blue moon, I saw you shining along

La famille de Magdalena le dévisagea des pieds à la tête. Il leur rendit la pareille, d'un regard insolent.

— Cette maison a besoin qu'on lui refasse sa décoration, prononça-t-il en parcourant d'un œil méprisant l'étalage chirriguéresque de vitraux, de faux autels, de grilles en fer forgé tarabiscotées qui encombraient la demeure de Polanco. Heureusement que tu vas venir vivre avec moi dans un lieu de bon goût, mon rêve.

— Ah bon ? tonna Ayub, furieux. Et qui va vous payer votre luxe, jeune homme ?

— Vous, mon généreux beau-père.

— Ma fille n'a pas besoin de générosité, elle a besoin de confort, proféra d'un ton sottement hautain la mère originaire du Nord.

— Votre fille a besoin d'un homme qui la respecte, la défende et fasse en sorte qu'elle ne se sente pas inférieure et exclue, le contraire de ce que vous avez fait d'elle, mauvais parents —, martela Dantón avec force avant de quitter les lieux en claquant la porte avec une telle violence que pour un peu il faisait dégringoler le vitrail sur lequel le pape Pie XII bénissait la ville, le monde et la famille Ayub Longoria.

Il fallait qu'il revienne. Malenita ne sortait plus de sa chambre. N'avalait plus rien. Elle pleurait toute la journée, comme une Madeleine, précisément.

— Je ne vous demande pas de cadeau, don Simón. Laissez-moi vous expliquer certaines choses et ne me regardez pas avec cet air d'impatience parce que ça me rend impatient à mon tour. Maîtrisez-vous. Vous ne me faites pas une grande faveur, c'est moi qui vous en fais une plutôt et je vais vous dire pourquoi, si vous permettez... j'offre à votre fille ce qu'elle n'est pas et qu'elle voudrait être. Elle est riche. Il lui manque d'être acceptée.

— Ça c'est le comble ! Mais tu es un rien du tout, mon pauvre petit.

— On se tutoie ? O.K., monsieur Aspirine. Moi, je suis ce que tu ne peux plus être. Comme je te le dis. Je suis ce qui va être. Ce qui vient. Toi, tu as été un gros malin pendant vingt ans. Mais tu comprends, très cher beau-père, tu es arrivé dans ce pays quand Caruso chantait au Toreo. Ton temps est révolu. La guerre est finie. C'est un autre monde qui arrive maintenant. Il ne sera plus question de faire main basse sur les denrées rares. Il va y avoir surproduction aux États-Unis. Nous ne serons plus les alliés indispensables, nous allons redevenir les indispensables mendiants. Tu veux que je te dise, Aspirine ?

— Vous, s'il vous plaît, monsieur Dantón, vouvoyez-moi...

— Eh bien, je vais vous dire. Désormais, nous allons vivre du marché intérieur, ou ne vivrons pas du tout. Désormais nous allons devoir créer des richesses ici même et une classe de gens qui achèteront ce que nous produirons.

— Nous. Vous abusez du pluriel, Dantón.

— Nous qui nous sommes tant aimés, oui mon cher don Simón. Vous et moi, si vous êtes malin, si, au lieu de monopoliser l'agave en exploitant les pauvres Mayas, vous vous intéressez aux chaînes de restaurants, aux magasins à grande surface, aux choses que les gens consomment, aux boissons gazeuses bon marché dans un pays tropical assoiffé, aux aspirateurs qui facilitent le travail des ménagères, aux réfrigérateurs qui permettent de ne pas jeter de la nourriture, au lieu de ces glacières incommodes dont la glace fond, aux postes de radio qui offrent un divertissement aux pires des gogos... nous allons devenir un pays de classes moyennes, vous ne comprenez pas ? Allez, chef, ne restez pas à la traîne.

— Vous êtes très éloquent, Dantón. Continuez.

— Je continue ? Des meubles, des conserves, des vêtements pas chers et de bon goût à la place des couvertures et des sandales indiennes, des restaurants convenables à l'américaine, avec une fontaine à soda et tout le saint-frusquin, finis les gargotes et les cafés tenus par des Chinois, des voitures bon marché pour tous, finis les camions pour les pauvres et les Cadillac pour les riches. Vous savez que mon arrière-grand-père était allemand ? Eh bien, retenez ce nom : Volkswagen, la voiture du peuple. Attendez que les usines allemandes tournent à nouveau, mettez aussitôt la main sur la licence de fabrication des Volkswagen au Mexique, donnez-moi la moitié des actions et en avant la musique, cher monsieur Aspirine. Finis les maux de tête. Vous pouvez en être sûr.

Ils se connaissent tous entre eux, expliqua Dantón à Laura, Juan Francisco et Santiago. Mais c'est tout ce qu'ils connaissent. Eux, eux, eux. Moi, je vais leur présenter le monde d'aujourd'hui à cette bande de momies porfiristes. J'ai appris à imiter des inflexions de voix, vous savez, des façons de s'habiller, des expressions verbales telles que « chao », « que Jésus me protège » et « voiturette ». J'ai travaillé la société comme on « travaille » une viande grillée dans les restaurants. Vous savez, j'ai découvert avec le gars López Landa qu'un jeune admire chez un autre jeune ce qu'il n'est pas. J'ai compris le truc et, pour me rendre intéressant, j'ai offert à ceux du Jockey Club ce qu'ils ne sont pas. Je fais de même avec Magdalena, je lui offre ce qu'elle n'est pas mais voudrait être, c'est-à-dire riche, et en plus distinguée. Je le lui fais comprendre : tu n'es pas tout ce que tu pourrais être, mon rêve, mais avec moi tu le deviendras. Les Ayub croyaient qu'ils m'accordaient une grande faveur et que cela leur donnerait le droit de me faire toutes sortes de difficultés. Mon œil ! Dans ce monde, les difficultés, il faut les refiler aux autres comme si c'étaient des cadeaux, c'est ça l'astuce.

— Tes parents ne m'aiment pas, mon rêve.

— Je ferai en sorte qu'ils t'aiment, Dantón.

— Je ne veux pas te créer de problèmes.

— Ce n'est pas un problème. C'est un cadeau que je te fais, mon amour, mon Dan...

Ils sont d'une richesse cruelle, racontait Dantón, en riant, à ses parents et à son frère. Ils ont vécu en mettant de l'argent de côté pour un jour qui ne viendra jamais. Ils ont perdu les raisons qui les avaient poussés à s'enrichir. Je vais leur en donner de nouvelles. Maintenant il s'agit de mes raisons à moi. Maman, papa, le mariage aura lieu le mois prochain, dès que j'aurai passé mon diplôme d'avocat. Je suis une réussite sur toute la ligne. Je n'ai pas le droit à vos félicitations ?

Mon frère me donne le tournis, dit Santiago à Laura, avec lui je me sens inférieur, idiot, il a des réponses toutes prêtes à tout, à moi elles ne me viennent qu'après coup, quand elles ne servent plus à rien, pourquoi suis-je comme ça ?

Elle lui répondait qu'ils étaient très différents tous les deux, Dantón était fait pour le monde extérieur, toi pour le monde intérieur où les réponses, Santiago, n'ont pas à être rapides ou spirituelles parce que ce qui compte, ce sont les questions.

— En effet, parfois il n'y a même pas de réponse,

sourit Santiago allongé sur son lit. Il n'y a que des questions, tu as raison.

— Oui, mon fils. Mais je crois en toi.

Il se levait avec difficulté de son lit pour aller vers son chevalet ; il était difficile de distinguer le tremblement induit par la fièvre de celui de l'anticipation créative. Assis face à la toile, il communiquait cette fièvre, ce doute ; rien qu'à le regarder, Laura la sentait dans son propre corps. C'est normal, c'est comme ça depuis qu'il a découvert sa vocation pour la peinture ; chaque jour, il se surprend lui-même, il se sent transformé, il découvre l'autre en lui.

— Je le découvre moi aussi, Juan Francisco, mais je ne le lui dis pas. Tu devrais t'intéresser un peu à lui.

Juan Francisco disait non de la tête. Il ne voulait pas l'avouer, mais Santiago vivait dans un monde qu'il ne comprenait pas, il ne savait que dire à son fils, ils n'avaient jamais été proches, ne serait-ce une tromperie que de se rapprocher de lui maintenant parce qu'il était malade ?

— Il y a plus que ça, Juan Francisco. Santiago n'est pas seulement malade.

Juan Francisco ne comprenait pas cette synonymie : être artiste et être malade. C'était comme imaginer un miroir double, un seul miroir à deux faces, chacune reflétant une réalité différente, la maladie et l'art, des réalités pas nécessairement jumelles mais parfois, sans aucun doute, sœurs. L'art ou la maladie. Lequel des deux engendrait l'autre ? Lequel alimentait les pénibles journées de Santiago ?

Laura regardait dormir son fils. Elle aimait être à son chevet lorsque Santiago se réveillait. Elle s'aperçut de ceci : à son réveil il avait l'air surpris, mais il était impossible de savoir si c'était la surprise de se réveiller vivant ou l'étonnement de disposer d'une journée de plus pour peindre.

Elle se sentait exclue de ce choix quotidien, elle aurait souhaité, avouait-elle, faire partie de ce que Santiago choisissait chaque matin : Laura, ma mère, Laura Díaz fait partie de ma journée ! Elle passait son temps avec lui, à ses côtés, elle avait tout abandonné pour s'occuper du garçon, mais Santiago n'extériorisait pas sa gratitude, il se contentait d'accepter cette compagnie, disait Laura, sans en être reconnaissant.

— Il n'a peut-être pas de quoi être reconnaissant ; c'est à moi de comprendre et d'accepter les choses telles qu'elles sont.

Un après-midi, il se sentit assez de forces pour demander à sa mère de le conduire sur le balcon du salon, le lieu des réunions vespérales. Il avait perdu tellement de poids que Laura aurait pu le porter dans ses bras, comme elle n'avait pu le faire quand il était petit parce qu'il avait été élevé loin d'elle, avec la Mutti et les tantes à Xalapa. La mère pourrait maintenant se reprocher cet abandon d'autrefois, les fausses raisons invoquées, Juan Francisco démarrait sa carrière politique, il n'y avait pas de temps pour s'occuper des enfants, mais, pis encore, Laura Díaz allait mener une vie de femme indépendante, les enfants étaient de trop et même le mari, elle était une jeune provinciale, mariée à vingt-deux ans avec un homme de seize ans son aîné, c'était à son tour maintenant de vivre, de se risquer, d'apprendre, la nonne Soriano ne fut-elle qu'un prétexte pour déserter son foyer ? C'était l'époque d'Orlando Ximénez et de Carmen Cortina, de Diego et Frida à Detroit, ce n'était pas le moment d'avoir un enfant en charge, même chargé de promesses, ce Santiago avec son front si dégagé qu'on pouvait y lire la gloire, la création et la beauté. Plus jamais, se promit-elle, plus jamais elle ne refuserait de s'occuper d'un enfant qui était toujours, toujours, porteur de toute la promesse, toute la beauté, toute la tendresse et toute la création du monde.

Maintenant, ce temps perdu se présentait d'un coup avec le visage de la culpabilité ; était-ce pour cela que Santiago ne manifestait aucune gratitude pour une attention maternelle qui arrivait trop tard ? être mère excluait tout espoir de gratitude ou de reconnaissance. L'état se suffisait à lui-même, sans arguments ni expectatives, comme l'instant de l'amour suffisant.

Laura s'installa avec son fils face au paysage urbain qui, c'était patent, se transformait à vue d'œil, telle une forêt de champignons proliférants. Les gratte-ciel poussaient de partout, les vieux « libres » étaient remplacés par des taxis à compteur, incompréhensibles au début et suspects aux yeux des usagers, les autocars déglingués par d'énormes autobus qui crachaient une fumée noire comme la buée d'une chauve-souris, et les tramways jaunes avec leurs bancs en bois verni et leurs plate-formes par des trolleybus menaçants comme des bêtes préhistoriques. Les gens ne rentraient plus déjeuner chez eux à deux heures pour retourner au travail à cinq ; on adoptait la journée « continue » à la manière des gringos. On voyait disparaître les joueurs d'orgue de Barbarie, les chiffonniers, les aiguiseurs de couteaux et de ciseaux. On fermait les petites épiceries, les échoppes, les bazars naguère installés à chaque coin de rue et les deux compagnies de téléphone concurrentes finirent par fusionner, Laura se souvint de Jorge (elle ne pensait presque plus jamais à lui) et elle perdit le fil de ce que disait Santiago, assis sur le balcon en robe de chambre et les pieds nus, je t'aime, ma ville, je t'aime parce que tu oses montrer ton âme dans ton corps, je t'aime parce que tu penses avec ta peau, parce que tu ne me permets pas de te voir si je ne t'ai d'abord rêvée comme les conquistadors, parce que bien que tu sois asséchée, ville-lagune, tu es compatissante, tu me remplis les mains d'eau quand j'ai besoin de retenir mes larmes, parce que tu me permets de te nommer rien qu'en te voyant et de te voir rien qu'en te nommant, merci de m'avoir inventé afin que je puisse t'inventer à mon tour, Mexico, je te rends grâce de pouvoir te parler sans guitares ni banderoles ni coups de feu, de te chanter avec des promesses de poussière, des promesses de vent, des promesses de ne pas t'oublier, de te ressusciter bien que je sois moi-même destiné à disparaître, des promesses de te nommer, des promesses de te voir dans le noir, Mexico, en échange d'une seule faveur de ta part : continue de me voir quand je ne serai plus là, assis sur le balcon, à côté de ma mère...

— À qui parles-tu, mon fils ?

— À tes mains si belles, maman...

... À l'enfance qui est ma deuxième mère, à la jeunesse qui n'est qu'une, aux nuits que je ne verrai plus, aux rêves que je vous lègue pour que la ville en prenne soin, à la ville de Mexico qui m'attendra toujours...

— Je t'aime, ville, je t'aime.

En l'aidant à regagner son lit, Laura comprit que tout ce que son fils disait au monde lui était également adressé à elle. Il n'avait pas besoin d'être explicite ; la parole pouvait le trahir. Exposé à l'air libre, un amour qui vivait sans mots, enfoui dans le terreau profond et humide de la présence quotidienne, était susceptible de se faner. Le silence entre eux savait être éloquent.

— Je ne veux pas être embêtant, je ne veux pas donner du souci.

Silence. Quiétude. Solitude. C'est ce qui nous unit,

pensait Laura en tenant la main brûlante de Santiago entre les siennes. On ne peut faire preuve de plus de respect et de tendresse l'un envers l'autre qu'en étant ensemble et en silence, en vivant ensemble et l'un pour l'autre, sans jamais le dire. Sans avoir besoin de le dire. Le rendre explicite pourrait être une trahison envers cet amour si profond qu'il ne se révèle que par un silence tissé de complicités, d'intuitions et d'actions de grâces.

Laura et Santiago vécurent tout cela pendant que le fils se mourait, sachant l'un et l'autre que Santiago se mourait, complices tous les deux, se devinant, reconnaissants l'un envers l'autre parce que la seule chose qu'ils décidèrent d'exhumer, sans paroles, fut la compassion. Le regard fiévreux du garçon dans des orbites chaque jour plus profondes disait au monde et à sa mère, pour toujours identifiés dans l'esprit du fils : qui a le droit d'avoir pitié de moi? ne me trahissez pas avec votre pitié... je serai un homme jusqu'au bout.

Elle eut énormément de mal à ne pas éprouver de peine pour son fils, non seulement à ne pas montrer sa peine, mais à la bannir de son âme et même de son regard. Il fallait non seulement la dissimuler, mais ne pas l'éprouver, car les sens en éveil, électriques, de Santiago percevaient immédiatement la dissimulation. On peut trahir quelqu'un en lui témoignant de la pitié; Laura se répétait cette phrase avant de s'endormir, maintenant toutes les nuits, sur un lit de camp à côté de son fils fiévreux et émacié, l'enfant de la promesse, le fils enfin vénéré.

— De quoi as-tu besoin, mon fils? Qu'est-ce que je peux faire pour toi?

— Non, maman, qu'est-ce que, moi, je peux faire pour toi?

— Tu sais, je voudrais voler au monde toutes ses gloires et ses vertus pour te les offrir.

— Merci. Tu l'as déjà fait. Tu ne sais pas ?

— Quoi d'autre. Encore.

Quoi d'autre ? Encore ? Assise au bord du lit de Santiago malade, Laura se souvint brusquement d'une conversation entre les deux frères qu'elle avait surprise un soir sans le vouloir, simplement parce que Santiago, qui laissait la porte de sa chambre toujours ouverte, s'y trouvait, fait exceptionnel, avec Dantón.

Papa et maman ne savent pas très bien où nous en sommes, disait Dantón avec beaucoup de perspicacité, ils imaginent trop de chemins possibles pour chacun de nous... Quelle chance que nos ambitions ne se croisent pas, répondit Santiago, au moins nous ne nous court-circuitons pas... N'empêche, tu penses que ton ambition est bonne et que la mienne est mauvaise, n'est-ce pas ? insista Dantón... Non, hésita Santiago, ce n'est pas que la mienne soit bonne et la tienne mauvaise ou le contraire ; nous sommes condamnés à les réaliser ou tout au moins à essayer de... Condamnés ? s'exclama Dantón en riant, condamnés ?

Dantón était à présent marié à Magdalena Ayub Longoria et il vivait, comme il l'avait toujours souhaité, dans l'Avenida de los Virreyes à Las Lomas de Chapultepec, il avait échappé aux horreurs néobaroques de Polanco, mais pas parce que c'était conforme au goût de sa famille politique, car il rêvait aussi d'habiter une maison aux lignes droites, à la géométie sévère. Laura voyait de moins en moins son fils cadet. Elle se justifiait en se disant que lui non plus ne cherchait pas à la voir ; elle reconnaissait, en revanche, qu'elle recherchait avidement la compagnie de Santiago. Plus que le rechercher, elle le tenait sous la main, affaibli par les maladies récurrentes, dans la maison familiale. Il n'était pas son prisonnier. Santiago était un jeune artiste qui inaugurait un destin que personne ne pouvait contrarier, car il s'agissait du destin de l'art, d'une œuvre qui, en fin de compte, survivrait à l'artiste.

Touchant le front brûlant de Santiago, Laura se demandait néanmoins si ce jeune artiste qui était son fils ne confondait pas trop initiation et destin. Les figures torturées et érotiques de ses tableaux n'étaient pas une promesse, mais une conclusion. Elles ne marquaient pas un début, mais, irrévocablement, une fin. Elles étaient toutes achevées. Constater ce fait angoissait Laura Díaz parce qu'elle voulait voir dans son fils la réalisation complète d'une personnalité dont la joie dépendait de la créativité. Ce n'était pas juste qu'il fût trahi par son corps et que le corps, malheureusement, ne fût pas dépendant de la volonté — celle de Santiago, celle de sa mère.

Elle n'était pas prête à se résigner. Elle regardait travailler son fils : absorbé, fasciné, peignant seul et seulement pour lui, comme il se doit ; quel que soit le destin du tableau, mon fils va révéler ses dons, mais il n'aura pas le temps de s'épanouir, il va travailler, il va imaginer, mais il n'aura pas le temps de produire : sa peinture est inévitable, c'est sa récompense, mon fils ne peut pas remplacer ou être remplacé dans ce qu'il est seul à faire, peu importe pour combien de temps encore, il n'y a pas de frustration dans son œuvre, même si sa vie doit rester amputée, ses progrès sont étonnants, se consacrer à l'art, c'est aller de révélation en révélation, s'étonner constamment.

— Tout ce qui sort de bon, c'est grâce au travail, disait souvent Santiago tandis qu'il peignait. L'artiste n'existe pas.

— Toi, tu es un artiste, se risqua à lui dire Laura

un jour. Ton frère est un mercenaire. C'est la différence entre vous.

Santiago rit, l'accusant presque de tenir des propos vulgairement évidents.

— Mais non, maman, c'est très bien que nous soyons différents, au lieu d'être partagés de l'intérieur.

Laura regretta d'avoir énoncé une banalité. Elle n'avait pas voulu faire des comparaisons désagréables ou amoindrissantes. Elle voulait simplement lui signifier : cela a été merveilleux de te voir grandir, changer, donner naissance à une vie nouvelle, je ne veux jamais me demander, mon fils aurait-il pu être grand ? car tu l'es déjà, je te regarde peindre et je te vois comme si tu allais vivre cent ans, mon fils chéri, je t'ai entendu dès le premier instant, dès que tu as demandé sans dire un mot, mère, père, frère, aidez-moi à faire sortir ce que je porte à l'intérieur de moi, aidez-moi à exprimer mon identité...

Il y avait longtemps qu'elle avait compris cette prière, surtout lorsqu'elle se rappelait une autre conversation entre les frères qu'elle avait surprise un jour, lorsque Dantón avait dit à Santiago, ce qu'il y a de bon avec le corps, c'est qu'il peut nous satisfaire à tout moment, et Santiago avait répondu mais il peut aussi nous trahir à tout moment, c'est pour ça qu'il faut saisir le plaisir au vol, avait rétorqué Dantón, à quoi Santiago avait répondu :

— Il y a des satisfactions qui coûtent, il faut travailler pour les obtenir —, et tous deux s'étaient exclamés à l'unisson : — elles nous échappent —, suivi d'un rire fraternel, partagé...

Dantón n'avait peur de rien sauf de la maladie et de la mort. Beaucoup d'hommes sont comme ça. Ils sont capables de se battre au corps à corps dans une tranchée, mais incapables de supporter la douleur d'un accouchement. Dantón chercha et trouva des prétextes pour aller de moins en moins à la maison familiale de l'Avenida Sonora. Il préférait téléphoner, demander à parler à Santiago, bien que ce dernier détestât le téléphone, c'était la diversion la plus épouvantable inventée pour torturer un artiste, c'était tellement mieux quand il était petit et qu'il y avait deux compagnies, Ericsson et Mexicana, et qu'il était très difficile d'entrer en communication.

Il regarda Laura.

C'était avant que les maladies ne se succèdent les unes aux autres à un rythme de plus en plus rapproché ; les médecins ne parvenaient pas à s'expliquer la faiblesse croissante du jeune homme, son manque de résistance aux infections, l'usure incompréhensible de son système immunologique, et il y avait ce que les médecins ne disaient pas, que Laura Díaz était seule à se dire, mon fils doit réaliser sa vie, je m'en charge, rien ne m'importe, ni maladie, ni médicaments inutiles, ni conseils des médecins, ce que je dois donner à mon fils, tout ce dont il aurait besoin s'il devait vivre cent ans, je vais lui donner l'amour, la satisfaction, la conviction qu'il n'a manqué de rien durant sa vie, de rien, de rien, de rien...

Elle le veillait la nuit pendant qu'il dormait, se demandant : que puis-je sauver chez mon fils l'artiste qui perdure au-delà de la mort ? Elle s'avoua avec un pincement de cœur que son désir n'était pas seulement que son fils reçût tout ce qu'il méritait, mais qu'elle, Laura Díaz, bénéficiât de tout ce que son fils pouvait lui donner. Il avait besoin de recevoir. Elle aussi. Elle avait envie de donner. Lui aussi ?

Comme tous les peintres, lorsqu'il jouissait encore de sa liberté de mouvements, Santiago le Mineur aimait s'éloigner de ses tableaux, les voir d'une certaine distance.

— Je les cherche comme des bien-aimés, mais je me les recrée comme des fantômes, essayait de plaisanter le garçon.

Elle répondit en silence à ces paroles plus tard, lorsque Santiago ne pouvait plus quitter son lit et qu'elle devait s'allonger près de lui, pour le consoler, pour être réellement à ses côtés, pour le soutenir...

— Je ne veux pas être privée de toi.

Ce qui signifiait qu'elle ne voulait pas être privée de cette partie d'elle-même qui était son fils.

— Raconte-moi tes projets, tes idées.

— Tu me parles comme si j'allais vivre cent ans.

— Cent ans peuvent tenir en une seule journée de succès, murmura Laura sans craindre la banalité.

Santiago se contenta de rire.

— Ça vaut la peine d'avoir du succès ?

— Non, le devança-t-elle. Mieux vaut parfois l'absence, le silence...

Laura n'allait pas dresser la liste de ce qu'un garçon plein de talent, à l'article de la mort à l'âge de vingt-sept ans, ne ferait pas, ne connaîtrait pas, ce dont il ne profiterait pas... Le jeune peintre était comme un cadre sans tableau qu'elle aurait voulu remplir de ses propres expériences et de promesses partagées, elle aurait aimé emmener son fils à Detroit voir la fresque de Diego Rivera à l'Institut des Arts, elle aurait aimé visiter avec lui les musées légendaires, les Ufizzi, le Louvre, le Mauritshuis, le Prado...

Elle aurait aimé...

Dormir avec toi, entrer dans ton lit, extraire de la proximité et du rêve des formes, des visions, des défis, cette force à moi que je voudrais te donner quand je te touche, quand je murmure à ton oreille que ta faiblesse me menace moi plus que toi, je veux te montrer ta force, te dire que ta force et la mienne dépendent l'une de l'autre, que mes caresses, Santiago, sont tes caresses, celles que tu n'as pas connues et que tu ne connaîtras jamais, accepte la proximité du corps de ta mère, ne fais rien, mon fils, je t'ai mis au monde, je t'ai porté à l'intérieur de moi, je suis toi et tu es moi, ce que je fais est ce que tu ferais, ta chaleur est ma chaleur, mon corps est ton corps, ne fais rien, je fais à ta place, ne dis rien, je dis à ta place, oublie cette nuit, je m'en souviendrai toujours à ta place...

— Fils, de quoi as-tu besoin, que puis-je faire pour toi ?

— Mais non, maman, que puis-je, moi, faire pour toi ?

— Tu sais, je voudrais voler au monde toutes ses gloires et toutes ses vertus pour te les offrir.

— Merci, tu l'as déjà fait. Tu ne le savais pas ?

Cela ne serait jamais dit. Santiago aima comme s'il rêvait. Laura rêva comme si elle aimait. Leurs corps redevinrent ce qu'ils avaient été au commencement, chacun semence dans le ventre de l'autre. Elle naquit à nouveau en lui. Il la tua pour une seule nuit. Elle ne voulut penser à rien. Elle laissa passer par sa tête, fugaces et rapides comme un ouragan, des milliers d'images perdues, le parfum de la pluie à Xalapa, l'arbre de la fumée à Catemaco, la déesse aux joyaux d'El Zapotal, les mains ensanglantées se lavant dans la rivière, le palo verde dans le désert, l'araucaria à Veracruz, le fleuve se déversant en hurlant dans le Golfe, les cinq chaises sur le balcon face à Chapultepec, les six couverts et les serviettes roulées dans des anneaux d'argent, la poupée Li Po, le corps de Santiago, son frère, sombrant dans la mer, les doigts coupés de la grand-mère Cósima, les doigts arthritiques de la tante Hilda essayant de jouer du piano, les doigs tachés d'encre de Virginia, la tante poète, les doigts experts et diligents de la Mutti Leticia préparant un *huachinango* dans les cuisines de Catemaco, Veracruz, Xalapa, les pieds gonflés de la tante dansant le danzón sur la Plaza de Armas, les bras écartés d'Orlando l'invitant à danser la valse à l'hacienda, l'amour de Jorge, l'amour, l'amour...

— Merci. Ne le savais-tu pas ?

— Quoi d'autre ? Encore.

— Ne laisse pas les cages ouvertes.

— Ils reviendraient. Ce sont de bons oiseaux qui reviennent toujours à la maison.

— Mais pas les chats.

Il la serra très fort dans ses bras. Elle ne ferma pas les yeux. Elle promena son regard sur les toiles blanches, les tableaux achevés, debout les uns contre les autres comme une infanterie endormie, une armée de couleurs, un défilé de regards possibles qui pourraient, ou ne pourraient plus jamais, donner sa vie momentanée à la toile, chaque tableau doté d'une double existence, celle d'être regardé ou de ne pas l'être.

— J'ai rêvé de ce qui arrive aux tableaux quand on ferme les musées et qu'ils restent seuls toute la nuit.

C'était le sujet de prédilection de Santiago le Mineur. Les couples nus qui se regardent sans se toucher comme si la pudeur leur disait qu'ils sont regardés. Les corps de ces tableaux n'étaient pas beaux, au sens classique, ils avaient quelque chose de décharné et même de démoniaque. Ils représentaient une tentation, non pas de s'accoupler, mais d'être vus, surpris au moment de se constituer en tant que couple. Là était leur beauté, exposée dans des gris pâles ou des roses éteints, où la chair se détachait comme une intrusion non prévue par Dieu, comme si, dans le monde artistique de Santiago, Dieu n'avait jamais conçu cet intrus, son rival, l'être humain...

— Ne crois pas que je ne me résigne pas à vivre. Je ne me résigne pas à ne plus travailler. C'est bizarre, depuis quelques jours le soleil ne vient plus me caresser la tête tous les matins, comme avant. Tu n'ouvres plus les rideaux, maman ?

Après avoir écarté les rideaux pour laisser passer la lumière, Laura se retourna vers le lit de Santiago. Son fils n'était plus là. Il flottait dans l'air une plainte silencieuse.

XVII

Lanzarote : 1949

1

Tu n'aurais pas dû venir ici. Cette île n'existe pas. Elle n'est qu'un mirage des déserts africains. Elle est un radeau de pierre détaché de l'Espagne. Un volcan qui a oublié de faire éruption au Mexique. Tu croiras ce que verront tes yeux et, quand tu seras partie, tu te rendras compte que rien de ce que tu as vu n'existe. Tu approcheras, dans le bateau à vapeur, d'une forteresse noire surgie de l'Atlantique tel un lointain fantôme de l'Europe. Lanzarote est une nef de pierre précairement ancrée face aux sables d'Afrique ; mais la pierre de l'île est plus brûlante que le soleil du désert.

Tout ce que tu vois est faux, c'est notre cataclysme de tous les jours, c'est arrivé hier soir, cela n'a pas eu le temps de devenir histoire et cela va disparaître à n'importe quel moment, comme cela est apparu, du jour au lendemain. Tu regardes les montagnes de feu qui surplombent le paysage et tu te souviens que, il y a moins de deux siècles, elles n'existaient pas. Les sommets les plus hauts et les plus puissants de l'île viennent de naître et leur naissance a détruit, enseveli les humbles vignes sous la lave incandescente, et la première éruption s'était à peine calmée, il y a cent ans, que le volcan émettait un nouveau bâillement et son haleine brûlait toutes les plantes et recouvrait tous les toits.

Tu n'aurais pas dû venir ici. Qu'est-ce qui t'a ramenée à nouveau vers moi ? Rien de tout cela n'est réel. Comment faire entrer dans un cratère situé au-dessous du niveau de la mer une chaîne de montagnes de sable et un lac d'un bleu plus profond que celui de la mer et du ciel ? J'ai envie de te donner rendez-vous là-bas sous les vagues, où nous nous retrouverions toi et moi comme deux spectres de cet océan qui aurait dû nous séparer à jamais. Allons-nous nous retrouver à présent sur une île agitée où le feu est enterré vivant ?

Regarde : il suffit de planter un arbre à moins d'un mètre de profondeur pour que ses racines brûlent. Il suffit de verser une cruche d'eau dans un trou pour que l'eau se mette à bouillir. Et si j'avais pu me réfugier dans le dédale de lave qui forme la ruche souterraine de Lanzarote, je l'aurais fait et jamais tu ne m'aurais trouvé. Pourquoi m'as-tu cherché ? Comment m'as-tu trouvé ? Personne ne doit savoir que je suis ici. Tu es arrivée et je n'ose pas te regarder. Non, c'est faux : tu es arrivée et je ne veux pas que tu me regardes. Je ne veux pas que tu me compares avec l'homme que tu as vu pour la première fois au Mexique il y a dix ans — dix siècles entre la première rencontre et celle-ci, à supposer que l'enfer ait une histoire et que le diable tienne le compte du temps : lui aussi fait partie de l'éternité. Nous ne sommes plus il y a dix ans, quand je t'ai dit :

— *Reste encore un peu,* tu ne peux plus te souvenir de nos discussions avec Basilio Baltazar et Domingo Vidal et, tu vas rire, Laura, tous nos raisonnements sont devenus absurdité, perte, mort, cruauté inexplicable, attentat contre la vie, que reste-t-il de nous, Laura, hormis mon regard d'il y a dix ans, quand mes yeux se sont plantés dans les tiens et les tiens dans les miens et que tu t'es demandé pourquoi j'étais différent des autres et que je t'ai répondu en silence : « parce que je ne regarde que toi » ?

Quelle est la réalité que tu vois aujourd'hui ? Tes yeux contemplent-ils ton ancien amant réfugié dans une île face à la côte africaine, l'homme que tu as vu pour la dernière fois à Mexico, dans tes bras, dans un hôtel caché au coin d'un parc de pins et d'eucalyptus ? Cet homme est-il le même que l'autre ? Sais-tu ce que cherchait le premier et ce que cherche celui d'aujourd'hui ? S'agit-il de la même chose ou de deux choses différentes ? Car cet homme, Laura, il n'y a qu'à toi que j'ose le dire, cet homme qui t'a aimée cherche quelque chose. Oseras-tu me regarder et me dire la vérité : que vois-tu ?

Dix ans de séparation et le droit de falsifier nos vies pour expliquer nos amours et justifier ce qui est arrivé à nos visages. Je pourrais te mentir comme je me suis menti à moi-même pendant tant d'années. Je ne suis pas arrivé à temps, après t'avoir quittée. Quand j'ai débarqué à Cuba, le *Prinz Eugen* était déjà reparti pour l'Allemagne. Je n'ai rien pu faire. Le gouvernement américain avait refusé d'accorder asile aux passagers, tous des Juifs fuyant l'Allemagne. Le gouvernement cubain a suivi, si ce n'est les ordres, du moins l'exemple des États-Unis. Peut-être que la situation des Juifs sous Hitler n'avait pas encore pleinement atteint la conscience de l'opinion publique américaine. Les hommes politiques les plus à droite prônaient l'isolationnisme, faire face à Hitler était une illusion dangereuse, un piège de la gauche, Hitler avait rétabli l'ordre et la prospérité en Allemagne, Hitler était un danger inventé par la perfide Albion pour entraîner les Yankees dans une autre funeste guerre européenne, Roosevelt était une canaille qui cherchait à tirer parti de la crise internationale pour se rendre indispensable et emporter une réélection après l'autre. Que l'Europe se suicide toute seule. Sauver des Juifs n'était pas une cause populaire dans un pays où l'on refusait aux Israélites le droit d'entrer dans les clubs de golf, dans les hôtels de luxe et dans les piscines publiques, comme s'ils étaient porteurs de la peste du Calvaire. Roosevelt était un président pragmatique. Il ne disposait pas des appuis nécessaires pour imposer l'augmentation du quota d'immigrés voté par le Congrès. Il céda. Fuck you.

Je pourrais te mentir. Je suis arrivé à Cuba dans la semaine où je t'ai quittée et j'ai obtenu l'autorisation de monter à bord. J'avais un passeport diplomatique espagnol et le capitaine était un homme honnête, un marin de la vieille école perturbé par la présence d'agents de la Gestapo sur son bateau. Ces derniers, lorsqu'ils entendirent le mot Espagne, firent le salut fasciste, bras levé. Pour eux la guerre était déjà gagnée. Je les saluai de la même façon. Je me moquais des symboles. Je voulais sauver Raquel.

Je fus frappé par l'extrême beauté juvénile d'un des agents, un Siegfried qui ne devait pas avoir plus de vingt-cinq ans, blond, l'air candide — il n'y avait pas de différence sur son visage entre le menton rasé de près et les joues couvertes d'un duvet blond — tandis que son compagnon, un homme de petite taille, âgé d'une soixantaine d'années, une fois dépouillé de son uniforme noir, de ses bottes et de son brassard nazi, aurait pu passer pour un employé de banque, un chauffeur de tramway ou un épicier. Son pince-nez, sa minuscule moustache qui s'étendait, telles deux ailes de mouche, de chaque côté de la fente labiale que le Dieu d'Israël avait ouverte d'un coup d'épée sur le visage des nouveau-nés pour qu'ils oublient leur immense mémoire génétique. Les yeux du petit homme se perdaient comme deux harengs morts au fond de la casserole de sa tête rasée. Il ressemblait à n'importe quoi sauf à un policier, un bourreau.

Ils me saluèrent le bras levé, le petit homme cria vive Franco. Je lui rendis son salut.

Je la trouvai recroquevillée à la proue du navire, au pied du mât où flottait le drapeau rouge frappé de la croix gammée noire. Elle n'était pas tournée du côté de la ville et du château du Morro. Elle regardait la mer, de retour à la mer, comme si son regard aspirait à retourner à Fribourg, à notre université, à notre jeunesse.

Je touchai doucement son épaule et elle n'eut pas besoin de me regarder, elle enserra mes jambes dans ses bras, les yeux fermés, elle écrasa son visage contre mes genoux, émit un sanglot de pénitente, presque un cri qui ne lui appartenait pas, qui résonna dans le ciel de La Havane comme un chœur qui ne serait pas sorti de la gorge de Raquel, comme si celle-ci n'était que la réceptrice d'un hymne venu d'Europe pour prendre possession de la voix de la jeune femme que j'étais venu sauver.

Au prix de mon amour pour toi pour/

— Notre amour notr/

— Pourquoi est-ce que personne ne nous vient en aide ? me dit-elle en sanglotant. Pourquoi les Américains ne nous laissent-ils pas entrer, pourquoi les Cubains ne nous accordent-ils pas l'asile, pourquoi le Pape ne répond-il pas aux supplications de son peuple et du mien, *Eli, Eli, lamma sabacthani !* pourquoi nous as-tu abandonnés, ne fais-je pas partie des quatre cents millions de fidèles que le Saint-Père peut mobiliser pour me sauver moi, moi seule, une juive convertie au catholicisme... ?

Moi, j'étais venu pour la sauver, lui dis-je en lui caressant les cheveux, ses cheveux ébouriffés par le vent violent et froid de cette matinée de février à Cuba. Je voyais la tête échevelée de Raquel, la force du vent, mais le drapeau du Reich, lui, pendait immobile, à la proue, comme lesté par du plomb.

— Toi ?

Raquel leva son regard sombre, et je revis ses yeux, les sourcils noirs réunis, la peau mate de séfarade, les lèvres entrouvertes par la prière, par les pleurs et par sa ressemblance avec un fruit, le nez long et frémissant.

Je lui dis que j'étais là pour la sortir du bateau, que j'étais venu pour l'épouser, que c'était le seul moyen de lui permettre de rester en Amérique, mariée avec moi elle deviendrait citoyenne espagnole, on ne pourrait plus la toucher, les autorités cubaines étaient d'accord, un juge cubain monterait à bord pour la cérémonie...

— Et le capitaine ? Le capitaine n'a-t-il pas le droit de nous marier ?

— Nous sommes dans les eaux territoriales cubaines, il n'a pas...

— Tu mens. Bien sûr qu'il a le droit. Mais il a peur. Nous avons tous peur. Ces bêtes sauvages ont réussi à faire peur au monde entier.

Je lui pris les deux bras : le bateau allait lever l'ancre dans deux heures et plus personne ne reverrait les Juifs ramenés dans le Reich, personne, Raquel, surtout que toi et les passagers de ce bateau vous êtes coupables d'être partis et de ne pas avoir trouvé de refuge, tu entends l'énorme éclat de rire du

Führer ? si personne ne veut de ces gens, pourquoi en voudrais-je, moi ?

— Pourquoi le successeur de saint Pierre, qui était un pêcheur juif, ne prend-il pas la parole contre ceux qui persécutent ses descendants juifs ?

Qu'elle ne pense plus à tout ça, elle allait devenir ma femme et nous lutterions ensemble contre le mal, parce que nous connaissions enfin le visage du mal, dans toute la souffrance de l'époque nous aurions au moins gagné cela, lui dis-je, maintenant tu sais quel est le visage de Satan, Hitler a trahi Satan en lui rendant le visage dont Dieu l'avait privé en le jetant dans les abysses : entre le ciel et l'enfer, un ouragan comme celui qui fonce en ce moment sur Cuba a effacé le visage de Lucifer, l'a laissé avec une face blanche comme un drap et le drap est tombé au milieu du cratère de l'enfer, recouvrant le corps du diable, en attendant le jour de sa réapparition telle que saint Jean l'a annoncée : je vis surgir de la mer une Bête portant sept têtes et dix cornes, et l'on se prosterna devant la Bête en disant : qui peut lutter contre elle ? Sa bouche proférait des paroles d'orgueil et de blasphème et il lui fut donné de mener campagne contre les saints et de les vaincre... Maintenant nous savons qui est la Bête imaginée par saint Jean. Nous allons la combattre. C'est une tache de merde sur le drapeau de Dieu.

— Mon amour.

— Je prierai en tant que catholique pour le peuple juif qui fut porteur de la révélation jusqu'à la venue du Christ.

— Le Christ aussi avait un visage.

— Tu veux dire que le Christ, lui, avait un visage. Il a choisi Marie-Madeleine pour laisser la seule preuve de son effigie.

— Alors tu connais le visage du bien comme le visage du mal, le visage de Jésus et le visage d'Hitler...

— Je ne veux pas connaître le visage du bien. Si je pouvais voir Dieu, je deviendrais aveugle sur-le-champ. Dieu ne doit jamais être vu. C'en serait fini de la foi. Dieu ne se laisse pas voir afin que nous croyions en lui.

2

Il dut la recevoir en dehors du monastère car les moines n'admettaient pas la présence de femmes, et, bien que ces derniers lui eussent attribué une de leurs austères cellules, ils lui avaient également arrangé une cabane près du village de San Bartolomé. Il soufflait là-bas un vent chaud qui apportait d'Afrique la poussière du désert et qui obligeait les paysans à protéger leurs maigres cultures derrière des murs de pierre.

— Toute l'île est protégée par ces murs pour défendre les récoltes et la terre elle-même est recouverte d'une couche de lapilli afin que la vigne puisse pousser en retenant l'humidité de la nuit.

Elle promena son regard autour de la cabane en pierre. À l'intérieur, il n'y avait qu'un lit de camp, une table avec une seule chaise, une étagère de fortune sur laquelle étaient disposés deux assiettes, des couverts en étain pour une seule personne et une demi-douzaine de livres.

On lui avait donné la cabane pour qu'il ne se sente pas appartenir tout à fait au monastère, mais également pour pouvoir déclarer aux autorités, si elles demandaient quelque chose, qu'il ne vivait pas chez eux, que c'était un employé, un jardinier... En l'accueillant, les moines avaient fait une exception à leur règle, mais à condition qu'il acceptât de prendre le risque d'entrer et de sortir du monastère, c'est-à-dire de ne pas se sentir complètement hors de danger.

Jorge Maura comprit la proposition des moines. En cas de problème, ces derniers pourraient toujours dire qu'il ne faisait pas partie du monastère, qu'il venait simplement prier dans la chapelle et exécuter certains travaux d'entretien et de jardinage, oui, un jardinage invisible, sculpture en pierre, semailles de rocher volcanique, mais il n'était pas sous la protection de l'ordre. La preuve, c'est qu'il vivait en dehors, dans le village de San Bartolomé, exposé à respirer le sable voyageur qui semble être à la recherche de sa clepsydre, de son ampoule de verre pour mesurer un temps qui, sans cela, se volatiliserait comme le sable même : la diaspora du désert...

On ne le lui dit pas, comme ça, tout crûment, mais on le lui signifie quand même, d'une manière insidieuse, insistante, poltronne. Ils avaient une dette envers la famille Maura, car c'était grâce à une donation de celle-ci que le monastère de Lanzarote avait été construit. C'était déjà pas mal qu'on lui eût offert une protection, car pendant la guerre il avait travaillé avec les agences d'aide qui avaient fourni des couvertures, des médicaments, de la nourriture au plus nécessiteux, les victimes des bombardements aériens, les personnes internées dans les camps de concentration parmi lesquelles il y avait beaucoup de catholiques opposés au nazisme. Hitler se moquait de la dévotion catholique des franquistes, pour lui les catholiques étaient des ennemis au même titre que les communistes et les Juifs, de la merde, d'autant plus que le pape Pie XII ne disait pas un mot pour défendre les catholiques ou les juifs... Le Saint-Père était un méprisable lâche.

Jorge Maura s'était installé à Stockholm comme

personne déplacée et, de là-bas, il avait collaboré avec les agences d'aide mises sur pied par le gouvernement suédois et par la Croix-Rouge. Mais, après la guerre, il s'était installé à Londres et il était devenu citoyen britannique. L'Angleterre avait payé héroïquement son abandon de la République espagnole, où elle aurait pu arrêter l'avance d'Hitler. Pendant le « Blitz », les Anglais avaient résisté aux bombardements quotidiens de la Luftwaffe sans l'aide de personne. Après la guerre, les touristes britanniques retournèrent en Espagne. Mais Jorge Maura ne cherchait pas le soleil ni l'exotisme. Il s'était battu du côté de la République et la soif de vengeance des franquistes ne s'était pas encore calmée. Respecteraient-ils un sujet de sa Majesté George VI ? Ou trouveraient-ils le moyen de réclamer un rouge qui leur avait échappé ?

Les moines comprenaient bien la situation. Tenaient-ils, malgré tout, à lui laisser la chance du risque, sortir du monastère, croiser la Guardia Civil, être reconnu ou dénoncé ? Ou était-ce Maura lui-même qui cherchait ce risque ? Et pourquoi le cherchait-il ? Pour dégager les moines de toute responsabilité ? Ou pour s'exposer, pour se mettre à l'épreuve et surtout se refuser une sécurité non méritée ? Comme il l'avait dit à Laura en ce jour de leur face-à-face quand elle était arrivée à Lanzarote pour le revoir. La sécurité à laquelle ni lui ni personne n'avait droit.

— À quoi bon te mentir, mon amour. Je suis venue te chercher. Te demander de rentrer avec moi au Mexique. Je veux que tu sois en sécurité.

Elle voulait comprendre. Avec une grande franchise, mais peut-être pas avec une égale sagesse, elle lui avait dit, je t'aime toujours, j'ai plus que jamais besoin de toi, reviens avec moi, pardonne-moi de m'offrir à toi si facilement mais tu me manques énormément. Jamais je n'ai aimé quelqu'un comme je continue de t'aimer.

Il la regardait alors avec ce qu'elle prenait pour de la tristesse, mais qu'elle identifia peu à peu comme de la distance.

Elle ressentit toutefois un mouvement de rejet en elle lorsqu'il lui dit qu'il souhaitait se trouver dans un lieu où il s'exposait au danger tout en ayant besoin de protection pour ne pas se sentir fort... Le danger ne lui ôtait pas ses facultés, mais lui donnait la faculté de résister, de ne jamais se sentir à l'aise.

Le rejet de Laura fut involontaire. Elle était assise sur l'unique chaise de la cabane tandis qu'il se tenait debout appuyé contre le mur nu. Cela n'aurait pas dû la surprendre, car n'y avait-il toujours eu chez Jorge Maura quelque chose de monacal, de sévère, occasionnellement rompu par des préoccupations pratiques ? Mais la vie pratique et la vie spirituelle de cet homme dont elle était amoureuse étaient toujours enveloppées, telle la terre dans l'atmosphère, dans une couche de sensualité. Elle ne le connaissait pas sans son sexe. Il la regarda et devina ses pensées.

— Ne crois pas que je sois un saint. Je suis un narcissique raté, ce qui est tout à fait différent. Cette île est ma prison et mon refuge.

— Tu ressembles à un roi plein de ressentiment envers un monde qui ne t'aurait pas compris, dit-elle en jouant avec la boîte d'allumettes, indispensables dans ce lieu perdu où la lumière électrique n'arrivait pas.

— Un roi blessé, en tout cas.

Était-il là par conviction, par conversion, parce qu'elle s'était convertie au catholicisme et qu'il cherchait maintenant, lui aussi, un moyen de revenir au sein de l'Église, de croire en Dieu ? Raquel et Jorge, l'autre couple.

Jorge rit ; il n'avait pas perdu son rire, il n'était pas le saint martyr d'un tableau de Zurbarán, qui était exactement ce à quoi il ressemblait dans cet espace clos fait de clairs-obscurs, un lieu qui agissait sur Laura et l'introduisait dans un monde pictural où la figure centrale personnifie la perte de l'orgueil comme moyen de rédemption. Bien que cette figure révèle, en même temps, que la rédemption est son orgueil. Dieu tolère-t-il la superbe du saint ? Peut-il y avoir un saint héroïque ? Si Dieu est invisible, peut-il se montrer à travers le saint ?

Elle leva les yeux et croisa ceux de Maura. Son visage avait beaucoup changé en dix ans. Il avait toujours eu les cheveux blancs, depuis l'âge de vingt ans. Mais il n'avait pas les yeux si enfoncés, si amoureux du cerveau ; le visage si amaigri, la barbe blanche soulignant un temps passé qui, autrefois, dans sa jeunesse prolongée, n'était que promesse de temps à venir. Le visage avait changé mais elle l'avait reconnu, il était le même ; il n'avait pas changé, il n'était pas un autre ; il était différent.

— Je peux m'éloigner de moi-même, mais pas de mon corps, dit-il en la regardant comme s'il avait deviné ses pensées.

— Souviens-toi que nos corps se plaisaient beaucoup. J'aimerais être de nouveau près de toi.

Il répondit qu'elle était le monde, et elle lui demanda, dis-moi pourquoi tu ne peux pas être dans le monde.

Le silence de Jorge Maura ne fut pas éloquent, mais elle continua d'essayer de deviner parce qu'il ne lui laissait pas d'autre choix que celui de la conjecture. Était-il en quête de solitude, de foi, des deux ? Fuyait-il le monde et pourquoi ?

— Tu es et tu n'es pas dans le monastère.

— En effet.

— Es-tu ou n'es-tu pas dans la religion ?

Elle pensait qu'il pourrait s'expliquer un peu. Il le lui devait, après si longtemps.

— Nous nous sommes toujours bien compris, toi et moi.

Il lui répondit très indirectement et avec un sourire lointain. Il lui rappela ce qu'elle savait déjà. Il avait eu la chance de fréquenter les universités espagnole et européenne à un moment où l'Espagne — il sourit — sortait de l'Escorial pour entrer en Europe, alors qu'elle soignait encore les blessures de la guerre perdue contre les États-Unis, de la perte définitive de son empire aux Amériques, y compris Cuba et Porto Rico, toujours les dernières colonies. L'Espagne s'était rattachée à l'Europe grâce au génie d'Ortega y Gasset dont Maura avait été l'élève. Cela l'avait marqué pour toujours. Après il y avait eu Husserl à Fribourg, en compagnie de Raquel... Il avait été un privilégié. Il avait dû insister pour qu'on lui permette de se battre contre les ennemis de la culture, Franco et la Phalange, qui profanaient de leurs bottes pleines de merde les amphithéâtres universitaires au cri de « Mort à l'intelligence ! ». On ne le lui avait pas permis. On lui accorda tout juste le goût âcre et le déluge de mitraille sur la Jarama, puis on lui déclara, tu seras plus utile comme diplomate, homme chargé de convaincre, courrier de confiance... c'était un républicain d'origine aristocratique. Il était du bon côté. Le monde était à lui. Même s'il le perdait, il lui appartiendrait toujours. Il se sentait plus proche du peuple qui s'était battu à Madrid et sur l'Èbre et la Jarama que des bourgeois cruels et de la vulgaire racaille du fascisme. Il haïssait Franco, Millan Astray et son fameux cri « mort à l'intelligence », Queipo de Llano et ses programmes de radio diffusés depuis Séville et le défi qu'il avait lancé aux femmes espagnoles pour qu'elles acceptent de forniquer pour une seule fois avec les troupes mauresques en Andalousie, où les hommes étaient de vrais hommes.

— Et maintenant tu n'as plus rien — Laura le regarda sans émotion, lasse de l'histoire politique de Jorge.

Elle avait envie de lui dire qu'il avait perdu le monde, mais elle ne pensait pas, ne sentait pas que Jorge Maura était venu à Lanzarote pour mériter Dieu par son sacrifice.

— Parce qu'il s'agit bien d'un sacrifice, n'est-ce pas ?

— Tu veux dire qu'après la fin de la guerre j'aurais dû reprendre ma vocation intellectuelle, penser à mes maîtres Ortega et Husserl, écrire ?

— Pourquoi pas ?

Il rit. — Parce que c'est foutument difficile d'être créateur quand tu sais que tu n'es ni Mozart ni Keats. Putain, j'en ai assez de fouiller dans mon passé. Il n'y a rien chez moi qui justifie la prétention à créer. Parce que dès le départ, avant toute autre chose, avant toi, avant Raquel, il y a mon propre vide, la conscience de mes propres limites, de ma stérilité presque. Tu n'aimes pas ce que je suis en train de te dire ? Tu voudrais maintenant venir me vendre une illusion à laquelle je ne crois pas, mais qui me ferait penser que tu es stupide, ou que tu sous-estimes ma propre intelligence ? Pourquoi ne me laisses-tu pas à ma solitude, occupé à combler mon vide à ma façon ? Laisse-moi vivre les choses par moi-même, voir s'il peut encore pousser quelque chose dans mon âme, une idée, une foi, parce que je te jure, Laura, que mon âme est plus désolée que ce paysage rocheux que tu vois dehors... pourquoi ?

Elle l'étreignit, se mit à genoux et entoura ses

jambes de ses bras, appuya la tête contre ses genoux ; elle éprouva de la honte au contact de l'humidité de son pantalon en coton gris, comme si, lavé jusqu'à l'usure, il n'avait plus le temps de sécher et gardait l'odeur d'urine, de même que la chemise, vite lavée et aussitôt remise parce que c'était la seule qu'il possédait, et que le lavage ne parvenait plus à éliminer les mauvaises odeurs, odeur de corps terrestre, corps animal, fatigué d'expulser des humeurs, merde, sperme. Jorge, mon amour, mon Jorge, je ne sais plus comment t'embrasser...

— Je n'ai plus la force de continuer à fouiller dans mes racines. Le mal espagnol et latino-américain. Qui sommes-nous ?

Elle lui demanda pardon de l'avoir provoqué.

— Non, ça va. Lève-toi. Laisse-moi te regarder. Tu as l'air si propre, si propre...

— Que veux-tu me dire ?

Laura ne se souvient plus de l'attitude qu'avait son amant à ce moment-là, avec ses vêtements humides bien que propres, usés, imprégnés d'une odeur de défaite qu'aucun savon ne pourrait éliminer. Elle ne se souvient plus si l'homme était debout ou assis sur le lit de camp, s'il avait la tête baissée ou le regard tourné vers l'extérieur. Ou vers le plafond. Ou sur les yeux de Laura.

— Ce que je veux te dire ? Que sais-tu ?

— Je connais ta biographie. De l'aristocratie à la République, de la défaite à l'exil et de l'exil à l'orgueil. L'orgueil de Lanzarote.

— Le péché de Lucifer, dit Jorge avec un rire. Tu laisses beaucoup de trous dans ma biographie, tu sais.

— Je sais. L'orgueil à Lanzarote ? Ça ce n'est pas un trou. C'est ici. C'est aujourd'hui.

— Je nettoie les latrines des moines et je vois des dessins impossibles sur les murs. Comme si un peintre repenti avait commencé quelque chose qu'il n'aurait jamais achevé et, le sachant, aurait choisi l'endroit le plus humble et le plus humiliant du monastère pour ébaucher une énigme. Parce que ce que je vois ou imagine est un mystère et le lieu du mystère est l'endroit où les bons frères, qu'ils le veuillent ou non, chient et pissent, car ils ont un corps et que leur corps leur rappelle qu'ils ne pourront jamais être totalement, comme ils le voudraient, esprit. Jamais totalement.

— Tu crois qu'ils le savent ? Qu'ils sont si naïfs que ça ?

— Ils ont la foi.

Dieu s'est incarné, dit Maura avec une sorte d'exaltation maîtrisée, Dieu s'est dépouillé de son impunité sacrée en se faisant homme dans le Christ. Cela a rendu Dieu si fragile que les êtres humains ont pu se reconnaître en lui.

— C'est pour ça que nous l'avons tué ?

— Le Christ s'est incarné pour que nous nous reconnaissions en Lui.

Mais, pour être dignes du Christ, nous avons dû nous rabaisser encore plus afin de ne pas être plus que Lui.

— C'est sans doute ce que se dit un moine quand il chie. Jésus a fait la même chose que moi, mais moi j'en éprouve plus de honte. Là est la foi. Dieu se promène au milieu des marmites, a dit sainte Thérèse d'Avila.

Était-ce cela qu'il cherchait ? lui demanda Laura, la foi ?

— Le Christ a dû abandonner une sainteté invisible pour pouvoir s'incarner. Pourquoi devrais-je me faire saint pour pouvoir incarner un peu de la sainteté de Jésus ?

— Sais-tu à quoi j'ai pensé quand mon fils Santiago est mort ? S'agit-il de la douleur la plus grande de ma vie ?

— C'est ce que tu as pensé ? Ou une question que tu t'es posée ? Je suis désolé, Laura.

— Non. J'ai pensé que si Dieu nous enlève quelque chose, c'est parce que Lui a renoncé à tout.

— À son propre fils, Jésus ?

— Oui. C'est ce que je me dis tout le temps depuis que j'ai perdu Santiago. C'était le deuxième, tu sais ? Mon frère et mon fils. Les deux. Santiago le Majeur et Santiago le Mineur. Les deux. Et tu dis que tu es désolé ? Imagine-toi moi !

— Va plus loin. Dieu a renoncé à tout. Il a dû renoncer à sa propre création, le monde, pour que nous soyons libres.

Dieu s'est absenté au nom de notre liberté, dit Jorge, et, comme nous usons de notre liberté pour faire le mal et non seulement le bien, Dieu a dû s'incarner dans le Christ afin de nous prouver qu'Il pouvait être homme et, malgré cela, éviter le mal.

— Tel est notre conflit, poursuivit Maura. Être libres de faire le mal ou le bien tout en sachant que, si je fais le mal, je pèche contre la liberté que Dieu m'a donnée ; mais si je fais le bien, je pèche contre Dieu aussi parce que j'ose l'imiter, être comme Lui, je commets le péché d'orgueil à l'instar de Lucifer ; tu viens de le dire.

C'était horrible à entendre : Laura prit la main de Jorge.

— Qu'ai-je dit de si terrible ?

— Que Dieu nous demande de faire ce qu'il ne permet pas. Je n'ai jamais rien entendu de plus cruel.

— Tu ne l'as jamais entendu ? Moi, je l'ai vu.

3

Sais-tu pourquoi je résiste à croire en Dieu ? Parce que je crains de le voir un jour. Et, si je voyais Dieu, je perdrais la vue sur-le-champ. Je ne peux m'approcher de Dieu que dans la mesure où Il s'éloigne de moi. Dieu doit rester invisible pour que je puisse m'engager dans une foi plausible, car s'Il se rendait visible, je n'aurais plus affaire à la foi mais à l'évidence. Tiens, lis *La montée du mont Carmel* de saint Jean de la Croix, pénètre avec moi, Laura, dans la nuit la plus obscure du temps, la nuit où je suis sorti déguisé à la recherche de l'amante, afin de nous transformer, l'amante en l'amant transformée, tous mes sens aiguisés, mon cou blessé par une main sereine qui me dit : regarde et n'oublie pas... Qui m'a séparé de l'amante, Dieu ou le Diable ?

J'ai aperçu fugacement l'amante, dix secondes à peine, au moment où notre camion de la Croix-Rouge suédoise passait devant les barbelés de Buchenwald, pendant ce court instant, j'ai vu Raquel perdue au milieu de la foule des déportés.

Il était très difficile de distinguer qui que ce soit dans cette masse d'êtres amaigris, affamés, vêtus d'uniformes rayés avec une étoile de David cousue sur la poitrine, emmitouflés dans des couvertures sans effet contre le froid du mois de février, serrés les uns contre les autres. Sauf elle.

Si l'on nous permettait de voir cela, qu'y avait-il derrière le visible ? que nous cachait-on ? Ils ne se rendaient manifestement pas compte que, en nous présentant leur côté le « meilleur », ils nous obligeaient à imaginer le vrai visage, la face cachée. Mais, en nous présentant cette face terrible estimée la meilleure, n'essayaient-ils pas de nous faire croire que, si celle-ci était la meilleure, la pire n'existait pas — n'existait plus —, c'est-à-dire la face de la mort ?

Je vis Raquel.

Un homme en uniforme la soutenait, un gardien nazi qui l'aidait à se tenir debout, soit parce qu'on lui avait ordonné de faire montre de pitié envers un invalide ; soit pour éviter que Raquel ne s'effondre comme un tas de chiffons ; soit parce que entre les deux, Raquel et le gardien, il y avait une relation de confiance reconnaissante faite de faveurs minimes qui pour elle avaient dû paraître énormes — une ration supplémentaire, une nuit dans le lit de l'ennemi, peut-être une simple, humaine marque de pitié ou peut-être de la comédie, un simulacre d'humanité pour impressionner les visiteurs — ou, qui sait, un nouvel amour, imprévisible, entre la victime et son bourreau, l'un aussi atteint que l'autre, mais capables de supporter le mal ensemble grâce à la présence inattendue de l'autre, le bourreau s'identifiant, à travers la douleur de son obéissance, à la douleur de la victime : deux êtres obéissants, tous deux aux ordres de quelqu'un de plus fort qu'eux, Hitler l'avait dit et Raquel me l'avait répété, il n'y a que deux peuples face à face, les Allemands et les Juifs.

Peut-être me signifiait-elle : Tu vois pourquoi je n'ai pas quitté le bateau avec toi à La Havane ? Je voulais qu'il m'arrive ce qui est en train de m'arriver. Je ne voulais pas fuir mon destin.

C'est alors que Raquel se dégagea du bras du gardien nazi et saisit de ses mains le fil de fer barbelé ; entre son bourreau ou amant ou protecteur ou simulateur et moi, Jorge Maura, son jeune amant étudiant avec qui, un jour, elle était entrée dans la cathédrale de Fribourg et tous les deux nous nous étions mis à genoux côte à côte sans craindre le ridicule pour réciter à voix haute :

nous allons revenir à nous-mêmes
nous allons penser comme si nous fondions le monde
nous allons être des sujets vivants de l'histoire
nous allons vivre le monde de la vie,

ces paroles que nous avions alors prononcées avec une profonde émotion intellectuelle reviennent aujourd'hui, Laura, comme une réalité écrasante, un fait intolérable, non parce qu'elles ne se sont pas réalisées, mais parce qu'elles n'ont pas été possibles, l'horreur de l'époque les a annulées ; et pourtant d'une certaine façon mystérieuse et merveilleuse, elle les a aussi rendues possibles, elles étaient la vérité ultime de ma rencontre fugace et terrible avec une femme que j'avais aimée et qui m'avait aimé...

Raquel planta ses mains dans les barbelés, puis elle les arracha de l'enceinte d'épines de fer et les tendit vers moi, sanglantes comme... je ne sais pas et je ne veux pas savoir ni comparer à quoi que ce soit les belles mains de Raquel Mendes-Alemán, faites pour toucher mon corps comme elle touchait les pages d'un livre comme elle jouait un impromptu de Schubert comme elle touchait mon bras pour se réchauffer quand nous nous promenions ensemble en hiver dans les rues de la ville universitaire : ses mains saignaient comme les plaies du Christ et c'est cela qu'elle me montrait, ne regarde pas mon visage, regarde mes mains, n'aie pas pitié de mon corps, aie pitié de mes mains, George, aie pitié, mon ami... Merci pour mon destin. Merci pour La Havane.

Le commandant nazi qui nous accompagnait, dissimulant derrière un sourire l'inquiétude et la colère qu'avait provoquées chez lui le geste de Raquel, nous lança d'un ton jovial :

— Vous voyez, on raconte des histoires quand on dit que les barbelés de Buchenwald sont électrifiés.

— Faites-lui soigner les mains. Regardez comment elles saignent, Herr Kommandant.

— Elle a touché les barbelés de son propre chef.

— Parce qu'elle est libre ?

— Exactement. Exactement. Vous venez de le dire.

4

— Je suis faible. Tu es tout ce qui me reste. C'est pour ça que je suis venue à Lanzarote.

— Je suis faible.

Ils retournèrent à pied au monastère à la tombée du jour. Cette nuit, surtout, Jorge tenait à revenir auprès de la communauté religieuse pour confesser sa faiblesse charnelle. Dans ses retrouvailles avec le corps de Jorge, Laura avait éprouvé un sentiment d'inédit, comme si jamais auparavant ils n'avaient uni leurs corps, comme si Laura s'était exceptionnellement incarnée pour se ressembler à elle-même, et Jorge seulement pour se montrer nu devant Laura.

— À quoi penses-tu ?

— Je pense que Dieu conseille ce que de fait Il interdit : imiter le Christ !

— Ce n'est pas qu'Il l'interdise. Il le rend difficile.

— J'imagine que Dieu me dit tout le temps : « Je hais chez toi ce que tu as toujours haï chez les autres. »

— C'est-à-dire ?

Il vivait ici, à demi protégé, indécis, sans savoir s'il aspirait à un salut physique et spirituel complet et sûr, ou s'il cherchait un risque qui donne de la valeur à la sécurité. C'est pourquoi il allait tous les jours du monastère à la cabane pour refaire le chemin en sens inverse chaque soir, de l'incertitude au refuge et retour, fixant du regard au passage, sans sourciller, les deux membres de la Guardia Civil qui s'étaient habitués à sa présence, lui disaient bonjour, il travaillait pour les moines, c'était un domestique, un type sans importance.

Il allait d'une maison en pierre à une autre maison en pierre dans un paysage de pierre. Il imaginait un ciel de pierre et une mer de pierre, ici à Lanzarote.

— Tu as passé la journée à me demander si je crois en Dieu ou non, si j'ai retrouvé ma foi catholique, la foi de mon enfance...

— Et tu ne m'as pas répondu.

— Pourquoi je suis devenu républicain et anticlérical ? À cause de l'hypocrisie et des crimes de l'Église catholique, du soutien qu'elle apporte aux riches et aux puissants, de son alliance avec les Pharisiens contre Jésus, de son mépris envers les pauvres et les faibles, tout en prêchant le contraire. As-tu vu les livres dont je dispose à la cabane ?

— Saint Jean de la Croix et ce volume de sœur Juana Inés de la Cruz que nous avons acheté ensemble dans une librairie d'occasion de la rue Tacuba, à Mexico... Ils ont l'air frère et sœur, mais lui a été sanctifié ; elle non. Elle, on l'a humiliée et réduite au silence, on lui a pris ses livres et ses poèmes. On l'a même privée de papier, d'encre et de plume.

— Tiens, tu vois ce livre, il vient d'être publié en France, c'est l'un des frères qui me l'a donné. *La pesanteur et la grâce* de Simone Weil, une juive convertie au christianisme. Lis-le. C'est une philosophe extraordinaire, capable de nous dire qu'on ne doit jamais penser à un être aimé dont nous sommes séparés sans imaginer que cette personne est peut-être morte... Elle fait une lecture incroyable d'Homère. Elle dit que *L'Iliade* contient trois leçons. N'admire jamais le pouvoir. Ne méprise jamais ceux qui souffrent. Et ne hais jamais tes ennemis. Rien n'est jamais à l'abri du destin. Elle est morte pendant la guerre. De tuberculose et de faim, surtout de faim parce qu'elle refusait de manger plus que la ration quotidienne qu'on donnait à ses frères juifs dans les camps nazis. Mais elle l'a fait en tant que chrétienne, au nom de Jésus.

Jorge Maura s'arrêta un instant devant la terre noire, creusée d'alvéoles, face au Timanfaya. La montagne était d'un rouge incandescent, tel un évangile de feu.

5

J'ai pardonné tous les crimes de l'histoire parce que c'étaient des péchés véniels à côté de celui-ci : faire le mal impossible. Ce crime est l'œuvre des nazis. Ces derniers ont apporté la preuve que le mal inimaginable était non seulement imaginable, mais possible. Devant cela, tous les crimes perpétrés à travers les siècles par le pouvoir politique, les Églises, les armées, les princes s'effacent de ma mémoire. Tout ce que ces gens ont fait pouvait être imaginé. Pas ce qui a été fait par les nazis. Jusque-là, je pensais que le mal existait mais qu'il ne se montrait pas, qu'il essayait de se cacher. Ou qu'il se présentait comme un moyen nécessaire pour atteindre une fin qui, elle, était bonne. Souviens-toi que c'est ainsi que Domingo Vidal justifiait les crimes de Staline : des moyens au service d'une cause juste. Ils se fondaient, en outre, sur une théorie du bien collectif, le marxisme. Quant à Basilio Baltazar, il était pour la liberté de l'homme à n'importe quel prix, pour l'abolition du pouvoir, du chef, de la hiérarchie.

Mais il ne s'agissait pas de cela. Le nazisme était le mal proclamé haut et fort, annoncé avec fierté. « Je suis le Mal. Je suis le Mal parfait. Je suis le Mal visible. Je suis le Mal fier de l'être. Je ne justifie rien hormis l'extermination au nom du Mal. La mort du Mal par le Mal. La mort comme violence et rien d'autre que violence, sans rédemption aucune, sans la faiblesse d'une justification. »

Je veux voir cette femme, déclarai-je au commandant de Buchenwald.

Vous vous trompez, la femme dont vous parlez ne se trouve pas ici, elle n'a jamais été ici.

Raquel Mendes-Alemán. C'est son nom. Je viens de la voir, derrière les barbelés.

Non, cette femme n'existe pas.

Vous l'avez déjà tuée ?

Faites attention. Ne soyez pas téméraire.

Vous l'avez tuée parce qu'elle s'est arrangée pour que je la voie ? Parce qu'elle m'a vu et m'a reconnu ?

Non, elle n'existe pas. Il n'y a aucune trace d'elle. Ne compliquez pas les choses. Après tout, vous êtes ici parce que le Reich vous y a gracieusement autorisés. Pour que vous constatiez comme les prisonniers sont bien traités. Ce n'est pas l'hôtel Aldon, j'en conviens, mais si vous étiez venus dimanche vous auriez entendu l'orchestre des prisonniers. Ils ont joué l'ouverture de *Parsifal*. Un opéra chrétien, n'est-ce pas ?

Je veux voir le registre des prisonniers.

Le registre ?

Ne faites pas l'imbécile. Vous consignez tout avec méticulosité. Je veux voir le registre.

Une page de la série des « M » avait été arrachée à la hâte, Laura. Eux toujours si méticuleux, si bien organisés, ils avaient laissé, sur le bord gauche de la page arrachée, une dentelure de papier inégale, aux pointes aiguës comme les cimes des montagnes de Lanzarote.

Je n'ai plus rien su du destin de Raquel Mendes-Alemán.

Après la fin de la guerre, je suis retourné à Buchenwald mais les cadavres enterrés dans les fosses communes n'étaient plus identifiables et ceux qui avaient été incinérés s'étaient transformés en poussière à retomber sur les perruques de Goethe et de Schiller, se tenant par la main à Weimar, cette Athènes du Nord où avaient travaillé Cranach, Bach et Franz Liszt. Aucun n'aurait pu inventer la devise affichée par les nazis à l'entrée du camp de concentration. Ce n'était pas le fameux *Arbeit Macht Frei*, Le travail, c'est la liberté, mais quelque chose de plus horrible encore, *Jedem das Seine*, À chacun son dû. Raquel. Je veux me souvenir d'elle à la proue du *Prinz Eugen* ancré dans le port de La Havane, tandis que je lui proposais de l'épouser pour échapper à l'holocauste. Je ne veux pas oublier Raquel.

Non. Elle m'a contemplé de ses yeux profonds comme une nuit de présages : pourquoi serais-je l'exception, la privilégiée ?

Il m'a suffi d'entendre ses paroles pour revivre ma propre expérience de ce demi-siècle qui devait être le paradis du progrès et qui aura été l'enfer de la dégradation. Non seulement le siècle des horreurs fasciste et stalinienne ; siècle d'horreur à laquelle n'échappèrent même pas ceux qui s'étaient battus contre le mal. Personne n'en est sorti indemne, Laura ! Ni les Anglais, qui cachaient le riz aux Bengalis pour qu'ils n'aient pas envie de se révolter et de s'allier au Japon pendant la guerre, ni les commerçants musulmans qui collaborèrent avec eux ; les Anglais n'en sont pas sortis indemnes non plus en Inde où ils brisaient les jambes des rebelles qui voulaient l'indépendance de leur patrie, et interdisaient qu'on les soigne ; ni les Français qui collaborèrent au génocide nazi, ni ceux qui s'élevèrent contre l'occupation allemande du pays, mais qui considérèrent comme le droit divin de la France d'occuper l'Algérie, l'Indochine, le Sénégal ; ni les Américains qui, en échange d'un soutien à leur politique, permirent à tous les dictateurs des Caraïbes et de l'Amérique centrale, avec leurs prisons bondées et leurs mendiants dans les rues, de se maintenir au pouvoir ; qui s'en est sorti sain et sauf ? les lyncheurs de Noirs ? les Noirs exécutés, emprisonnés, auxquels on interdisait de boire ou d'uriner à côté d'un Blanc dans le Mississippi, la terre de Faulkner ?

— À partir de notre époque, le mal a cessé d'être un possible pour devenir un devoir.

— Je ne veux pas être prise en pitié, Jorge. Je préfère être persécutée.

Ce sont les dernières paroles que j'ai entendues prononcées par Raquel. Je ne sais pas si je souffre de ne pas l'avoir sauvée ou des souffrances qu'elle a subies. Mais à la façon dont elle regardait son bourreau dans le camp, plus que dans la façon dont elle m'a regardé, moi, j'ai compris que, jusqu'à la dernière minute, Raquel a affirmé son humanité et m'a laissé une question pour que je vive avec pour le restant de mes jours. Quelle est la vertu de ta vertu, mon amour ? l'amour de mon amour, la justice de ma justice, la pitié de ma pitié ?

— Je veux partager ta souffrance comme tu as partagé celle de ton peuple. Tel est l'amour de mon amour.

6

Laura abandonna Jorge sur son île. Elle reprit le petit bateau à vapeur en sachant qu'elle ne reviendrait jamais. Jorge Maura ne serait plus jamais une figure précise, mais une nébuleuse venue d'un passé toujours présent dont l'identification serait la preuve qu'il existait mais qu'il n'était plus.

Vas-y, lui dit-elle, sois un saint, sois un stylite, monte tout seul sur ta colonne dans le désert, sois un martyr sans martyre.

Il lui dit qu'elle se montrait très dure avec lui.

Elle lui répondit, parce que je t'aime. — Pourquoi te caches-tu sur une île ? Tu aurais mieux fait de rester à Mexico. Il n'y a pas de meilleur cachette que le DF.

— Je n'ai plus de forces. Pardonne-moi.

— En bon Espagnol, tu peux toujours compter que la mort t'arrive avec du retard.

Leurs retrouvailles lui étaient-elles si douloureuses ?

— Non, c'est que j'ai appris à craindre davantage ceux qui me défigurent par leur amour que ceux qui me haïssent. Quand tu es parti pour Cuba, je me suis demandé mille fois, puis-je vivre sans lui, puis-je vivre sans son soutien ? J'avais un grand besoin de ton soutien pour me créer un monde à moi que je n'aie pas à sacrifier aux personnes qui me sont chères. Ce soutien, tu me l'as apporté, tu sais, tu m'as poussée à rentrer chez moi pour dire la vérité à ma famille, quoi qu'il en coûte. Sans le soutien de ton amour, je n'aurais jamais osé. Sans ton souvenir, je n'aurais été qu'une femme infidèle de plus. Avec toi, personne n'a osé me jeter la première pierre. Je me sens libre parce que tu m'accompagnes.

— Laura, le pire est passé. Calme-toi. Pense que je reste seul ici parce que je le veux.

— Seul ? Vraiment, je ne te comprends pas. Comment veux-tu être croyant sans le monde, comment veux-tu arriver à Dieu sans sortir de toi-même ? Tu vois bien que tu ne vis qu'à moitié, entre le monastère et le monde. Crois-tu que les moines enfermés qui interdisent la présence de femmes ont trouvé Dieu ? crois-tu qu'ils peuvent Le trouver sans le monde ? Tu n'es qu'un prétentieux, un salaud de prétentieux ! Tu crois que tu vas purger les péchés du XXe siècle en te cachant dans cette île de pierre ? Tu es l'orgueil même que tu dis détester. Tu es ton propre Lucifer. Comment vas-tu te faire pardonner ton orgueil, cochon de Jorge ?

— En imaginant que Dieu me dit : je hais chez toi ce que tu as haï chez les autres.

— En imaginant ? Rien qu'en imaginant ?

— En écoutant, Laura.

— Tu veux que je te dise ? Je vais partir d'ici en admirant ton indifférence et ta sage sérénité. Ce n'est pas mon cas.

— Raquel est enterrée dans une fosse sans nom, enchevêtrée à des centaines de cadavres nus. Serons-nous plus qu'elle ? Je ne suis pas meilleur. Je suis différent. Tout comme toi.

— Pourquoi te crois-tu libéré ? lui demanda-t-elle, incrédule.

— Parce que tu es venue me parler avec incrédulité. C'est toi la véritable incrédule. Moi je l'étais avant. Je trouve mon salut en voyant qu'il y a un être humain avec moins de foi que moi. Nous ne sommes pas grand-chose, Laura.

Il lui demanda la permission de répondre à la question qu'elle lui posait depuis qu'elle était arrivée à Lanzarote (« Tu n'aurais pas dû venir ici, cette île n'existe pas, tu croiras ce que verront tes yeux et, quand tu seras partie, tu te rendras compte que rien de ce que tu as vu n'existe. ») : As-tu la foi ou pas ?

— C'est comme si tu me demandais : le christianisme est-il vrai ou faux ? Et je te réponds que là n'est pas la question. Ce que je cherche ici à Lanzarote, à cheval entre la vie monacale et la vie telle que tu l'entends (entre la sécurité et le danger), c'est à savoir si la foi peut donner un sens à la folie d'être sur terre.

Qu'avait-il découvert ?

— Que la vie du Christ est toujours possible pour un chrétien mais que personne n'ose l'imiter.

— On n'ose pas ou on ne peut pas ?

— On croit qu'être comme le Christ signifie faire comme le Christ, ressusciter les morts, multiplier les pains... On fait des actes du Christ une idéologie active. Laura, le Christ ne nous cherche que si nous ne croyons pas en lui. Le Christ nous trouve si nous ne le cherchons pas. C'est la vérité de Pascal : tu m'as trouvé parce tu ne me cherchais pas. Voilà quelle est ma vérité aujourd'hui. Va-t'en, Laura. Dis-toi que je ne connais plus la joie. Chaque soir, sur cette île, est d'une grande tristesse.

« Je suis venue parce que ta place était vide —, disait Laura en s'éloignant de la côte crépusculaire de Lanzarote en direction de Tenerife, et, à mesure que la nuit se faisait plus noire, l'île devenait rouge. — Je ne le supporte plus. Il est dangereux d'habiter un lieu vide, dans la nostalgie de la vie que mon fils n'a pas eue et de l'amour dont tu m'as privée. Moi, j'ai perdu mon fils et toi tu as perdu Raquel. Nous avons tous les deux perdu quelque chose qui nous était précieux. Peut-être que Dieu, s'il existe, en tiendra compte et compatira à chacune de nos peines. Désormais, je ne veux plus penser à toi.

Penser à toi me console et transporte mon imagination. Je veux renoncer complètement à toi. Je ne t'ai jamais rencontré. »

Lorsqu'ils se séparèrent à l'entrée du monastère, Laura attendit un moment, indécise. Pourquoi interdisaient-ils l'entrée aux femmes ? Elle s'aperçut que rien en fait ne l'empêchait d'entrer, d'aller à la recherche de Jorge, de sentir ses lèvres chaudes une dernière fois et de lui dire les mots qu'elle allait taire pour toujours.

— Je t'aime.

Il était à quatre pattes dans le réfectoire vide, en train de lécher le sol avec sa langue, obstinément, méthodiquement, dalle après dalle.

XVIII

Avenida Sonora : 1950

Il arrive un moment dans la vie où plus rien n'a d'importance hormis l'amour qu'on porte aux défunts. Il faut tout faire pour les morts. Nous pouvons, toi et moi, souffrir parce que le mort est absent. La présence du mort n'est pas certaine. La seule chose de certaine est son absence. Mais le désir que nous avons du mort n'est ni présence ni absence. Chez moi il ne reste plus personne, Jorge. Si tu veux penser que c'est la solitude qui m'a fait revenir à toi, tu peux.

Mon mari Juan Francisco est mort.

La tante María de la O est morte.

Mais la mort de Santiago, mon fils bien-aimé, est pour moi la seule mort réelle, elle contient toutes les autres, elle leur donne un sens.

Je me réjouis presque de la mort de la tante. Elle s'en est allée contente, dans son cher Veracruz, en dansant le *danzón* avec un homme minuscule nommé Matías Matadamas qui s'habillait tout en bleu-gris pour emmener ma tante évoluer, comme l'exige le *danzón*, sur un minuscule carré, deux fois par semaine sur la place de la ville.

Juan Francisco était mort bien avant son extinction définitive. Son corps inanimé ne fit que confirmer sa mort. Il arriva à sa fin en traînant les pieds, avec des phrases du genre : « il ne m'arrive plus rien », ou, « tu crois que nous aurions dû nous marier, toi et moi ? » Le jour de sa mort je lui avais proposé de cesser nos récriminations respectives.

— J'ai perdu trop de temps à te haïr.

— Et moi, à essayer de t'oublier.

Lequel des deux a prononcé telle phrase, lui ou moi ? Je ne sais plus, Jorge. Je ne sais plus lequel des deux avait déclaré : « Ne me dis pas si j'ai mérité ta haine et je ne te dirai pas si tu méritais mon oubli. »

Je veux croire que je ne l'aimais plus quand il est mort. Je n'ai cessé, depuis que je suis rentrée à la maison après ton départ pour Cuba, de me demander, pourquoi accepte-t-il que je revienne ? le macho mexicain répudie, il ne tolère pas ; Juan Francisco était-il donc différent de ce que j'imaginais ou croyais savoir de lui ?

De mes fils, je pouvais dire, ils sont forts, ils sont plus grands que je le pensais, mais sur mon mari je ne savais que m'interroger : est-il faible ou pervers ? utilise-t-il l'échec de sa vie pour solliciter la seule forme d'amour qui lui reste : la pitié de l'autre ? Comment pourrais-je abandonner un homme aussi faible ?

La pensée de mon fils Santiago me fait sentir tous les jours que tout ce que j'aime est mort.

Je me console comme nous le faisons tous. Le temps fera son œuvre. Je finirai par supporter l'absence.

Mais alors je réagis violemment, je veux que ma douleur ne s'atténue jamais, je veux que l'absence de mon fils me soit toujours, pour toujours, insupportable.

Puis je suis victime de mon propre orgueil. Je me

demande si un amour qui n'a d'autre appui que le souvenir ne finit pas par devenir supportable, je me demande si un amour qui veut rester une éternelle douleur doit vaincre l'appel de la mémoire pour exiger le vide, un grand vide où il n'y aurait plus de place pour le souvenir, pour la tendresse, mais seulement pour l'absence, n'avoir conscience que de l'absence, n'accepter aucune sorte de consolation...

Elle est arrivée de là où je l'attendais le moins. La pitié.

Il y a eu les larmes de Juan Francisco sur le cadavre de Santiago. Le père pleurait la mort du fils comme si personne au monde ne l'avait aimé plus que lui, aussi secrètement, avec aussi peu d'ostentation. Était-ce pour cela qu'il se tenait loin de lui et près de Dantón ? Pour moins souffrir le jour où Santiago disparaîtrait ? Pleurait-il parce qu'il n'avait jamais été proche de lui, ou parce que c'est lui qu'il avait le plus aimé, et que seule la mort lui permettait de dévoiler ses sentiments ?

De voir le père pleurer ainsi sur le cadavre de son fils ramena à la mémoire de Laura une gifle verbale après l'autre, comme si tout ce que son mari et elle s'étaient dit de blessant au long des années se répétait avec plus d'âpreté encore à ce moment-là : t'épouser a été comme de tendre l'autre joue au destin, ne me parle pas comme le saint à la tentatrice, adresse-toi à moi, regarde-moi dans les yeux, pourquoi ne m'as-tu pas jugée sur le désir que j'avais de t'aimer, Juan Francisco, au lieu de me condamner pour t'avoir trompé ? je ne sais pas pourquoi je t'ai imaginé comme un homme courageux et passionnant, c'est ce qu'on disait de toi, tu as toujours été un « on dit de lui », un murmure, jamais une réalité, entre toi et moi il n'y a jamais eu d'amour, il n'y a eu qu'illusion, mirage, pas d'amour fondé sur le respect et l'admiration, qui jamais ne durent, la vie avec toi m'a détruite, m'a plongée dans le doute et la maladie, je ne te déteste pas, tu me fatigues, tu m'aimes trop, un véritable amant ne doit pas trop aimer, il ne doit pas donner la nausée, Juan Francisco, notre couple est mort, tout l'a tué ou rien ne l'a tué, qui sait, mais nous ne cessons de l'enterrer, mon cher, il pue, il pue...

Mais maintenant elle pourrait lui dire, merci, grâce à ton adoration trop facile j'ai pu atteindre quelque chose de mieux, j'ai pu connaître cette constante expectative qu'exige la passion, grâce à toi je suis arrivée à Jorge Maura, le contraste avec toi m'a permis de comprendre et d'aimer Jorge comme jamais je n'ai pu t'aimer...

— J'ai cru avoir plus de forces que je n'en avais réellement, Laura. Pardonne-moi.

— Je ne peux pas condamner le meilleur de moi-même au tombeau de la mémoire. Pardonne-moi, toi aussi.

Et maintenant elle le voyait pleurer sur le cadavre du fils épuisé et elle aurait voulu demander pardon à Juan Francisco de n'avoir pas été capable, en trente ans de vie commune, d'aller au-delà des apparences, des légendes, de l'ignorance sur ses origines, du mythe de son passé, de la trahison de son présent...

C'était terrible que ce soit la mort de leur fils qui leur permette de pouvoir enfin se parler.

C'était terrible de découvrir qu'ils avaient tous deux éprouvé, secrètement, le même amour pour Santiago le Mineur, qu'ils avaient tous deux pensé la même chose, il a tout pour lui, la beauté, le talent, la générosité, tout sauf la santé, tout sauf la vie et le temps pour la vivre. Ce fut à ce moment-là que le père et la mère s'aperçurent qu'ils avaient l'un et l'autre refusé de faire preuve de compassion envers

Santiago parce que, dans cette maison, personne n'avait le droit de s'apitoyer sur le sort de l'autre. On peut trahir un être aimé en lui témoignant de la pitié.

— C'est pour ça que tu t'es consacré, si ostensiblement, à Dantón ?

Laura s'était enorgueillie de l'éloquence du silence institué entre la mère et le fils. La solitude et la quiétude les avaient unis. Cela valait-il également pour la relation entre Juan Francisco et Santiago ? Être explicite sur ce qui se passait, était-ce pire qu'une offense ? Était-ce une trahison ? La mère et le fils avaient tissé un écheveau de complicités, d'ententes, de gratitudes, tout sauf la compassion, la maudite, l'interdite compassion... Le père avait-il vécu, éprouvé les mêmes sentiments, à distance, tandis qu'il semblait réserver ses faveurs à son autre fils ?

Toute mère sait qu'il y a des enfants qui se débrouillent tout seuls. Essayer de les protéger est une impertinence. Dantón faisait partie de ce type d'enfant. La sollicitude de son père lui semblait abusive. Juan Francisco ne comprenait rien, il donnait tout au fils qui ne demandait rien, ce Dantón qui, depuis tout petit, gambadait toute la journée, inconscient de ce qui se passait dans la pénombre et le silence du foyer où vivait son frère. Mais Laura savait instinctivement que, même si Dantón n'avait pas besoin de l'attention qui était nécessaire à Santiago, un excès de sollicitude envers ce dernier lui aurait été plus blessant et plus dommageable qu'envers le garçon le plus solide. Le problème n'était pas là. L'un, Dantón, évoluait dans le monde en assimilant tout à son avantage. L'autre, Santiago, éliminait tout hormis ce qui lui paraissait essentiel pour sa peinture, sa musique, sa poésie, son Van Gogh et son Egon Schiele, son Baudelaire et son Rimbaud, son Schubert...

Maintenant, en les voyant pleurer tous les deux, le père et le frère, Juan Francisco et Dantón, sur le corps au beau visage ascétique du jeune Santiago, Laura comprit que les deux frères s'aimaient, et que c'était par pudeur qu'ils ne se donnaient pas de signes d'affection ; la relation fraternelle est virile à sa façon, la fraternité doit parfois attendre l'instant de la mort pour se révéler comme amour, affection, tendresse... Laura Díaz se faisait des reproches. Avait-elle dépouillé le monde de toutes ses gloires pour les attribuer au seul Santiago ? Toutes les vertus au faible seulement ? Le fort n'avait droit à rien ? Avait-elle, en fait, perdu ses deux fils ?

— Tu sais, lui dit Juan Francisco après l'enterrement, un soir je les ai surpris à se parler comme des hommes. Ils disaient tous les deux : « nous nous suffisons à nous-mêmes ». Ils étaient en train de se déclarer indépendants par rapport à toi et moi, Laura. C'est quelque chose de surprendre ses fils au moment où ils font leur déclaration d'indépendance. Sauf que, pour Santiago, c'était vrai. Il se suffisait à lui-même. Pas Dantón. Dantón a besoin de succès, d'argent, de rapports sociaux. Il ne se suffit pas à lui-même ; il se leurre. C'est pour ça qu'il a plus que jamais besoin de nous.

Était-il encore temps de réparer les erreurs de trente ans de vie commune, avec deux enfants adultes dont un déjà mort ? Avant de mourir, Santiago avait écrit un poème que Laura montra à Juan Francisco, surtout un vers qui disait :

Nous sommes des vies traduites

Que voulait-il dire ? Que signifiaient ces phrases quotidiennes du garçon, ne laisse pas la cage ouverte, les oiseaux reviennent toujours au même endroit, ils ne veulent plus partir, pas les chats, ils s'en vont et reviennent pour nuire. « Je n'ai pas toujours le soleil sur la tête. » Elles signifiaient peut-être que Santiago savait se détacher de lui-même, se transformer, découvrir l'autre en lui. Laura l'avait découvert aussi, mais elle n'en avait rien dit. Et toi, Juan Francisco ?

— Mes enfants sont ma biographie, Laura. Je n'en ai pas d'autre.

— Et moi ?

— Toi aussi, ma vieille.

Était-ce cela le secret de Juan Francisco, le fait que sa vie n'avait pas de secret parce qu'elle n'avait pas de passé, que sa vie était purement extérieure, qu'elle était la renommée de Juan Francisco l'orateur, le dirigeant, le révolutionnaire ? Et derrière, qu'y avait-il derrière ? Rien ?

— À Villahermosa, il y avait une petite mongolienne. Elle menaçait, frappait et crachait avec violence. Sa mère dut lui mettre des œillères comme à une jument, pour qu'elle ne voie pas le monde et se calme.

— C'était elle ta voisine dans le Tabasco ?

Non, il n'avait pas de voisins, dit-il avec un mouvement de tête.

— Qui es-tu ? D'où viens-tu ? Ne me le diras-tu jamais ?

Il secoua la tête de nouveau.

— Tu sais que c'est ça qui nous sépare, Juan Francisco ? Quand nous sommes sur le point de nous comprendre, tu me refuses une fois de plus l'histoire de ta vie.

Cette fois-ci, il acquiesça.

— Qu'est-ce qui t'est arrivé, Juan Francisco ? Tu as été un héros et tu es fatigué ? Ou cette histoire d'héroïsme est-elle une invention ? Sais-tu que j'ai fini par le croire ? Quel mythe vas-tu transmettre à tes enfants, au vivant comme au mort, y as-tu pensé ? Que vas-tu léguer ? La vérité complète ? La moitié de la vérité ? Le bon côté ? Le mauvais côté ? Quelle partie pour Dantón qui est vivant ? Laquelle pour Santiago qui est mort ?

Elle savait que seul le temps, qui se dissipe comme la fumée, révélerait le mystère jalousement gardé de son mari Juan Francisco López Greene. Combien de fois, en fait, ne s'étaient-ils mutuellement invités à ouvrir leur cœur ? Ne seraient-ils jamais capables de se dire, je me livre entièrement à toi, aujourd'hui même ?

— Plus tard, tu comprendras..., disait l'homme de plus en plus défait.

— Sais-tu à quoi tu m'obliges ? Tu m'obliges à te demander, que dois-je te donner, que veux-tu de moi, Juan Francisco, que je te dise à nouveau « mon chéri, mon amour », alors que tu sais pertinemment que ces mots je les réserve pour un autre homme et pour mes enfants, ce ne sont pas des mots pour toi, toi tu es mon mari, Juan Francisco, pas mon amour, ma tendresse, mon affection (mon hidalgo, mon Espagnol adoré...) ?

Elle redoutait — ou c'est ce qu'elle voulait croire — qu'à tout moment son mari ne sorte brusquement de sa léthargie avec une autre voix, une voix nouvelle et ancienne en même temps, celle de la fin. Elle s'arma de patience en prévision de cette fin qui n'allait pas tarder, dont l'approche était visible dans le délabrement physique de cet homme de grande taille, aux épaules carrées et mains immenses, au torse long posé sur des jambes courtes comme souvent chez ceux de sa caste — sa caste, Laura voulait attribuer quelque chose à Juan Francisco, au moins une race, une caste, une ascendance, une famille, un père et une mère, des maîtresses, une première épouse, des enfants légitimes ou illégitimes, n'importe quoi mais quelque chose. Un jour, elle faillit prendre l'Interocéanique pour Veracruz puis, de là-bas, par bateau et par route, se rendre dans le Tabasco pour consulter les registres, mais elle se dit que ce serait une démarche de misérable fouineuse et elle reprit sa vie de tous les jours auprès de Frida Kahlo — plus souffrante que jamais, avec une jambe amputée, clouée à son lit et à sa chaise roulante —, assistant aux réunions chez les Rivera en l'honneur des nouveaux exilés, les Américains persécutés par la Commission des activités antiaméricaines...

Une nouvelle guerre venait de commencer, la guerre froide, Churchill l'avait consacrée dans un discours célèbre : « Un rideau de fer s'est abattu sur l'Europe, de Stettin à la Baltique. » Staline donnait raison aux démocraties. La paranoïa du vieux dictateur atteignait des sommets délirants, il emprisonnait et faisait exécuter, non pas ses ennemis inexistants, mais ses amis, de peur qu'un jour ils ne deviennent ses ennemis ; il pratiquait l'assassinat et l'emprisonnement préventifs, cruels, terriblement gratuits... Cependant que Picasso peignait le portrait « réaliste » de Staline accompagné d'une colombe, parce que ce monstre étrange, dont on avait tant discuté dans les *tertulias* de Domingo Vidal, Basilio Baltazar et Jorge Maura au Café de Paris pendant la guerre d'Espagne, était devenu le champion de la paix, opposé aux impérialistes américains, lesquels se fabriquaient derechef leur propre paranoïa anticommuniste et voyaient des agents staliniens sous chaque tapis, chaque théâtre de New York et chaque film produit par Hollywood. Ces nouveaux exilés commençaient à se réunir chez les Rivera. Mais, au bout d'un certain temps, beaucoup cessèrent de venir, fatigués par la logorrhée marxiste de Diego ou indignés par la dévotion de Frida envers le petit père des peuples, à qui elle dédia un portrait et des éloges démesurés, malgré le fait (ou peut-être parce que) : Staline avait donné l'ordre d'assassiner l'amant de Frida, Léon Trotski.

Laura Díaz se souvenait des paroles de Jorge Maura : il ne faut pas changer la vie, il ne faut pas transformer le monde. Il faut diversifier la vie. Il faut se défaire de l'illusion de l'unité retrouvée comme clé d'un nouveau paradis. Il faut donner de la valeur à la différence. La différence renforce l'identité. Jorge Maura avait dit se trouver entre deux vérités. L'une, que le monde sera sauvé. L'autre, que le monde est condamné. Les deux sont exactes. La société corrompue du capitalisme est condamnée. Mais la société idéaliste issue de la révolution l'est également.

— Il faut croire aux chances offertes par la liberté —, dit à l'oreille de Laura Díaz une voix chaude qui se superposa aux discussions profondes comme aux conversations plates dans le salon des Rivera. — Rappelle-toi que la politique passe après l'intégrité de l'individu, car, sans cette dernière, cela ne vaut pas la peine de vivre en société...

— Jorge ! — s'écria Laura, éperdue d'émotion en se retournant pour faire face à l'homme encore jeune, aux cheveux bien garnis mais plus aussi noirs qu'autrefois, piquetés, à l'instar des sourcils, de flocons blancs.

— Non. Désolé de te décevoir. Basilio. Basilio Baltazar. Tu te souviens de moi ?

Ils s'embrassèrent avec une émotion qui ressemblait à une nouvelle naissance, comme s'ils se retrouvaient soudain tout neufs et qu'ils auraient pu, dans l'instant et l'émoi de la rencontre, tomber amoureux l'un de l'autre et redevenir les jeunes gens qu'ils avaient été quinze ans auparavant, sauf que tous les deux maintenant venaient accompagnés; Laura Díaz, de Jorge Maura. Basilio Baltazar, de Pilar Méndez. Et Jorge, dans son île, à jamais en compagnie de l'autre Méndes, Raquel.

Ils se regardèrent avec une immense tendresse, incapables de prononcer un mot pendant plusieurs secondes.

— Tu vois, dit enfin Basilio avec un sourire derrière ses yeux humides. Nous ne sommes jamais sortis des problèmes. Nous n'avons jamais cessé de persécuter ou d'être persécutés.

— Je vois, dit-elle d'une voix brisée.

— Il y a des gens très sympathiques parmi ces « gringos ». Ce sont presque tous des réalisateurs de cinéma, des directeurs de théâtre, des écrivains, quelques anciens combattants de la guerre d'Espagne, de la Brigade Lincoln, tu te souviens ?

— Comment aurais-je oublié, Basilio ?

— Ils sont presque tous installés à Cuernavaca. Pourquoi n'irions-nous pas y passer un week-end pour bavarder avec eux ?

Laura Díaz ne put que planter un baiser sur la joue de son vieil ami l'anarchiste espagnol, comme si elle embrassait de nouveau Jorge Maura, comme si elle voyait pour la première fois le visage toujours caché d'Armonía Aznar, comme si l'effigie de son frère bien-aimé, le premier Santiago, émergeait du fond de la mer... Basilio Baltazar fut le catalyseur d'un passé dont Laura Díaz avait la nostalgie, mais qu'elle considérait perdu à jamais.

— Eh bien, non. Tu rends présent notre passé, Basilio. Merci.

Aller à Cuernavaca pour discuter politique, cette

fois avec des Nord-Américains, pas avec des Espagnols ni avec des dirigeants ouvriers mexicains trahis par la Révolution, par Calles ou par Morones... L'idée lui parut pénible et assombrit son humeur lorsqu'elle rentra ce soir-là dans la maison familiale, si déserte maintenant, sans María de la O ni Santiago, morts tous les deux, Dantón marié et habitant les Lomas de Chapultepec dans une abominable pâtisserie rococo où Laura, pour des raisons purement esthétiques, avait juré de ne jamais mettre les pieds.

— Tu avais dit que tu allais changer le goût de tes beaux-parents, Dantón.

— Attends un peu, maman. C'est un ajustement, un arrangement. Il faut que je commence par amadouer mon beau-père monsieur Aspirine pour le dominer ensuite. Ne t'inquiète pas, il est à moitié gaga, il ne lui reste plus grand-chose dans le ciboulot...

— Et ta femme ?

— Maman, je te jure que la pauvre Magda ne savait rien de rien, même pas par où roter.

— Tu es sacrément vulgaire. — Laura ne put s'empêcher de rire.

— Bah, j'ai réussi à lui faire croire que l'enfant venait de Paris.

— L'enfant ? s'exclama Laura en prenant son fils dans ses bras.

J'ai cinquante-deux ans et je vais être grand-mère, se disait Laura en sortant de la fête à Coyoacán où elle avait retrouvé son ami Basilio Baltazar. Elle en avait quarante quand elle avait rencontré Jorge Maura. Maintenant je vis seule avec Juan Francisco mais je vais être grand-mère.

La seule vue de Juan Francisco en robe de chambre et pantoufles lui ouvrant la porte lui rappela qu'elle était encore épouse, que cela lui plaise ou non. Elle repoussa avec dégoût une idée trop noble qui lui traversa l'esprit. On ne survit qu'au sein du foyer familial. Seuls durent ceux qui restent à la maison. Dans le monde, les papillons de nuit, attirés par la lumière, brûlent leurs ailes et périssent. C'était sans doute ce que pensait son grand-père, le vieil Allemand don Felipe Kelsen, qui avait traversé l'océan pour s'enfermer dans la plantation de café de Catemaco et ne plus en sortir. Avait-il été plus heureux que sa descendance ? On ne devrait pas juger les enfants en fonction de leurs parents et encore moins les petits-enfants. L'idée que le fossé entre les générations n'a jamais été aussi grand qu'aujourd'hui est fausse. Le monde est fait de générations séparées entre elles par des abîmes. De couples parfois divisés par des silences assourdissants, comme celui qui séparait le grand-père Felipe et sa belle épouse mutilée doña Cósima, dont le regard rêveur avait gardé — Laura savait cela depuis qu'elle était petite — pour toujours la trace de la dangereuse prestance du Beau Gars de Papantla. En voyant Juan Francisco lui ouvrir la porte en robe de chambre et pantoufles — des pantoufles avec un trou pour aérer le gros orteil du pied droit, la robe de chambre en peluche aux rayures criardes, comme une couverture transformée en serviette —, elle fut prise d'un fou rire à l'idée que Juan Francisco pourrait être l'enfant secret de ce bandit de grand chemin de l'époque de Juárez, le Beau Gars de Papantla.

— Qu'est-ce qui te fait rire ?

— Le fait que nous allons être grands-parents, mon vieux, répondit-elle avec un rire hystérique.

Inconsciemment, la nouvelle de la grossesse de sa bru, la petite Ayub Longoria, acheva Juan Francisco pour de bon. C'était comme si l'annonce d'un accouchement prochain exigeait le sacrifice d'une mort hâtive pour que le nouveau-né puisse prendre la place inutilement occupée par le vieux, qui avait déjà soixante-cinq ans bien sonnés. À vue de nez, se dit Laura en souriant, parce que personne n'a jamais vu son acte de naissance. À partir de ce fameux soir où il vint lui ouvrir la porte de la maison déserte, elle le vit mort. C'est-à-dire qu'elle lui ôta le temps qu'il lui restait.

Il n'y aurait plus assez de temps pour quelques caresses tristes.

Elle le regarda fermer la porte à double tour et mettre le cadenas, comme s'il y avait quelque chose qui méritait d'être volé dans cette triste et pauvre maison.

Il n'y aurait plus assez de temps pour dire que, tout compte fait, il avait eu une vie heureuse.

Il se dirigea, en traînant ses pantoufles, vers la cuisine pour préparer le café qui l'endormait et qui, en même temps, lui donnait l'impression de faire quelque chose d'utile, de personnel, sans l'aide de Laura.

Il n'y aurait plus assez de temps pour changer ce sourire hivernal.

Il sirota lentement son café, trempa les restes d'un biscuit dans la tasse.

Il n'y aurait plus assez de temps pour rajeunir une âme qui avait vieilli, même si l'on croyait en l'immortalité de l'âme, il était peu concevable que celle de Juan Francisco survivrait.

Il se cura les dents.

Il n'y aurait plus assez de temps pour revenir en arrière, pour récupérer les idéaux de la jeunesse, pour créer un syndicalisme indépendant.

Il se leva et laissa la vaisselle sale sur la table; la femme de ménage s'en chargerait.

Il n'y aurait plus assez de temps pour un nouveau et premier regard amoureux, ni recherché, ni prévu, toujours surprenant.

Il sortit de la cuisine et jeta un coup d'œil aux vieux journaux destinés à alimenter le chauffe-eau.

Il n'y aurait plus assez de temps pour la pitié que méritent les personnes âgées, même lorsqu'elles ont perdu l'amour et le respect d'autrui.

Il traversa le salon aux fauteuils en velours où, des années auparavant, Laura avait longuement attendu pendant que son mari discutait de politique ouvrière dans la salle à manger.

Il n'y aurait plus assez de temps pour s'indigner quand on lui demandait des résultats, non des paroles.

Il fit demi-tour et revint à la salle à manger, comme s'il avait oublié quelque chose, un souvenir, une promesse.

Il n'y aurait plus assez de temps pour se justifier en prétendant être entré au parti officiel pour convaincre les dirigeants de leurs erreurs.

Il s'agrippa, chancelant, à la rampe de l'escalier.

Il n'y aurait plus assez de temps pour essayer de changer les choses de l'intérieur du gouvernement et du parti.

Chacune des marches lui prit un siècle à gravir.

Il n'y aurait plus assez de temps pour se sentir jugé par elle.

Chacune des marches se changea en pierre.

Il n'y aurait plus assez de temps pour se sentir condamné ou satisfait parce qu'elle était la seule à le juger, personne d'autre.

Il parvint à monter jusqu'au deuxième étage.

Il n'y aurait plus assez de temps pour être condamné par sa propre conscience.

Il se sentit désorienté, où se trouvait la chambre ? quelle porte était celle de la salle de bains ?

Il n'y aurait plus assez de temps pour recouvrer le prestige accumulé pendant tant d'années et perdu en un seul instant, comme si plus rien ne comptait en dehors de cet instant où le monde vous tourne le dos.

Ah oui, voilà la salle de bains.

Il n'y aurait plus assez de temps pour l'entendre demander qu'est-ce que tu as fait aujourd'hui et de lui répondre comme d'habitude, tu sais bien.

Il frappa discrètement à la porte.

Il n'y aurait plus assez de temps pour la surveiller, la faire suivre par des détectives, l'humilier un peu parce qu'il l'aimait trop.

Il entra dans la salle de bains.

Il n'y aurait plus assez de temps pour qu'elle passe de l'ennui et du mépris à l'amour et à la tendresse. Plus jamais.

Il se regarda dans la glace.

Il n'y aurait plus assez de temps pour se faire aimer des travailleurs, pour se sentir aimé par les travailleurs.

Il prit le rasoir, la mousse et le blaireau.

Il n'y aurait plus assez de temps pour revivre les journées historiques de la grève de Río Blanco.

Il forma lentement de la mousse avec le blaireau humide et le savon à raser.

Il n'y aurait plus assez de temps pour reconstituer les Bataillons Rouges de la Révolution.

Il déposa la mousse savonneuse sur ses joues, sur la lèvre supérieure et le cou.

Il n'y aurait plus assez de temps pour faire revivre le Foyer de l'Ouvrier mondial.

Il se rasa lentement.

Il n'y aurait plus assez de temps pour qu'on reconnaisse ses mérites révolutionnaires, plus personne ne s'en souvenait.

Il avait l'habitude de se raser le soir avant de se coucher, il gagnait ainsi du temps pour aller travailler le lendemain matin.

Il n'y aurait plus assez de temps pour qu'on lui accorde sa juste place, bordel de merde, il était quelqu'un pourtant, il avait fait des choses, il méritait sa place.

Il termina de se raser.

Il n'y aurait plus assez de temps pour autre chose qu'un constat d'échec.

Il sécha son visage avec une serviette.

Il n'y aurait plus assez de temps pour se demander où était la faille.

Il rit longuement devant le miroir.

Il n'y aurait plus assez de temps pour ouvrir une porte à l'amour.

Il vit un vieil inconnu, un autre homme qui était lui-même, venant à sa rencontre du fond du miroir.

Il n'y aurait plus assez de temps pour dire je t'aime.

Il regarda les rides sur les joues, le menton affaissé, les oreilles curieusement allongées, les poches sous les yeux, les cheveux blancs sortant de partout, des oreilles, de la tête, des lèvres, comme du foin glacé, un vieux singe.

Il eut une violente, douloureuse et en même temps agréable envie de s'asseoir pour chier.

Il n'y aurait plus assez de temps pour réaliser la promesse d'un destin admirable, glorieux, transmissible.

Il baissa le pantalon de son pyjama à rayures que Dantón lui avait offert pour son anniversaire et s'assit sur le W.-C.

Il n'y aurait plus assez de temps...

Il poussa très fort et tomba en avant, ses tripes se vidèrent et son cœur s'arrêta.

Sacré vieux singe.

Durant la veillée funèbre de Juan Francisco, Laura s'apprêta à oublier son mari, c'est-à-dire à effacer tous les souvenirs qui lui pesaient comme une dalle funéraire prématurée, le tombeau qu'avait été son mariage ; debout, à côté du cercueil, elle ferma les yeux et, au lieu de penser à la perte de Juan Francisco, elle se concentra sur la douleur de l'accouchement, elle revit la façon dont ses enfants étaient nés ; dans de si grandes douleurs, le fils aîné, avec des éternités entre chaque contraction ; en douceur, le second, onctueux comme une crème au lait, liquide et suave comme du beurre fondu... La main posée sur le cercueil de son mari, elle décida de revivre la douleur de l'accouchement, non celle de la mort, car elle se rendait compte que la douleur d'autrui, la mort d'autrui, nous est finalement étrangère ; ni Dantón ni Santiago n'avaient ressenti les douleurs de leur mère lors de l'accouchement, pour eux venir au monde consista à pousser un cri, ni de joie ni de tristesse, mais le cri de victoire du nouveau-né, son « me voilà ! », pendant que la mère, elle, souffre, et peut-être comme elle, à la naissance traumatisante de Santiago, crie sans se soucier de la présence du médecin et des infirmières : « malheur à moi ! pourquoi ai-je voulu un enfant ? quelle horreur cet accouchement ! pourquoi ne m'a-t-on pas prévenue ? je n'en peux plus, je n'en peux plus, je préfère qu'on me tue, je veux mourir, maudit gosse, qu'il crève lui aussi ! »

Et maintenant Juan Francisco était mort et il ne le savait pas. Il n'éprouvait aucune douleur.

Elle non plus. C'est pour cela qu'elle préférait se rappeler la douleur de l'accouchement, pour pouvoir offrir à ceux qui étaient venus assister à la veillée — anciens camarades, syndicalistes, petits fonctionnaires du gouvernement, quelques députés et, en contraste brutal, la famille et les amis fortunés de Dantón — les marques d'une douleur partagée, mais qui était fausse car la douleur, la vraie douleur, n'est ressentie que par celui qui la ressent, la femme lorsqu'elle accouche et non le médecin qui l'assiste ni l'enfant en train de naître, seul la ressent celui qu'on fusille, au moment où les balles traversent son corps et non le peloton d'exécution ni l'officier qui en donne l'ordre, seul la ressent le malade et non les infirmières...

Curieusement, il revint à la mémoire de Laura la scène de Pilar Méndez aux portes du village de Santa Fe de Palencia, criant au milieu de la nuit qu'elle ne voulait pas de la pitié de son père, mais la justice, telle qu'elle était conçue par le fanatisme politique, c'est-à-dire l'exécution à l'aube pour avoir trahi la République au profit de la « cause ». Comme elle, Laura aurait voulu crier, pas pour son mari ni pour ses enfants, mais pour elle-même, au souvenir, banal et terrible, de ses propres douleurs de parturiente, indescriptibles et impartageables. On dit de la douleur qu'elle détruit le langage. Elle ne peut être qu'un cri ou un gémissement ou une voix inarticulée. Peuvent parler de la douleur ceux qui ne la subissent pas. Possèdent le langage de la douleur ceux qui décrivent la douleur d'autrui. La vraie douleur n'a pas de mots, mais, la nuit de la veillée funèbre de son mari, Laura Díaz ne voulait pas crier.

Les yeux fermés, elle se rappela d'autres cadavres, ceux des deux Santiago, Santiago Díaz Obregón, son demi-frère fusillé à Veracruz à l'âge de vingt et un ans, et son fils Santiago López Díaz, mort à Mexico, de mort naturelle, à l'âge de vingt-sept ans. Deux morts sublimes, pareillement beaux. C'est à eux qu'elle dédia son deuil. Ses deux Santiago, le Majeur et le Mineur, réunirent ce soir-là les fragments du monde éparpillés au long des années pour lui donner forme, la forme de deux corps jeunes et beaux. Car ce n'est pas la même chose d'être un corps et d'être beau.

Les camarades ouvriers émirent le souhait de poser le drapeau rouge frappé de la faucille et du marteau sur le cercueil de Juan Francisco. Laura s'y refusa. Les symboles étaient de trop. Il n'y avait aucune raison d'identifier son mari à un chiffon rouge qui trouverait mieux sa place dans les arènes.

Les camarades se retirèrent, offensés, mais sans dire un mot.

Le curé de la chapelle ardente proposa ses services pour un rosaire.

— Mon mari n'était pas croyant.

— Dieu nous reçoit tous dans sa miséricorde.

Laura Díaz se saisit de la croix qui ornait le couvercle du cercueil et la tendit au curé.

— Mon mari était anticlérical.

— Ne nous offensez pas, Madame. La croix est sacrée.

— Reprenez-la. La croix est un chevalet de torture, pourquoi ne pas poser une potence en miniature ou une guillotine ? En France on aurait guillotiné le Christ, n'est-ce pas ?

Le murmure d'horreur et de désapprobation qui s'éleva des rangs de la famille et des amis de Dantón plut à Laura. Elle savait qu'elle s'était livrée à un acte inutile, une provocation. C'était venu spontanément. Elle n'avait pas pu s'en empêcher. Cela lui avait fait plaisir. Cela lui parut soudain comme un geste d'émancipation, le commencement de quelque chose de nouveau. Après tout, qui était-elle désormais si ce n'est une femme solitaire, une veuve, sans compagnie, sans autre famille qu'un fils lointain pris dans les rets d'un monde que Laura trouvait détestable ?

Les gens commençaient à partir, vexés ou offensés : Laura croisa le regard de la seule personne qui la regardait avec sympathie. Basilio Baltazar. Mais, avant qu'ils aient pu échanger quelques mots, un petit homme décrépit, rétréci comme un tricot mal lavé, enveloppé dans une cape trop grande pour lui, homoncule aux traits aiguisés et blanchis par le temps, avec deux touffes de cheveux blancs dressés comme de l'herbe givrée sur les oreilles, s'approcha pour lui remettre une lettre en lui disant, d'une voix venue du fond des âges, lis-la, Laura, elle parle de ton mari...

Elle n'était pas datée mais c'était une écriture à l'ancienne, ecclésiastique, plutôt destinée à enregistrer les baptêmes et les décès, les alpha et les oméga de la vie, que pour communiquer avec un semblable. Elle la lut le soir.

« Chère Laura, si vous permettez que je m'adresse ainsi à vous. Après tout, je vous connais depuis votre enfance, et, bien que mille ans d'âge nous séparent, votre souvenir reste toujours vif dans ma mémoire. Je sais que votre mari Juan Francisco est mort en gardant le secret sur ses origines, comme si ces dernières étaient méprisables ou honteuses. Mais avez-vous remarqué qu'il est mort dans le même anonymat, la même discrétion ? Vous-même, si je vous le demandais aujourd'hui, pourriez-vous me dire quelle fut la vie de votre mari ces vingt dernières années ? Vous seriez, ma chère Laura, dans la même situation que lui. Il n'y aurait rien à raconter. Croyez-vous que l'immense majorité des gens qui viennent en ce monde ont quelque chose d'extraordinaire à raconter sur leur vie ? En sont-ils pour autant moins importants, moins dignes de respect, ou même d'amour ? Je vous écris, chère amie que je connais depuis que vous étiez petite, pour vous inviter à cesser de vous tourmenter quant à ce que Juan Francisco López Greene était avant de vous rencontrer et de vous épouser. Ce qu'il fut avant de se faire connaître comme combattant pour la justice sociale lors des grèves de Veracruz et de la formation des Bataillons Rouges pendant la Révolution. La vie de votre mari est entièrement contenue dans cette action. Ces vingt années de gloire, d'éloquence, de courage, ce fut cela sa vie. Il n'a pas eu de vie ni avant ni après ces moments de gloire, si vous me permettez de les qualifier ainsi. Il a cherché auprès de vous le repos du héros fatigué. Lui avez-vous donné la paix qu'il demandait en silence ? Ou avez-vous exigé de lui ce qu'il n'était plus en mesure de donner ? Un héros fatigué qui avait déjà vécu ce qu'on ne revit pas deux fois, son heure de gloire. Il venait de loin et d'en bas, Laura. Quand je l'ai connu tout gamin à la Macuspana, il errait comme un petit animal sans maître, sans famille, volant de la nourriture ici et là quand les bananes que la nature du Tabasco offre généreusement au plus affamé des pauvres ne lui suffisaient plus. Je l'ai recueilli. Je l'ai habillé. Je lui ai appris à lire. Vous savez que cela est courant au Mexique. Un jeune curé apprend à un enfant déshérité à lire et à écrire dans la langue dont ce garçon, une fois devenu un homme, va se servir contre notre Sainte Mère l'Église. Ce fut le cas de Juárez et ce fut le cas de López Greene. Ce nom. D'où l'a-t-il pris puisqu'il n'avait ni père ni mère, ni même un chien pour lui aboyer après, comme le dit joliment une expression d'ici. "Par ouï-dire, mon père..." López est un nom très courant dans la généalogie hispanique, et Greene est un patronyme qu'on retrouve assez souvent dans les familles du Tabasco qui descendent de pirates anglais débarqués dans le pays pendant la période coloniale, quand sir Henry Morgan en personne attaquait les côtes du golfe de Campeche et mettait à sac les ports d'où partaient pour l'Espagne l'argent et l'or du Mexique. Et Juan ? Là encore, l'un des prénoms les plus courants en espagnol. Quant à Francisco, c'est parce que je lui ai enseigné les vertus du saint le plus admirable de la chrétienté, l'homme d'Assise... Ah, ma chère petite Laura, saint François renonça à une vie de luxe et de plaisirs pour devenir le troubadour de Dieu. Moi, vous le savez, c'est le contraire qui m'est arrivé. Parfois, la foi faiblit. Il n'y aurait pas la foi s'il n'y avait pas le doute. J'étais encore jeune quand je suis arrivé à Catemaco pour remplacer un prêtre très aimé, vous vous en souvenez, le père Jesús Morales. Je dois vous avouer plusieurs choses. J'étais agacé par l'aura de sainteté qui entourait le père Morales. J'étais très jeune, plein d'imagination, et même pervers. Si saint François était passé du péché à la sainteté, je ferais de même, fût-ce en sens contraire, je serais un curé pervers, pécheur, quelles horreurs n'ai-je chuchotées à votre oreille, Laura, défiant l'ordre majeur de Notre Seigneur Jésus-Christ : ne pas scandaliser les enfants ! Quel péché capital n'ai-je commis en prenant la fuite avec le trésor des plus humbles, les offrandes du Saint Enfant de Zongolica ! Croyez-moi, Laura, j'ai péché pour pouvoir être un saint. Tel était mon projet, mon franciscanisme perverti, si vous voulez. Je fus dessaisi de mon ministère, et c'est dans cet état que vous m'avez retrouvé, survivant grâce à l'argent volé, logé chez votre mère, que Dieu la bénisse, à Xalapa. Vous avez dû raconter la chose à votre mari. Il se souvenait de moi. Il est venu me chercher. En remerciement de ce que je lui avais appris. Il connaissait mon péché. Il m'avoua le sien. Il avait dénoncé la nonne qui disait s'appeler "Carmela", la mère Gloria Soriano impliquée dans l'assassinat du président élu Alvaro Obregón. Il l'avait fait par conviction révolutionnaire, me dit-il. La politique, à l'époque, consistait à en finir avec le cléricalisme qui, au Mexique, avait exploité les pauvres et soutenu les exploiteurs. Il n'hésita pas à la dénoncer : c'était son devoir. Pas un instant il n'a songé que vous, Laura, qui n'étiez même pas croyante, alliez prendre la chose tellement à cœur. C'est bizarre, mais quel mal il en est résulté. Nous ne mesurons pas les conséquences morales de nos actes. Nous pensons nous acquitter de notre devoir envers une idéologie, que nous soyons révolutionnaires, cléricaux, libéraux, conservateurs, et nous laissons filer entre nos doigts ce liquide précieux que, à défaut d'un mot plus approprié, nous appelons "l'âme". Votre rejet brutal de Juan Francisco en apprenant qu'il avait dénoncé la mère Soriano acheva de l'enfoncer d'abord dans la perplexité, puis dans la dépression. Cela pesa comme une pierre tombale sur sa carrière. Il était fini. Il fit des choses ridicules, comme payer un détective privé pour vous surveiller. Il regretta sa sottise, je vous assure. Mais, une fois qu'on a été prêtre, on l'est pour toujours, vous savez : même si l'on me coupait le bout des doigts, je ne pourrais cesser d'écouter et d'absoudre. Laura, Juan Francisco m'a demandé pardon pour avoir dénoncé la mère Gloria Soriano. C'était sa façon de me remercier d'avoir recueilli un petit va-nu-pieds ignorant pour lui donner une éducation, soixante-huit ans plus tôt, rien de moins. Mais il a fait quelque chose de plus. Il a rendu le trésor du Saint Enfant de Zongolica. Un soir, en se rendant à l'église pour les vêpres, les gens du village découvrirent les bijoux, les offrandes, tout ce dont ils avaient hérité et qu'ils avaient soigneusement gardé, de nouveau à sa place. Vous ne l'avez pas su parce que les nouvelles de Catemaco restaient à Catemaco. Mais le village émerveillé attribua le retour du trésor à un miracle du Saint Enfant lui-même, qui avait été capable de le reconstituer et de le remettre à la place qu'il n'aurait jamais dû quitter. Comme pour leur signifier : "si je vous ai fait attendre, c'est pour vous faire sentir l'absence de mes offrandes et que vous vous réjouissiez encore plus de leur retour". Avec quoi as-tu payé tout ça ? demandai-je à Juan Francisco. Avec les cotisations des travailleurs, m'avoua-t-il. Le savent-ils ? Non, je leur ai dit que c'était pour les victimes d'une épidémie qui s'était déclarée par suite du débordement de la rivière Usumacinta. Personne n'irait vérifier. Laura, j'espère qu'un jour tu retourneras au village où tu es née et que tu verras combien l'autel est joli grâce à Juan Francisco. Pardonne, Laura, aux hommes qui n'ont rien d'autre à donner que ce qu'ils portent en eux. Ou, comme on dit dans mon village, ce cuir ne peut donner plus de courroies, ni ce curé plus d'octrois. Je ne pense pas que nous nous reverrons. Et je ne le désire pas. Il m'en a beaucoup coûté de me montrer aujourd'hui en ta présence dans l'agence funéraire. Heureusement, tu ne m'as pas reconnu, bordel. Moi-même, je ne me reconnais plus, que diable !

Souviens-toi avec un peu de tendresse de

ELZEVIR ALMONTE »

Le week-end suivant, Basilio Baltazar emprunta une voiture et Laura et son vieil ami, l'anarchiste espagnol, partirent ensemble pour Cuernavaca.

XIX

Cuernavaca : 1952

Laura plongea dans le bassin rempli de fleurs de bougainvillée et sortit la tête de l'eau juste au bord de la piscine. Autour de celle-ci, en grande conversation se trouvait un groupe d'étrangers, des Américains en majeure partie, dont quelques-uns en maillot de bain, mais la plupart habillés, les femmes en jupe large et blouse « mexicaine » à manches courtes et décolleté fleuri, les hommes en chemise à manches courtes eux aussi et pantalon d'été, presque tous essayant d'accoutumer leurs pieds aux sandales mexicaines, tous sans exception un verre à la main, tous invités par l'extraordinaire communiste anglais Fredric Bell, dont la maison de Cuernavaca était devenue le refuge des victimes du maccarthysme aux États-Unis.

La femme de Bell, Ruth, était américaine et elle contrebalançait la haute et svelte ironie de son mari britannique par une rudesse terrienne, proche du sol, comme si elle marchait en traînant ses racines depuis les quartiers de Chicago où elle était née. C'était une femme des grands lacs et des vastes prairies, née par hasard sur l'asphalte de la « ville des hommes aux larges épaules », comme le poète Carl

Sandburg avait nommé Chicago. C'est sans effort que Ruth portait sur ses épaules son mari Fredric et les amis de son mari ; elle était le Sancho Panza de Fredric, le grand et mince Britannique aux yeux bleus, au front dégagé, aux rares cheveux complètement blancs répartis autour d'un crâne parsemé de taches de rousseur.

— Un Don Quichotte des causes perdues, dit Basilio Baltazar à Laura.

Ruth avait la force d'un dé en acier, de la pointe de ses pieds nus sur le gazon jusqu'aux cheveux gris naturellement frisés et coupés court.

— Ce sont presque tous des réalisateurs ou des scénaristes de cinéma —, poursuivit Basilio au volant de la voiture sur l'autoroute qui venait d'ouvrir entre Mexico et Cuernavaca et qui permettait maintenant de faire le trajet en quarante-cinq minutes, — il y a aussi quelques professeurs, mais surtout des gens du spectacle...

— Ça va, tu fais partie de la minorité —, dit Laura avec un sourire. Elle portait un foulard sur la tête pour se protéger du vent dans la MG décapotable que García Ascot, un poète républicain exilé au Mexique, avait prêtée à son ami Basilio.

— Tu m'imagines en professeur enseignant la littérature espagnole à des demoiselles américaines de bonne famille à Vassar College ? demanda avec une joyeuse malice Basilio tout en prenant habilement les virages de la route.

— C'est là-bas que tu as connu ce ramassis de rouges ?

— Non, je suis ce qu'ils appellent un « moonlighter », c'est-à-dire que je travaille bénévolement les week-ends à la New School for Social Research de New York. Ce sont des travailleurs qui viennent là, des gens d'âge mûr qui n'ont pas eu le temps de faire des études. C'est là-bas que j'ai rencontré bon nombre des personnes que tu vas voir aujourd'hui.

Elle avait envie de demander une chose à Basilio, qu'il ne la prenne pas en pitié, qu'il assume, la mémoire tranquille, apaisée, le passé qu'ils connaissaient tous les deux et dont les joies et les peines avaient laissé leurs marques dans leur corps.

— Tu es toujours une belle femme, Laura.

— J'ai passé la cinquantaine, pourtant.

— Eh bien, il y a des femmes ici de vingt ans plus jeunes que toi qui ne se montreraient pas en maillot moulant.

— J'aime nager. Je suis née près d'un lac et j'ai grandi au bord de la mer.

Par politesse, ils ne la regardèrent pas lorsqu'elle plongea dans la piscine, mais, quand elle émergea au milieu des fleurs de bougainvillée, Laura vit les regards curieux, approbatifs, souriants, des « gringos » réunis ce samedi pour déjeuner à Cuernavaca chez le « rouge » Fredric Bell, et elle vit, comme dans une fresque de Diego Rivera ou dans un film de King Vidor, « the crowd », cet ensemble à la fois collectif et singulier, dont elle savait et appréciait qu'il fût uni par une donnée commune, la persécution, mais que chaque membre du groupe avait réussi à sauvegarder sa propre individualité, ils ne formaient pas une « masse », même si certains croyaient à ce concept ; il y avait de l'orgueil dans leur regard, dans leur façon de se tenir debout ou de tenir un verre ou de lever le menton, dans leur façon d'être eux-mêmes, cela impressionna Laura, la conscience visible de la dignité blessée et du temps nécessaire pour la récupérer. C'était un asile de convalescents politiques.

Elle connaissait quelques-unes de leurs histoires. Basilio lui en raconta d'autres sur la route : ils étaient obligés de croire en leur individualité parce que la persécution avait voulu les transformer en troupeau, manade rouge, des moutons du communisme, les déposséder de leur singularité pour en faire des ennemis.

— Avez-vous assisté au concert de Dimitri Chostakovitch au Waldorf Astoria ?

— Oui.

— Saviez-vous que cet homme est une figure notoire de la propagande soviétique ?

— Je sais seulement que c'est un grand musicien.

— Ici nous ne parlons pas de musique mais de subversion.

— Voulez-vous dire, monsieur le Sénateur, que la musique de Chostakovitch transforme en communiste celui qui l'écoute ?

— Exactement. C'est ce que me dit ma conviction de patriote américain. Il est évident, aux yeux de la Commission, que vous ne partagez pas cette conviction.

— Je suis aussi américain que vous.

— Mais votre cœur est à Moscou.

(Nous sommes désolés. Vous ne pouvez plus travailler avec nous. Notre compagnie ne peut pas se voir mêlée à des controverses.)

— Est-il exact que vous avez programmé un festival de films de Charlie Chaplin sur votre chaîne de télévision ?

— En effet. Chaplin est un grand artiste comique.

— Vous voulez dire que c'est un pauvre artiste tragique. C'est un communiste.

— C'est possible. Mais cela n'a rien à voir avec ses films.

— Ne faites pas l'idiot. Le message rouge est distillé sans que personne ne s'en aperçoive.

— Mais, monsieur le Sénateur, ce sont des films muets réalisés par Chaplin avant 1917.

— Et qu'est-ce qui s'est passé en 1917 ?

— La Révolution soviétique.

— Ah bon, alors Charlie Chaplin n'est pas seulement communiste, il a de surcroît préparé la Révolution russe ; c'est cela que vous voulez diffuser, un manuel d'insurrection sous couvert de comédie...

(Nous sommes vraiment désolés. La compagnie ne peut diffuser votre programmation. Les annonceurs ont menacé de retirer leur soutien si vous continuez de programmer des films subversifs.)

— Êtes-vous ou avez-vous été membre du Parti communiste ?

— Oui. Comme les quatorze autres vétérans qui m'accompagnent devant cette Commission et qui sont tous des blessés de guerre.

— La brigade rouge, ha, ha.

— Nous nous sommes battus dans le Pacifique pour les États-Unis.

— Vous vous êtes battus pour les Russes.

— Ils étaient nos alliés, monsieur le sénateur. Mais nous n'avons tué que des Japonais.

— La guerre est finie. Vous pouvez aller vivre à Moscou et y être heureux.

— Nous sommes des Américains loyaux, monsieur le Sénateur.

— Prouvez-le. Donnez à la Commission les noms d'autres communistes...

(... au sein des forces armées, du Département d'État, mais surtout dans les milieux du cinéma, de la radio, de la télévision naissante : les inquisiteurs du Congrès aimaient par-dessus tout enquêter sur les gens du spectacle, les côtoyer, se faire photographier avec Robert Taylor, Gary Cooper, Adolphe Menjou, Ronald Reagan, tous des délateurs, ou avec Lauren Bacall, Humphrey Bogart, Fredric March, Lillian

Hellman, Arthur Miller, ceux qui eurent le courage de dénoncer les inquisiteurs...)

— C'était ça le but : nous enlever notre singularité pour nous transformer en ennemis, ou en collaborateurs, faire de nous des délateurs, des mouchards; c'est ça le crime du maccarthysme.

Laura sortit la tête de l'eau et vit le groupe rassemblé autour de la piscine; elle fut envahie par toutes sortes de pensées, aussi fut-elle surprise de se surprendre à fixer un homme de petite taille aux épaules étroites et au regard mélancolique, les cheveux clairsemés et le visage rasé de si près qu'il avait l'air gommé, comme si le rasoir effaçait chaque matin les traits qui allaient passer le restant de la journée à tenter de renaître et se reconnaître. Un maillot sans manches, ample, couleur kaki, un pantalon tout aussi large, de la même couleur, mais tenu par une ceinture en peau de serpent, de celles que l'on vend sur les marchés tropicaux, où l'on trouve utilité à tout. Il ne portait pas de chaussures. Ses pieds nus caressaient la pelouse.

Laura sortit de l'eau sans le quitter des yeux; lui ne la regardait pas, il ne regardait personne... Nul ne prêta attention à la nudité de femme mûre, mais encore appétissante, qu'offrait Laura. Grande, bâtie toute en angles droits, elle avait toujours eu ce profil à l'arête nasale audacieuse et provocante, même enfant, elle n'avait jamais eu de petit nez en bouton de rose; elle avait toujours eu aussi ces yeux presque dorés, enfoncés dans les orbites voilées, comme si l'âge était un voile qui, généralement, s'installe avec le temps, mais dont certains seraient pourvus dès leur naissance; les lèvres minces des madones de Memling, comme si elle n'avait jamais reçu la visite de l'ange à l'épée qui fend la lèvre supérieure et scelle l'oubli à la naissance...

— C'est une vieille légende juive, disait Ruth en préparant une nouvelle carafe de cocktail. À notre venue au monde, un ange descend du ciel, nous donne un coup d'épée entre la pointe du nez et la lèvre supérieure, créant cette fente autrement inexplicable — Ruth passa un de ses ongles sans vernis sur une petite moustache imaginaire, pareille à celle du proto-communiste Chaplin — et qui, selon la légende, nous fait oublier tout ce que nous savions avant de naître, perdre toute notre mémoire intra-utérine, y compris les secrets de nos parents et les gloires de nos grands-parents — « salud ! » lança en espagnol la mère de la tribu de Cuernavaca, comme la baptisa Laura sur-le-champ, dénomination qu'elle communiqua à Basilio en riant. L'Espagnol approuva. Elle est comme ça, elle n'y peut rien, et eux ne peuvent reconnaître qu'ils ont besoin d'elle. Mais qui n'a besoin d'une maman ? sourit Basilio, surtout quand elle prépare tous les week-ends une bassine de spaghettis.

— Les chasseurs de sorcières publiaient une brochure intitulée *Red Channels*. Pour se justifier, ils invoquaient leur patriotisme et leur anticommunisme également vigilants. Mais, sans dénonciations, ni eux ni leur publication ne pouvaient prospérer. Ils se lancèrent donc dans une quête fébrile de personnes susceptibles d'être accusées, parfois pour des raisons aussi extravagantes qu'être allé écouter du Chostakovitch ou voir des films de Chaplin. Être dénoncé par *Red Channels* marquait le début d'une persécution en chaîne ; viendraient ensuite des lettres adressées à l'employeur du suspect, une campagne de presse contre l'entreprise jugée coupable, des appels téléphoniques d'intimidation de la victime, pour finir par une convocation devant la Commission des activités antiaméricaines du Congrès.

— Tu allais me parler d'une mère, Basilio...

— Demande à n'importe lequel d'entre eux de te parler de Mady Christians.

— Mady Christians était une actrice autrichienne qui avait joué dans une pièce très célèbre intitulée, *I Remember Mamma*, répondit un homme de grande taille avec de grosses lunettes en écaille sur le nez. Elle était professeur d'art dramatique à l'université de New York, mais son obsession était la protection des réfugiés politiques et des personnes déplacées par la guerre.

— Elle s'occupait des exilés espagnols, dit Basilio. C'est comme ça que je l'ai connue. C'était une très belle femme d'une quarantaine d'années, très blonde, avec un profil de déesse nordique et un regard qui affichait : « Moi, je ne baisse pas les bras. »

— Nous aussi, elle nous a aidés, les écrivains allemands expulsés du Reich par le nazisme, intervint un homme à la mâchoire carrée et aux yeux éteints. Elle a créé un Comité pour la protection des étrangers. Voilà les crimes qui ont suffi à *Red Channels* pour l'accuser d'être un agent soviétique.

— Mady Christians, se souvint Basilio avec un sourire de tendresse. Je l'ai vue peu avant sa mort. Elle recevait la visite de détectives qui refusaient de donner leur identité. Des coups de fil anonymes. On cessa de lui proposer des rôles. Quelqu'un eut l'audace de lui en proposer un, les inquisiteurs firent alors leur travail et la compagnie de télévision retira sa proposition tout en offrant de lui verser les sommes prévues. Comment peut-on vivre avec cette peur, cette incertitude ? Celle qui avait pris la défense des exilés devint une exilée de l'intérieur. « C'est incroyable », parvint-elle à dire avant de mourir d'une hémorragie cérébrale à l'âge de cinquante ans. À l'enterrement, Elmer Rice, l'auteur dramatique, déclara que Mady représentait la générosité de l'Amérique, et qu'elle n'avait eu droit, en retour, qu'à la calomnie, au harcèlement, au chômage et à la maladie. « Il est inutile d'en appeler à la conscience des maccarthystes, car ils en sont dépourvus. »

Il y avait de nombreux passés réunis chez Fredric Bell et, au fur et à mesure de ses visites à Cuernavaca — d'abord avec Basilio, puis seule lorsque le professeur anarchiste s'en retourna à l'ordre virginal de Vassar College —, Laura se mit à rassembler les histoires qu'elle entendait, en essayant de démêler l'expérience vraie des justifications inutiles, dues à la dignité blessée, ou à l'urgence.

Dire qu'il y avait de nombreux passés, c'était dire que les origines étaient nombreuses et diverses ; parmi les invités du week-end, dont une bonne partie habitait à Cuernavaca, on remarquait notamment la présence de Juifs d'Europe centrale ; ils étaient les plus âgés, et, avec leurs épouses, ils se regroupaient en cercle pour se raconter des histoires d'un passé qui semblait historique alors qu'il ne remontait guère qu'à un demi-siècle (telle était la vitesse de l'histoire américaine, disait Basilio) ; ces couples riaient en se souvenant qu'ils étaient nés parfois dans des hameaux voisins, en Pologne, ou près de la frontière entre la Hongrie et la Bessarabie.

Un petit vieux aux mains tremblantes et à l'œil pétillant raconta à Laura : nous étions tailleurs, colporteurs, commerçants, victimes de discrimination en tant que Juifs, nous avons émigré en Amérique, mais à New York nous nous sommes de nouveau retrouvés étrangers, soumis à la discrimination, à l'exclusion, nous sommes alors tous partis pour la Californie, où il n'y avait que le soleil, la mer et le désert, la Californie, là où se termine le continent,

Miss Laura, nous sommes partis pour cette ville au nom angélique, la ville aux anges, le syndicat ailé qui semblait attendre les Juifs d'Europe centrale pour faire leur fortune, Los Angeles où, comme le raconte notre hôtesse Ruth, un esprit aérien descend du ciel et, avec son épée, nous prive de la mémoire de ce que nous avons été et que nous ne voulons plus être ; en effet, les Juifs ont inventé Hollywood, mais pas seulement, nous avons inventé les États-Unis tels que nous en rêvions, nous avons fait le Rêve américain mieux que quiconque, Miss Laura, nous l'avons peuplé de bons et de méchants immédiatement identifiables, nous avons toujours donné la victoire au bon, nous avons associé le bon à l'innocence, nous avons donné au héros une fiancée innocente, nous avons créé une Amérique inexistante, rurale, villageoise, libre, où la justice l'emporte toujours, et il se trouve que c'est cela que les Américains voulaient voir, ou plutôt que c'est comme ça qu'ils voulaient se voir, dans un miroir d'innocence et de bonté où l'amour et la justice triomphent toujours, voilà ce que nous avons offert au public américain, nous les Juifs persécutés de la Mitteleuropa, alors pourquoi nous persécutent-ils maintenant ? Nous, des communistes ? Nous, les idéalistes ?

— Hors de propos ! hurla McCarthy en guise de réponse.

— C'est vous le rouge, monsieur le Sénateur, dit le petit homme chauve.

— Le témoin est en train de verser dans le délit d'outrage au Congrès.

— C'est vous, monsieur le Sénateur, qui êtes à la solde de Moscou.

— Faites sortir le témoin.

— Vous êtes la meilleure propagande inventée par le Kremlin, sénateur McCarthy.

— Sortez-le. De force !

— Vous croyez que c'est en adoptant les méthodes de Staline que vous allez défendre la démocratie américaine ? Vous croyez que la démocratie se défend en imitant ses ennemis ? — s'écria Harry Jaffe, c'est le nom que prononça Basilio Baltazar, ils se connaissaient du front de la Jarama, Vidal, Maura, Harry, Basilio et Jim. Tous camarades de combat.

— Silence ! Silence dans la salle ! Le témoin est inculpé d'outrage... —, cria McCarthy de sa voix geignarde de voleur d'enfants, la bouche tordue en un éternel sourire de mépris, la barbe renaissante deux heures après s'être rasé, avec des yeux d'animal traqué par lui-même : Joe McCarthy faisait penser à une bête consciente d'être un homme qui regrette sa liberté antérieure, la liberté du fauve dans la jungle.

Tout ça, c'est la faute aux frères Warner, intervint un autre vieil homme, ce sont eux qui ont introduit la politique au cinéma, les questions sociales, la délinquance, le chômage, les enfants abandonnés au crime, la cruauté des prisons, un cinéma qui disait à l'Amérique : tu n'es plus innocente, tu n'es plus rurale, tu vis dans des villes aux prises avec la misère, l'exploitation, le crime organisé, les truands qui vont du gangster au banquier.

— Comme disait Brecht, qu'est-ce qui est pire : voler une banque ou fonder une banque ?

— Écoute, répondit le premier vieil homme, le confident de Laura. Un film est une œuvre collective. L'écrivain, même le plus malin, ne peut pas berner L. B. Mayer ou Jack Warner en lui faisant prendre des vessies pour des lanternes. Il n'est pas encore né celui qui trompera Mayer en lui disant, regarde, ce film sur les braves paysans russes est en réalité une louange cachée du communisme, Mayer n'avale aucune couleuvre parce que c'est lui qui les a toutes inventées ; c'est pour ça qu'il a été le premier à dénoncer ses propres collaborateurs. À jouer au loup trompé par les agneaux. Le loup veut se faire pardonner parce qu'il a mené les agneaux à l'abattoir afin d'échapper lui-même au couteau. Quelle rage il a dû éprouver en voyant McCarthy boire le sang de tous les acteurs et écrivains embauchés par Mayer, sans rien laisser à Mayer lui-même... !

— La vengeance est plus douce que le miel, Theodore...

— Au contraire. C'est un plat amer si ce n'est pas toi qui bois le sang de celui qu'on crucifie grâce à ta dénonciation. C'est là le poison de la délation, devoir se taire, ne pas pouvoir s'enorgueillir au fond de soi, vivre avec la honte...

Harry Jaffe se leva, alluma une cigarette et s'éloigna dans le jardin. Laura Díaz suivit la trace de son ver luisant, une Camel allumée dans un jardin obscur.

— Tout le monde est responsable dans un film, reprit le vieux producteur appelé Theodore. Paul Muni n'est pas responsable d'Al Capone parce qu'il a tenu le rôle principal dans *Scarface*, ni Edward Arnold du fascisme ploutocratique parce qu'il l'a incarné dans *Meet John Doe*. Tous, du producteur au distributeur, nous sommes responsables de nos films.

— *Fuenteovejuna, todos a una!* dit Basilio Baltazar avec un sourire, sans craindre de ne pas être compris par un seul des gringos.

— Eh bien, dit naïvement Elsa, la femme du vieux producteur, on peut se demander s'ils n'avaient pas raison quand ils disaient qu'une chose était de traiter des questions sociales pendant la période du New Deal et une autre de faire l'éloge de la Russie pendant la guerre...

— Ils étaient nos alliés ! s'exclama Bell. Il fallait rendre les Russes sympathiques !

— On nous a demandé de promouvoir les sentiments pro-russes, intervint Ruth. Roosevelt et Churchill en personne.

— Et après ça, un beau jour, on sonne à ta porte et tu es convoqué devant la Commission des activités anti-américaines parce que tu as présenté Staline sous l'aspect du brave oncle Joe, avec sa pipe et sa sagesse de paysan, en train de nous défendre contre Hitler, dit l'homme qui ressemblait à une chouette avec ses lourdes lunettes en écaille.

— Et ce n'était pas le cas ? l'apostropha avec un sourire un petit homme aux cheveux frisés et ébouriffés qui culminaient en un très haut toupet naturel. Les Russes ne nous ont-ils pas sauvés des nazis ? On a déjà oublié Stalingrad ?

— Albert, lui répondit le grand type myope. Je ne te contredirai jamais. Je serai toujours d'accord avec celui qui a marché à mes côtés, menotté comme moi parce que nous avions refusé de dénoncer nos camarades devant la Commission McCarthy. Toi et moi.

Il n'y avait pas que ça, dit Harry à Laura un soir tout stridulant de cigales dans le jardin des Bell. C'était toute une époque. La misère d'une époque, mais aussi sa gloire.

— Avant de partir pour l'Espagne, j'ai participé au projet de Théâtre Noir avec la WPA de Roosevelt qui déclencha les émeutes de Harlem en 1935. Puis Orson Welles a monté un *Macbeth* noir qui a déchaîné les passions et qui s'est fait férocement attaquer par le critique théâtral du *New York Times*. Le critique est mort d'une pneumonie huit jours après avoir écrit son article. On a dit que c'était du vaudou, Laura. — Harry eut un grand rire et lui demanda la permission de l'appeler par son prénom.

— Laura. Oui, répondit-elle.

— Harry. Harry Jaffe.

— Oui, je sais, Basilio m'a parlé de vous... de toi.

— De Jim, de Jorge.

— C'est Jorge Maura qui m'a raconté votre histoire.

— Tu sais, on ne connaît jamais toute l'histoire —, dit Harry d'un air de défi, de mélancolie et de honte, tout cela en même temps, pensa Laura.

— Toi, tu connais toute l'histoire, Harry ?

— Non, bien sûr que non —, l'homme s'efforça de reprendre une expression normale. — Un écrivain ne doit jamais connaître toute l'histoire. Il en imagine une partie et demande au lecteur d'imaginer la suite. Un livre ne doit jamais se refermer. Le lecteur doit le continuer.

— Il doit le continuer, pas le compléter ?

Harry acquiesça de sa tête dégarnie et avec ses mains immobiles mais expressives. Basilio avait décrit Harry sur le front de la Jarama en 1937. Il compensait sa faiblesse physique par une énergie de coq de combat. « J'ai besoin de me faire un curriculum capable de compenser mes complexes sociaux », disait-il. Sa foi dans le communisme l'absolvait de tous ses complexes d'infériorité. Il discutait beaucoup, se remémorait Jorge Maura, il avait lu toute la littérature marxiste, il la récitait comme une Bible et terminait toujours ses discours par la même phrase, on verra demain, we'll see tomorrow. Les erreurs de Staline n'étaient qu'accidents de parcours. L'avenir était radieux, mais Harry Jaffe en Espagne n'en était pas moins un petit bonhomme inquiet, intellectuellement fort, physiquement faible et moralement indécis — estimait Maura —, parce qu'il ne connaissait pas la faiblesse d'une conviction politique sans critique.

— Je veux sauver mon âme, disait Harry sur le front de la guerre d'Espagne.

— Je veux connaître la peur —, disait son inséparable ami Jim, le grand New-Yorkais dégingandé qui formait avec Harry (Jorge Maura souriait) le couple classique du Quichotte et de Sancho Panza ; ou Mutt et Jeff, disait Basilio maintenant, ajoutant son sourire à celui de l'ami absent.

— Adieu les cravates —, avaient dit Jim et Harry ensemble lorsque Vincent Sheean et Ernest Hemingway étaient partis en reportage sur la guerre en discutant sur lequel des deux aurait le privilège de rédiger la notice nécrologique de l'autre...

Le petit Juif en veste et cravate.

Si la description du Harry Jaffe d'il y avait quinze ans était exacte, alors ces trois lustres avaient été trois siècles pour cet homme qui ne pouvait, peut-être malgré lui, cacher sa tristesse ; mais celle-ci filtrait par le regard infiniment lointain, la bouche chagrine, tremblante, le menton anxieux et les mains anormalement inertes, sévèrement retenues afin qu'elles ne révèlent ni enthousiasme ni intérêt véritable. Il s'asseyait sur ses mains. Il les refermait en poing. Il les joignait désespérément sous le menton. Les mains de Harry témoignaient de l'humiliation, de la blessure dues à l'acharnement du maccarthysme. Joe McCarthy avait paralysé les mains de Harry Jaffe.

— Nous n'avons jamais gagné, non, à aucun moment nous n'avons eu le dessus, énonça Harry d'une voix neutre comme de la poussière. Il y a eu de l'excitation, *excitement,* bien sûr. Beaucoup d'excitation. Nous, les Américains, nous aimons croire à ce que nous faisons et le faire avec enthousiasme. Comment un événement comme la première de *The Cradle Will Rock* de Clifford Odets n'aurait-il réuni le plaisir, la foi et l'enthousiasme avec ses références audacieuses à la situation du jour, les grèves dans l'industrie automobile, les émeutes, les brutalités policières, les ouvriers tués par des balles dans le dos ? Comment ne pas être au comble de l'indignation quand notre spectacle entraîna la fin des subventions au théâtre ouvrier ? Les décors furent saisis. Les machinistes furent licenciés. Et alors ? Nous nous retrouvâmes sans théâtre. Nous eûmes alors l'idée géniale de présenter la pièce sur les lieux mêmes où elle se déroulait, l'usine métallurgique. Nous allions faire du théâtre ouvrier dans les usines.

Ah, cette expression de défaite qu'il a dans les yeux quand ils sont ouverts, ce regard de reproche quand il les ferme, cela m'est très pénible, se disait Laura en fixant intensément, comme elle le faisait toujours, cet homme petit et chétif assis sur un tabouret en cuir dans le jardin sur la colline avec vue sur la ville refuge, Cuernavaca, où Hernán Cortés s'était fait construire un palais en pierre protégé par des tours et de l'artillerie pour échapper à l'altitude de la ville aztèque conquise, rasée et refondée par lui à l'image d'une ville de la Renaissance, toute en angles droits, une ville-damier.

— Quel serait le sentiment de Cortés s'il revenait dans son palais et se voyait représenté sur les fresques de Rivera comme un conquistador impitoyable au regard de reptile ? demanda Harry.

— Diego équilibre ce genre de représentation par la présence de chevaux blancs, héroïques, aussi scintillants que les armures. Il ne peut s'empêcher de manifester une certaine admiration pour l'épopée. Comme tous les Mexicains. — Laura approcha ses doigts de ceux de Harry.

— Après la guerre, j'ai obtenu une petite bourse. Je suis parti pour l'Italie. C'est comme ça qu'Ucello peignait les batailles médiévales. Où m'emmènes-tu demain pour que je continue à découvrir Cuernavaca ?

Ils allèrent ensemble au parc Borda, où Maximilien d'Autriche venait s'adonner à ses plaisirs, dans les jardins cachés, luxuriants, humides, loin de la cour impériale de Chapultepec et de l'ambition insomniaque de sa femme Charlotte.

— Qu'il ne touchait pas parce qu'il ne voulait pas lui transmettre la syphilis —, dirent-ils à l'unisson en riant et en s'essuyant la mousse qu'avait laissée la bière qu'ils buvaient sur la place de Cuernavaca, Cuauhnáhuac, au milieu des arbres où Laura Díaz écoutait Harry Jaffe et tentait de percer le mystère caché au fond du récit que le sens de l'ironie allégeait parfois de son poids.

— La culture de ma jeunesse était celle de la radio, le spectacle aveugle, c'est comme ça qu'Orson Welles a pu semer la panique en faisant croire qu'une simple adaptation de l'histoire d'un autre Wells, H. G., était réellement en train de se produire dans l'État du New Jersey.

Laura éclata de rire tout en invitant Harry à écouter le cha-cha-cha alors à la mode au Mexique, qui sortait du juke-box du café où ils se trouvaient :

> Les Martiens sont là, ils sont là
> Venus du ciel en dansant le cha-cha-cha...

— You know ?

La pièce censurée se transporta sur les lieux des événements, les aciéries. La direction riposta en organisant une journée de pique-nique. Les ouvriers préférèrent la journée à la campagne à la journée de théâtre politique.

— Tu sais, pour cette représentation, le metteur

en scène avait placé les acteurs au milieu du public. Les lumières nous cherchaient dans la salle. Soudain, elles nous trouvaient. Le projecteur me frappait au visage, la lumière m'aveuglait, mais elle me faisait parler. « La justice. Nous voulons la justice. » C'était la seule phrase que je devais prononcer, depuis la salle. Puis tout s'éteignait et chacun rentrait chez soi pour écouter la vérité invisible de la radio. Hitler se servait de la radio, Roosevelt, Churchill. Comment aurais-je refusé de parler à la radio alors que la demande émanait du gouvernement des États-Unis lui-même, de l'armée américaine : ici la Voix de l'Amérique, nous devons vaincre le fascisme, la Russie est notre alliée, il faut exalter l'URSS ? Qu'aurais-je dû faire ? De la propagande antisoviétique ? Tu me vois, Laura, en train de faire de la propagande anticommuniste en pleine guerre ? On m'aurait fait fusiller pour haute trahison. Mais aujourd'hui, parce que j'ai fait ce qu'on me demandait, on me condamne pour subversion antiaméricaine. Damned if you do and damned if you don't.

Il ne rit pas en prononçant cette phrase. Plus tard, à l'heure du dîner, le groupe d'une dizaine d'invités écouta attentivement le vieux producteur Theodore raconter une nouvelle fois l'histoire de l'immigration juive à Hollywood, de la création de Hollywood par les Juifs, mais un scénariste plus jeune qui n'enlevait jamais son nœud papillon lui intima brutalement de se taire, que chaque génération avait ses problèmes et les subissait à sa façon, lui n'allait pas regretter la dépression, le chômage, les files d'hommes grelottants de froid qui attendaient leur tour pour avoir une assiette de mauvaise soupe chaude, une époque où il n'y avait aucune sécurité, aucun espoir, il n'y avait que le communisme, le Parti communiste, comment ne pas rejoindre le Parti ? comment renier le communisme quand le Parti lui avait donné la seule sécurité, le seul espoir de sa jeunesse ?

— Nier que j'ai été communiste aurait été nier que j'avais été jeune.

— Le pire, c'est que nous nous sommes niés nous-mêmes —, dit un autre convive, un homme aux traits distingués (il ressemble à une publicité pour les chemises Arrow, observa Harry d'un ton moqueur).

— Que veux-tu dire ? demanda Theodore.

— Que nous n'étions pas faits pour le succès.

— Nous, si, grognèrent ensemble le vieil homme et son épouse. Elsa et moi, si. Nous, si.

— Eh bien, pas nous, répliqua l'homme à l'air distingué qui arborait ses cheveux blancs avec fierté. Pas les communistes. Avoir du succès était un péché, une sorte de péché en tout cas. Et le péché exige expiation.

— Mais ça a bien marché pour toi, lança le vieil homme en riant.

— C'est bien ça le problème. L'expiation n'a pas tardé à venir. D'abord le travail commercial, déprimant. Des scénarios pour putes et chiens dressés. Ensuite est venue la vie dissolue, à titre compensatoire. Les putes dans le lit, le whisky bien moins dressé que Rin-Tin-Tin. Et finalement la panique, Theodore. La constatation que nous n'étions pas faits pour le communisme. Nous étions faits pour le plaisir et la vie facile. Évidemment, le châtiment arriva. Dénoncés et sans travail pour avoir été communistes, Theodore. McCarthy est notre ange exterminateur, c'était inévitable. Nous l'avons bien mérité. Fuck the dirty weasel.

— Et ceux qui n'avaient pas été communistes, ceux qui furent accusés à tort, les calomniés ?

Tout le monde se retourna pour voir qui avait prononcé cette phrase. Mais elle semblait venir de nulle part, prononcée par un fantôme. C'était la voix de l'absence. Seule Laura, assise en face de Harry, se rendit compte que l'ex-combattant de la guerre d'Espagne l'avait pensée, peut-être même l'avait-il énoncée sans que personne s'en aperçoive, car Ruth, la maîtresse de maison, avait déjà donné un autre tour à la conversation en servant ses pâtes inépuisables tout en chantonnant

You're gonna get me into trouble
If you keep looking at me like that

Harry avait nommé la radio le spectacle invisible, l'appel à l'imagination... et le théâtre, c'était quoi ?

— Une chose qui disparaît avec les applaudissements.

— Et le cinéma ?

— C'est le fantôme qui nous survit, le portrait parlé et en mouvement que nous laissons derrière nous et par lequel nous continuons à vivre...

— C'est pour ça que tu es allé écrire pour Hollywood ?

Il fit un signe de tête affirmatif, mais sans la regarder, il avait du mal à regarder les autres et les autres évitaient de le regarder. Laura en prit conscience, peu à peu ; le fait était si flagrant qu'il en devenait mystérieux, invisible comme un programme de radio.

Laura sentit qu'elle pouvait être l'objet du regard de Harry parce qu'elle était nouvelle, différente, innocente, elle ne savait pas ce que les autres savaient. Mais la politesse de tous les exilés à l'égard de Harry était irréprochable. Harry passait tous ses week-ends chez les Bell. Il y dînait tous les dimanches avec les autres expatriés. Mais personne ne le regardait. Et, quand Harry prenait la parole, il le faisait en silence, remarqua Laura avec inquiétude, personne ne l'écoutait, c'est pour cela qu'il donnait l'impression de ne pas parler, parce que personne ne l'entendait sauf elle, il n'y a que moi, Laura Díaz, qui lui prête attention, c'est pourquoi elle était la seule à entendre ce que l'homme solitaire disait sans ouvrir la bouche.

Mais avant, à qui s'adressait-il ? La nature autour de Cuernavaca était aussi exubérante — quoique très différente — que celle des paysages de l'enfance de Laura Díaz à Veracruz.

C'était une nature altérée, aux senteurs de bougainvillée et de verveine, d'ananas fraîchement découpé et de pastèque saignante, de safran, mais aussi de merde et d'ordures entassées dans les ravins profonds qui entouraient chaque verger, chaque quartier, chaque maison... Était-ce à cette nature que s'adressait Harry Jaffe, le petit Juif new-yorkais, errant de Manhattan à l'Espagne et de l'Espagne à Hollywood et de Hollywood au Mexique ?

Laura, en la circonstance, était l'étrangère dans son propre pays, l'autre à qui cet homme bizarrement tranquille et solitaire pourrait peut-être parler, non pas à haute voix, mais dans ce murmure qu'elle avait appris à lire sur ses lèvres à mesure que leur amitié se développait et qu'ils se déplaçaient du fief rouge des Bell au silence du jardin Borda, puis au brouhaha de la grand-place, à la légère et inconsciente ébriété de la terrasse du café de l'hôtel Marik, jusqu'à la paisible solitude de la cathédrale.

Là, Harry apprit à Laura que les peintures murales du XIXe siècle, pieuses et saint-sulpiciennes, cachaient une autre fresque que le mauvais goût et l'hypocrisie du clergé avaient fait recouvrir, parce qu'on la tenait pour primitive, cruelle et pas assez dévote.

— Tu sais de quoi il s'agit ? Tu le sais ? demanda Laura sans cacher sa surprise et sa curiosité.

— Oui, c'est un curé en colère, très en colère, qui me l'a raconté. Que vois-tu ici ?

— Le Sacré-Cœur, la Vierge Marie, les Rois mages, répondit Laura en pensant au père Elzevir Almonte et au trésor du Saint Enfant de Zongolica.

— Tu sais ce qu'il y a en dessous ?

— Non.

— L'expédition évangélisatrice du seul saint mexicain, saint Felipe de Jésus, dont la nourrice disait, le jour où le figuier fleurira, le petit Felipe sera saint.

— C'est une histoire qui m'a été racontée quand j'étais petite par Zampayita, un domestique que j'aimais beaucoup.

— Au XVIIe siècle, Felipe partit évangéliser le Japon. La fresque cachée représente des scènes de danger et de terreur. Des mers agitées. Des navires en train de chavirer. La prédication héroïque et solitaire du saint. Et, pour finir, sa crucifixion par les infidèles. Sa lente agonie. Un grand film.

Tout cela était recouvert. Par la piété. Par le mensonge.

— Un repentir ?

— Non, ce n'est pas une œuvre retouchée, c'est une autre, orgueilleusement superposée à la vérité première, c'est un triomphe de la simulation. Un vrai film, je te dis.

Il l'invita pour la première fois dans la maison qu'il louait au milieu d'une mangrove, pas très loin de la place. À Cuernavaca il suffit de pénétrer de quelques mètres de part et d'autre des avenues pour découvrir des maisons qui sont presque des havres, dissimulés derrière de hauts murs bleu indigo, véritables oasis silencieuses où se succèdent les pelouses vertes, les tuiles rouges, les façades aux tons ocre et la jungle qui dévale au fond des ravins noirs... Il y régnait une odeur d'humidité et de végétation pourrissante. La maison de Harry se composait d'un jardin, d'une terrasse de briques brûlantes le jour, glacées la nuit, d'un toit aux tuiles cassées, d'une cuisine où était assise, immobile, une vieille femme silencieuse avec un éventail de palme dans les mains, et d'un salon-chambre à coucher dont l'espace était divisé par des rideaux qui donnaient un air secret au lit avec ses draps soigneusement tirés, comme si quelqu'un menaçait de punir Harry s'il laissait son lit défait.

Il y avait trois valises ouvertes, pleines de vêtements, de papiers et de livres, qui contrastaient avec l'ordre méticuleux du lit.

— Pourquoi n'as-tu pas sorti tes affaires des valises ?

Il ne répondit pas immédiatement.

— Pourquoi ?

— Je peux partir à tout moment.

— Pour aller où ?

— Home.

— Chez toi ? Mais tu n'as plus de chez toi, Harry, ta maison c'est ici, tu ne l'as pas encore compris ? C'est ici chez toi, le reste tu l'as perdu ! s'exclama Laura, bizarrement irritée.

— Non, Laura, non, tu ne sais pas à quel moment...

— Pourquoi ne te mets-tu pas au travail ?

— Je ne sais pas quoi faire. J'attends.

— Travaille —, dit-elle, ce qui signifiait : « reste ».

— J'attends. À tout moment. Any moment now.

Elle se donna à Harry pour diverses raisons, à cause de son âge, parce qu'elle n'avait pas fait l'amour depuis le soir où Basilio Baltazar lui avait fait ses adieux avant de retourner à Vassar, ni elle ni Baltazar n'avait eu à demander quoi que ce soit à l'autre, cela s'était fait comme un acte d'humilité et de mémoire, un hommage à Jorge Maura et à Pilar Méndez, eux seuls, Laura et Basilio, pouvaient représenter avec tendresse et respect les amants absents. Cependant, cet acte d'amour entre eux, par amour pour d'autres, avait éveillé en Laura Díaz un appétit qui n'avait cessé de grandir, un désir érotique qu'elle croyait, si ce n'est perdu, en tout cas dompté par l'âge, un sentiment intime de décence, le souvenir des morts, l'impression superstitieuse d'être surveillée de quelque lieu obscur par les deux Santiago, Jorge Maura, Juan Francisco — les défunts ou les disparus habitant un territoire d'où ils n'auraient d'autre occupation que de surveiller celle qui était restée en ce monde, Laura Díaz.

— Je ne veux rien faire qui porte atteinte au respect que je me dois.

— Self respect, Laura ?

— Self respect, Harry.

La relation avec Harry à Cuernavaca éveilla chez Laura une tendresse nouvelle dont elle ne saisit pas très bien la teneur au début. Peut-être cette tendresse venait-elle des jeux de regards du week-end, personne ne regardait Harry, lui ne regardait personne, jusqu'au jour où Laura arriva et lui et elle se regardèrent. Ses amours avec Jorge Maura n'avaient-elles pas commencé ainsi, dans un échange de regards chez Diego Rivera et Frida Kahlo ? Mais quelle différence entre la force du regard de l'amant espagnol et la faiblesse, non seulement dans le regard, mais dans tout le corps chez cet Américain triste, perdu, blessé, humilié et en manque de tendresse.

Ils étaient assis tous les deux sur le lit de la maison au bord du ravin ; Laura commença par le prendre dans ses bras, elle le serra contre elle comme un enfant, lui prit la main, elle le berçait presque, lui demandant de lever la tête, de la regarder, elle voulait voir le vrai regard de Harry Jaffe, et non plus le masque de l'exil, de la défaite et de l'autocompassion.

— Laisse-moi ranger tes affaires dans les tiroirs.

— Don't mother me, fuck you.

Il avait raison. Elle était en train de le traiter comme un enfant faible et craintif. Elle devait, au contraire, lui faire sentir qu'il était un homme : je veux ranimer ce qu'il te reste de flamme, Harry, si tu n'éprouves plus aucune passion pour le succès, le travail, la politique ni les autres êtres humains, peut-être te reste-t-il, tapi et moqueur comme un lutin, le sexe toujours incapable de dire non, la seule partie de ta vie, Harry, qui dit encore oui, ne serait-ce que par pure animalité, ou parce que ton âme, mon âme n'ont plus d'autre recours que le sexe, mais elles l'ignorent.

— J'imagine parfois les sexes comme deux nains qui pointent leur nez entre nos jambes, se moquent de nous, nous mettent au défi de les arracher de leur niche tragi-comique pour les jeter à la poubelle, car ils savent qu'ils auront beau nous torturer, nous vivrons toujours avec eux, les nains.

Elle ne voulut faire aucune comparaison. Il était là. Ce qu'elle imaginait. Ce qu'il avait oublié. Ce fut une étreinte passionnée ; après avoir été tant retardée, elle fut dite, criée de surprise par l'un et l'autre, comme s'ils sortaient d'une prison qui les aurait tenus enfermés trop longtemps, comme si à la sortie même du pénitencier, de l'autre côté de la grille, Laura attendait Harry et Harry attendait Laura.

— My baby, my baby.

— We'll see tomorrow.

— Je suis un vieux producteur juif et riche qui n'a aucune raison de rester ici, si ce n'est que je veux partager le sort des jeunes Juifs citadins contre lesquels s'exerce la persécution maccarthyste.

— Sais-tu ce que c'est de commencer chaque journée en se disant : « c'est mon dernier jour de paix » ?

— Quand tu entends frapper à ta porte, tu ne sais pas s'il s'agit de voleurs, de mendiants, de policiers, de loups ou simplement de termites qui creusent leurs galeries...

— Comment savoir si la personne qui te rend visite et qui se dit ton ami depuis toujours n'est pas devenu ton délateur, comment le savoir ?

— Je reste exilé à Cuernavaca parce que je ne pourrais pas supporter l'idée d'un deuxième interrogatoire.

— Il y a pire que de devoir supporter la persécution dirigée contre soi, c'est de devoir contempler la trahison dans les yeux d'autrui.

— Laura, comment allons-nous réconcilier notre douleur et notre honte ?

— My baby, my baby.

XX

Tepoztlán : 1954

1

— Je dois garder le silence, à jamais.

Elle voulut l'emmener à Mexico, à l'hôpital. Il voulait rester à Cuernavaca. Ils se mirent d'accord pour passer quelque temps à Tepoztlán. Laura se dit que la beauté et la solitude du lieu, une vaste vallée subtropicale entourée d'imposantes montagnes pyramidales, des masses verticales coupées au couteau, sans collines ni contreforts d'approche, raides et altières, pareilles à de grands murs de pierre qu'on aurait dressés pour protéger les champs de canne à sucre et de bruyère, les rizières et les orangers, leur serviraient de refuge, que Harry se remettrait peut-être à écrire, elle s'occupait de lui, c'était son rôle, elle l'assumait résolument, les liens qui s'étaient tissés entre eux au cours des deux dernières années étaient indissolubles, ils avaient besoin l'un de l'autre...

Tepoztlán rendrait la santé à son tendre et bien-aimé Harry, loin de la répétition incessante des événements tragiques à Cuernavaca. La petite maison qu'ils louèrent était protégée, mais assombrie par deux grandes masses qui la surplombaient, celle de la montagne et celle de l'église, monastère et forteresse, construite par les Dominicains pour rivaliser avec la nature, comme souvent au Mexique. Harry en faisait la remarque à Laura — cette tendance mexicaine à concevoir des architectures qui rivalisent avec la nature, imitations de montagnes, de précipices, de déserts... La petite maison de Tepoztlán, elle, ne rivalisait avec rien, c'est pour cela que Laura Díaz l'avait choisie, pour la simplicité de sa construction en briques crues donnant sur une rue sans revêtement où passaient plus de chiens errants que d'êtres humains ; et parce qu'elle présentait à l'intérieur, cette chose typique aussi du Mexique qui consiste à offrir, en pleine bourgade pauvre et sale une oasis de verdure, des plantes couleur pastèque, des fontaines d'eau claire, des patios calmes et des couloirs frais qui semblent venir de très loin et ne pas avoir de fin.

Ils ne disposaient que d'une chambre avec un vieux lit, d'une petite salle de bains décorée de carreaux de faïence fendillés, et d'une cuisine comme celles que Laura avait connues dans son enfance, sans appareils électroménagers, dotée seulement d'un poêle à charbon dont il fallait entretenir le feu avec un éventail, et une glacière qui avait besoin de la visite quotidienne du livreur pour tenir au frais les bouteilles de bière Dos Equis dont Harry était friand. La vie de la maison se passait autour du patio ; c'est là qu'étaient disposés quelques fauteuils et une table en cuir, peu commode pour écrire, car la surface était molle et tachée par trop de fonds de bouteilles mouillés. Les cahiers, les stylos se trouvaient dans un tiroir de la chambre. Lorsque Harry se fut remis à écrire, Laura lisait en cachette les pages des cahiers d'écolier de mauvaise qualité sur lesquelles bavait l'encre de l'Esterbrook de Harry. Il savait qu'elle les lisait, elle savait qu'il le savait, mais on n'en parlait pas.

« Jacob Julius Garfinkle, tel était son vrai nom. Nous avions grandi ensemble à New York. Quand on est un petit Juif du Lower East Side de Manhattan, cela veut dire qu'on est né avec des yeux, un nez, une bouche, des oreilles, des mains et des pieds, tout un corps au grand complet, plus une particularité qui n'appartient qu'à nous : un truc sur l'épaule, a chip on the shoulder, défiant l'autre (et qui n'est pas l'autre pour quelqu'un qui est né dans un quartier comme le nôtre) de te le faire sauter d'une tape brutale ou d'une chiquenaude délicate et dédaigneuse, ce petit caillou que nous portons tous sur l'épaule et dont nous savons que personne ne l'y a déposé, que nous sommes nés avec, qu'il s'agit d'une excroissance de notre chair humiliée, misérable, immigrée, italienne, irlandaise ou juive (polonaise, russe, hongroise, peu importe, toujours juive) ; elle se remarque davantage quand nous nous déshabillons pour prendre une douche ou faire l'amour ou passer une nuit d'insomnie, mais même quand nous sommes habillés, l'écharde transperce l'étoffe de la chemise ou du blouson, apparaît, se montre, l'air de dire au monde, viens donc m'embêter, m'insulter, me frapper, m'humilier, ne te gêne pas. Jacob Julius Garfinkle, que je connaissais depuis l'enfance, avait un petit caillou sur l'épaule plus grand que les autres, c'était un type petit, brun, un Juif à la peau sombre, au nez camus, à la bouche souriante mais moqueuse, cruelle et dangereuse comme ses yeux, comme sa posture de coq de combat et son débit verbal de mitraillette, toujours sur ses gardes parce que pour lui le danger était à chaque coin de rue, derrière chaque porte, le mauvais sort pouvait lui tomber dessus du haut d'un toit, à la sortie d'un bar, au bord rongé d'un quai sur le fleuve... Julie Garfinkle porta sur scène les rues maudites et les égouts obscurs de New York, il se montra nu et vulnérable, mais armé de courage pour résister aux injustices et prendre la défense de tous ceux qui, comme lui, étaient nés dans les immenses ghettos, les éternels quartiers juifs de la "civilisation occidentale". Je l'ai vu au théâtre. Il fut l'"enfant doré" de la pièce de Clifford Odets, *Golden Boy*, le jeune violoniste qui troque son talent de musicien contre le succès sur le ring et perd ses mains, ses doigts, ses poings aussi bien pour attaquer Joe Lewis (qui était juif lui aussi) que Félix Mendelssohn (qui était aussi noir). Julie signait tout. Il suffisait qu'on lui dise, regarde, Julie, l'injustice que l'on commet contre les Juifs, contre les Noirs, contre les Mexicains, contre les communistes, contre la Russie patrie du prolétariat, contre les enfants pauvres, contre les malades d'onchocercose en Nouvelle-Guinée, Julie signait, il signait tout, et sa signature était puissante, brisée, retentissante, elle ressemblait à une caresse assenée comme un coup de poing, une goutte de sueur qui tombe comme une larme, à l'image de mon ami Julie Garfinkle. Quand on l'invita à Hollywood, après son triomphe avec le Group Theater, il n'abandonna pas son personnage de Quichotte de la rue, il jouait son propre rôle, il fascinait le public. Il n'était ni beau, ni élégant, ni courtois, ni ironique, il n'était pas Cary Grant ou Gary Cooper, il était John Garfield, l'enfant bagarreur des vilaines rues de New York ressuscité à Beverly Hill, pour entrer avec ses chaussures pleines de boue dans les demeures entourées de rosiers, et plonger ses pattes sales dans les piscines cristallines. C'est pour cela qu'il tint son meilleur rôle aux côtés de Joan Crawford dans *Humoresque*. Dans ce film, il redevenait, comme au début de sa carrière, l'enfant pauvre doué pour le violon. Alors que sa partenaire, qui sortait du même milieu que lui, ressemblait à une riche aristocrate, mécène du jeune génie surgi de la ville invisible ; en réalité, c'était une humiliée comme lui, une échappée des marges comme lui, qui se faisait passer pour une femme riche, cultivée et élégante pour cacher qu'elle venait de la rue elle aussi, qu'elle était une arriviste aux fesses douces, mais aux ongles durs. C'est pour cela qu'ils formaient un couple explosif, parce qu'ils étaient semblables et différents. Joan Crawford et John Garfield, elle faisait semblant, lui pas. Quand le torrent maccarthyste déborda des égouts, Julie Garfinkle avait le profil idéal pour être soumis à une enquête du Congrès. Il incarnait le type même de l'anti-Américain, le parfait suspect : teint basané, origine étrangère, sémite. Et il n'était coupable de rien. On l'accusa donc de tout, d'avoir signé des appels de soutien à Staline pendant les purges de Moscou, d'avoir demandé l'ouverture d'un deuxième front pendant la guerre, d'être un cryptocommuniste, de financer le Parti avec l'argent américain et patriotique gagné à Hollywood, de défendre les pauvres et les défavorisés (ce dernier point suffisait à vous rendre suspect ; il eût mieux valu exiger justice pour les riches et les puissants...). La dernière fois que je l'ai vu, son appartement à Manhattan était un vrai capharnaüm, tiroirs ouverts, papiers éparpillés, tandis que sa femme le regardait d'un air désespéré comme s'il était devenu fou ; Julie Garfield fouillait parmi les chéquiers, les porte-documents, les classeurs, les vieux livres et les chemises en lambeaux, la preuve des chèques qu'on lui imputait tout en criant "pourquoi ne me laissent-ils pas tranquille ?". Il eut le courage, mais ce fut une erreur, de répondre à la proposition faite par la Commission des activités anti-américaines à toute personne s'estimant mise en cause à tort, de se présenter devant elle. Or, se présenter devant la Commission suffisait à celle-ci comme preuve de culpabilité. Aussitôt, tous les ultra-réactionnaires de Hollywood, les Ronald Reagan, Adolph Menjou ou la maman de Ginger Rogers corroboraient les soupçons, les membres du Congrès faisaient alors passer l'information aux chroniqueurs à scandale d'Hollywood. C'est ainsi qu'Hedda Hooper, Walter Winchell, George Sokolsky se nourrirent du sang des sacrifiés, tels des Dracula d'encre et de papier. Puis la Légion américaine se chargeait de mobiliser ses troupes d'anciens combattants pour organiser des piquets à l'entrée des cinémas afin d'empêcher les gens d'aller voir le film dans lequel jouait le suspect, John Garfield, par exemple. Les producteurs pouvaient alors déclarer ce qu'ils déclarèrent à John Garfield : tu représentes un risque. Tu mets en péril la sécurité des studios. Et de le mettre à la porte. "Demande pardon, Julie, avoue et on te laissera tranquille." "Donne des noms, Julie, ou tu vas ruiner ta carrière." En guise de réponse, on vit réapparaître le gamin des quartiers pauvres de New York, le va-nu-pied au nez camus, les poings serrés et la voix rauque. "Il faut être un imbécile pour se justifier devant des imbéciles comme McCarthy. Tu crois que je vais me laisser emprisonner par les dires d'un pauvre type comme Ronald Reagan ? Je veux continuer à croire que je suis un être humain, Harry, je veux continuer à croire que j'ai une âme..." Nous ne pouvons pas te protéger, commença par lui dire Hollywood, puis ce fut : Nous ne pouvons plus t'employer ; et pour finir : Nous allons témoigner contre toi. La compagnie, les studios passaient avant toute chose. "Tu comprends bien, Julie, toi tu n'es qu'une seule personne. Nous, nous employons des milliers de gens. Tu veux qu'ils meurent de faim ?" Julie Garfinkle mourut d'une crise cardiaque à l'âge de trente-neuf ans. C'est possible. Il avait le cœur fatigué, sur le point d'éclater. Mais le fait est qu'on l'a retrouvé mort dans le lit d'une de ses nombreuses maîtresses. À mon avis, John Garfield est mort en forniquant, et je trouve que c'est une mort enviable. À son enterrement, le rabbin déclara que Julie était arrivé comme un météore et qu'il s'en était allé comme un météore. Abraham Polonsky, qui réalisa l'un des derniers et peut-être le plus grand film de Julie, *Force of Evil*, dit : "Il a défendu son honneur de gamin des rues et c'est pour ça qu'on l'a tué." On l'a tué. Il est mort. Dix mille personnes défilèrent devant son cercueil pour lui rendre un dernier hommage. Des communistes ? Des agents envoyés par Staline ? Clifford Odets était là, en larmes, l'auteur de *Golden Boy*, la gloire de la gauche littéraire, transformé en délateur par la Commission des activités anti-américaines, des morts d'abord, parce qu'il se disait que cela ne pouvait plus leur nuire, puis dénonçant des vivants pour sauver sa peau et se dénonçant finalement lui-même par cette phrase que tant d'autres prononcèrent : "Je n'ai donné que des noms qui avaient déjà été donnés avant moi." Quand Odets quitta le cimetière en pleurant, une bagarre éclata. Jusqu'au bout, Jacob Julius Garfinkle fit le coup de poing dans les rues de New York. »

Lorsque les pluies d'été commencèrent à détremper le jardin et à s'infiltrer dans les murs de la maison, déposant des taches sombres sur la peau des briques d'argile, Harry Jaffe se sentit étouffer et demanda à Laura Díaz de lire les pages sur John Garfield.

— Mais il y a eu aussi des accusés qui n'ont dénoncé personne et qui ne se sont pas laissés angoisser ni déprimer, n'est-ce pas, Harry ?

— Tu les as connus à Cuernavaca. Quelques-uns faisaient partie des Dix de Hollywood. En effet, ceux-là ont eu le courage de ne pas parler, de ne pas se laisser intimider, mais surtout le courage de ne pas se laisser envahir par l'angoisse, de ne pas se suicider, de ne pas mourir. En sont-ils plus exemplaires ? Un autre de mes camarades du Group Theater, l'acteur J. Edward Bromberg, s'excusa auprès de la Commission de ne pouvoir se présenter devant elle en raison des crises cardiaques dont il venait d'être victime. Le député Francis E. Walker, l'un des pires inquisiteurs, lui rétorqua que les communistes étaient très doués pour trouver des excuses signées par leurs médecins — lesquels, à n'en pas douter, étaient eux aussi des sympathisants des rouges, pour ne pas dire plus. Eddie Bromberg vient de mourir cette année à Londres. Tu sais, il m'appelait parfois au téléphone, après qu'on l'a inscrit sur la liste noire de Hollywood pour me dire, Harry, il y a deux types postés en face de chez moi vingt-quatre heures sur vingt-quatre, ils se relaient, mais ils sont toujours deux, plantés de façon bien visible à côté du réverbère, et moi je les épie en train de m'épier tout en guettant l'appel téléphonique, je ne peux plus m'éloigner du téléphone, Harry, ils peuvent me convoquer de nouveau devant la Commission, ils peuvent me téléphoner pour me dire que le rôle qu'on m'avait promis a été attribué à un autre ou, au contraire, ils peuvent m'appeler pour me tenter en me proposant un rôle dans un film, mais à condition que je me montre coopérant, c'est-à-dire que je dénonce, Harry, cela arrive cinq ou six fois par jour, je passe mes journées à côté du téléphone à m'interroger, à me déchirer, dois-je parler ou non, dois-je penser à ma carrière ou non, dois-je assurer le quotidien de ma femme et de mes enfants ou non, et je finis toujours par dire non, je ne parlerai pas, Harry, non, je ne veux faire de mal à personne, Harry, mais surtout je ne veux pas me faire de mal à moi-même, ma loyauté envers mes camarades c'est ma loyauté envers moi-même. Mais je n'ai pas réussi à les sauver, ni à me sauver moi-même...

— Et toi, Harry, tu vas raconter ce qui te concerne, toi ?

— Je ne me sens pas bien, Laura, sois gentille, donne-moi une bière...

Un autre matin, alors que les perroquets poussaient des cris sous le soleil en déployant leur crête et leurs ailes comme pour annoncer une nouvelle, bonne ou mauvaise, Harry répondit à Laura pendant le petit déjeuner.

— Tu ne m'as parlé que de ceux qui ont été détruits parce qu'ils avaient refusé de parler. Pourtant, tu m'as dit que d'autres avaient réussi à ne pas sombrer, qu'ils étaient même sortis plus solides d'avoir gardé le silence, insista Laura.

— « Comment y aurait-il de l'innocence quand il n'y a pas de faute ? » cita Harry. Cette phrase a été prononcée par Dalton Trumbo au début de la chasse aux sorcières. Par la suite, il s'est moqué des inquisiteurs, il a écrit des scénarios sous des pseudonymes, il a remporté un Oscar sous un faux nom et l'Académie a failli faire dans sa culotte quand il a révélé que c'était lui l'auteur. Et quand tout sera terminé, Laura, je parie que Trumbo dira qu'il n'y a eu ni bons ni méchants, ni saints ni démons, mais rien que des victimes. Viendra un jour où tous les accusés seront réhabilités et célébrés comme des héros de la culture, et les accusateurs seront dénoncés à leur tour et rabaissés comme ils le méritent. Mais Trumbo a raison. Nous aurons tous été des victimes.

— Même les inquisiteurs, Harry ?

— Oui. Leurs enfants changent de nom. Ils ne veulent pas se reconnaître dans des pères médiocres qui ont condamné à la misère, à la maladie et au suicide des centaines d'innocents.

— Même les délateurs, Harry ?

— Ce sont les victimes les plus atteintes. Ils portent le signe de Caïn marqué au fer sur le front.

Harry saisit le couteau dans la coupe de fruits et se tailla da le front.

Laura le regarda, horrifiée, mais ne fit rien pour arrêter son geste.

— Ils doivent se couper la main et la langue.

Harry enfonça le couteau dans sa bouche, Laura poussa un cri, se précipita et lui arracha le couteau des mains, puis elle le serra dans ses bras en sanglotant.

— Ils sont condamnés à l'exil et à la mort, ajouta Harry, presque en silence à l'oreille de Laura.

Laura apprit très vite à lire dans les pensées de Harry, et Harry dans celles de Laura. La ronde ponctuelle des sonorités tropicales rendait les choses faciles. Elle connaissait ce rythme depuis son enfance à Veracruz, mais elle l'avait oublié dans la capitale, où les bruits sont accidentels, imprévus, horripilants comme un crissement d'ongles sur un tableau noir à l'école. Sous les tropiques, en revanche, le chant des oiseaux annonce le lever du jour et leur vol symétrique le crépuscule, la nature fraternise avec la cloche sonnant les matines et les vêpres, les vanilliers parfument l'atmosphère au gré de l'attention qu'on leur prête, et les gousses dont on parsème les placards dégagent des senteurs à la fois originaires et raffinées. Quand Harry saupoudrait de poivre les œufs à la paysanne de son petit déjeuner, Laura tournait ses regards vers le poivrier en fleur du jardin : petites pierres précieuses jaunes serties dans une fragile et aérienne couronne aux tons de crépuscule. Il n'y avait pas de hiatus sous les tropiques. On passait du jardin à table en tuant des scorpions, dans la maison d'abord, puis dans le jardin où on leur faisait la chasse sous les pierres à titre préventif. C'étaient des scorpions blancs et Harry riait en les écrasant du pied.

— Ma femme me disait que je devrais prendre le soleil de temps en temps. Tu as le ventre blanc comme un filet de poisson cru. Les scorpions aussi.

— Ventre de *huachinango*, dit Laura en riant.

— Laisse tomber tout ça, me disait-elle, ce ne sont pas tes affaires, tu n'y crois pas, tes amis ne valent pas tant que ça. Puis elle reprenait son antienne, ton problème n'est pas que tu sois communiste, Harry, c'est que tu as perdu ton talent.

Néanmoins, il s'installait à sa table de travail, car, en fin de compte et en dépit de tout, il avait besoin d'écrire ; à Tepoztlán il se remit à écrire avec plus de régularité, à partir de ses minibiographies de victimes, comme Garfield et Bromberg, qui avaient été ses amis. Pourquoi n'écrivait-il pas sur ses ennemis, les inquisiteurs ? Pourquoi, après tout, ne parlait-il que des victimes blessées et détruites, comme Garfield et Bromberg, et non pas des gens intègres qui avaient surmonté le drame, sans larmes, en se battant, en résistant et, surtout, en se moquant de la stupidité monstrueuse de tout le processus ? Dalton Trumbo, Albert Maltz, Herbert Biberman... Ceux qui étaient partis au Mexique, étaient passés par Cuernavaca ou s'y étaient installés. Pourquoi Harry Jaffe ne disait-il presque rien sur eux ? Pourquoi ne les incluait-il pas dans ses biographies ? Et, surtout, pourquoi ne mentionnait-il jamais les pires de tous, ceux qui avaient effectivement dénoncé, ceux qui avaient donné des noms, Edward Dmytryk, Elia Kazan, Lee J. Cobb, Clifford Odets, Larry Parks ?

Harry écrasa un scorpion d'un coup de chaussure.

— Les insectes nocifs s'accommodent des lieux les plus inhospitaliers et vivent là où l'on penserait ne pas trouver de vie. C'est ainsi que Tom Paine a défini le préjugé.

Laura s'efforçait d'imaginer ce que pensait Harry, toutes ces choses qu'il ne disait pas mais qui passaient dans son regard fébrile. Elle ne savait pas que Harry faisait de même, croyait deviner les pensées de Laura, la regardait depuis le lit lorsqu'elle s'arrangeait devant la glace chaque matin, et comparait la femme encore jeune qu'il avait connue deux années auparavant émergeant d'une piscine remplie de fleurs de bougainvillée avec cette dame de cinquante-six ans de plus en plus grisonnante, la simplicité de la coiffure ramenant les longs cheveux poivre et sel en un chignon sur la nuque qui dégageait encore plus le front lisse et soulignait les traits anguleux, le grand nez fin à l'arête saillante, les lèvres minces de statue gothique. Le tout adouci par l'intelligence et l'éclat de ses yeux jaunes au fond des orbites sombres.

Il l'observait aussi accomplir les tâches ménagères, la cuisine, le lit, la vaisselle, se doucher longuement, s'asseoir sur les toilettes, cesser d'utiliser des serviettes hygiéniques, souffrir de bouffées de chaleur, se blottir pour dormir en chien de fusil tandis que lui, Harry, était allongé droit comme un piquet, jusqu'au jour où, curieusement, les positions s'inversèrent, ce fut lui qui se coucha en position fœtale et elle qui s'allongea raide comme une planche, tels un enfant et sa gouvernante...

Il se dit qu'il avait la même pensée qu'elle lorsqu'elle se regardait dans la glace, lorsqu'ils dénouaient la tendre étreinte nocturne des amants : être un corps est une chose, être belle en est une autre... Qu'il était doux de s'embrasser et de s'aimer, mais surtout comme cela était salutaire... Ce qu'il y a de bon dans l'amour, c'est d'oublier son propre corps pour se fondre dans celui de l'autre et que l'autre s'approprie le mien afin de ne plus penser à la beauté, ne plus se contempler séparés l'un de l'autre mais en aveugles, unis, pur toucher, pur plaisir, débarrassés de la beauté ou de la laideur qui ne comptent plus dans l'obscurité, dans l'étreinte intime, quand les corps se confondent et cessent de se regarder de l'extérieur, cessent de se juger en dehors du couple qui copule jusqu'à ne faire qu'un et perdre alors toute notion de laideur ou de beauté, de jeunesse ou de vieillesse... C'est cela que Harry se disait tout en pensant que Laura le lui disait : je ne vois en toi que la beauté intérieure...

Pour ce qui concernait Harry, c'était évident : il était de plus en plus émacié, blanc comme le ventre du *huachinango*, disait Laura, même pas un chauve distingué, déplumé, plutôt, avec des touffes de cheveux hérissés, résistant à l'alopécie complète qui, elle, a sa dignité. Quelques crins d'herbe sèche sur le sommet de la tête, au-dessus des oreilles, sur la nuque sans charme. C'était moins évident en ce qui concernait Laura, car sa beauté était intelligible, tenta d'expliquer Harry, elle était proche du canon classique de la beauté tel qu'il s'imposait depuis le temps des Grecs, mais on aurait pu aussi bien en adopter un autre, la beauté d'une divinité aztèque, par exemple, la Coatlicue au lieu de la Vénus de Milo.

— Socrate était laid, tu sais, Laura. Il priait tous

les soirs pour voir sa beauté intérieure. C'était le don des dieux. La pensée, l'imagination. C'était ça la beauté de Socrate.

— Ne voulait-il pas la montrer aux autres aussi ?

— À mon avis, il tenait un discours d'homme orgueilleux. Si orgueilleux qu'il préféra boire la ciguë plutôt que d'admettre qu'il était dans son tort. Et, en effet, il ne l'était pas. Il a tenu bon.

Ils finissaient toujours par parler de la même chose, mais sans jamais arriver au fond de cette « même chose ». Socrate préféra la mort au désaveu. Comme les victimes du maccarthysme. Le contraire des mouchards du maccarthysme. Et maintenant Harry la regardait se regarder dans le miroir, et il se demandait si elle voyait ce qu'il voyait, un corps externe qui perdait de sa beauté ou un corps interne qui gagnait une autre sorte de beauté. Il n'y avait que dans l'amour, dans l'union sexuelle, que la question perdait son sens, le corps disparaissait pour n'être que plaisir et le plaisir dépassait toute beauté possible.

Elle, par contre, ne semblait pas le juger. Elle l'acceptait tel qu'il était, ce qui donnait à Harry l'envie d'être désagréable, de lui dire pourquoi ne te fais-tu pas teindre les cheveux, pourquoi ne choisis-tu pas une coiffure plus stylée, pourquoi avait-elle abandonné toute coquetterie, il me regarde comme si j'étais son infirmière ou sa nourrice, et il voudrait que je me transforme en sirène, mais mon pauvre Ulysse, lui, est cloué sur place, immobile, à se consumer dans une mer de cendres, noyé dans la fumée, disparaissant peu à peu dans la brume de ses quatre paquets par jour de Camel quand Fredric Bell lui offre une cartouche, ou ses cinq paquets de Raleigh sans filtre, qui ont un goût de savon, dit-il, quand il se contente de ce que le bureau de tabac du coin peut lui offrir de meilleur.

— Le meilleur est parfois l'unique. Ici l'unique est presque toujours le pire.

Ils allèrent au marché du samedi et il décida d'acheter un arbre de vie. Elle s'y opposa, sans raison. Je ne sais pas pourquoi je me suis opposée à cet achat, se dit-elle plus tard, quand ils cessèrent de se parler pendant toute une semaine, en réalité ces chandeliers en terre cuite multicolore ne sont pas vilains, ils n'offensent personne, même s'ils ne sont pas non plus ces merveilles d'audace et de sensibilité folkloriques qu'il prétend, je ne sais pas pourquoi je lui ai dit que ce sont des objets vulgaires, de mauvais goût, destinés aux touristes, et pourquoi pas, tant que tu y es, ne pas acheter des marionnettes avec des bas roses, ou un bilboquet, ou carrément un *sarape* pour toi et un *rebozo* pour moi ? Nous nous installerions le soir bien protégés contre ce froid soudain qui descend de la montagne, emmitouflés dans du folklore mexicain, c'est à ça que tu veux me réduire ? cela ne lui suffit pas de me fixer des yeux pendant que je m'habille devant la glace, de me laisser deviner ce qu'il pense, elle vieillit, elle se néglige, elle va bientôt avoir cinquante-sept ans, elle n'a plus besoin de Kotex ? Et il voudrait en plus me remplir la maison de babioles pour touristes, d'arbres de vie, de bilboquets, de marionnettes de marché ? Et pourquoi, après tout, ne pas t'acheter une machette, Harry, de celles qui portent des inscriptions drôles sur le manche dans le genre, je suis comme le piment vert piquant mais savoureux, pour que la prochaine fois que tu auras l'idée de te couper les doigts et la langue, tu ne te rates pas, que tu t'apitoies à ton aise sur ton sort, sur ce que tu as été et n'as pas été, sur ce que tu es et ce que tu aurais pu être ?

Harry n'avait pas la force de la frapper. C'est elle qui eut pitié de lui quand Harry leva la main sur elle et qu'elle fracassa l'arbre de vie contre le sol de brique ; le lendemain elle balaya les morceaux épars et les jeta à la poubelle, puis une semaine plus tard, elle rentra seule du marché et posa le nouvel arbre de vie sur l'étagère en face de la table où ils avaient l'habitude de prendre leurs repas.

Elle eut envie de se libérer de la haine inexplicable qu'elle vouait à la statuette multicolore composée d'anges, de fruits, de feuilles et de troncs, en respirant intensément l'odeur de végétation du jardin, les feuilles de bananier brillantes de pluie et, au-delà, dans sa mémoire, les caféiers ombreux, les citronniers et les orangers alignés en champs symétriques, les figuiers, le lys rouge, la cime ronde du manguier, le jasmin d'hiver dont les fleurs jaunes sont capables de résister aussi bien à l'ouragan qu'à la sécheresse ; toute la flore de Catemaco... Et au fond de la jungle, le fromager. Plein de clous. Ces épines que le fromager fait pousser pour se protéger. Un tronc hérissé d'épées pour dissuader toute approche... Le fromager du bout du chemin. Le fromager hérissé de doigts coupés à coups de machette par un bandit des grands chemins de Veracruz.

À la tombée du jour, ils s'asseyaient toujours côte à côte dans le jardin. Ils parlaient des choses de la vie quotidienne, le prix des produits au marché, le menu du lendemain, le retard avec lequel les revues américaines arrivaient à Tepoztlán (quand elles arrivaient), la gentillesse du groupe de Cuernavaca qui leur faisait parvenir des coupures de presse, toujours des coupures, jamais de journaux ou de publications dans leur entier, la chance de pouvoir attraper les ondes courtes sur le poste de radio, aller ou ne pas aller à Cuernavaca au cinéma Ocampo pour voir un western ou un de ces mélodrames mexicains qui faisaient rire Laura et pleurer Harry, mais plus jamais de visite chez les Bell, l'Académie d'Aristote, comme l'appelait Harry, l'éternelle même discussion l'ennuyait, toujours la même chose, une tragi-comédie en trois actes.

— Premier acte, la raison. Les convictions qui nous ont menés au communisme et à sympathiser avec la gauche, la cause ouvrière, la foi dans les arguments de Marx et dans l'Union soviétique en tant que premier État ouvrier et révolutionnaire. Cette foi était notre réponse à la réalité de la dépression, du chômage, de l'effondrement du capitalisme américain.

Il y avait des lucioles dans le jardin, mais elles n'étaient pas aussi nombreuses que le clignotement des cigarettes que Harry allumait l'une après l'autre, la suivante avec le mégot de la précédente.

— Deuxième acte, l'héroïsme. D'abord la lutte contre la dépression économique en Amérique, ensuite la guerre contre le fascisme.

Il était interrompu par une quinte de toux brutale, une toux si profonde et si violente qu'elle semblait étrangère au corps chaque jour plus maigre et pâle de Harry, incapable de contenir pareille tempête dans sa poitrine.

— Troisième acte, la victimisation des hommes et des femmes de bonne foi, communistes ou simples défenseurs des droits de l'homme. McCarthy était le même type d'homme que Beria, le policier de Staline, ou que Himmler, le policier d'Hitler. Ses acolytes étaient mus par l'ambition politique, les avantages qu'ils pouvaient tirer de se joindre au chœur anticommuniste quand on passa de la fin de la guerre mondiale à la guerre froide. Le calcul cynique de ceux qui voyaient là un moyen de se tailler du pouvoir sur des réputations ruinées. La délation, l'angoisse, la mort... Et l'épilogue. — Harry écartait les mains, montrait ses paumes, les doigts jaunis, haussait les épaules, toussait légèrement.

C'était Laura qui disait, lui disait, se disait à elle-même, sans savoir dans quel ordre et de quelle façon le communiquer à Harry, l'épilogue devrait être la réflexion, l'effort de l'intelligence pour comprendre ce qui était arrivé, pourquoi c'était arrivé.

— Pourquoi nous sommes-nous comportés en Amérique comme en Russie ? Pourquoi nous sommes-nous faits à l'image de ce que nous prétendions combattre ? Pourquoi existe-t-il des Beria et des McCarthy, tous ces Torquemada des temps modernes ?

Laura écoutait Harry, mais elle avait envie de lui dire que les trois actes et l'épilogue des drames politiques ne se présentaient jamais aussi bien ordonnés, aristotéliciens, comme disait Harry en se moquant un peu de l'« Académie » de Cuernavaca, mais d'une manière beaucoup plus complexe, ils le savaient bien tous les deux, les raisons raisonnables mêlées aux aberrations, l'espoir au découragement, les justifications aux critiques, la compassion au mépris.

— J'aimerais pouvoir retourner à l'époque de la guerre d'Espagne et y rester —, disait Harry parfois. Puis se tournant brusquement vers Laura, fébrilement, il poursuivait d'une voix de plus en plus éteinte et plus rauque : — pourquoi ne me quittes-tu pas, pourquoi restes-tu avec moi ?

C'était le moment de la tentation. Le moment du doute. Elle pouvait faire ses bagages et partir. En effet. Elle pouvait rester et tout supporter. C'était tout aussi faisable. Mais ce qu'elle ne pouvait pas faire, c'était se contenter de le quitter, sans plus, ou rester et tout accepter passivement. Elle écoutait Harry et reprenait chaque fois la même décision, je vais rester, mais je vais faire quelque chose, je ne me contenterai pas de m'occuper de lui, d'essayer de lui redonner du courage, je vais m'efforcer de le comprendre, de savoir ce qui lui est arrivé, pourquoi il connaît toutes les histoires de cette époque d'infamie, mais ne dit rien de la sienne, pourquoi il ne me raconte pas, à moi qui l'aime, sa propre histoire, pourquoi...

Il devinait ses pensées. C'est ainsi dans tous les couples qui sont unis par la passion et non la simple habitude, nous nous devinons, Harry, il suffit d'un regard, d'un geste de la main, d'une distraction feinte, d'un rêve qu'on pénètre comme on pénètre sexuellement un corps, pour savoir à quoi pense l'autre, tu penses à l'Espagne, tu penses à Jim, tu penses que sa mort précoce l'a sauvé, il n'a pas eu le temps d'être victime de l'histoire, il a été victime de la guerre, ça c'est noble, c'est héroïque ; par contre, être victime de l'histoire, ne pas prévoir, ne pas s'écarter à temps des coups qu'elle porte, ou ne pas être capable de faire face quand elle vous frappe, ça c'est triste, Harry, ça c'est terrible.

— Tout n'a été qu'une farce, une erreur...

— Je t'aime, Harry, et cela n'est ni une farce ni une erreur.

— Pourquoi devrais-je te croire ?

— Je ne te trompe pas.

— Tout le monde m'a trompé.

— Je ne vois pas ce que tu veux dire.

— Tous.

— Pourquoi ne me le racontes-tu pas ?

— Pourquoi ne cherches-tu pas à savoir par toi-même ?

— Non, je ne ferai rien derrière ton dos.

— Ne sois pas sotte. Je t'y autorise. Vas-y, retourne à Cuernavaca, pose-leur des questions sur moi, dis-leur que tu as ma permission, qu'ils te disent la vérité.

— La vérité, Harry ?

(La vérité est que je t'aime, Harry, je t'aime autrement que je n'ai aimé en leur temps mon mari, Orlando Ximénez ou Jorge Maura ; d'un côté je t'aime comme je les ai aimés, comme une femme qui vit et couche avec un homme, mais avec toi, Harry, il y a autre chose, car en plus je t'aime comme j'ai aimé mon frère Santiago le Majeur et mon fils Santiago le Mineur, je t'aime comme si je t'avais déjà vu mourir, comme mon frère mort et enseveli sous les vagues à Veracruz, je t'aime comme j'ai vu mourir mon fils Santiago, fulgurant de promesse inaccomplie, mon fils si beau dans l'acceptation de son sort, c'est comme ça que je t'aime, Harry, comme un frère, comme un fils et comme un amant, mais à la différence, mon amour, qu'eux je les ai aimés comme une sœur, comme une mère et comme une amante, tandis que toi je t'aime comme une chienne, je sais que ni toi ni personne ne peut comprendre ce que je dis, je t'aime comme une chienne, je voudrais te mettre à bas moi-même et ensuite saigner à mort, voilà l'image qui me vient et qui fait que tu es différent de mon mari, de mes amants ou de mes enfants, mon amour pour toi est un amour d'animal qui voudrait se mettre à ta place, mourir à ta place, à condition de devenir ta chienne, désir que je n'avais jamais éprouvé jusque-là et que je voudrais m'expliquer, mais je ne sais pas comment, c'est comme ça tout simplement, et c'est comme ça, Harry, parce que je me pose, maintenant que je vis auprès de toi, des questions que je ne m'étais jamais posées, je me demande si nous méritons l'amour, je me demande si l'amour existe indépendamment de toi et de moi, c'est pour cela que je voudrais être un animal, ta chienne perdant son sang à en mourir, pour pouvoir affirmer que l'amour existe comme un chien et une chienne existent, je veux dégager notre amour de tout idéalisme romantique, Harry, je veux donner leur dernière chance à ton corps et au mien en les enracinant dans une terre plus ordinaire mais plus concrète et plus vraie, la terre sur laquelle un chien et une chienne se flairent, mangent, s'accouplent, se séparent, s'oublient, parce que je vais devoir vivre avec ton souvenir quand tu seras mort, Harry, et mon souvenir de toi ne sera jamais complet parce que je ne sais pas ce que tu as fait pendant la terreur, tu ne me le dis pas, peut-être as-tu été un héros et ta modestie se déguise-t-elle en honneur bravache, comme John Garfield, pour ne pas avoir à raconter tes exploits et donner dans le sentimentalisme, toi qui pleures aux films de Libertad Lamarque, mais tu as peut-être été un délateur, tu en as honte, et c'est pour cela que tu voudrais retourner en Espagne, te retrouver jeune, mourir à côté de ton ami Jim, connaître la guerre et la mort au lieu de l'histoire et du déshonneur, laquelle des deux hypothèses est la bonne ? Je crois que c'est la première parce que, sinon, tu ne serais pas accepté par le cercle des victimes à Cuernavaca, mais cela peut aussi bien être la seconde, parce qu'ils ne te regardent jamais et ne t'adressent pas la parole, ils t'invitent, ils te laissent assis dans ton coin, sans te parler, sans t'attaquer non plus, jusqu'à ce que ta chaise se transforme en banc des accusés, et puis tu me rencontres, tu n'es plus tout seul et nous devons quitter Cuernavaca, abandonner tes camarades, ne plus entendre des discussions répétées jusqu'à plus soif...)

— Nous aurions dû dénoncer les crimes de Staline dès avant la guerre.

— Ne te raconte pas d'histoires. On t'aurait expulsé du Parti. En outre, face à l'ennemi, il y a des oublis nécessaires.

— Il n'empêche que nous aurions dû au moins discuter entre nous des erreurs de l'URSS, nous aurions fait preuve de plus d'humanisme, nous nous serions mieux défendus contre les attaques maccarthystes.

Comment aurions-nous imaginé ce qui allait se passer ? dit Harry à Laura un soir qu'ils buvaient une bière dans le jardin adossé à la montagne avec ses odeurs de fleur naissante et d'arbre moribond, les communistes américains se sont battus en Espagne, puis contre l'Axe, les communistes français ont organisé la Résistance, les communistes russes ont sauvé le monde à Stalingrad, qui aurait pu penser qu'une fois la guerre terminée, être communiste serait un péché et que tous les communistes seraient voués au bûcher ? Qui ?

Une autre cigarette. Une autre bouteille de Dos Equis.

— La fidélité à l'impossible. Tel fut notre péché.

Laura lui avait demandé s'il était marié et Harry avait répondu que oui, mais qu'il préférait ne pas en parler.

— Tout ça c'est du passé, déclara-t-il comme pour clore le sujet.

— Tu sais bien que ce n'est pas vrai. Il faut que tu me racontes. Nous devons le revivre ensemble. Si nous voulons continuer à vivre ensemble, Harry.

— Les colères, les disputes, les sermons, l'inquiétude à cause des réunions secrètes, le soupçon que les accusateurs n'avaient peut-être pas tort ? « J'ai épousé un communiste. » On dirait le titre d'un de ces mauvais films réalisés pour faire passer le maccarthysme pour du patriotisme. C'est comme ça que les magnats du cinéma rachètent leurs fautes rouges. Fuck them. We'll see tomorrow.

— As-tu été honnête avec ton épouse ?

— J'ai été faible. Je me suis confié à elle. Complètement. Je lui ai fait part de mes doutes. Est-ce que c'était vraiment bon ce que j'ai écrit pour le cinéma, ou est-ce qu'on m'a fait croire que c'était bon parce que ça servait une cause — *la* cause, la seule bonne cause ? Est-ce que nous sommes en train de payer au prix fort une chose qui n'en valait pas la peine ? Et elle m'a répondu : Harry, ce que tu écris c'est de la merde. Pas parce que tu es communiste, mon chéri. Tu n'as plus le feu sacré, c'est tout. Regarde les choses en face. Tu avais du talent. Hollywood te l'a volé. C'était un petit talent, mais du talent quand même. Tu as perdu le peu que tu avais. Voilà ce qu'elle m'a dit, Laura.

— Avec moi, ce sera différent.

— Je ne peux pas, je ne peux pas. Je ne peux plus.

— Je veux vivre avec toi (au nom de mon frère Santiago et de mon fils Santiago, m'occuper de toi comme je n'ai pas su ou pas pu m'occuper d'eux, tu comprends, tu te fâches, tu me demandes de ne pas te traiter comme un enfant, et je te prouve que je ne suis pas ta mère, Harry, je suis ta chienne, une mère on ne la traite pas comme un animal, la sensiblerie romantique d'Hollywood ne le permet pas, Harry, mais, moi, je te demande de me laisser être ta chienne, même si je t'aboie dessus de temps en temps, je ne suis ni ta mère, ni ton épouse, ni ta sœur...).

— Be my bitch.

Il fumait et buvait, agressant, à chaque bouffée et chaque gorgée, ses poumons et son sang ; Laura faisait semblant de boire avec lui, en fait, elle buvait du jus de pomme qu'elle faisait passer pour du whisky, elle avait l'impression d'être une de ces putes de cabaret qui boivent de l'eau colorée en faisant croire au client qu'il s'agit de cognac français, elle avait honte de sa ruse, mais elle ne voulait pas se rendre malade, car qui se chargerait alors de Harry ? Un jour de l'année 1952 elle s'était réveillée à Cuernavaca et, à la vue de l'homme faible et malade qui dormait à côté d'elle, elle avait décidé que sa vie n'aurait désormais de sens que si elle la consacrait à cet homme, à prendre soin de lui, car, lorsqu'elle eut passé les cinquante ans, Laura Díaz n'eut plus qu'une seule conviction : ma vie n'a de sens que si je la consacre à quelqu'un qui a besoin de moi ; donner de l'amour à l'amour, totalement, sans conditions ni *arrière-pensées**, comme dirait Orlando, voilà dorénavant le sens de ma vie ; même s'il y a des disputes, des incompréhensions, des énervements de part et d'autre, des assiettes cassées, des journées entières sans nous adresser la parole, tant mieux, sans ces frictions nous serions comme de la guimauve, je vais donner libre cours à mes irritations contre lui, je ne vais pas les contrôler, je vais accorder sa dernière chance à l'amour, je vais aimer Harry au nom de ce qui ne peut plus attendre, je vais incarner ce moment de ma vie qui est déjà arrivé : je sais qu'il pense la même chose, Laura, this is the last chance, ce qui se passe entre toi et moi ne peut plus attendre, c'est ce qui était annoncé, c'est ce qui est déjà arrivé et qui pourtant arrive en ce moment même, nous vivons un avant-goût de la mort, Laura, parce que devant nos yeux le futur se déroule comme s'il avait déjà eu lieu.

— Et cela seuls les morts le savent.

— Je vais vous poser une question —, Fredric Bell s'adressait aux convives habituels des week-ends à Cuernavaca. — Nous savions tous que, pendant la guerre et grâce à la guerre, les industries faisaient d'énormes bénéfices. Ma question est : aurions-nous dû faire la grève contre les exploiteurs ? Nous ne l'avons pas faite. Nous avons été des « patriotes », nous avons été des « nationalistes », nous n'avons pas été des « révolutionnaires ».

— Et si les nazis avaient gagné la guerre parce que les ouvriers américains avaient fait grève contre les capitalistes américains ? demanda l'épicurien qui ne quittait pas son nœud papillon malgré la chaleur.

— Tu me demandes de choisir entre me suicider ce soir ou être fusillé demain à l'aube, c'est ça ? Comme Rommel ? intervint l'homme à la mâchoire carrée et aux yeux éteints.

— Ce que je veux dire, c'est que nous sommes en guerre, la guerre n'est pas finie et elle ne finira jamais, les alliances changent, un jour ce sont eux qui gagnent, le lendemain c'est nous, l'important c'est de ne pas perdre de vue le but, et ce qui est curieux, c'est que le but est en même temps l'origine, vous comprenez ? Le but est la liberté première de l'homme, conclut la réclame vivante des chemises Arrow.

Non, dit Harry à Laura, à l'origine il n'y a pas la liberté, à l'origine il y a la terreur, le combat contre les fauves, la méfiance entre frères, la lutte pour la femme, la mère, le patriarcat, entretenir le feu, pour qu'il ne s'éteigne pas, sacrifier l'enfant pour éloigner la mort, la maladie, la tempête, c'est ça l'origine. Il n'y a jamais eu d'âge d'or. Il n'y en aura jamais. Le problème c'est qu'on ne peut pas être un bon révolutionnaire si on n'y croit pas.

— Et McCarthy ? Et Beria ?

— Eux c'étaient des cyniques. Ils n'ont jamais cru à quoi que ce soit.

— Je comprends le drame que tu as vécu, Harry. Il m'inspire le plus grand respect, je t'assure.

— Laisse tomber, Laura. Allez, embrasse-moi.

Quand Harry mourut, Laura Díaz retourna à Cuernavaca pour annoncer la nouvelle au groupe d'exilés. Ils étaient réunis comme chaque samedi soir et Ruth leur avait préparé ses bassines de pâtes. Laura remarqua que les acteurs avaient changé, mais les rôles étaient toujours les mêmes et les absents étaient remplacés par de nouvelles recrues. McCarthy ne se lassait pas de trouver de nouvelles victimes, les persécutions s'étendaient comme une nappe d'huile sur la mer, comme du pus injecté de force dans un pénis. Theodore, le vieux producteur, était mort, et sa femme Elsa ne supporta pas la vie sans lui pendant longtemps, l'homme de haute taille aux yeux myopes qui portait des lunettes d'écaille eut la possibilité d'aller tourner en France, et le petit homme aux cheveux frisés à toupet put écrire à nouveau des scénarios pour Hollywood, mais sous un pseudonyme, en utilisant une « façade », un prête-nom.

D'autres restèrent au Mexique, regroupés autour de Fredric Bell, soutenus par des personnalités de la gauche mexicaine comme les Rivera ou le photographe Gabriel Figueroa dans la capitale, mais ne variant pas sur les arguties qui leur permettraient de vivre, se souvenir, discuter, amortir la douleur, devant la liste qui s'allongeait des persécutés, des exclus, des emprisonnés, des expatriés, des suicidés, des disparus, feignant de ne pas voir l'approche de la vieillesse, se dissimulant les changements imperceptibles et pourtant évidents révélés par le miroir. Cette fois, c'est Laura Díaz qui servit de miroir aux exilés de Cuernavaca. Elle annonça Harry est mort, et tous vieillirent d'un seul coup. Cependant, Laura fut émue de sentir qu'en chacun s'allumait la même étincelle. L'espace d'un instant, à la simple phrase « Harry est mort », la peur qui les taraudait tous, jusqu'aux plus courageux, la peur, ce fin limier dressé par McCarthy pour mordre les « rouges » au talon, s'évanouit soudain dans une sorte de soupir de soulagement. Sans prononcer un seul mot, ils disaient tous à Laura qu'enfin Harry ne se tourmenterait plus. Et ne les tourmenterait plus.

Il suffit à Laura du regard des Américains réfugiés à Cuernavaca pour que surgisse dans son âme le souvenir insupportable de tout ce que Harry Jaffe avait été, sa tendresse et sa colère, son courage et sa peur, sa douleur politique transformée en douleur physique. Harry, son bien-aimé, en état de souffrance, tout simplement.

Bell le Britannique déclara que quand quelqu'un était convoqué devant la Commission des activités anti-américaines, il avait le choix entre quatre options.

Il pouvait invoquer le Premier Amendement de la Constitution qui garantit la liberté d'expression et d'association. Le risque de cette position était qu'elle soit interprétée comme un outrage au Congrès et vous conduise en prison. C'est ce qui était arrivé aux Dix de Hollywood.

La deuxième option consistait à invoquer le Cinquième Amendement de la Constitution qui reconnaît à tout citoyen le droit de ne pas s'accuser lui-même. Ceux qui choisissaient le « Cinquième » s'exposaient à perdre leur travail et à figurer sur la liste noire. C'est ce qui était arrivé à la plupart des expatriés de Cuernavaca.

La troisième possibilité était de dénoncer, donner des noms en espérant que les studios vous proposent de nouveau du travail.

Et puis il se produisit une chose extraordinaire. Les dix-sept invités plus Bell, sa femme et Laura prirent la route pour se rendre au petit cimetière de Tepoztlán où Harry Jaffe avait été enterré. C'était une nuit de pleine lune et les tombes, humbles mais ornées de fleurs, étaient rangées sous la masse impressionnante du Tepozteco et sa pyramide à trois étages qui descendait jusqu'aux croix bleues, roses, blanches, vertes, lesquelles semblaient ajouter aux sépultures une floraison tropicale de plus. Un froid toujours précoce tombait sur Tepoztlán dès le crépuscule et les gringos étaient venus avec des blousons, des châles et même des parkas.

Ils avaient raison. Malgré le clair de lune, les montagnes projetaient une ombre immense sur la vallée et sur eux-mêmes, les persécutés, les exilés, ils se mouvaient tel un reflet, on aurait dit les ailes sombres d'un aigle lointain, un oiseau qui un jour se regarde dans la glace et ne se reconnaît plus, car il a gardé de lui une image que le miroir ne lui renvoie pas.

Dans la nuit tépoztèque, à la lumière de la lune, comme dans la dernière pièce du Group Theater (le dernier tomber de rideau avant la salle vide), chacun des exilés prononça quelques mots sur la tombe de Harry Jaffe, l'homme admis dans le groupe mais que personne ne regardait, sauf Laura qui débarqua un jour, plongea dans une piscine remplie de fleurs de bougainvillée pour ressortir devant son pauvre, malheureux, amour malade.

— Tu n'as donné que des noms qui avaient déjà été donnés.

— Tous ceux que tu as désignés étaient déjà sur la liste noire.

— Entre dénoncer tes amis et trahir ta patrie, tu as choisi ta patrie.

— Tu as pensé que si tu restais au Parti, tu perdrais tes sources d'inspiration.

— Le Parti te disait comment écrire, comment penser et tu t'es révolté.

— Tu t'es d'abord révolté contre le Parti.

— Tu as été horrifié à l'idée que le stalinisme

pourrait régner sur les États-Unis comme il régnait sur l'URSS.

— Tu as comparu devant la Commission et tu as frémi d'horreur. Ce que tu redoutais était là, en Amérique. Le stalinisme était en train de t'interroger, sauf que là il s'appelait maccarthysme.

— Tu n'as pas donné un seul nom.

— Tu as tenu tête à McCarthy.

— Pourquoi y es-tu allé puisque tu savais qu'ils savaient déjà ? Pour dénoncer les délateurs, Harry, pour couvrir les infâmes d'infamie, Harry.

— Pour pouvoir travailler à nouveau, Harry. Jusqu'à ce que tu te rendes compte que dénoncer ou ne pas dénoncer revenait au même. Les studios ne donnaient pas de travail aux rouges. Mais ils n'en donnaient pas non plus à ceux qui reconnaissaient être des rouges et dénonçaient leurs camarades.

— Il n'y avait pas d'issue, Harry.

— Tu savais qu'en Amérique, l'anticommunisme était devenu le refuge des canailles.

— Tu n'as pas donné le nom des vivants. Comme tu n'as pas donné celui des morts.

— Tu n'as pas donné de noms qui n'avaient jamais été donnés. Tu n'as pas non plus donné seulement les noms qui avaient déjà été donnés.

— Tu n'as même pas donné le nom de ceux qui avaient donné le tien, Harry.

— Le Parti t'a demandé de suivre les instructions. Tu t'es dit que même si tu détestais le Parti, tu n'obéirais pas à la Commission. Le Parti dans ses pires moments vaudrait toujours mieux que la Commission à n'importe quel moment.

— Le pire pour moi cela a été de ne pas pouvoir dire à ma femme ce qui se passait. Le soupçon a détruit notre couple.

— Le pire pour moi a été de vivre caché dans une

maison aux lumières éteintes pour éviter d'être convoqué par les agents de la Commission.

— Le pire pour moi a été de savoir qu'on appliquait à mes enfants à l'école la loi du silence glacial.

— Le pire pour moi a été de ne pas pouvoir raconter à mes enfants ce qui se passait tout en sachant qu'ils savaient déjà tout.

— Le pire pour moi a été de devoir choisir entre mon idéal socialiste et la réalité soviétique.

— Le pire pour moi a été de devoir choisir entre la qualité littéraire de mon travail et les exigences dogmatiques du Parti.

— Le pire pour moi a été de devoir choisir entre écrire vraiment et écrire pour faire du commercial, comme le demandait le studio.

— Le pire pour moi a été de regarder McCarthy en face et de comprendre que la démocratie américaine était perdue.

— Le pire pour moi cela a été quand le député John Rankin m'a dit, vous ne vous appelez pas Melvin Ross, votre vrai nom est Emmanuel Rosenberg, cela prouve que vous êtes un faussaire, un menteur, un traître, un Juif honteux...

— Le pire pour moi a été le moment où je me suis retrouvé face à celui qui m'avait dénoncé et de le voir se cacher le visage dans les mains, tellement il avait honte.

— Le pire pour moi c'est quand mon délateur est venu me demander pardon en pleurant.

— Le pire pour moi a été d'être cité par les chroniqueurs mondains, Sokolsky, Winchell, Hedda Hooper. L'apparition de mon nom dans leurs répugnantes colonnes m'a paru plus salissante que les propos de McCarthy. Leur encre puait la merde.

— Le pire pour moi a été de devoir changer ma

voix au téléphone pour pouvoir parler à ma famille et à mes amis sans les compromettre.

— On a dit à ma fille : ton père est un traître. N'aie plus rien à voir avec lui.

— Ses copains disaient à mon fils : sais-tu qui est ton père ?

— On a dit à mes voisins : n'adressez plus la parole à cette famille de rouges.

— Et toi, Harry Jaffe, qu'est-ce que tu leur as dit ?

— Harry Jaffe, repose en paix.

Ils rentrèrent tous à Cuernavaca. Laura Díaz étourdie, émue, troublée, retourna chercher ses affaires dans la petite maison de Tepoztlán. Elle y retrouva aussi sa propre douleur et celle de Harry. Elle les recueillit et se recueillit. Seule avec l'esprit de Harry, elle se demanda si la douleur qu'elle ressentait était partageable, son intelligence lui dit que non, la douleur vous appartient en propre, elle n'est pas transférable. Même si je voyais bien ta douleur, Harry, je ne pouvais pas la ressentir comme tu la ressentais. Ta douleur n'avait de sens qu'à travers la mienne. C'est ma douleur à moi, la douleur de Laura Díaz, que je ressens, la seule. Mais je peux parler au nom de ta douleur, ça oui. La douleur imaginée par moi d'un homme nommé Harry mort d'un emphysème pulmonaire, asphyxié, privé d'air, ayant perdu ses ailes...

— En plus des trois options que l'on pouvait choisir de prendre face à la Commission maccarthyste, dit Fredric Bell la veille du départ de Laura Díaz pour Mexico, il y en avait une quatrième. Ça s'appelait Executive Testimony, témoignage à huis clos. Les témoins qui dénonçaient publiquement passaient d'abord par une réunion secrète qui servait en quelque sorte de répétition. L'audience publique devenait alors purement formelle. Ce que voulait la

Commission, c'étaient des noms. Sa soif de noms était insatiable, une soif *non satiata*. Le témoin était généralement convoqué dans une chambre d'hôtel et, là, il dénonçait en secret. La Commission avait donc déjà les noms, mais cela ne lui suffisait pas. Il fallait que le témoin donne les noms publiquement pour la plus grande gloire de la Commission, mais aussi pour que le délateur soit lui-même frappé du sceau de l'infamie. Ils trompaient les gens. On faisait croire au délateur que la dénonciation secrète suffirait. L'atmosphère de peur et de persécution était telle que le délateur s'accrochait à cette promesse comme à une planche de salut, il se leurrait lui-même, il voulait croire : « je ferai exception, moi, ils ne m'exposeront pas. » Et le pire, Laura, c'est que parfois il avait raison. On ne sait pas pourquoi, certaines personnes qui avaient donné des noms lors de l'audience secrète étaient aussitôt convoquées en audience publique, d'autres pas du tout.

— Mais Harry, lui, s'est montré courageux devant la Commission, il a déclaré à McCarthy : « C'est vous le communiste, monsieur le sénateur. »

— Oui, il a fait preuve de courage devant la Commission.

— Mais pas à la séance de témoignage à huis clos ? Il a commencé par dénoncer ses amis, puis il s'est rétracté, c'est ça ? En allant même ensuite jusqu'à attaquer la Commission ?

— Laura, nous, les victimes de la délation, nous n'avons dénoncé personne. Tout ce que je peux te dire, c'est qu'il y avait des hommes de bonne foi qui ont pensé : « si je donne le nom d'une personne insoupçonnable, quelqu'un contre qui on ne pourra jamais rien prouver, je protège mes amis tout en ne me mettant pas à mal avec la Commission, et je sauve ma peau. »

Bell se leva et tendit la main à Laura.

— Mon amie, si tu peux déposer des fleurs sur la tombe de Mady Christians et celle de John Garfield, fais-le, je t'en prie.

Les dernières paroles que Laura adressa à Harry furent :

« Je préfère toucher ta main morte que celle de n'importe quel homme vivant. »

Elle ne sait pas si Harry l'a entendue. Elle ne savait pas si Harry était mort ou vivant.

2

Elle avait toujours été tentée de lui dire, je ne sais pas qui ont été tes victimes, mais, moi, je veux bien être la tienne. Elle sait ce qu'il lui aurait répondu, je ne veux pas de planche de salut... mais je suis ta chienne.

Harry disait que s'il avait commis des fautes, il les assumait entièrement.

— Est-ce que j'ai envie de m'en sortir ? s'interrogeait-il d'un air lointain. Est-ce que j'ai envie de m'en sortir avec toi ? Nous le découvrirons ensemble.

Elle reconnaissait qu'il lui en coûtait beaucoup d'être obligée de deviner sans cesse, parce qu'il refusait de lui dire clairement ce qui s'était passé. Mais elle regrettait aussitôt cet aveu intime. Elle avait compris depuis le début que la vérité de Harry Jaffe serait toujours un chèque en blanc, mais dûment signé. Elle aimait un homme oblique, coincé dans une double perception, celle que le groupe d'exilés avait de Harry et celle que Harry avait du groupe.

Laura Díaz se posait des questions sur les raisons de l'attitude distante des exilés envers Harry. Pourquoi l'acceptaient-ils, néanmoins, comme faisant partie intégrante du groupe ? Laura voulait que ce soit lui qui lui dise la vérité, elle ne voulait pas entendre des versions racontées par des tiers, mais lui se contentait de rétorquer sans sourire que si la défaite, indubitablement, est orpheline, la victoire a toujours cent pères, le mensonge, en revanche, a de nombreux enfants alors que la vérité est privée de descendance. La vérité existe solitaire et célibataire, c'est pourquoi les gens préfèrent le mensonge ; le mensonge est communication, allégresse, il nous fait participer et nous rend complices. La vérité, en revanche, nous isole et nous transforme en île cernée de soupçon et d'envie. C'est pour cela que nous participons à tant de jeux mensongers. Afin d'échapper à la solitude de la vérité.

— Alors, Harry, que savons-nous toi et moi, que savons-nous l'un de l'autre ?

— Je te respecte, tu me respectes. Toi et moi nous nous suffisons.

— Mais nous ne suffisons pas au reste du monde.

— C'est vrai.

La vérité c'était que Harry était exilé au Mexique, tout comme les Dix de Hollywood et les autres persécutés par la Commission du Congrès et le sénateur McCarthy. Communistes ou pas, là n'était pas la question. Il y avait des cas particuliers, comme celui du vieux producteur juif Theodore et de sa femme Elsa, qui n'avaient été accusés de rien, mais s'étaient expatriés de leur propre chef, par solidarité, parce que — disaient-ils — les films étaient l'œuvre d'une équipe, chacun travaillait en connaissance de cause, et si un membre de l'équipe était coupable de quelque chose ou victime de quelqu'un, nous l'étions tous, sans exception.

— *Fuenteovejuna, todos a una,* se récita Laura Díaz avec un sourire en pensant à Basilio Baltazar.

Il y avait les fidèles inconditionnels de Staline et de l'URSS, mais aussi les déçus du stalinisme qui ne voulaient pas se comporter en staliniens dans leur propre pays.

— Si nous les communistes arrivions au pouvoir aux États-Unis, nous aussi nous accuserions, nous condamnerions à mort ou à l'exil les écrivains dissidents, disait l'homme au toupet de cheveux.

— En ce cas, nous ne serions pas de vrais communistes, nous serions des staliniens russes, produits d'une culture religieuse et autoritaire qui n'a rien à voir avec l'humanisme de Marx ni la démocratie de Jefferson, lui rétorquait le grand myope.

— Staline a corrompu à jamais l'idéal communiste, il ne faut pas se leurrer.

— Je préfère garder l'espoir dans un socialisme démocratique.

Laura n'attribuait ni nom ni visage à ces voix et elle s'en voulait, mais elle n'était pas aidée, il faut le dire à sa décharge, par la litanie d'arguments, toujours les mêmes, énoncés par des voix d'hommes et de femmes qui allaient et venaient, apparaissaient et disparaissaient pour ne plus reparaître, ne laissant que leur voix, et non leur aspect physique, au milieu des bougainvillées du jardin des Bell à Cuernavaca.

Il y avait des ex-communistes qui craignaient de finir, à l'instar d'Ethel et Julius Rosenberg, sur la chaise électrique pour des crimes imaginaires. Ou pour des crimes commis par d'autres. Ou pour des crimes découlant simplement de l'escalade du soupçon. Il y avait des Américains de gauche, des socialistes sincères ou de simples « libéraux », préoccupés par le climat de persécution et de délation créé par une légion de misérables arrivistes. Il y avait des amis et des parents de victimes du maccarthysme qui avaient quitté les États-Unis par solidarité avec ces dernières.

Ce qu'il n'y avait pas à Cuernavaca, c'était le moindre délateur.

Laura se demandait dans laquelle de ces catégories entrait le petit homme chauve, maigre, mal habillé, souffrant d'emphysème pulmonaire, pétri de contradictions, qu'elle avait aimé d'un amour différent de celui qu'elle avait voué aux autres hommes de sa vie, Orlando, Juan Francisco, et surtout Jorge Maura.

Contradictions : Harry se mourait d'emphysème, mais il n'arrêtait pas de fumer ses quatre paquets par jour, parce que, disait-il, il en avait besoin pour écrire, c'était une habitude insurmontable, sauf qu'il n'écrivait rien et continuait de fumer, tout en contemplant avec une sorte de passion résignée les grands couchers de soleil sur la vallée du Morelos, quand le parfum du laurier d'Inde venait envahir le souffle exténué de Harry Jaffe.

Il respirait difficilement et l'air de la vallée détruisait ses poumons : son sang n'absorbait plus l'oxygène ; un jour son propre souffle, le souffle d'un être nommé Harry Jaffe, s'échapperait de ses poumons comme l'eau s'échappe d'un tuyau percé et envahirait sa gorge jusqu'à l'étouffer avec cela même dont il avait besoin : de l'air.

— Si tu écoutes attentivement — le malade esquissait une grimace —, tu peux entendre le bruit de mes poumons, ça fait comme le snack-crackle-pop des céréales... je suis un bol de Rice Krispies — son rire était difficultueux —, le petit déjeuner des champions.

Contradictions : lui croit qu'ils ne savent pas tandis qu'eux savent mais ne disent rien ? lui sait qu'ils savent tandis qu'eux croient qu'il ne sait pas ?

— Comment écrirais-tu ta propre histoire, Harry ?

— Il faudrait que je raconte avec des mots que je déteste.

— L'histoire ou ton histoire ?

— Il faut se détacher des histoires individuelles pour faire face à la véritable histoire.

— Mais « la véritable histoire » n'est-elle pas simplement l'addition des histoires individuelles ?

— Je ne sais que te répondre. Pose-moi la question un autre jour.

Elle pensait à toutes ses amours charnelles, Orlando, Juan Francisco, Jorge, Harry ; ses amours familiales, son père Fernando et la Mutti Leticia, les tantes María de la O, Virginia et Hilda ; ses passions spirituelles, les deux Santiago. Elle s'immobilisait, troublée, glacée même : son autre fils, Dantón, n'apparaissait dans aucun de ces autels intimes de Laura Díaz.

D'autres fois, elle lui disait, je ne sais pas qui ont été tes victimes, à supposer qu'il y en ait eu, peut-être n'as-tu pas fait de victimes, Harry, mais moi, maintenant, je voudrais être ta victime... une de plus, s'il y en a eu d'autres.

Il la regardait avec incrédulité et l'obligeait à se voir de la même façon. Laura Díaz ne s'était jamais sacrifiée pour personne. Laura Díaz n'était la victime de personne. C'est pourquoi elle pouvait être celle de Harry, proprement, gratuitement.

— Pourquoi n'écris-tu pas ?

— Demande-moi plutôt ce que cela veut dire d'écrire.

— D'accord, qu'est-ce que ça veut dire ?

— Cela veut dire descendre en soi-même, comme si l'on était une mine, pour remonter ensuite à la surface. Remonter à l'air libre les mains pleines de soi-même...

— Que remontes-tu de la mine, de l'or, de l'argent, du plomb ?

— De la mémoire ? La fange de la mémoire ?

— Notre mémoire quotidienne.

— Accorde-nous notre mémoire quotidienne. De la merde tout ça.

Il aurait aimé mourir en Espagne.

— Pourquoi ?

— Par symétrie. Ma vie et l'histoire auraient coïncidé.

— Tu n'es pas le seul à penser ça, j'en ai connu beaucoup d'autres. L'histoire aurait dû s'arrêter en Espagne, quand tout le monde était jeune, tout le monde des héros.

— L'Espagne était le salut. Je ne veux plus de planches de salut, je te l'ai déjà dit.

— En ce cas, tu dois assumer ce qui est venu après la guerre d'Espagne. La culpabilité, c'est ça ?

— Il y a eu beaucoup d'innocents, ici et là-bas. Je ne peux pas sauver les martyrs. Mon ami Jim est mort sur la Jarama. J'étais prêt à mourir pour lui. Il était innocent. Plus personne ne l'a été après.

— Pourquoi, Harry ?

— Parce que je ne l'ai pas été et je n'ai laissé personne le redevenir.

— Tu ne veux pas t'en sortir ?

— Si.

— Avec moi ?

— Oui.

Mais Harry était détruit, il n'avait pas réussi à sauver sa peau, il ne mourrait plus jamais au bord de la Jarama, il allait mourir d'un emphysème, pas d'une balle franquiste ou nazie, une balle politiquement signée, il allait mourir par implosion de la balle qu'il portait en lui, physique ou morale ou physique et morale. Laura voulait donner un nom à la destruction qui l'unissait en fin de compte à un homme qui n'avait plus d'autre compagnie, même pour continuer à se détruire, par la cigarette ou le remords, qu'elle, Laura Díaz.

Ils quittèrent Cuernavaca parce que les faits persistaient et Harry disait qu'il détestait ce qui persistait. À Cuernavaca, on acceptait sa présence, mais on ne lui adressait ni la parole ni le regard. Laura se demandait, à la place de Harry, pourquoi cette froideur distante des exilés à son égard, comme si, d'une certaine façon, il n'était pas des leurs. Pourquoi m'acceptent-ils tout en me rejetant ? Ils ne veulent pas me traiter avec le même ostracisme que celui qu'ils ont subi ? car si j'ai dénoncé en secret, se dit Laura à la place de Harry, ils ne vont pas me le reprocher en public ; parce que, si j'ai agi en cachette, ils ne peuvent pas me traiter en ennemi, et, de mon côté, je ne peux pas révéler la vérité...

— Et vivre en paix ?

— Je ne sais pas qui ont été tes victimes, Harry. Mais, moi, je veux bien en être.

S'il était réfugié au Mexique, c'était parce qu'on continuait de le persécuter aux États-Unis. Pourquoi, si cela était le cas, était-il toujours accusé par les chasseurs de sorcières ? Parce qu'il n'avait pas dénoncé ? Ou justement parce qu'il avait dénoncé ? Mais quel genre de dénonciation avait été la sienne pour qu'elle lui permette de vivre parmi ses victimes ? Aurait-il dû se dénoncer lui-même en tant que délateur devant les autres persécutés ? Y gagnerait-il quelque chose ? Que gagnerait-il ? Pénitence et crédibilité ? Il ferait pénitence et alors ils croiraient en lui, le regarderaient et lui adresseraient la parole ? S'étaient-ils tous trompés, eux et lui ?

À Cuernavaca, dans l'exil, s'étaient-ils mis d'accord pour vouloir croire qu'il ne les avait pas dénoncés, qu'il était l'un des leurs ?

— Alors, pourquoi n'est-il plus persécuté alors que nous le sommes toujours ?

(Laura, le délateur est inexpugnable, s'attaquer à sa crédibilité revient à miner dans ses fondements mêmes le système de la délation.

As-tu dénoncé ?

Suppose que je l'aie fait. Mais qu'on ne le sache pas. Que l'on me tienne pour un héros. N'est-ce pas meilleur pour la cause ?)

— Je vous assure. Il pourrait rentrer, personne ne l'embêterait.

— Non. Les inquisiteurs trouvent toujours de nouvelles raisons pour persécuter.

— Juifs, convertis, musulmans, pédérastes, race impure, mécréants, hérétiques, lui rappela Basilio lors d'une de ses visites sporadiques. L'inquisiteur n'est jamais à court de motifs pour accuser. Et si une raison n'est plus valable ou devient caduque, Torquemada en sort une nouvelle de son chapeau. C'est l'histoire sans fin.

Enlacés dans la nuit, tandis qu'ils faisaient l'amour dans le noir, Harry retenant sa toux, Laura en chemise de nuit parce que son corps ne lui agréait plus, ils pouvaient se déclarer des choses, s'exprimer par des caresses, Harry pouvait déclarer à Laura, c'est notre dernière chance d'amour, the last chance for love, et Laura à Harry, ce qui est en train de se passer était déjà annoncé et lui, c'est déjà arrivé, ce qui est en train de se passer, toi et moi, c'est ce qui est déjà advenu entre toi et moi, Laura Díaz, Harry Jaffe, elle devait supposer, elle devait imaginer. À l'heure du petit déjeuner, à l'heure de l'apéritif crépusculaire, quand seul un martini diaphane se défendait contre la nuit, et pendant la nuit, à l'heure de l'amour, elle pouvait imaginer des réponses à ses questions, pourquoi n'a-t-il pas parlé ? ou, s'il a parlé, pourquoi l'a-t-il fait en secret ?

— Mais tu n'as rien dit, n'est-ce pas ?

— Non, mais ils me traitent comme si j'avais parlé.

— C'est vrai. Ils t'insultent. Ils te traitent comme si tu étais moins que rien. Allons-nous-en tous les deux, tout seuls.

— Pourquoi dis-tu cela ?

— Parce que si tu as un secret et qu'ils le respectent, c'est parce qu'ils ne t'accordent aucune importance.

— Bitch, putain, tu crois que tu vas me faire parler avec tes ruses...

— Les hommes racontent leurs soucis aux putains. Laisse-moi être ta putain, Harry, parle...

— Old bitch, dit-il avec un rire sarcastique, vieille pute.

Elle n'était plus en mesure de se sentir offensée. C'est elle qui le lui avait demandé, laisse-moi être ta chienne.

— D'accord, chienne, imagine que j'aie parlé au cours du témoignage à huis clos. Mais imagine que je n'aie donné que les noms de ceux qui étaient innocents, Mady, Julie. Tu suis ma logique ? Je croyais que puisqu'ils étaient innocents, on ne les toucherait pas. Ils les ont touchés. Ils les ont tués. Moi, je croyais qu'ils ne s'en prendraient qu'aux communistes, c'est pour ça que je n'ai pas donné leurs noms. Ils m'ont juré qu'ils ne recherchaient que les rouges. Alors je me suis dit que je pouvais nommer des gens qui ne l'étaient pas. Ceux-là on n'y toucherait pas. Mais ils n'ont pas tenu leurs promesses. Ils n'ont pas pensé comme moi. Voilà pourquoi je suis passé du témoignage à huis clos à la séance publique où j'ai attaqué McCarthy.

(Êtes-vous ou avez-vous été membre du Parti communiste ?

C'est vous le communiste, monsieur le Sénateur, vous êtes un agent rouge, à la solde de Moscou, Sénateur McCarthy, vous êtes le meilleur propagandiste du communisme, monsieur le Sénateur.

Point d'ordre, outrage, le témoin est accusé d'outrage au Congrès des États-Unis.)

— Voilà pourquoi j'ai passé une année en prison. Est-ce pour cela qu'ils n'ont pas d'autre solution que de me respecter et de m'accepter comme un des leurs ? Suis-je un héros ? Et quand même un délateur ? Pensent-ils que j'ai donné des noms parce que je croyais qu'on ne pourrait prouver l'improuvable, à savoir que Mady Christians ou John Garfield étaient des communistes ? Pensent-ils que j'ai donné le nom des innocents pour sauver les coupables ? Pensent-ils que je n'ai rien compris à la logique de la persécution, qui consiste à faire de l'innocent une victime ? Pensent-ils que j'aurais pu donner le nom d'un autre ami à moi, J. Edward Bromberg, ou ceux de Maltz, Trumbo, Dmytryk, parce qu'ils avaient été communistes ? Pensent-ils que c'est pour cela que je ne les ai pas nommés dans la séance à huis clos ? Pensent-ils que je n'ai nommé que les innocents parce que j'ai moi-même péché par innocence ? Pensent-ils que je me suis dit qu'on ne pourrait rien prouver contre les innocents parce qu'ils étaient innocents ? Est-ce pour cela que la Commission s'est acharnée à prouver tout ce qu'ils n'étaient pas en usant de la terreur ? Il était plus facile de terroriser l'innocent que le coupable ? Le coupable pouvait dire oui, j'ai été ou je suis communiste, et en assumer honorablement les conséquences ? Alors que l'innocent ne pouvait que nier et payer plus cher que le coupable ? C'est ça la logique de la terreur ? Oui, la terreur est une tenaille invisible qui te prend à la gorge comme l'emphysème me fait suffoquer. Tu ne peux rien faire, tu finis épuisé, mort, malade ou suicidé. La terreur consiste à faire mourir de peur l'innocent. C'est l'arme la plus puissante de l'inquisiteur. Dis-moi que j'ai été un imbécile, que je n'ai pas su prévoir tout cela. Pense que, lorsque j'ai décidé d'attaquer la Commission, mes dénonciations avaient déjà fait leur effet. Personne ne peut défaire ce qui a été fait, Laura.

— Et pourquoi les inquisiteurs ne t'ont-ils pas dénoncé ? Pourquoi n'ont-ils pas révélé que tes déclarations en audience publique ne correspondaient pas à celles que tu avais faites à huis clos ?

— Parce que, pour eux, le silence du héros était pire que la parole du délateur. S'ils révélaient mon double jeu, ils révélaient le leur et perdaient ainsi un atout important. Ils passèrent ma dénonciation sous silence ; ils martyrisèrent les gens que j'avais nommés, mais, en fait, cela n'avait pas d'importance, car la liste des victimes était dressée d'avance, le délateur ne faisait que confirmer publiquement ce qu'ils voulaient entendre. Beaucoup d'autres ont dénoncé publiquement Mady Christians et John Garfield. C'est pourquoi ils n'avaient pas besoin que je confirme mes dires, ils m'ont condamné pour rébellion, ils m'ont envoyé en prison, et quand je suis sorti, j'ai dû m'expatrier... De toute façon, ils ont gagné, ils m'ont rendu insupportable à moi-même...

— Tes amis de Cuernavaca sont au courant de tout ça ?

— Je n'en sais rien, Laura. Mais j'imagine. Ils sont divisés. Cela leur convient de m'avoir parmi eux comme martyr. Cela leur convient mieux que de me rejeter comme délateur. Mais ils ne me parlent pas et ne me regardent pas en face.

Elle lui demanda de quitter Cuernavaca avec elle, seuls tous les deux ailleurs, ils pourraient se donner ce que deux êtres solitaires, deux perdants, peuvent s'offrir, ensemble nous pouvons être ce que nous sommes tout en étant ce que nous ne sommes pas. Allons-nous-en avant d'être engloutis par un immense vide, mon amour, nous allons mourir en cachette, avec tous nos secrets, viens, mon amour.

— Je jure que je garderai à jamais le silence.

XXI

Colonia Roma : 1957

1

Lorsque le tremblement de terre de juillet 1957 secoua la ville de Mexico, Laura Díaz était en train de contempler la nuit du haut de la terrasse de sa vieille maison de l'Avenida Sonora. Exceptionnellement, elle fumait une cigarette. En l'honneur de Harry. Mort trois années auparavant, son tendre amour l'avait laissée pleine de questions sans réponse, l'esprit et le cœur lourds d'horizons fermés, elle qui restait en vie, sans homme, à l'âge de cinquante-neuf ans, après avoir perdu celui qu'elle aimait.

Le souvenir remplissait ses jours et parfois, comme celle-là, ses nuits. Elle dormait moins qu'avant depuis la mort de Harry et son retour à Mexico. Le destin de son amant américain l'obsédait. Elle ne voulait pas qualifier Harry Jaffe de « raté » car elle ne voulait attribuer la responsabilité de l'échec ni aux persécutions maccarthystes ni à un délabrement personnel, propre à Harry. Elle ne voulait pas admettre qu'avec ou sans persécutions, Harry n'écrivait plus parce qu'il n'avait plus rien à dire ; il se réfugiait dans la chasse aux sorcières. La destruction systématique des innocents et, ce qui était pire, de ceux qui pensaient différemment avait occupé la vie de l'exilé.

Le doute persistait. Les persécutions avaient-elles coïncidé avec l'épuisement des dons de Harry, ou les avait-il déjà perdus et le maccarthysme n'avait-il servi que de prétexte pour transformer sa stérilité en héroïsme ? Ce n'était pas sa faute ; lui, il aurait voulu mourir en Espagne, sur la Jarama, avec son buddy Jim, quand les idées et la vie se confondaient, quand rien ne les séparait, quand il n'y avait pas, Laura, cette maudite dichotomie...

De la terrasse, tout en pensant à son pauvre Harry, Laura Díaz pouvait contempler, à sa gauche, la marée obscure du bois endormi, les cimes ondoyantes comme la respiration d'un roi assoupi sur son trône d'arbres, couronné par son château de pierre.

À droite, très loin, l'Ange de l'Indépendance ajoutait à l'éclat de sa dorure la lumière des projecteurs qui illuminaient la silhouette aérienne de la demoiselle porfiriste déguisée en déesse grecque censée représenter, travesti céleste, l'ange mâle d'une geste féminine, l'Indépendance... Il (elle) tenait une couronne de laurier dans la main gauche et déployait ses ailes pour un envol qui ne devait pas être celui qui survint, soudain, brutal et catastrophique, du haut de la colonne, ce saut dans les airs puis ce plongeon pour venir s'écraser et voler en morceaux au bas du piédestal, une chute pareille à celle de Lucifer, détruit(e) l'Ange aérien(ne) par la terre tremblante.

Laura Díaz assista à la chute de l'Ange et, curieusement, elle se dit que ce n'était pas l'Ange qui tombait, mais la demoiselle Antonieta Rivas Mercado qui avait servi de modèle mythique au sculpteur Enrique Alciati sans imaginer qu'un jour, sa belle effigie, son corps tout entier, allait se briser en mille morceaux au pied de la svelte colonne commémorative. Elle vit les vagues qui agitaient le bois et la chute de l'Ange, mais elle sentit surtout que sa propre maison craquait, se brisait à l'instar des ailes de l'Ange, se fendait en trois comme une *tortilla* frite entre les dents de la ville monstrueuse qu'elle avait parcourue un soir en compagnie d'Orlando Ximénez pour voir le visage de la vraie misère de Mexico, la plus horrible de toutes, la misère invisible, celle qui n'ose pas se montrer parce qu'elle n'a rien à demander et parce que, de toute façon, personne ne lui donnera rien.

Elle attendit que le séisme s'épuise.

Le mieux était de ne pas bouger. Il n'y avait pas d'autre moyen de lutter contre cette force tellurique : se résigner, pour la vaincre par son opposé, l'immobilité.

Elle n'avait connu qu'une seule autre grande secousse, en 1942, lorsque la ville avait tremblé à la suite d'un phénomène insolite : alors qu'un paysan du Michoacán labourait sa terre, de la fumée commença à sortir d'un trou, et de ce trou, en quelques heures, la terre accoucha d'un bébé-volcan, le Paricutín, qui se mit à vomir de la roche, de la lave, des braises. On pouvait voir sa lueur de très loin tous les soirs. Le phénomène « Paricutín » était amusant, étonnant, admissible par son extravagance même ; pourtant, le vrai nom du lieu était imprononçable, Paranguaricutiro, en langue purépecha, qu'on avait donc abrégé en « Paricutín ». Un pays où un volcan peut surgir comme ça du jour au lendemain, venu de nulle part, est un pays où tout peut arriver...

Le tremblement de terre de 1957 fut plus cruel, plus rapide, sec et tranchant comme un coup de machette sur le corps endormi de la ville. Lorsqu'il se calma, Laura descendit avec précaution l'escalier de fer en colimaçon jusqu'à l'étage de la chambre où elle trouva tout par terre, les armoires et les tiroirs, les brosses à dents, les gobelets et les savons, la pierre ponce et les éponges, et au rez-de-chaussée, les tableaux de travers, les lampes éteintes, les assiettes cassées, le persil éparpillé, les bouteilles d'eau purifiée en mille morceaux.

À l'extérieur, c'était encore pis. En sortant dans l'avenue, Laura découvrit les graves dommages subis par la maison. Plus que fissurée, la façade avait l'air d'avoir été attaquée à coups de poignard ; elle était éventrée comme une orange, inhabitable...

Le séisme réveilla les fantômes. Les téléphones marchaient ; pendant qu'elle mangeait une tarte aux haricots et aux sardines accompagnée d'un jus de raisin, Laura reçut un coup de fil de Dantón et un autre d'Orlando.

Elle n'avait pas vu son fils cadet depuis la veillée funèbre de Juan Francisco, quand elle avait scandalisé la famille de sa belle-fille et surtout celle-ci, la jeune Ayub Longoria.

— Je me fiche de cette bande de bégueules, dit Laura à son fils.

— D'accord, répondit Dantón. L'eau et le feu... Ne t'en fais pas, tu ne manqueras de rien.

— Merci. À bientôt, j'espère.

— Moi aussi.

L'indignation familiale s'accrut encore lorsque Laura partit vivre à Cuernavaca avec un gringo communiste ; mais l'argent de Dantón, ponctuel et généreux, ne manqua jamais d'arriver à Laura. C'était un fait acquis, il n'y avait plus rien à se dire. Jusqu'au jour du tremblement de terre.

— Ça va, maman ?

— Moi, ça va. Mais la maison est en ruine.

— J'enverrai des architectes lui jeter un coup d'œil. Installe-toi à l'hôtel, préviens-moi où et je réglerai ce qu'il faut.

— Merci. Je vais aller chez les Rivera.

Il y eut un silence gêné, puis Dantón reprit d'une voix gaie :

— Il arrive de ces choses. Le plafond s'est effondré sur Carmen Cortina. Pendant qu'elle dormait. Tu l'as connue, n'est-ce pas ? Tu te rends compte, ensevelie dans son propre lit, écrasée comme un hotcake. Charmant Mexique ! On dit qu'elle fut the life of the party dans les années trente.

Peu après, le téléphone retentit de nouveau, et Laura sursauta. Elle se souvenait du temps où deux entreprises différentes, Ericsson et Mexicana, se partageaient les lignes et les numéros, compliquant la vie de tout le monde. Elle était abonnée à Mexicana, Jorge Maura, à Ericsson. Maintenant il n'y avait qu'une seule compagnie et les amants ne connaissaient plus l'excitation du jeu des téléphones, du téléphone comme déguisement, se dit Laura avec nostalgie.

Comme pour échapper à la sonnerie insistante, Laura se mit à penser à tout ce qui était apparu dans le monde depuis que son grand-père Philip Kelsen avait quitté l'Allemagne en 1876, le cinéma, la radio, l'automobile, l'avion, le téléphone, le télégraphe, la télévision, la pénicilline, la machine à polycopier, les matières plastiques, le Coca-Cola, les disques 33 tours, les bas nylon...

Peut-être l'atmosphère de catastrophe lui rappelat-elle Jorge Maura ; elle finit par confondre la sonnerie du téléphone avec les battements de son cœur et elle hésita pendant quelques instants. Elle avait peur de décrocher. Elle essaya de reconnaître la voix de baryton, volontairement flûtée pour avoir l'air plus anglaise, qui la salua en lui demandant :

— Laura ? C'est Orlando Ximénez à l'appareil. Es-tu au courant de la tragédie de Carmen Cortina ? Elle est morte écrasée. Dans son sommeil. Le plafond s'est effondré sur elle. La veillée funèbre se tient au Gayosso, rue Sullivan. J'ai pensé que, for old time's sake...

L'homme qui arriva en taxi à sept heures du soir lui fit signe de la banquette arrière, puis se dirigea vers elle d'un pas mal assuré, avec un sourire mobile, comme si sa bouche était une aiguille de radio à la recherche de la bonne station.

— Laura. C'est moi, Orlando. Tu ne me reconnais pas ? — il rit en lui montrant sa main et la chevalière en or avec les initiales OX. Il ne lui restait plus d'autre signe d'identité. La calvitie était complète et il ne tentait pas de la cacher. Le plus étrange (le plus grave, pensa Laura) était le contraste brutal entre le crâne lisse comme un derrière de bébé et le visage totalement strié, sillonné dans tous les sens par de fines ridules. Un visage pareil à une rose des vents affolée, dont les points cardinaux partiraient dans toutes les directions ; une toile d'araignée sans symétrie.

La peau blanche, le type blond d'Orlando Ximénez avaient mal résisté au passage des années ; ses rides étaient aussi innombrables que les sillons d'un champ labouré pendant des siècles pour donner des récoltes de plus en plus maigres. Il avait toutefois gardé la distinction d'un corps svelte et bien habillé, en l'occurrence un costume en prince-de-galles croisé avec une cravate noire et la coquetterie, immortelle chez lui, d'une pochette Liberty pointant nonchalamment de la poche de poitrine. « Il n'y a que les parvenus et les gens de Toluca pour porter une cravate et une pochette assorties », lui avait dit des années auparavant Orlando à l'hôtel Regis de San Cayetano...

— Laura, ma chère —, dit-il le premier en se rendant compte qu'elle ne le reconnaissait pas tout de suite, et, après lui avoir planté deux petits baisers rapides sur les joues, il s'écarta pour la regarder sans cesser de lui tenir les mains.

— Laisse-moi te regarder.

C'était l'Orlando de toujours, il ne lui rendait pas la monnaie de sa pièce, il la devançait, il lui disait sans paroles « comme tu as changé, Laura », avant qu'elle ait le temps de dire « comme tu as changé, Orlando ».

Sur le trajet en direction de la rue Sullivan (qui avait pu être ce Sullivan ? l'auteur d'opérettes anglaises ? Sauf que celui qui portait ce nom allait toujours de pair, tel un frère siamois, avec son partenaire Gilbert, comme Ortega avec Gasset, plaisanta l'incorrigible Orlando), l'ancien amant de Laura parla de l'horrible mort de Carmen Cortina et du mystère dont elle serait pour toujours entourée. La fameuse hôtesse des années trente, dont l'énergie avait tiré la société de la capitale de sa convulsion léthargique — si l'on osait pareille expression, c'est un oxymoron, je te l'accorde, sourit Orlando —, était alitée depuis des années à cause d'une phlébite qui l'empêchait de bouger... La question était la suivante : Carmen Cortina aurait-elle pu se lever pour échapper à la catastrophe, ou sa prison physique l'avait-elle condamnée à regarder le plafond s'effondrer sur elle et l'écraser comme — à quoi bon faire des manières ? — le fameux cafard, la *cucaracha,* de la chanson populaire ?

— But I am a chatterbox, une vraie pipelette —, excuse-moi, dit Orlando en riant, puis il caressa de sa main gantée les doigts nus de Laura Díaz.

Ce n'est qu'en descendant du taxi dans la rue Sullivan qu'Orlando prit Laura par le bras et lui chuchota, n'aie pas peur, ma chère Laura, tu vas retrouver tous nos amis d'il y a vingt-huit ans, mais tu ne les reconnaîtras pas ; si tu as des doutes, serre-moi le bras — ne t'écarte pas, *je t'en prie** — et je te dirai à l'oreille qui est qui.

— As-tu lu *Le Temps retrouvé* de Proust ? Non ? Eh bien, il s'agit d'une situation identique. Le narrateur revient dans un salon parisien trente ans après et il ne reconnaît plus les amis intimes de sa jeunesse. Face aux « vieux fantoches », dit le narrateur de Proust, il fallait se servir non seulement de ses yeux mais de sa mémoire. La vieillesse, ajoute-t-il, est comme la mort. Certains l'affrontent avec indifférence, non pas parce qu'ils sont plus courageux que les autres, mais parce qu'ils ont moins d'imagination.

Orlando chercha ostensiblement le nom de Carmen Cortina sur le panneau des décès, pour savoir dans quelle chapelle ardente elle se trouvait.

— Évidemment, la différence avec Proust, c'est que lui se retrouve face à la vieillesse et au passage du temps dans un élégant salon parisien, tandis que toi et moi, en fiers Mexicains, nous y sommes confrontés dans une agence de pompes funèbres.

Il n'y avait pas cette odeur de fleurs intrusives qui vous donne la nausée dans les veillées funèbres. Aussi le parfum des femmes semblait-il plus agressif. Ces dames étaient comme les derniers nuages d'un ciel sur le point de s'éteindre pour toujours ; elles passaient une à une devant le cercueil ouvert de Carmen Cortina, minutieusement reconstituée par l'embaumeur au point de ne ressembler ni à elle-même ni à aucun autre être vivant. C'était un mannequin de vitrine, comme si toute sa vie agitée de grande mondaine n'avait servi qu'à la préparer à ce moment final, l'acte ultime de la représentation permanente qu'avait été sa vie : un mannequin allongé sur des coussins de soie blanche, sous une vitrine en matière plastique, les cheveux soigneusement teints en couleur acajou, les joues lisses et roses, les lèvres obscènement gonflées et entrouvertes en un sourire et qui semblaient lécher la mort comme si c'était un bonbon, le nez bouché par des tampons de coton, car c'est par là que pouvait s'échapper ce qui restait du fluide vital de Carmen, les yeux fermés — mais sans les lunettes que l'*hostess* maniait avec le savoir-faire des myopes élégants, l'utilisant tantôt comme une banderille, tantôt comme un doigt supplémentaire, un lourd pendentif ou un stylet menaçant. Dans tous les cas, la baguette avec laquelle Carmen Cortina dirigeait son brillant opéra social.

Carmen ainsi dépouillée de ses lunettes, Laura eut du mal à la reconnaître. Elle faillit souffler à Orlando — contaminée par l'imperturbable ton festif de son premier amoureux — qu'un esprit charitable devrait remettre ses lunettes au cadavre de Carmen. Elle était capable d'ouvrir les yeux. De ressusciter. Laura ne reconnut pas non plus la femme aux chairs débordantes, mais à la peau restée de nacre, assise sur une chaise roulante poussée par le peintre Tizoc Ambriz, lui, en revanche, aisément reconnaissable grâce à ses fréquentes apparitions dans les pages culturelles et mondaines des journaux, mais transformé, du fait de la couleur, l'épaisseur et la texture de la peau, en une sorte de sardine écaillée aux tons noir et argenté. Petit, maigre, vêtu comme toujours de coton bleu chiné — pantalon, chemise et blouson, comme pour se singulariser en même temps que, paradoxalement, il imposait une mode.

Il poussait avec dévotion la chaise roulante de la

femme aux yeux endormis, aux sourcils invisibles, mais, hélas ! s'exclama Orlando, qui avait perdu la symétrie faciale de cette éternelle maturité qui voulait se faire passer pour une éternelle jeunesse et qui se tenait, comme trente ans auparavant, au bord d'une opulence que l'ami de Laura avait comparée à celle d'un fruit parfaitement mûr. Tout juste cueilli sur sa branche.

— C'est Andrea Negrete. Tu te souviens de la présentation de son portrait peint par Tizoc Ambriz dans l'appartement de Carmen ? Elle était nue — sur le tableau, bien sûr —, avec deux mèches blanches sur les tempes et le pubis peint en blanc lui aussi ; elle se vantait d'avoir des poils blancs dans la foufoune. Maintenant elle n'a plus besoin de se teindre quoi que ce soit.

— Mange-moi —, chuchota Andrea à Orlando lorsqu'ils passèrent devant la salle où un curé dirigeait les prières devant une douzaine d'amis de Carmen Cortina.

— Mange-moi.

— Épluche-moi.

— Espèce de goujat, lança l'actrice en riant tandis que le murmure du *Lux perpetua luceat eis* dominait plus ou moins les commentaires et les commérages propres à l'occasion.

Le peintre Tizoc Ambriz, lui, avait perdu toute expression faciale. Il ressemblait à un totem indien, un Tezcatlipoca miniature, le Puck aztèque voué à rôder comme un fantôme dans les nuits endiablées de Mexico-Tenochtitlán.

Tizoc tourna les yeux vers la porte au moment où un jeune homme, grand, au teint basané, aux cheveux bouclés, faisait son entrée avec à son bras une femme gonflée dans chaque repli de son obésité et refaite sur chaque centimètre de son épiderme. Elle avançait fièrement et même avec un brin d'insolence au bras de l'éphèbe, ravie de montrer la légèreté de son pas malgré le volume de son corps. Elle naviguait tel un galion de l'Invincible Armada sur les eaux orageuses de la vie. Ses petits pieds soutenaient un massif ballon de chair surmonté d'une petite tête aux boucles blondes qui encadraient son visage sculpté, retouché, restauré, composé, recomposé et redisposé jusqu'à être distendu comme une baudruche sur le point d'éclater, bien que vide de toute expression, pur masque maintenu par des agrafes invisibles autour des oreilles et des coutures qui avaient éliminé un double menton qui, manifestement, ne cherchait qu'à renaître.

— Laura, ma chère Laura ! — s'exclama l'épouvantail qui venait de faire son apparition enveloppé dans des voiles noirs incrustés de pierreries. Laura se demanda, qui ça peut bien être, mon Dieu ? je ne me souviens pas d'elle, je ne me souviens pas d'elle ! jusqu'au moment où elle comprit que la baudruche à cicatrices ne s'adressait pas à elle, mais à quelqu'un vers qui elle se dirigeait d'un pas léger et qui se trouvait derrière Laura Díaz ; Laura se retourna pour suivre des yeux la réclame vivante du lifting et la voir embrasser une femme qui était son exact opposé, une dame petite et mince, en tailleur noir, collier de perles et petit chapeau pillbox dont la voilette noire épousait de si près les traits du visage qu'on aurait cru qu'il en faisait partie intégrante.

— Laura Rivière, que je suis contente de te voir, s'exclama l'obèse couturée.

— Tout le plaisir est pour moi, Elizabeth —, répondit Laura Rivière en écartant discrètement l'exubérante Elizabeth García-Dupont ex-Caraza, c'est elle, se dit, ébahie, Laura Díaz, sa copine d'adolescence à Xalapa dont la mère, doña Lucía Dupont, leur disait, pas question de montrer vos seins, les filles, pendant qu'elle faisait enfiler à Elizabeth sa petite robe de bal rose à l'ancienne mode, pleine de volants et de tulles...

(Maman, Laura n'a pas de problème parce qu'elle est plate, mais moi...

Elizabeth, ma chérie, tu me gênes...

Il n'y a pas de raison, c'est le bon Dieu qui m'a faite comme ça, avec ton aide...)

Elle n'avait pas reconnu Laura comme Laura ne l'avait pas reconnue, parce que Laura — elle se regarda du coin de l'œil dans le miroir de la salle mortuaire — avait changé autant qu'Elizabeth, ou parce que Elizabeth avait bien reconnu Laura mais n'avait pas voulu la saluer à cause de vieilles rancunes encore vivaces, ou peut-être pour éviter, justement, les comparaisons, les mensonges, tu n'as pas changé, comment fais-tu ? as-tu signé un pacte avec le diable ? La dernière fois qu'elles s'étaient vues, au Ciro's, le bar de l'hôtel Reforma, Elizabeth ressemblait à une momie anorexique.

Laura Díaz attendit qu'Elizabeth García s'éloigne de Laura Rivière pour s'approcher de cette dernière ; elle lui tendit la main et perçut la peau sèche et fine de la main qui lui répondait, elle chercha à reconnaître Laura Rivière derrière la voilette noire, dans les cheveux blancs parfaitement coiffés qui dépassaient sous le chapeau cylindrique à la place de la coupe blonde langoureuse de sa jeunesse.

— Je suis Laura Díaz.

— Je t'attends depuis longtemps. Tu avais promis de m'appeler.

— Je suis désolée. Tu m'avais dit qu'il fallait que je me tire d'affaire.

— Et tu pensais que je ne pouvais pas t'aider ?

— Tu me l'avais dit toi-même, tu te souviens ?

« Pour moi il est trop tard. Je suis prisonnière. Mon corps est prisonnier de la routine... »

— «Si je pouvais me séparer de mon corps... »

Laura Rivière sourit. — « Je le déteste. » C'est ce que je t'ai dit, tu te rappelles...

— Je regrette de ne pas t'avoir fait signe.

— Moi aussi.

— Tu sais, nous aurions pu devenir amies.

— *Hélas** — Laura Rivière poussa un soupir et tourna le dos à Laura Díaz après lui avoir adressé un sourire mélancolique.

— Elle a vraiment aimé Artemio Cruz, lui confia Orlando Ximénez en la raccompagnant chez elle au milieu des décombres qui parsemaient la ville. C'était une femme hantée par la lumière, les lampes, les éclairages intérieurs, oui, la bonne disposition des lampes, le voltage adéquat, la façon dont les visages prennent la lumière... Cela l'a toujours hantée. Elle a été — elle est — peintre de sa propre image. Elle est son propre autoportrait.

(Je n'en peux plus, mon amour. Il faut que tu choisisses.

Un peu de patience, Laura. Rends-toi compte... Ne m'oblige pas...

À quoi donc ? Tu as peur de moi ?

Nous ne sommes pas bien comme ça ? Il manque quelque chose ?

Je ne sais pas, Artemio. Peut-être ne manque-t-il rien.

Je ne t'ai pas trompée. Je ne t'ai pas obligée.

Je ne t'ai pas transformé, ce qui est différent. Tu n'es pas prêt. Et je commence à me lasser.

Je t'aime. Comme au premier jour.

Nous ne sommes plus au premier jour. Plus maintenant. Mets la musique un peu plus fort.)

Lorsqu'elle descendit du taxi, Orlando voulut embrasser Laura. Elle le repoussa, avec surprise et dégoût. Elle sentit le frôlement de ces lèvres ridées, la proximité du visage quadrillé comme une viande grillée pâlichonne, et elle fut saisie de répulsion.

— Laura, je t'aime comme au premier jour.

— Nous ne sommes plus au premier jour. Nous nous connaissons. Trop. Adieu, Orlando.

Et le mystère ? Allaient-ils mourir tous les deux sans qu'Orlando Ximénez, l'ami intime du premier Santiago à Veracruz, et grâce à cela, séducteur de Laura, celui qui servit de mystérieux courrier entre l'invisible anarchiste Armonía Aznar et le monde, Orlando son amant et son Virgile dans les cercles infernaux de la ville de Mexico, ne révèle ses secrets ? Il était impossible d'attribuer un mystère quelconque à ce gommeux démodé, momifié et banal qui, en venant la chercher pour la veillée funèbre de Carmen Cortina, l'avait en fait amenée à l'enterrement de toute une époque.

Elle préférait rester avec le mystère intact.

Néanmoins, l'hommage rendu au « bon vieux temps » laissa à Laura un goût amer. À la maison, le courant avait été rétabli. Elle commença à ramasser les objets qui jonchaient le sol, les ustensiles de cuisine, les meubles de la salle à manger, et surtout le salon et le balcon sur lequel, lorsque la famille se trouva réconciliée après la passion de Laura Díaz pour Jorge Maura, elle et son mari Juan Francisco, les enfants Santiago et Dantón ainsi que la vieille tante de Veracruz, María de la O, se réunissaient pour contempler la tombée du jour sur le bois de Chapultepec.

Elle remit à leur place les livres éparpillés par la violence de la secousse et, d'entre les pages de la biographie de Diego Rivera par Bertram D. Wolfe, tomba la photo de Frida Kahlo que Laura Díaz avait prise le jour de sa mort, le 13 juillet 1954, jour où Laura avait laissé Harry Jaffe seul à Tepoztlán pour accourir chez les Rivera à Coyoacán.

— Tiens, lui avait dit Harry en lui remettant son Leica. Je m'en servais à Hollywood pour faire des photos. Rapporte-m'en une de Frida Kahlo sur son lit de mort.

Elle parvint à surmonter le sentiment de cruauté que Harry suscitait parfois chez elle. Frida était morte amputée et malade, mais peignant jusqu'au dernier moment sur son lit d'agonisante. Harry agonisait lui aussi dans une vallée tropicale sans avoir le courage de reprendre le papier et le stylo. Laura prit la photo du cadavre de Frida Kahlo, surtout pour pouvoir la montrer à Harry en lui disant : « Elle n'a pas cessé de créer, même le jour de sa mort. »

Mais Harry aussi était mort à présent. Comme Carmen Cortina. Et la cruauté que Laura ressentait envers Harry, de même que le ridicule qui émanait, à ses yeux, du corps embaumé de Carmen derrière son minuscule rideau, se transformèrent, à la vue de Frida Kahlo morte, en quelque chose de plus que de l'amour et de l'admiration.

Allongée dans son cercueil, Frida Kahlo arborait sa chevelure noire tressée de rubans de couleur. Ses mains pleines de bagues et de bracelets étaient posées sur sa poitrine endormie, ornée, pour ce dernier voyage, de somptueux colliers en or fin et en argent du Morelos. Les turquoises vertes ne pendaient plus à ses oreilles ; elles reposaient comme elle, tout en retenant mystérieusement la dernière chaleur de la femme morte.

Le visage de Frida Kahlo n'avait pas changé. Les yeux fermés avaient gardé leur expressivité grâce à la vivacité interrogatrice des épais sourcils sans césure, cette lanière dangereuse et fascinante posée au-dessus des yeux qui avait été le symbole même de cette femme. L'épaisseur des sourcils tentait, sans y parvenir, de faire oublier la moustache de Frida, ce duvet notoire et notable qui couvrait sa lèvre supérieure et qui donnait à penser qu'un pénis jumeau de celui de Diego Rivera s'efforçait de pousser entre ses jambes afin de réaliser chez elle la probabilité, plus que l'illusion, d'un être hermaphrodite ou, plus exactement, parthénogénétique, capable de se féconder lui-même et d'engendrer, avec son propre sperme, le nouvel être dont sa partie féminine accoucherait grâce à la vigueur de sa partie masculine.

C'est ainsi que Laura Díaz l'avait photographiée, croyant faire le portrait d'un corps inanimé, sans se rendre compte que Frida Kahlo avait déjà entrepris le voyage à Mictlán, l'averne indigène où l'on ne parvient que guidé par trois cents chiens ixcuintles, les chiens sans poils que Frida collectionnait et qui, orphelins de leur mère, hurlaient de désespoir dans les patios, les terrasses et les cuisines de la maison funèbre.

La position gisante de Frida Kahlo était un leurre. Elle était déjà en marche vers un enfer indigène qui ressemblait à une peinture de Frida Kahlo, avec le sang en moins, sans les épines, sans le martyre, sans les salles d'opération, sans les bistouris, sans les corsets de fer, sans les amputations, sans les fœtus, un enfer simplement empli de fleurs, de pluies chaudes et de chiens sans poils, un enfer débordant d'ananas, de fraises, d'oranges, de mangues, de corossols, de mammées, de citrons, de papayes, de sapotes, où elle arriverait à pied, à la fois humble et altière, complète, guérie, une Frida d'avant les hôpitaux, vierge de tout accident, saluant le Seigneur Xólotl, ambassadeur de la République universelle de Mictlán, chancelier et ministre plénipotentiaire de la Mort, c'est-à-dire, d'ICI. How do you do, Mister Xólotl ? dirait Frida en pénétrant en Enfer.

Elle entra en Enfer. De sa maison de Coyoacán on la transporta au Palais des Beaux-Arts où on la recouvrit de la bannière communiste, ce qui provoqua la destitution du directeur de l'Institut. Puis on la conduisit au crématorium et on l'introduisit dans un four telle qu'elle était, toute pomponnée, parée de ses bijoux, poilue pour mieux brûler. Et lorsque les flammes commencèrent à monter, le cadavre de Frida Kahlo se redressa en position assise comme si elle allait se mettre à bavarder avec ses plus vieux amis, la bande des Casquettes dont les blagues scandalisaient l'École préparatoire dans les années vingt ; comme si elle s'apprêtait à reprendre sa conversation avec Diego ; ainsi vit-on le cadavre de Frida Kahlo se dresser sur son séant sous l'effet des flammes du crématoire. La chevelure prit feu et l'auréola telle une gloire. Frida adressa un dernier sourire à ses amis, puis elle se dissipa.

Il restait à Laura Díaz l'instantané qu'elle avait pris du cadavre de Frida Kahlo. Sur cette photo, on voyait que la mort, pour Kahlo, était une manière de s'écarter de toute la laideur du monde pour mieux le contempler, non pour l'éviter ; pour découvrir l'affinité de Frida la femme et l'artiste, non avec la beauté, mais avec la vérité.

Elle était morte, mais dans ses yeux fermés passait toute la douleur de ses tableaux, l'horreur plus que la douleur, selon certains observateurs. Non, sur la photo de Laura Díaz, Frida Kahlo était le reflet de la douleur et de la laideur du monde des hôpitaux, des avortements, de la gangrène, de l'amputation, des drogues, des cauchemars immobiles, de la compagnie du diable, la blessure par laquelle on accède à une vérité qui devient belle parce qu'elle identifie notre être avec nos qualités et non avec notre apparence.

Frida donne forme au corps : Laura l'a photographié.

Frida rassemble ce qui est fragmenté : Laura a photographié cette intégrité.

Frida, tel un Phénix trop rare, s'est redressée au contact du feu.

Elle a ressuscité pour s'en aller avec ses chiens sans poils de l'autre côté, au pays de la Camarde, la Parque, la Faucheuse, la Fossoyeuse.

Elle est partie habillée comme pour un bal au Paradis.

2

Avec la photo de Frida morte dans une main et l'appareil photo que Harry lui avait offert dans l'autre, Laura se regarda dans le miroir de son nouvel appartement de la Plaza Río de Janeiro, où elle s'installa après que le tremblement de terre eut rendu inhabitable la vieille maison de l'Avenida Sonora, et que Dantón, qui était propriétaire de la bâtisse, eut décidé de la faire démolir et de construire à sa place un immeuble en copropriété de douze étages.

— Je croyais que ton père et moi étions propriétaires de notre maison, dit Laura, surprise mais sans amertume le jour où Dantón lui rendit visite pour lui expliquer le nouvel état des choses.

— Il y a longtemps que la maison m'appartient, répondit le fils cadet de Laura.

La surprise était feinte ; la véritable surprise c'était le changement physique intervenu chez cet homme de trente-six ans qu'elle n'avait pas revu depuis qu'on avait enterré Juan Francisco et que Laura avait été frappée d'ostracisme par sa belle-famille.

Ce n'étaient pas les quelques cheveux gris sur les tempes ni le ventre un peu plus proéminent qui changeaient Dantón, mais la posture, une manière d'afficher son pouvoir qu'il ne parvenait pas à cacher, même devant sa mère, à moins que justement il ne l'exagérât devant elle. Tout, depuis sa coupe de cheveux à la Marlon Brando dans *Jules César* jusqu'à son costume gris anthracite en passant par l'étroite cravate de régiment anglais et les mocassins noirs de chez Gucci, affirmait le pouvoir, l'assurance, l'habitude d'être obéi.

Avec un aplomb mêlé de nervosité, Dantón allongeait ses bras pour faire apparaître ses boutons de manchette couleur rubis.

— J'ai vu un bel appartement pour toi à Polanco, maman.

Non, insista-t-elle, je veux rester dans la Colonia Roma.

— Il y a de plus en plus de pollution ici. La circulation va devenir infernale. En outre, ce n'est plus à la mode. Et c'est l'endroit où les tremblements de terre ont les effets les plus violents.

Justement, répéta-t-elle, c'est pour ça que je veux rester.

— Est-ce que tu sais ce qu'est un immeuble en copropriété ? Celui que je suis en train de construire est le premier à Mexico. Ils vont devenir à la mode. La copropriété est l'avenir de cette ville, crois-moi. C'est le moment de s'y engager. D'ailleurs, les appartements qui te plaisent sur la Place ne sont pas à vendre. Ils sont à louer.

Précisément, elle voulait désormais payer le loyer de son logement, sans l'aide de Dantón.

— De quoi vas-tu vivre ?
— Tu me trouves si vieille que ça ?
— Ne sois pas têtue, maman.
— Je croyais que ma maison m'appartenait. Tu as besoin de tout acheter pour être heureux ? Laisse-moi l'être à ma façon.
— En crevant de faim ?
— Indépendante.
— Bon, téléphone-moi si tu as besoin de moi.
— Toi aussi.

Les deux morts, pourtant très différentes, de Frida Kalho et de Carmen Cortina, l'année du tremblement de terre, suscitèrent chez Laura une même détermination : elle prit son Leica. La rencontre avec Orlando lui avait rappelé la ville invisible, perdue, d'une misère et d'une dégradation asphyxiantes, qu'il lui avait fait connaître un soir des années trente après une fête dans le penthouse du Paseo de la Reforma. À présent, appareil photo à la main, Laura marchait dans les rues du centre-ville qu'elle découvrit à la fois populeux et laissé à l'abandon. Non seulement elle ne parvenait plus à situer cette cité perdue, véritable cour des miracles, où Orlando l'avait conduite pour lui prouver que tout était désespéré, mais la ville visible des années trente était maintenant la vraie ville invisible, en tout cas abandonnée, reléguée par l'expansion continue des zones urbaines. Le premier périmètre autour du Zócalo, le grand centre des célébrations citadines depuis le temps des Aztèques, ne s'était pas vidé, car il n'y avait pas de vide dans Mexico, mais il avait cessé d'être le centre de la ville pour devenir un quartier comme un autre, le plus ancien et sans doute le plus prestigieux de par son histoire et son architecture ; un nouveau centre était en train de se constituer autour de l'Ange de l'Indépendance déchu, de part et d'autre du Paseo de la Reforma, un quartier où les rues portaient des noms de fleuves de villes étrangères. Urbaine la Colonia Juárez et fluviale la Colonia Cuauhtémoc.

Deux mille personnes arrivaient chaque jour à Mexico, soixante mille nouveaux habitants par mois, fuyant la famine, la sécheresse, l'injustice, le crime impuni, la brutalité des caciques, l'indifférence générale, mais attirés aussi par une ville qui se présentait pleine de promesses de bien-être et même de beauté. Les réclames de bière n'offraient-elles pas de belles blondes, et les héros des feuilletons télévisés, dont le succès populaire ne cessait d'augmenter, n'étaient-ils pas toujours des blondinets, de riches créoles bien habillés ?

Aux yeux de Laura, rien de tout cela ne pouvait gommer les questions soulevées par l'inexorable flux migratoire : d'où venaient-ils ? où allaient-ils ? comment vivaient-ils ? qui étaient-ils ?

Ce fut le sujet du premier grand reportage photographique de Laura Díaz ; elle y concentra toutes les expériences de sa vie, ses origines provinciales, son existence de jeune mariée, sa double maternité, ses amours et ce que ces amours lui avaient apporté — le monde espagnol de Maura, la mémoire terrible du martyre de Raquel à Buchenwald, l'exécution sans pitié de Pilar devant les murailles de Santa Fe de Palencia, la persécution maccarthyste contre Harry, la double mort de Frida Kahlo, une mort immobile d'abord, puis une seconde dans les flammes —, Laura rassembla tout cela dans une seule image prise dans une de ces villes sans nom qui étaient en train d'apparaître comme des effilochures et des rapiéçages de la grande jupe brodée qu'était la ville de Mexico.

Cités perdues, cités anonymes élevées sur les

friches de la vallée aride au milieu des terrains rocailleux et des touffes de mesquite, bicoques plantées n'importe comment, antres de carton et de tôle, sols en terre battue, eaux empoisonnées et bougies moribondes jusqu'à ce que le génie populaire découvre le moyen de voler du courant électrique à partir de l'éclairage public et des poteaux de lignes à haute tension.

C'est pourquoi la première photo que prit Laura Díaz, après celle du cadavre de Frida Kahlo, fut celle de l'Ange tombé au pied de sa mince colonne, la statue brisée, les ailes sans corps et le visage aveugle, fendu, de celle qui avait servi de modèle, la demoiselle Antonieta Rivas Mercado, qui quelques années plus tard s'en fut se suicider au pied du grand autel de Notre-Dame de Paris par amour pour José Vasconcelos, philosophe et ministre de l'Éducation. Les Mémoires de Vasconcelos, parus sous le titre d'*Ulysse créole* en 1935, firent sensation par leur franchise, et Orlando avait eu à leur propos une de ses phrases les plus heureuses : « C'est un livre à lire debout... »

Lorsqu'elle photographia la figure brisée de l'Ange qui avait été la maîtresse du philosophe, Laura Díaz s'obligea à prendre la mesure du temps d'une ville à « l'éternel printemps » qui semblait ne pas en avoir. Elle s'aperçut qu'elle n'avait pas vu passer les années. La ville n'a pas de saisons. Janvier est froid. Février est fait de tourbillons de poussière. Mars est brûlant. Il pleut en été. En octobre les bourrasques de l'équinoxe rappellent que les apparences sont trompeuses. Décembre est transparent. Janvier est froid...

Laura pensa à toutes les années vécues dans cette ville et dans son esprit émergèrent tous les visages de Vasconcelos, celui du jeune et romantique étudiant, puis du vaillant guérillero intellectuel de la Révolution, du noble éducateur au front interminable qui offrit des murs à Diego Rivera pour y peindre ses fresques, du philosophe bergsonien de l'énergie vitale, de l'américaniste de la race cosmique, du candidat à la présidence contre le chef suprême Calles et son bouffon de cour, ce Luis Napoleón Morones qui avait corrompu Juan Francisco, enfin celui de l'exilé plein de ressentiment qui, dans sa vieillesse grincheuse, avait fini par faire l'éloge de Franco et du fascisme et procéder à l'expurgation de ses propres œuvres.

Vasconcelos était une image mobile et dramatique du Mexique révolutionnaire, tandis que son amante déchue, Antonieta Rivas Mercado, l'Ange de l'Indépendance, était l'image fixe, symbolique, surnaturelle, de la Patrie au nom de laquelle avaient combattu les héros qui l'avaient vénérée autant que trompée. Tous les deux — le philosophe et son ange — étaient aujourd'hui en ruine dans une ville qu'ils ne reconnaissaient plus et que Laura entreprit de photographier.

Le premier grand reportage photographique de Laura Díaz résumait toutes les expériences de sa vie, ses origines provinciales, son existence de jeune mariée, sa double maternité, ses amours et ce que ses amours lui avaient apporté.

Elle se rendit compte qu'entre la mort de Harry Jaffe à Cuernavaca et la mort de Carmen Cortina à Mexico, elle avait commencé à se demander ce qu'elle allait faire pendant l'année à venir ; alors qu'avant, dans sa jeunesse, tout était imprévisible, naturel, nécessaire et pourtant agréable. La mort de Frida, surtout, lui fit voir son propre passé comme une photographie effacée. Le tremblement de terre, la rencontre avec Orlando, la mort de Carmen, l'amenèrent à se demander : puis-je rendre au passé sa mise au point perdue, sa netteté ?

Elle dormait différemment. Avant, son sommeil était sans pensées, mais soucieux. Maintenant il était sans pensées ni soucis. Elle dormait comme si tout était derrière elle. Elle dormait comme une personne âgée.

Elle s'en émut. Elle voulait dormir à nouveau comme si tout était encore à venir, comme si sa vie s'inaugurait à chaque réveil, comme si l'amour était une douleur encore inconnue. Elle voulait se réveiller avec la volonté de découvrir le monde chaque matin et d'archiver tout ce qu'elle voyait au lieu le plus juste de ses sentiments, là où le cœur et la tête vont de pair. Avant, elle voyait sans voir. Elle ne savait que faire des images quotidiennes, pareilles à des pièces que le jour déposait dans ses mains vides.

La ville et la mort la réveillèrent. Mexico l'entourait tel un grand serpent endormi. Laura se réveilla à côté de la lourde respiration du serpent qui l'entourait sans l'étouffer. Elle se réveilla et le prit en photo.

Elle avait commencé par photographier le cadavre de Frida. Maintenant elle allait prendre des vues de la maison familiale de l'Avenida Sonora avant la démolition décidée par son fils. Elle photographia l'extérieur fendu, mais aussi les intérieurs condamnés, le garage où Juan Francisco rangeait la voiture offerte par la CROM, la salle à manger où son mari se réunissait avec les dirigeants ouvriers, le salon où elle attendait patiemment telle une Pénélope créole le moment de grâce et de solitude avec son époux de retour au foyer, la porte d'entrée où la nonne persécutée Gloria Soriano avait cherché refuge, et la cuisine où la tante María de la O avait préservé la tradition des plats typiques de Veracruz — les murs étaient encore tout imprégnés des parfums de piment *chipotle,* de pourpier et de cumin —, le chauffe-eau qu'on alimentait avec de vieux journaux jaunis et qui avait ainsi consommé toutes les figures du pouvoir, du crime et du spectacle : les flammes avaient dévoré Calles et Morones, Lombardo et Ávila Camacho, Trotski et Ramón Mercader, Chinta Aznar, morte assassinée, et le violeur, fou et assassin, Sobera de la Flor, le gros Roberto Soto et Cantinflas, la chanteuse de rumba Meche Barba et le *charro* chanteur Jorge Negrete, les soldes du Puerto de Liverpool et les réclames du genre Mejoral le Mieux du Meilleur ou Vingt Millions de Mexicains Ne Peuvent Pas Se Tromper, les *faenas* de Manolete et d'Arruza, les exploits urbanistiques du promoteur Ernesto Uruchurtu et la médaille olympique de Joaquín Capilla, tout cela fut dévoré par le feu, tout comme la mort avait dévoré la chambre que son fils Santiago avait transformée en espace sacré, source d'images, caverne où les ombres étaient la réalité, où les dessins et les tableaux étaient entassés, et la chambre secrète de Dantón où personne n'avait le droit d'entrer, chambre imaginaire où les murs pouvaient aussi bien être ornés de femmes nues découpées dans la revue *Vea* que parfaitement dépouillés à titre de pénitence en attendant que le garçon rencontre son propre destin, enfin la chambre conjugale où Laura fut envahie par les images de tous les hommes qu'elle avait aimés, des raisons pour lesquelles elle les avait aimés, de la façon dont elle les avait aimés...

Elle alla photographier les cités perdues de la grande misère urbaine et elle se trouva elle-même, précisément dans l'acte de photographier ce qui était le plus étranger à sa propre vie, parce qu'elle ne refusa pas la peur qu'elle éprouvait à pénétrer, seule, avec son Leica, dans un monde de la misère qui se manifestait à travers le crime : un homme assassiné à coups de couteau dans une rue où volait la poussière — peur des ambulances et du hululement assourdissant de leurs sirènes à la limite du territoire du crime ; femmes tuées à coups de pied par leur mari ivre ; nouveau-nés jetés dans les décharges ; vieillards abandonnés et retrouvés morts sur la natte qui leur servirait de linceul, réclamant un trou dans la terre une semaine après leur mort, tellement secs déjà qu'ils ne dégageaient aucune odeur ; Laura Díaz photographia tout cela et remercia Juan Francisco de l'avoir préservée, malgré tout, d'un destin identique, un destin de misère et de violence.

Entrer dans une gargote de la cité perdue et y trouver tous les hommes morts par balles, après s'être inexplicablement entre-tués comme dans un carambolage de crimes, tous anonymes mais à présent sauvés de l'oubli par l'appareil photo de Laura ; Laura qui était reconnaissante envers Jorge Maura de l'avoir affranchie de la violence des idéologies, de la crainte qu'éprouve toute femme envers le monde de pensée dans lequel Jorge l'avait introduite : elle conservait dans sa mémoire une photo insupportable, celle de Jorge léchant le sol du monastère de Lanzarote, nettoyant son esprit de toute idéologie et de tout le sang du XXe siècle.

Jorge Maura était le contrepoison à la violence dans laquelle vivaient les enfants qu'elle prit en photo dans les égouts et les tunnels, surprenant la beauté indestructible de l'enfance abandonnée, comme si l'appareil nettoyait les enfants à l'instar de Jorge nettoyant les dalles du monastère, des enfants sans morve, sans chassies, sans cheveux collés de crasse, sans bras rachitiques, sans crâne râpé par la gale, sans mains couvertes de taches brunes, sans pieds nus chaussés seulement de paquets de boue, et en les photographiant elle se sentit également reconnaissante envers Harry pour la faiblesse de la loyauté et la nostalgie de l'instant unique de l'héroïsme. Elle pensa à la grande photo du milicien tombé prise par Robert Capa pendant la guerre d'Espagne.

Elle se rendit dans les commissariats de police et dans les hôpitaux. Personne ne prêtait attention à cette vieille dame aux cheveux gris, vêtue de larges jupes et portant des sandales éculées (c'était Laura), on la laissait photographier une autre femme avec une bouteille de Coca-Cola vide enfoncée entre les cuisses, un drogué se tordant de douleur dans une cellule, griffant les murs pour en détacher du salpêtre à se mettre dans le nez, les hommes et les femmes roués de coups chez eux ou dans les couloirs, ensanglantés, aveuglés par la désorientation plus encore que par leurs paupières enflées par les coups de poing ou de matraque, l'arrivée des paniers à salade, l'entrée dans le commissariat des putes et des pédés, des travestis et des trafiquants de drogue, la moisson nocturne de maquereaux...

Les vies jetées aux portes des tavernes, par les fenêtres des maisons, sous les roues d'un camion. Les vies étripées, sans un autre regard possible que l'appareil photo de Laura Díaz, Laura chargée de tous ses souvenirs, ses amours, ses fidélités, une Laura plus jamais solitaire mais seule, ne dépendant de personne, renvoyant ses chèques à Dantón, payant ponctuellement le loyer de l'appartement de la Plaza de Río de Janeiro, vendant des photos séparées et des reportages à des journaux et des magazines, puis à des collectionneurs quand elle fit sa première exposition de photos à la galerie Juan Martín dans la rue Génova, et finalement embauchée comme une de leurs stars par l'agence Magnum, l'agence de Cartier-Bresson, d'Inge Morath et de Robert Capa.

L'artiste des douleurs de la ville, mais aussi de ses joies, Laura et le nouveau-né couvé par les yeux de sa mère comme s'il s'agissait du divin Enfant ; Laura et l'homme au visage buriné et à la violence contenue embrassant pieusement l'image de la Vierge de Guadalupe ; Laura et les petits plaisirs comme les tragiques prémonitions d'un bal de débutantes, d'une noce, d'un baptême : l'appareil de Laura, en saisissant l'instant, parvenait à capter l'avenir de l'instant, telle était la force de son art, une instantanéité dotée d'un futur, un regard esthétique qui rendait sa tendresse et son respect au mauvais goût, sa vulnérabilité amoureuse à la violence la plus crue, il n'y avait pas que les critiques d'art pour l'affirmer, ses admirateurs le ressentaient eux aussi : Laura Díaz, à soixante ans, est une grande figure de la photographie mexicaine, la meilleure après Álvarez Bravo, la prêtresse de l'invisible (c'est ainsi qu'on la surnomma), la poétesse qui écrit avec la lumière, la femme qui sait photographier ce que Posada a su graver.

Devenue indépendante et célèbre, Laura Díaz garda pour elle la photographie de Frida morte, celle-là elle ne la rendrait jamais publique, cette photo faisait partie de sa richissime mémoire personnelle, l'archive affective d'une vie qui soudainement, à l'âge mûr, avait fleuri comme une plante tardive mais vivace. L'image de Frida sur son lit de mort était le témoignage des photos qu'elle n'avait pas prises lors de sa vie avec les autres, c'était un talisman. Sans s'en rendre compte, aux côtés de Diego et de Frida, elle avait emmagasiné comme dans un rêve la sensibilité artistique qui avait pris la moitié des années de Laura Díaz pour éclore.

Elle ne se plaignait pas de ce temps écoulé, elle ne le condamnait pas comme un calendrier de son assujettissement au monde des hommes, c'était impossible puisque, parmi les feuilles de ce calendrier, il y avait les deux Santiago, ses amants Jorge Maura, Orlando Ximénez et Harry Jaffe, ses parents, ses tantes, le jovial balayeur noir Zampayita, et son pauvre mari Juan Francisco, si dévoué (à son égard) et finalement digne de compassion. Comment les oublier, mais comment regretter de ne pas les avoir photographiés. Elle imagina son œil tel un appareil capable de capter tout ce qu'elle avait vu et senti au cours des six décades de sa vie, et elle eut un frisson d'horreur. L'art était sélection. L'art était la perte de presque tout en échange de presque rien.

Il n'était pas possible d'avoir l'art et la vie en même temps, et Laura Díaz finit par se féliciter que la vie précédât l'art parce que le second, prématuré, voire prodigue, aurait pu tuer la première.

C'est alors qu'elle découvrit une chose qui aurait dû lui être évidente ; ce fut lorsqu'elle récupéra les peintures et les dessins de son fils Santiago le Mineur dans les décombres de la maison familiale de l'Avenida Sonora pour les transporter dans son nouveau logement de la Plaza Río de Janeiro. Au milieu de la masse de dessins au crayon, au pastel, des croquis et des deux douzaines de peintures à l'huile, elle redécouvrit le tableau de l'homme et la femme nus qui se regardent sans se toucher, deux êtres qui se désirent et qui se contentent du seul désir.

Dans sa hâte de quitter la maison familiale en ruine et de s'installer dans son propre appartement afin d'inaugurer sa nouvelle vie indépendante, sortir photographier la ville et ses multiples vies, conformément, se disait-elle, à l'inspiration de Diego Rivera et de Frida Kahlo, Laura n'avait pas pris le temps de regarder de près les peintures de son fils. Peut-être l'amour qu'elle portait à Santiago le Mineur était-il si fort qu'elle préférait tenir à distance les preuves matérielles de l'existence de son fils pour garder celui-ci vivant dans son seul cœur de mère. Peut-être aussi avait-il fallu qu'elle découvre sa propre vocation pour redécouvrir celle de son fils. S'étant mise à ranger les photos de Laura Díaz, elle se mit à ranger les peintures et dessins de Santiago López-Díaz et, parmi les deux douzaines de toiles, son attention fut attirée par celle qu'elle contemplait en ce moment : le couple nu qui se regardait sans se toucher.

Elle commença par un regard critique sur l'œuvre. Le trait fortement souligné, angulaire, tourmenté et cruel, des figures, était directement inspiré par l'admiration de Santiago pour Egon Schiele et les albums viennois miraculeusement arrivés à la Librairie allemande de la Colonia Hipódromo qu'il avait longuement étudiés. La différence, remarqua aussitôt Laura en examinant les albums, c'était que les personnages de Schiele étaient presque toujours uniques, solitaires ou, rarement, enlacés d'une manière à la fois diabolique et innocente en une rencontre physique glacée, physiologique et toujours — solitude ou pas — sans air, sans aucune référence à un paysage, à un environnement ou à un espace quelconques ; comme si l'on assistait à l'ironique retour de l'artiste le plus moderne à l'art le plus ancien : Schiele l'expressionniste de retour à la peinture byzantine où la figure du Dieu créateur de toute chose est là, figée dans l'instant d'avant, dans le vide absolu de la majesté solitaire.

Le tableau du jeune Santiago reprenait, indubitablement, les figures torturées d'Egon Schiele, mais en leur rendant, comme dans une renaissance de la Renaissance, cela même que Giotto et Masaccio avaient rendu à l'ancienne iconographie de Byzance :

l'air, le paysage, l'espace. L'homme nu de la toile de Santiago, émacié, traversé par d'invisibles épines, jeune, imberbe, le visage cependant marqué par un mal incurable, une maladie corrosive qui se propageait dans tout le corps sans plaies apparentes, mais détruit de l'intérieur pour avoir été créé sans qu'on lui ait demandé son avis, ce jeune homme fixait son regard brûlant sur le ventre de la femme blonde, nue, enceinte — Laura chercha la ressemblance dans les livres ayant appartenu à Santiago : pareille aux Ève peintes par Holbein et Cranach, résignées à vaincre passivement l'homme amputé d'une côte, sauf que celle-ci était déformée par le désir. Les Ève antérieures étaient impassibles, fatales, alors que la nouvelle Ève de Santiago le Mineur participait de l'angoisse de l'Adam convulsé, jeune et condamné, qui fixait d'un regard intense le ventre de la femme, cependant qu'elle, Ève, fixait d'un regard tout aussi intense les yeux de l'homme ; ni l'un ni l'autre — Laura remarqua pour la première fois en cet instant ce détail pourtant évident — n'avait les pieds sur le sol.

Ils n'étaient pas en lévitation. Ils étaient en ascension. Laura fut prise d'une vive émotion quand elle comprit le tableau de son fils Santiago. Cet Adam et cette Ève ne tombaient pas. Ils montaient. À leurs pieds, fondues en une forme unique, gisaient la peau de la pomme et la peau du serpent. Adam et Ève s'éloignaient du jardin des délices, mais ils ne chutaient pas dans l'enfer de la douleur et du travail. Leur péché était autre. Ils s'élevaient. Ils se révoltaient contre l'interdiction divine — de ce fruit vous ne mangerez point — et, au lieu de choir, ils montaient. Grâce au sexe, à la révolte et à l'amour, Adam et Ève étaient les protagonistes de l'Ascension de l'Humanité, et non de sa Chute. Le mal du monde venait du fait que nous croyons que, par leur chute, le premier homme et la première femme nous ont condamnés à un héritage de malheur. Pour Santiago le Mineur, la culpabilité d'Adam et Ève n'était pas héréditaire, il n'y avait même pas eu faute, le drame du Paradis terrestre était une victoire de la liberté humaine contre la tyrannie de Dieu. Ce n'était pas un drame. C'était de l'histoire.

Au fond du paysage, Laura distingua, minuscule comme dans l'*Icare* de Bruegel, un bateau aux voiles noires qui s'éloignait des côtes de l'Éden avec un passager solitaire à son bord, une minuscule figure étrangement divisée, la moitié de son visage était angélique, l'autre moitié diabolique, l'une blonde, l'autre rousse, cependant que le corps lui-même, drapé dans une cape aussi ample que la voile du bateau, était commun à l'ange et au démon, et l'un et l'autre, devina Laura, étaient Dieu, une croix dans une main, un trident dans l'autre : deux instruments de torture et de mort. Les amants s'élevaient. Celui qui chutait, c'était Dieu et c'était la chute de Dieu que Santiago avait peinte : un éloignement, une distance, un étonnement sur le visage du Créateur qui quitte l'Éden perplexe parce que ses créatures se sont rebellées, ont décidé de s'élever au lieu de chuter, se sont moquées du pervers dessein divin qui avait consisté à créer le monde dans le seul but de condamner sa propre création au péché transmis de génération en génération, afin que dans les siècles des siècles, l'homme et la femme se sentissent inférieurs à Dieu, dépendants de Dieu, condamnés par Lui, éventuellement absous — avant une nouvelle chute — par le seul caprice de la grâce divine.

Derrière le tableau, sur la toile, Santiago avait écrit : « L'art n'est pas moderne. L'art est éternel. Egon Schiele. »

Le trait dominait la couleur. C'est pour cela que les couleurs étaient si fortes. Le bateau noir. La moitié rouge du Créateur. Le vert rougeâtre de la peau de la pomme qui était aussi la mue du serpent. La peau d'Ève était translucide comme celle d'une vierge de Memling, tandis que celle d'Adam était maculée de taches vertes, jaunes, une peau malade comme celle d'un adolescent de Schiele.

L'homme regardait la femme. La femme regardait au-delà. Mais aucun des deux ne chutait. Parce que tous deux se désiraient. Il y avait cette équivalence dans la différence que Laura fit sienne, comparant sa propre émotion à celle de son fils, le jeune artiste défunt.

Elle accrocha le tableau de Santiago le Mineur dans le salon de son appartement et elle comprit une fois pour toutes que le fils avait été le père de la mère, que Laura Díaz la photographe devait plus à son propre fils qu'à aucun autre artiste. Au début, elle ne le savait pas ; l'identification, secrète et ignorée, n'en avait été que plus puissante.

Maintenant plus rien n'importait, hormis l'équivalence de l'émotion.

3

Les expositions de ses photographies — d'abord vendues aux journaux, puis rassemblées dans des livres — se succédaient.

Des bénédictions d'animaux et d'oiseaux dans les églises.

Des vieillards moustachus chantant des *corridos* de la Révolution.

Des vendeurs de fleurs.

Les bassins remplis pour la Saint-Jean.

La vie d'un ouvrier métallurgiste.

La vie d'une infirmière dans un hôpital.

Sa célèbre photo d'une Gitane morte dont la main, ouverte sous ses seins, n'avait pas de lignes, une Gitane au destin effacé.

Et maintenant, quelque chose qu'elle devait à Jorge Maura : un reportage sur l'exil républicain espagnol au Mexique.

Laura se rendit compte que, pendant de nombreuses années, la guerre d'Espagne avait formé l'épicentre de sa vie historique, plus que la Révolution mexicaine, laquelle était passée d'une manière si douce et tangentielle par l'État de Veracruz, comme si mourir dans le golfe du Mexique avait été un privilège unique, émouvant et intouchable réservé au frère aîné de Laura, Santiago Díaz, protagoniste solitaire, à ses yeux, de l'insurrection de 1910.

En Espagne, par contre, s'étaient battus Jorge Maura, Basilio Baltazar et Domingo Vidal ; en Espagne était mort le jeune gringo, Jim, et avait survécu le gringo triste, Harry ; en Espagne avait été fusillée la jeune et belle Pilar Méndez sur ordre de son père, le maire communiste Álvaro Méndez, face à la porte latine de Santa Fe de Palencia.

C'est avec toute cette charge affective derrière elle que Laura se mit à photographier les visages de l'exil espagnol au Mexique. Le président Cárdenas avait accordé l'asile à un quart de million de républicains. Chaque fois qu'elle photographiait l'un d'eux, Laura se souvenait avec émotion du voyage de Jorge Maura à La Havane pour tenter de faire sortir Raquel du *Prinz Eugen* ancré en face du Morro.

Chacun de ses modèles aurait pu subir ce destin : la prison, la torture, l'exécution. Elle le savait.

Elle fit le portrait des miraculés de la survie. Elle le savait.

Le philosophe Jorge Gaos, lui-même disciple d'Husserl comme Jorge Maura et Raquel Mendes-Alemán, penché sur la balustrade en fer donnant sur la cour de l'École de Mascarones, le philosophe à la tête de patricien romain, chauve et forte, aussi forte que sa mâchoire, aussi ferme que ses lèvres de graphite, aussi sceptique que son regard myope derrière ses petites lunettes rondes dignes d'un Franz Schubert de la philosophie. Gaos s'appuyait sur la balustrade et les garçons et les filles rassemblés dans le beau patio colonial de la Faculté de philosophie avaient le visage levé vers le maître avec des sourires d'admiration et de gratitude.

Luis Buñuel lui donna rendez-vous au bar du Parador, où le réalisateur commandait des Martini parfaitement préparés à son barman préféré, Córdoba, tout en faisant défiler dans sa mémoire le film d'un cycle culturel, de la Résidence d'étudiants à Madrid au tournage d'*Un chien andalou* — où Buñuel et Dalí s'étaient servis d'un œil de poisson mort bordé de cils pour simuler l'œil de l'héroïne tranché par un rasoir —, puis au tournage de *L'âge d'or* et l'image de la hiérarchie ecclésiastique transformée en rocher pétrifié sur les côtes de Majorque, puis à la participation de Buñuel au surréalisme parisien, l'exil à New York, la délation de Dalí (« Buñuel est un communiste, un athée, un blasphémateur et un anarchiste, comment pouvez-vous l'employer au musée d'Art moderne ? »), jusqu'à l'arrivée au Mexique avec quarante dollars en poche.

L'humour, la colère et la rêverie traversaient constamment et simultanément le regard vert de Buñuel ; ce regard s'arrêtait sur un point fixe du passé et Laura photographiait un enfant du village aragonais de Calanda jouant du tambour le Vendredi saint à en faire saigner ses mains et se libérer ainsi du charme sensuel de la Vierge du Pilar qui veillait sur le lit onaniste de son enfance.

Dans un modeste appartement de la rue Lerma, Laura photographia, grâce à la recommandation de l'écrivain basque Carlos Blanco Aguinaga, le merveilleux poète malaguègne Emilio Prados, qu'elle avait déjà rencontré avec Jorge Maura, terré dans un deux-pièces au milieu de montagnes de livres et de papiers, marqué dans chaque trait de son visage par la maladie et l'exil, mais capable de transformer la souffrance en deux choses que Laura parvint à saisir. L'une était la douceur infinie de son visage de saint andalou en quête de rédemption, voilé par une cascade de mèches blanches et par les lunettes aux verres épais comme les parois d'un aquarium, comme si le poète, honteux de son innocence, cherchait à la cacher.

L'autre était la force lyrique qui perçait derrière la souffrance, la pauvreté, la désillusion, la vieillesse et l'exil.

> Si je pouvais te donner
> toute la lumière de l'aube...
> Je passerais lentement,
> comme le soleil, sur ta poitrine,
> jusqu'à sortir sans blessure
> ni douleur dans la nuit...

Manuel Pedroso était un vieux sage andalou, ancien recteur de l'université de Séville, adoré par le petit groupe de ses jeunes disciples qui, tous les jours, le raccompagnaient de la Faculté de droit à côté du Zócalo jusqu'à son petit appartement dans la rue Amazonas. Laura recueillit le témoignage photographique de ce trajet quotidien, ainsi que des réunions dans la bibliothèque du maître, remplie de vieilles éditions fleurant le tabac tropical. Les franquistes avaient brûlé sa bibliothèque à Séville, mais Pedroso avait réussi à récupérer joyau après joyau dans les librairies d'occasion de La Lagunilla, le marché aux voleurs de la ville de Mexico.

Il avait été volé, d'autres volèrent à d'autres, mais les livres revenaient toujours, tels des amants nostalgiques et têtus, dans les mains longues et fines du professeur Pedroso, le gentilhomme peint par El Greco, des mains toujours sur le point de se tendre, d'avertir, de prévenir comme pour une cérémonie de la pensée. Laura saisit le maître dans l'instant où il avançait ses mains aux longs doigts superbes pour demander au monde un peu de lumière, pour apaiser les feux de l'intolérance et affirmer sa foi dans ses élèves mexicains.

Laura prit des photos d'un groupe joyeux, turbulent, discutailleur, de charmants jeunes exilés qui s'étaient adaptés au Mexique sans pour autant renoncer à l'Espagne, avec leur zézaiement et leurs yeux qui laissaient transparaître l'amour qu'ils portaient à tout ce qu'en apparence ils rejetaient : la tasse de chocolat avec monsieur le curé, les romans de Pérez Galdós, les *tertulias* au café, les vieilles tout de noir vêtues, les commérages croustillants comme des beignets chauds, le flamenco et les courses de taureaux, le rituel des cloches et des enterrements, la folie des familles qui se clouaient dans leur lit pour échapper aux tentations du Démon, du Monde et de la Chair. Laura les photographia, ces jeunes gens, en discussion pour l'éternité, tels des Irlandais qui s'ignorent, parce qu'ils venaient de Madrid, de la Navarre, de la Galice et de Barcelone, parce qu'ils s'appelaient Oteyza, Serra Puig, Muñoz de Baena, García Ascot, Xirau, Durán, Segovia et Blanco Aguinaga.

Mais l'exilée préférée de Laura Díaz était une jeune femme que Dantón désignait comme la présence féminine la plus intéressante du Jockey Club des années quarante. Elle vivait avec son mari, le poète et réalisateur García Ascot, dans un étrange immeuble tout en hauteur de la rue Villalongín, et sa beauté était tellement parfaite que Laura désespérait de lui trouver quelque défaut et de ne pouvoir épuiser, malgré les multiples clichés, le charme de cette femme fragile, svelte et élégante, qui chez elle marchait pieds nus, tel un chat, suivie par un autre chat qui posait tel un double de sa maîtresse désirée et enviée par toute la gent féline en raison de son profil agressif et son faible menton, ses yeux pleins de mélancolie et son rire communicatif, irrépressible.

María Luisa Elío avait un secret. Depuis 1939, son père, condamné à mort par la Phalange, vivait caché dans un village de Navarre. Elle ne pouvait pas en parler, mais le père vivait dans le regard de la fille, des yeux extraordinairement clairs de douleur, de secret, d'attente du fantôme qui finalement, un jour, réussirait à s'échapper d'Espagne et à apparaître au Mexique devant sa fille comme ce qu'il était : un spectre incarné, un oubli remémoré du haut d'un balcon vide.

Un autre fantôme, charnel, trop charnel celui-là, mais qui finit par se confondre avec le spectre sensuel de ses mots, était Luis Cernuda, un poète élégant, d'une mise recherchée, homosexuel, qui faisait de temps en temps une apparition à Mexico, toujours reçu par son collègue Octavio Paz ; ils se disputaient tous les deux parce que l'arrogance de Cernuda était impudente et celle de Paz trompeuse, mais ils finissaient toujours par se réconcilier grâce à leur ferveur poétique commune. Le consensus commençait à se faire : Luis Cernuda était le plus grand poète espagnol de sa génération. Laura Díaz eut l'idée de l'éloigner pour mieux le voir, dépouillé de cette apparence ou de ce déguisement de dandy madrilène que Cernuda affectait, en lui demandant de lire :

> Je veux vivre quand l'amour meurt...
> Ainsi ta mort éveille en moi le désir de la mort
> Comme ta vie éveillait en moi le désir de la vie

Il manquait à Laura le portrait de Basilio Baltazar, mais leurs trajectoires se croisèrent, les dates de l'exposition de Laura ne coïncidèrent pas avec les vacances universitaires de Basilio. Laura accrocha néanmoins un cadre vide au milieu de la galerie, avec le nom de son vieil ami à côté.

Cette invisibilité était en même temps un hommage à l'absence de Jorge Maura, dont Laura décida de respecter l'éloignement et l'anonymat, puisque tel était le désir de l'homme qu'elle avait le plus aimé. Peut-être Basilio ne pouvait-il figurer dans la galerie de portraits de l'exil espagnol sans son camarade, Jorge.

Et Vidal ? Il n'était pas le seul à avoir disparu.

Malú Block, la directrice de la galerie, dit à Laura qu'il se passait quelque chose de bizarre ; tous les après-midi, vers six heures, une femme vêtue de noir arrivait et restait pendant une heure entière — pas une minute de plus ni de moins, bien qu'elle ne consultât jamais sa montre — devant le cadre vide du portrait manquant de Basilio Baltazar.

Elle se tenait presque immobile, faisant tout juste de temps à autre passer le poids de son corps d'un pied sur l'autre, ou s'écartant d'un centimètre, ou inclinant un peu la tête, comme pour mieux contempler ce qui n'était pas là : l'effigie de Basilio.

Laura hésita entre se laisser aller à une curiosité toute naturelle ou opter pour la discrétion. Un après-midi, elle entra dans la galerie et vit la femme en noir devant le portrait vide de l'homme absent. Elle n'osa pas s'approcher, mais ce fut la mystérieuse visiteuse qui se retourna à demi, comme si le regard de Laura l'avait attirée tel un aimant, et se montra, une femme d'une quarantaine d'années aux yeux bleus, avec des cheveux d'un jaune semblable à celui du sable.

Elle regarda Laura mais ne lui sourit pas, et Laura se félicita de son sérieux parce qu'elle redoutait ce qu'elle pourrait voir si la dame mystérieuse écartait les lèvres. Ce fut par cette attitude froide en même temps que nerveuse que la visiteuse de la galerie tenta de cacher l'émotion que son regard trahissait. Elle le savait, et elle reportait l'énigme sur sa bouche difficilement maintenue fermée, manifestement scellée afin de ne pas montrer... les dents ? se demanda Laura, cette femme veut-elle me cacher ses dents ? Il ne lui restait peut-être plus que les yeux pour exprimer son identité. Laura Díaz, habituée à observer les regards et à les transformer en métaphores, vit dans les yeux de la femme des lunes subites, des torches de paille et de bois, des lumières dans la sierra, et elle s'immobilisa en mordant sa lèvre inférieure comme pour enrayer sa mémoire, pour ne pas se souvenir que ces images avaient été évoquées par Maura, Jorge Maura, au Café de Paris, vingt ans auparavant, en compagnie de Domingo Vidal et Basilio Baltazar, tous trois bien à l'abri dans l'atmosphère bohème du café de l'avenue du Cinco de Mayo, mais que les paroles prononcées renvoyaient au déchaînement des éléments, à la brutalité des hyènes, des bœufs et des lumières dans la sierra.

— Je suis Laura Díaz, la photographe. Puis-je vous aider en quelque chose ?

La femme en noir se tourna de nouveau vers le portrait vide de Basilio Baltazar et lui répondit : Laura, si tu connais cet homme, dis-lui que je suis de retour.

Sa bouche s'ouvrit enfin en un sourire qui révéla ses dents atrocement ravagées.

XXII

Plaza Río de Janeiro : 1965

Santiago López-Ayub, le petit-fils de Laura Díaz, et sa jeune compagne, Lourdes Alfaro, vinrent s'installer chez la grand-mère à la Noël 1965. L'appartement était vieux mais spacieux, l'immeuble était une relique du siècle passé qui avait survécu à l'implacable transformation de la ville aux couleurs pastel et aux maisons à un étage que Laura avait connue lorsque, jeune mariée, elle était arrivée en 1922. Maintenant, tel un géant aveugle, Mexico DF s'accroissait en écrasant tout ce qui se trouvait sur son passage, détruisant l'architecture française du XIXe siècle, l'architecture néoclassique du XVIIIe et l'architecture baroque du XVIIe. En une sorte d'immense compte à rebours, le passé était en train d'être immolé, et l'on ne tarderait pas à remonter jusqu'à la plaie palpitante, vouée à l'oubli, plaie de misère et de douleur insupportables : le sédiment même de la ville aztèque.

Laura avait passé outre les impertinences de son fils Dantón, généreux, quoique nullement désintéressé, lorsqu'elle avait refusé son aide et s'était installée dans le vieux bâtiment de la Plaza Río de Janeiro ; elle avait adapté l'appartement aux besoins de son travail, créant son espace de vie, mais aussi une chambre noire, une pièce pour ses archives, des rayonnages pour les références graphiques. Pour la première fois de sa vie, elle se retrouvait avec une chambre à elle, la fameuse « room of one's own » que Virginia Woolf revendiquait pour que les femmes jouissent d'un territoire propre, une zone sacrée minimale d'indépendance : l'île de leur souveraineté.

Habituée depuis qu'elle avait quitté la maison familiale de l'Avenida Sonora à vivre seule et libre, c'est-à-dire depuis l'âge de cinquante-huit ans jusqu'à ses soixante-sept actuels, en possession d'un métier et de moyens de subsistance, femme louée pour sa réussite et sa renommée, Laura ne se sentit pourtant pas envahie par ce retour de jeunesse que Santiago et Lourdes firent entrer dans sa maison; elle apprécia la spontanéité avec laquelle ils partagèrent à trois les tâches ménagères, la richesse, naturelle mais inattendue, de leurs discussions après les repas, l'extraordinaire échange d'expériences, d'aspirations et de solidarités que fit naître la vie en commun à partir du moment où le troisième Santiago se présenta à la porte de Laura pour lui dire : Grand-mère, je ne peux plus vivre chez mon père et je n'ai pas d'argent pour vivre seul et nourrir ma fiancée.

— Bonjour. Je me présente. Je suis ton petit-fils Santiago, voici ma fiancée Lourdes, et nous venons demander ton hospitalité —, déclara Santiago avec un sourire qui découvrit les dents blanches et solides de Dantón, mais les yeux doux et mélancoliques de son oncle, le deuxième Santiago, et d'un port élégant et même crâneur du corps qui rappela à Laura le faux gommeux, le Mouron Rouge de la révolution à Veracruz, Santiago le Majeur...

Lourdes Alfaro, elle, était belle et modeste, elle s'habillait comme les jeunes de l'époque, en pantalon et T-shirt à l'effigie de Che Guevara un jour, de Mick Jagger le lendemain, de longs cheveux noirs et pas de maquillage. Elle était petite et bien faite, une « dame petite dotée de vertus », comme disait Jorge Maura, citant le *Livre du Bon Amour* et se moquant gentiment de la taille de Teutonne de Laura Díaz.

Il suffisait de la présence des deux amoureux dans sa maison pour égayer le cœur de Laura Díaz ; aussi avait-elle accueilli à bras ouverts ce jeune couple qui avait droit, estimait-elle, au bonheur tout de suite, et pas au bout de vingt ans de violence et de malheur comme Laura et Jorge, ou comme Basilio Baltazar et Pilar Méndez, enfin réunis, mais comme Jorge et Laura ne pouvaient en rêver, car le destin ne transforme pas deux fois la tragédie en happy end.

C'est pourquoi, aux yeux de Laura, le troisième Santiago et sa fiancée Lourdes avaient tous les droits du monde. Le garçon, qu'elle ne connaissait pas à cause du caractère de Dantón et de l'arrogance de son épouse, connaissait, lui, par contre sa grand-mère, il la connaissait et il l'admirait parce que, dit-il, il entrait en première année de droit et il n'avait pas le talent artistique ni de sa grand-mère ni de son oncle Santiago, mort si jeune...

— Ce tableau du couple qui se regarde, c'est de lui ?

— Oui.

— Quel talent, grand-mère.

— Oui.

Il ne vanta pas ses propres qualités — il avait tout juste vingt ans —, mais Lourdes dit un soir à Laura, pendant qu'elles préparaient des cuisses de poulet au riz safrané pour le dîner : vous savez, doña Laura, Santiago est très adulte déjà, c'est vraiment un homme pour son âge, il n'a pas froid aux yeux... À un moment donné, j'ai pensé que je pouvais être un fardeau pour lui, pour sa carrière, et surtout dans ses relations avec ses parents, mais si vous aviez vu, doña Laura, avec quelle détermination Santiago a osé affronter ses parents, comment il m'a fait comprendre qu'il avait besoin de moi, que je n'étais pas une charge mais un appui, qu'il me respectait...

Ils s'étaient connus dans les fêtes de jeunes des écoles préparatoires auxquelles Santiago aimait assister, bien plus qu'aux réceptions organisées par ses parents et les amis de ses parents. Dans ces dernières régnait l'exclusivité ; on n'invitait que les enfants des « familles connues ». Dans les premières, en revanche, il n'y avait pas de barrières sociales ; s'y rencontraient les camarades qui faisaient les mêmes études, indépendamment de leur degré de fortune ou de relations familiales, accompagnés de leur petite amie, leurs sœurs et quelque vieille tante célibataire, car la coutume du chaperon se refusait à mourir.

Dantón approuvait ces réunions. Les amitiés durables se forgent à l'école, et même si ta mère préférerait que tu ne fréquentes que des gens de notre classe, tu remarqueras, mon fils, que ceux qui nous gouvernent ne viennent jamais des classes supérieures, ils se forment en bas de l'échelle ou dans la classe moyenne, et c'est bien que tu te lies avec eux à une époque où tu peux leur donner plus qu'ils ne te donnent, car un jour, crois-moi, ils te donneront plus que tu ne pourras leur donner. Aux yeux de Dantón, les amis pauvres pouvaient être un bon investissement.

— Le Mexique est un pays ouvert au talent, Santiago. Ne l'oublie pas.

C'est au cours de sa première année de droit que Santiago rencontra Lourdes. Elle faisait des études d'infirmière et venait de Puerto Escondido, une plage sur la côte de l'État de Oaxaca où ses parents possédaient un hôtel modeste mais disposant du meilleur *temazcal* de la région, lui avait-elle dit.

— Qu'est-ce que c'est que ça ?

— Un bain de vapeur et d'herbes aromatiques qui te nettoie de toutes tes toxines.

— Je crois que j'en aurais bien besoin. Tu m'invites ?

— Quand tu veux.

— Chic alors.

Ils partirent ensemble à Puerto Escondido et tombèrent amoureux face au Pacifique qui, à cet endroit, lèche une côte trompeuse, toute en sable doux, mais qui est, en réalité, un gouffre abrupt où l'on perd pied immédiatement, sans rien à quoi se raccrocher pour lutter contre les brusques courants, lesquels ne manquèrent pas de saisir Santiago et de commencer à l'emporter ; il y eut plus de peur que de mal à vrai dire, car Lourdes se jeta à l'eau, entoura avec un bras le cou du garçon et l'aida de son autre bras à regagner la plage où, épuisés mais excités, les deux jeunes gens échangèrent leur premier baiser.

— Tu me racontes tout cela avec une voix tremblante, fit remarquer Laura.

— C'est parce que j'ai peur, doña Laura.

— Laisse tomber le doña, tu me vieillis.

— Okay, Laura.

— Peur de quoi ?

— Le père de Santiago est un homme très dur, Laura, il ne supporte rien d'autre que ce qui émane de lui, il faut le voir quand il pique une colère, c'est épouvantable.

— Ce lionceau n'est pas aussi féroce qu'il en a l'air. Il rugit et fait peur jusqu'au moment où tu rugis à ton tour et le remets à sa place.

— Je ne sais pas comment.

— Moi si, ma fille. Moi si. Ne t'en fais pas.

Le vilain est allé jusqu'à Puerto Escondido, grand-mère : généralement il envoie ses sbires pour faire peur aux gens, mais cette fois il s'est déplacé lui-même dans son avion privé pour voir les parents de Lourdes et leur dire de ne pas se faire d'illusions, que, pour son fils, il ne s'agissait que d'une petite aventure de garçon rebelle et mal élevé, il leur demandait de prévenir leur fille, qu'elle ne soit pas dupe de Santiago, qu'elle fasse attention, il était capable de la mettre enceinte et de l'abandonner, mais que de toute façon, enceinte ou pas, il la quitterait.

— Ce n'est pas ce que nous a dit votre fils, répondit le père de Lourdes.

— C'est moi qui vous le dis, et c'est moi qui commande.

— Je veux l'entendre de la bouche de votre fils.

— Il n'a pas voix au chapitre. C'est un écervelé.

— Peu importe.

— Ne soyez pas têtu, monsieur Alfaro. Ne soyez pas têtu. Je ne plaisante pas. Combien voulez-vous ?

S'adressant à Santiago, Dantón ne le traita pas d'« écervelé ». Il lui exposa simplement « la réalité ». Il était fils unique, malheureusement, sa mère n'avait pas pu avoir d'autres enfants, cela lui aurait coûté la vie, Santiago incarnait tout l'amour et tous les espoirs de sa mère, mais lui, Dantón, en tant que père, se devait d'être plus sévère et objectif, il ne pouvait pas se permettre d'être sentimental.

— Tu vas hériter de ma fortune. C'est bien que tu fasses des études de droit, quoique je te conseille de faire un troisième cycle d'économie et de gestion aux États-Unis. Il est normal qu'un père compte sur son fils pour reprendre ses affaires et je suis sûr que tu ne me décevras pas. Ni moi ni ta mère qui t'adore.

C'était une femme dont la beauté s'était évaporée,

« comme la rosée », disait-elle elle-même. Magdalena Ayub, épouse López-Díaz, garda jusqu'au midi de sa vie les attraits qui avaient tant séduit Dantón les dimanches au Jockey Club : ce qui semblait des défauts — les deux sourcils d'un seul tenant, le nez proéminent, la mâchoire carrée — était compensé par les yeux de princesse arabe, veloutés et rêveurs, éloquents sous leurs paupières luisantes et invitantes comme un sexe caché. Alors que la plupart des demoiselles bonnes à marier de l'époque, jolies mais trop « décentes », sortaient de l'école des bonnes sœurs comme si on leur avait tamponné un *nihil obstat* sur une partie secrète du corps, ainsi élevé à la catégorie publique de « visage ». Un genou, un coude, une cheville auraient pu servir de modèle aux minois, acceptables mais fades, des filles qu'on appelait « des juments de race », tout droit sorties du Collège français du Sacré-Cœur. Leurs traits, ironisait Dantón, étaient certes utiles, mais insipides.

Magdalena Ayub, « mon rêve », comme l'avait baptisée Dantón quand il était tombé amoureux d'elle, était différente. Elle était maintenant en plus la mère du troisième Santiago, dont la naissance effaça, d'un seul coup et à jamais, les restes du charme juvénile de madame l'épouse de don Dantón, déprimée par la sentence médicale : un autre enfant vous tuerait, madame. Elle garda, en tout état de cause, ses sourcils épais et gagna, de surcroît, de larges hanches.

Santiago grandit avec ce stigmate : j'aurais pu tuer ma mère en naissant, et j'ai empêché la venue au monde de mes frères et sœurs, mais Dantón transformait cette culpabilité en obligation. Parce qu'il était fils unique et parce qu'il avait failli ôter la vie à sa mère pour préserver la sienne, Santiago devait, maintenant qu'il avait atteint ses vingt ans, s'acquitter de devoirs évidents et normaux. Dantón ne demandait rien d'extraordinaire à son fils : étudier, obtenir son diplôme, épouser une jeune fille de son milieu, faire fortune, prolonger l'espèce.

— Et me permettre de jouir, mon fils, d'une vieillesse tranquille et satisfaite. Je crois que je l'aurai bien mérité après toutes ces années de travail.

Il prononçait ces paroles avec une main dans la poche de son costume croisé bleu à rayures, l'autre caressant le revers de la veste. Son visage ressemblait à son costume : boutonné, croisé, bleuté par la moustache et les sourcils, les cheveux encore noirs. Toute sa personne était bleu nuit. Il ne baissait jamais les yeux vers ses chaussures. Elles devaient être bien cirées. Immanquablement.

Le troisième Santiago ne discuta pas le profil de la route tracée pour lui par son père jusqu'au moment où il tomba amoureux de Lourdes. Dantón réagit alors avec une brutalité et un manque d'élégance que le fils, dès lors, se mit à reprocher à un père qu'il aimait et auquel il était reconnaissant pour tout ce qu'il lui offrait, l'allocation mensuelle, la Renault quatre portes, la récente carte de crédit American Express (à montant limité, toutefois), le loisir de commander ses costumes chez Macazaga (quoique Santiago préférât les blousons de cuir et les jeans), sans questionner les raisons, les actions, les justifications ni le fatalisme du « les choses sont comme ça » qui animaient les paroles de son père, un homme ancré dans la sécurité de sa position économique et de sa moralité personnelle, grâce auxquelles il se sentait armé pour déclarer à son fils : « tu suivras mon chemin », et à la fiancée de son fils : « tu n'es qu'un petit caillou sur le chemin, écarte-toi ou je t'en écarte d'un coup de pied. »

L'attitude de son père fâcha le jeune Santiago ; il commença par se mettre en colère, mais ensuite cela l'amena à faire des choses auxquelles il n'aurait jamais pensé auparavant. Le jeune homme s'aperçut qu'il avait ses propres conceptions de la morale et que Lourdes le savait : ils n'allaient pas coucher ensemble avant d'avoir bien éclairci la situation, ils n'allaient exercer de « chantage » sur personne, ni au moyen d'une relation sexuelle lancée par pur défi, ni au moyen d'un bébé conçu par inadvertance. Santiago se mit, au contraire, à se poser des questions : qui est mon père ? comment fait-il pour avoir ce pouvoir absolu sur les autres et cette confiance en lui-même ?

Il annonça à Lourdes : nous allons nous montrer plus malins que lui, ma chérie, nous allons cesser de nous voir tous les jours, nous nous retrouverons en cachette le vendredi soir, pour que mon père ne se doute de rien.

Santiago déclara à Dantón qu'il était d'accord, qu'il ferait ses études de droit mais qu'il voulait aussi acquérir de la pratique et souhaitait travailler dans les bureaux de son père. La satisfaction de Dantón fut telle qu'elle l'aveugla. Il n'imagina pas un instant qu'il pût y avoir un quelconque danger à faire entrer son fils dans les bureaux du Cabinet uni de promoteurs associés, un immeuble étincelant de verre et d'acier situé sur le Paseo de la Reforma, à quelques mètres de la statue de Christophe Colomb et du Monument à la Révolution. C'est à cet emplacement que Fessier du Rosier, le vieil aristocrate porfiriste dont la farce consistait à avaler son monocle (en gélatine) lors des soirées de Carmen Cortina, avait eu sa maison de style parisien avec mansardes et tout dans l'attente que la neige tombe sur Mexico. Mais La Reforma, l'avenue ouverte par l'impératrice Charlotte pour relier sa résidence du château de Chapultepec au centre de la ville, et conçue, dans l'esprit de l'épouse de Maximilien, comme une reproduction de l'Avenue Louise de sa Bruxelles natale, ressemblait de plus en plus à une avenue de Dallas ou de Houston, flanquée de gratte-ciel, de parkings et de fast-foods.

C'était là que Santiago allait se former, il pouvait parcourir tous les étages, se mettre au courant de toutes les affaires, c'était le fils du patron...

Il se lia d'amitié avec l'archiviste, un amateur de corridas à qui il offrit des places pour la saison dont les vedettes étaient, cette année-là, Joselito Huerta et Manuel Capetillo. Il se fit l'ami des standardistes auxquelles il fournit des autorisations d'entrée aux studios Churubusco pour qu'elles puissent assister aux tournages de Libertad Lamarque, la chanteuse de tangos argentine qui, dans les cinémas de Cuernavaca, tirait des larmes à Harry Jaffe.

Qui était cette demoiselle Artemisa qui téléphonait tous les jours à don Dantón ? pourquoi la traitait-on avec autant d'égards lorsque Santiago n'était pas dans les parages et tant de cachotteries dès que le fils du patron approchait ? À qui parlait son père au téléphone avec un respect presque abject plein de, oui, monsieur, nous sommes là pour vous servir, monsieur, à vos ordres, monsieur, qui contrastait avec ces ordres rapides, secs et sans réplique qu'il adressait aux autres, j'en ai besoin tout de suite, Gutierritos, cessez de roupiller, ici il n'y a pas de place pour les couilles molles et vous m'avez l'air de les avoir aux genoux, qu'est-ce qui vous arrive, Fonseca, vos draps vous collent au cul ou quoi, je veux vous voir dans quinze secondes ou vous vous cherchez un autre boulot, lesquels contrastaient à leur tour avec les menaces plus graves adressées à certains, si vous aimez votre femme et vos enfants, je vous conseille de faire ce que je vous dis, sans ça je vous en donne l'ordre, on donne des ordres à ceux qui doivent obéir et n'oubliez pas, Reinoso, que je détiens les papiers et qu'il me suffirait de les communiquer à l'*Excélsior* pour que vous vous retrouviez dans la merde.

— À vos ordres, monsieur.

— Apportez-moi le dossier, et en vitesse.

— Ne vous mêlez pas de ce qui ne vous regarde pas, connard, ou vous allez vous réveiller un beau jour avec la langue coupée et les couilles dans la bouche.

À mesure qu'il pénétrait plus avant dans le labyrinthe de verre et de métal où régnait son père, Santiago recherchait avec autant de douceur que de voracité — les deux faces de la nécessité, mais aussi de l'amour — la tendresse de Lourdes. Ils se tenaient par la main au cinéma, ils se regardaient les yeux dans les yeux dans les cafétérias, ils s'embrassaient dans la voiture de Santiago, ils se caressaient dans le noir, mais ils attendaient le moment où ils vivraient ensemble pour s'unir pour de vrai. Ils étaient d'accord là-dessus, pour bizarre, voire ridicule, que la chose pût sembler parfois à l'un ou à l'autre, ou aux deux en même temps. Ils avaient quelque chose en commun. Cela les excitait d'ajourner l'acte. De s'imaginer.

Qui était mademoiselle Artemisa ?

Elle avait une voix grave mais mielleuse, et elle en rajoutait en roucoulant à Dantón au téléphone, « moi t'aime, mon Tonton, moi t'aime, mon bonbon ». Santiago pouffa de rire lorsqu'il intercepta ces propos sirupeux par l'extension téléphonique de son père, et encore plus quand il entendit le sévère don Dantón répondre à son bonbon, « qu'est-ce qu'elle dit ma lolotte, qu'est-ce qu'elle ressent ma couillette, qu'est-ce qu'elle mange ma Michita pour que son petit museau sente la quéquette ? — C'est que je mange de mon mignon tous les jeudis », répondit-elle de sa voix grave et professionnellement caressante. Lourdes, dit Santiago à sa fiancée, ça devient intéressant, on va tâcher de savoir qui est cette Micha ou Artemisa et quelle odeur elle dégage réellement ; mon paternel, il est incroyable, quand même !

Ce n'était pas l'infidélité envers une doña Magdalena de toute façon hors circuit, Santiago n'était pas un puritain, mais je suis curieux, Lourdes, moi aussi, dit la jeune fille du Oaxaca avec un rire frais et nubile tandis qu'ils attendaient tous les deux la sortie de Dantón du bureau un jeudi soir ; le père monta dans la discrète Chevrolet, seul, sans son chauffeur, et se dirigea vers la rue Darwin dans la colonia Nueva Anzures, suivi de Santiago et Lourdes dans une Ford louée pour ne pas se faire repérer.

Dantón gara la voiture et s'engouffra dans une maison dont l'entrée était ornée de statues en plâtre d'Apollon et de Vénus. La porte se referma sur son mystère. Au bout d'un moment, ils entendirent de la musique et des rires. Les lumières s'allumaient et s'éteignaient capricieusement.

Ils revinrent un matin et virent un jardinier en train d'élaguer les haies de l'entrée et une domestique qui époussetait les statues érotiques. La porte d'entrée était entrouverte. Lourdes et Santiago aperçurent un salon bourgeois tout à fait normal, avec des fauteuils en brocart et des vases remplis d'arums, des sols en marbre et un escalier digne d'un film mexicain.

À ce moment apparut en haut de l'escalier un homme jeune, l'air arrogant, les cheveux coupés très court, en robe de chambre de soie, une écharpe autour du cou et qui, spectacle extravagant, enfilait des gants blancs.

— Qu'est-ce que vous voulez ? leur demanda-t-il en arquant un sourcil très épilé qui contrastait avec sa voix rauque. Qui êtes-vous ?

— Excusez-nous, nous nous sommes trompés de maison, répondit Lourdes.

— Crétins, murmura l'homme aux gants.

J'imagine qu'il n'y a pas de problème, dit l'archiviste de l'entreprise, si c'est le fils du patron vous pouvez le laisser passer.

Tous les après-midi, pendant que son père prolongeait ses déjeuners au Focolare, au Rivoli ou aux Ambassadeurs, Santiago filtrait soigneusement les papiers de la firme comme à travers un tamis dans lequel la répugnance et l'amour se mêlaient, malgré tout douloureusement, car le jeune stagiaire en droit se disait sans cesse, c'est mon père, c'est cet argent qui m'a fait vivre, cet argent qui m'a élevé, ces affaires sont le toit et le sol de mon logis, je conduis une Renault dernier modèle grâce aux affaires de mon père...

— Nous allons nous aimer en secret, dit Santiago à Lourdes. Souviens-toi que nous ne voulons pas être vus.

— Jusqu'où ?

— Jusque-là, pas plus. Ma chérie ! Non, je suis sérieux. Où irions-nous si nous ne voulions pas être vus ?

— Allez, Santiago, fais plutôt attention à suivre la voiture de ton père, dit-elle en riant.

Le Chez Soi était un local vaste mais sombre de l'Avenida Insurgentes ; les tables étaient très séparées les unes des autres, il n'y avait pas d'éclairage général mais une petite lampe basse sur chaque table, la pénombre régnait. Les nappes étaient à carreaux rouges et blancs pour donner une note plus française.

En filant Dantón, Lourdes et Santiago le virent entrer au Chez Soi, chaque mardi pendant trois semaines d'affilée, ponctuellement, à neuf heures du soir. Mais il entrait et sortait seul.

Un soir, Santiago et Lourdes arrivèrent à huit heures et demie, ils s'installèrent et commandèrent deux *Cuba libres*. Le serveur français les toisa avec mépris. Il y avait des couples à toutes les tables sauf une. Une femme en décolleté ostentatoire, qui lui découvrait la moitié des seins, leva un bras pour arranger son abondante chevelure rousse, montrant de manière non moins ostentatoire une aisselle parfaitement épilée, sortit un poudrier et arrangea son visage déjà abondamment blanchi autour des sourcils épilés, du regard arrogant et des lèvres exagérément charnues, comme une Joan Crawford sur le déclin. Le plus frappant était qu'elle se livrait à tous ces gestes sans enlever ses gants blancs.

Lorsque Dantón arriva, il l'embrassa sur la bouche et s'assit à côté d'elle, Lourdes et Santiago se trouvaient dans un recoin obscur et ils avaient déjà payé l'addition. Ce soir-là, les deux jeunes gens partirent dans la Renault en direction de la côte du Oaxaca. Santiago conduisit toute la nuit, sans dire un mot, complètement éveillé, suivant les virages du serpent interminable qui relie la ville de Mexico à Oaxaca et Puerto Escondido. Lourdes dormait la tête appuyée sur l'épaule de son fiancé; Santiago avait les yeux concentrés sur les formes obscures du paysage, les vastes flancs de la sierra, le corps farouche et luxuriant du pays plein de contrastes, les bois de pins et les déserts pierreux, les murs de basalte et les couronnes de neige, les immenses cactus en forme d'orgue, les floraisons soudaines des jacarandas. La géographie solitaire, sans villages ni habitants. Le pays à faire acharné à se défaire d'abord.

La mer apparut à huit heures du matin, il n'y avait personne sur la plage, Lourdes se réveilla avec une exclamation de joie, c'est la meilleure plage de la côte, dit-elle, puis elle se déshabilla pour entrer dans l'eau, Santiago ôta lui aussi ses vêtements, ils entrèrent ensemble, nus, dans la mer, le Pacifique fut leur couche, le baiser qu'ils échangèrent fut plus profond que les eaux vertes et tranquilles, ils sentirent leurs corps se soulever au-dessus du fond de sable, la vigueur saline fit naître le désir, Lourdes leva les jambes lorsqu'elle sentit la pointe du pénis de Santiago lui frôler le clitoris, elle les noua autour de la taille du garçon, Santiago l'enlaça et la pénétra sous l'eau, cognant fort contre le sexe de Lourdes pour qu'elle éprouve des sensations à l'extérieur, comme cela plaît aux femmes, tandis qu'il tirait ses sensations de l'intérieur, comme cela plaît aux hommes, et c'est ainsi qu'ils se répandirent, se lavèrent et effarouchèrent les mouettes.

Il faut que tu apprennes au plus vite les règles du jeu, avait dit Dantón à Santiago quand son fils avait commencé à travailler avec lui au bureau. Ceux qui veulent grimper entrent au PRI et se contentent de ce qui tombe dans leur escarcelle. Ils ont raison. Ce sont des bonnes à tout faire. Quoi qu'on leur offre, ils le prennent. Un jour ils sont haut fonctionnaire, le lendemain secrétaire d'État et le surlendemain administrateur des ponts et chaussées. Peu importe. Ils doivent tout avaler. La discipline rapporte. Ou ne rapporte pas. Mais ils n'ont pas le choix. Ce qu'il faut savoir, c'est que c'est là que commence le code commun à tous, ceux qui sont en train de grimper comme ceux qui sont déjà en haut. Ne te mets pas à mal avec quiconque détient le pouvoir ou pourrait le détenir, mon fils. Si affrontement il doit y avoir, que ce soit pour des raisons sérieuses, pas pour des vétilles. Ne fais pas de vagues, mon fils. Ce pays n'avance que sur une mer des Sargasses. Plus c'est le calme plat, plus on croit progresser. Le secret est un paradoxe, je te l'accorde. Ne dis jamais rien en public qui puisse prêter à controverse. Ici il n'y a pas de problèmes. Le Mexique progresse dans la paix. Le consensus est national et celui qui se rebiffe et rompt la tranquillité le paie cher. Nous vivons le miracle mexicain. Nous voulons un peu plus qu'un poulet dans chaque cocotte, comme disent les gringos. Nous voulons un réfrigérateur bien rempli dans chaque foyer et, autant que possible, avec des produits provenant des supermarchés de ton grand-père monsieur Aspirine, que Dieu l'ait dans sa gloire, que j'ai réussi à convaincre que le commerce se faisait à grande échelle. Ah, ce sieur Aspirine, il avait l'âme d'un épicier.

Il se servit deux doigts de Chivas Regal dans un lourd verre de cristal taillé, but une gorgée et poursuivit.

— Je vais te mettre en rapport avec du beau monde, Santiago, ne t'en fais pas. Il faut commencer jeune mais le plus dur est de durer. Tu vois bien, les hommes politiques commencent très tôt mais, sauf exception, ils ne durent pas longtemps. Nous, les hommes d'affaires, nous commençons jeunes mais nous durons toute la vie. Nous ne sommes les élus de personne et, tant que nous ne disons rien publiquement, nous restons invisibles et à l'abri de la critique. Tu n'as pas besoin de te faire remarquer. La publicité et le battage personnel sont des formes de contestation dans notre système. Ne t'en sers pas. Ne t'expose jamais à dire quoi que ce soit dont tu aurais à te repentir par la suite. Tes pensées, garde-les pour toi, c'est tout. Il ne doit jamais y avoir de témoins.

Santiago accepta le verre que son père lui tendit et l'avala cul sec.

— Bravo ! s'exclama Dantón. Tu as tout pour toi. Sois discret. Ne prends pas de risques. Parie sur chacun, mais accroche-toi au bon cheval lorsque arrive la succession présidentielle. La loyauté ne sert à rien, la soumission est indispensable. Profite des trois premières années du sextennat pour faire des affaires. Car après viennent les dérives, les folies, les rêves de réélection ou de prix Nobel. Et les présidents perdent la boule. Il faut se mettre bien avec le successeur car, même s'il est choisi par le président en exercice, une fois assis dans le fauteuil présidentiel, il ne manquera pas de mettre en pièces celui qui l'a désigné, sa famille et ses amis. Navigue en silence, Santiago. Nous sommes la continuité silencieuse. Eux, la fragmentation bruyante. Et, parfois, ruineuse.

Santiago devrait inviter Unetelle à danser et Unetelle à dîner. Le papa de Machinette était l'associé de don Dantón et avait une modeste fortune de cinquante millions de dollars, mais le papa de Lola Tartempion atteignait les deux cents millions et, bien qu'il fût moins manipulable que son associé, il adorait sa fille et lui donnerait tout ce que...

Tout ? demanda Santiago à son père, qu'est-ce que tu appelles tout, père ? Putain, tu ne suis pas tes propres conseils, mon cochon de papa, tu laisses traîner trop de papiers, même si tu les caches très bien, tes archives sont pleines de preuves que tu as gardées pour pouvoir faire chanter ceux qui t'ont rendu des services et rafraîchir la mémoire de ceux à qui tu en dois, dans un sens comme dans l'autre ça prouve que tu es un pourri, vieux salaud, ne me regarde pas comme ça, tu ne me feras pas taire, bordel de merde, j'ai des photocopies de tous tes sales trafics, je connais par cœur chaque pot-de-vin que tu as reçu d'un quelconque secrétaire d'État pour t'occuper d'une affaire publique comme si elle était privée, chaque commission que tu as touchée pour servir d'intermédiaire et d'homme de paille dans une transaction illégale de terrains à Acapulco, chaque chèque qu'on t'a filé pour servir de prête-nom à des investisseurs américains dans des activités interdites aux étrangers, chaque peso qu'on t'a versé pour assumer la responsabilité dans une affaire de terrains communaux expropriés au prix de l'assassinat de quelques paysans afin qu'un président et ses associés puissent y développer des activités touristiques, je suis au courant du meurtre de dirigeants syndicaux indépendants et de leaders paysans récalcitrants, pour tout ce que tu as, tu as acheté les gens ou tu t'es fait acheter, mon cher père et fils de pute, tu n'as pas effectué un seul acte licite dans ta putain de vie, tu vis du système et le système vit de toi, les preuves te condamnent parce que tu en as besoin pour condamner ceux qui t'ont servi ou ceux que tu as servis, mais le secret est éventé, mon pauvre vieux, j'ai des copies de tout, mais ne t'inquiète pas, je ne révélerai rien aux journaux, qu'y gagnerais-je ? je ne dirai pas un mot, sauf si tu deviens encore plus fou que tu ne l'es déjà, trou du cul, et que tu me fasses assassiner, dans ce cas, j'ai pris mes dispositions pour que tout sorte au grand jour et pas ici, où tu achètes les journalistes, corrupteur de merde, mais aux États-Unis, là où ça fera mal, là où tu seras ruiné, mon cochon de papa, parce que tu laves l'argent sale des criminels yankees et mexicains, parce que tu violes les lois sacrées de la sacrée démocratie américaine, tu subornes leurs employés de banque, tu fais des petits cadeaux à leurs députés, salaud, tu as même créé ton petit lobby personnel à Washington, je te jure que je t'admire, vieux, tu es meilleur que Willy Mays, tu es partout, ce n'est pas toi que je méprise le plus, c'est ce foutu système que tu as contribué à créer, vous êtes tous pourris de la tête aux pieds et des pieds à la tête, du président au dernier gendarme, vous êtes plus pourris que ce tas de merde sèche que vous vous partagez depuis quarante ans et qui, depuis quarante ans, nous nourrit tous, allez vous faire foutre, don Dantón López-Díaz, allez vous faire foutre ! je ne veux pas bouffer de ta merde, je ne veux plus un centime de toi, je ne veux plus voir ta sale gueule de ma vie, je ne veux plus revoir la binette d'un seul de tes associés, d'un seul dirigeant de la CTM, d'un seul rédempteur de la CNC, d'un seul banquier sauvé de la ruine par le gouvernement, d'un seul... j'en ai ma claque, ce que je vais faire, c'est lutter contre vous tous et s'il m'arrive quelque chose, quelque chose de pire t'arrivera à toi, mon cher papa.

Santiago jeta les photocopies des documents à la figure de son père muet, tremblant, les doigts cramponnés par réflexe sur les sonnettes d'alarme, mais finalement incapable de faire quoi que ce soit, réduit à la brusque impuissance dans laquelle son fils avait voulu le plonger.

— N'oublie pas. Chacun de ces papiers a sa photocopie. Au Mexique. Aux États-Unis. En lieu sûr. Protège-moi, papa, parce que tu n'as pas d'autre protection que celle de ton fils désobéissant. Va te faire voir !

Et Santiago étreignit son père, il se pendit à son cou et lui dit à l'oreille, je t'aime, vieux, tu sais bien que malgré tout je t'aime, vieux salaud.

Laura Díaz présida la table en ce soir de Noël 1965. Elle en tête de table, les deux couples assis de part et d'autre. Elle se sentait rassurée, perfectionnée, en quelque sorte, par la symétrie de l'amour entre ses petits-enfants et ses amis. À sa droite, son petit-fils Santiago et sa fiancée Lourdes lui annoncèrent qu'ils allaient se marier le dernier jour de l'année, elle attendait un enfant pour le mois de juillet, il allait chercher du travail et, en attendant...

— Non, l'interrompit Laura. Tu es ici chez toi, Santiago. Toi et ta femme vous restez pour égayer l'existence d'une vieille femme...

Parce que, avoir le troisième Santiago auprès d'elle c'était rendre présents les deux autres, le Majeur et le Mineur, le frère et le fils. Que l'enfant vienne au monde, que Santiago termine ses études. Pour elle, c'était une vraie fête de voir la maison remplie d'amour, de vie...

— Ton oncle Santiago ne fermait jamais la porte de sa chambre.

Remplir la maison d'un amour heureux. Laura voulait protéger dès le départ un couple jeune et beau, peut-être parce qu'à ses côtés, en ce repas de Noël, elle avait un autre couple qui avait mis trente ans à se retrouver et être heureux.

Basilio Baltazar avait maintenant les cheveux blancs, mais il avait gardé le profil gitan, basané et bien découpé de sa jeunesse. Pilar Méndez, en revanche, montrait les ravages causés par une vie de vicissitudes et de privations. Non tant de carences physiques — elle n'avait pas souffert de la faim —, sa désolation était interne, sur son visage étaient inscrits les doutes, les fidélités déchirées, l'obligation constante de choisir, de réparer par l'amour les blessures de la cruauté familiale, politique, fantasmatique. La femme aux cheveux blond cendré, aux dents abîmées, encore belle avec son profil ibérique, reflet de tous les croisements, arabe et goth, juif et romain, comme si elle arborait une carte de sa patrie dessinée sur son visage, portait aussi en elle des paroles dures, proclamées comme dans une tragédie antique devant le décor classique de la porte latine de Santa Fe.

— La plus grande fidélité consiste à désobéir aux ordres injustes.

— Sauvez-la au nom de l'honneur.

— Aie pitié.

— Le ciel est plein de mensonges.

— Je meurs pour que mon père et ma mère se haïssent à jamais.

— Elle doit mourir au nom de la justice.

— Quelle est la part de douleur qui ne vient pas de Dieu ?

Laura dit à Pilar que ses petits-enfants avaient le droit d'entendre l'histoire du drame survenu à Santa Fe de Palencia en 1937.

— C'est une très vieille histoire.

— Toutes les histoires se répètent à chaque époque. — Laura caressa la main de l'Espagnole. — Je t'assure.

Pilar déclara qu'elle ne s'était pas plainte face à la mort quand elle y avait été confrontée, qu'elle n'allait pas le faire maintenant. La plainte ne fait qu'augmenter la douleur. Elle est de trop.

— Nous avons cru qu'elle avait été fusillée à l'aube devant les murailles de la ville, dit Basilio. Nous l'avons cru pendant trente ans.

— Pourquoi l'avez-vous cru ? demanda Pilar.

— Parce que ton père nous l'a dit. Il était des nôtres, il était le maire communiste de Santa Fe, évidemment que nous l'avons cru.

— Il n'y a pas de meilleur destin que celui de mourir inconnu, dit Pilar en s'adressant au jeune Santiago.

— Pourquoi, madame ?

— Parce que si on te connaît, Santiago, tu dois justifier les uns et condamner les autres, et tu finis par trahir tout le monde.

Basilio raconta aux jeunes gens ce qu'il avait déjà raconté à Laura lorsqu'il avait demandé un congé et pris un avion pour le Mexique pour y retrouver sa femme, sa Pilar. Don Alvaro Méndez, le père de Pilar, avait simulé l'exécution de sa fille au lever du jour, puis il avait caché la jeune fille dans une maison en ruine de la Sierra de Gredos où elle ne manquerait de rien tant que durerait la guerre ; les propriétaires de la ferme voisine étaient neutres, c'étaient des amis de don Alvaro et de doña Clemencia, autrement dit des deux. Ils ne trahiraient personne. Néanmoins, le père de Pilar ne dit rien à sa femme Clemencia. La mère de la jeune femme resta convaincue que sa fille était une martyre du Mouvement. Et c'est ce qu'elle proclama après la victoire de Franco. Don Alvaro fut passé par les armes à l'endroit même où sa fille aurait dû mourir. La mère entretint le culte de sa fille martyre, consacra le lieu où Pilar était censée avoir été exécutée, on ne trouva jamais le corps parce que les rouges l'avaient jeté quelque part, sûrement dans une fosse commune...

Pilar Méndez, l'héroïne, la martyre fusillée par les rouges, entra dans le martyrologe de la Phalange tandis que la vraie Pilar, cachée dans la montagne, dut rester invisible ; elle fut d'abord partagée entre le désir de se montrer et de dire la vérité, et celui de se cacher et de préserver le mythe, mais lorsqu'elle apprit la mort de son père, elle acquit la conviction qu'en Espagne l'histoire est triste et se termine toujours mal. Mieux valait rester dans l'invisibilité qui protégeait la mémoire fidèle de son père et la sainte hypocrisie de sa mère. Elle s'y habitua, d'abord sous la sauvegarde miséricordieuse des amis de ses parents, puis, lorsque ces derniers se sentirent menacés par la vindicte vengeresse de Franco, sous la protection charitable d'un couvent de carmélites déchaussées, l'ordre fondé par sainte Thérèse d'Ávila et soumis, depuis, à une rigueur dans laquelle Pilar Méndez trouva, toujours à l'abri de la charité chrétienne, mais désireuse de se plier aux règles des sœurs, une discipline salvatrice parce que routinière : pauvreté, habit de laine, sandales grossières, abstinence de viande; balayer, filer, prier et lire, car sainte Thérèse avait dit que rien ne lui paraissait plus détestable qu'une « nonne stupide ».

Les sœurs découvrirent rapidement les aptitudes de Pilar — c'était une fille qui savait lire et écrire —, elles mirent entre ses mains les livres de la sainte et, les années passant, elles l'intégrèrent si bien aux us et coutumes du couvent (malgré quelques aspérités personnelles qui leur rappelaient leur Sainte Fondatrice, cette « femme errante », comme l'avait surnommée le roi Philipe II) que les autorités espagnoles ne firent pas d'objection lorsque la mère supérieure sollicita un sauf-conduit pour la modeste et intelligente travailleuse du couvent, Úrsula Sánchez, qui souhaitait rendre visite à des parents en France et n'avait pas de papiers parce que les communistes avaient brûlé les archives de son village natal.

— À ma sortie, je me sentis aveuglée par la lumière. Mais j'avais gardé un souvenir si intense de mon passé que je n'eus pas trop de mal à le faire revivre à Paris, à me forger la volonté de récupérer ce qui aurait pu être mon destin si je n'avais pas passé ma vie dans des villages aux eaux imbuvables où les rivières descendent des montagnes en les blanchissant de calcaire. Les mères m'avaient munie d'une recommandation auprès des carmélites de

Paris ; je commençai à me promener sur les boulevards, je retrouvai des goûts féminins, les beaux vêtements me faisaient envie, j'avais trente-quatre ans, je voulais me voir belle et bien habillée, je me fis des amis dans le corps diplomatique, j'obtins un poste à la Maison du Mexique de la Cité universitaire et j'y rencontrai le père d'un des étudiants, un riche Mexicain avec lequel je nouai une liaison, il m'emmena au Mexique, il était jaloux, je vivais à Acapulco, enfermée dans une cage tropicale pleine de perroquets, il m'offrit des bijoux, j'avais le sentiment d'avoir vécu toute ma vie enfermée dans des cages, cage villageoise, cage conventuelle ou cage dorée, mais toujours prisonnière, enfermée surtout de par ma propre volonté, d'abord pour ne pas dénoncer mon père, ensuite pour ne pas voler à ma mère ni sa rancœur satisfaite ni la sainteté qu'elle m'attribuait en me croyant morte afin de se sanctifier elle-même, je m'étais trop habituée à vivre en cachette, à être une autre, à ne pas briser le silence que m'imposaient mes parents, la guerre, l'Espagne, les paysans qui me protégeaient, les nonnes qui m'avaient donné refuge, le Mexicain qui m'avait emmenée en Amérique.

Elle s'arrêta un instant, au milieu du silence attentif des convives. Le monde la croyait immolée. Elle dut s'immoler pour le monde. Quelle part de douleur nous vient des autres, quelle part nous vient de nous-mêmes ?

Elle regarda Basilio. Lui prit la main.

— Je t'ai toujours aimé. J'ai pensé que ma mort préserverait notre amour. Mon orgueil était de croire qu'il n'y a pas de meilleur destin que de mourir inconnu. Comment aurais-je méprisé ce qui m'importait le plus au monde, ton amour, la camaraderie de Jorge Maura et Domingo Vidal, prêts à mourir avec moi si cela était nécessaire ?

— Tu te souviens ? l'interrompit Basilio. Les Espagnols sont des mâtins de la mort. Nous la flairons et nous la poursuivons jusqu'à ce que nous l'ayons atteinte.

— Je donnerais tout pour pouvoir rebrousser chemin, dit Pilar d'une voix triste. J'ai préféré mon stupide engagement politique à l'affection de trois hommes merveilleux. Je leur en demande pardon.

— La violence fait des petits, dit Laura avec un sourire. Heureusement, l'amour aussi. Ça s'équilibre, finalement.

Elle prit la main de Lourdes à sa droite et celle de Pilar à sa gauche.

— Alors quand j'ai vu l'annonce de l'exposition de photos consacrée aux exilés espagnols, j'ai pris un avion depuis Acapulco et je me suis retrouvée devant le cadre vide de Basilio.

Elle regarda Laura.

— Si tu n'avais pas été là, nous ne nous serions jamais retrouvés.

— Quand avez-vous annoncé à votre amant mexicain que vous ne reviendriez pas ? lui demanda Santiago.

— Dès que j'ai vu le cadre vide.

— C'était courageux de votre part. Basilio aurait pu être mort.

— Non. — Pilar rougit. — Tous les portraits avaient une légende avec la date de naissance et, éventuellement, de décès. Celle de Basilio n'avait pas de date de décès. Je savais. Excusez-moi.

Les jeunes gens ne parlèrent pas beaucoup. Ils écoutaient attentivement l'histoire de Pilar et Basilio. Cependant, Santiago échangea un regard d'amour avec sa grand-mère et, dans les yeux de Laura Díaz, il vit une chose merveilleuse, dont il ne voulait pas manquer de faire part à Lourdes tout à l'heure, une chose à ne pas oublier, ce n'était pas lui qui le disait, c'était le regard, toute l'attitude de Laura Díaz en cette soirée de Noël de l'an 1965, et ce regard de Laura englobait les convives tout en s'ouvrant à eux, il leur donnait la parole, il les invitait à se voir et à se déchiffrer les uns les autres, à se révéler à travers l'amour.

Mais c'était elle, Laura, le point d'équilibre du monde.

Laura Díaz avait appris à aimer sans demander d'explications parce qu'elle avait appris à voir les autres, grâce à son appareil photo et au regard qu'elle posait sur eux, comme les autres ne se verraient peut-être jamais eux-mêmes.

À la fin du dîner, elle leur lut un bref mot de félicitation de Jorge Maura, arrivé de Lanzarote. Laura n'avait pas pu résister; elle lui avait communiqué la nouvelle des merveilleuses retrouvailles de Pilar Méndez et Basilio Baltazar.

Dans son mot, Jorge posait simplement cette question : « Quelle est la part du bonheur qui ne vient pas de Dieu ? »

Lourdes Alfaro y Santiago Díaz-Pérez se marièrent le soir de la Saint-Sylvestre. Ils eurent comme témoins Laura Díaz, Pilar Méndez et Basilio Baltazar.

Laura pensa à un quatrième témoin. Jorge Maura. Plus jamais ils ne se reverraient.

XXIII

Tlatelolco : 1968

— Personne n'a le droit de reconnaître un cadavre, personne. Personne n'a le droit de récupérer un mort, personne. Pas question d'avoir cinq cents cortèges funèbres dans cette ville demain. Jetez-les tous dans la fosse commune. Pas question d'en reconnaître un seul.

Faites-les disparaître.

Laura Díaz photographia son petit-fils au soir du 2 octobre 1968. Elle était venue à pied depuis la Calzada de la Estrella pour assister à l'arrivée de la manifestation sur la place des Trois Cultures. Elle avait suivi et photographié toutes les phases du mouvement étudiant, depuis les premières manifestations jusqu'à la présence croissante des forces de police, les tirs de bazooka contre la porte de l'École préparatoire, la prise de la Cité universitaire par l'armée, la destruction arbitraire des laboratoires et des bibliothèques par des sbires, la marche de protestation des étudiants avec à leur tête le recteur Javier Barros Sierra suivi de toute la communauté universitaire, le rassemblement sur le Zócalo où l'on criait au président Gustavo Díaz Ordaz : « sors sur le balcon, tête de cochon », enfin la marche silencieuse de cent mille citoyens bâillonnés.

Laura immortalisa les nuits de discussion de Santiago et Lourdes avec une douzaine, parfois plus, d'autres garçons et filles passionnés par les événements. L'enfant de deux ans, Santiago IV, dormait dans la pièce que la grand-mère lui avait préparée dans son appartement de la place de Río de Janeiro, après avoir évacué de vieilles archives et s'être débarrassée de toutes sortes de trucs inutiles qui étaient en réalité des souvenirs précieux, mais Laura dit à Lourdes que si, à soixante-dix ans, elle n'avait pas réussi à archiver dans sa mémoire ce qui valait d'être retenu, elle allait sombrer sous le poids du passé indistinct. Le passé revêtait de nombreuses formes. Pour Laura, c'était un océan de papier.

Qu'est-ce qu'une photographie, après tout, si ce n'est un instant transformé en éternité ? On ne peut pas arrêter l'écoulement du temps, et vouloir conserver ce dernier dans sa totalité serait la définition même de la folie, le temps qui coule sous le soleil et les étoiles continuerait de s'écouler, avec ou sans nous, dans un monde inhabité, lunaire. Le temps humain consiste à sacrifier la totalité afin de privilégier l'instant et lui donner le prestige de l'éternité. Tout cela était exprimé dans le tableau de son fils Santiago le Mineur accroché dans la salle de séjour de l'appartement : ce ne fut pas une chute, mais une ascension.

Laura feuilleta avec nostalgie les planches contact, jeta à la poubelle ce qu'elle estima inutilisable et vida la pièce afin qu'elle puisse être aménagée pour son arrière-petit-fils. « On la peint en bleu ou en rose ? » Lourdes riait et faisait rire Laura ; garçon ou fille, le bébé dormirait dans un berceau entouré d'effluves de celluloïd, car les murs étaient imprégnés de l'odeur caractéristique de la photographie humide, des bains et des tirages suspendus, comme du linge à sécher sur une corde, avec des pinces en bois.

Elle vit croître l'enthousiasme de son petit-fils, et elle aurait voulu le mettre en garde, ne te laisse pas emporter par ton ardeur, au Mexique la désillusion frappe très vite celui qui a la foi et la manifeste dans la rue : ce qu'on nous à appris à l'école, répétait Santiago à ses compagnons, des garçons et des filles entre dix-sept et vingt-cinq ans, blonds et bruns à l'image du Mexique, pays arc-en-ciel, dit une jolie fille aux cheveux qui lui descendaient jusqu'à la taille, à la peau très sombre et aux yeux très verts, un pays à genoux qu'il faut mettre debout, dit un garçon au teint basané, grand, mais avec de tout petits yeux, un pays démocratique, ajouta un autre à la peau blanche, petit, mais musclé, l'air serein, portant des lunettes qui lui glissaient constamment du nez, un pays solidaire de la grande révolte de Berkeley, Tokyo et Paris, un pays où il serait interdit d'interdire et où l'imagination prendrait le pouvoir, dit un blond au type très espagnol, avec une barbe touffue et un regard intense, un pays où l'on n'oublierait pas les autres, dit un garçon aux traits indigènes, très sérieux, caché derrière d'épaisses lunettes, un pays où nous pourrions tous nous aimer, dit Lourdes, un pays sans exploiteurs, dit Santiago, nous ne faisons que proclamer dans la rue ce qu'on nous a appris à l'école, on nous a éduqués avec des idées appelées démocratie, justice, liberté, révolution ; on nous a demandé de croire à tout cela, doña Laura, peux-tu imaginer, grand-mère, un élève ou un professeur en train de défendre la dictature, l'oppression, l'injustice, la réaction ? mais ils se sont exposés à ce qu'on les prenne au mot, dit le grand blond, à ce qu'on leur demande, dit l'Indien aux grosses lunettes, dites donc, messieurs, où sont les valeurs que vous nous avez enseignées ? dites donc, se joignit au chœur la brune aux yeux verts, qui pensez-vous tromper ? regardez, dit le jeune barbu au regard intense, ayez le courage de nous regarder, nous sommes des millions, trente millions de Mexicains de moins de vingt-cinq ans, vous croyez que vous allez continuer à nous mener en bateau ? s'exclama le grand aux petits yeux, où est la démocratie ? dans la farce des élections organisées par le PRI avec les urnes bourrées à l'avance ? où est la justice ? reprit Santiago, dans un pays où soixante personnes cumulent plus de richesses que soixante millions de leurs concitoyens ? où est la liberté ? demanda la jeune fille aux cheveux à la taille, dans les syndicats aux mains de dirigeants corrompus ? les journaux vendus au gouvernement ? ajouta Lourdes, une télévision qui cache la vérité ? où est la révolution ? interrogea le petit musclé au teint pâle avec son air tranquille, dans les noms de Villa et de Zapata inscrits en lettres dorées à la Chambre des députés, conclut Santiago, dans les statues crottées par les oiseaux nocturnes ou par les chardonnerets du petit matin qui composent les discours du PRI ?

Cela ne servirait à rien de le mettre en garde. Il avait rompu avec ses parents, s'était identifié à sa grand-mère, elle et lui, Laura et Santiago, s'étaient agenouillés ensemble un soir au beau milieu du Zócalo et ensemble ils avaient collé leur oreille contre le sol, ensemble ils avaient entendu la même chose, la rumeur aveugle de la ville, du pays, sur le point d'exploser...

— L'enfer du Mexique, avait dit Santiago. Le crime, la violence, la corruption, la pauvreté sont-ils des fatalités ?

— Ne parle pas, mon fils, écoute. Avant de prendre une photo, moi, j'écoute toujours... — Laura qui désirait tant léguer à ses descendants une liberté lumineuse. Ils éloignèrent leur visage de la pierre glacée et échangèrent un regard interrogateur plein de tendresse. Laura comprit alors que Santiago allait agir comme il le fit, elle n'avait pas l'intention de lui dire tu as une femme et un enfant, ne t'engage pas. Elle n'était pas Dantón, elle n'était pas Juan Francisco, elle était Jorge Maura, elle était le gringo Jim sur le front de la Jarama, le jeune Santiago le Majeur fusillé à Veracruz. Elle faisait partie de ceux qui pouvaient tout mettre en doute mais que rien n'empêchait d'agir.

Dans chaque manifestation, dans chaque discours, dans chaque assemblée universitaire, son petit-fils Santiago incarnait le changement et sa grand-mère le suivait partout, le prenait en photo; cela ne gênait pas Santiago d'être photographié et Laura avait pour lui les yeux affectueux d'une camarade : son appareil photo enregistra toutes les phases du changement, tantôt dans le sens de l'incertitude, tantôt dans le sens de la certitude, quoique, en fin de compte, la certitude — dans les actes, dans les mots — fût moins certaine que le doute. Le plus incertain était la certitude.

Pendant toutes ces journées que dura la révolte estudiantine, à la lumière du soleil ou des torches, Laura sentit que le changement était certain parce qu'il était incertain. Dans sa mémoire défilaient tous les dogmes qu'elle avait entendus dans sa vie, les positions antagonistes, qui paraissaient presque préhistoriques, entre les alliés franco-britanniques et les empires centraux pendant la guerre de 1914-1918, la foi communiste de Vidal et la foi anarchiste de Basilio, la foi républicaine de Maura et la foi franquiste de Pilar Méndez, la foi judéo-chrétienne de Raquel et aussi la confusion morale de Harry, l'opportunisme de Juan Francisco, le cynisme vorace de Dantón et la plénitude spirituelle du deuxième Santiago, son autre fils.

À travers sa grand-mère, le nouveau Santiago était, qu'il en fût conscient ou non, l'héritier de tous les autres. Les années de Laura Díaz avaient formé les jours de Santiago le Nouveau — c'est ainsi qu'elle le surnomma, comme s'il était le nouvel apôtre dans la longue lignée des homonymes du fils de Zébédée, témoin de la transfiguration du Christ à Gethsémani. Les Santiago — les saint Jacques — « fils du tonnerre », tous morts de mort violente. Jacques le Majeur transpercé par les épées d'Hérode. Jacques le Mineur mis à mort sur ordre du Sanhédrin.

L'histoire comptait deux Santiago reconnus comme saints. Laura en avait déjà quatre du même nom et un nom, se disait la grand-mère, est la manifestation de notre nature la plus cachée. Laura, Lourdes, Santiago.

Maintenant la foi des amis et des amants de toutes les années écoulées devenait la foi du petit-fils de Laura Díaz qui pénétrait, avec des centaines de jeunes Mexicains, garçons et filles, sur la place des Trois Cultures, l'ancien centre de cérémonies aztèques de Tlatelolco, sans autre éclairage que l'agonie du jour dans l'antique vallée d'Anáhuac, tout était vieux ici, pensa Laura Díaz, la pyramide indigène, l'église de Santiago, le couvent et l'école des franciscains, mais aussi les bâtiments modernes, le ministère des Affaires étrangères, les immeubles d'habitation ; le plus vieux était peut-être le plus récent, car c'était ce qui résistait le moins bien : façades déjà fissurées, aux peintures écaillées, vitres cassées, linge pendouillant aux fenêtres, pleurs et sanglots de trop de pluies et d'averses repenties dégoulinant le long des murs ; les réverbères de la place commençaient à s'allumer, les réflecteurs des bâtiments officiels, l'intérieur des cuisines, des terrasses, des salons et des chambres ; des centaines de jeunes gens accédaient à la place par un bout, des dizaines de soldats bloquaient toutes les autres issues, des ombres agitées apparurent sur les toits-terrasses, des mains gantées de blanc, et Laura photographia son petit-fils Santiago, sa chemise blanche, sa stupide chemise blanche comme pour s'offrir à la cible des balles et sa voix disant, grand-mère, il n'y a pas de place pour nous dans l'avenir, nous voulons un avenir qui fasse place à la jeunesse, je n'ai rien à faire dans le futur inventé par mon père, et Laura acquiesça, aux côtés de son petit-fils elle aussi avait compris que les Mexicains avaient toujours rêvé d'un pays différent, un pays meilleur, cela avait été le rêve du grand-père Felipe qui avait quitté l'Allemagne pour Catemaco et celui du grand-père Díaz qui avait quitté Tenerife pour Veracruz, ils avaient rêvé d'un pays travailleur et honnête, comme le premier Santiago avait rêvé d'un pays de justice, le deuxième Santiago d'un pays de tranquillité créative, et le troisième, celui qui, en cette nuit du 2 octobre 1968, pénétrait sur la place de Tlatelolco au milieu de la foule des étudiants, prolongeait le rêve de ses homonymes, et en le voyant arriver sur la place, en le photographiant, Laura se dit aujourd'hui l'homme que j'aime est mon petit-fils.

Elle armait son appareil photo, l'appareil était son arme et elle ne faisait que mitrailler son petit-fils ; elle se rendit compte combien elle se montrait injuste ; des centaines de jeunes gens affluaient sur la place pour réclamer un nouveau pays, un pays meilleur, un pays fidèle à lui-même, et elle, Laura

Díaz, n'avait d'yeux que pour la chair de sa chair, pour le héros de sa descendance, un garçon de vingt-quatre ans, en chemise blanche, la peau sombre, les cheveux en bataille, les yeux couleur de miel vert, les dents ensoleillées et les muscles bien terrestres.

Je suis ta compagne, disait Laura de loin à Santiago, je ne suis plus la femme d'avant, maintenant je suis à toi, ce soir je te comprends, je comprends mon amour Jorge Maura et le Dieu qu'il adore et pour lequel il lèche de sa langue le sol d'un monastère à Lanzarote, je lui dis, mon Dieu, prive-moi de tout, inflige-moi la maladie, la mort, la fièvre, les chancres, le cancer, la phtisie, rends-moi aveugle et sourde, arrache-moi la langue et coupe-moi les oreilles, mon Dieu, si cela est nécessaire pour sauver mon petit-fils et pour sauver mon pays, afflige-moi de tous les maux si cela peut donner la santé à ma patrie et à mes enfants, merci, Santiago, de nous montrer qu'il restait encore des choses pour lesquelles lutter dans ce Mexique endormi, satisfait et trompeur de l'an 1968, année des Jeux olympiques, merci mon petit de m'apprendre la différence entre ce qui est vivant et ce qui est mort, et alors le choc sur la place fut comme le tremblement de terre qui avait fait tomber l'Ange de l'Indépendance, l'appareil photo de Laura Díaz monta vers les étoiles et ne vit plus rien, il redescendit en tremblant et se retrouva face à l'œil d'un soldat fixé sur elle comme une cicatrice, l'appareil se déclencha en même temps que la fusillade, qui fit taire les chants, les slogans, les voix des jeunes gens, puis ce fut le silence, un silence effrayant, où l'on n'entendait plus que les gémissements des jeunes gens blessés et des moribonds, Laura chercha la silhouette de Santiago et son regard ne rencontra que les gants blancs dans le firmament, des gants qui formaient deux poings insolemment brandis, « mission accomplie », et l'impuissance des étoiles à raconter ce qui venait de se produire.

Ils chassèrent Laura de la place à coups de crosse, pas parce qu'elle était Laura, la photographe, la grand-mère de Santiago, ils chassaient les témoins, ils ne voulaient pas de témoins, Laura cacha son rouleau de pellicule sous ses grandes jupes, dans sa culotte, près du sexe, mais elle ne peut pas photographier l'odeur de mort qui monte de la place imbibée du sang des étudiants, elle ne peut plus saisir le ciel aveugle de la nuit de Tlatelolco, elle ne peut plus enregistrer la peur diffuse du grand cimetière urbain, les plaintes, les cris, l'écho de la mort... La ville s'obscurcit.

Même Dantón Pérez Díaz, le puissant don Dantón, n'a pas le droit de récupérer le cadavre de son fils ? Non, même pas lui.

À quoi ont-elles donc droit, la jeune veuve et la grand-mère du jeune dirigeant contestataire ? Si vous le désirez, vous pouvez parcourir la morgue et identifier le cadavre. À titre de concession faite au señor *licenciado* don Dantón, ami personnel de monsieur le président don Gustavo Díaz Ordaz. Elles pouvaient voir le corps, mais elles n'avaient le droit ni de le récupérer ni de l'enterrer. Il n'y aurait pas d'exceptions. Il n'y aurait pas cinq cents cortèges funèbres dans la ville de Mexico le 3 octobre 1968. Cela bloquerait la circulation automobile. Cela allait à l'encontre des règlements.

Laura et Lourdes pénétrèrent dans le hangar glacé où une étrange lumière perlée éclairait les cadavres allongés sur des planches posées sur des tréteaux.

Laura craignait que la mort ne prive de toute singularité les victimes nues des déchaînements d'un président devenu fou de vanité, de toute-puissance, de peur et de cruauté. Ce serait son ultime victoire.

— Moi, je n'ai tué personne. Où sont-ils donc ces morts ? Allez, qu'on les entende. Qu'ils parlent. Venir me raconter des histoires de morts, à moi !...

Pour le président, il n'y avait pas de morts. Il n'y avait que des agitateurs, des subversifs, des communistes, des idéologues de la destruction, des ennemis de la patrie incarnée par la bande du président. Sauf que, lors de la nuit de Tlatelolco, l'aigle abandonna la bande du président et s'envola au loin tandis que le serpent, honteux, préféra changer de peau, que le figuier de Barbarie fut envahi par les asticots et que les eaux du lac prirent feu une nouvelle fois. Lac de Tlatelolco, trône des sacrifices, c'est du haut de la pyramide qu'on précipita le roi tlatilquèque en 1473 pour consolider le pouvoir aztèque, du haut de la pyramide qu'on renversa les idoles pour consolider le pouvoir espagnol, Tlatelolco était cerné par la mort sur ses quatre côtés, le *tzompantli*, le mur fait de têtes de morts contiguës, superposées, unies les unes aux autres en un immense collier funèbre, des milliers de crânes constituant la défense et la mise en garde du pouvoir au Mexique, pouvoir éternellement érigé sur la mort.

Mais les cadavres avaient gardé leur singularité, il n'y avait pas deux visages semblables, ni deux corps similaires, ni deux postures identiques. Chaque balle avait fait surgir une fleur distincte sur la poitrine, la tête, la cuisse d'un jeune assassiné, chaque sexe d'homme reposait différemment, chaque sexe de femme était une blessure singulière, et ces différences étaient la victoire des jeunes gens sacrifiés, faisaient pièce à une violence qui se déchaînait d'autant plus librement qu'elle se savait acquittée d'avance. La preuve en était que, deux semaines plus tard, le président Gustavo Díaz Ordaz ouvrirait les Jeux olympiques avec un lâcher de colombes de la paix et un sourire de satisfaction aussi large que sa gueule ensanglantée. Dans la loge présidentielle, eux aussi la figure fendue d'un sourire plein de fierté patriotique, se trouvaient les parents de Santiago, don Dantón et doña Magdalena. L'ordre était rétabli dans le pays grâce à l'énergie sans complaisance de Monsieur le Président.

Lorsqu'elles trouvèrent le cadavre de Santiago dans la morgue improvisée, Lourdes se jeta en sanglotant sur le corps nu de son jeune mari, mais Laura se contenta de caresser les pieds de son petit-fils et de suspendre un écriteau au pied droit de Santiago :

SANTIAGO LE TROISIÈME
1944-1968
UN MONDE À BÂTIR

Enlacées l'une à l'autre, la jeune femme et la vieille dame contemplèrent Santiago une dernière fois, puis elles sortirent, habitées d'une peur diffuse, sans cause précise. Santiago était mort avec un rictus de douleur. Laura fut désormais taraudée par le désir que le sourire perdu de son petit-fils vienne accorder le repos à son cadavre comme à elle-même.

— C'est un péché d'oublier, c'est un péché —, se répétait-elle sans cesse, et elle disait à Lourdes, n'aie pas peur, mais la jeune veuve était saisie chaque fois qu'on sonnait à la porte, elle se demandait, est-ce lui ? est-ce un fantôme ? un assassin ? un rat ? une blatte ?

— Laura, si tu avais la possibilité d'enfermer quelqu'un dans une cage, comme un scorpion, de le laisser sans rien à boire ni à manger...

— Ne pense pas à ça, ma fille. Ce n'est pas la peine.

— À quoi penses-tu, Laura ? je veux dire, à part penser à lui ?

— Je pense qu'il y a des gens qui souffrent et que leur souffrance leur appartient, à eux seuls.

— Qui, en ce cas, assume la douleur des autres ? qui est dispensé de cette obligation ?

— Personne, ma fille, personne.

On avait livré la ville à la mort.

La ville était un campement de barbares.

On sonna à la porte.

XXIV

Zona Rosa : 1970

1

Laura, qui avait tout vu à travers son appareil photo, s'immobilisa devant la glace de sa salle de bains, en ce jour d'août 1970, et se demanda : comment suis-je vue ?

Elle avait gardé, peut-être, cette mémoire de la mémoire qui est notre visage passé, non la simple accumulation des années sur la peau, ni même leur superposition, mais plutôt une sorte de transparence : je suis telle que je me vois en ce moment, j'ai toujours été comme ça. Le moment peut changer, mais il s'agit toujours d'un seul moment, même si j'ai présent dans la tête tout ce qui appartient à ma tête ; j'ai toujours eu l'intuition, et j'en ai maintenant la certitude, que ce qui appartient à l'esprit n'en disparaît jamais, ne dit jamais « adieu » ; tout se meurt, sauf ce qui vit pour toujours dans mon esprit.

Je suis la fillette de Catemaco, la débutante au bal de San Cayetano, la jeune mariée de Mexico, la mère amoureuse et l'épouse infidèle, la compagne dévouée de Harry Jaffe, le refuge de mon petit-fils Santiago, mais je suis avant tout l'amante de Jorge

Maura : de tous les visages que j'ai eus, ce dernier est celui que mon imagination retient comme mon vrai visage, celui qui les contient tous, la face de ma passion heureuse, la figure qui porte tous les masques de ma vie, l'ultime ossature de mes traits, celle qui restera quand la chair aura été dévorée par la mort...

Le miroir, cependant, ne lui renvoya pas le visage de la Laura Díaz des années trente, celui que, le sachant transitoire, elle imaginait éternel. Elle lisait beaucoup d'anthropologie et d'histoire du Mexique ancien pour mieux comprendre le présent qu'elle prenait en photo. Les anciens Mexicains avaient le droit de choisir un masque pour la mort, de s'attribuer un visage idéal pour le voyage à Mictlán, l'outre-tombe des Indiens, enfer et paradis en même temps. Si elle avait été indienne, Laura Díaz aurait choisi le masque de ses jours d'amour avec Jorge pour le superposer à tous les autres, ceux de son enfance, de son adolescence, de son âge mûr et de sa vieillesse. Seul le masque agonisant de son fils Santiago pourrait concurrencer celui de la passion amoureuse avec Maura, mais ce dernier représentait le désir de bonheur. C'était la photographie mentale qu'elle avait d'elle-même. C'était cela qu'elle voulait voir dans la glace en ce matin d'août 1970. Mais le miroir, ce matin-là, était plus fidèle à la femme que la femme elle-même.

Elle avait toujours beaucoup soigné son apparence. Elle avait découvert très tôt, en observant les ridicules changements de coiffure d'Elizabeth García Dupont, qu'elle devait choisir une fois pour toutes un style de coiffure et ne plus en changer ; le cercle d'Orlando le lui confirma : tu commences par changer tes cheveux, sur le moment tu es contente, tu te sens toute rajeunie, mais finalement ce que les gens remarquent en premier, c'est ce qui a changé dans ton visage, regardez les pattes-d'oie, regardez le front ridé, oh, la la, elle a pris un coup de vieux, c'est une vieille femme maintenant. C'est pourquoi Laura Díaz, après avoir joué à porter sa frange de petite fille pour cacher un front trop haut et trop large et réduire un visage trop long, décida, dès qu'elle rencontra Jorge Maura, de rejeter aussi bien la coupe à la garçonne des Clara Bow mexicaines, que le blond platine qui suivit, imposé par la soyeuse Jean Harlow, suivi à son tour par les ondulations des Irene Dunne locales ; Laura tira ses cheveux en arrière, dégageant le front haut, le nez « italien » dont parlait Orlando, proéminent et aristocratique, fin et nerveux, comme s'il ne cessait d'interroger toute chose. Elle rejeta d'abord la petite bouche aux lèvres gonflées, comme piquées par une abeille, de Mae Murray, la veuve joyeuse de Von Stroheim, puis la bouche démesurément large de Joan Crawford, peinte comme si c'était l'accès redoutable à l'enfer du sexe, pour garder ses lèvres minces, sans rouge à lèvres, qui rehaussaient l'aspect de sculpture gothique de la tête de Laura Díaz, descendante de Rhénans et de Canariens, avec des ancêtres à Murcie et à Santander, misant sur la beauté de ses yeux, des yeux noisette, presque dorés, tirant sur le vert au crépuscule, argentés dans l'orgasme aux yeux ouverts qu'exigeait Jorge Maura, je jouis dans ton regard, Laura, ma chérie, laisse-moi voir tes yeux quand je jouis, tes yeux m'excitent, et c'était vrai, les sexes ne sont pas beaux, ils sont même grotesques, dit Laura Díaz à son miroir en ce matin d'août 1970, ce qui nous excite, c'est le regard, la peau, c'est le reflet du sexe dans le regard brûlant, dans la douceur de la peau qui nous pousse vers l'inévitable broussaille du sexe, le repaire de la grande araignée du plaisir et de la mort...

Elle ne regardait plus son corps quand elle faisait sa toilette. Elle ne s'en préoccupait plus. Frida Kahlo, évidemment. Frida obligeait son amie Laura à se féliciter d'avoir un corps, certes vieux, mais entier. Avant Jorge Maura, il y avait eu Frida Kahlo, le meilleur exemple d'un style invariable, imposé une fois pour toutes, inimitable, impérial, unique. Ce n'était pas celui de son amie et secrétaire occasionnelle Laura Díaz, qui suivait les changements de la mode vestimentaire — elle passait maintenant la main sur les tenues d'hier enfermées dans un placard, les robes courtes des « flappers » des années vingt, les longues blancheurs satinées des années trente, le tailleur des années quarante, le New Look de Christian Dior lorsque la jupe large fit son retour après les pénuries de textile pendant la guerre ; mais après son voyage à Lanzarote, Laura adopta elle aussi une tenue confortable, presque une tunique, sans boutons ni fermeture Éclair ni ceinture, sans rien, une longue blouse monacale qu'on pouvait enfiler et ôter sans façon et qu'elle trouva idéale pour vivre dans la vallée tropicale du Morelos, puis, par la suite pour parcourir à toute allure, comme si le simple tissu d'agréable coton lui donnait des ailes, toutes les marches de la Rome des Amériques, la ville de Mexico, la cité aux quatre, cinq, sept couches superposées, hautes comme des volcans assoupis, profondes comme le reflet d'un miroir fumant.

Mais en ce jour d'août 1970, tandis que la pluie tombait au-dehors et que de grosses gouttes frappaient la vitre rongée de la salle de bains, le miroir ne me renvoyait qu'un seul visage, pas mon préféré, celui de mes trente ans, mais celui d'aujourd'hui, celui de mes soixante-douze ans, impitoyable, véridique, cruel, sans dissimulation possible, le haut front creusé de rides, les yeux de miel foncé maintenant perdus au milieu des poches et des paupières tombantes, pareilles à des rideaux usés, le nez bien plus long qu'elle ne pouvait s'en souvenir, les lèvres nues, fendillées, les commissures et les joues usées comme un papier de soie dont on se serait trop servi pour envelopper trop de cadeaux inutiles, enfin une chose que rien ne peut cacher, le cou, dénonciateur de l'âge.

— Un sacré cou de dindon ! — Laura décida de se moquer de son image dans le miroir et de continuer à s'aimer, à aimer son corps et de coiffer ses cheveux gris.

Elle croisa les bras sur ses seins et les sentit glacés. Elle vit le reflet de ses mains tachetées par le temps et se rappela son corps de jeune femme, si désiré, si bien exhibé ou dissimulé selon les exigences du grand metteur en scène de la vanité ou du plaisir, de la pruderie ou de la séduction.

Elle continuait de s'aimer.

— Rembrandt s'est peint lui-même tout au long de sa vie, de l'adolescence à la vieillesse —, dit Orlando Ximénez alors qu'ils étaient installés au Bar Écossais de l'hôtel Presidente dans la Zona Rosa où, après de multiples propositions, elle avait enfin accepté, pour une fois, for old time's sake, comme arguait Orlando, de le voir un moment à six heures du soir, quand le bar était vide. Il n'y a pas de document pictural plus émouvant que ceux de ce grand artiste capable de se voir sans le moindre idéalisme à tous les moments de sa vie, pour atteindre le sommet avec un autoportrait en vieillard qui contient dans le regard tous les âges antérieurs, tous sans exception, comme si seule la vieillesse pouvait révéler non seulement la totalité d'une vie, mais chacune des multiples vies que nous avons connues.

— Tu seras toujours un esthète, dit Laura en riant.

— Mais non, écoute. Rembrandt a les yeux pratiquement fermés entre ses vieilles paupières. Les yeux sont larmoyants, non en raison d'une quelconque émotion, mais parce que l'âge les rend aqueux. Regarde les miens, Laura, je suis tout le temps en train de les essuyer ! J'ai l'air d'un perpétuel enrhumé ! — Orlando riait à son tour en soulevant de sa main tremblante son verre de scotch coupé d'eau gazeuse.

— Tu as l'air très bien, très en forme —, s'empressa de dire Laura, qui était effectivement admirative devant la sveltesse de son ancien amoureux, le corps sec et bien droit, vêtu avec une élégance démodée, comme si les tenues du duc de Windsor faisaient toujours fureur, la veste croisée à carreaux gris, la cravate à gros nœud, le pantalon large à revers, les chaussures Church à semelle épaisse.

Orlando ressemblait à un balai bien habillé, surmonté d'un crâne aux rares cheveux gris soigneusement collés aux tempes et qui venaient mourir en une maigre touffe bien lissée sur la nuque. Le port un peu voûté se voulait de courtoisie, mais il révélait l'âge, sans conteste.

— Attends, laisse-moi terminer. Ce qu'il y a de prodigieux dans cet autoportrait du vieux Rembrandt, c'est que l'artiste, imperturbable devant les ravages du temps, nous permet de nous souvenir non seulement de tous ses âges, mais aussi des nôtres, pour ne garder que la profondeur de l'image qui se dégage de ses petits yeux de vieil homme résigné, mais plein de malice.

— Quelle est cette image ?

— Celle d'une jeunesse éternelle, Laura, parce qu'elle représente le talent artistique qui a créé l'œuvre entière, celle de la jeunesse, celle de l'âge mûr et celle de la vieillesse. Telle est la véritable représentation que nous offre le dernier autoportrait de Rembrandt : je suis éternellement jeune parce que je suis éternellement créateur.

— Comme tout te vient facilement. — Laura eut un nouveau rire, défensif, cette fois. — Tu peux être à la fois frivole, cruel, charmant, naïf, pervers. Et parfois même, intelligent.

— Je suis un ver luisant. Je m'allume et je m'éteins sans le vouloir. — Orlando rit lui aussi. — C'est dans ma nature. Tu lui donnes une bonne note ?

— Je la connais —, le visage de Laura s'éclaira à son tour.

— Tu te souviens que la première fois, je t'ai demandé : « Est-ce que ton corps m'accorde l'examen de passage ? Ai-je droit à un dix sur dix ? »

— Ta question m'émerveille.

— Pourquoi ?

— Tu parles du passé comme s'il pouvait se répéter. Tu évoques le passé pour me faire une proposition maintenant, dans le présent —, Laura avança la main et caressa celle d'Orlando ; elle remarqua que la vieille bague en or frappée des initiales OX était trop grande pour le doigt amaigri.

— Pour moi, dit l'éternel soupirant, toi et moi sommes toujours sur la terrasse de l'hacienda de San Cayetano en 1915...

Laura avala son dry-Martini préféré plus rapidement que nécessaire.

— Mais nous sommes dans un bar de la Zona Rosa en 1970, et il est assez ridicule d'évoquer je ne sais quel lyrisme romantique de notre première rencontre, mon pauvre Orlando.

— Tu ne comprends donc pas ? — le vieil homme fronça les sourcils. Je ne voulais pas que notre relation se refroidisse par habitude.

— Mon pauvre Orlando, l'âge refroidit tout.

Orlando contempla le fond de son verre de whisky.

— Je ne voulais pas que la poésie se transforme en prose.

Laura observa quelques secondes de silence. Elle voulait être franche sans blesser son vieil ami. Elle ne voulait pas utiliser son âge pour juger injustement les autres du haut des soixante-douze ans de Laura Díaz. C'était l'une des tentations de la vieillesse, porter des jugements en toute impunité. Mais Orlando la devança précipitamment.

— Laura, veux-tu être mon épouse ?

Au lieu de répondre immédiatement, Laura se répéta plusieurs fois trois vérités : l'absence simplifie les choses, la prolongation les abîme, la profondeur les tue. Avec Orlando, le plus tentant était de simplifier : s'absenter. Laura eut toutefois le sentiment que s'éloigner au plus vite d'un homme et d'une situation qui frisaient le ridicule était une sorte de trahison qu'elle voulait éviter à tout prix, je ne me trahis pas moi-même, ni mon passé, si en ce moment je ne fuis pas, je ne simplifie pas, je ne me moque pas, si j'opte pour la prolongation, même si cela doit conduire au désastre, si j'approfondis, même si cela doit mener à la mort...

— Orlando, se hasarda Laura. Nous nous sommes connus à San Cayetano. Nous sommes devenus amants à Mexico. Tu m'as quittée en me laissant un mot où tu me disais que tu n'étais ni celui que tu disais être ni celui que tu semblais être. Tu viens trop près de mon mystère, me reprochais-tu...

— Non, je te mettais en garde...

— Tu me l'as jeté à la figure, Orlando. « Je préfère garder mon secret », m'écrivais-tu. Et tu ajoutais que, sans mystère, notre amour manquerait d'intérêt...

— Je te disais aussi, « je t'aime toujours... ».

— Orlando, Orlando, mon pauvre Orlando. Et maintenant tu viens me dire qu'il serait temps de nous unir. Il n'y aurait donc plus de mystère ?

Elle caressa sa main noueuse et froide avec une véritable affection.

— Orlando, sois fidèle à toi-même jusqu'au bout. Continue de fuir toute décision irréversible. Évite toute conclusion définitive. Reste Orlando Ximénez, laisse les choses en suspens, ouvertes, inachevées. C'est ta nature, tu ne le sais pas encore ? C'est même ce que j'admire le plus chez toi, mon pauvre Orlando.

Le verre d'Orlando se transformait par moments en boule de cristal. Le vieil homme cherchait à deviner.

— J'aurais dû te demander de m'épouser, Laura.

— Quand ?

Elle avait l'impression de s'user.

— Es-tu en train de me dire que j'ai été la victime de ma propre perversité ? T'ai-je perdue pour toujours ?

Il ne savait donc pas que ce « pour toujours » avait déjà été signifié un demi-siècle plus tôt, au bal de l'hacienda tropicale, il n'avait pas compris que là même, lors de leur première rencontre, Orlando avait dit « jamais » à Laura Díaz alors qu'il voulait dire « pour toujours », confondant l'ajournement avec ce qu'il venait de dire : je ne voulais pas que notre relation se refroidisse par habitude, je ne veux pas que tu approches de trop près mon mystère.

Laura fut prise de frissons de froid. Orlando était en train de lui proposer un mariage pour la mort. L'acceptation du fait qu'il n'y avait plus de jeux à jouer, plus d'ironies à exhiber, plus de paradoxes à explorer. Orlando se rendait-il compte que, en parlant de la sorte, il ne faisait que nier sa propre vie, la vocation mystérieuse et inachevée de toute son existence ?

— Tu sais, dit Laura Díaz avec un sourire, je vois toute notre relation comme une fiction. Veux-tu écrire son happy end ?

— Non, balbutia Orlando. Je ne veux pas qu'elle se termine. Je veux recommencer.

Il leva le verre à ses lèvres de façon à cacher ses yeux.

— Je ne veux pas mourir seul.

— Attention. Tu ne veux pas mourir sans savoir ce qui aurait pu être.

— That's right. What could have been.

Laura eut beaucoup de mal à trouver le bon registre pour sa voix. Assena-t-elle, prononça-t-elle, résuma-t-elle, assuma-t-elle, en tout cas, avec toute la tendresse dont elle était capable ?

— Orlando, ce qui aurait pu être a déjà été. Tout est arrivé exactement comme cela devait arriver.

— Il ne reste plus qu'à se résigner, alors ?

— Peut-être ne s'agit-il pas de cela. Emporter quelques mystères dans la tombe.

— Certes, mais où enterres-tu tes démons ? — Orlando mordilla machinalement le doigt trop amaigri qui avait du mal à retenir la lourde bague en or. — Nous portons tous en nous un petit diable qui ne nous quitte pas, même à l'heure de la mort. Nous ne serons jamais satisfaits.

En sortant du bar, Laura se promena longuement dans la Zona Rosa, le nouveau quartier à la mode où affluait en masse la nouvelle jeunesse, celle qui avait survécu à la tuerie de Tlatelolco pour échouer dans les prisons ou dans les cafés, des prisons les unes comme les autres, des lieux d'enfermement, mais qui, à l'intérieur du périmètre compris entre l'avenue Chapultepec, le Paseo de la Reforma et l'avenue Insurgentes, avait créé une oasis de cafétérias, de restaurants, de passages couverts avec des glaces devant lesquelles on pouvait s'arrêter, se mirer et s'admirer, exhiber la nouvelle mode de la minijupe, des ceinturons, des bottes en vernis noir, des pantalons à pattes d'éléphant et la coupe de cheveux à la Beatles. La moitié des dix millions d'habitants de la cité nomade avait moins de vingt ans, et dans la Zona Rosa, ces jeunes pouvaient se restaurer, se montrer, draguer, voir et être vus, croire à nouveau que le monde était vivable, conquérable, sans effusion de sang, sans passé à vous rendre insomniaque.

C'est là, dans ces rues aux noms de villes européennes, Gênes, Londres, Hambourg ou Anvers, qu'avaient vécu les aristocrates déchus de l'époque de Porfirio Díaz ; là que, pendant la Seconde Guerre mondiale qui transforma la ville en capitale cosmopolite, s'étaient ouvertes les premières boîtes de nuit élégantes, le Casanova, le Minuit, le Sans Souci ; là que, à l'église de la Votiva, Dantón avait audacieusement entrepris sa carrière vers le sommet ; là que les jeunes de Tlatelolco avaient remonté le Paseo de la Reforma dans leur marche vers la mort ; là s'étaient établis les cafés où se réunissaient les confréries de la jeunesse littéraire, le Kineret, le Tirol, le Chien Andalou, là se trouvaient les restaurants fréquentés par les puissants, le Folcolare, le Rivoli, l'Estoril, et le préféré de tout le monde, le Bellinghausen, avec ses vers d'agave, ses soupes de vermicelle, ses *escamoles* et ses steaks *chemita*, ses délicieux flans à la liqueur et ses jarres de bière froide comme nulle part ailleurs. C'est là, enfin, qu'à l'ouverture de la ligne de métro, on vit apparaître, vomis par les rames, les voyous, les frimeurs, tous ces gamins des banlieues perdues, éjectés des déserts urbains vers les lieux où les chameaux s'abreuvent et les caravanes se reposent : la Zona Rosa, ainsi baptisée par l'artiste José Luis Cuevas.

Laura, qui avait tout pris en photo, se sentit impuissante à rendre compte de ce nouveau phénomène : la ville lui échappait des yeux. L'épicentre de la capitale s'était déplacé trop de fois pendant la vie de Laura, de l'axe Zócalo, Madero, Juárez, au quartier Las Lomas et Polanco, puis vers le Paseo de la Reforma qui, d'avenue résidentielle à la parisienne, était devenue une artère commerciale à la Dallas, et maintenant la Zona Rosa : les jours de celle-ci étaient comptés à leur tour. Laura Díaz flairait dans l'air, voyait dans les regards et sentait sur sa peau venir les temps du crime, de l'insécurité et de la faim, une atmosphère suffocante, les montagnes devenues invisibles, la fugacité des étoiles, l'opacité du soleil, le grisou mortel d'une ville transformée en mine sans fond et sans trésors, des ravins sans lumière mais habités par la mort...

Comment séparer la passion de la violence ?

À la question que le pays se posait, que la capitale se posait, Laura Díaz, après sa dernière rencontre avec Orlando Ximénez, donna sa réponse :

— Oui, je crois que je suis parvenue à séparer la passion de la violence.

Ce à quoi je ne suis pas parvenue, se dit-elle tout en cheminant tranquillement de la rue de Nice à la place de Río de Janeiro en passant par la rue Orizaba et d'autres endroits familiers, presque totémiques, de sa vie quotidienne — le temple de la Sainte-Famille, le glacier Chiandoni, l'épicerie, la papeterie, la pharmacie, le kiosque à journaux au coin de la rue Puebla —, c'est à éclaircir un certain nombre de mystères, sauf celui d'Orlando, que j'ai enfin réussi à élucider cet après-midi : Orlando a passé sa vie à attendre quelque chose qui n'est jamais arrivé ; espérer l'inespérable aura été son destin ; il a essayé aujourd'hui de le rompre en me proposant de l'épouser, mais le destin — l'expérience transformée en fatalité — a repris le dessus. C'était inévitable, murmura Laura protégée par la splendeur soudaine d'un coucher de soleil prolongé, agonisant mais amoureux de sa propre beauté, un crépuscule narcissique propre à la Vallée de Mexico, et elle se récita l'un des poèmes préférés de Jorge Maura :

> Heureux l'arbre si peu sensible
> et plus encore la pierre, insensible,
> car il n'est plus grande douleur que d'être en vie
> ni plus grand chagrin que la vie consciente...

Ce « chant de vie et d'espérance » du grand poète nicaraguayen Rubén Darío enveloppait Laura de ses mots en cette soirée d'août, limpide, nettoyée par la pluie vespérale, où la ville de Mexico retrouvait pour quelques instants la promesse perdue de sa beauté diaphane...

L'averse avait rempli son rôle ponctuel et, comme on disait au Mexique, elle « avait levé le camp ». Laura, tout en rentrant chez elle à pied, entreprit de repasser dans sa mémoire tous les mystères restés sans réponse. Armonía Aznar avait-elle réellement existé ? cette femme invisible avait-elle effectivement occupé la soupente de la maison de Xalapa, ou avait-elle servi d'écran pour camoufler les conspirations des anarcho-syndicalistes catalans et de Veracruz ? Armonía Aznar n'avait-elle été qu'une chimère sortie de la jeune, espiègle et indomptable imagination d'Orlando Ximénez ? Je n'ai jamais vu le cadavre d'Armonía Aznar, se surprit à penser Laura ; à la réflexion, tout cela ne m'a été que raconté. « Il ne sentait pas », m'a-t-on dit. Sa grand-mère Cósima Reiter avait-elle vraiment été amoureuse de la belle brute surnommée le Beau de Papantla qui lui avait coupé les doigts et l'avait laissée plongée dans la rêverie pour le restant de ses jours ? Le grand-père Felipe Kelsen regrettait-il l'époque perdue de sa jeunesse révoltée en Allemagne ? S'était-il vraiment fait à son destin de planteur prospère à Catemaco ? Les tantes Hilda et Virginia auraient-elles pu être plus que ce qu'elles avaient été ? Élevées en Allemagne, sans le prétexte de leur isolement dans un coin perdu de la forêt mexicaine, seraient-elles devenues là-bas, à Düsseldorf, l'une concertiste reconnue, l'autre écrivain célèbre ? Il n'y avait aucun doute, en revanche, sur le destin qui attendait la tante María de la O si la grand-mère Cósima ne l'avait résolument éloignée de sa mère, la prostituée noire, pour la faire entrer dans le foyer des Kelsen. Rien de mystérieux, non plus, dans la bonté et la droiture de son propre père don Fernando Díaz, ni dans la douleur qui fut la sienne après la mort de son fils aux talents si prometteurs, le premier Santiago, fusillé dans le golfe du Mexique par les soldats de Porfirio Díaz. Santiago, lui, par contre, était un vrai mystère, sur le plan politique par nécessité, sur le plan de sa vie privée par volonté. Peut-être cette dernière n'était-elle, finalement, qu'un mythe de plus inventé par Orlando Ximénez pour séduire Laura Díaz en l'inquiétant, en excitant son imagination. Que s'était-il passé au début de la vie de son mari Juan Francisco, qui avait brillé avec tant d'éclat sur la place publique pendant vingt ans, pour ensuite s'éteindre peu à peu et finir par mourir en déféquant ? Rien, rien avant ni rien après l'intermède de gloire ? Était-il né dans la merde pour mourir dans la merde ? L'intermède pouvait-il être considéré comme une œuvre à part entière et non comme un simple entracte ? Rien ? Des mystères infiniment douloureux : si son fils Santiago avait vécu, si son talent avait pu s'épanouir ; si Dantón n'avait pas eu ce génie ambitieux qui l'avait mené à la richesse et à la corruption. Et si le troisième Santiago, mort à Tlatelolco, s'était soumis au destin tracé par son père, seraitil en vie au jour d'aujourd'hui ? Et sa mère, Magdalena Ayub Longoria, que pensait-elle de tout cela, de ces vies qui la concernaient et qu'elle partageait avec Laura Díaz ?

Harry avait-il dénoncé ses compagnons de gauche devant la Commission des activités antiaméricaines ?

Et surtout, enfin, qu'était-il advenu de Jorge Maura, était-il vivant, en train de mourir, déjà mort ? Avait-il trouvé Dieu ? Dieu l'avait-il trouvé ? Jorge Maura n'avait-il pas tant cherché son salut spirituel que parce qu'il l'avait déjà trouvé ?

Devant l'ultime mystère du destin de Jorge Maura, Laura Díaz s'immobilisa pour accorder à son amant un privilège qu'elle ne tarda pas à étendre à tous les autres protagonistes des années avec Laura Díaz : le droit d'emporter un secret dans la tombe.

2

Lorsque le troisième Santiago tomba sous les balles assassines sur la place des Trois Cultures, Laura considéra comme acquis que la jeune veuve, Lourdes Alvaro, et son bébé resteraient habiter chez elle. Santiago, le quatrième homonyme de l'Apôtre Majeur, témoin de l'agonie et de la transfiguration des victimes : les saints Jacques, « fils des tempêtes », descendants du premier disciple du Christ exécuté par le pouvoir d'Hérode et sauvés par l'amour, l'accueil et la mémoire de Laura Díaz.

Lourdes Alfaro remplissait ses devoirs de mère tout en organisant des manifestations pour la libération des prisonniers politiques de 68, elle aidait les jeunes veuves de Tlatelolco qui, comme elle, avaient des enfants en bas âge ayant besoin de garderies, de médicaments, d'attention, et aussi — dit Lourdes à Laura — de grandir avec la mémoire vive du sacrifice de leur père. Encore que, parfois, l'équation s'inversait : il s'agissait d'un jeune père dont la femme, étudiante, était elle aussi tombée à Tlatelolco.

Il se forma ainsi une confrérie de survivants du 2 octobre et parmi eux, comme il fallait s'y attendre, Lourdes rencontra et tomba amoureuse d'un garçon de vingt-six ans, Jesús Aníbal Pliego, qui voulait devenir cinéaste et qui avait réussi à filmer quelques scènes — des champs d'ombre et de lumière, des filtres de sang, des échos de mitraillage — de la nuit de Tlatelolco. Cette nuit-là, la jeune épouse de Jesús Aníbal était morte au cours de la manifestation et le veuf — un grand jeune homme au teint basané, aux cheveux frisés, avec un sourire et des yeux clairs — se retrouva seul avec une petite fille de quelques mois, Enedina, qui allait à la même garderie où Lourdes amenait son fils, le quatrième Santiago dans la lignée de Laura Díaz.

— J'ai quelque chose à te dire —, Laura, finit par laisser tomber Lourdes après avoir tourné autour du pot pendant plusieurs semaines, alors que la grand-mère avait tout deviné.

— Tu n'as rien à me dire, ma chérie. Tu es comme ma fille et je comprends tout. Je ne peux imaginer meilleur couple que toi et Jesús Aníbal. Tout vous unit. Si j'étais croyante, je vous donnerais ma bénédiction.

Il n'y avait pas que l'amour pour les unir : le travail aussi. Lourdes, qui avait appris beaucoup de choses aux côtés de Laura, put accompagner de plus en plus souvent Jesús Aníbal en tant qu'assistante pour les prises de vues, et ce que Lourdes avait à annoncer à la grand-mère Laura était qu'elle, son mari et les deux enfants — Enedina et Santiago le quatrième — allaient partir pour Los Angeles, car Jesús Aníbal avait reçu une excellente proposition de travail pour le cinéma américain, au Mexique il y avait peu de possibilités, le gouvernement de Díaz Ordaz avait saisi les films de Jesús Aníbal sur les événements de Tlatelolco...

— Je n'ai pas besoin d'explications, ma chérie. Tu penses comme je comprends bien tout ça.

L'appartement de la Plaza Río de Janeiro se vida.

Le quatrième Santiago laissa tout juste une trace dans la mémoire de son arrière-grand-mère, me désigner de la sorte me remplit de fierté, de satisfaction, de réconfort et d'inconfort, me fait peur et me rend triste, il me prouve allègrement que j'ai enfin réussi à supprimer ma vanité — je suis arrière-grand-mère ! —, mais aussi que j'ai réussi à revivre après chaque mort, la mienne accompagnant à jamais celle de chacun des Santiago, le fusillé de Veracruz, le mort de Mexico, l'assassiné de Tlatelolco et, maintenant, celui qui est parti pour Los Angeles, mon petit travailleur immigré — c'est amusant à penser —, mon petit « dos mouillé » que je ne pourrai plus sécher avec les serviettes offertes par ma mère Leticia quand je me suis mariée. Il y a des choses qui ont la vie longue !...

Pour Laura Díaz ce n'était pas un problème de vivre seule. Elle demeurait active, alerte, elle prenait plaisir aux petits gestes du quotidien, tels que faire le lit, laver et suspendre le linge, prendre soin de soi, rester « en forme », comme elle l'avait dit à Orlando, aller faire ses courses au nouveau supermarché Aurrerá comme elle allait, jeune mariée, au vieux marché Parián de l'avenue Alvaro Obregón. Elle hérita tardivement du goût de sa mère Leticia pour la cuisine, elle récupéra de vieilles recettes de Veracruz, le riz blanc aux haricots rouges, les restes de viande émincée pour la *ropa vieja*, le *tamal* à la façon de la côte, les seiches farcies, les poulpes cuits dans leur encre, le *huachinango* nageant au milieu des oignons, des olives et des tomates, le café fort et chaud, comme on le servait à La Parroquia, du café brûlant pour lutter contre la chaleur, selon le conseil de doña Leticia Kelsen de Díaz. Et aussi, comme s'il venait d'arriver d'un autre café célèbre, celui du parc Almendares à La Havane, le tout gluant *tocino de cielo*, à côté des spécialités de la pâtisserie mexicaine que Laura achetait chez Celaya, dans l'avenue Cinco de Mayo, les *jamoncillos*, ces crèmes aux deux couleurs, le massepain et les patates douces ; les pêches, les ananas, les figues, les cerises et les abricots confits, et, pour ses petits déjeuners, des *chilaquiles* farcis au fromage et au piment en sauce verte, des œufs *rancheros*, du poulet grillé, de la salade et du fromage frais, et, récemment, la variété des petits pains mexicains, le *bolillo* et la *telera*, la *cemita*, le *polvorón*, la *concha* et la *chilindrina*.

Elle classait ses négatifs, répondait aux demandes d'achat de quelques-unes de ses photos devenues des classiques, elle préparait des livres et se risquait à demander des préfaces à de nouveaux écrivains, Salvador Elizondo, Sergio Pitol, Elena Poniatowska, Margo Glantz, ainsi qu'aux jeunes du mouvement La Onda, José Agustín et Gustavo Sáinz. Diego Rivera était mort en 1957, Rodríguez Lozano, María Izquierdo, Alfonso Michel, artistes qu'elle avait connus et qui l'avaient inspirée (les noirs, les blancs et les gris purs, violents, du premier, la fausse naïveté de la deuxième, le sage étonnement devant chaque couleur du troisième), étaient morts eux aussi ; il ne restait que les deux figures antagonistes, mais gigantesques l'une et l'autre, de Siqueiros, le Caporal au poing levé contre la vitesse glorifiante d'un monde en mouvement, et de Tamayo, rusé et silencieux avec sa belle tête pareille au volcan Popocatépetl. Il n'y avait plus grand-chose à quoi se raccrocher. Hormis le souvenir et la volonté. Les gardiens des souvenirs partagés disparaissaient les uns après les autres...

Par un après-midi, sec cette fois, les pluies avaient cessé, on sonna à la porte de Laura. Elle alla ouvrir et eut du mal à reconnaître la femme habillée de noir — c'est la première chose qu'elle remarqua, le tailleur sombre, élégant et de prix, comme si l'on cherchait à attirer l'attention sur une figure autrement dépourvue de tout trait remarquable, car le visage était presque délavé, un visage dont on ne souvient pas, ne portant même pas la trace d'une beauté perdue. La beauté inhérente à toute jeune femme. Même chez les laides. À défaut de traits mémorables, il y avait une fierté évidente, concentrée, douloureuse, soumise, c'était le mot qui venait à l'esprit lorsqu'on regardait ses yeux, des yeux gênés, incertains et comme accidentés sous les épais sourcils, car la visiteuse inconnue émit un oh, la la ! aussi soumis que le reste de sa personne et regarda par terre d'un air inquiet.

— Je viens de faire tomber une lentille, dit l'inconnue.

— Il faut donc la retrouver, dit Laura Díaz en riant.

Elles se mirent toutes les deux à tâter le sol à quatre pattes, jusqu'à ce que la pointe du doigt de Laura rencontre le petit morceau de matière plastique humide égaré. Son autre main rencontra une chair étrangère mais familière, et elle tendit la lentille retrouvée à Magdalena Ayub Longoria, je suis la femme de Dantón, la belle-fille de Laura Díaz, expliqua-t-elle en se relevant, mais sans oser remettre la lentille à sa place tandis que Laura l'invitait à entrer.

— Ah ! Avec cette pollution, les lentilles noircissent tout de suite, dit l'invitée en mettant le bout de plastique dans son sac Chanel.

— Il est arrivé quelque chose à Dantón ? devança Laura.

Magdalena esquissa un sourire suivi d'un étrange éclat de rire, une sorte de paraphe involontaire. — À votre fils... Enfin, à mon mari... il ne lui arrive jamais rien, madame, dans le sens de quelque chose de grave. Mais vous le savez mieux que personne. Il est né pour réussir.

Laura ne dit rien mais interrogea du regard : que veux-tu ? vas-y, dis-le.

— J'ai peur, madame.

— Appelle-moi Laura, ne sois pas guindée.

Tout, chez sa visiteuse, était approximation, hésitation, dépense inutile, mais tout était aussi parfaitement conçu pour cacher les apparences, de la coiffure aux chaussures. Il fallait la pousser, lui demander peur de quoi, de son mari, de Laura elle-même, du souvenir, le souvenir du fils révolté, mort, du petit-fils déjà émigré, loin du pays où la violence régnait sur la raison et, ce qui est pire, sur la passion même...

— Peur de quoi ? énonça Laura.

Elles prirent place sur le canapé en velours bleu que Laura traînait depuis l'avenue Sonora ; Magdalena promenait son regard autour de la pièce en désordre, l'accumulation de revues, de livres, de papiers, de coupures de journaux et de photos punaisées sur des plaques de liège. Laura comprit que la femme voyait pour la première fois le lieu d'où son fils était parti pour aller vers la mort. Elle contempla longuement le tableau d'Adam et Ève peint par Santiago le Mineur.

— Il faut que vous sachiez, doña Laura.

— Tutoie-moi, je t'en prie, dit Laura en feignant l'irritation.

— D'accord. Il faut que tu saches que je ne suis pas ce dont j'ai l'air. Je ne suis pas ce que tu crois. Je t'admire.

— Tu aurais mieux fait d'aimer et d'admirer un peu plus ton fils, déclara Laura d'un ton uni.

— C'est cela que tu dois savoir.

— Savoir ? interrogea Laura.

— Tu as raison de te méfier de moi. Peu importe. Si je ne partage pas ma vérité avec toi, il ne me reste plus personne avec qui la partager.

Laura ne répondit pas, mais elle regarda sa belle-fille avec attention et respect.

— Tu imagines ce que j'ai éprouvé quand ils ont tué Santiago ? demanda Magda.

Laura eut l'impression qu'un éclair lui traversait le visage.

— Je vous ai vus, toi et Dantón, dans la loge présidentielle lors de l'ouverture des Jeux olympiques alors que le sang de votre fils était encore tout frais.

Le regard de Magdalena se fit suppliant.

— Laura, je t'en prie, imagine ma douleur, ma honte, ma colère et comment j'ai dû les cacher, comment l'habitude d'être au service de mon mari m'a obligée à surmonter ma douleur, ma colère, comment j'ai fini, une fois de plus, par me soumettre à mon mari...

Elle regarda Laura dans les yeux.

— Il faut que tu saches.

— J'ai toujours essayé d'imaginer ce qui s'est réellement passé entre toi et Dantón le jour de la mort de Santiago, dit Laura intuitivement.

— Il ne s'est rien passé. C'est bien ça le pire. Il a continué à vaquer à ses affaires comme si de rien n'était.

— Ton fils était mort. Toi, tu étais en vie.

— Moi, j'étais déjà morte bien avant la mort de mon fils. Pour Dantón cela n'a rien changé. Quand Santiago s'est révolté, il a été très déçu. À sa mort, c'est tout juste s'il n'a pas dit « il l'a bien cherché ».

La femme de Dantón remua les mains comme si elle déchirait un voile.

— Laura, je suis venue me confier à toi. Je n'ai personne d'autre. Je n'en peux plus. J'ai besoin de te parler. Il n'y a que toi qui puisses tout comprendre, la douleur que j'éprouve, le désespoir et le mal qui me rongent de l'intérieur depuis trop longtemps.

— Tu as choisi de le supporter.

— Mais ne crois pas que j'aie renoncé à ma fierté. Je sais que tu me trouves très soumise, mais je t'assure que je n'ai jamais perdu ma fierté, je suis femme, je suis épouse, je suis mère, et j'en suis fière, même si Dantón ne me rejoint plus dans mon lit depuis des années, crois-moi, Laura, pour cette raison même j'enrage et je souffre dans mon orgueil à côté de la soumission et des autres misères intimes de ma vie.

Elle s'arrêta un instant.

— Je ne suis pas ce que je semble être, reprit-elle. Je pensais que tu étais la seule à pouvoir me comprendre.

— Et pourquoi donc, ma fille ? — Laura caressa la main de Magda.

— Parce que tu as vécu ta vie en toute liberté. C'est pour ça que tu peux me comprendre. C'est très simple.

Laura faillit lui répondre que puis-je faire pour toi, maintenant que le rideau va tomber ? C'est comme Orlando, pourquoi attendent-ils tous de moi que je leur écrive la dernière scène de la pièce ?

Mais elle préféra prendre Magda par le menton et lui demander :

— Dis-moi, y a-t-il un seul instant de ta vie où tu estimes avoir assumé seule, absolument seule, la responsabilité de ta vie ?

— Non, pas moi, se hâta de répondre Magdalena. Toi, si, Laura. Nous le savons tous.

Laura Díaz sourit. — Je vais te dire quelque chose, Magda. Pas pour toi, pour moi. Je te demande de me poser une question, Magdalena. Toi-même, as-tu toujours été à la hauteur de tes exigences ?

— Non, moi non, balbutia Magdalena. Bien sûr que non.

— Non, tu ne me comprends pas, corrigea Laura. C'est à moi que je te demande de poser cette question. Je t'en prie.

Magdalena laissa échapper quelques mots confus, toi-même, Laura Díaz, as-tu toujours été à la hauteur de tes exigences...

— Et de celles des autres, élargit Laura.

— Et de celles des autres —, les yeux de Magdalena se mirent à briller comme s'ils se déployaient.

— N'as-tu jamais été tentée ? N'as-tu jamais eu envie d'être simplement considérée comme une dame honorable ? Ne t'es-tu jamais dit qu'après tout les deux pouvaient aller ensemble, être une dame honorable et une femme corrompue, que cela allait de pair, justement ? poursuivit Laura.

Elle marqua une pause.

— Ton mari, mon fils, représente le sommet de l'escroquerie.

Laura se voulait implacable. Magda eut un geste de dégoût.

— Il a toujours pensé que la vie des autres dépendait de lui. Je te jure que je le déteste et que je le méprise. Excuse-moi.

Laura serra la tête de Magda contre sa poitrine. — Et il ne t'est pas venu à l'esprit que le sacrifice de Santiago rachète Dantón de toutes ses fautes ?

Magdalena s'écarta de Laura et la regarda décontenancée.

— Tu dois comprendre cela, ma fille. Si tu ne le comprends pas, alors ton fils est mort pour rien.

Santiago, le fils, avait racheté Dantón le père. Magda leva les yeux dans lesquels se lisait un mélange de défaillance, d'horreur et de rejet, et elle les plongea dans ceux de Laura ; et alors la femme de soixante-douze ans, pas la veuve, ni la mère ni la grand-mère, mais simplement la femme nommée Laura Díaz regarda par la fenêtre sa belle-fille Magdalena Ayub s'éloigner dans la rue, arrêter un taxi et lever les yeux de nouveau, vers la fenêtre d'où Laura lui disait au revoir avec une affection infinie et une prière : comprends bien ce que je t'ai dit, je ne te demande pas la résignation, mais du courage, de l'audace, la victoire inespérée sur un homme qui attend tout de sa femme soumise, sauf la générosité du pardon.

Laura accueillit le regard souriant de Magda avant que celle-ci ne monte dans le taxi. Peut-être la prochaine fois viendrait- elle dans sa propre voiture, avec son chauffeur, sans avoir à se cacher de son mari.

XXV

Catemaco : 1972

Elle prit le train Interocéanique qui l'avait tant de fois ramenée à Veracruz. Comme tant d'autres choses du passé, le train luxueux d'autrefois reliant la capitale du Mexique à Xalapa et au port de Veracruz s'était fait plus petit et, manifestement, plus vieux. Tissus élimés, banquettes défoncées, ressorts apparents, vitres opacifiées, dossiers tachés, W.-C. engorgés. Laura décida de prendre le compartiment privé du wagon-lit, une cabine isolée du reste du wagon, lequel, pendant le jour, avait un aspect de compartiment normal, mais où, le soir, on faisait miraculeusement descendre un lit surélevé tout prêt avec des oreillers blancs, des draps fraîchement lavés et une couverture verte. De même que les banquettes se transformaient en couchettes qu'on pouvait cacher, à l'heure du sommeil, derrière de lourds rideaux de toile fermés par des boutons de cuivre.

Le compartiment choisi par Laura, en revanche, conservait une élégance fanée, comme aurait dit Orlando Ximénez, avec des miroirs patinés, un lavabo à la robinetterie dorée, un certain *trompe-l'œil** (Orlando) et, à titre d'anachronisme indéracinable, un crachoir en argent, comme elle en avait dans sa maison, quand Juan Francisco tenait ses réunions avec les dirigeants ouvriers. Les savons étaient de la marque Palmolive. Les serviettes n'étaient plus que le mince reflet de leur ancien éclat. Et pourtant, le compartiment privé était imprégné de la nostalgie de sa gloire passée. Ce train était celui qui reliait la capitale du pays à son port principal et, cette nuit-là, il permit à Laura de découvrir avec émotion qu'on peut retourner à la maison. Le prix de ce retour, là était la question, et sur ce point le billet des Chemins de Fer nationaux du Mexique était muet.

Laura dormit toute la nuit. Elle passa Xalapa sans s'en apercevoir, le chemin qui menait à l'hacienda de San Cayetano était envahi par les mauvaises herbes. En revanche, le port l'accueillit dans cette fraîcheur matinale où se devine déjà — c'est son charme — la chaleur d'une journée magnifiquement ensoleillée. Laura ne voulait pas, cependant, se laisser trop gagner par la nostalgie d'un lieu qui lui évoquait les souvenirs intenses de son adolescence, de ses promenades sur la jetée, la main dans celle du premier Santiago, et de la mort du frère enseveli sous les vagues.

Logée au dernier étage de l'hôtel Imperial, elle préféra profiter du défi latent lancé par l'horizon du Golfe, où la journée la plus lumineuse peut cacher la surprise d'un orage, un « nord » comme on dit à Veracruz, de la pluie, du vent... et le soir elle descendit sur la place, elle s'installa seule à une table sous les arcades, mais elle se sentait plus en compagnie que jamais — c'est le plaisir des soirées sur la place centrale de la ville — au milieu du brouhaha, de la foule, des allées et venues des serveurs avec leurs plateaux chargés de bière, de *Cuba libres*, d'amuse-gueule piquants et du mint-julep de Veracruz, avec sa touffe de menthe trempant dans le rhum.

Les groupes jouant de toutes les musiques du pays — *tamboras* du Nord, *mariachis* de l'Ouest, *boleros* joués par des trios venus de la capitale, *jaranas* du Yucatán, *marimbas* du Chiapas et *sones* de Veracruz à la harpe et à la guitare — concouraient à une cacophonie exaltante que seul le bal devant la mairie forçait au respect et à un peu de repos, lorsque le *danzón* réunissait les couples les plus honorables pour évoluer dans cette gestuelle qui n'engage que les pieds et impose au reste du corps un sérieux érotique incomparable, comme si le moindre mouvement du genou vers le bas libérait l'attraction sexuelle du genou vers le haut.

C'est là que, pendant les derniers jours de sa vie, la tante María de la O était venue danser avec son mari Matías Matadamas, sans doute un petit homme aussi chétif, froid et tout en bleu — la peau et les cheveux, la veste et la cravate, les chaussures et les chaussettes — que celui qui, voyant Laura seule, l'invita à se joindre à lui au rythme du *danzón* par excellence, *Nereidas*, il l'invita sans dire un mot, il resta muet pendant toute la danse, tandis que Laura se demandait qu'ai-je gagné, qu'ai-je perdu ? n'ai-je plus rien à perdre ? comment puis-je mesurer la distance de ma vie ? rien que par les voix qui surgissent du passé et qui me parlent comme si elles étaient présentes ? Dois-je me féliciter qu'il ne reste plus personne pour pleurer ma mort ? Dois-je souffrir de n'avoir plus personne à perdre ? Cette pensée ne suffit-elle pas à certifier : Laura Díaz, tu es une vieille femme ? Qu'ai-je perdu ? Qu'ai-je gagné ?

Le petit vieux couleur bleu poussière la raccompagna respectueusement à sa table. Il avait un œil qui larmoyait et il ne souriait jamais, mais, en dansant, il avait une façon de caresser le corps de la femme du regard, du rythme et du contact intense de ses mains posées l'une sur la paume de sa partenaire, l'autre sur sa taille. L'homme et la femme. Le *danzón* continuait d'être la danse la plus sensuelle qui soit parce qu'il transforme l'éloignement en proximité, sans abolir la distance.

Laura aurait-elle encore l'occasion d'entendre et de danser sur l'air de *Nereidas* après cette soirée ? Le lendemain matin elle partait pour Catemaco. Elle quitta l'hôtel Imperial en taxi et, une fois arrivée à la lagune, elle descendit et dit au chauffeur qu'il pouvait rentrer à Veracruz.

— Vous ne voulez pas que je vous attende ?

— Non, merci. Ce n'est pas la peine.

— Et vos bagages, madame ? Que dois-je dire à l'hôtel ?

— Qu'ils me les gardent. Au revoir.

De loin, la maison de Catemaco lui sembla différente de nouveau, comme si l'absence rendait tout plus petit, mais aussi plus long et plus étroit. Revenir au passé, c'était comme d'entrer dans un interminable couloir vide où l'on ne retrouverait plus les personnes familières que l'on souhaitait revoir. Comme si elles se jouaient de notre mémoire et de notre imagination, les personnes et les choses du passé nous mettent au défi de les situer dans le présent sans oublier qu'elles ont eu un passé et qu'elles auront un avenir, même si ce dernier n'est que le souvenir réincarné, là encore, dans le présent.

Mais lorsqu'il s'agissait d'accompagner la mort, quel serait le temps disponible pour la vie ? Ah, soupira Laura Díaz, il faudrait sans doute reparcourir toutes et chacune des années de son existence, se remémorer, imaginer, introduire peut-être ce qui n'était jamais advenu, même l'inimaginable, et cela par la seule présence d'un être qui représenterait tout ce qui n'a pas été, tout ce qui a été, ou ce qui aurait pu être et ne s'est jamais réalisé.

En l'occurrence, cet être, c'était elle, Laura Díaz.

Dès que le docteur Teodoro Césarman lui confirma que le cancer ne lui laisserait, avec les meilleurs soins, pas plus d'une année de vie, Laura Díaz décida de se rendre au plus tôt sur les lieux où elle était née, et c'est ainsi qu'en cette matinée radieuse du mois de mai 1972, elle se trouvait à remonter la colline menant vers la vieille demeure familiale des Kelsen, abandonnée quarante ans auparavant, à la mort du grand-père Felipe Kelsen, quand la location de la maison et des terres permit de pourvoir aux besoins des trois sœurs célibataires ; par la suite, quand Fernando Díaz tomba malade et que les terres de « La Voyageuse » furent expropriées, la famille, installée à Xalapa, se trouva réduite aux revenus dégagés par la mère de Laura Díaz, l'industrieuse doña Leticia Kelsen, après que la Mutti eut décidé de surmonter les fiertés de la famille et de louer quelques chambres de la maison, « à condition qu'elles soient occupées par des gens convenables ».

Laura sourit au souvenir de ces scrupules de décence manifestés par ses parents et se prépara à affronter, avec ce même sourire, les ruines de la vieille plantation, avec sa maison de plain-pied, aux quatre corps de bâtiment chaulés autour du patio central où la petite Laura jouait entourée de toutes ces portes qui s'ouvraient et se fermaient sur les pièces d'habitation, les chambres, le salon, la salle à manger, car sur l'extérieur, Laura l'apercevait maintenant de loin, tous les murs étaient aveugles. Une pudeur inexplicable arrêta Laura dans sa marche vers les lieux de ses origines, comme si, avant d'entrer dans la maison en ruine, son esprit avait besoin de reprendre contact avec la nature en fleurs qui menait au foyer, les figuiers, les tulipiers d'Inde, l'iris rouge, le *palo rojo*, le manguier avec sa coupole arrondie.

Elle ouvrit avec appréhension le portail d'entrée de la maison et ferma les yeux, avançant à l'aveugle dans un corridor imaginaire, attendant le sifflement de l'air dans les couloirs, le gémissement des portes déglinguées, le grincement des gonds malades, le dépôt de poussière oubliée... À quoi bon contempler la ruine de sa maison familiale, cela reviendrait à contempler l'abandon de sa propre enfance, alors que Laura Díaz, les yeux fermés et avec ses soixante-quatorze ans, pouvait entendre le balai du nègre Zampayita sur le sol du patio et celui-ci chantant « la danse du nègre Zampayita est une danse qui vous laisse, qui vous laisse baba », et se revoir le jour de son anniversaire, au petit matin, encore en chemise de nuit, en train de sautiller en chantonnant « le douze de mai la Vierge apparut, toute de blanc vêtue sous son grand mantelet », entendre les notes mélancoliques d'un Nocturne de Chopin qui lui parvenaient à l'instant du salon où la tante Hilda rêvait de devenir une grande concertiste en Allemagne, entendre la voix de la tante Virginia réciter des vers de Rubén Darío en rêvant d'être une grande poétesse dont les livres seraient publiés à Mexico, percevoir l'odeur des plats savoureux émanant de la cuisine où sa mère régnait d'une main de fer, attendre le retour des champs de don Felipe, travailleur et discipliné, ayant oublié pour toujours ses idéaux de jeune socialiste allemand, et la grand-mère Cósima assise dans son rocking-chair, plongée dans ses pensées, rêvant peut-être du vaillant Beau de Papantla...

Laura Díaz parcourut ainsi la maison familiale,

les yeux fermés, sûre de pouvoir compter sur son sens de l'orientation pour se diriger vers sa chambre d'enfant, ouvrir la porte qui donnait sur le patio, s'approcher du lit, effleurer le bord, s'asseoir et allonger la main pour retrouver la poupée au milieu de ses coussins, heureuse dans son repos de princesse orientale, Li Po, sa poupée adorée, à la tête, aux mains et aux pieds en porcelaine, avec son petit corps en coton revêtu de la robe de mandarin en soie rouge, avec ses sourcils peints tout près de la frange en soie, cette poupée que Laura, en ouvrant les yeux, trouva réellement là, allongée au milieu des coussins, attendant que Laura la prenne dans ses bras, la berce, lui fasse comme avant, comme toujours, bouger la tête de porcelaine, ouvrir et fermer les yeux, sans déranger les sourcils très fins dessinés au-dessus des paupières sereines mais dans l'expectative. Li Po n'avait pas vieilli.

Laura Díaz étouffa un cri de joie lorsqu'elle prit Li Po dans ses bras ; elle promena son regard autour de la chambre et s'aperçut qu'elle était parfaitement propre, avec la même aiguière, l'armoire de son enfance, la porte avec ses petits rideaux de gaze blanche montés sur des tringles en cuivre. Pourtant Li Po était restée chez Frida Kahlo. Qui l'avait ramenée à Catemaco ?

Elle ouvrit la porte de sa chambre, sortit dans le patio parfaitement entretenu, débordant de géraniums, elle courut vers le salon, y trouva les meubles en rotin de ses grands-parents, les tables en acajou avec leur dessus en marbre, les lampadaires apportés de La Nouvelle-Orléans, les vitrines avec les bergers en porcelaine, et les deux tableaux jumeaux dont l'un représente un jeune garnement qui taquine un chien endormi avec un bâton, et l'autre où il pleure parce qu'il s'est fait mordre le « postérieur » par le chien qu'il a réveillé...

Elle se dirigea rapidement vers la salle à manger, sachant déjà ce qu'elle allait trouver, la table dressée, la grande nappe blanche amidonnée, les chaises bien rangées, trois de chaque côté du grand fauteuil central qui avait toujours été celui du vieux don Felipe, chaque place avec son assiette de faïence de Dresde, les couteaux, les fourchettes, les cuillères parfaitement disposés, et à droite de chaque assiette la serviette empesée roulée dans un anneau d'argent portant le nom de chacun des membres de la famille, Felipe, Cósima, Hilda, Virginia, Leticia, María de la O, Laura...

Et sur l'assiette de la grand-mère Cósima, quatre bijoux, une alliance en or, une bague ornée d'un saphir, un anneau de perles...

— Je rêve, se dit Laura Díaz. Je suis en train de rêver. Ou je suis morte et je ne le sais pas...

Elle fut interrompue par la brusque ouverture de la porte de la salle à manger et par l'entrée d'une figure renfrognée, un homme brun, avec une grosse moustache, portant des bottes, un pantalon en coutil et une chemise tachée de transpiration. Il avait un fusil à la main et un mouchoir rouge noué autour de la tête pour absorber la sueur.

— Excusez-moi, madame, dit-il d'une voix douce, à l'accent de Veracruz, sans prononcer les *s*. Ceci est une maison privée, il faut demander l'autorisation...

— C'est à moi de m'excuser, répondit Laura. C'est que j'ai grandi ici. Je voulais revoir la maison avant de...

— Le patron ne veut laisser entrer personne sans sa permission, je suis désolée, madame.

— Le patron ?

— Mais oui. Si vous saviez, madame, avec quel

soin il a restauré la maison, c'était une vraie ruine, après avoir été, paraît-il, l'hacienda la plus importante de Catemaco. Et puis un jour, le patron est arrivé et il l'a refaite comme toute neuve. Il a mis dans les cinq ans à réunir tous les objets ; il a dit qu'il voulait voir la maison telle qu'elle était il y a cent ans ou quelque chose comme ça.

— Le patron ? insista Laura.

— Bien sûr, mon maître. Don Dantón, le propriétaire de cette maison et des terres qui vont d'ici jusqu'à la lagune...

Laura hésita un instant entre prendre Li Po avec elle ou la laisser tranquillement installée sur son lit entourée de ses coussins. Elle lui parut si contente, si à son aise à sa place habituelle... Elle parcourut une dernière fois les souvenirs, le salon, la salle à manger, les porte-serviettes en argent...

— Repose-toi, Li Po, dors, vis heureuse. Je prendrai toujours soin de toi.

Dans le patio, le jeune gardien lui adressa un long regard, comme s'il la connaissait depuis toujours. Puis Laura sortit dans la campagne en se disant que, si grand soit-il, nous n'aurions jamais droit qu'à un pauvre carré de terre accordé à chacun, au bout du compte, pour avoir passé un moment en ce monde. Cependant, en cet après-midi du mois de mai, Laura se sentit plus que jamais comblée par la parfaite symétrie de l'araucaria, cet arbre dont chaque nouvelle pousse engendre aussitôt son double parfait ; vais-je me reproduire de cette façon moi aussi ? serai-je moi aussi une autre Laura Díaz ? une deuxième Laura Díaz, non pas en moi-même, mais dans ma descendance et dans mon ascendance, dans les personnes dont je viens et dans les personnes dont j'ai provoqué la venue au monde, les gens vers lesquels je vais et ceux que j'ai laissés derrière moi, le monde dans sa totalité sera comme un araucaria qui pour chaque pousse engendre son double ; je souhaite que l'orage ne vienne pas le détruire, qu'il soit protégé du tonnerre par l'arbre au nom de tonnerre, ce merveilleux arbre aux fleurs jaunes, capable de résister aussi bien à l'ouragan qu'à la sécheresse...

Elle pénétra dans la forêt vierge. Ses pensées se précipitaient à mesure que la forêt s'ouvrait devant elle. Elle marchait chargée de vie, la sienne et celle de ceux qui l'avaient accompagnée pour le meilleur ou pour le pire ; c'est pourquoi sa vie ne s'achevait pas, la vie de Laura Díaz, parce que ma vie ne se réduit pas à ma personne, elle est faite de nombreuses lignées, de nombreuses générations, la véritable histoire, qui est celle qu'on a vécue, mais surtout celle qu'on a imaginée ; ne suis-je que Laura la pleureuse, la souffrante, l'endeuillée ? non, je m'y refuse, j'ai toujours marché la tête haute, je n'ai jamais supplié qui que ce soit, j'avance en m'efforçant de mesurer le parcours de ma vie, grâce aux voix qui surgissent du passé et me parlent comme si elles étaient présentes, les noms sur les sept porte-serviettes en argent, les noms des quatre Santiago et des quatre hommes de ma vie, Orlando, Juan Francisco, Jorge et Harry. Non, elle ne serait pas la souffrante, la pleureuse, elle marcherait la tête droite, même si elle acceptait humblement de ne jamais être maîtresse de la nature, car la nature nous survit et nous demande non pas d'en être maîtres, mais d'en faire partie, de revenir à elle, de laisser derrière soi l'histoire, le temps et la douleur du temps, de ne pas croire que nous avons été propriétaires de quoi ou de qui que ce soit, pas même de nos enfants, ni de nos amours, nous ne sommes maîtres que de notre art, de ce que nous avons pu offrir aux autres à partir de notre propre corps, le corps de Laura Díaz, transitoire et limité...

Elle pensa au désir de son frère Santiago de disparaître dans la forêt, lui qui finalement sombra sous les eaux.

Elle accomplirait le souhait de Santiago le Majeur. Elle se fondrait dans la forêt comme il s'était fondu dans la mer.

Elle entrerait dans la forêt comme on entre dans un vide dont aucun message ne ressortirait.

Elle était accompagnée par les vies inaccomplies d'un frère, d'un fils et d'un petit-fils.

Elle était accompagnée par le regard et les paroles du grand-père Felipe Kelsen ; existait-il une seule vie réellement achevée ? une seule vie qui ne fût promesse amputée, possible latent... ?

Elle se remémora le jour de la mort du grand-père ; elle avait pris la main aux veines saillantes, parsemée de taches de sénescence, elle avait caressé la peau usée jusqu'à la transparence et la pensée lui était venue que chacun d'entre nous ne vit que pour les autres : notre existence n'a pas d'autre sens que de compléter les destins inachevés...

— Ne te l'avais-je pas dit, mon enfant ? Un jour, tous mes maux se sont conjugués et voilà... Mais avant de m'en aller, je veux te rendre justice. C'est vrai, il y a une statue de femme toute parée de bijoux au milieu de la forêt. Je l'ai nié volontairement. Je ne voulais pas que tu tombes dans la superstition et la sorcellerie, Laurita. Je t'ai amenée voir un fromager pour que tu apprennes à vivre avec la raison et non les fantasmes et les exaltations qui m'ont coûté si cher dans ma jeunesse. Méfie-toi de tout. Le fromager est plein d'épines aiguisées comme des poignards. Tu te rappelles ?

— Bien sûr, grand-père...

La forêt surgit dans la haute respiration qui lui est propre, sa pulsation profonde.

Les chemins de la forêt bifurquent.

L'un mène vers la femme de pierre, la statue indigène ornée de ceintures d'escargots et de serpents, coiffée d'une couronne teinte en vert par la nature mimétique, parée de colliers, de bracelets et d'anneaux aux bras, au nez, aux oreilles...

L'autre mène au fromager, le roi de la forêt vierge dont la couronne est constituée d'épines disposées comme des couteaux tranchants tout au long de son grand corps brun, sans âge, immobile, mais nostalgique, avec ses branches écartées, pareilles à des bras qui attendraient la mortelle tendresse que le grand corps aux mille poignards peut et souhaite donner.

Laura Díaz enlaça le fromager de toutes les forces qui lui restaient, comme on serre dans ses bras une mère protectrice, reine d'un vide dont aucun message ne parviendrait.

XXVI

Los Angeles : 2000

Une année après l'agression de Detroit, on me chargea de réaliser un reportage sur Los Angeles. Là, mes obligations professionnelles coïncidaient miraculeusement avec mes centres d'intérêt : il s'agissait de « couvrir » la présentation de la fresque restaurée que David Alfaro Siqueiros avait peinte en 1930 dans la rue Olvera.

Cette rue « typique » avait été créée par les Anglo-Américains pour rendre hommage au passé hispanique de la Puebla de Nuestra Señora de Los Ángeles de Porciúncula, fondée en 1796 par une expédition d'Espagnols en quête de lieux où établir des missions chrétiennes, et aussi — comme me le disait Enedina Pliego tandis que nous roulions à douze kilomètres heure sur l'autoroute de Pomona — pour se donner un passé romantique et une bonne conscience dans le présent quant aux Mexicains qui n'habitaient pas dans la pittoresque rue Olvera mais, au nombre de plus d'un million, avec ou sans papiers, dans les quartiers est de L.A. d'où ils se rendaient, en autobus ou dans de vieilles Chevrolet, vers l'ouest de la ville pour y entretenir les rosiers et les gazons.

— Mon grand-père a cavalé aux côtés de Zapata

dans le Morelos, nous dit le vieux jardinier qu'Enedina et moi avions pris en voiture à Pomona. Maintenant, moi, je cavale en autobus de Whittier à Wilshire.

Le vieillard éclata de rire en disant que Los Angeles, California, était son lieu de travail et Ocotepec, Morelos, son lieu de vacances, l'endroit où il envoyait ses dollars et où il retournait pour se reposer et voir sa famille.

Enedina et moi échangeâmes un regard, puis nous nous joignîmes au rire du vieil homme. Nous étions tous les trois de Los Angeles, mais nous en parlions comme si nous étions étrangers à la ville, des immigrants aussi récents que ceux qui, en ce moment même, échappaient aux garde-frontières postés sur le mur récemment élevé entre San Diego et Tijuana, entre les deux Californie. Il avait suffi d'une année passée en dehors de la ville pour que tout le monde, y compris ma fiancée Enedina, pense que j'étais parti pour toujours, parce que c'était la règle ici, on est à peine arrivé qu'on est sur le départ ou déjà reparti, on est toujours de passage, mais ce n'est pas vrai, nous disions-nous, Enedina et moi, les Indiens, les Espagnols et les Mexicains étaient là avant tous les autres et loin de disparaître, nous sommes au contraire de plus en plus nombreux, vague après vague, les Mexicains arrivent à Los Angeles comme s'ils revenaient à Los Angeles... Au cours du siècle qui vient de s'achever, sont ainsi arrivés ici : ceux qui fuyaient la dictature de Porfirio Díaz, puis ceux qui fuyaient la Révolution, puis les *Cristeros*, opposés au Chef suprême Calles, puis Calles lui-même, chassé par Cárdenas, ensuite les travailleurs venus aider à l'effort de guerre, ensuite les *pachucos* aux cris de here we are, et toujours les pauvres, les pauvres qui ont fait la richesse et l'art de la ville, les Mexicains pauvres qui y travaillèrent, ouvrirent leurs petites entreprises, puis s'enrichirent, les illettrés qui allèrent à l'école ici et purent ensuite exprimer ce qu'ils portaient en eux, par la danse, la poésie, la musique, le roman. Nous passâmes devant un gigantesque mur couvert de graffitis et de symboles irremplaçables, la Vierge de Guadalupe, Emiliano Zapata, Catrina Tête de Mort, Marcos, l'homme masqué du jour, et Zorro, l'homme masqué d'hier, Joaquín Murieta le brigand et Fray Junípero Serra, le missionnaire...

— Ils n'ont pas réussi à effacer Siqueiros —, plaisantai-je en conduisant lentement, convaincu que rouler en voiture à Los Angeles revenait à « lire la ville dans le texte ».

— Tu imagines la rage de sa « bienfaitrice » si elle voyait ce que nous allons voir ? — dit Enedina, l'enfant arrivée à Los Angeles à l'âge de trois ans avec son père, le cameraman Jesús Aníbal Pliego, marié à Lourdes Alfaro de López, tous les deux veufs de Tlatelolco et parents chacun d'un orphelin : Enedina et moi, compagnons, amis et, maintenant, amants.

Los Angeles transformée en une immense peinture murale mexicaine élevée comme une digue de couleurs afin que la Californie tout entière ne s'effondre, sous les yeux des jeunes amants et du vieux jardinier perchés sur les collines de Puente, des montagnes dans la mer en un gigantesque séisme final... Partir. Revenir. Ou arriver pour la première fois. Du haut des collines, on apercevait l'océan Pacifique, voilé par une couche de pollution, et au pied des montagnes, sous le smog, s'étalait la ville, dépourvue de centre, métisse, polyglotte, la Babel Migratoire, la Constantinople du Pacifique, la zone du grand glissement continental vers le néant...

Il n'y aurait plus rien au-delà. Le continent s'arrêtait là. Il commençait à New York, la première ville, et finissait à Los Angeles, la deuxième, peut-être la dernière ville. Il n'y avait plus d'espace à conquérir. Maintenant il fallait aller sur la Lune ou au Nicaragua, sur la planète Mars ou au Vietnam. C'en était fini des terres conquises par les pionniers, de l'épopée de l'expansion, de la voracité, du destin manifeste, de la philanthropie, de l'urgence de sauver le monde, de dénier aux autres un destin autonome afin de mieux leur imposer, pour leur propre bien, un avenir américain...

Je pensais à tout cela en avançant comme une tortue sur des routes conçues pour les lièvres du monde moderne. Je voyais de l'asphalte et du béton, mais aussi du développement, des constructions, des terrains à vendre, des stations-service, des commerces de restauration rapide, des salles de cinéma en multiplexe, tout cet étalage de barock'n'roll qu'offre la métaphore de Los Angeles ; et malgré cela, dans la tête du jeune photographe arrière-petit-fils de Laura Díaz que je suis, à la vision de la ville venaient se superposer des images totalement étrangères, un fleuve tropical se jetant dans la mer dans un hurlement de tempête, des oiseaux traversant les forêts mexicaines, pareils à des éclairs, des étoiles de poussière se désintégrant en des siècles réduits à des instants, un monde négligé et pauvre, et la mort se lavant les mains dans le *temazcal* de Puerto Escondido où je fus engendré par mon père, le troisième Santiago, et par ma mère, toujours en vie, Lourdes Alfaro... Un fromager au milieu de la forêt.

Je secouais la tête pour chasser toutes ces images afin de me concentrer sur mon projet, celui qui me ramenait à Los Angeles et donnait une continuité intelligible à la cataracte impressionniste de la Byzance californienne. Je préparais un livre de photos sur les muralistes mexicains aux États-Unis ;

j'avais déjà pris des clichés des fresques d'Orozco à Dartmouth et à Pomona, j'avais découvert sur les docks du port de New York les fresques interdites du Rockefeller Center et de la New School exécutées par Diego Rivera, et maintenant je revenais à Los Angeles, la ville où j'avais grandi après que ma mère et son nouveau mari, Jesús Aníbal, accompagné d'Enedina, eurent quitté le Mexique en 1970 par suite de la blessure nommée Tlatelolco, pour photographier, soixante-dix ans après son exécution, la peinture murale de Siqueiros dans la rue Olvera.

— Olvera Street, s'exclama Enedina d'un air faussement sérieux. Le Disneyland du typique tropique totonèque.

Ce qui me frappait, c'était la constance avec laquelle les fresques mexicaines aux États-Unis avaient fait l'objet de censure, de controverse et d'occultation. Les artistes n'étaient-ils que des provocateurs ? les mécènes que des lâches ? comment pouvaient-ils être assez naïfs pour croire que Rivera, Orozco ou Siqueiros peindraient des œuvres conventionnelles, décoratives, du goût de leurs commanditaires ? Ces Médicis yankees, aveugles, généreux et mesquins en même temps, de New York, Detroit et Los Angeles, pensaient peut-être — c'était l'avis d'Enedina — que le fait de commander et de payer une œuvre d'art suffisait pour annuler son intention critique, pour la rendre inoffensive et l'intégrer, ainsi châtrée, au patrimoine d'une sorte de bienfaisance puritaine libre d'impôts.

Le vieux jardinier nous remercia de l'avoir pris en voiture et descendit à Wilshire dans l'espoir de trouver quelqu'un qui le prendrait à nouveau en stop jusqu'à Brentwood. Enedina et moi lui souhaitâmes bonne chance.

— Vous le savez maintenant, nous dit le vieil

homme d'Ocotepec avec un sourire, que si vous entendez parler d'un jardin dont il faudrait s'occuper, vous me faites signe et je m'en chargerai volontiers. Vous n'avez pas de jardin à vous ?

Nous continuâmes vers Olvera Street.

Nous contemplâmes pendant quelques minutes la fresque de Siqueiros, peinte sur la haute façade d'un immeuble de trois étages. L'œuvre avait été restaurée après trente ans d'abandon et de silence. Elle avait été commandée en 1930 par une riche dame californienne qui avait entendu parler de la « Mexican Renaissance » et, comme Rivera était occupé à Detroit et Orozco à Dartmouth, elle avait contacté Siqueiros et lui avait demandé quel sujet il pensait traiter.

— L'Amérique tropicale —, avait répondu sans broncher le muraliste à la noire chevelure frisée et embroussaillée, avec ses yeux verts au regard fulgurant, ses narines immenses et un parler curieusement entrecoupé d'hésitations et de tics de langage, des « alors », des « donc », des « n'est-ce pas ? »

À la réponse de Siqueiros, la mécène eut une vision émerveillée de palmiers et de couchers de soleil, de danseuses de rumba ondulantes et de vaillants cavaliers à sombrero, de toits en tuiles rouges et d'exotiques figuiers de Barbarie. Elle donna son accord et signa le chèque.

Le jour de l'inauguration, sur la vieille place remplie de personnalités officielles et de membres de la haute société, on dévoila la fresque intitulée « Amérique tropicale » et l'on vit apparaître une Amérique latine représentée par un Christ basané, esclave et supplicié. Une Amérique latine crucifiée, nue, à l'agonie, clouée à une croix sur laquelle planait, farouche, l'aigle du blason américain...

La commanditaire s'évanouit, les officiels poussèrent les hauts cris, Siqueiros avait logé Los Angeles en enfer, et le lendemain matin, la fresque était totalement recouverte de chaux, mutilée, rendue invisible au monde comme si elle n'avait jamais existé. *Nothing*. Rien.

La voir ainsi restaurée, à sa place, en cet après-midi de la première année du nouveau millénaire, émut Enedina plus que moi. Ma jeune femme aux yeux verts et à la peau couleur d'olive leva les bras pour tresser ses longs cheveux et les enrouler sur la nuque, en un chignon serré qui servait de paratonnerre à ses émotions. Elle se sentait elle-même, Enedina — me dirait-elle plus tard —, restaurée par la restauration de la peinture, c'était comme un diplôme d'appartenance à la culture *chicana*, aussi bien au Mexique qu'aux États-Unis. Il n'y avait rien à cacher, rien à dissimuler, cette terre appartenait à tout le monde, à toutes les races, à toutes les langues, à toutes les histoires. Tel était son destin, car telles étaient ses origines.

Je me plongeai complètement dans la photographie de la fresque, content que, pour une fois, une commande vînt coïncider avec un projet personnel, ce livre sur le muralisme mexicain aux États-Unis, momentanément abandonné après l'agression dont j'avais été l'objet à Detroit à la sortie de l'Institut des Arts où, en photographiant la fresque de Rivera sur l'industrie, j'avais découvert le visage d'une femme qui me touchait de près, qui était de mon sang, qui faisait partie de ma mémoire, Laura Díaz, la grand-mère de mon père assassiné à Tlatelolco, mère d'un autre Santiago qui n'avait pu réaliser son destin prometteur, mais qui avait peut-être transmis à son petit neveu la continuité de l'imagination artistique, sœur d'un premier Santiago fusillé à Veracruz et livré aux vagues du golfe du Mexique.

Maintenant, ici à Los Angeles, la Babel américaine, la Byzance du Pacifique, l'utopie du siècle qui commençait, peut-être me revenait-il de clore le chapitre de mon ascendance artistique et familiale, cette chronique qu'Enedina et moi avions décidé d'appeler « Les années avec Laura Díaz ».

— Reste-t-il encore quelque chose à dire ? — me demanda Enedina cette nuit-là, alors que nous étions couchés, nus, enlacés, dans notre appartement de Santa Monica, face à la rumeur de la mer.

Oui, bien sûr, il reste toujours quelque chose à dire, mais entre nous, Enedina et moi, presque frère et sœur depuis notre enfance, mais tout à fait amants, promis l'un à l'autre, sans explications depuis que nous étions arrivés, tout petits, en Californie, nous avions grandi ensemble, étions allés ensemble à l'école, avions fait nos études ensemble à UCLA où nous nous étions passionnés pour les cours de philosophie et d'histoire, la Révolution mexicaine, l'histoire du socialisme et de l'anarcho-syndicalisme, le mouvement ouvrier en Amérique latine, la guerre d'Espagne, l'Holocauste, le maccarthysme aux États-Unis, l'étude des textes d'Ortega y Gasset, d'Edmund Husserl, de Karl Marx et de Ferdinand Lassalle, la vision des films d'Eisentein sur le Mexique, de Leni Riefenstahl à la gloire de Hitler, d'Alain Resnais sur Auschwitz, *Nuit et brouillard*, les œuvres photographiques de Robert Capa, Cartier-Bresson, Wegee, André Kertesz, Rodtchenko et Álvarez Bravo, la somme de tous ces apprentissages, centres d'intérêts et disciplines partagées avait cimenté notre amour, et Enedina avait pris l'avion pour Detroit dès qu'elle avait appris l'agression dont j'avais été victime pour me tenir compagnie à l'hôpital.

Pour parler.

J'avais subi une contusion cérébrale, je fis des

rêves absolus, je dus rester alité le temps de récupérer l'usage d'une jambe cassée, ce qui fut long, mais je ne perdis pas le souvenir de ces rêves.

Pour parler.

Parler avec Enedina, nous remémorer le plus possible, inventer l'impossible, mêler librement la mémoire et l'imagination, ce que nous savions, ce qu'on nous avait raconté, ce que les générations de Laura Díaz avaient connu et rêvé, ce qui, dans notre vie, était faisable, mais aussi ce qui était probable, la généalogie de Felipe Kelsen et de Cósima Reiter, les sœurs Hilda, Virginia et María de la O, Leticia la Mutti et son mari Fernando Díaz, le premier Santiago fils de Fernando, le premier bal de Laura à l'hacienda de San Cayetano, son mariage avec Juan Francisco, la naissance de Dantón et du deuxième Santiago, les amours de Laura avec Orlando Ximénez et Jorge Maura, son dévouement envers Harry Jaffe, la mort du troisième Santiago à Tlatelolco, la libération, la douleur, la gloire de Laura Díaz, la fille, l'épouse, l'amante, la mère, l'artiste, la vieille femme, la jeune femme : nous évoquâmes tout cela, Enedina et moi, et ce dont nous n'avions pas le souvenir nous l'imaginâmes, et ce que nous ne pouvions imaginer nous l'écartâmes comme indigne d'une existence vécue dans l'inséparabilité de l'être et du non-être, de l'accomplissement d'une partie de la vie au détriment d'une autre, tout en n'oubliant à aucun moment que rien ne se possède jamais totalement, ni la vérité, ni l'erreur, ni la connaissance, ni le souvenir, parce que nous descendons d'amours incomplètes, si ardentes soient-elles, de mémoires ardentes, si incomplètes soient-elles, et nous ne pouvons hériter que de ce que nos aïeux nous ont légué, la communauté du passé et la volonté de l'avenir, unis dans le présent par la mémoire, par le désir et par la conscience que tout acte d'amour aujourd'hui ne fait que prolonger l'acte d'amour entrepris hier. La mémoire actuelle consacre, même si elle la déforme, la mémoire du passé. L'imagination d'aujourd'hui est la vérité d'hier et de demain.

— C'est pour ça que tu as accroché un écriteau au pied de la tombe de ton père, avec ton propre prénom, SANTIAGO LE TROISIÈME, 1944-1968 ?

— Oui. Je crois que je suis mort avec eux pour qu'ils continuent à vivre en moi.

Du lit, Enedina et Santiago contemplèrent longuement le tableau d'Adam et Ève s'élevant du Paradis au lieu d'en tomber, l'image des premiers amants nus et maîtres de leur sensualité que le deuxième Santiago, le Mineur, avait peint avant de mourir. Dans son testament, Laura Díaz l'avait légué au dernier couple, Santiago et Enedina.

— Je t'aime, Santiago.

— Je t'aime, Enedina.

— J'aime beaucoup Laura Díaz.

— C'est formidable qu'à nous deux nous ayons réussi à recréer sa vie.

— Ses années. Les années avec Laura Díaz.

FIN

Remerciements

Les meilleurs romanciers du monde ce sont nos grand-mères et c'est à elles, tout d'abord, que je dois les souvenirs sur lesquels se fonde ce roman. Il s'agit de ma grand-mère maternelle, Emilia Rivas Gil de Macías, veuve de Manuel Macías Gutiérrez ; elle était née à Álamos, dans l'État de Sonora, et lui à Guadalajara, dans le Jalisco ; elle était descendante d'émigrés espagnols venus des montagnes de Santander et, selon ce qu'on disait, d'Indiens yakis du Sonora. Mon grand-père Macías mourut dans des circonstances tragiques en 1919, laissant ma grand-mère avec quatre petites filles, María Emilia, Sélika, Carmen et ma mère, Berta Macías de Fuentes.

Ma grand-mère paternelle, Emilia Boettiger de Fuentes, est née à Catemaco, Veracruz, de Philip Boettiger Keller, immigré allemand originaire de Darmstadt, en Rhénanie, marié à une jeune femme d'origine espagnole, Ana María Murcia de Boettiger, avec laquelle il eut trois filles, Luisa (Boettiger de Salgado), María (Boettiger de Álvarez) et Emilia (Boettiger de Fuentes), cette dernière épousa Rafael Fuentes Vélez, gérant de la Banque nationale du Mexique à Veracruz et fils de Carlos Fuentes Benítez et de Clotilde Vélez, qui est celle qui fut attaquée et mutilée dans la diligence qui reliait Mexico à Veracruz. Une quatrième sœur Boettiger, Anita, était mulâtre et fruit des amours jamais avouées de mon arrière-grand-père. D'un naturel loyal et affectueux, elle a toujours fait partie de la famille Boettiger.

Mes grands-parents paternels eurent trois fils, Carlos Fuentes Boettiger, mon jeune oncle, poète précoce, disciple de Salvador Díaz Mirón et éditeur de la revue *Musa Bohemia*, publiée à Xalapa. Il mourut d'une fièvre typhoïde, à Mexico où il était parti faire ses études, à l'âge de vingt et un ans. Ma tante, Emilia Fuentes Boettiger, resta longtemps célibataire, s'occupant de mon grand-père don Rafael qui souffrait d'une paralysie progressive. Mes parents, Rafael Fuentes Boettiger et Berta Macías Rivas, se marièrent en janvier 1928. Je suis né en novembre de la même année et j'ai hérité de cette constellation d'histoires transmises par ma parenté.

Cependant, bien d'autres histoires m'ont été racontées par deux magnifiques survivantes des « années de Laura Díaz », doña Julieta Olivier de Fernández Landero et doña Ana Guido de Icaza ; veuve la première de l'industriel d'Orizaba Manuel Fernández Landero, la seconde de l'avocat et écrivain Xavier Icaza López-Negrete qui apparaît comme un personnage de ce roman. Pour elles, un souvenir ému et reconnaissant.

Enfin je dirai que j'ai commencé *Les années avec Laura Díaz* pendant un périple systématique, informatif et surtout affectif avec mon ami Federico Reyes Heroles dans des contrées qui font partie de notre ascendance partagée : le port de Veracruz,

Xalapa, Coatepec, Catemaco, Tlacotalpán, et les Tuxtla, Santiago et San Andrés. Ma reconnaissance toute particulière à Federico et à sa femme, Beatriz Scharrer, très au fait de la vie paysanne et du milieu des émigrés allemands dans l'État de Veracruz.

Londres, août 1998.

L'ŒUVRE NARRATIVE DE CARLOS FUENTES

L'âge du temps

I. LE MAL DU TEMPS

Aura

Cumpleaños

Une certaine parenté (Folio nº 1977)

II. LE TEMPS DES FONDATIONS

Terra nostra (Folio nº 2053 et 2113)

L'oranger (Folio nº 2946)

Les fils du conquistador/*Los hijos del conquistador*. Texte extrait de *L'oranger* (Folio bilingue nº 101)

Les deux rives/*Las dos orillas*. Texte extrait de *L'oranger* (Folio bilingue nº 148)

Apollon et les putains. Texte extrait de *L'oranger* (Folio nº 3928)

III. LE TEMPS ROMANTIQUE

La campagne d'Amérique

*La novia muerta**

*El baile del Centenario**

IV. LE TEMPS RÉVOLUTIONNAIRE

Le vieux gringo (Folio nº 2125)

*Emiliano en Chinameca**

V. LA PLUS LIMPIDE RÉGION (Folio nº 1371)

VI. LA MORT D'ARTEMIO CRUZ (Folio nº 856)

VII. LES ANNÉES AVEC LAURA DÍAZ (Folio nº 3892)

VIII. *LA VOLUNTAD Y LA FORTUNA*

IX. DEUX ÉDUCATIONS

Las buenas conciencias

Zone sacrée

X. LES JOURS MASQUÉS

Los dias enmascarados

Constancia

La desdichada. Texte extrait de *Constancia* (Folio 2 € nº 4640)

L'instinct d'Inez (Folio nº 4168)

Carolina Grau

XI. LES FRONTIÈRES DU TEMPS

Chants des aveugles

La frontière de verre (roman en neuf récits)

Le bonheur des familles

XII. LE TEMPS POLITIQUE

La tête de l'Hydre

Le Siège de l'Aigle (Folio nº 4605)

*El camino de Texas**

XIII. PEAU NEUVE

XIV. CHRISTOPHE ET SON ŒUF (Folio nº 2471)

XV. CHRONIQUE DE NOTRE TEMPS

Diane ou La chasseresse solitaire (Folio nº 3185)

*Aquiles o El guerrillero y el asesino**

*Prometeo o El precio de la libertad**

Ont également paru en traduction française aux Éditions Gallimard

THÉÂTRE

Le borgne est roi

Cérémonie de l'aube

Des orchidées au clair de lune

ESSAIS

Le Sourire d'Érasme

Le miroir enterré

Géographie du roman (Arcades nº 52)

Un temps nouveau pour le Mexique

NOUVELLES

Les eaux brûlées

En inquiétante compagnie

HORS SÉRIE

Portraits dans le temps

Contre Bush

Les titres en caractère romain ont été publiés en traduction française aux Éditions Gallimard.

Aura a été inséré dans le recueil *Chant des aveugles*.

Les titres originaux en italique n'ont pas encore été traduits, ceux suivis d'un astérisque n'ont pas encore été publiés par l'auteur.

Composition CMB Graphic.
Impression CPI Bussière
à Saint-Amand (Cher), le 12 février 2013.
Dépôt légal : février 2013.
1er dépôt légal dans la collection : juin 2003.
Numéro d'imprimeur : 125112/4.
ISBN 978-2-07-030113-3./Imprimé en France.

252035